SCEPTER
UND HAMMER

ROMAN
von
KARL MAY

VERLEGT
BEI FRANZ GRENO
NÖRDLINGEN
1987

Erste Auflage, März 1987.
Copyright © 1987
bei Hermann Wiedenroth und Hans Wollschläger
für die Karl-May-Gedächtnis-Stiftung.
Verlegt bei der
Greno Verlagsgesellschaft m.b.H., Nördlingen.
Satz und Druck Wagner GmbH, Nördlingen.
Printed in Germany. Alle Rechte vorbehalten.
ISBN 3-89190-811-3.
Halbleinenausgabe ISBN 3-89190-150-x.

Inhalt

ERSTES KAPITEL
Die Zigeunerin
9

ZWEITES KAPITEL
Belauscht
19

DRITTES KAPITEL
Die Brüder Jesu
34

VIERTES KAPITEL
Im Hause der Irren
51

FÜNFTES KAPITEL
An der Grenze
78

SECHSTES KAPITEL
Der Beginn des Kampfes
94

SIEBENTES KAPITEL
Schachzüge
110

ACHTES KAPITEL
Almah
140

NEUNTES KAPITEL
Der tolle Prinz
174

ZEHNTES KAPITEL
Vor Jahren
211

ELFTES KAPITEL
Paroli
265

ZWÖLFTES KAPITEL
Ein Rückblick
312

DREIZEHNTES KAPITEL
Vom Reïs zum
Kapudan Pascha
352

VIERZEHNTES KAPITEL
Der schwarze Kapitän
430

FÜNFZEHNTES KAPITEL
Am Vorabend
501

SECHZEHNTES KAPITEL
Kampf und Sieg
597

Editorischer Bericht
677

SCEPTER UND HAMMER.

Originalroman
von
Carl May.

ERSTES KAPITEL.

Die Zigeunerin.

Auf der breiten Chaussee, welche durch das Dorf nach der Residenz führte, schritt ein junger Mann dahin. Er mochte kaum mehr als zweiundzwanzig Jahre zählen, obgleich über seinem ganzen Wesen der Ausdruck des Charaktervollen, des innerlich und äußerlich Vollendeten lag. Seine hohe, kräftige Gestalt, die elegante Sicherheit seiner Bewegungen, die männlich schönen Züge seines von der Röthe der Gesundheit überhauchten Angesichtes konnten gewiß nur einen angenehmen Eindruck hervorbringen, und selbst das kleine, wohlgepflegte Bärtchen, welches seine vollen Lippen beschattete und in jedem andern Antlitze stutzerhaft erschienen wäre, schien hier zur Gesammtwirkung unbedingt nothwendig zu sein. Er trug einen feinen, gewiß von einem bessern Tailleur gefertigten Promenadenanzug, und der goldene Zwicker, welcher den Blick seines Auges verschärfte, hatte seinen Sitz sicher nicht durch die schädliche Mode erhalten, durch das Tragen von Augengläsern ein vornehmes oder gelehrtes Aussehen zu gewinnen.

Zu beiden Seiten reihte sich, hinter schattigen Vorgärten halb verborgen oder anspruchsvoll bis an die Straße tretend, Villa an Villa. Zwischen zweien derselben lag, frappant von ihrer Architektonik abstoßend, ein kleines einstöckiges, schwarz geräuchertes Häuschen, durch den hohen Schornstein, das über der Thür angebrachte Wetterdach und mehrere umherliegende, der Reparatur harrende Geräthschaften deutlich als Schmiede bezeichnet.

Vor derselben hielt in diesem Augenblicke ein leichter Wagen. Es fehlte ihm der Kutscherbock; er mußte also wohl aus dem Fond gelenkt werden, und dies war heut jedenfalls nicht ganz fehlerlos geschehen, denn es zeigte sich die hintere Achse zerbrochen, und ein reich gallonirter Diener stand zu Häupten des dampfenden Gespannes, äußerst bemüht, dasselbe zu beruhigen. Die Insassen waren ausgestiegen. Es war nur ein Herr und eine Dame. Der Erstere trug Generalsuniform, obgleich er kaum das fünfundzwanzigste Jahr zurückgelegt haben konnte. Er hatte jenes Exterieur an sich, welches man sich nur in den höheren Kreisen anzueignen vermag, und schon der erste Blick auf ihn ließ erkennen, daß Stolz und Hochmuth bei ihm zu einer bedeutenden Entwicklung gelangt seien. Die Dame trug sich ganz nach dem Schnitte der *grande monde;* sie zählte vielleicht siebzehn, zeigte aber die sichere Tournure höherer Jahre. Ihre noch kindlichen, weichen und sympathischen Züge ließen errathen, daß die liebliche Knospe sich in wenig Zeit zu einer Rose von vollendeter Schönheit entfalten werde, zu einer Rose, nach welcher wohl nicht Jeder wagen durfte die begehrende Hand auszustrecken. Ihre Wangen waren jetzt bleich, jedenfalls eine Folge des gehabten Schreckes; in ihrem großen, blauen Auge schimmerte es noch ängstlich feucht, aber ihre goldene Stimme klang mild und ruhig:

»Keine Sorge, Durchlaucht! Ich wußte mich mitten in der Gefahr unter dem starken Schutze eines Ritters, dessen ausgezeichneter Rang ja schon genügt, das höchste Vertrauen zu beanspruchen.«

Der General verbeugte sich dankend, aber sein Blick ruhte unklar und forschend auf ihrem Angesichte. War es Wahrheit, was sie sagte, oder hatte sie sich trotz ihrer Jugend schon jene feine Schärfe angeeignet, welcher es leicht wird, den Verweis nur für die Ahnung auszusprechen? Sie sah ihm so offen in das vornehm blasirte Gesicht, und doch spielte ein Lächeln um ihren kleinen Mund, welches er fast geneigt war ironisch oder gar sarkastisch zu nennen. Er entschloß sich zu einer weiteren Vertheidigung:

»Ein ächter Ritter, auf sich selbst angewiesen, wird stets ohne Furcht und Tadel sein; hat er aber mit den Eigenschaften unvernünftiger und schlecht erzogener Wesen, wie diese beiden Rappen sind, zu rechnen, so kann er allerdings in die höchst fatale Lage kommen, auf Verzeihung rechnen zu müssen.«

»Excellenz haben jedenfalls ein kompetenteres Urtheil als

mein Stallmeister, welcher allerdings behauptet, daß die Rappen eine ausgezeichnete Schule besitzen. Jedenfalls fürchtete er dieses Urtheil, als er bat, einen andern Wagen zu nehmen und ihm die Führung desselben zu überlassen. Uebrigens war das Intermezzo mehr amüsant als gefährlich, und selbst die Fatalität, den Schmied nicht anwesend zu finden, hat die angenehme Folge, mich auf eine verlängerte Frist auf die Dienste meines edlen Ritters angewiesen zu sehen.«

Wieder hatte sein Auge jenen forschenden, beinahe stechenden Blick wie vorhin. Hatten ihre Worte vielleicht den Zweck, ihm die Ueberlegenheit eines Stallmeisters begreiflich zu machen? Dann war das zarte Frauengebild vor ihm allerdings mehr erwachsen und gereift, als er angenommen hatte. Seine äußern Augenwinkel zeigten einige leichte Fältchen, als er fortfuhr:

»Könnten diese Dienste doch von ewiger Dauer sein, meine gnädige Prinzeß! Aber man wird in Angst um Euer Hoheit sein. Ich muß den Wagen hier zurücklassen und einen anderen requiriren.«

Er wandte sich an die Frau des abwesenden Schmiedes, welche, Auskunft ertheilend, bisher unter dem Eingange gestanden hatte.

»Also der Meister kommt erst am Abende zurück?«

»Ja.«

»Und Sie haben Niemand, der die sofortige Reparatur ausführen könnte?«

»Nein. Der Lehrjunge, welcher beim Nägelschlagen ist, bringt das nicht fertig.«

»So giebt es vielleicht in der Nähe einen anständigen Wagen, den man sich leihen kann?«

»Allerdings. Aber – Grüß Gott, Herr Doktor!« unterbrach sie sich. »Prächtiges Wetter zum Spazieren. Nicht?«

Diese Worte waren an den mittlerweile herangekommenen Fußgänger gerichtet, welcher im Begriffe gestanden hatte, grüßend vorüberzuschreiten, jetzt aber, den Hut ziehend, näher trat. Die Frau streckte ihm halb vertraulich, halb respektvoll die Hand entgegen.

»Der Herr Pathe wollte wohl gar vorübergehen?«
»Um nicht zu stören.«
»Stören? Es findet ja das gerade Gegentheil statt! Diese Herrschaften haben die Achse zerbrochen; mein Mann ist nicht da, und drüben der Sommergast, der Engländer, borgt seinen Wagen keinem Menschen als nur dem Herrn Doktor. Da könnte der Herr Pathe helfen, wenn er so gut sein wollte.«
»Mein Freund, Lord Halingbrook, ist leider nach der Stadt gefahren; er begegnete mir, und in der Nähe wird es einen Wagen weiter nicht zur Verfügung geben. Doch wenn herzogliche Hoheit« – er verbeugte sich höflich aber gemessen vor dem Generale – »gestatten, werde ich Dero Wagen in kurzer Zeit gebrauchsfähig herstellen. Hat der Herd Feuer?«
»Ja; der Junge braucht es zum Nägelmachen.«
»So mache die Frau Pathe es den Herrschaften bequem. Ich werde sofort an die Arbeit gehen.«
Er trat in die Schmiede, zog den Gehrock aus, streifte die Aermel empor und band sich das dort hängende Schurzfell des Meisters vor. Nachdem das Feuer gehörig angefacht war, untersuchte er den schadhaften Theil des Wagens.
»In einer halben Stunde werden Durchlaucht fahren können,« lautete seine Entscheidung.
Beide, sowohl der General als auch die Dame, hatten den Vorgang mit sichtlicher Verwunderung verfolgt. War dieser so distinguirt aussehende Mann, welcher den Doktortitel führte, wirklich im Stande, eine zerbrochene Wagenachse zu repariren? Die Schmiedin hatte ihn Pathe genannt; er konnte also von keinem ungewöhnlichen Herkommen sein, und doch war er Freund des Lord Halingbrook, eines stolzen, exklusiven Engländers, welcher als Gesandter seiner Königin Zutritt beim Hofe hatte. Das war ein Räthsel, für welches sich besonders die Dame zu interessiren schien.
Sie beobachtete jede seiner Bewegungen mit Aufmerksamkeit und machte dabei die Bemerkung, daß er eine ungewöhnliche Körperstärke besitzen müsse. Die Pferde waren im Nu ausgespannt, und dann hantirte, hob und schob er an dem Wagen, als ob er ein leichtes Kinderspielzeug in den Händen

habe. Dann ertönten aus der Schmiede mächtige Hammerschläge, so daß die Funken durch den Eingang auf die Straße stoben.

Die Schmiedefrau hatte ein Tischchen mit zwei Stühlen, auf welchen die Herrschaften Platz nahmen, vor das Haus gesetzt.

»Wie nennt sich der Herr, welcher sonderbarer Weise Arzt und Schmied zu gleicher Zeit ist?« frug die Dame.

«Arzt? Nein, das ist er nicht, sondern Doktor der Jurisprudenz,« antwortete die Gefragte mit sichtlichem Stolze.

»In seinem Alter? Welche Stellung bekleidet er?«

»Keine; er hat das nicht nothwendig und sagt, es hindere ihn am Weiterlernen. Er ist der Sohn vom Hofschmied Brandauer; ich habe mit dem König und dem Lord Halingbrook Pathe bei ihm gestanden.«

»Ah, die gewöhnliche Bettelei durch Gevatterbrief, der man leider so oft ausgesetzt ist!« dehnte der General geringschätzig.

Das Gesicht der Schmiedefrau röthete sich ein wenig.

»Darf ich fragen, wer der Herr Offizier ist?«

»Ich bin der Prinz von Raumburg und General. Diese Dame ist die Prinzeß Asta von Süderland, königliche Hoheit.«

Er schien mit dieser Vorstellung einen dominirenden Eindruck beabsichtigt zu haben, hatte sich aber geirrt, denn die Frau erschrak nicht im mindesten, sondern wandte sich mit einer allerdings freudig überraschten Miene an die Prinzessin.

»Das ist schön, Hoheit, daß ich Sie einmal sehe! Der Herr Pathe hat uns immer sehr viel Gutes und Löbliches von Ihnen und Ihrem Herrn Vater, dem König, erzählt. Er hat ein gar scharfes Auge für die Politik und wäre wohl auch als Offizier an seinem Platze. Die Majestät verkehrt sehr viel in der Hofschmiede und hat immer verlangt, daß er Dienst nehmen soll; aber er hat niemals gewollt.«

»So kennt er mich?«

»Nein; er hat Sie noch nie gesehen; aber den Herrn General hier kennt er.«

»So hat er auch von mir gesprochen?« frug dieser mit beinahe wegwerfender Belustigung.

»Sehr oft!«

»Doch auch nur Gutes und Löbliches, wie ich wohl erwarten darf?«

Sie zögerte einen Augenblick; dann antwortete sie:

»Ja, Gutes, denn er hat erzählt, daß der Herzog von Raumburg, Ihr Vater, einst unser König wird, wenn der jetzige stirbt, der keine Kinder hat. Aber sagen muß ich Ihnen doch, daß die Gevatterschaft damals keine Bettelei war. Der König und der Lord haben sich ja beide selbst angeboten, und der Hofschmied hat gehorchen müssen; aber darauf hat er bestanden, daß ich dabei sein müsse, und das ist den hohen Herren auch ganz recht gewesen. Unsere Majestät ist eben ein sehr lieber Herr, der nur das Beste seiner Unterthanen will und Alle seine Kinder nennt. Gott gebe es, daß es später nicht anders wird!«

Der General schien zu einem scharfen Worte bereit, hielt es aber zurück, da eine fremdartige Erscheinung sich der Schmiede näherte und die Anwesenden grüßte.

Es war eine alte Frau. Sie ging vollständig barfuß, trug einen einzigen Rock von grellrother Farbe, um die Schultern einen gelben, arg beschmutzten Ueberwurf und hatte ein blaues Tuch turbanartig um den Kopf geschlungen. Ihr Teint war tiefbraun; zahlreiche Runzeln durchfurchten ihr Gesicht, in welchem eine scharfe Nase über einem spitzen Kinne thronte, und ihre Gestalt lag gebeugt auf dem Stocke, auf den sie die beiden dürren Hände stützte. Als Nordländerin hätte man sie über sechzig Jahre alt schätzen müssen; aber sie war augenscheinlich eine Zigeunerin, und da Frauen dieses Stammes sehr schnell altern, so war es sehr wahrscheinlich, daß sie diese Höhe noch nicht erreicht hatte.

Sie zeigte bei dem Anblicke des Offiziers nicht die mindeste Verlegenheit. Ihn und die Andern mit scharfem Auge musternd, grüßte sie mit einer beinahe stolzen Handbewegung und frug:

»Hat der goldige Herr eine kleine Gabe übrig für Zarba, die Zigeunerin?«

Er warf höchst indignirt den Kopf zurück.

»Geh! Ihr und das Betteln seid im Land verboten.«

Sie trat ihm um einen Schritt näher und bohrte den scharfen Blick ihres großen, dunklen Auges forschend in sein Gesicht.

»Wie? Der Herr Offizier heißt mich gehen? Gab es nicht eine Zeit, in welcher Zarba, die Vajdzina ihres Stammes, selbst Fürsten willkommen war? Ich kenne Dein Gesicht und Deine kalten Augen, denen nur der Stolz und Hochmuth ein Leben gibt. Du bist der Sohn eines Herzoges und trachtest nach Scepter und Krone. Aber Du hast die Zingaritta von Dir gewiesen, und so wird Dein Aufgang sein wie der Tritt des Elephanten, der Alles zermalmt, Dein Ende aber wie der Tod des Wildes, das im finstern Dickicht stirbt, einsam, verlassen und vom Blute triefend!«

Sie hatte sich gerade emporgerichtet, so hoch ihre Gestalt es erlaubte. Die Rechte auf den Stock gestützt, hielt sie die Linke wie beschwörend in die Höhe. Ihre Augen leuchteten, die Falten ihres Gesichtes hatten sich geglättet, und ihre Worte drangen zischend durch die elfenbeinernen Zähne, welche zwischen den dünnen, zusammengeschrumpften Lippen hervorglänzten. Bei all ihrer jetzigen Häßlichkeit ließ sich vermuthen, daß sie früher wohl ein schönes Mädchen gewesen sei.

Der Prinz war aufgesprungen. Auch sein Auge blitzte. Von Wuth übermannt ergriff er sie beim Arme.

»Weib, Hexe, soll ich Dich zermalmen?«

Auch die Prinzessin hatte sich erhoben. Ihr milder, verwunderter Blick traf sein Auge. Er nahm die Hand von der Zigeunerin und wandte sich zur Schmiedin.

»Schicken Sie sofort Ihren Lehrling nach der Polizei. Diese Landstreicherin wird arretirt!«

In diesem Augenblick trat Doktor Brandauer aus der Schmiede, den großen Zuschlaghammer in der Hand. Die Zigeunerin sah ihn; ihr Auge schien dreifache Schärfe zu gewinnen, und über ihr erregtes Gesicht glitt ein Zug der Ueberraschung. Mit zwei raschen Schritten stand sie vor ihm.

»Du bist Max, der Sohn aus der Hofschmiede?«

»Ja,« antwortete er verwundert.

»Ich bin Zarba, die Zingaritta.«

»Zarba? Ists möglich!« rief er, während die freudigste Ueberraschung sein offenes Gesicht erhellte. »Endlich, endlich wird unser größter Wunsch erfüllt. Du mußt mit zum Vater!«

»Zarba darf Dir nicht folgen.«

»Warum nicht?«

»Sie soll arretirt werden.«

»Warum?«

»Weil sie den hohen Herrn dort in die Zukunft blicken ließ.«

»Der Herr General wird Dich nicht arretiren lassen. Du gehst mit mir!«

Diese Worte wurden mit einer Bestimmtheit gesprochen, von welcher sich der Prinz beleidigt fühlte.

»Oho!« meinte er. »Ich habe die Arretur befohlen und werde mir Gehorsam zu verschaffen wissen!«

Den schweren, eisernen Hammer wie federleicht in der Hand schwingend, blickte ihm Brandauer lächelnd in das Angesicht.

»Durchlaucht, ich bitte unterthänigst, diese Frau freizugeben.«

»Ich habe keine Veranlassung, meinen Befehl zurückzunehmen.«

»Und ich erbat aus Höflichkeit, was ich nicht zu erbitten brauchte. Es hat hier Niemand Veranlassung, Ihren Befehlen Gehorsam zu leisten. Wir gehören weder zur Polizei noch zu Ihrer Dienerschaft, und Zarba steht unter meinem ganz besonderen Schutze. Wollen Sie mich zwingen, sie Ihnen zu entziehen, ohne die Reparatur vollendet zu haben?«

»Wir werden uns eines andern Wagens bedienen!«

Da trat die Prinzessin zu dem Doktor.

»Herr Doktor, vollenden Sie das Begonnene. Asta von Süderland bittet Sie darum!«

Ein Blitz seines Auges leuchtete an ihr empor.

»Königliche Hoheit, dieser Wunsch ist mir allerdings Befehl. Ich lasse mich von keinem Herrscher kommandiren; aus solchem Munde aber genügt ein Wort, mich zum willfährigsten Ihrer Diener zu machen. Zarba, geh in die Stube, und warte, bis ich fertig bin!«

Sie schüttelte langsam das Haupt und sah ihn mit einem Blicke an, welcher eigenthümlich zwischen Liebe und Demuth glänzte.

»Das Volk der Brinjaaren und Lampadaaren hat Indien verlassen, weil Bhowannie, die Göttin, es ihm gebot. Es irrt im fremden Lande und hat weder Ruhe noch Rast, bis der Wunderbaum gefunden ist, an welchem es sich versammelt, um die Erde zu beherrschen. Zarba ist eine Tochter ihres Stammes; sie darf nicht ruhen, wenn der Geist sie treibt. Sie muß gehen; aber Du wirst sie wiedersehen, noch ehe die Sonne dreimal untergegangen ist. Gieb mir Deine Hand!«

Sie nahm seine Linke, warf aber kaum einen kurzen Blick in dieselbe. Ihr Auge suchte das Weite und haftete dort mit einem Ausdrucke, als thäten sich ihm die Pforten der Zukunft auf, um ihn die Gestalten späterer Zeiten schauen zu lassen. Dann sah sie ihm fest in das erwartungsvoll lächelnde Angesicht.

»Der Geist ist allwissend, aber das Auge des Menschen ist schwach; doch wenn der Geist es stärkt, dann werden vor ihm Dinge offenbar, die es sonst nicht zu erblicken vermag. Du wirst nicht glauben, was Dir Zarba sagt, und dennoch wird es sich erfüllen. Deine Hand ist stark, den Hammer zu schwingen; sie bedarf dieser Stärke, um später das Scepter zu halten. Scepter und Hammer wird die Losung Deines Lebens sein. Du wirst Liebe säen und Feindschaft ernten; aber Deine Faust wird wie ein Hammer auf die Häupter Deiner Feinde fallen und ihnen die Kronen entreißen, die sie Dir zu rauben trachteten. Ich sehe Dich mit hochgeschwungener Keule mitten unter ihnen; ich sehe sie stürzen und sterben oder um Gnade flehen; ich sehe Dich hoch über ihnen, und an Deiner Seite –«

Sie hielt wie unter dem Eindrucke eines unerwarteten Gesichtes plötzlich inne und ergriff dann mit einer schnellen Bewegung die Hand der Prinzessin, welche in der Nähe stehen geblieben war. Dann fuhr sie in dem vorigen Tone fort:

»Ich sehe Dich hoch über ihnen, und an Deiner Seite den

Engel Deines Lebens, den Du gefunden hast, als Du den Hammer hieltest, und der Dir treu bleibt, auch wenn Du das Scepter trägst. Glaube es Zarba nicht, aber sage ihr später, daß sie Dir die Wahrheit verkündete!«

Sie gab die beiden Hände frei, wandte sich um, und war mit größerer Schnelligkeit, als man ihr zugetraut hätte, auf dem schmalen Pfade, welcher zwischen der Schmiede und der nächsten Villa in das Freie führte, verschwunden. –

ZWEITES KAPITEL.

Belauscht.

Es war am Abende desselben Tages. Max Brandauer saß in dem Zimmer der Hofschmiede, welches ihm die Eltern als Studirstube überwiesen hatten, und versuchte, seine Gedanken auf die Lektüre einer militärwissenschaftlichen Abhandlung zu konzentriren. Es gelang ihm nicht, denn immer kehrten dieselben zu der heutigen Begegnung zurück.

Zunächst fesselte die Erscheinung der Zigeunerin seine Aufmerksamkeit. An ihren Namen knüpften sich Thatsachen und Erinnerungen, welche auf die ersten Tage seiner Kindheit, seines Lebens zurückführten. Er hatte sie als fünfjähriger Knabe ein einziges Mal gesehen; damals als sie in der Zeit des Nachsommers gestanden und eine immerhin noch anziehende Persönlichkeit gebildet. Sie war plötzlich verschwunden, ebenso schnell und unerwartet, wie sie gekommen war. Dann hatten die Eltern ihrer geharrt eine ganze Reihe von Jahren, und nun heut war sie wieder erschienen, ob nur für den einen Augenblick, ob für längere Zeit, ob aus oberflächlichen, gewöhnlichen Gründen oder zur Lösung der Räthsel, die mit ihrem früheren Auftreten verbunden waren – wer konnte das wissen?

Er hatte den Eltern von der Begegnung erzählt und von der Mutter einen linden Verweis erhalten, daß er sie wieder aus den Augen gelassen hatte. Der Vater aber war ruhig geblieben in der festen Ueberzeugung: »Sie kommt sicher, wenn sie es wirklich gewesen ist!«

Neben der verfallenen Gestalt der alten Wahrsagerin hob sich vor seinem geistigen Auge die Erscheinung der Prinzessin wie ein lichtes, glanzvolles Phänomen ab, dessen Strahlen unter den Lidern hindurch bis hinab in die tiefste Seele dringen. Er hatte die süßen, beglückenden Regungen der Liebe noch nie empfunden; es entging ihm also der Maßstab für die wunderbare Stimmung, in welche er sich seit heute versetzt fühlte, und er ließ, halb sinnend, halb träumend, mehr noch aber empfindend, die Erinnerung an das eigenthümliche Erlebniß ungestört auf sich einwirken.

Drunten in der Werkstatt waren die Hammerschläge längst verhallt, und nach dem eingenommenen Abendbrode saßen die drei Gesellen vor der Thür, um über Dieses und Jenes zu sprechen und ihre Pfeife dabei zu schmauchen. Unweit von ihnen hockten die zwei Lehrjungen auf umgestürzten Wagenrädern, in der löblichen Absicht, von dieser Unterhaltung so viel wie möglich wegzuschnappen und dabei den Geruch des Kanasters zu genießen, der eine feinere Nase allerdings nicht in Entzücken versetzt hätte.

»Ja,« meinte Thomas, der Obergeselle, »der junge Herr ist nun wieder da, und nun giept es zuweilen doch eine Plaisir, pei der man mitmachen darf. Alle Tage eine Fechtübung mit Rappier, Floret, Hieper und Stoßdegen, am Apend eine Wasserfahrt oder sonst ein Ausgang, pei dem der Thomas nicht fehlen darf. Das pringt außer dem Vergnügen ein Glas Pier, eine Putterpemme mit Schinken oder – –«

»Oder ein Glas Doppelwachholder mit Ambalema,« fiel ihm der Zweite in die Rede.

»Ja, das ist am Den!« stimmte der Dritte bei.

Die drei Gesellen waren nämlich durchweg Originale. Alle Drei hatten gedient, Thomas bei der Reiterei, Baldrian bei den Grenadieren und Heinrich bei der Artillerie; Jeder von ihnen hatte es zum Unteroffizier gebracht und hielt seine Waffe für die vorzüglichste. Sie waren unverheirathet und fest entschlossen, ihre jetzige gute Stellung so lang wie möglich beizubehalten, obgleich Jeder ohne Wissen des Andern im tiefsten Winkel seines Herzens ein Ideal beherbergte, welches die größte Aehnlichkeit mit einer behäbigen Frauengestalt hatte. Thomas nämlich hielt gar große Stücke auf die Wittfrau Barbara Seidenmüller, Baldrian träumte sehr oft von der allerliebsten, jungen Wittfrau und Kartoffelhändlerin Barbara Seidenmüller, und Heinrich trank seinen Abendschoppen am liebsten bei der ehr- und tugendsamen Wittfrau, Kartoffelhändlerin und Gasthofsbesitzerin Barbara Seidenmüller.

Dabei hatte Jeder von ihnen, wie man zu sagen pflegt, seine kleine Neunundneunzig. Thomas Schubert, der Kavallerist, hatte es in seinem ganzen Leben niemals fertig gebracht, ein B auszusprechen, so daß sein eigener Name in seinem Munde nicht anders als Schupert klang. Baldrian, der Grenadier, war höchst schweigsam und betheiligte sich an den gewöhnlichen Gesprächen meist nur mit den Worten: »Ja, das ist an Dem,« oder »das ist nicht an Dem,« verwechselte dabei aber regelmäßig den Casus und brachte daher stets ein »am Den« zum Vorscheine. Heinrich, der Artillerist, war der Quälgeist der beiden andern; er hatte stets einen Widerspruch oder eine Ironie bei der Hand und besaß dabei die Eigenthümlichkeit, Alles in hundertfacher Größe darzustellen oder, wie man es gewöhnlich nennt, ganz gewaltig aufzuschneiden, ohne daß man dabei das Recht gehabt hätte, an seiner Biederkeit zu zweifeln.

Thomas schien die Unterbrechung seiner Rede nicht belobigen zu wollen; er stieß heftig einen Mund voll Rauch in die Luft und meinte:

»Haltet den Schnapel, Ihr Kerls! Was geht Euch mein Doppelwachholder an oder gar meine Lieblingscigarre? Ampalema ist nun einmal das peste Deckplatt, das es giept, das ist nicht apzustreiten. Hapamos, Capalleros, Londres, Patavia, Puros, Alles, Alles ist nichts gegen die ächte Ampalema. Der Herr Meister raucht nur solche, und da ist es unsre Schuldigkeit, ganz dasselpe auch zu thun. Ueprigens hapt Ihr mich nicht irre zu machen, wenn ich vom jungen Herrn erzähle. Heut Apend soll ich ein Stück den Fluß hinaprudern, und Ihr könnt es gar nicht glaupen, wie gern ich das thue. Da liegt er still im Kahne, hat die Augen zu und sagt kein Wort; aper ich weiß, daß er gerade da am meisten sinnt und studirt. Und wenn wir dann zurückkommen und er gipt mir die Hand und sagt: »Heut war's wieder schön; hap Dank, mein lieper Thomas!« so könnte ich ihn umarmen, wenn er dazu nicht gar zu gelehrt und vornehm wäre. Er hat so etwas an sich, was ich nicht pei dem rechten Namen nennen kann, was einem das Herz raupt und doch gewaltig in Respekt versetzt. Ich hape einmal ein Theaterstück gesehen, das hieß »der verwischte Prinz,« und –«

»Der verwunschene Prinz,« wagte hier Fritz, der eine Lehrjunge, zu verbessern.

»Still, Grünschnapel! Wenn der Opergesell spricht, so hapen die Gesellen zu schweigen und die Lehrpupen also erst recht! Op ein Prinz verwischt ist oder verwunschen, das pleipt sich ganz egal! Also in dem Stücke kommt ein Prinz vor, der ein Schuster ist, und wenn ich den jungen Herrn sehe, so –«

»So kommt es Dir allemal vor, als ob er der Schuster sei und Du der Prinz,« unterbrach ihn Heinrich.

»Du sollst mich nicht in meiner schönsten Rede unterprechen; ich weiß sonst zuletzt gar nicht mehr, wo ich wieder anzufangen hape!«

»Ja, das ist am Den!« meinte Baldrian.

»Also dieser Prinz, der ein Schuster war –«

»Thomas!« rief in diesem Augenblicke Max durch das geöffnete Fenster herab.

Der alte Unteroffizier erhob sich in kerzengerade Stellung.

»Zu Pefehl, Herr Doktor!«

»Bist Du fertig?«

»Allemal!«

Er strich das Haar glatt, schob die Mütze zurecht und knüpfte den Rock zu. Dann reichte er dem Lehrjungen die Pfeife hin.

»Da Fritz; trage sie hinauf in meine Kammer, weißt's schon, an welchen Nagel! Im Herrendienst ist das Tapakrauchen ordonnanzwidrig.«

Nach einigen Minuten kam der Doktor herab.

»Wir gehen durch den Garten, Thomas; wir kommen da näher.«

In sechs Schritten Entfernung folgte ihm der Geselle. Als sie geräuschlos über den weichen Rasenplatz schritten, gewahrte der Letztere in einer Ecke des Gartens die beiden Lehrlinge, welche sich niedergelassen hatten und behaglich einer um den andern an seiner Pfeife sogen. Ein durch den Rauch hervorgebrachtes Husten hatte sie verrathen.

»Herr Doktor!«

»Was?«

»Erlauben Sie mir eine Seitenschwenkung! Dort sitzen die peiden Hallunken und peißen mir die Pfeifenspitze entzwei.«

Er schlich sich näher und hatte bald die beiden Missethäter bei den Haaren.

»Was macht Ihr da mit meiner Pfeife, Ihr Schlingels! Ist das hier etwa meine Kammer, he? Da und da, hapt Ihr eine Ohrfeige als Apschlagsgeld; die Hauptsumme kommt nach, wenn ich wieder zu Hause pin. Jetzt hape ich keine Zeit, denn zu so etwas gehört die richtige Muse und Gemüthlichkeit!«

Er steckte die Pfeife zu sich und eilte dem Doktor nach.

Dieser hatte bereits den Fluß erreicht, welcher in der Nähe des Gartens vorüberfloß. Am Ufer hing eine Gondel, welche dem Schmied gehörte. Sie stiegen ein und stießen ab. Die Fahrt ging stromabwärts. Thomas brauchte nicht zu rudern, und Max saß am Steuer, um den Kahn treiben zu lassen. Das Dunkel des Abends senkte sich nieder, und am Firmamente traten Tausende von Sternen hervor, welche die sich zur Ruhe rüstende Erde mit magischem Lichte bestrahlten. Sie fuhren am Palaste des Herzogs von Raumburg vorüber und erreichten dann das Palais, welches zur Aufnahme hoher Gäste erbaut war. Gegenwärtig bewohnte es der Erbprinz von Süderland, dem benachbarten Königreiche, mit Gemahlin und Schwester, welche die Residenz mit einem Besuche beehrten, dem man eine geheime, diplomatische Mission unterschob. Das prachtvolle Gebäude lag etwas vom Ufer zurück in einem Garten, welcher an den Fluß stieß und sich längs desselben zu einem wohlgepflegten Parke verbreitete. Ein kleiner Landeplatz lag dem Gartenthor gegenüber; Max legte eine Strecke oberhalb desselben an.

»Bleib hier halten, Thomas, bis ich wiederkomme!«

»Der Zutritt ist hier verpoten, Herr Doktor!«

»Ich weiß es.«

Trotz dieser Antwort aber stieg er aus und stand nach einem raschen Sprunge über das eiserne Staket hinweg im Garten. Es trieb ihn keine bestimmte Absicht an diesen Ort, und wäre er gefragt worden, so hätte er über sein Thun nicht die mindeste Rechenschaft zu geben vermocht. Das Menschenherz ist der unbegreiflichste Motor unserer Handlungen und verträgt keine Kontrole, als nur die eigene.

Er näherte sich dem Hause, von welchem nur wenige Fenster erleuchtet waren. Er beobachtete eines nach dem andern, doch kein Schatten wollte ihm die Anwesenheit Derjenigen zeigen, deren Bild ihn magnetisch herbeigezogen hatte. Da ließen sich Schritte im Kiese des Ganges vernehmen; er trat hinter ein Bosket. Zwei Damen nahten, in eifriges Gespräch vertieft. Sie waren Beide hell gekleidet, und ihre Gestalten hoben sich von dem dunklen Grunde des Gartens ab.

»So laß uns gegen diese Politik konspiriren, meine gute Asta,« meinte die eine. »Du sollst ihr nicht zum Opfer fallen, denn dieser Prinz, er ist auch mir unsympathisch.«

Mehr konnte er nicht vernehmen; aber er wußte nun, ohne darnach getrachtet zu haben, welcher Grund die königlichen Gäste herbeigeführt hatte. So lange er die Damen mit den Augen verfolgen konnte, blieb er stehen; dann kehrte er auf demselben Wege, den er gekommen war, zum Kahne zurück.

»Weiter hinunter?« frug Thomas.

»Ja.«

Wieder begann die Wasserfahrt. Max saß still und träumte. Er sah wohl kaum irgend eine Parthie der beiden Ufer, welche im lichten Sternenscheine hüben und drüben lagen; er sah nur die lichte Gestalt, die an der Seite der fremden Kronprinzessin an ihm vorübergegangen war. Was hatte er mit ihr? Sie war die Tochter eines Königs und er der Sohn eines einfachen Schmiedes. Aber eine solche Reflexion gab es nicht in ihm. Er war ihr gefolgt wie dem Sterne, von welchem das Auge nicht lassen kann, obgleich er Billionen von Meilen hoch über der Erde steht.

So waren sie eine ziemliche Strecke abwärts gelangt, ehe er wieder umkehren ließ und mit zu dem Ruder griff; diese Arbeit that ihm wohl, es war, als wolle er das, was in ihm vorging, durch äußere Anstrengung zur Klärung bringen, und so flog der Kahn, von vier kräftigen Händen getrieben, mit genügender Schnelligkeit wieder stromaufwärts.

Sie hatten eben den Palast des Herzogs von Raumburg passirt, als ihnen ein kleineres Fahrzeug begegnete. Max hätte wohl nicht sehr auf dasselbe geachtet, wenn nicht Thomas ihn darauf aufmerksam gemacht hätte.

»Dort kommt ein Engländer, Herr Doktor. Das ist einer vom Ruderklupp in seiner Nußschale. Wo mag der noch hinwollen?«

Es war einer jener kleinen Wellenstecher, welche mit Paddelruder fortbewegt werden und, wenn der Mann darin sitzt, kaum zwei Zoll Bordhöhe haben. Er kam vom andern Ufer herüber und konnte die beiden Männer, welche im Schatten der dichtbelaubten Bäume ruderten, nicht leicht bemerken.

»Ein eigenthümlicher Kerl,« meinte Thomas, als ein zufälliger Lichtstrahl von drüben herüber auf das kleine Fahrzeug fiel. »Der sieht ja fast wie ein Türke aus; ein gelper Kaftan und ein plauer Turpan!«

Jetzt blickte Max genau hin. Seine Vermuthung bestätigte sich, es war die Zigeunerin, welche sich ein Boot vom Ruderklubb losgekettet hatte und jedenfalls auf einer geheimnißvollen Parthie begriffen war.

»Laß sie vorüber!«

»Zu Pefehl, Herr Doktor!« meinte Thomas, ein wenig befremdet über das »sie.«

»So. Wir müssen unbemerkt folgen. Umgelenkt!«

Der verfolgte Kahn fuhr an dem Palaste vorüber und landete eine Strecke unterhalb desselben im Ufergesträuch, welches an den Garten stieß. Max befand sich mit seiner Gondel noch oberhalb des Gebäudes. Er legte das Steuer nach links herüber und landete auch.

»Thomas, willst du ein Abenteuer mitmachen?«

»Ein Apenteuer? Ich pin allemal dapei!«

»Die dort im Kahne saß, ist kein Mann, sondern eine Frau.«

»Eine Frau? Potz Tausend; was hat die hier zu suchen? Es muß doch pereits elf Uhr vorüper sein!«

»Es ist eine Zigeunerin. Sie will jedenfalls in das herzogliche Palais, und zwar heimlich, daher landet sie weiter unten.«
»Dann muß sie durch den Garten.«
»Allerdings. Wir müssen ihr zuvorkommen.«
»Zu Pefehl, Herr Doktor! Ich pinde den Kahn hier an den Paum. So; da hängt er fest.«
»Dann vorwärts; schnell!«

Sie eilten nach der hintern Front des Palastes und an derselben hinab bis zum Garten, der mit einer durchbrochenen Mauer umgeben war, die dem Uebersteigen kein großes Hinderniß bot. Sie gelangten ohne Anstrengung hinüber. An dieser Seite des Gebäudes befand sich am erhöhten Parterre eine Veranda, welche sich zu einer in den Garten herabführenden Treppe öffnete. Hierher mußte die Zigeunerin kommen, wenn sie wirklich die Absicht hatte, welche Max vermuthete. Er steckte sich mit Thomas hinter ein dichtes Ziergesträuch und wartete.

Nach einiger Zeit kam eine Gestalt vorsichtig längs der im Dunkel liegenden Rasenrabatte herbeigeschlichen, blieb eine Minute lang lauschend stehen und huschte dann zur Treppe. Sie stieg aber dieselbe nicht hinauf, sondern bückte sich an der Seite derselben nieder und verschwand. Die Treppe schien die vordere Decke eines Kellers oder Gewölbes zu bilden, zu dessen Erleuchtung an den beiden Stützwänden je ein rundes Fenster angebracht war. Nach einigen Augenblicken leuchtete im Innern ein Lichtschein auf.

»Ich folge ihr. Bleibe zurück und halte Wache!«
»Sie hat den Rahmen aufgewirpelt und ist hinuntergestiegen. Ich hape Ihnen nichts zu pefehlen, Herr Doktor, aper es ist vielleicht pesser, wenn Sie dapleipen. So eine Zigeunerin ist voll Teufelsspuk und Zauperei, was für keinen Menschen gut und heilsam ist. Vielleicht will sie gar einprechen und nachher – – ja da hapen wirs; da ist er schon hinein und hinunter, und wenn das die Hexe merkt, so kann es eine saupere Geschichte gepen!«

Wirklich war das Fenster aus der Oeffnung entfernt, die so groß war, daß ein Mensch bequem einzusteigen vermochte.

Max hatte den Boden, welcher in kaum halber Manneshöhe unter ihr lag, erreicht. In einiger Entfernung vor ihm schimmerte das Licht. Er entledigte sich so schnell wie möglich seiner Stiefel und folgte. Zarba bewegte sich so langsam vorwärts, daß es keiner Anstrengung bedurfte, ihr so nahe zu kommen, daß er sich hart außerhalb des Scheines befand, welchen das von ihr getragene Licht verbreitete. Er konnte beinahe ihren Athem hören, während sie nicht die geringste Ahnung hatte, daß sie auf diesem geheimnißvollen Gange belauscht wurde.

Die Wölbung, in welcher sie sich befanden, war doch kein Keller, sondern sie bildete einen schmalen, niedrigen Gang, welcher in gerader Richtung bis auf die Mitte des Gebäudes führte und dort auf eine aufwärtsgehende Treppe mündete. Zarba stieg empor; sie mußte diesen Weg schon öfters zurückgelegt haben. Ohne auf das Parterre oder den ersten Stock zu münden, führte die Stufenreihe bis zur zweiten Etage in die Höhe, wo die Zigeunerin lauschend vor einer schmalen Thür stehen blieb, an welcher sich ein einfacher Drücker befand. Nach einigen Minuten ergriff sie denselben, um ihn in Bewegung zu setzen. Die Thür öffnete sich vollständig geräuschlos nach innen, und ein heller Lichtschein drang heraus, in dessen Beleuchtung die Zingaritta wie im Rahmen eines Bildes zwischen dem Thürgewände stand.

Ohne wieder zu schließen, glitt sie langsam vorwärts. Max trat näher. Vor ihm lag ein ringsum mit hohen Bücherrepositorien besetztes Bibliothekzimmer, aus welchem eine schwere, grünstoffene Portière in den nächsten Raum führte. Der geheime Eingang war durch eines der Büchergestelle, welches auf irgend eine Weise seine Beweglichkeit erhalten hatte, maskirt. Vom Plafond herab hing ein sechsarmiger Leuchter, dessen Lichter das Zimmer erhellten. In der Mitte des Letzteren stand eine lange Tafel, von oben bis unten mit Büchern und allerlei Skripturen belegt.

Zarba war an die Portière getreten, deren beide Theile sie vorsichtig auseinanderzog, um einen Blick hindurchzuwerfen. Dann verschwand sie hinter derselben. Max wartete eine

Weile; dann glitt auch er hinzu. Ohne den Stoff bemerkbar zu bewegen, machte er sich eine kleine Oeffnung und blickte hindurch.

Vor ihm lag ein im höchsten Komfort ausgestattetes und von einer kostbaren Ampel erleuchtetes Arbeitszimmer. Die Zigeunerin hatte gemächlich auf einem Sammetfauteuil Platz genommen und eine kurze Thonpfeife hervorgezogen, welche sie aus einer Düte mit Tabak stopfte und dann in Brand steckte. Sie rauchte mit einem Behagen, als befinde sie sich in ihrem Eigenthume, und es hatte allen Anschein, als ob sie sich nicht sogleich wieder erheben werde.

Was hatte das Alles zu bedeuten? Wie kam die fremde, verachtete Bettlerin dazu, in dieser Weise die geheimen Räume des Herzogs zu kennen und aufzusuchen? Max nahm sich jetzt nicht Zeit, sich diese und ähnliche Fragen vorzulegen; er mußte vor allen Dingen die Situation ausnützen. Er glitt zurück, um den Eingang zu untersuchen, und bemerkte zu seiner Beruhigung, daß derselbe von innen durch einen hinter den Büchern angebrachten Riegel, welcher mit dem äußern Drücker in Verbindung stand, geöffnet werden konnte.

Jetzt fiel sein Blick auf die Büchertafel. Gerade vor ihm lag neben einigen eng mit Ziffern beschriebenen Papieren ein Blatt, welches die Aufschrift »Schlüssel« führte. Sollte es den Schlüssel für die geheime diplomatische Korrespondenz des Herzogs enthalten? Dieser war als entschiedener Gegner des gegenwärtigen Systems bekannt und stand mit den verschiedenen Höfen in direkter Beziehung. Es waren sogar schon öfters Gerüchte aufgetaucht von einer ebenso verborgenen wie kräftigen Agitation für die Abdankung des jetzigen Herrschers. Der Herzog war Generalissimus der Armee – hundert Gedanken durchzuckten den Doktor; er trat nochmals zur Portière; die Zigeunerin saß noch in derselben ungenirten Haltung da und schmauchte ihren Stummel – schnell saß er auf einem Stuhle, zog sein Notizbuch und notirte Ziffer um Ziffer, Buchstaben um Buchstaben und Zeichen um Zeichen von dem wichtigen Blatte.

Eben war er damit fertig, als drüben ein halblauter Ausruf

ertönte. Schnell trat er zur Portière und blickte hindurch. Der Herzog war eingetreten und hatte den nächtlichen, geheimnißvollen Besuch bemerkt.

»Donner und Doria; wer ist das?!«

Die Zigeunerin machte nicht die geringste Miene, sich zu erheben. Sie that noch einen kräftigen Zug aus ihrer Pfeife und antwortete dann:

»Donner und Doria; er kennt Zarba, sein Weib nicht mehr!«

»Zarba!« rief er, sichtlich erschrocken und den Riegel vor die Thür schiebend. »Du lebst noch! Was willst du? Hast Du vergessen, daß der Tod darauf ruht, wenn Du mein Haus betrittst?«

»Der Körper der Zingaritta ist gealtert, aber ihr Geist ist stark. Sie hat nichts vergessen, doch fürchtet sie Dich nicht. Sie lebt noch und wird nur dann sterben, wenn Bohwannie es will. Wo hast Du meinen Sohn?«

»Er ist längst gestorben.«

Jetzt erhob sie sich.

»Lügner!«

Er lächelte überlegen.

»Weib, nimm Dich in Acht, daß ich Dich nicht vernichte!«

»Mann, hüte Dich vor Zarba, der Zigeunerin! Als sie die Schönste war unter den Töchtern der Brinjaaren, hast Du sie bethört. Sie verließ ihr Volk, um bei Dir zu wohnen; aber Deine Schwüre waren Meineid, Deine Küsse Gift und Deine Liebe und Treue Betrug. Du raubtest mir den Sohn, Deinen und meinen Sohn und stießest mich hinaus in die Welt. Aber ich fand ihn, den Geraubten; ich sagte ihm, wer sein Vater und Henker sei. Du aber rissest mich wieder von ihm und ließest mich aus dem Lande stäupen. Ich kam dennoch zurück und fand seine Spur. Wo ist unser Kind?«

»Gestorben.«

»Gestorben? Ja, todt, mehr als todt! Sein Körper lebt, aber seit sechs Jahren mordest Du seinen Geist, dessen Stärke Allem widersteht. Wo ist mein Kind, mein Sohn? Im Irrenhause, von Dir eingekerkert und unter die Wahnsinnigen gesteckt, weil er weiß, daß ein Herzog sein Vater ist. Gieb ihn heraus!«

»Du selbst bist wahnsinnig!«

Sie trat von ihm zurück und sah ihm lange in das finstere Angesicht; dann ließ sie sich langsam auf das Knie nieder.

»Du hast das Herz eines Mädchens kennen gelernt, welches sein Volk, seinen Stamm, seinen Glauben, seine Eltern und Schwestern und Alles, Alles hingab, weil Du es wolltest; aber Du kennst nicht das Herz einer Mutter; es ist das Herz einer Löwin, welche den zerreißt, der ihr Junges rauben will. Denke zurück an unser Glück und sieh Zarba, wie sie jetzt vor Dir kniet! Sie fleht zu Dir um – – –«

»Halt!« unterbrach er sie streng, »kein Bühnenspiel! Dein Sohn ist todt für Dich. Du wirst ihn niemals wiedersehen!«

Sie erhob sich.

»Noch einmal bittet Zarba: Gieb ihn mir zurück!«

»Niemals!«

»So wird die Zingaritta Dich zu zwingen wissen! Sie wird vor allen Thüren erzählen und auf allen Gassen ausrufen, daß Du der Vater ihres Kindes bist!«

»Pah! Das wird zu verhindern sein.«

»Meinst Du?« Ihre Züge nahmen jetzt einen Ausdruck des Hasses und der Entschlossenheit an, der doch den Hohn, welcher um seine Lippen spielte, verschwinden machte. »Meinst Du, Zarba fürchte sich vor Dir und Deiner Macht, Herzog von Raumburg? Du bist in ihre Hand gegeben wie der Fuchs in die Tatze der Löwin, und ein einziges Wort von ihr bringt Dich in Tod und Verderben!«

»Ah? Sprich dieses Wort!« gebot er, ungläubig und verächtlich lächelnd.

Sie trat ihm näher und raunte ihm zu:

»Es heißt: Prinzenraub!«

Er fuhr zurück.

»Landstreicherin, Du bist wahrhaftig wahnsinnig!«

»So höre weiter!«

Sie näherte sich ihm von Neuem und zischte ihm Worte entgegen, welche Max nicht verstehen konnte, weil sie leise gesprochen waren. Der Herzog war mit einem Male leichenblaß geworden; er vermochte nicht zu antworten.

»Nun? Du trachtest nach Thron und Krone; die Hand der Landstreicherin kann Dir Beides geben und Beides nehmen. Soll sie ihren Sohn wiederhaben?«

Er trat an das Fenster und starrte lange hinaus. Endlich drehte er sich zu ihr um.

»Hast Du bisher geschwiegen?«
»Ja.«
»Schwöre es mir!«
»Ich schwöre es bei Bhowannie.«
»So sollst Du Deinen Sohn sehen!«
»Nur sehen?«
»Und mitnehmen dürfen.«
»Wann?«
»Wann Du willst.«
»Morgen! Ich kenne das Haus, in welchem er wohnt.«
»Gut. Ich werde Dir einen Befehl für den Direktor schreiben.«

Er setzte sich und füllte ein herbeigezogenes und bereits mit Unterschrift und Siegel versehenes Blanket aus.

»Hier. Auf Vorzeigen dieser Schrift erhältst Du Einlaß in die Anstalt.«

Ihr Auge ruhte scharf auf ihm.

»Du wirst mich nicht betrügen?«
»Nein.«
»So lebe wohl! Ich komme niemals wieder!«

Die Antwort des Herzogs konnte Max nicht vernehmen; er mußte sich zurückziehen. Doch wohin? In den Gang durfte er sich noch nicht wagen, da ihn die dort bewandertere Zigeunerin sicher eingeholt hätte; es blieb ihm nichts Anderes übrig, als sich unter der Tafel zu verbergen, deren weit herabhängende Decke ihm sicheren Schutz gewährte.

Kaum hatte er da Platz genommen, so traten die Beiden in das Bibliothekzimmer.

»Lebe wohl für immer,« sprach der Herzog, »und bedenke, daß meine Macht so weit reicht, als Euch Eure Füße tragen!«

Sie entfernte sich durch die geheime Thür, während er in sein Arbeitszimmer zurückkehrte.

Lange hörte Max ihn in demselben auf- und abgehen; dann erklang das leise Kritzeln einer Feder. Schon überlegte der Doktor, ob er sich auf alle Gefahr hin entfernen oder ruhig versteckt halten solle, bis der Herzog schlafen gegangen sei, als dieser sich erhob und heraus in die Bibliothek trat. Er schritt zur verborgenen Thür, öffnete dieselbe und stieg die Treppe hinab.

Jedenfalls wollte er sich überzeugen, ob die Zigeunerin das Fenster unten wieder verschlossen habe. Max vermuthete, was der Herzog soeben geschrieben habe; er hatte jetzt Gelegenheit, sich zu überzeugen, ob seine Ahnung richtig sei. Er eilte in das Arbeitszimmer, trat an den Schreibtisch und warf einen Blick auf das dort liegende und bereits vollendete Schriftstück. Es enthielt den Befehl an den Direktor der Landesirrenanstalt, die Zigeunerin Zarba als unheilbar wahnsinnig zu installiren, sobald sie erscheine, sich auf keinerlei Verhör mit ihr einzulassen und bei etwaiger Widersetzlichkeit die schärfsten Zwangsmaßregeln in Anwendung zu bringen. Eine eingehendere Instruktion sollte umgehend folgen.

»Schurke!« konnte sich der Doktor nicht enthalten auszurufen; dann kehrte er in sein Versteck zurück.

Er erreichte es gerade noch rechtzeitig, denn schon im nächsten Augenblicke trat der Herzog wieder ein und begab sich in das Nebenzimmer. Bald darauf wurde der Geruch von Siegellack bemerkbar, dann rückte ein Sessel, und die Außenthür zum Arbeitskabinet erklang. Der hohe, fürstliche »Schurke« hatte dasselbe jedenfalls verlassen, um den Befehl einem Kourier zu übergeben, da es nothwendig war, der Zigeunerin zuvorzukommen.

Jetzt durfte Max seinen unbequemen Platz verlassen. Er öffnete das Bücherfach, verschloß es hinter sich und tastete sich die Treppe hinab. Er hatte ein eigenthümliches und gefährliches Abenteuer bestanden und stand, unten im Gange angelangt, unwillkürlich tief aufathmend still.

»Zarba, Du sollst gerettet werden,« gelobte er sich; »Du

und Dein unglücklicher Sohn. Gott hat mich hinter Dir hergeführt; er ist der Schutz der Gerechten!«

Er fand das Fenster geschlossen; die Wirbel befanden sich an der Außenseite desselben, doch war eine Scheibe zerbrochen, so daß er hindurchlangen und öffnen konnte. Als er hinausgestiegen war und den Verschluß wieder bewerkstelligt hatte, trat Thomas auf ihn zu.

»Gott sei Dank, Herr Doktor, daß Sie mit heiler Haut wieder pei mir sind! Die Hexe ist schon längst wieder heraus. Was hat es denn da drin gegepen?«

»Das sollst Du später erfahren. Bis dahin aber erzählst Du keinem Menschen, was heut geschehen ist!«

»Keinem einzigen; ich gepe gleich einen Eid darauf! Nicht einmal der guten Parpara Seidenmüller, die doch sonst Alles wissen muß!« – – –

DRITTES KAPITEL.

Die Brüder Jesu.

Es war an demselben Abende. Der nach der Hauptstadt gehende Schnellzug mußte bald kommen, und die Reisenden im Wartezimmer erster und zweiter Klasse machten sich allmählich zum Aufbruche fertig.

An einem der entfernt stehenden Tische saßen zwei Männer, deren Aeußeres nicht kontrastirender gedacht werden konnte. Der Eine, welcher die Uniform eines Obersten der Infanterie trug, war mit beinahe herkulischen Gliedmaßen begabt und überragte den andern, welcher außerordentlich klein und schwächlich gebaut war, beinahe um das Doppelte. Seine Gesichtszüge waren, wenn nicht roh, so doch außerordentlich eckig und kantig geschnitten und zeigten jene intensive Röthe, welche die Folge einer wohlbesetzten Tafel und eines ebenso gut gefüllten Kellers zu sein pflegt. Wenn es zugegeben werden muß, daß es Physiognomien gibt, welche zu einem zoologischen Vergleiche auffordern, so mußte man zugestehen, daß dieses Gesicht an denjenigen Wiederkäuer erinnerte, welcher in den Savannen der westlichen Hemisphäre wild gejagt und in Spanien zu aufregenden Kämpfen benutzt wird. Gewalt und Eigenwille waren deutlich in demselben ausgeprägt, und stier, wie die Augen blickten, mußte auch der Charakter sein, der wohl durch keine klärende und läuternde Schule gegangen war. Der Offizier machte ganz den Eindruck eines Mannes, der sich durch rohe Tapferkeit und Hintansetzung aller Gefahr vom niedrigsten Grade, wo eine bessere Bildung nicht verlangt wird, zu einer Charge emporgeschwungen hat, welcher er in intellektueller Beziehung sich nur mit Mühe gewachsen zeigen kann. Der Andere, dessen Bewegungen außerordentlich leicht und lebhaft waren, trug eine feine, durchweg schwarze Kleidung. Das bleiche, bartlose Gesicht hatte etwas freundlich Lauerndes und das Auge einen sicheren, durchdringenden Blick, dem wohl schwer etwas entgehen konnte, was es sich zu erfassen bemühte.

»Also ein *self-man* sind Sie, Herr Oberst,« meinte der Kleine, »der Alles, was er ist und hat, sich selbst verdankt. Dann ist Ihr Weg voller Dornen gewesen und wird es später wohl noch mehr sein. Gerade in Ihrer Branche ist die Konnexion der Hauptfaktor des Vorwärtsschreitens.«

»Der Teufel soll mich holen, wenn dies nicht wahr ist! Konnexion, Protektion und noch so manche andere »ion« bringt manchen Laffen in die Höhe, der nichts vorzustellen vermag, als einen betreßten und bebrouillonten Taugenichts. Nur gut, daß es auch gewisse »ions« gibt, bei denen diese Schlingels spurlos verschwinden, weil da nur der gebraucht werden kann, der einen ganzen Mann abgibt!«

»Und diese »ions,« welche sind es?«

Der Offizier blickte sich vorsichtig um und flüsterte:

»Dieselben, welche auch Sie meinen: Rebellion, Revolution. Lassen Sie es nur so bald wie möglich losgehen; ich bin mit Leib und Seele dabei und werde die mir angewiesene Stelle zur vollsten Zufriedenheit ausfüllen.«

»So schnell, wie Sie wünschen, geht es allerdings nicht. Ein so großes und gefährliches Werk bedarf der sorgsamsten und umfassendsten Vorbereitungen.«

»Pah! Ich bin vorbereitet und meine Jungens machen alle mit. Der Teufel soll mich holen, wenn ein einziger zurückbleibt!«

»Sind Sie dessen sicher?«

»Sicher? Welche Frage! Ich bin Oberst, und mein Regiment hat mir zu gehorchen.«

»Gewiß, in den gegenwärtigen regulären Verhältnissen. Ob es Ihnen aber auch dann gehorcht, wenn diese Verhältnisse auf den Kopf gestellt werden, das ist eine Frage, welche nicht so leicht beantwortet werden kann.«

»Dann bin ich erst recht meiner Sache sicher.«

»Auch Ihres Offizierskorps?«

»Vollständig. Es besteht aus lauter Männern, die dem Bürgerstande entsprossen, in der Hefe stecken bleiben müssen, weil ihnen die Vetter im Kriegsministerium fehlen. Gebt mir und ihnen eine Gelegenheit zum Avancement und der Teufel soll mich holen, wenn wir nicht unsre Schuldigkeit thun! Gibt es ja Einen oder den Andern, dessen man nicht vollständig sicher ist, so bekommt er Urlaub, die beste Methode, quere Köpfe einstweilen auf die Seite zu bringen. Ich bin hier Oberstkommandirender, habe ein Regiment Infanterie, eine Kompagnie Schützen und zwei Feldbatterien zu befehligen und werde mit ihnen zur rechten Zeit am Platze sein so gewiß, als ich hier sitze und auf das Gelingen des Unternehmens mit Ihnen anstoße.«

Sie ließen die Gläser zusammenklingen; dann meinte der Kleine: »Und die Bevölkerung Ihres Kreises?«

»Ist mit der jetzigen Regierung höchst unzufrieden. Wir befinden uns hier im bevölkertsten Fabrikdistrikte des Landes; Handel und Gewerbe stocken nicht blos, sondern liegen ganz und vollständig darnieder; der Arbeiter hungert mit seiner Familie; die Sozialdemokratie erhebt ihr Haupt und heult um Rache und Hülfe überall, am kleinsten Orte tagen Meetings und Versammlungen, in denen der Kreuzzug gegen die Aristokratie, gegen die besitzenden Klassen gepredigt wird. Was wollen Sie? Ich höre schon den muthigen Schritt der Arbeiterbataillone, welcher alles Widerstrebende zertreten und zermalmen wird. Die Schaaren der Turner, die Vereine der Bürgergarden, sie bedürfen nur der brauchbaren Waffe, um nach der Residenz geführt zu werden. Das hiesige Zeughaus birgt viele tausend Gewehre: ich lasse sie vertheilen und stelle mich an die Spitze der Bewegung; der Teufel soll mich holen, wenn dieses Beispiel nicht sofort im ganzen Lande Nacheiferung findet!«

»Dazu bedarf es einer tüchtigen Vorbereitung des Landes, mit welcher wir leider noch nicht genugsam vorgeschritten sind. Wir dürfen unser Exempel nicht mit Hoffnungen machen, die uns betrügen können, sondern müssen mit Thatsachen arbeiten, deren wir sicher sind. Ueber Ihren Kreis, Herr Oberst, bin ich vollständig beruhigt; ich glaube Ihren Versicherungen und werde dem geheimen Komité einen befriedigenden Bericht abstatten. Mit dem Augenblicke des Losschlagens dürfen Sie die Generalsepauletten anlegen, und

Ihre weiteren Chancen haben Sie dann in der eigenen Hand. Sie sind einer von den wenigen Stabsoffizieren, denen wir unbedingtes Vertrauen schenken, und ich bin überzeugt, daß Sie dieses Vertrauen vollständig rechtfertigen werden. – Doch – da kommt der Zug. Ich bitte, mich nicht nach dem Perron zu begleiten; man muß vorsichtig sein. Weitere Ordres werden Ihnen auf dem bisherigen Wege zugehen.«

Er erhob sich, reichte ihm die Hand und verließ das Wartezimmer. Draußen war der Train bereits vorgefahren. Er verlangte nach erster Klasse und erhielt ein Coupé angewiesen, in welchem bereits ein Herr saß, welcher allem Anscheine nach dasselbe schon längere Zeit innegehabt hatte.

Es begann zu dämmern, doch konnte man sich gegenseitig noch ganz genau erkennen.

Der Fremde trug durchweg einen graukarrirten Anzug; seinen Kopf bedeckte ein breitrandiger Panamahut, und auf der Spitze seiner Adlernase balancirte in verwogener Stellung ein blauglasiges Pincenez, welches mit dem feinen Teint des Angesichtes scharf kontrastirte. Die feinen Bockstiefeletten und die fleischfarbenen Gummihandschuhe zeigten ebenso wie der wohlgepflegte Backenbart und die schwergoldene Uhrkette, daß er gewohnt sei, auf seine äußere Erscheinung die möglichste Sorgsamkeit zu verwenden. Man mußte auf den ersten Blick den Engländer in ihm erkennen.

»Guten Abend!« grüßte der Schwarze.

»*Good evening!*« antwortete der Graue und drehte den Kopf langsam dem Eingestiegenen zu.

Kaum hatte er ihn erblickt, so ergriff er den blauen Zwicker und ließ ihn von der Nasenspitze nach der gehörigen Stelle zurückretiriren. Der Blick, welchen er jetzt scharf durch die blauen Gläser warf, war erstaunt, verächtlich und feindselig zugleich. Hatte er in dem kleinen Manne eine ihm verhaßte Persönlichkeit erkannt?

»Sie reisen auch nach der Residenz, Sir?« frug dieser, als er es sich bequem gemacht hatte.

Der Gefragte zog statt der Antwort ein goldenes Etui

hervor, entnahm demselben eine Cigarette und steckte sie in Brand.

»Ich freue mich, bis dahin Gesellschaft zu finden. Eine Reise ohne Unterhaltung gehört zu den größten Unannehmlichkeiten, welche ich kenne.«

Der Graue ließ das Fenster nieder, wandte sich gleichmüthig von seinem Gegenüber ab und blickte hinaus auf die in optischer Täuschung vorüberfliegende Landschaft.

»Hier meine Karte, Sir! Darf ich wissen, mit wem mich der glückliche Zufall zusammenführt?«

Auf der kleinen Karte war in feinen Zügen »Aloys Penentrier, Rentier« zu lesen. Der Engländer hielt es nicht der Mühe werth, einen Blick darauf zu werfen, sondern behielt beharrlich seine Stellung bei.

»Sie scheinen mehr nachdenklich als unterhaltend gestimmt zu sein, Sir. Oder soll ich vielleicht in der Nichtbeachtung meiner Karte eine absichtliche Beleidigung erkennen?«

Der Graue steckte jetzt den Kopf ganz zum Fenster hinaus; das bleiche Gesicht des Kleinen röthete sich. Er legte die Hand auf den Arm des Engländers und frug:

»Wollen Sie die Güte haben, zu hören, was ich sage?«

Der Engländer zog unter dieser Berührung den Kopf zurück. Die Lorgnette war ihm unter dieser raschen Bewegung wieder vor auf die Nasenspitze gerutscht.

»*Very well*, uoll' Sie flieg' aus das Uagen hinaus in das Luft? Uas uag' Sie, anzugreif meinen Person!«

»Ich frage nur, ob Sie die Absicht haben, mich zu beleidigen?«

»*Stand off*, bleib' Sie mir von das Leib! Uas frag ich nach Ihr' Kart', Ihr Personage und Ihr Beleidigung! Halt' Sie das Mund; ich uill hab' Ruhe!«

Diese Worte waren in einem Ton gesprochen, welcher dem Kleinen ganz wider Willen imponirte. Er zog sich in seine Ecke zurück, murmelte etwas von »Unverschämtheit« und »Spleen,« warf noch einen giftigen Blick auf den Grauen und schloß dann die Augen.

Die Reise wurde schweigend fortgesetzt. An jeder bedeutenderen Station blickte der Schwarze aus dem Wagen und nahm dann jedesmal von einer Person, welche den Zug erwartet haben mußte, ein Couvert in Empfang, welches er öffnete, um den Inhalt zu überfliegen. Dieser Umstand fiel dem Engländer auf, doch ließ er sich nicht das Mindeste davon merken. Nach der jedesmaligen Lektüre, die durch das im Coupé brennende Licht ermöglicht wurde, legte der Kleine das Schriftstück neben sich auf den Sitz. So lagen acht bis neun dieser Skripturen neben ihm, als man die letzte Station an der Residenz erreichte. Auch hier bog er sich durch das Fenster um ein Couvert in Empfang zu nehmen und mit dem Ueberbringer desselben einige Worte zu wechseln. Der Engländer benutzte diesen Augenblick; mit einer blitzschnellen Bewegung hatte er eins der Papiere ergriffen und in seiner Tasche verborgen.

Der Zug setzte sich wieder in Bewegung und hielt nach kaum einer Viertelstunde auf dem Bahnhofe der Hauptstadt. Der Schwarze nahm die Schriftstücke zusammen und steckte sie, ohne das Fehlen des einen zu bemerken, zu sich. Ohne Wort und Gruß verließ er den Wagen.

Der Graue stieg schnell hinter ihm aus. Ein Diener, welcher zweiter Klasse gefahren war, wartete bereits auf ihn, und neben demselben stand Doktor Brandauer, welcher, von seiner Kahnfahrt zurückgekehrt, sich nach dem Bahnhofe begeben hatte, um den Sohn des Lord Halingbrook zu empfangen.

»Emery!«

»Max!«

Sie begrüßten einander durch eine herzliche Umarmung, welche sich aber Emery schnell zu lösen beeilte.

»*Have care!* Siehst Du dort den kleinen schwarz gekleideten Menschen mit dem Gepäckscheine in der Hand?«

Er konnte jetzt sehr gut deutsch sprechen. Hatte er sich vorhin nur verstellt?

»Du meinst den, welcher mit dem Kofferträger verhandelt?«

»Yes, denselben.«

»Was ist mit ihm?«

»Komm! Wir müssen ihm folgen; wir müssen sehen, wo er wohnt!«

»Warum?«

»Später! Unterwegs sollst Du es erfahren.«

»Der Wagen wartet draußen auf Dich.«

»Können ihn nicht gebrauchen. *Go on,* vorwärts!«

Er warf dem Diener einen kurzen Befehl hin, nahm den Freund unter den Arm und folgte mit ihm dem Schwarzen, welcher nach dem Ausgange schritt und dort einen Fiaker nahm.

In der Nähe hielt eine Equipage mit dem Peerswappen der Familie Halingbrook. Sie schritten an ihm vorüber und nahmen eine Droschke.

»Dem Fiaker dort nach, aber ohne daß es bemerkt wird!« befahl Emery beim Einsteigen.

Dann nahmen sie Platz.

Der Weg ging durch mehrere Straßen und über einige Plätze der Stadt. Während der Fahrt konnte Emery seine Mittheilung machen. Max sagte sich, daß der kleine Mann eine sehr beachtenswerthe Persönlichkeit sein müsse, da der junge Lord nach einer langen und beschwerlichen Reise nicht zur Wohnung fuhr, sondern diesen Unbekannten sofort vom Bahnhofe weg verfolgte.

»Du kennst ihn?« frug er.

»Yes, und zwar sehr. Er ist ein Jesuit, eines der hervorragendsten Mitglieder dieser Brüderschaft.«

»Ah!«

»Er hat in Freiburg, wo ich ihm begegnete und von ihm sprechen hörte, ohne daß er mich bemerkte, seine Erziehung genossen und gilt als der feinste Schlaukopf der ganzen Kongregation. Später sah ich ihn in Paris, Brüssel, London und Washington, und überall war mit seinem Erscheinen ein Streich verbunden, welchen die heiligen Väter der Regierung spielten. Heut nun fuhr er mit mir in demselben Coupé, und zwar unter Umständen, welche mich schließen lassen, daß er nicht nur hier bereits heimisch ist, sondern an einer Aufgabe arbeitet, welche jedenfalls eine den Interessen des Thrones feindliche ist.«

»Den Jesuiten ist der Aufenthalt im Lande streng untersagt.«

»*All right!* Nehmen wir diesen Umstand, die Politik des Herzogs von Raumburg, die Gerüchte, welche mit immer größerer Deutlichkeit ihre Stimme erheben und die im Auslande besser gekannt werden als von Euch selbst, und dazu die Anwesenheit dieses Menschen, welcher an jeder Station schriftliche Berichte entgegennimmt, so ergiebt sich jedenfalls die Nothwendigkeit, wenigstens seine Wohnung kennen zu lernen.«

»Und ihm auch noch etwas näher auf die Finger zu sehen. Ich weiß sehr genau, daß der Herzog die Aufnahme der Jesuiten eifrig befürwortet.«

»*Behold!* Ich schätze sehr, daß er mit diesem Ungeziefer in Verbindung steht. Vater und ich sind in Folge unserer hiesigen Besitzungen Unterthanen Seiner Majestät, und so habe ich die Verpflichtung, das Thun und Treiben solchen Gezüchtes nicht unbeachtet zu lassen. Woher kennst Du diese Befürwortung?«

»Der König selbst hat gegen uns davon gesprochen.«

»*Well.* Der Hofschmied erfährt mehr als mancher Rath und Minister. Du hast bessere Chancen als Mancher, dessen Stammbaum bis in die antediluvianische Zeit hinaufreicht, und ich begreife nicht, daß Du – – – *have care,* er hält! Wem gehört dieses Boarding-house?«

»Wahrhaftig, er hält bei unserer guten Barbara Seidenmüller! Jetzt kannst Du mir ihn getrost überlassen. Ich bin hier bekannt; die Wirthin ist meine Spezialgönnerin und wird mir jedwede Auskunft gern ertheilen. Deine Anwesenheit aber würde auffallen.«

»*Fair!* So fahre ich nach Hause. Hier hast Du ein Schreiben, welches ich ihm weggekapert habe. Ich konnte es bisher nicht lesen, und da Du ihm folgst, ist es Dir vielleicht nöthiger als mir.«

»Kennst Du seinen wahren Namen? Ich nehme natürlich an, daß er hier einen falschen trägt.«

»Pater Valerius, *deuce take it,* der Teufel hole ihn! Er hatte zwar die Güte, mir seine Karte zu präsentiren, doch hatte ich nicht Lust, mich mit derselben zu beschmutzen. *Good night!*«

»Gute Nacht!«

Die Droschke lenkte um, und Max trat in die Gaststube der ehrsamen Wittfrau und Kartoffelhändlerin Barbara Seidenmüller.

Der erste Gast, welcher ihm in die Augen fiel, war Baldrian, der Exgrenadier. Als dieser ihn bemerkte, erhob er sich respektvoll von seinem Stuhle. Der Doktor trat zu ihm.

»Bist Du schon lange hier?«

Der Gefragte nickte bejahend.

»Das ist am Den. Werde gleich gehen!«

»Willst Du mir einen Gefallen thun?«

Ein zweites Nicken erfolgte.

»Auch das ist am Den!«

»Es muß hier ein Fremder logiren, der an seiner kleinen schwächlichen Gestalt und seiner schwarzen Kleidung leicht zu erkennen ist.«

»Sogar dieses ist am Den. Ist bereits vier Wochen hier.«

»Du kennst ihn?«

Ein energisches Nicken diente als Antwort.

»So stelle Dich einmal gegenüber in das Dunkle, wo Du nicht gesehen wirst. Wenn er das Haus verläßt, benachrichtigst Du mich schleunigst. Du hast doch gute Augen?«

»Das ist am Den!«

Er trank sein Bier aus und verließ das Lokal.

Jetzt bemerkte die Wirthin den neuen Gast und kam sofort auf ihn zugeschritten. Sie war eine korpulente, noch junge Frau, und ihr geröthetes Gesicht glänzte vor Freude, als sie ihm die Hand entgegenstreckte.

»Willkommen, tausendmal willkommen, Herr Doktor! Ich habe Sie wohl ein Jahr lang nicht zu sehen bekommen. Wo sind wir denn überall herumgelaufen?«

»In Italien, Frankreich, England, Holland und so weiter.«

»Herrjesses, muß das fürchterlich sein! Da lobe ich mir meinen »blauen Adler;« von ihm komme ich nicht weg, so lange ich lebe. Daheim ist daheim! Ich soll doch ein Fläschchen vom Besten bringen?«

»Ja. Ich brauche zunächst einen guten Schluck und sodann Sie selbst.«

»Mich?«

»Allerdings. Ich muß eine Erkundigung einziehen, womöglich unter vier Augen.«

»Unter vier Augen? So kommen Sie heraus in das leere Hinterstübchen, wo wir vollständig ungestört sind, Herr Doktor!«

»Ich muß hier bleiben, da ich jeden Augenblick einen Boten erwarte, der mich dann nicht sehen würde. Bringen Sie mir den Wein hier an den Tisch zunächst der Thür!«

Die Wirthin beeilte sich, diesem Gebote Folge zu leisten und befahl dem Kellner, auf die übrigen Gäste Achtung zu haben.

»Sie haben seit vier Wochen einen fremden Herrn im Logis,« begann Max, als sie bei ihm Platz genommen hatte, »dessen Namen und Charakter ich gern wissen möchte, ohne daß er etwas über meine Erkundigung erfährt.«

»Welchen meinen Sie?«

»Er ist klein und hager, bleich und bartlos und trägt sich schwarz gekleidet. Irre ich mich nicht, so ist er vor wenigen Augenblicken von einer Reise zurückgekehrt.«

»Ach, Sie meinen den Herrn in Nummer eins bis vier!«

»Er hat vier Piecen inne? Dann muß er wohl situirt sein.«

»Allerdings; er ist Rentier, zahlt außerordentlich prompt und nobel und hat einen französischen Namen, den ich vielleicht nicht richtig aussprechen kann. Geschrieben wird er Aloys Penentrier.«

»Verreist er oft?«

»Er ist sehr wenig daheim und oft mehrere Tag nicht hier.«

»Korrespondirt er viel?«

»Wenn er zu Hause ist, schließt er sich gewöhnlich ein. Was er da thut und ob er schreibt, weiß ich nicht; wenn er es thut, so muß er sich seine Briefe selbst besorgen, aber er erhält deren täglich mehrere.«

»Woher? Sie sehen dies wohl am Poststempel.«

»Aus Paris, Petersburg, London, meist aber aus dem Inlande.«

»Mit wem verkehrt er?«

»Kann ich nicht sagen. Er empfängt allerdings öfters Besuch von Herren, die ich aber leider nicht kenne.«

»Welcher Klasse gehören sie an?«

»Allem Vermuthen nach nicht der unteren. Einige hatten, obgleich sie in Civil gingen, etwas entschieden Militärisches. Andere sahen mir aus wie Geistliche, so fromm und salbungsvoll traten sie auf. Zwei oder drei Male war auch ein Diener des Herzogs von Raumburg hier. Er trug zwar auch Civil, aber ich kannte ihn doch.«

»Geht er viel aus?«

»Nur des Abends.«

»Wann kehrt er da zurück?«

»Sehr spät! Ich bemerke dies, trotzdem ich ihm einen Hausschlüssel zur Verfügung stellen mußte. Auch heut scheint er gehen zu wollen; er hat ein Abendbrod bestellt und um Beschleunigung gebeten.«

»Ist ihm bereits servirt worden?«

»Ja; kalte Küche. Er ißt sehr schnell und wird wohl nun fertig sein.«

Sie hatte recht, denn eben öffnete sich die Thür und die lange Gestalt Baldrians schob sich in möglichster Eile herein.

»Ist er fort?« frug Max.

»Ja, das ist am Den.«

»Wohin? Rechts in die Straße?«

»Nein, das ist nicht am Den, sondern links.«

»So trinke Du meinen Wein, Baldrian. Gute Nacht!«

Er legte ein Geldstück auf den Tisch und ging.

»Ein guter Herr, nicht wahr, Baldrian?« frug die Wirthin.

Der vormalige Grenadier konnte blos nicken. Er hatte das Weinglas bereits an den Mund gesetzt und that einen Zug, der es bis auf die Nagelprobe leerte.

»Hast wohl draußen aufpassen müssen?«

Er nickte und schenkte sich ein zweites Glas ein.

»Auf den kleinen Rentier?«

Das Glas wieder am Munde, ließ er sich zu einem abermaligen Nicken herbei; dann goß er sich den bei ihm so seltenen Trank in den Mund.

»Was muß er denn mit ihm haben?«

Wieder einschenkend zuckte er die Achsel. Die kleine, propre Wittfrau hatte ihm sein Herz geraubt, aber daß sie ihn jetzt in seinem Genusse störte, das wollte ihm nicht im Geringsten gefallen.

»Du weißt es nicht, Baldrian?«

Er schüttelte den Kopf und führte das Glas zum dritten Male zum Munde.

»Schmeckt der Wein?«

Er trank, machte die Augen zu und nickte dabei mit einem so verklärten Gesichte, als trinke er den Nektar der griechischen Götter.

»Das glaube ich; es ist meine beste Sorte. Aber da hat er mir zuviel hergelegt. Was thue ich? Gebe ich Dir heraus oder – ja, ich werde mir den Ueberschuß merken, bis er wiederkommt.«

Baldrian hatte sich den Rest eingeschenkt und stand schon im Begriffe, das Glas zu erheben; jetzt aber ließ er es wieder sinken.

»Donnerwetter, das ist ja gar nicht am Den!«

»Du meinst, das Geld sei Dein?«

Er nickte trinkend, setzte das Glas auf den Tisch, strich das zurückgegebene Geld ein und stülpte sich die Mütze auf den Kopf.

»Gute Nacht, Bärbel!«

»Gute Nacht, Baldrian!«

Mit stolzen Schritten ging er nach Hause. Nicht jeder, der heut dasselbe that, hatte eine Flasche vom Besten aus Frau Barbara Seidenmüllers Weinkeller getrunken. –

Als der Doktor aus der Thür des Gasthauses trat, konnte er die Gestalt des sich entfernenden Rentiers gerade noch im Scheine einer Laterne erkennen. In kurzer Zeit hatte er ihn so weit erreicht, daß er ihn fest im Auge behalten konnte.

Der Kleine ging schnellen Schrittes mitten auf der Straße; er aber hielt sich hart an der einen Häuserreihe, in deren Schatten er nicht so leicht bemerkt werden konnte. Sie befanden sich in einem der äußeren Viertel der Residenz und näherten sich immer mehr den äußersten Häusern desselben. Als diese erreicht waren und nun auch der Lampenschimmer aufhörte, zog sich die Landstraße eine Strecke weit längs des Flusses hin, um dann an den sich allmählich erhebenden Bergen langsam emporzusteigen.

Dort oben, in etwa drei Viertelstunden Entfernung von der Stadt, hatte früher ein Kloster gestanden, dessen Ruinen noch heut die Kuppe des Berges schmückten. Sie bildeten des Sonntags den gesuchten Zielpunkt zahlreicher Spaziergänger aus der Residenz. Max kannte sie sehr genau. Er war schon als Knabe beinahe täglich in dem alten Gemäuer herumgekrochen und hatte jeden Winkel desselben durchstöbert.

»Er geht nach der Ruine,« murmelte er, »und zwar auf dem breiten Wege. Ich bin heut zum Lauschen prädestinirt, wie es scheint, und werde hier an der Stelle aufsteigen, um ihm zuvorzukommen!«

Der gewöhnliche Weg führte in zahlreichen Windungen empor; da aber, wo Max jetzt einlenkte, stieg ein schmaler, wenig betretener Pfad in gerader Richtung steil zur Höhe. Die Steilung war so bedeutend, daß man an den ihn besäumenden Büschen Halt suchen mußte. Der Doktor hatte ihn so oft benutzt, daß er trotz der Dunkelheit keinen Fehltritt that und nach wenigen Minuten die Kuppe des Berges erreicht hatte.

Hier schlich er sich der Stelle zu, an welcher der Aufweg in die Ruine mündete.

Die angewandte Vorsicht, mit welcher er seine Schritte möglichst unhörbar zu machen suchte, erwies sich als nothwendig. Hinter einem der letzten Büsche stand eine Gestalt, in welcher er mit Recht einen zur Sicherheit ausgestellten Posten vermuthete. Er trat unweit desselben hinter die Sträucher und wartete. Bald ließen sich nahende Schritte vernehmen.

»Woher?« frug der Posten mit halblauter Stimme.

»Aus dem Kampfe,« ertönte die ebenso gegebene Antwort.

»Wohin?«

»Zum Siege.«
»Wodurch?«
»Durch die Lehre Loyola's.«
»Der Bruder kann passiren!«
Der kleine Rentier schritt an dem Posten vorüber. Max folgte ihm.

Mitten in dem ehemaligen Klosterhofe gähnte die Oeffnung des Brunnens. Eine nach der Stadt führende Wasserleitung, welche die ganze Feuchtigkeit des Berges an sich zog, hatte den Erfolg gehabt, daß er vollständig ausgetrocknet war. Aloys Penentrier stieg auf den Rand desselben und verschwand dann im Innern. Der Doktor wußte genau, daß bis noch vor kurzer Zeit weder eine Leiter noch eine sonstige Vorrichtung hinabgeführt hatte. Er trat hinzu und bemerkte ein an einem Felsblock befestigtes Seil, welches über die Umfassung des Brunnens führte und dann hinunterhing. Zu seinem Erstaunen war es nicht scharf angespannt. Er zog es empor und bemerkte, daß es nur die Länge von einigen Ellen hatte. Es mußte also doch eine Leiter, eine Fahrt oder etwas Aehnliches geben, auf welcher man hinabgelangen konnte.

Er ließ das Seil wieder hinuntergleiten und bog sich vor, um einen Blick in die Tiefe zu werfen. Er mußte dies so vorsichtig wie möglich thun, da man sonst seinen Kopf trotz der nächtlichen Dunkelheit von unten hätte bemerken können. Der Brunnen war vor langer Zeit in Folge eines Unglücksfalles bis zur Hälfte seiner Höhe ausgeschüttet worden, besaß aber dessenungeachtet eine Tiefe von immer noch beinahe sechzig Fuß. Ein schneller, blitzartiger Lichtschein flammte unten auf; dann blieb die Tiefe in stetes Dunkel gehüllt, bis er seine Beobachtung aufgeben mußte, da ihm ein Geräusch das Nahen eines Kommenden verrieth.

Er zog sich hinter einen nahen Mauervorsprung zurück und beobachtete nach und nach vierzehn Gestalten, welche in den Brunnen stiegen.

Es drängte ihn, zu wissen, was diese geheimnißvollen Männer mit ihrer Zusammenkunft bezweckten; aber es war unmöglich, ihnen zu folgen. Er konnte sie nur von Außen beobachten und mußte die Untersuchung des Brunnens auf eine Tagesstunde verschieben.

Seine Geduld wurde auf eine harte Probe gestellt. Es dauerte fast zwei Stunden, ehe er den ersten wieder Emporsteigenden bemerkte. Es war der Rentier, welchem hart auf dem Fuße zwei Andere folgten.

»Ihr wißt, weßhalb ich mit Euch vorangestiegen bin?« fragte der Erstere.

»Ja,« antwortete der Eine.

»Er ist ein Verräther. Ich erfuhr es heut und erhielt seinen Brief zu Händen gestellt. Ich verzieh ihm unten, um ihn sicher zu machen; aber er darf seiner Strafe nicht entgehen. Die Brüder Jesu dürfen sich nicht an ihrem Herrn versündigen, indem sie ein räudiges Schaf in ihrer Mitte dulden. Er wird ausgeschieden.«

»Auf welchem Wege?«

»Auf dem gewöhnlichen. Geht an Euren Platz! Man kommt.«

Die beiden Männer verschwanden hinter dem Gemäuer. Dem Brunnen entstiegen nach und nach die elf Uebrigen. Der Letzte von ihnen löste das Seil vom Felsen und nahm es an sich.

»Der Herr behüte unsern Ausgang und Eingang!« grüßte der Rentier.

»Jetzt und in Ewigkeit, Amen!« antworteten die Andern, worauf sie sich entfernten.

Ein Einziger war geblieben. Der Rentier hatte ihm die Hand auf den Arm gelegt.

»Bruder Ambrosius, ich habe noch mit Dir zu sprechen!«

Der Angeredete hatte schon wie die Uebrigen im Begriffe gestanden, zu gehen. Er wandte sich wieder zurück.

»Trotz des Verdachtes, welcher heut gegen Dich ausgesprochen wurde,« meinte der Rentier, »besitzest Du mein vollständiges Vertrauen. Ich habe Dich dem Pater Provinzial empfohlen und einen Auftrag für Dich bekommen, welcher Dir beweisen wird, wie sehr ich in schwierigen Fällen auf Deine Befähigung rechne. Bist Du bereit, ihn zu hören?«

»Ich werde hören und gehorchen.«

»So komm! Ich werde Dich einweihen in das tiefste Geheimniß, welches die Erde trägt, und ich bin überzeugt, daß kein Wort davon über Deine Lippen kommen wird.«

Er enfernte sich mit ihm in derselben Richtung, welche die beiden Andern eingeschlagen hatten.

Max hatte jedes Wort vernommen. Dem Manne drohte jedenfalls eine Gefahr. Welcher Art konnte dieselbe sein? War er der Hülfe würdig? Und wie sollte diese Hülfe geleistet werden, da Max die Art und Weise der Gefahr nicht kannte? Er mußte sich sagen, daß er die dringendste Veranlassung habe, seine Anwesenheit nicht zu verrathen, und beschloß, sich ruhig abwartend zu verhalten.

Nach einer Weile war es ihm, als vernehme er einen leisen, unterdrückten Ruf. War das ein Hülferuf? Er lauschte eine Weile in die stille Nacht hinein, doch blieb jetzt Alles ruhig. Erst nach einer längeren Frist vernahm er das Geräusch von Schritten. Der Rentier kehrte mit den Zweien zurück. Der, welchen er einen Verräther genannt hatte, fehlte.

»Ihm ist sein Recht geschehen,« meinte er salbungsvoll. »Möge seine Seele durch das Fegefeuer gereinigt werden, obgleich ihm die heiligen Sterbesakramente entgangen sind!«

»Es ist schwer zu beklagen, daß selbst der gebenedeiete Leib Jesu solche Glieder hat,« ließ sich einer seiner Begleiter vernehmen.

»Darum befolgt die Gesellschaft Jesu die Lehre des Erlösers: »Aergert Dich Deine rechte Hand, so haue sie ab und wirf sie von Dir!« Er ist bereits der Zweite, den die gerechte Hand der Strafe ereilt. Möge er der Letzte sein! Geht jetzt und empfangt meinen Segen, Ihr frommen und gehorsamen Kinder des Herrn!«

Er erhob seine Arme; sie verneigten sich ehrerbietig und entfernten sich dann. Er wartete, bis das Geräusch ihrer Schritte vollständig verschollen war, und folgte ihnen dann langsam nach. Die frommen Brüder Jesu verfolgten die Taktik, den Ort ihrer nächtlichen Zusammenkunft einzeln zu verlassen, um die Erregung jeden Verdachtes zu vermeiden.

Jetzt trat der Doktor hinter seinem Verstecke hervor.

»Sie haben ihn gemordet. Ich muß sehen, auf welche Weise!«

Er verließ die Ruine in derselben Richtung, welche sie vorhin eingehalten hatten, und untersuchte das ganze Plateau des Berges, ohne auf die geringste Spur irgend eines gewaltthätigen Ereignisses zu treffen.

»Die Finsterniß ist schuld. Ich werde am Tage zurückkehren und dann sicher finden, was ich suche.«

Seine vergebliche Nachforschung hatte eine ziemliche Zeit in Anspruch genommen, so daß er annahm, daß sich keiner der geheimnißvollen Männer mehr in der Nähe befinde. Daher durfte er es wagen, den Ort auf dem gewöhnlichen Wege zu verlassen, und schritt nach einem ebenso aufregenden wie ereignißvollen Abende der Residenz wieder zu. - - -

VIERTES KAPITEL.

Im Hause der Irren.

Als Max nach Hause kam, war schon längst Alles zur Ruhe gegangen. Auf seinem Zimmer angelangt, machte er Licht und nahm das Schreiben vor, welches ihm Emery übergeben hatte. Es war ein mit Datum, Anrede und Unterschrift versehener Brief, wie er aus der ganzen Anordnung sah, aber leider nicht mit gewöhnlicher Schrift, sondern in Ziffern, getrennten Buchstaben und räthselhaften Charakteren geschrieben.

Er machte es sich bequem und setzte sich an den Schreibtisch, um den Versuch zu machen, das Schreiben zu dechiffriren. Die Erlebnisse des heutigen Abends hatten seine Nerven so in Spannung versetzt, daß es ihm unmöglich war, an Ruhe und Schlaf zu denken, und so kam ihm diese Beschäftigung, der er sich mit dem größten Eifer hingab, nicht ungelegen.

Er mußte dabei unwillkürlich an den Schlüssel denken, welchen er sich in der Bibliothek des Herzogs abgeschrieben hatte. Er zog daher sein Notizbuch hervor, fand aber, daß er es hier mit einer Schrift zu thun habe, deren Schlüssel ein vollständig anderer war.

Es war nicht das erste Mal, daß er sich eine ähnliche Aufgabe stellte, und es war ihm stets gelungen, sie zu lösen, heut aber wollte ihm das nicht gelingen. Er gab sich die möglichste Mühe – vergebens. Da kam ihm der Gedanke, ob das Hinderniß nicht in einer Umstellung der Silben oder der Einschaltung eines Lautes bestehe. Er hatte als Knabe mit seinen Mitschülern oft eine ähnliche Spielerei gepflogen und sich mit ihnen in der B-, F- oder U-Sprache unterhalten. Er zog sich die am meisten vorkommenden Ziffern, Buchstaben und Zeichen heraus und sah bald seine Bemühung von Erfolg begleitet. Die Vokale und Diphthonge waren durch verschieden gestellte Punkte, die Konsonanten durch Ziffern bezeichnet und die Ziffern in der Weise umgestellt, daß sie mit einem regelmäßig wiederkehrenden U verbunden wurden. Er hatte es also mit der U-Sprache in Charakteren zu thun.

Der Morgen graute bereits, als er den Schlüssel gewonnen hatte und nun den kurzen Brief zu lesen vermochte. Dieser lautete:

»Helmberg, den 2. Juli.
Lieber Bruder in Jesu!

Deiner Aufforderung zu Folge erhältst Du heut im Passiren diese Zeilen. Das mir von Dir übertragene Werk schreitet rüstig fort und verspricht ein gutes Gelingen unserer Intentionen. Meine Agenten erweisen sich als tüchtig; alle Minen sind in Thätigkeit, die Verbindungen werden von Tag zu Tag zahlreicher und umfassen alle Kreise der Gesellschaft; auch das Militär wird mehr und mehr geneigt, und wenn wir mit Vorsicht in der jetzigen Weise fortfahren, ist an ein Scheitern unseres großen Planes gar nicht zu denken.

Für heute habe ich eine Versammlung meiner Untergebenen anberaumt und bin leider also verhindert, mich zu dem von Dir befohlenen Rendez-vous einzufinden, doch werde ich sicher bei dem nächsten am Siebenbrüdertag erscheinen und Dir ausführlich Bericht erstatten.

Bis dahin, verehrter Bruder, sei im Herrn gegrüßt von Deinem eifrigen und getreuen

H. de M.
I. de la Robe.«

Er sprang überrascht vom Stuhle auf.

»Ein Jesuit *de la Robe*! Er ist von Adel, und zwar von französischem, wie es scheint! Ich habe es hier jedenfalls mit einer weitverzweigten Verbindung zu thun, welche den Zweck hat, durch eine Umstürzung der gegenwärtigen Verhältnisse, mit andern Worten durch eine Revolution, den Jesuiten den Eingang in das Land zu erzwingen und sie, was die Folge davon sein würde, an das Ruder zu bringen. Emery hat Recht; dieser Rentier Aloys Penentrier ist ein hervorragendes Mitglied des Ordens und ein ebenso schlauer als kühner Mensch. Die Sache ist von unendlicher Wichtigkeit. Ich werde sofort wieder hinaus nach der Ruine gehen, um meine Untersuchung von Neuem aufzunehmen.«

Er kleidete sich sofort wieder an, versah sich mit einem Stricke von der Länge dessen, den er am Brunnen in der Hand gehabt hatte, steckte eine Blendlaterne, Hammer, Zange und sonstiges Geräthe zu sich, dessen er bedürftig sein konnte, und machte sich dann auf den Weg.

Als er die Treppe hinabstieg, vernahm er unten in der Werkstatt ein lautes, geräuschvolles Gähnen.

»Uu – aah! Uu – aah! Thomas Schupert, was pist Du dumm und alpern! Erst drei Uhr, höchstens halp Viere; konntest noch peinahe zwei Stunden im Pette pleipen! Aber die Zigeunerin, die Hexe, hat mir keine Ruhe gelassen. Sie ist mir im Traum erschienen, hat mich gehetzt und gejagt wie ein pöser Geist und mir das Gesicht zerkratzt und zerpissen. Es ist nur gut, daß es plos im Traume passirt ist, denn sonst könnte ich mich vor der Parpara Seidenmüller zehn Wochen lang nicht sehen lassen.«

Max mußte lächeln bei diesem lauten Monologe, der an den Liebesgedanken des braven Kavalleristen zum Verräther wurde. Sollte er ihn mitnehmen? Thomas war treu und verschwiegen, und vier Augen und Hände konnten jedenfalls mehr sehen und verrichten als zwei.

Er trat in die Werkstatt, wo der Geselle eben beschäftigt war, in die Jacke zu fahren.

»Guten Morgen, Thomas!«

»Tausendsapperlot, guten Morgen, Herr Doktor! Sind Sie auch schon munter? Ich glaupe, die Hexe hat Ihnen auch keine Ruhe gelassen!«

»Willst Du schon arbeiten?«

»Ich möchte wohl, aper ich darf nicht, weil ich sonst die Andern aufwecke.«

»Ich habe einen Gang vor. Willst Du mich begleiten?«

»Zu Pefehl, Herr Doktor!«

»So ziehe Dich an und vergiß Deine Morgenpfeife nicht!«

»Hm, ja, Herr Doktor, mein Tapak ist alle!«

»So nimm hier eine Cigarre!«

»Danke schön! Ampalema?«

»Nein, Cuba.«

»Cupa? Hape noch keine geraucht. Pin neugierig, welche pesser ist, Cupa oder Ampalema.«

Der rauchlustige Geselle war mit seiner Toilette schnell fertig, dann schritten sie in den frischen Morgen hinein.

Das Leben war in der Stadt noch nicht erwacht; erst später begegneten ihnen einige Milchwagen, welche das Straßengeräusch alltäglich zu beginnen haben. Max fühlte keine Lust zu einer Unterhaltung; er gab seinen Gedanken Audienz, die er erst dann beendete, als er mit seinem Begleiter die Ruine erreicht hatte. Er schritt über den Hof derselben nach der Stelle, an welcher er sich in der vergangenen Nacht versteckt gehalten hatte.

Außerhalb des Gemäuers breitete sich ein schmales, ebenes Terrain aus, welches von Trümmern übersät und mit Gras bewachsen war. Am Rande des Plateaus fiel es senkrecht in die Tiefe und bildete mit der nächsten Höhe eine Spalte, welche schmal, tief und von allen Seiten geschlossen war. Am Rande derselben stand eine alte Tanne, welche eine Anzahl ihrer starken Aeste weit über den Abgrund hinausstreckte.

Max blieb stehen und wandte sich an den Gesellen.

»Thomas, da draußen ist heute Nacht Jemand ermordet worden.«

Der gute Schubert bekam einen Schreck, der ihm in alle Glieder fuhr. Mit weit aufgerissenen Augen und alle zehn Finger von sich streckend trat er einige Schritte zurück.

»Ermordet? Umgepracht? Tausendsapperlot! Wer denn? Von wem denn? Ich pin's nicht gewesen, Herr Doktor!«

»Nein, Du warst es nicht,« antwortete Max lächelnd. »Ich habe nicht weit davon gestanden und es weder verhindern, noch mir später Gewißheit verschaffen können. Laß uns einmal suchen, ob wir etwas entdecken.«

»Zu Pefehl, Herr Doktor! Augenplicklich werde ich suchen. Vielleicht ist der arme Teufel noch nicht ganz todt, und es gelingt uns, ihn wieder aufzupringen!«

Auch jetzt war ihre Nachforschung vergeblich, bis Max an die Tanne gelangte, und da bemerkte er, daß unter derselben das Gras niedergetreten war.

»Was meinst Du zu dieser Stelle, Thomas?«

»Was ich meine, Herr Doktor? Hier hapen sich ein Paar pei den Haaren gehapt und tüchtig herumgepalgt.«

Das Auge unwillkürlich emporhebend, machte Max jetzt eine Bemerkung, welche mit der nächtlichen That in Verbindung stehen mußte. In etwas über Manneshöhe waren an einem der Tannenäste zwei Schlingen zu sehen, welche jedenfalls von starken, hanfenen Schnuren herrührten, an denen eine bedeutende Last gegangen hatte, denn sie waren so fest zugezogen, daß sie in die rauhe Schale des Holzes eingeschnitten hatten. Beide Schnuren waren, das sah man deutlich, unterhalb der Schlingen mit einem Messer abgeschnitten worden, die eine vor längerer Zeit und die andere gewiß erst in der verflossenen Nacht, wie die Schärfe der Schnittfläche und die Farbe der Fasern bewies.

»Betrachte Dir doch einmal diese Schlingen, Thomas!«

»Zu Pefehl, Herr Doktor! Ich will gleich auf der Stelle den großen Ampos verschlingen, wenn sich da nicht Zwei aufgehängt hapen, die nachher wieder apgeschnitten worden sind!«

»Du meinst, sie haben sich selbst aufgehängt?«

»Natürlich! Man hängt sich doch stets selper an den Paum. Ein Anderer wird einem nicht gern pehilflich dapei sein.«

»Und diese Spuren im Grase?«

»Sapperlot, das sieht allerdings aus, als op sie sich gewehrt hätten!«

»Diese eine Schlinge stammt von letzter Nacht, die andere ist höchstens drei Wochen alt. Hast Du während dieser Zeit einmal gehört, daß sich auf dem Klosterberge Jemand gehängt hätte?«

»Nein.«

»Die Ermordeten sind also nicht gerichtlich aufgehoben, sondern von den Mördern sofort wieder abgeschnitten worden und –«

Er trat an den Rand der Spalte und blickte hinab. Das kahle, nur an einigen wenigen Stellen mit Büschelgras bewachsene Gestein zeigte die deutliche Spur eines Körpers, welcher zur Tiefe gestürzt war.

»Und,« fuhr er fort, »hier unten haben sie ihr Grab gefunden.«

»Hapen sie ihr Grap gefunden,« nickte Thomas, seinerseits auch aufmerksam hinabblickend. »Wir müssen Anzeige machen, Herr Doktor!«

»Ehe ich mich dazu entschließe, müssen wir ein Anderes untersuchen. Komm!«

Er schritt zum Brunnen und zog den Strick hervor, den er an dem Felsblock befestigte.

»Wir müssen hinab in den Brunnen.«

»Da hinap? Warum denn, Herr Doktor? Ist da auch Einer umgepracht worden?«

»Nein. Bleib einstweilen noch oben und passe auf, daß uns Niemand überrascht!«

»Zu einer Ueperraschung ists zu früh, Herr Doktor. Zur jetzigen Stunde kommt Niemand auf den Perg gestiegen.«

Max untersuchte den inneren Brunnenrand. Es war weder eine Leiter noch sonst etwas Derartiges zu bemerken; aber als er den hinunterhängenden Strick hin- und herschwankte, stieß dieser an ein Hinderniß, und bei schärferem Niederblicken gewahrte er, daß dieses in einem eisernen Bolzen bestand, welcher in die Brunnenmauer eingetrieben worden war.

Das Räthsel war gelöst. Jedenfalls führte eine Reihe solcher Bolzen, die zugleich als Stufen und Haltepunkte für die Hände dienten, zur Tiefe hinab, und das Seil hatte keinen andern Zweck, als die Passage bis zum obersten Bolzen zu erleichtern, da dieser, um nicht von unberufenen Augen bemerkt zu werden, so tief wie möglich hatte angebracht werden müssen.

Max ließ sich an dem Stricke bis zu ihm hinab und sah seine Voraussetzung bestätigt. In kaum ellenweiter Entfernung von einander befand sich ein Bolzen unter dem andern, so daß er in größter Bequemlichkeit zur Tiefe gelangen konnte.

Als er in dem Munde des Brunnens verschwunden war, zog

Thomas ein Streichholz hervor und steckte die Cigarre in Brand. Er hatte sie vorhin vor Schreck ausgehen lassen.

»Da ist er nun hinap, und wer weiß, was ihm da unten arrivirt. Seit er von seiner Reise wieder da ist, kommt ein Apenteuer auf das andere. Gestern der Einpruch in den Garten und die Hexe, heut die zwei Gehenkten und das Loch hier. Was wirds weiter gepen! Aper ein tüchtiger Kerl ist er, und eine gute Cigarre raucht er, das ist wahr. Diese Cupa ist noch pesser als die Ampalema. Wenn ich nur wüßte, wie ich es anfange, um noch eine zu pekommen!«

Unterdessen hatte Max den Boden erreicht und zog die Laterne hervor, um sie anzubrennen. Als dies geschehen war, leuchtete er um sich. Er bemerkte nichts, als die ihn eng umgebende Mauerrundung, welche hier unten nicht aus Ziegeln, sondern aus viereckigen Platten aufgeführt war. Eine Versammlung von vierzehn Personen konnte in dem engen Raume unmöglich abgehalten werden. Er nahm den Hammer und klopfte an die Mauer. Dem Aufstiege gegenüber vernahm er einen hohlen Klang. Er drückte, und zwei über einander liegende Platten bewegten sich nach innen, so daß eine Oeffnung entstand, welche gerade groß genug war, daß ein Mann in gebückter Stellung sie passiren konnte.

Er trat ein. Der Eingang verschloß sich in Folge der Schwere der Platten ganz von selber. Sie waren an ihrer Rückseite mit Brettern verkleidet, durch welche sie zusammengehalten wurden. Er befand sich jetzt in einem ungefähr acht Fuß hohen, viereckigen Raume, welcher ringsum nothdürftig verschalt war; die Decke wurde von einigen Pfeilerstützen gehalten. Ein roh zusammengezimmerter Tisch stand in der Mitte, an dessen oberer Seite ein auf zwei Pfählen genageltes Brett wohl als Sessel für den Vorsitzenden diente, während an den Wänden einige Bänke von derselben primitiven Konstruktion angebracht waren.

Die sorgfältigste Untersuchung des ganzen Raumes hatte kein weiteres Ergebniß, und keine Nadel, kein Papierschnitzel fand sich als Zeichen, daß sich hier vor noch ganz kurzer Zeit eine Anzahl Männer zusammengefunden hatten.

Er trat wieder hinaus in den Brunnen und blickte nach oben. Als Knabe hatte er sich mit einigen Schulkameraden mehrere Male hier herabgelassen. Der Brunnen schien ihm nicht mehr die frühere Tiefe zu besitzen, was jedenfalls eine Folge davon war, daß er die aus dem geheimen Versammlungsraum herausgeworfene Erde hatte aufnehmen müssen. Er blies das Licht aus, steckte die Laterne zu sich und stieg wieder nach oben.

Thomas saß auf dem Felsblocke und erwartete ihn.

»Das hat lange gedauert, Herr Doktor. Peinahe wäre ich nachgekommen.«

»War nicht nothwendig, lieber Schubert. Ich bin allein fertig geworden.«

»Ich darf wohl nicht fragen, was es da unten gegepen hat? Sie dachten gewiß, man könnte die peiden Leichen auch hier hinapgeworfen hapen.«

»Sie sind nicht aufzufinden,« antwortete er, den Gesellen bei dieser Meinung lassend.

Obgleich er von der Treue und Verschwiegenheit desselben vollständig überzeugt war, hielt er es doch für besser, den eigentlichen Zweck seiner Morgenpromenade geheim zu halten. Daher fuhr er fort:

»Vielleicht war das mit dem Aufhängen auch nur eine Täuschung. Es ist am Gerathensten, wir schweigen gegen Jedermann über diese Angelegenheit, von der wir doch nur amtliche Wege und Verantwortung hätten.«

»Ich pin gleich dapei, Herr Doktor. Mich hapen sie nicht erschlagen oder an den Paum geknüpft, und vor dem Gerichte und der Polizei hape ich all mein Leptage ganz gewaltigen Respekt gehapt. Von mir erfährt Niemand, wo wir gewesen sind.«

»Auch die Barbara nicht?« frug Max lächelnd, an die gestrigen Worte des Kavalleristen denkend.

»Auch die Parpara nicht, Herr Doktor,« versicherte dieser. »Pei einem Weipsen ist so etwas erst recht unsicher aufgehopen!«

Sie traten den Heimweg an.

Aus der Schmiede tönten ihnen schon von Weitem mächtige Hammerschläge entgegen. Vor der Thür derselben hielten mehrere Pferde, von Reitknechten in königlicher Livrée gehalten.

»Sapperlot, da ist am Ende gar die Majestät schon auf den Peinen, und Thomas Schupert, der Opergeselle, hat dapei gefehlt!«

»Ich werde Dich entschuldigen. Hier nimm noch diese Cigarren für Deine Begleitung!«

»Alle?«

»Alle!«

»Zu Pefehl, Herr Doktor, und danke pestens,« antwortete er, das dargereichte Etui leerend. »Diese Cupa ist ausgezeichnet und von einem guten Tapak faprizirt. Die muß ich heut der Parpara vorrauchen, die sich wundern wird, was der Thomas Schupert für ein feiner Kerl geworden ist!«

Mit dem Rücken nach dem Feuer stand der Hof-, Kur-, Huf- und Waffenschmied Brandauer und hielt ein mit der Zange gepacktes Stück glühendes Eisen auf den Ambos. An der andern Seite desselben schwang ein Mann, dessen Kleidung ihn nicht als Schmied kennzeichnete, den großen Zuschlagehammer, daß ringsum die Funken sprühten.

Zwar trug er ein ledernes Schurzfell und hatte die Aermel seines Hemdes nach löblicher Schmiedesitte nach innen aufgestreift, aber dieses Hemd war vom feinsten und theuersten französischen Linnen gefertigt, und die ganze übrige Erscheinung, auch abgesehen von den funkelnden Brillantringen an seinen Händen, bewies, daß er sich bereits unter den Händen eines kundigen Kammerdieners und geschickten Friseurs befunden habe.

Es war der König.

Hohe Herren haben ihre Passionen. Es gibt berühmte Herrscher, welche als Goldschmiede, Drechsler, Köche ganz Beträchtliches leisteten; Peter der Große wurde sogar Schiffszimmermann. Jedermann im Lande kannte die außerordentliche Liebhaberei des Königs für die Schmiedekunst, und Jedermann in der Residenz wußte, daß der hohe Herr diese Kunst sehr fleißig und geschickt in der Hofschmiede ausübte. Wenn die Sorgen der Regierung ihm einmal allzu drückend wurden oder er aus irgend einem andern Grunde das Bedürfniß empfand, sich zu zerstreuen, ging er zur Schmiede und griff zu Hammer und Zange. Die hohen Würdenträger sahen dies gern, weil er dann jedesmal heiter und guter Laune zurückkehrte, was ihnen die Erfüllung ihrer dienstlichen Obliegenheiten bedeutend erleichterte. Und auch das Volk sprach mit Genugthuung von dieser Passion, die dem Lande kein Geld kostete wie so manche Liebhaberei anderer Herrscher, welche das Volk mit seinem Schweiße zu bezahlen hat. Es war oft vorgekommen, daß der König auf einer Reise, die er von Zeit zu Zeit durch die Provinzen des Reiches unternahm, vor einer Schmiede halten ließ, um den Hammer zu schwingen und dann lächelnd und mit Befriedigung wieder aufzusitzen. Die kleine, unscheinbare Hofschmiede in der Vorstadt war im ganzen Lande ebenso bekannt wie das Theater und andere berühmte Baulichkeiten der Residenz, und Brandauer ahnte nicht, daß selten ein ehrbarer Provinzler die Hauptstadt besuchte, ohne wenigstens einmal vor seiner Schmiede vorbeipatrouillirt zu sein.

Auch heute war der König schon am frühen Morgen erschienen, um sich einige Pferde seines ausgezeichneten Marstalles selbst zu beschlagen. Die Gesellen und Lehrjungen hatten sich entfernen müssen, und nun erklang neben dem Takte der Hammerschläge das Gespräch der beiden Männer, die sich äußerlich so fern und innerlich so nahe standen.

»Also keine Jesuiten, Brandauer?« frug der König.

»Nein, Majestät. Sie sind für das Land das, was die Mäuse für das Feld und die Raupen für den Baum.«

»Hast Recht, Brandauer,« klang es unter Hammerschlägen. »Der Herzogpräsident will sie haben, aber ich, ich will sie nicht, ebenso wenig wie Du. Gieb das Eisen noch einmal ins Feuer!«

Der Schmied gehorchte und zog den Blasebalg an.

»Und was war das Andere, was Du mir noch sagtest?« frug der König, den Arm auf den Hammerstiel stützend.

»Das von der Revolution.«

»Pah! Leeres Gerede, von französischen Müßiggängern angestiftet. Ich thue meine Pflicht, und mein Volk ist mit mir zufrieden. Schau diesen Hammer! Mit ihm zermalme ich das Eisen. Es gibt einen Hammer, unter dem die Rebellion zerstiebt. Was sagst Du zu den Zollstreitigkeiten mit Süderland?«

»Wie viel bringt der Zoll im Jahre?«

»Wenig; gegen fünfmalhunderttausend Thaler.«

»Und was kostet die Bewachung der Grenze?«

»Einige zehntausend Thaler mehr als diese Summe.«

»So lassen Sie den Zoll fallen, Majestät!«

»Von dem angezogenen Gesichtspunkte aus hast Du Recht, doch muß diese Frage auch von anderen Seiten beleuchtet werden, die Deinem Verständnisse fern liegen.«

»Ich denke wie mein Junge, und der verstehts!« antwortete der Schmied kurz und mit väterlichem Stolze.

»Was sagt er zu der Todesstrafe?«

»Weg damit!«

»Gut. Muß ihn einmal hören. Heraus mit dem Eisen, Alter!«

Wieder klang der Hammer und wieder stoben die Funken. Da trat Max ein und grüßte mit einer tiefen, respektvollen Verbeugung den hohen Gehilfen seines Vaters.

»Guten Morgen, Herr Doktor! Wieder zurück in die Heimath?« Er schlug zu, bis das Eisen wieder in das Feuer mußte, dann reichte er ihm mit sichtlichem Wohlwollen die Hand. »Willkommen! Hast Du Zeit, mein Bursche?«

»Stets für Ew. Majestät!«

»Dann herunter mit dem Rocke, das Schurzleder um und den Hammer in die Hand. Wollen einmal wieder zu Dreien schlagen!«

Im Garten saßen die Gesellen und plauderten, in ihrer Nähe, wie gewöhnlich, die Lehrjungen. Wenn der König in der Werkstatt war, hatten sie stets freie Zeit.

»Wenn da jetzt Jemand zuhören könnte!« meinte Heinrich, der Artillerist. »Da wird Politik getrieben und manche Frage entschieden, von der selbst der Minister nichts zu hören bekommt.«

»Ja, das ist am Den!« bekräftigte Baldrian.

»Der Alte ist ein praktischer Kopf, aber der König richtet sich doch mehr nach dem, was der junge Herr sagt, wenn er es sich auch nicht merken läßt. Aus dem wird gewiß noch etwas Großes.«

Baldrian nickte sehr eifrig mit dem Kopfe.

»Vielleicht gar ein Kavalleriewachtmeister,« fuhr Heinrich fort, hinüber zu Thomas schielend.

»Das ist möglich,« antwortete dieser ruhig, »denn zur Artillerie zu gehen wird ihm nimmermehr einfallen; die ist zu grop und unverschämt.«

»Ist das am Den?« frug Baldrian, dem es stets Vergnügen gab, die Beiden an einander zu bringen.

»Natürlich! Und wers nicht glaupen will, der praucht nur einen Plick auf den Heinrich da zu werfen, dann wird ers wohl pegreifen, daß ich Recht hape. Wir von der Reiterei dagegen sind immer feine Leute; denn warum geht der junge Herr am liepsten mit mir, he? Und wer pekommt die meisten Ampalema? Wer hat heut sogar siepen Stück Cupa pekommen? Der Thomas von der Kavallerie!«

»Und wer hat gestern Abend sogar eine Flasche Wein von ihm erhalten?« neckte Heinrich.

»Ich glaupe, Du jedenfalls nicht!«

»Nein, aber der Baldrian von den Grenadieren.«

»Ist das wahr, Paldrian?«

»Das ist am Den!« nickte stolz der Gefragte.

»Pei wem denn und wofür denn? Oder ist das etwa ein Geheimniß?«

Der Grenadier nickte bedächtig.

»Das ist am Den!«

Dann erhob er sich und schob sich langsam von dannen. Es lag nicht in seiner Absicht, sich ausfragen zu lassen. Thomas und Heinrich aber neckten sich fort, bis der Meister nach ihnen rief. Der König hatte in Begleitung des Doktors die Schmiede verlassen; nun konnten die Gehilfen wieder an ihre gewohnte Arbeit gehen.

Erst nach Verlauf von über einer Stunde kehrte Max zurück. Er hatte sich aus dem königlichen Marstalle beritten gemacht und saß auf einem Rapphengste von ganz vorzüglicher Rasse.

»Bekommen?« frug der Vater, vor die Thür tretend.

»Ja, sogar auch vom Minister.«

»Du bringst sie natürlich zu uns!«

»Versteht sich!«

Er nahm den Rappen in die Zügel und sprengte im kurzen Galoppe davon. Der Schmied sah ihm nach, so lange er es vermochte; es konnte Niemand stolzer sein als er auf seinen Sohn.

Max verfolgte dieselbe Straße, auf welcher er heute Morgen nach der Ruine gelangt war. Von da führte sie immer längs des Flusses stromaufwärts in das Gebirge, wo in etwa drei Meilen Entfernung von der Residenz ein steiler Höhenzug bis hart an das Ufer trat und dort eine natürliche Felsenbastion bildete, auf welcher sich das alte Schloß erhob, dessen aus den verschiedensten Jahrhunderten stammende Baulichkeiten jetzt die Landesirrenanstalt bildeten. Der Direktor derselben war ein ehemaliger hoher Militärarzt, welcher durch die Protektion des Herzogs von Raumburg diese höchst einträgliche Stellung erhalten hatte.

Er hatte sich vor wenigen Minuten erhoben und saß mit seiner Familie bei dem sehr reichlich ausgewählten Frühstücke. Der Mann erfreute sich eines bedeutenden Leibesumfanges, und seine feisten, glänzenden Wangen gehörten ganz entschieden zu der Kategorie der Hängebacken.

»Nichts Neues, meine Liebe? Bitte, schenke mir nochmals ein!«

»Es kam diese Nacht ein Kurier vom Herzog. Er wollte unbedingt Dich selber sehen; ich sagte ihm jedoch, daß Du verreist seist. Hier hast Du Kaffee! Ist er süß genug?«

»Recht so, mein Herz! Der Schlaf ist das bedeutendste Bedürfniß der menschlichen Konstitution; wer ihn kürzt, kürzt sich das Leben. Die Depesche kommt auf alle Fälle noch rechtzeitig zum Lesen. Bitte, thu mir noch ein Stück Zucker in die Tasse!«

»Sie liegt hier auf dem Teller. Willst Du sie öffnen? Hier ist Zucker!«

»Laß sie liegen! Jede Lektüre bei Tische strengt mittelbar diejenigen Theile unseres Körpers an, welche der Verdauung, also der Erhaltung unseres Lebens dienen. Gieb mir noch ein Brödchen; aber etwas mehr Butter darauf!«

»Hier hast Du, mein Lieber! Was wünschest Du zum zweiten Frühstücke? Wirst Du zum Morgenrapporte heut nicht etwas zu spät kommen?«

»Nein, liebe Frau; der Vorgesetzte kommt niemals zu spät; das mußt Du Dir merken. Eine kleine, noble Verzögerung, wie Du sie ja auch stets beim Besuche der Soiréen und Kränzchen in Anwendung zu bringen pflegst, gehört mit zu den Vorzügen und Rechten der Distinktion. Dein Schinken war gestern gut; ich möchte von ihm haben, doch gieb mir statt des Bordeaux einmal einen Trébisond. Er ist zwar etwas schwer, aber meine angegriffenen Nerven bedürfen einer solchen Stärkung. Ich glaube, ich werde einige Wochen in das Seebad gehen müssen. Ein Stück Torte hast Du wohl übrig. Magst Du mir die Tasse nochmals füllen?«

»Hier, mein Guter! Es ist wahr, Du strengst Dich wirklich zu sehr an, was um so mehr zu bedeuten hat, als diese Anstrengung eine rein geistige ist, ganz abgesehen davon, daß die tägliche Revision der Zellen auch bedeutend echauffirt. Ich werde den Konditor abdanken. Er macht mir seit einigen Tagen zu viel Mandeln in das Gebäck, welches dadurch einen bittern Geschmack erhält, der mir den ganzen Tag nicht von der Zunge kommt.«

»Ich empfehle Dir allerdings, zu einem andern zu gehen. Die bittre Mandel hat einen ganz bedeutenden Gehalt an Blausäure, bekanntlich eines der stärksten Gifte, und ich habe natürlich nicht im mindesten die Intention, mich von dem ersten besten Zuckerbäcker umbringen zu lassen. – Was Du da von der geistigen Anstrengung sagst, hat seine vollständige Richtigkeit, ganz besonders aber bei dem Irrenarzte. Durch das stete Beisammensein mit geistig gestörten Subjekten schwebt man stets in höchster Gefahr, selbst verrückt zu werden, wie es ja Fälle gegeben haben soll, daß irrthümlich Internirte, welche vollständig gesund waren, dadurch wirklich monoman geworden sind. Ich halte mich in Folge dessen von jeder näheren Beziehung zu meinen Wahnsinnigen und jeder Beobachtung ihres Zustandes grundsätzlich fern. So, das hat geschmeckt, und nun gib die Depesche her, meine Liebe!«

Sie reichte ihm das sorgfältig versiegelte Schreiben; er erbrach dasselbe, um es zu lesen.

»Hm, ein neuer Zuwachs!« meinte er sodann, das Papier zusammenfaltend.

»Männlich?«

»Nein, weiblich; eine Zigeunerin.«

»Ah! Jedenfalls eine Landstreicherin. Woher wird sie eingeliefert?«

»Sie kommt selbst.«

»Selbst? Freiwillig? Wie ist das möglich?«

»Sie kommt, um ihren Sohn zu besuchen, und wird dabei festgehalten.«

»Wer ist ihr Sohn?«

»Nummer Elf der Tobsüchtigen.«

Die ältere Tochter legte den Kaffeelöffel klirrend in die Tasse zurück.

»Der hübsche Offizier, welcher immer behauptete, er sei gesund und werde nur aus schlimmen Gründen für krank erklärt?«

»Derselbe, mein Kind.«

»Papa, ich halte ihn für nicht wahnsinnig, und die beiden Unterärzte sind ganz derselben Meinung.«

»Woher weißt Du das Letztere?« frug er frappirt.

»Ich hörte diese Bemerkung, welche sie aussprachen, ohne meine Gegenwart zu wissen.«

»Die beiden Assistenten sind noch jung im Berufe und haben also kein Urtheil. Der Oberarzt hat ebenso wie ich die Krankheit konstatirt, und überdies liegt über dieselbe ein Urtheil unserer allmächtigen Durchlaucht vor, welches Du wohl als untrüglich gelten lassen mußt. Nummer Elf wird die Anstalt nicht verlassen. Seine Störung tritt täglich mehr und mehr hervor; er gehört bereits zu den Tobsüchtigen, und da ich ihn nicht anders als durch Kostentziehung zu diszipliniren vermag, so ist er körperlich bereits so abgeschwächt, daß er sich binnen kurzer Zeit todtrasen wird. Er kommt ohnehin aus der Zwangsjacke niemals heraus.«

»Es muß hier ein höchst interessantes Geheimniß vorliegen, Papa. Er war Hauptmann trotz seines jugendlichen Alters und ist der Sohn einer Zigeunerin. Der Herzog lieferte ihn ein und gibt Dir jetzt auch den Befehl, seine Mutter festzuhalten. – Hast Du den »Irren von St. James« von Philipp Galen gelesen, Papa?«

»Mein Kind, ich habe nach der Ueberzeugung zu handeln, daß sich der Herzog und die Wissenschaft niemals irren können. Die Familienbeziehungen der Eingelieferten gehen mich nichts an, und daß mir für die Lektüre von Romanen nicht die mindeste Zeit übrig bleibt, weißt Du ja. Ich glaube sehr, daß an Deinem »Irren von St. James« nicht ein Tüpfelchen Wahrheit ist!«

Er erhob sich, um sich zum Rapport zu begeben.

Die Aerzte standen bereits, von dem Diener eingeführt, in seinem Arbeitskabinete. Sie hatten schon über eine halbe Stunde auf ihn gewartet.

»Guten Morgen, meine Herren,« grüßte er herablassend. »Setzen Sie sich! Ehe ich Ihnen den täglichen Bericht abnehme, muß ich Sie auf einen Umstand aufmerksam machen. Es wird nämlich im Laufe des Vormittags eine Zigeunerin erscheinen, um ihren Sohn zu sehen. Diese Person ist wahnsinnig und wird sofort, das will ich gestatten, da die mir gewordene Instruktion es nicht verbietet, auf fünf Minuten zu ihrem Sohn gebracht, dann aber ohne jede weitere Manipulation in einer der Zellen für tobsüchtige Weiber installirt.«

»Wer ist ihr Sohn?« frug der Oberarzt.

»Der Hauptmann Nummer Elf.«

Die beiden Assistenten warfen sich einen bedeutungsvollen Blick zu, und auch über das Gesicht des Oberarztes zuckte ein nur halb unterdrückter Zug der Ueberraschung.

»Seine Mutter eine Zigeunerin? Darf ich fragen, von wem die erwähnte Instruktion gegeben wurde?«

»Von Seiner Durchlaucht dem Herrn Ministerpräsidenten und Generalissimus Herzog von Raumburg.«

»Dann ist sie allerdings wahnsinnig. Seiner Durchlaucht stehen so untrügliche ärztliche Kapazitäten zur Seite, daß eine Untersuchung hierorts vollständig überflüssig ist.«

»Natürlich! Ich wünsche nicht, – verstehen Sie wohl, meine Herren, in Folge der betreffenden Instruktion wünsche ich nicht, daß Sie Ihre ja sonst schon so außerordentlich in Anspruch genommene Divinationsgabe an der übergeschnappten Landstreicherin vergebens verschwenden. Und jetzt nun zum Rapporte!«

Dieser nahm nur wenige Minuten in Anspruch. Die Untergebenen kannten genugsam das Prinzip ihres Vorgesetzten, die Leitung der Anstalt in der Weise zu führen, daß durch dieselbe seine Verdauung nicht gestört werde.

Eben war man beim Schlusse angelangt, als der Pförtner eintrat, um zu melden, daß eine Zigeunerin im Empfangszimmer sei, welche einen Internirten zu sprechen wünsche, den sie als ihren Sohn bezeichne.

»Gehen Sie hinab, Herr Oberarzt,« befahl der Direktor. »Das Weitere ist Ihnen ja bekannt.«

Der Angeredete entfernte sich, ertheilte auf dem Korridore einige Befehle und begab sich dann in den Empfangsraum. Es war Zarba, welche seiner dort wartete.

»Wer ist Sie?« frug er barsch, sie mit seinem stechenden Auge scharf fixirend.

»Ich heiße Zarba und bin die Vajdzina meines Stammes.«

»Was will Sie?«

»Lese der gestrenge Herr dieses Papier, welches mir der Herzog von Raumburg geschrieben hat!«

»Sie war bei ihm selbst?«

»Ja.«

Er entfaltete und überflog den Befehl.

»Komme Sie!«

Er verließ mit ihr das Zimmer, schritt über den Hof hinüber

und betrat ein finster dreinschauendes und mit eng- und stark vergitterten Fenstern versehenes Gebäude. Hier stieg er eine Treppe empor, ließ sich von einem robusten Wärter die Eingangsthüre zu einem dunklen Korridore öffnen und schob die schweren eisernen Riegel von einer der hier befindlichen, stark beschlagenen Thüren.

»Hier herein!«

Sie trat ein. Ein doppelter Aufschrei erscholl; er aber schlug die Thür hinter ihr zu, blickte auf seine Uhr und begann dann, langsam den Korridor auf- und abzuschreiten.

In den zahlreichen Zellen zu beiden Seiten des engen Ganges herrschte ein mehr als reges Leben. Hier vernahm man ein zorniges Gestampfe, dort den Tritt eines rasenden Tanzes, dazwischen erscholl weiterhin ein brüllender Gesang, lautes Aechzen und Stöhnen, markerschütternde Hilferufe, gräßliche Flüche und Verwünschungen tönten dazwischen, oder es ließ sich eine zum Erbarmen flehende Stimme vernehmen. Der Oberarzt schien kein Ohr für all diese fürchterlichen Zeichen des schrecklichsten Zustandes geistiger Zerrüttung zu haben. Er schritt ruhig hin und her, warf zuweilen einen Blick auf die Uhr und trat, genau als die fünf Minuten abgelaufen waren, wieder an die Thür, hinter welcher nach dem ersten Aufschrei tiefe Stille geherrscht hatte. Er öffnete und befahl:

»Komme Sie einmal heraus!«

»Schon? Ich bitte den gestrengen Herrn, mich – –«

»Ruhe! Sie wird nachher wieder herein dürfen. Jetzt aber komme Sie!«

Sie trat zögernd heraus. Ihre Augen standen voller Thränen, und in ihrem verwitterten, runzelvollen Antlitze lag ein Ausdruck von Schmerz, Wuth und Rachsucht, der sich unmöglich beschreiben läßt.

»Warum hat man meinen Sohn eingeschnürt, Herr? Der Schaum und das Blut steht vor seinem Munde; er kann sich nicht bewegen, nicht reden; der Schmerz treibt ihm die Augen aus dem Kopfe und – –«

»Ruhe! Sie hat mir schweigend zu folgen!«

Er führte sie über einen zweiten Hof nach einem ähnlichen Gebäude, welches sie soeben verlassen hatten, und in einen gerade so engen und finstern Korridor. Hier öffnete er eine Thür.

»Trete Sie ein!«

Die Zelle hatte ein schmales, niedriges, mit einem Gitterkorbe versehenes Fenster, durch welches der Schein des Tages nur mühsam einzudringen vermochte; die dicken Mauern waren mit starken Pfosten ausgekleidet, und mehrere an ihnen herabhängende Ketten erhöhten den abschreckenden Eindruck, welchen dieser Raum machen mußte.

Die Zigeunerin trat einen Schritt zurück. Eine fürchterliche Ahnung schien sich ihrer zu bemächtigen.

»Was soll ich da drin?«

»Das wird Sie sehen!«

»Ich gehe nicht eher hinein, als bis ich es weiß. Ich will zurück zu meinem Sohne!«

»Vorwärts!«

Ohne weitere Umstände faßte er sie und schob sie in die Zelle, deren Thür er wieder verriegelte.

»Die Frau bleibt in dieser Nummer,« befahl er einer bereitstehenden Wärterin. »Wenn sie sich nicht ruhig verhält, geben Sie ihr die Zwangsjacke. Zu essen bekommt sie heute nichts!«

Als er über den Hof schritt, kam ihm der Pförtner entgegen.

»Herr Oberarzt, ich suche Sie. Es ist ein Herr gekommen, welcher die Anstalt zu sehen wünscht, und ich weiß nicht, ob ich den Herrn Direktor jetzt stören darf.«

»Wer ist es?«

»Ein sehr feiner Herr. Er hat seinen Namen nicht genannt.«

»Werden sehen.«

Er inspizirte vorher gemächlich einige Spazierhöfe und begab sich dann in das Empfangszimmer. Der hier sitzende junge Mann erhob sich.

»Der Herr Direktor?« frug er mit einer nicht sehr tiefen Verbeugung.

»Der Oberarzt,« antwortete dieser frostig. Er mochte glauben, einen Literaten und Berichterstatter von der Sorte, welche gern die öffentlichen Anstalten interviewt, vor sich zu haben.

»Ich bat, den Herrn Direktor sprechen zu dürfen. Ist er verreist?«

»Ihr Name?«

»Hier meine Karte!«

Diese trug die einfache Inschrift »*Dr.* Max Brandauer.« Der Oberarzt verbeugte sich kalt.

»Sie wünschen, einen Gang durch unsere Anstalt machen zu dürfen?«

»Allerdings.«

»Zu welchem Zwecke?«

»Zum Zwecke der Berichterstattung.«

»Ah!«

Ueber das Gesicht des Oberarztes flog die Genugthuung, daß er sich in seiner Voraussetzung nicht getäuscht habe.

»Ich gestatte Ihnen den Zutritt und werde Sie durch einen der Wärter führen lassen.«

»Ich wünsche die Begleitung des Herrn Direktors!«

»Geht nicht! Er und vier Aerzte sind von unserem schwierigen Berufe so sehr in Anspruch genommen, daß wir uns unsere kostbare Zeit nur von Vorgesetzten oder Herren höherer Extraktion kürzen lassen dürfen.«

Max lächelte.

»So bin ich also nicht extrakt. Bitte, lesen Sie diesen Befehl, mein Herr!«

Er zog einen zusammengefalteten Bogen aus der Tasche und reichte ihn dem Arzte hin. Dieser blickte überrascht und ein wenig verlegen auf. Das Papier enthielt einen sehr kurz gefaßten Befehl des Ministers des Innern, dem Vorzeiger desselben als königlichen Kommissär alle Zellen und Räume der Anstalt zu öffnen und ihm auf alle seine Fragen die ausführlichste Antwort zu ertheilen.

»Das ist etwas Anderes, mein Herr,« meinte der Arzt beinahe stotternd.

»Bitte, bemühen sich der Herr Doktor mit mir zum Herrn Direktor!«

Er führte ihn ungesäumt in das Arbeitskabinet des Letzteren. Es war leer. Die Direktion hatte sich nach der Anstrengung des Rapportes einem stärkenden Morgenschläfchen in die Arme geworfen.

»Darf ich ersuchen, Platz zu nehmen? Ich werde den Herrn Kommissär sofort melden.«

»Wohl! Doch wünsche ich nicht, wieder eine halbe Stunde warten zu müssen. Meine Zeit ist mir noch kärger zugemessen als den Herren Aerzten!« klang die kurze Antwort.

Sie war von Erfolg, denn schon nach kaum zwei Minuten trat der Direktor ein, den schriftlichen Befehl noch in der Hand. Es war ihm deutlich anzusehen, daß er im Schlafe gestört worden war.

»Herr Kommissär, ich habe die Ehre – –«

»Bitte, Herr Direktor, wo haben Sie den Herrn Oberarzt gelassen?«

»Er mußte schleunigst zu einem Kranken, welcher – –«

»Bitte, rufen Sie ihn ebenso schleunigst zurück! Sie könnten sonst in den Verdacht kommen, daß er beauftragt sei, die Anstalt auf meine Inspektion vorzubereiten.«

Der Direktor sah sich gezwungen, zu klingeln, und der Oberarzt trat unmittelbar darauf ein.

»Brechen wir auf, meine Herren!« gebot Max.

»Ich wünsche zunächst die Kollektivräume, wie den Andachtssaal, die Küche, Spazierorte und so weiter zu sehen, und dann gehen wir die Einzelzellen durch.«

Es war das erste Mal, daß ein königlicher Kommissär vollständig unangemeldet die Anstalt überraschte, und das scharfe Auge des Doktors erblickte Manches, über welches er zwar einen lauten Tadel zurückhielt, doch bemerkten seine Begleiter an den zahlreichen Notizen, welche er eintrug, daß sie es nichtsdestoweniger mit einem strengen Besuche zu thun hatten.

Der Rundgang durch dieses Haus der Irren ließ Max einen tiefen Blick in die Leiden thun, denen der menschliche Geist ausgesetzt ist. Es gab da Gemüthskranke, welche irgend ein eingebildetes Ereigniß betrauerten, Idioten, die leise und unablässig vor sich hinwimmerten, Tiefgestörte, welche nie einen Laut von sich gaben, und Redselige, die keinen Augenblick zu schweigen vermochten. Es gab da Künstler und Dichter, die, berühmt durch ihre Werke, hier an kindischer Einbildung laborirten oder unter dem Eindrucke eines finstern Phantomes wie seelenlose Kreaturen dahinvegetirten. Einer hielt sich für einen Tiger. Man hatte seine Zelle in einen Menageriekäfig verwandeln müssen; er aß nur rohes, blutiges Fleisch, welches er mit den Zähnen und seinen langen Nägeln zerriß, und brüllte wie ein wildes Thier. Ein Anderer drehte sich unablässig um sich selbst; er bildete sich ein, die Erdachse zu sein. Ein Fernerer beobachtete den Himmel durch eine wie ein Fernrohr gebrauchte Papierrolle; er hielt sich für Galilei und entdeckte alle Tage neue Sterne. Ein Weiterer glaubte Bonaparte zu sein; er stand laut kommandirend in seiner Zelle und dirigirte die Schlacht bei Wagram.

In der Zelle Nummer Elf saß ein junger Mensch, in der Weise in die Zwangsjacke eingepreßt, daß die furchtbare Kongestion nach dem Kopfe ihm den Verstand rauben mußte. Dicker Schaum triefte ihm aus dem Munde, und die blutunterlaufenen Augen quollen aus ihren Höhlen. Er vermochte nicht zu sprechen, sondern ließ bei dem Eintritte der drei Männer nur ein wildes, unartikulirtes Aechzen vernehmen, in welchem sich die entsetzlichste Todesangst ausdrückte.

»Warum diese Strenge?« frug Max.

»Er hat sich an seinem Wärter vergriffen und ihn beinahe getödtet. Er ist der Schlimmste der Tobsüchtigen und nur auf diese Weise zu zähmen.«

Im Weiberhause wiederholten sich mit den durch das Geschlecht bedingten Abänderungen ganz dieselben Scenen und Verhältnisse. Aus einer der Zellen erscholl ein so entsetzliches Geschrei, daß Max es nicht anzuhören vermochte.

»Um Gotteswillen, Herr Direktor, gibt es kein Mittel, diese Leute zum Schweigen zu bringen?«

»Sie werden von selbst aufhören. Man hat diese Art Gebrüll stets zu hören, wenn ein Zuwachs zum ersten Male in die Jacke kommt.«

»Diese Person befindet sich also erst seit Kurzem hier?«
»Seit heute.«
»Wer ist sie?«
»Eine Zigeunerin.«
»Ah! Welcher Art ist ihr Wahnsinn?«
»Das hatten wir noch nicht Gelegenheit zu beobachten, Herr Doktor.«
»Aber durch die Einlieferungsakten muß Ihnen eine Bemerkung darüber doch unbedingt zugegangen sein?«
»Ich hatte noch nicht Gelegenheit, sie zu lesen.«
»Bitte, lassen Sie öffnen!«

Die begleitende Wärterin schob die Riegel zurück. Inmitten der Zelle lag Zarba auf der Diele; ihre Füße staken in eisernen Klammern und ihr Oberkörper war ganz in derselben Weise wie bei dem Irren Nummer Elf eingeschraubt. Max hatte Mühe, seine Ruhe zu bewahren.

»Ist diese Behandlung durchaus nöthig, Herr Direktor?«
»Durchaus.«
»Aus welchem Grunde?«
»Nun?« frug der Direktor die Wärterin.
»Sie schlug an die Thür und begehrte, herausgelassen zu werden.«
»Dieser Begehr ist ein sehr natürlicher und, wie mir scheint, hier auch gerechtfertigter. Ich ersuche Sie, Herr Direktor, die Gequälte aus Ihrer Lage zu befreien!«
»Ich darf diesem Wunsche unmöglich Gehör schenken, Herr Doktor. Es ist eine Heilung vollständig unmöglich, wenn man gleich im ersten Augenblicke der Behandlung sich einer Inkonsequenz schuldig macht. Ich bitte, dies zu verzeihen!«

Der Beamte wußte gar wohl, warum er diese Antwort gab. Entfesselte er die Zigeunerin, so stand gewiß eine Enthüllung der Angelegenheit bevor, über welche der Kommissär am wenigsten Etwas erfahren durfte.

»Es ist Ihnen also unmöglich, meine Bitte zu erfüllen?«
»Leider!«
»So befehle ich es!«

Der Direktor blickte ihm halb verwundert und halb besorgt in das Gesicht. Es gab nur einen Ausweg:

»Ich darf auch diesen Befehl nicht berücksichtigen, Herr Doktor. Ueberhaupt habe ich Befehle zu erhalten nur von Vorgesetzten, welche Eigenschaft Sie allerdings nicht besitzen. Die Excellenz hat mir befohlen, Ihnen alle Auskunft zu ertheilen, nicht aber, Befehle von Ihnen entgegen zu nehmen!«

»Schön! Bitte, lesen Sie auch Dieses!«

Er zog ein zweites Schreiben hervor und überreichte es. Der Direktor erbleichte, als er seinen Inhalt überflog.

»Sie sehen, Herr Direktor, daß es mir allerdings hier zusteht, jede mir beliebige Verfügung zu treffen; diese eigenhändige Instruktion Seiner Majestät muß Sie davon überzeugen. Lassen Sie diese Frau nicht sofort entfesseln, so entsetze ich Sie auf der Stelle Ihres Amtes!«

Diese Drohung hatte einen augenblicklichen Erfolg. Der Direktor war der Wärterin sogar selbst behilflich, die Jacke aufzuschnallen und die Klammern zu lösen. Kaum vermochte die Gemarterte, wieder frei zu athmen, so verstummte ihr Geschrei; aber eine Aufklärung ihrerseits hatte der Beamte nicht zu befürchten; sie sank besinnungslos zu Boden. Er sollte aber die Ueberzeugung erhalten, daß der Kommissär besser unterrichtet sei als er selbst.

»Sie sprachen vorhin von den Einlieferungsakten dieser Kranken, die Sie noch nicht studirt haben?«

»Allerdings.«

»Sie haben dieselben aber bereits in Ihrer Hand gehabt?«

»Ja.«

»Sie lügen!«

»Herr Doktor – –!«

»Ich wiederhole es, Sie lügen. Bitte, schicken Sie sofort, sie herbeiholen zu lassen!«

»Ich glaube – ich hoffe nicht, Herr Doktor, daß – ich wollte sagen –«

»Nun, was wollten Sie sagen?«

»Daß diese Akten allerdings nicht ganz die gewöhnliche Form besitzen –«

»Sondern nur in einem Befehle des Herzogs von Raumburg bestehen?«

Der Direktor erschrak auf das Heftigste. Wer war dieser junge Mann, dieser einfache »Doktor Max Brandauer,« der doch ein so außerordentliches Vertrauen des Königs besaß, daß er mit augenblicklicher Entlassung drohen konnte? Und wie kam er dazu, von dem Befehle des Herzogs zu wissen?

»So – so – ist es!« stotterte er.

»Sie werden mir diesen Befehl ausliefern!«

»Herr Doktor, ich kann nicht sagen, ob er sich noch vorfinden wird.«

»Sie werden ihn finden, um eine amtliche Durchsuchung Ihrer Papiere zu vermeiden! Diese Frau betrat die Anstalt, um ihren Sohn zu besuchen?«

»So ist es.«

»Wo befindet sich derselbe?«

»In Nummer Elf der Tobsüchtigen.«

»Ah! Jener so furchtbar Gefesselte ist es? Vorwärts, meine Herren; er wird sofort aus seinen Banden befreit!«

Er eilte so schnell voran, daß ihm die beiden Andern kaum zu folgen vermochten. Der Direktor schwitzte vor Angst; er wagte während des raschen Ganges kein Wort mit dem Oberarzte zu wechseln.

»Nummer Elf öffnen!« rief Max schon unter der Korridorthüre dem Wärter zu.

Die beiden Unterärzte befanden sich auf einem Rundgange in der Nähe. Sie traten herbei, überrascht darüber, daß ein Fremder hier in so stürmischer Weise das Kommando führte.

»Herr Doktor Brandauer, königlicher Kommissär!« keuchte der Direktor.

Der Genannte aber eilte achtlos an den beiden Männern vorüber und trat in die Zelle.

»Herunter mit der Jacke, augenblicklich herunter!« gebot er.

Der Wärter blickte seine Vorgesetzten fragend an.

»Thue es!« stöhnte der dicke Direktor, dessen Verdauung heute in einer so unerwarteten Weise gestört wurde.

Jetzt war es Max, welcher beim Oeffnen des Marterwerkzeuges mithalf.

Der Befreite sog die Luft in einem tiefen Zuge in die von der entsetzlichen Pressung erlöste Lunge und versuchte, die Glieder zu recken, die von dem stagnirenden Blute angeschwollen waren. Aber die Fähigkeit, zu denken, schien ihm noch nicht zurückgekehrt zu sein.

»Der Name dieses Mannes, Herr Direktor!«

»Von Wallroth, vormals Hauptmann der Artillerie.«

»Seine Einlieferungsakten –?«

Der Direktor schwieg.

»Ich verstehe! Sie waren jedenfalls ganz von derselben Beschaffenheit wie diejenigen seiner Mutter. Herr Direktor, es scheinen unter Ihrer Leitung Dinge vorzugehen, welche mich veranlassen, eine strenge Untersuchung zu beantragen. Halten Sie den Hauptmann wirklich für wahnsinnig?«

»Natürlich!«

»Wer sind diese beiden Herren?«

»Meine Unterärzte.«

»Meine Herren,« wandte er sich an diese, »ich bitte um Ihre Meinung über diesen Punkt!«

»Herr Kommissär –!«

»Keine Ausflucht oder Bemäntelung! Ich frage Sie auf Ihre Ehre und Ihr Gewissen, ob Sie diesen Bedauernswerthen wirklich für wahnsinnig halten. Ihre Antwort wird über Ihre Stellung und Zukunft entscheiden.«

»Er wird es in kurzer Zeit sein,« antwortete der Muthigere von Beiden.

»Das genügt und stimmt mit meiner eigenen Ueberzeugung vollständig überein. Herr Direktor, ich erkläre den Hauptmann sammt seiner Mutter für frei und aus der Anstalt entlassen. Sorgen Sie augenblicklich für die nöthige Stärkung der Beiden und dann für einen Wagen, in welchem sie mich nach der Residenz begleiten. Vorher aber wollen wir noch sehen, ob der Befehl zu finden ist, welchen Sie heute von

Seiner Durchlaucht durch einen Expressen erhielten. Das Weitere wird durch die Behörde verfügt werden, deren Instruktion Sie so gern respektiren!« –

FÜNFTES KAPITEL.

An der Grenze.

Das Königreich Norland wird von dem Nachbarstaate Süderland durch ein Gebirge getrennt, welches in zwei parallelen Systemen von Westen nach Osten streicht. Sich nach und nach aus tiefen, sumpfigen Niederungen erhebend, steigt es in seiner mittleren Region viele tausend Fuß hoch über die Wolken empor und senkt sich dann allmählig zur Küste des Meeres hinab, um sich seinen felsigen Fuß von den Wogen desselben bespülen zu lassen. Nur einige schmale, schwer wegsame Pässe öffnend, bilden die beiden Hauptzüge zwischen sich eine langgezogene Reihe von Thälern und Schluchten, in welche der erwärmende Strahl der Sonne nur am hohen Mittag zu dringen vermag. Aus ihrem feuchten Grunde steigen düstere Tannen- und Föhrenwälder empor, welche nur selten der menschliche Fuß betritt, und läßt sich je einmal das Geräusch von Schritten vernehmen, so wird es verursacht von einem einsam revierenden Forstbeamten, einem verborgen dahinschleichenden Wildschützen oder einem Schmuggler, der es bei diesem Terrain wohl wagen darf, seinem verbotenen Gewerbe selbst am Tage nachzugehen.

Zuweilen allerdings geschieht es, daß er sich nicht allein befindet; es kommt vor, daß sich aus Rücksichten des Geschäftes und der Sicherheit Mehrere an einander schließen, die dann, wohl bewaffnet und mit schweren Paketen beladen, in einer langen und weiten, Intervalle bildenden Reihe über Berg und Thal, durch Busch und Dorn dringen und jederzeit bereit sind, die ihnen anvertrauten Waaren gegen jeden Angriff zu vertheidigen.

Diese Schmuggelei ist eine leicht zu erklärende Folge des heftigen Zollkrieges, welcher zwischen den beiden Nachbarstaaten geführt wird. Im Besitze ganz gleicher Hilfsmittel und an einem und demselben Meere liegend, haben sie einander stets rivalisirend gegenübergestanden. Zwar hat es nicht an wohlgemeinten Versuchen gefehlt, ein freundlicheres Verhältniß herbeizuführen, doch haben derartige Bemühungen immer nur einen momentanen Erfolg gehabt, da bei den beiden Nachbarvölkern eine gegenseitige Abneigung in Fleisch und Blut übergegangen zu sein scheint, ihre Interessen schwer zu vereinigen sind und die absolute Regierungsform hüben und drüben den Nationen keine Einrichtungen bietet, an der Politik des Herrscherhauses und der Verwaltung des Landes in der Weise theilzunehmen, welcher es möglich sein würde, eine dauernde Inklination heranwachsen zu lassen.

Max Joseph, König von Süderland, ist ein Regent, welcher die Traditionen seiner Dynastie in ihrem ganzen Umfange aufrecht zu erhalten weiß, alle Zweige der Administration um seine Person gruppirt, keinem Menschen Einsicht in seine Intentionen gestattet und das *»l'état c'est moi«* jedem seiner Worte und jedem seiner Befehle aufzudrücken gewohnt ist. Seine Minister sind weniger seine Berather, als vielmehr seine Diener im engeren Sinne des Wortes; er hat nie einen derselben mit besonderem Vertrauen beglückt, und wie er ein in sich abgeschlossener Charakter ist, so bleibt auch sein ganzes Bestreben darauf gerichtet, eine Schutzmauer um sein Volk zu ziehen, um dasselbe unabhängig von äußeren Einflüssen zu machen und es gegen jede von daher kommende Gefahr gerüstet zu sehen.

Dieses defensive Verhalten wird wohl auch mit bedingt durch die nachbarliche Politik, welche seit einigen Jahrzehnten offenbar als eine offensive bezeichnet werden muß und deren Vertreter kein Anderer als der Herzog von Raumburg ist.

Wilhelm der Zweite, König von Norland, ist ein Herrscher von so wohlmeinenden Gesinnungen, wie sie in solchem Umfange wohl keiner seiner Vorfahren aufzuweisen hatte. Leider läßt die Güte seines Herzens nicht Raum genug für die strenge Energie, welche ein Mann besitzen muß, in dessen Hände die größten und schwierigsten Aufgaben staatlicher Entwickelung gelegt sind. Die Güte, welche den Einen beglückt, scheint den Andern zu benachtheiligen, kränkt ihn vielleicht wirklich in seinem Rechte, und so kommt es, daß ein Theil der Bevölkerung den väterlichen Herrscher vergöttert, während der andere Theil in stillem, verborgenem Mißmuthe sich nach Veränderungen sehnt, die nur die Selbstsucht, der kurzsichtige persönliche Egoismus herbeiwünschen kann.

Das Königshaus repräsentirt die ältere Linie seiner Dynastie; die jüngere bildet das herzoglich Raumburgische Geschlecht. Nach alten, unumstößlichen Bestimmungen tritt das Letztere in die Herrschaft ein, wenn die ältere Linie aussterben sollte. Gegenwärtig ist dazu alle Hoffnung, oder nach einer andern Lesart, alle Befürchtung vorhanden. Das Königspaar wurde mit keinem Thronfolger gesegnet; das einzige Kind, eine Tochter, starb bereits einige Tage nach der Geburt. Der Herzog von Raumburg, welcher mit dem Könige zugleich erzogen wurde, besaß zu aller Zeit das unbeschränkte Vertrauen desselben, hat sich dasselbe nutzbar zu machen gewußt, nennt sich den eigentlichen Herrscher des Landes und erwartet nur das Ableben des Königs, um sich selbst oder seinen Sohn auf den Thron zu setzen. Er hat es ganz vortrefflich verstanden, die Fäden der Administration in seiner Hand zu vereinigen, die Militärmacht sich zu unterstellen und auch auf die diplomatischen Beziehungen zu dem Auslande den weitgehendsten Einfluß zu gewinnen. Dieser Einfluß trägt die alleinige Schuld an dem bisherigen unerquicklichen Verhältnisse zu dem Nachbarstaate, und daher erregte es nicht geringe Verwunderung, als man vernahm, nur seiner Vermittelung sei der gegenwärtige Besuch des Kronprinzen von Süderland mit der Prinzessin Asta zu verdanken. Daß dieser Besuch einen politischen Hintergrund habe, war nicht zu bezweifeln, und man erwartete mit allgemeiner Spannung die Zeit, in welcher derselbe auch gewöhnlichen Augen sichtbar werden mußte. –

Es war am Nachmittage. Zwei Wanderer schritten auf der schmalen, holperigen Gebirgsstraße dahin, welche von der See heraufkommt und sich zwischen den finstern Gebirgsstöcken dahinwindet wie das Bette eines ausgetrockneten Baches, aus welchem man nur die größeren Felsblöcke entfernt hat, um ihn für den Fuß des Wanderers gangbar zu machen. Sie schienen alte Bekannte zu sein, obgleich zwischen ihrem Aeußeren der größte Unterschied herrschte, den man sich nur denken kann.

Der Eine war eine hohe, fast mehr als breitschulterige Figur. Sein von dichtem Haarwuchse bewaldeter Kopf zeigte ein vom Wetter hart mitgenommenes Gesicht, dessen scharfes, offenes Auge mit den derben, gutmüthigen Zügen sehr glücklich harmonirte. Dieser Kopf war bedeckt von einem Hute, der so alt war, daß man den Stoff, aus dem er gefertigt war, und die ursprüngliche Farbe nur nach einer eingehenden chemischen Untersuchung hätte bestimmen können. Er war in unzählige Knillen und Falten gedrückt, und weil sein Besitzer jedenfalls eine freie Stirn liebte, so hatte er denjenigen Theil der breiten Krempe, welcher bestimmt ist, das Gesicht zu beschatten, einfach mit dem Messer abgeschnitten. Der Oberleib stak in einem kurzen, weiten, seegrünen Rocke, dessen Aermel so kurz waren, daß man den vorderen Theil der sauber gewaschenen Hemdärmel sah, aus denen ein paar braune, riesige Hände hervorblickten, deren je eine recht gut einen nicht zu kleinen Präsentirteller hätte vollständig bedekken können. Unter dem breit über den Rock geschlagenen sauberen Hemdenkragen blickte ein roth und weiß gestreiftes Halstuch hervor, welches in einen sechs Zoll breiten Knoten geschlungen war, dessen Zipfel weit über die Brust herab bis auf den unteren Saum der blau- und orangekarrirten Weste hingen. Die Beine staken in hochgelben Nankinghosen, welche in fett getheerten Seemannsstiefeln verliefen, in die zur Noth ein zweijähriger Elephant hätte steigen können. Sein Gang schlug herüber und hinüber, von Backbord nach Steuerbord und von Steuerbord nach Backbord, gerade wie bei einem lang befahrenen Matrosen, der während der Dauer von vielen Jahren den festen, sichern Erdboden nicht unter den Füßen gefühlt hat.

Der Andere war eine kleine, schmächtige Figur. Er trug eine rote phrygische Mütze, unter welcher ein rabenschwarzes Haar in langen Locken hervorquoll. Sein hageres Gesicht war außerordentlich scharf geschnitten und zeigte jenen orientalischen Typus, welchen man besonders an den Zigeunern zu bemerken pflegt. Sein schwarzes, unruhiges Auge wanderte rastlos von einem Gegenstande zum andern, und jeder Zollbreit des ganzen Mannes zeigte jene Unruhe und Beweglichkeit, die dem wandernden Volke der Zigeuner zu eigen ist. Seine Kleidung war einfach, bequem und nicht so auffallend wie diejenige seines gigantischen Reisegefährten, doch trug sein schwankender Gang ganz dieselben Spuren einer zurückgelegten längeren Seereise.

An Alter waren Beide einander ziemlich gleich, und auch nach ihrem Innern schienen sie verwandt zu sein, wie die kameradschaftliche Weise ihrer Unterhaltung zeigte.

»Ein verdammter Weg, nicht wahr, Bruderherz?« meinte der Riese. »Hätte ich gewußt, daß man in diesem Fahrwasser bei jedem Schritte an eine Klippe segelt, so hätte ich einen andern Kurs vorgezogen, wenn wir auch einige Tage später in der Residenz die Anker geworfen hätten.«

»Ich muß herauf in das Gebirge,« antwortete der Kleine. »Hättest Du die Bahn benützt, so wärest Du in einem halben Tage an Ort und Stelle gewesen.«

»Die Eisenbahn? Hat Dich der Klabautermann gebissen, he? Soll ich etwa meinen Leichnam in eine Koje stecken, in der man weder stehen, noch sitzen, noch liegen kann und wo noch zehn Andere hocken, so daß ich meine armen Beine geradezu zum Fenster hinausrecken müßte? Und meinst Du wirklich, daß ich so einen braven Maate, wie Du bist, allein in diese Wildniß dampfen lasse, in der er jeden Augenblick Schiffbruch leiden und zum elenden Wrack werden kann? Hast Du mir nicht selbst erzählt, daß es hier eine Menge Ungeziefer gibt, dem nicht zu trauen ist, Schmuggler, Wilddiebe und wie die Piraten und Flibustier alle heißen mögen, denen es möglichen Falles auch nicht darauf ankommt, mit einer Kugel ein ehrliches Menschenkind in den Hafen zu bugsiren, von welchem aus Keiner wieder in See gegangen ist? Nein, wo Du bist, da bin ich auch, ich, der Steuermann Balduin Schubert auf Seiner Majestät Kriegsschiffe Neptun.«

»Gut, Steuermann; wir sind Freunde und werden auf gleicher Länge und Breite bleiben, bis Du wieder an Bord irgend eines Fahrzeuges gehst.«

»Ich?« frug Schubert erstaunt. »Nur ich? Ich denke, das thun wir Beide mit einander! Oder hast Du etwa gar Lust, unter das armselige Volk der Landratten zu gehen, die kein Floß von einem Dreimaster unterscheiden können und vor Angst in Ohnmacht fallen, wenn sie einen Tropfen Seewasser sehen?«

»Du weißt es, Steuermann, daß ich die See liebe, obgleich ich auf dem Wasser die schlimmsten Tage meines Lebens verbracht habe. Es ist mein Wunsch, einst auf dem Meere sterben zu können, aber ich weiß heute nicht, ob nicht die Verhältnisse mich am Lande festhalten werden.«

»Verhältnisse? Heiliges Mars- und Brahmenwetter! Was kann es denn für Verhältnisse geben, die Dich, den Bootsmann Karavey, verhindern könnten, wieder in See zu gehen?«

»Dieselben Verhältnisse, welche mich jetzt an das Land und herauf in das Gebirge treiben.«

»Ich weiß kein Wort von ihnen. Du nennst mich Deinen besten Freund und hast mir noch kein Wort davon gesagt. Ist das recht, he? Wenn Du nicht augenblicklich den richtigen Faden abwickelst, so verdienst Du, gekielholt oder an den Brahmstängenstag gebunden zu werden!«

»Räsonnire nicht, Alter! Es war bisher niemals die richtige Zeit, von diesen Dingen zu sprechen; jetzt aber sollst Du Alles hören.«

»So stoße ab vom Lande!«

»Soll geschehen! Du kennst meine Abstammung und weißt, daß ich ein Gitano bin, der —«

»Papperlapapp! Gitano, Zingaritto oder Zigeuner, mir Alles gleich. Du bist ein braver Junge, und da frage ich nicht, ob deine Mutter eine Gräfin oder eine Vagab — wollte sagen, eine Zigeunerin war.«

»Das bist Du. Aber außer Dir hat es genug Leute gegeben, welche doch darnach frugen. Mein Vater war Vajda und meine Mutter Vajdzina unsers Stammes. Ich und —«

»Stopp, Alter! Was bedeuten diese fremden Worte, he?«

»Sie heißen zu Deutsch Führer und Führerin. Ich und meine Schwester Zarba waren die einzigen Kinder, welche ihnen Bhowannie gegeben hatte.«

»Wieder ein solches Wort, bei dem man in die Zunge einen Knoten machen muß, wenn man es richtig aussprechen will!«

»Bhowannie ist die Göttin unseres Volkes. Zarba war der Liebling des Stammes, die Schönste aller Mädchen, die herrlichste unter den Blumen und Rosen der Erde. Wir waren stolz auf sie und hüteten sie vor den verlangenden Blicken der jungen Männer aller Länder, durch welche wir zogen. Sie war der Born unserer Freuden und der Quell unseres Glückes, denn sie verstand es besser als alle Andern, in die Zukunft zu blicken und die Schicksale der Sterblichen vorherzuverkünden.«

»Papperlapapp, Alter, das glaube ich nicht! Um das zu können, müßte man allwissend sein, und das ist kein Mensch.«

»Um das zu können, Steuermann, braucht man nicht allwissend zu sein. Die Eigenschaften eines Menschen sind ihm an die Stirn geschrieben; man liest sie aus jedem Blicke seines Auges, und man vernimmt sie aus jedem Worte seiner Rede. Verstehst Du das, und weißt Du, wen Du vor Dir hast, so wird es Dir nicht schwer, ihm ein Schicksal zu verkünden, welches sicher eintreffen muß. Zarba war unsere beste Wahrsagerin; sie verdiente für uns Gold und Silber von den Reichen und Speise, Trank und Kleidung von den Andern. Gar viele Jünglinge des Stammes hatten ihre Augen auf sie geworfen, doch sie erhörte keinen, weil ihr Herz nicht sprechen wollte. Da kamen wir in die Residenz, und sie erblickte einen jungen, blanken Offizier, der ihr Herz zur Rede zwang.«

»Wer war es?«

»Ein hoher Herr, aber ein Schurke: der Herzog von Raumburg.«

»Heiliges Mars- und Brahmenwetter! Eine Zigeunerin und der Herzog! Sie muß ganz verteufelt hübsch gewesen sein.«

»Das war sie, Steuermann, und das war ihr Unglück.«

»Da hat sie wohl gar geglaubt, Herzogin zu werden?«

»Was er ihr vorgeschwatzt und versprochen hat, weiß ich nicht. Sie aber ließ sich bethören, entfloh von uns und ging zu ihm.«

»Habt Ihr sie nicht zurückgefordert?«

»Wir thaten es wiederholt, jedoch vergeblich.«

»Da schlage ein Blitz in die Kambüse! Wäre ich ihr Vater oder ihr Bruder gewesen, so hätte ich mich Bord an Bord mit dem Herzoge gelegt, ihn geentert, das Mädchen fest ins Schlepptau genommen und wäre dann mit ihr davongesegelt, daß es ihm nicht gelungen wäre, mich wieder einzuholen.«

»Stopp, alter Heißsporn! Wollte ein Zigeuner einen Herzog ansegeln, so wäre dies ganz derselbe Wahnsinn, als wenn ein einruderiges Fischerboot einen eisernen Panzermonitor über den Haufen rennen wollte. Wir mußten sie verloren geben und wurden aus dem Lande gewiesen mit der Deutung, daß man kurzen Prozeß mit uns machen werde, falls wir es uns wieder beikommen ließen, die Grenze zu überschreiten. Vater und Mutter starben vor Gram; ich sollte Vajda des Stammes werden, verzichtete jedoch darauf und ließ die Meinigen allein ziehen. Ich blieb zurück, da ich von den sterbenden Eltern die Verpflichtung überkommen hatte, über Zarba zu wachen und sie zu rächen, falls ihr Böses geschehe. Daher kehrte ich trotz aller Gefahr in das Land zurück, ward aber ergriffen und für lange Zeit in das Gefängniß gesteckt. Als ich es verließ, erhielt ich doch meine Freiheit nicht wieder, denn ich wurde auf ein Schulschiff transportirt, welches ich lange Jahre nicht verlassen durfte. Ich wurde zu den niedrigsten Diensten kommandirt, und als man mich endlich auf ein Kriegsschiff versetzte, auf welchem ich als Leichtmatrose angestellt wurde, geschah es unter der strengen Weisung, daß ich niemals die Erlaubniß bekommen solle, an das Land zu gehen. So habe ich ein langes Leben als Gefangener zur See verbracht, bis wir einst geentert wurden und die Flagge streichen mußten. Hierdurch erhielt ich meine Freiheit wieder, nahm bei verschiedenen Nationalitäten Dienste und suchte dabei immer nach einer Gelegenheit, wieder in die Heimath zu kommen, um mit dem Herzoge abzurechnen. Das ist mir jetzt gelungen. Ich habe meinen Namen nicht verändern können, aber das Alter und die Anstrengungen haben das Ihrige gethan: Es wird mich Niemand wiederkennen, und ich kann ohne Sorge ein Land betreten, welches mir bei Todesgefahr verboten wurde.«

»Das sind ja ganz verteufelte Geschichten, Bootsmann, die Du mir da erzählst! Es ist Dir verdammt schlimm ergangen, Alter, doch das wird nun wohl anders werden. Ich bin Dein Freund, das weißt Du, und was ich habe, das ist Alles auch Dein Eigenthum. Ich muß Dir nämlich sagen, daß ich Zeit meines Lebens sehr sparsam gewesen bin und ein Sümmchen besitze, um welches mich mancher Mann beneiden würde. Darum meine ich, daß –«

»Stopp, Alter, so ist es nicht gemeint! Ich kann und werde von Dir niemals auch nur einen Pfennig annehmen, denn –«

»Heiliges Mars- und Brahmenwetter, was fällt Dir ein, Bootsmann! Glaubst Du etwa, der Steuermann Balduin Schubert von Seiner Majestät Kriegsschiffe Neptun nenne sich den Freund eines braven Mannes, ohne es auch zu sein, he? Als wir im indischen Meere an der Felseninsel strandeten, auf welcher Du als Einsiedler lebtest, hast Du mich alten Narren beinahe aus dem Rachen des Haifisches gezogen, der so ganz absonderlichen Appetit auf mein Fleisch hatte; das konntest Du getrost bleiben lassen, wenn Du jetzt nicht mit mir theilen, sondern lieber verhungern willst!«

»Weißt Du so genau, daß ich hungern werde?«

»Ja! Du hast ja niemals eine Löhnung bekommen, und von den zwei oder drei Schiffen, deren Bord Du nach Deiner Befreiung betreten hast, wird Dir wohl nicht viel klingendes Andenken übrig geblieben sein.«

»Von ihnen nicht, aber von der Insel.«

»Von der Insel? Wie so?«

»Schau her!«

Der Zigeuner griff unter die Weste und zog ein ledernes Beutelchen hervor, welches er öffnete. Sein Inhalt bestand in Steinen, welche auf den ersten Anblick vollständig werthlos erscheinen mochten.

»Steine?« meinte der biedere Steuermann kopfschüttelnd. »Was willst Du mit ihnen, he?«

Der Andere lächelte selbstbewußt.

»Für was hältst Du diese Steine?«

»Für – nun, alle Wetter, für Steine natürlich!«

»Das sind sie allerdings, aber was für welche! Hier diese acht sind Diamanten, deren kleinster jedenfalls mehr werth ist, als alle Deine sauer erworbenen Ersparnisse. Die andern sind Rubine, Saphire und Topase, für welche mir jeder Juwelenhändler so viel zahlt, daß ich nicht Noth zu leiden brauche, selbst wenn ich tausend Jahre alt werden sollte.«

»Heiliges Mars- und Brahmenwetter! Ist das wahr?«

»Weßhalb sollte ich Dich belügen?«

»Allerdings! Aber sage, Du Glückskind, wie bist Du denn eigentlich zu diesen Kostbarkeiten gekommen?«

»Das sollst Du ganz gewiß erfahren, doch jetzt ist keine Zeit dazu, denn mir klebt vor Durst und Hunger die Zunge am Gaumen, und dort das einsame Häuschen scheint ein Krug zu sein, in welchem wir bekommen können, was wir brauchen.«

»Hast Recht, alter Seebär. Auch mir ist es inwendig wie einem Dreimaster, der ohne Ladung und Ballast auf den Wogen schlingert und jeden Augenblick kentern kann. Ich muß mir irgend Etwas in die Luke gießen und hoffe, daß es nichts ganz Schlechtes sein werde!«

Sie traten in die niedrige und arg verräucherte Gaststube des Kruges und fanden zwei Tische vor, deren einer bereits von zwei Männern besetzt war, welche die Neuangekommenen mit neugierigen Blicken musterten. Die seltsame Kleidung des Steuermannes mochte ihr Erstaunen erregen.

Der Wirth brachte auf Wunsch des Letzteren reichlich Speise und Trank herbei, denen die beiden hungrigen und durstigen Seeleute mit bestem Appetite zusprachen. Als sie nach beendigter Mahlzeit die Messer von sich legten, meinte Schubert, sich behaglich die Magengegend streichend:

»So, das wäre geschehen! Und nun sage mir doch einmal, welchen Ort, oder welchen Menschen Du hier oben in den Bergen zu suchen hast!«

»Später!« antwortete Karavey einsilbig, indem er einen mißtrauischen Blick auf die Gäste warf, die sich jetzt erhoben hatten, um den Krug zu verlassen.

Sie griffen in die Taschen, um ihre Zeche zu entrichten, und dabei zog der Eine von ihnen einen kleinen, zusammengefalteten Zettel mit hervor, welcher unbeachtet vor ihnen und dem Wirthe zu Boden fiel. Der Wirth begleitete Beide hinaus bis vor die Thür, wo sie noch einige Zeit ein angelegentliches und leise geführtes Gespräch unterhielten. Diese Gelegenheit benutzte Karavey, um das Papier aufzuheben und zu entfalten.

»Was willst Du mit dem Wische, Bootsmann?« frug Schubert.

»Nur sehen, was er enthält. Kannst Du lesen?«

»Nein, nur etwas buchstabiren. Warum?«

»Ich kenne nur die Zeichen der Zigeunersprache. Hier stehen drei Worte. Wie heißen sie?«

»Zeig her. Vielleicht bringe ich sie heraus!«

Er forschte lange auf dem Papiere herum, ehe er begann:

»Ta – ta – tannenschlucht – – Pa – pa – parole – Ka – ka – Karavey – also: Tannenschlucht. Parole: Karavey.«

»Karavey? Das ist ja mein Name! Ist es wahr, daß er hier zu lesen steht, Steuermann?«

»Er steht hier!« bekräftigte der Gefragte, stolz auf seine Lesefertigkeit.

Der Zigeuner blickte sinnend vor sich nieder. Dann frug er: »Wofür hast Du die beiden Bursche wohl gehalten?«

»Hm, viel Kluges und Ehrbares war es wohl nicht. Sie hatten keine braven Augen.«

»Ich halte sie für Pascher.«

»Kannst Recht haben, Alter!«

»Dann ist auch der Zettel zu verstehen.«

»Wie so?«

»Sie haben in der Tannenschlucht heut ein Geschäft.«

»Aber wie kommt Dein Name dazu, als Parole zu gelten?«

»Das ist mir auch ein Räthsel. Es muß Einen unter ihnen geben, der ihn kennt.«

»Und dieser Eine muß der Anführer sein, denn nur von diesem wohl wird die Parole ausgegeben.«

»Was Du da sagst, ist sehr wahrscheinlich. Weißt Du, daß ich große Lust verspüre, die Tannenschlucht aufzusuchen?«

»Heiliges Mars- und Brahmenwetter, bist Du bei Sinnen? Ein guter Bootsmann hält stets die Augen offen; Du aber wärest ja vollständig mit Blindheit geschlagen, wenn Du Dich ohne Ursache mitten unter dieses Volk vor Anker legen wolltest!«

»Und wenn ich nun eine gute Ursache dazu hätte?«

»Wie lautet sie?«

»Das Ziel meiner Wanderung liegt ganz in der Nähe der Tannenschlucht.«

»So kennst Du diesen Ort, he?«

»Sehr gut, von meinen früheren Wanderungen her. Eine halbe Stunde oberhalb der Schlucht stand damals ein Häuschen, in welchem unser ständiger Lowenji wohnte.«

»Was bedeutet dieses Wort?«

»Es heißt so viel wie Beschützer, Verberger, Verheimlicher –«

»Oder Hehler, Gelegenheitsmacher, nicht?« lachte der Steuermann.

»Auch richtig! Der Gitano ist ein gehetzter Hund, der sich nur wehren kann, wenn er nicht nach dem Gesetze fragt. Sein Lowenji wohnt stets an der Grenze zweier Länder, und die Lowenja, wie wir seine Hütte nennen, darf nie verlassen stehen; sie wird nach seinem Tode sofort mit einem neuen Lowenji besetzt, damit uns nie die Zuflucht und die Hilfe fehlt. Alle seine Geheimnisse erben auf den Nachfolger über, der Alles weiß, was man bei ihm erfragen will.«

»Ah, jetzt verstehe ich! Du gehst nicht geraden Weges zur Residenz, sondern hierher, um Dich bei dem Manne nach Deiner Schwester zu erkundigen?«

»So ist es. Die Lowenja ist ganz sicher bewohnt, und ihr Besitzer wird mir wohl Auskunft geben können, wo Zarba jetzt zu finden ist, wenn sie noch am Leben ist. Vielleicht erfahre ich bei ihm auch, was es für eine Bewandtniß mit dieser Losung hat.«

»Ist es weit zu ihm?«

»Beinahe noch zwei Stunden.«

»So laß uns aufbrechen, damit wir noch vor Nacht dort ankommen!«

Sie bezahlten dem wieder eintretenden Wirthe das Genossene und verließen den Krug.

Die Straße stieg immer höher zwischen den Bergen hinauf; die Gegend wurde wilder und wilder, und als nach anderthalb Stunden der Zigeuner in einen Seitenpfad einbog, schlugen die dunklen Zweige der Tannen und Föhren dicht über ihren Köpfen zusammen. Nach einer beschwerlichen Wanderung gelangten sie an eine mit üppigem Farrenkraut und Dorngestrüpp überwucherte Waldblöße, an deren Rande ein Häuschen stand, dem auf den ersten Blick ein mehr als hundertjähriges Alter anzusehen war.

»Hier ists!« meinte Karavey, indem er über die Blöße hinweg gerade auf die Hütte zuhielt.

»Eine ganz niederträchtige Kabine, Alter,« antwortete der Steuermann. »Man sollte meinen, diese Bude brauche kein einziges Segel aufzuhissen, um beim ersten Windstoße wrack zu gehen. Wer da drin wohnt, ist wahrlich nicht zu beneiden!«

Bei der niedrigen Thüre angekommen, klopfte der Zigeuner. Nur auf ein mehrmaliges Klopfen ließen sich schlürfende Schritte vernehmen; es wurde von innen geöffnet, und die Spitze einer fürchterlichen Habichtsnase erschien in dem schmalen Spalt, der vorsichtiger Weise freigegeben wurde.

»Wer ist draußen?« frug eine schnarrende Stimme.

»Wer wohnt hier?« lautete die Gegenfrage des Zigeuners.

»Tirban, der Waldhüter.«

»Seid Ihr es selbst?«

»Ja.«

»So tretet hervor! Ich habe Euch nach Etwas zu fragen.«

»Zu fragen? Das könnt Ihr auch so thun; Ihr werdet meine Antwort auch durch die Spalte hören.«

»Dieses Haus ist die Lowenja der wandernden Gitani?«

»Wie meint Ihr das?«

»Ich frage, ob Ihr der Lowenji seid!«

»Hm! Wer seid denn Ihr, und wie lautet Euer Name?«

»Ich heiße Karavey.«

»Karavey? Zarba's Bruder, der einst unser Vajda werden sollte und dann auf das große Wasser geschickt wurde, weil sich der Herzog vor ihm fürchtete?«

»Ich bin es!«

Jetzt wurde die Thür vollständig geöffnet, und es zeigte sich eine Gestalt, die man für noch älter als die Hütte hätte halten mögen. Sie war außerordentlich dürr und tief gebeugt; aber die kleinen, listigen Augen blitzten über die fürchterliche Nase hinweg in noch jugendlichem Feuer, und die Bewegung, mit welcher der Alte jetzt hervortrat und dem Angekommenen die skeletartige Hand entgegenstreckte, war schnell und energisch, wie man es bei diesem Alter sicher nicht erwartet hätte.

»Sei mir willkommen, Herr, und Bhowannie segne Deinen Eingang in meine arme Hütte! Wer ist der Mann, der bei Dir ist?«

»Ein Freund, der mir so viel gilt wie ich selber.«

»So mag auch er willkommen sein. Tretet ein, und nehmt fürlieb mit dem, was ich Euch bieten kann!«

Sie traten in den engen, niederen Raum, der außer einem armseligen Lager nichts enthielt als einen rohen Tisch und zwei eben solche Bänke.

»Du nanntest den Namen meiner Schwester,« begann Karavey, als sie sich niedergelassen hatten. »Lebt sie noch?«

»Sie lebt und ist mächtig unter ihrem Volke.«

»Wo werde ich sie finden?«

»In drei Tagen hier bei mir, wenn Du sie hier erwarten willst.«

»Das dauert mir zu lang. Wo ist sie jetzt?«

»In der Hauptstadt, wo Du sie erfragen kannst im Hause des Hofschmiedes Brandauer.«

»Hat sie einen Mann aus unserem Volke?«

»Nein.«

»Oder – oder – Kinder?«

»Nein – ich weiß es nicht.«

»Sieh diesen Zettel! Mein Name steht darauf. Weißt Du, auf wessen Befehl?«

Der Alte ergriff das Papier, warf einen Blick darauf und fuhr zurück.

»Von wem hast Du diese Worte?«

»Von zwei Fremden, die sie im Kruge verloren.«

»Sie werden ihre Strafe erhalten. Wem am Abende die Ordre fehlt, der hat die ganze Strenge der Vajdzina zu erwarten.«

»Wer ist jetzt die Vajdzina und über wen gebietet sie?«

»Das – das wirst du später erfahren,« antwortete Tirban mit einem sprechenden Blicke nach dem Steuermanne.

»Du kannst meinem Freunde ganz dasselbe Vertrauen schenken wie mir. Also, auf wessen Befehl wurde mein Name als Parole gegeben?«

»Auf den Befehl Deiner Schwester.«

»Ah!«

Er stieß nur diesen Ruf aus und saß dann eine ganze Weile schweigend und in Nachdenken versunken da. Dann erhob er sich.

»Es ist gut, alter Tirban; ich weiß genug. Das Andere werde ich von Zarba selber hören, die ich in der Schmiede suchen gehe.«

»So willst Du mich schon wieder verlassen, ohne mir zu erzählen von dem, was Du bisher erfahren hast?«

»Ja, ich gehe. Nun ich erfahren habe, daß sie noch lebt, habe ich keine Ruhe, bis ich sie sehen und sprechen kann. Was meine Erlebnisse betrifft, so – aber, wer ist der Mann, der da auf das Haus zuschreitet?«

Sein Auge war durch das kleine, halb erblindete Fenster auf eine lange, kräftige Gestalt gefallen, welche sich in eiligen Schritten der Hütte näherte. Tirban musterte sie und meinte dann:

»Ich kenne diesen Menschen nicht und werde auch nicht öffnen. Er ist kein Mann unseres Volkes und soll Euch nicht hier bei mir sehen.«

Der Fremde klopfte an die verschlossene Thür, ohne daß ihm von innen Antwort gegeben wurde. Als auch nach wiederholtem Klopfen Alles ruhig blieb, trat er zum Fenster und rief:

»Tirpan, öffne! Zarpa pefiehlt es.«

»Zarba? Es ist ein Bote von ihr. Ich muß ihn einlassen!« meinte der Waldhüter.

Er verließ die Stube und brachte nach wenigen Augenblicken den Mann herein.

»Du kommst von Zarba?« frug er ihn.

»Ja, von Zarpa, die pei uns wohnt.«

»Wo ist das?«

»Ich pin Opergeselle pei dem Hofschmiedemeister Prandauer. Hier ist ein Zettel, den sie mit Pleistift geschriepen hat. Kein Mensch kann das verrückte Zeug lesen, sie aper hat gemeint, daß Du schon wissen wirst, was sie meint.«

Der Alte nahm den unversiegelten Zettel, schlug ihn auseinander und warf einen Blick auf die seltsamen Charaktere, mit denen er beschrieben war. Während dieser Zeit hatte der Steuermann den Boten scharf fixirt; es war ihm sofort dessen harte Aussprache des B aufgefallen.

»Du bist ein Schmied?« frug er ihn.

»Ja,« antwortete der Gefragte, indem er einen verwunderten Blick auf die äußere Erscheinung des Steuermannes warf. »Opergeselle pei dem Hof-, Zeug-, Huf- und Waffenschmiedemeister Prandauer in der Hauptstadt.«

»Hast Du noch Eltern?«

»Nein.«

»Oder sonstige Anverwandte?«

»Nein. Nur einen Bruder, der auf das Wasser gegangen ist.«

»Wie heißest Du?«

»Thomas Schupert ist mein Name. Warum?«

»Und Dein Bruder heißt Balduin?«

»Ja, Palduin. Ich hape ihn wohl an die dreißig Jahre nicht gesehen. Aper wie kannst Du seinen Namen wissen?«

»Weil – weil – Thomas, ich habe Dich sofort an Deiner Sprache erkannt; willst Du mich nicht auch erkennen?«

»Palduin – Palduin Schupert? Ists möglich, Du wärst mein Pruder? Donnerwetter, ist das eine Freude. Komm an mein Herz; komm an meinen Pusen und laß Dich umarmen, wenn Du es wirklich pist, Du alter, lieper Durchprenner Du!« –

SECHSTES KAPITEL.

Der Beginn des Kampfes.

Es war am Abende. Der Herzog von Raumburg Excellenz saß an seinem Schreibtische. Zur Seite desselben hatte auf einem Sammtfauteuil sein Sohn, der Erbprinz von Raumburg, Platz genommen. Ihre Unterhaltung war eine lebhafte, aber nicht sehr freundliche.

»Und wie weit bist Du mit dieser famosen Prinzessin Asta?« frug der Vater.

Der Sohn zuckte die Achseln.

»Sie wissen ja, Papa, daß ich diese zarte Angelegenheit nicht als eine gewöhnliche Liaison zu behandeln habe. Ein Projekt von solch eminenter Wichtigkeit muß Zeit finden, sich langsam aus sich selbst heraus zu entwickeln.«

«So! Das heißt doch mit andern Worten, daß Du gerade noch auf dem Punkte stehst, von welchem auszugehen ich Dir befahl?«

»So ziemlich, *chèr* Papa. Unsere Dame scheint nicht den Willen zu besitzen, ihre Gefühle der Politik oder den Traditionen irgend eines Herrscherhauses zu opfern. Lassen wir also ihrem Herzchen Zeit, unsern Intentionen entgegen zu kommen, ohne eine Ahnung von ihnen zu haben!«

»Zeit? Heißt das sprechen wie ein Offizier, welcher gewohnt sein soll, jede und also auch diese Art von Eroberung im Fluge zu vollbringen?«

»Sie vergessen, Papa, daß es Festungen gibt, welche nicht durch einen kühnen Handstreich, sondern nur nach langwieriger Belagerung genommen werden können!«

»Ich glaube nicht, daß Prinzeß Asta zu dieser Art befestigter Plätze gehört, ganz abgesehen davon, daß wir nicht die Zeit zu einer langsamen Cernirung und Aushungerung besitzen. Ihre Vorzüge und die glücklichen Chancen einer solchen Allianz fallen nicht blos uns in das Auge, das weißt Du so genau wie ich. Daher habe ich allen politischen Scharfsinn angestrengt und kein Opfer gescheut, diesen Besuch, welcher Dir alle möglichen Vortheile bietet, zu Stande zu bringen, und ich habe natürlich das Recht, zu erwarten, daß Du den Moment so viel wie möglich benutzest.«

»Das thue ich ja, Papa, aber unsere Dame ist – ist – nun ja, sie ist, was ich bei einem Pferde obstinat oder maulhart nennen möchte. Es hilft weder Trense noch Schenkeldruck. Scheint sie nichts zu ahnen, oder will sie nichts ahnen, kurz und gut, sie zeigt nicht die mindeste Spur eines auch nur leisen Verständnisses für die liebenswürdigen Absichten, welche wir ihr entgegenbringen.«

»So bist Du in dieser Angelegenheit zu zart, was doch sonst in ähnlichen Dingen ganz und gar nicht Deine Art und Weise ist. Ich erwarte von Dir, binnen wenigen Tagen einen positiven Erfolg verzeichnen zu können. Die Interessen beider Staaten sind bisher aus einander gegangen; ich habe mir Mühe gegeben, sie wenn auch nur scheinbar zu vereinigen, und darf erwarten, daß Du das Ziel aller meiner Bestrebungen kennst und mich auch nach Kräften unterstützest, es zu erreichen. Seine Majestät beginnen zu altern; das Uebrige brauche ich wohl nicht näher zu dokumentiren.«

Ein Diener trat ein und überreichte auf einem silbernen Teller eine Karte. Der Herzog ergriff sie mit den Spitzen zweier Finger und warf einen Blick darauf.

»Doktor Max Brandauer? Kenne den Namen nicht. Was will der Mensch zu so ungewöhnlicher Zeit? Es muß wohl etwas Wichtiges sein, was einen Unbekannten zu dem Wagnisse bestimmt, mich jetzt zu stören.«

Durch die dargereichte Hand wurde der Prinz entlassen, während ein leises Neigen des Hauptes dem Diener sagte, daß die Audienz gewährt werde. Die eine Thür schloß sich hinter dem Prinzen, und die andere öffnete sich, um den Schmiedesohn einzulassen, welcher sich nach einer höflichen Verbeugung in aufrechte Stellung emporrichtete, um die Anrede des Herzogs zu erwarten.

»Was wünschen Sie?« frug dieser stolz. »Ich erwarte natürlich, daß die Seltsamkeit Ihres Erscheinens durch die Natur

Ihrer Angelegenheit entschuldigt werde. Es ist jetzt nicht die Zeit, in welcher ich unwichtige Besuche zu empfangen pflege.«

»Ich komme im Auftrage Seiner Majestät, Excellenz.«

»Ah! Ich kannte Sie bisher nicht als einen Beamten meines königlichen Vetters!«

»Das bin ich auch gegenwärtig nicht. Ich bin der Sohn des Ihnen wohl wenigstens dem Namen nach bekannten Hofschmiedes Brandauer.«

Die strengen Züge des Herzogs nahmen einen deutlichen Ausdruck ungewöhnlicher Spannung an.

»Ich kenne diesen Namen. Was kann der König mir durch den Sohn eines Schmiedes zu sagen haben. Jedenfalls sind Sie im Besitze irgend einer Legitimation, da Sie begreifen werden, daß ich nicht so ohne Weiteres jede obskure Persönlichkeit als Vermittler zwischen der Majestät und mir anerkennen kann.«

»Hier, Durchlaucht!«

Er überreichte ein Billet, welches der Herzog überflog, um seinen Blick dann fragend wieder auf Max zu richten.

»Ich ersehe aus diesem Handschreiben nicht den Zweck Ihres Kommens.«

»Dann haben Majestät jedenfalls gemeint, daß es zuweilen Schmiedesöhne und andere obskure Menschen gibt, welchen es nicht schwer fällt, sich einer Botschaft mündlich zu entledigen,« antwortete der Doktor mit einer sehr leisen Verneigung seines Hauptes.

Die Züge des Herzogs verfinsterten sich.

»Vergessen Sie nicht, vor wem Sie stehen, Herr Brandauer, und kommen Sie zur Sache!«

»Durchlaucht befehlen und ich gehorche. Es verlautete nämlich das Gerücht, daß ein gewisser Herr von Wallroth, Hauptmann der Artillerie, von gewisser Seite und aus gewissen Gründen für wahnsinnig erklärt worden sei und auf eine unverantwortliche, ja sogar geradezu verbrecherische und unmenschliche Weise im Irrenhause festgehalten und zu Tode gepeinigt werde –«

Der Herzog erhob sich. Sein Gesicht war um einen Schatten bleicher geworden.

»Wirklich ein höchst interessantes Gerücht, Herr Brandauer. Wer hat es erfunden und weiter kolportirt?«

»Dem Ursprunge und der Verbreitung eines Gerüchtes läßt sich gewöhnlich nur schwer nachforschen. Allerdings liegt hier eine Ausnahme vor, doch bin ich leider nicht ermächtigt, die Fragen Ew. Durchlaucht zu beantworten.«

»So werde ich Sie zu zwingen wissen. Dieses Gerücht tangirt mich natürlich im höchsten Grade –«

»Ah –!« klang die halb ironische Unterbrechung.

»Was unterstehen Sie sich, Herr! Ich sage, dieses Gerücht tangire mich im höchsten Grade, da die Verwaltung der betreffenden Anstalt meiner obersten Leitung unterstellt ist, und ich wiederhole, daß ich Sie nöthigenfalls zwingen werde, mir das Vorhandensein und die Entstehung des Gerüchtes, von welchem Sie sprechen, ausführlich nachzuweisen.«

»Eine solche Zwangsmaßregel dürfte wohl außerhalb des Machtbereiches Ew. Durchlaucht liegen, da Seine Majestät –«

»Wohl die Macht besitzen, zu begnadigen, nicht aber in den Lauf einer Klage oder Untersuchung einzugreifen. Was hindert mich, Sie festnehmen zu lassen?«

»Ich, der obskure Schmiedesohn, Excellenz!«

»Ah! Der Umstand, daß mein königlicher Vetter die seltsame Passion besitzt, sich zuweilen an dem Ambose Ihres Vaters zu erlustiren, ist für mich kein Grund zu irgend einer Nachsicht gegen Sie. Ich befehle Ihnen also, mir den Erfinder dieses Gerüchtes mitzutheilen!«

»Ich kenne keinen zwingenden Grund, diesem Befehle gehorsam zu sein, und wenn ich demselben trotzdem nachkomme, so geschieht es nur, um meinerseits einer unangenehmen Erledigung meines Auftrages überhoben zu werden. Ich könnte mich recht gut hinter andere Persönlichkeiten verbergen, doch gibt es auch obskure Leute, welche stolz genug sind, eine solche Feigheit zu verschmähen. Der Erfinder und Verbreiter des Gerüchtes steht vor Ihnen, Durchlaucht.«

Der Herzog trat überrascht einen Schritt zurück.

»Und das – das wagen Sie zu sagen?«

»Ich sage es einfach; ein Wagniß ist dabei nicht zu erkennen, da jeder gegen mich gerichteten Gewaltmaßregel durch meinen königlichen Pathen vorgebeugt worden ist. Allerdings habe ich mich eines falschen Ausdruckes bedient, als ich sagte, daß ich der Erfinder des Gerüchtes sei; es wurde nicht erfunden, sondern es erzählte die lautere Wahrheit.«

»Ich wäre begierig, den Beweis zu hören!«

»Die Einlieferungsakten des Hauptmanns befinden sich bereits in den Händen Seiner Majestät –«

»Unmöglich!«

»Nicht nur möglich, sondern sogar Thatsache. Diese Akten bestehen außerordentlicher Weise nur in einem kurzen Befehle, dessen Unterschrift ich wohl nicht näher zu bezeichnen brauche.«

»Wer hat das Schriftstück ausgehändigt?«

»Der Anstaltsvorstand natürlich. Er wurde sogar gezwungen, eine andere Akte auszuliefern, welche ihm durch einen Expressen übermittelt wurde, um der Mutter des Hauptmanns ganz dasselbe Schicksal zu bereiten, welches ihren Sohn in die Nacht des Wahnsinns oder des Todes stürzen sollte.«

Der Herzog mußte sich sammeln. Er stützte sich mit der Hand auf den Schreibtisch und frug dann mit belegter Stimme:

»Die Mutter des Hauptmanns? Er ist mir bei meinen Besuchen in der Anstalt vollständig entgangen. Hat er eine Mutter?«

»Allerdings, und natürlich wohl auch einen Vater.«

»Wie heißt sie?«

»Es ist eine Zigeunerin Namens Zarba, und der Vater, welcher auch noch lebt, ist ein –«

»Pah, wir haben es hier wohl nur mit der Mutter zu thun!«

»Ganz, wie Excellenz wünschen! Also das Gerücht fand bei mir seinen Ausgang und wurde –«

»Ich begreife nicht, wie Sie auf eine solche Absurdität fallen konnten!«

»Ich pflege weder absurd zu denken, noch abgeschmackt zu handeln, Excellenz. Also das Gerücht wurde von mir dem

Könige mitgetheilt, welcher mich mit dem Auftrage beehrte, als Regierungskommissär die Anstalt zu besuchen. Ich fand die Bestätigung meiner Vermuthungen, befreite sofort den Hauptmann sammt seiner Mutter und erstattete meinem hohen Auftraggeber Bericht über den Sachverhalt. Die Folge davon ist eine gegen den Leiter des Irrenhauses und den Oberarzt einzuleitende Untersuchung. Sie können dem Schicksale, in Haft genommen zu werden, wohl nicht entgehen.«

Die Züge des Herzogs wurden noch bleicher als vorher, doch seine Augen blitzten zornig, als er frug:

»Und dies Alles geschah ohne meine Genehmigung?«

»Ich habe noch nie gehört, daß ein unumschränkter Herrscher zu irgend einer Handlung der Genehmigung eines seiner Diener, und wenn es der erste und oberste derselben ist, bedarf. Auch blieb wohl keine Zeit übrig, Excellenz zu benachrichtigen. Leider scheint sich herauszustellen, daß eine sehr hochgestellte Person bei der bevorstehenden Untersuchung leicht kompromittirt werden könnte; Majestät haben die gnädige Absicht, dies zu vermeiden, und wünschen daher, eine Andeutung an die betreffende Adresse gelangen zu lassen. Außer dem Könige, den beiden aus der Anstalt Befreiten und mir ist bisher Niemand in die Angelegenheit eingeweiht, und ich erkenne es als eine Huld des Herrschers, daß er keine andere Persönlichkeit als mich beauftragte, diese Andeutung zu überbringen.«

»Und welchen Zweck hat diese Andeutung?«

Der Doktor zuckte mit den Achseln.

»Keinen andern, als den bereits erwähnten. Es scheint mir nicht unmöglich, daß sich der Hauptmann nebst seiner Mutter dahin bringen lassen, von einer Untersuchung abzustehen. Ein Aequivalent für die ausgestandenen Leiden müßte allerdings geleistet werden.«

»In wessen Händen befinden sich die aus der Anstalt mitgenommenen Schriftstücke?«

»In denen des Königs.«

»Sie bedurften einer Legitimation von seiten des Ministers?«

»Allerdings, doch wurde diesem Herrn nicht die mindeste Mittheilung über den Zweck meiner Visitation gemacht.«

Der Herzog wandte sich dem Fenster zu und blickte einige Minuten lang hinaus in die Nacht. Dann fuhr er plötzlich scharf auf dem Absatze herum.

»Sie sind nicht im Besitze einer amtlichen Stellung, Herr Doktor?«

»Nein.«

»Aber ein Mann von Ihrem Wissen sollte sich doch unbedingt nützlich zu machen suchen. Ich würde bereit sein, Ihnen eine Bahn zu eröffnen, falls Sie gesonnen wären, irgend eine Art des staatlichen Dienstes zu betreten.«

Max verbeugte sich so tief wie möglich.

»Ich danke, Excellenz! Noch habe ich diese Absicht nicht; sollte sie sich aber einst einstellen, was ich keineswegs bezweifle, so bin ich bereits an die Adresse meines Pathen gewiesen, der es übel vermerken würde, einen Mangel an unterthänigem Vertrauen bei mir zu entdecken. Darf ich erwarten, daß unsere gegenwärtige Konferenz beendet ist?«

»Gehen Sie!«

Die Thür schloß sich hinter dem Doktor; der Herzog blieb allein zurück.

»Welch ein unvorhergesehenes Ereigniß!« murmelte er. »Dieser Brandauer ist ein höchst gefährlicher Mensch. Wie konnte er wissen, daß – hier stoße ich auf ein Räthsel, welches so bald wie möglich gelöst werden muß. Persönlich ergreifen darf ich ihn nicht; er ist ein Protégé des Königs, der ihn nachhaltig schützen würde. Aber die Andern? – Gütlich ausgleichen mit ihnen? Nun und nimmermehr!«

Er schritt erregt in dem Zimmer auf und ab, dann faßte er nach dem Glockenzuge.

»So wird es gehen. Sie müssen verschwinden; sie müssen stumm gemacht werden!«

Auf sein Zeichen kam ein Diener herbei.

»Eile in Civil nach dem Seidenmüllerschen Gasthofe. Dort wohnt ein Herr Aloys Penentrier, den Du schleunigst zu mir entbietest. Dann schickst Du mir den – den – ja, den Polizeikommissär Hartmann, und endlich gehst Du nach dem königlichen Schlosse und suchst ohne Aufsehen den Kammerlakaien Grunert zu finden. Ihn bringst Du nach meinem Garten, wo er auf der Terrasse auf mich zu warten hat!«

»Zu Befehl, Excellenz!« Der Diener entfernte sich, warf in seiner Wohnung einen Mantel über, setzte eine Civilmütze auf und verließ den Palast seines Gebieters. Am Flusse löste er einen Kahn von der Kette, stieg ein und ruderte sich aus allen Kräften stromauf, dem andern Ufer entgegen.

Als er dort ankam, stieg eben Max aus seiner Gondel. Er hatte keine Veranlassung zur Eile gehabt und war also von dem Diener, der ihm jetzt keine weitere Beachtung schenkte, eingeholt worden.

»Der Lakai des Herzogs, der mich eingelassen hat,« murmelte er überrascht; »und in solcher Eile! Jedenfalls hat er Aufträge erhalten, welche die Folge meines Besuches sind. Ich muß ihn beobachten!«

In vorsichtiger Distanz folgte er dem Diener bis an den Gasthof der ehrsamen Wittfrau und Kartoffelhändlerin Barbara Seidenmüller. Unter einer Thür an der gegenüberliegenden Straßenseite stehend bemerkte er zwei Fenster des ersten Stockes erleuchtet und konnte zwischen den Gardinen hindurch deutlich den kleinen Rentier erkennen, welcher den Auftrag des Dieners entgegennahm. Dieser Letztere verließ das Haus und schritt der nächsten Polizeiwache zu, aus welcher er bald mit dem Kommissär Hartmann trat, welcher dem Doktor nicht unbekannt war.

»Der Jesuit und der Polizist?« frug sich Max. »Da ist irgend eine Teufelei im Werke. Sie trennen sich. Der Kommissär geht nach dem Flusse und der Diener in der Richtung des Schlosses. Folge ich dem Einen oder dem Andern? Ich kehre zum Herzoge zurück und wage es, durch den verborgenen Weg seine Bibliothek zu erreichen. Dort kann ich Alles hören und brauche, selbst wenn ich ertappt werden sollte, keine ernstliche Gefahr zu befürchten.«

Max führte diesen Entschluß sofort aus. Sich des Fährmannes von Neuem bedienend gelangte er kurze Zeit nach dem

Polizisten an das jenseitige Ufer, passirte das Palais an der hinteren Fronte desselben, versicherte sich, daß er unbeobachtet sei, und stieg dann in den Garten. Sich zu der Terrassentreppe schleichend stieg er durch das Fenster, welches er sofort wieder in die Oeffnung befestigte, hinab und verfolgte langsam den Gang, mit dessen Einzelnheiten er noch vollständig vertraut war. Die nothwendige Vorsicht war Schuld, daß er nur langsam vorwärts kam; doch gelang es ihm, geräuschlos die Bibliothek zu erreichen, in welcher heute kein Licht brannte. Im Arbeitszimmer vernahm er Stimmen. Er näherte sich der Portière und kam gerade noch zur rechten Zeit, um den sich eben verabschiedenden Penentrier zu bemerken.

Dieser hatte sich schleunigst zum Herzoge begeben, welcher ihn mit Ungeduld erwartete.

»Ich bin erstaunt, Excellenz,« begann er –

»Schon gut!« fiel ihm der Herzog in die Rede. »Wir geriethen letzthin in einige kleine Differenzen, welche aber wohl nicht der Rede werth sind. Nehmen Sie Platz, mein lieber Pater. Ich habe in Betreff der Irrenanstalt mit Ihnen zu sprechen.«

Die Brauen des Jesuiten zogen sich erwartungsvoll empor.

»Gibt es vielleicht einen neuen Aspiranten, der so geistig angegriffen ist, daß er es verschmäht, auf unsere Intentionen einzugehen?«

»Das nicht; vielmehr findet das gerade Gegentheil statt: die geistig Irren stehen im Begriffe, ihre Ketten zu zerbrechen, um uns damit zu fesseln.«

»Ah!«

»Es soll auf höchsteigene Veranlassung der Majestät eine Untersuchung gegen den Direktor und den Oberarzt der Anstalt eingeleitet werden, weil –«

»Jesus, Maria und Joseph, das müssen Excellenz unbedingt verhüten! Es würden da Thatsachen blosgelegt werden, welche unsere ebenso geistreiche wie geheimnißvolle Mechanik enthüllen müßten.«

»Leider habe ich nicht die Macht dazu, diese Angelegenheit rückgängig zu machen. So schleunigst wie möglich die Spuren verwischen, das ist Alles, was wir thun können. Es hat bereits ein königlicher Kommissär die Anstalt revidirt und zwei Detinirte befreit, welche glücklicher Weise unsern Plänen nicht nahe gestanden haben. Morgen wird der Direktor sammt dem Oberarzte in Haft genommen.«

»Wer ist der Verräther?«

»Ich weiß es noch nicht, habe aber alle Hoffnung, ihn baldigst ermitteln zu können. Die beiden Beamten müssen fliehen!«

»Oder sterben!«

»Sie nicht; es ist nicht unbedingt nöthig. Sie sind mir ergeben und können mir noch nützen. Ich verlange andere Opfer.«

»Welche?«

Der Herzog nahm ein Papier vom Schreibtische und überreichte es dem Pater.

»Hier ein kleines Verzeichniß derjenigen Irren, welche unter einer andern Behandlung vielleicht versucht sein würden, verständig zu sprechen und unsere Absichten in Gefahr zu bringen. Sie bekommen Gift.«

»So viele Leichen an einem Tage! Das würde auffallen.«

»So gebe man ihnen verschiedene Gifte oder verschiedene Dosen, doch so, daß binnen drei Tagen der Letzte stumm ist.«

»Das ist etwas mehr acceptabel.«

»Wollen Sie mein Bote sein?«

»Wie immer. Angelegenheiten von so zarter Natur dürfen keinem untergeordneten Wesen anvertraut werden. Wohin beabsichtigen Sie die beiden Beamten zu dirigiren?«

»Zunächst über die Grenze nach Süderland. Ich habe, während ich Sie erwartete, eine Marschroute und andere Weisungen schriftlich niedergelegt und auch die nöthigen Summen beigefügt. Die Flüchtlinge werden nicht die Bahn benutzen, sondern die Reise in das Gebirge per Privatwagen zurücklegen. Drüben sind sie an eine einflußreiche Person adressirt, welche sie vor jeder Verfolgung sicherstellen wird. Jetzt darf ich Ihre Zeit nicht länger kürzen. Es thut Eile noth, und Sie sind entlassen.«

»Ich fliege, Excellenz; doch hoffe ich, daß meine stete Bereitwilligkeit, auf Ihre Intentionen einzugehen, später den Erfolg hat, der mir versprochen worden ist!«

»Sie haben mein Wort. Die Gesellschaft Jesu fördert mich bei der Erreichung meiner Ziele; sobald ich dazu die Macht in den Händen habe, werde ich ihr eine öffentliche Heimath in Norland gewähren.«

»Ich danke, Excellenz, und stelle mich zu jeder Zeit zur vollständigen Verfügung.«

Diese letzten Worte waren es blos, welche Max gehört hatte, als er die Portière um ein Lückchen öffnete. Dann entfernte sich der Pater.

Kaum hatte er das Zimmer verlassen, so trat der Polizeikommissarius ein und blieb in respektvoller Haltung an der Thür stehen.

»Herr Kommissär –«

»Excellenz!«

»Ich kenne Sie als einen unserer tüchtigsten Beamten –«

Der Polizist verneigte sich so tief wie möglich.

»Und habe mir vorgenommen, Sie bei der nächsten Vakanz mit der Stellung eines Polizeirathes zu bedenken.«

»Excellenz –!«

»Schon gut! Ich weiß, wie Ergebenheit zu behandeln ist, und will Ihnen eine Gelegenheit bieten, mir Ihre Anhänglichkeit auf das Glänzendste zu beweisen. Außer Ihrer baldigen Beförderung stehen Ihnen diese fünfhundert Thaler als Extragratifikation zur Verfügung.«

»Ich höre, Excellenz!«

»Sie haben vorgestern einen Menschen arretirt, welcher des Mordes verdächtig ist?«

»Allerdings.«

»Er heißt Helbig?«

»So ist es. Er hat bereits dreimal wegen Körperverletzung das Zuchthaus frequentirt.«

»Halten Sie ihn für schuldig?«

»Ich halte ihn des Mordes fähig; ob er in dem vorliegenden Falle schuldig ist, muß die Untersuchung beweisen.«

»Er ist noch nicht in das Gerichtsamtsgefängniß abgeliefert, sondern befindet sich noch in den Händen der Polizei.«

»Ich mußte ihn zurückbehalten, um ihn bei den nöthigen Recherchen stets bei der Hand zu haben.«

»Ich interessire mich für diesen Fall und möchte ihn einmal sprechen. Ist es Ihnen möglich, mir diesen Helbig nach Verlauf einer halben Stunde einmal in dieses Zimmer zu bringen, ohne daß es ein Dritter bemerkt, wenn ich dafür sorge, daß hier in meinem Palais der Weg frei ist?«

Der Kommissär war klug genug, sein Erstaunen vollständig zu verbergen. Er besann sich einen Augenblick und entschied dann:

»Ich übernehme damit kein geringes Risiko, doch denke ich, daß es möglich sein werde.«

»Gut! Sie sind für jetzt entlassen. In genau einer halben Stunde nehmen Sie mit dem Subjekte hier unangemeldet Zutritt. Es wird kein Diener zugegen sein, der Sie melden könnte.«

Der Kommissär trat ab. Max hatte jedes Wort vernommen und wußte nicht, was er aus dem seltsamen Vorgange machen solle.

»So; nun hinab zur Terrasse!« hörte er jetzt den Herzog halblaut sagen.

Was war das wieder? Sollte der Diener, welcher den Weg nach dem Schlosse eingeschlagen hatte, einen Dritten nach der Terrasse bestellt haben? Auch das mußte untersucht werden, besonders da es jetzt möglich war, daß der Herzog in das Bibliothekzimmer treten konnte.

Er schlich sich durch die Bücherthür nach dem Gang zurück und gelangte nach wenigen Augenblicken an das Treppenfenster, welches er geräuschlos aushob. Da die Stufenseiten der Terrasse mit dichten Orangerie- und Blumengewächsen eingefaßt waren, so konnte er es wagen, hervorzusteigen. Er nahm zwischen Palmen und Oleandern Platz und gewahrte einen Mann, welcher unweit von ihm im Dunkeln auf einer der Stufen saß.

Da knarrte leise die Thür und der Herzog trat hervor.

»Grunert!« rief er mit gedämpfter Stimme.

»Hier, Excellenz!«

»Bleib sitzen, damit, wenn uns ja Jemand überraschen sollte, er denke, daß ich mich allein hier befinde. Hast Du Jemand im Garten bemerkt?«

»Nein.«

»Dann sind wir wohl sicher. Hier hast Du diese Rolle; es sind Dukaten.«

»Danke, Excellenz.«

»Ich muß heute Nacht unbedingt das Arbeitskabinet des Königs betreten.«

»Oh, das ist nicht möglich, Durchlaucht!«

»Ich denke, diesen Dukaten ist Alles möglich, besonders wenn ich sie im günstigen Falle verdopple. Oder willst Du meine Protektion verlieren?«

»Excellenz sind die Güte selbst – aber die Wachen –?«

»Das überlaß mir! Punkt zwei Uhr ist das Kabinet offen!«

»Zu Befehl!«

»Du befindest Dich darin!«

»Zu Befehl!«

»Mit einer Blendlaterne!«

»Ich werde da sein!«

»Und sorgst dafür, daß die Fenster dicht verhangen sind. Kennst Du den Sohn des Schmiedes Brandauer?«

»Ja. Er war heute bei der Majestät.«

»Weißt Du nicht, ob er Papiere überreicht hat?«

»Ich glaube, daß dies der Fall gewesen ist; wenigstens schlossen Majestät einige Dokumente in ein Fach des Schreibtisches, als der Doktor sich entfernt hatte.«

»Kannst Du Dich des Faches erinnern?«

»Ja.«

»Dann genug für jetzt. Suche das Freie ungesehen wieder zu gewinnen!«

Er trat zurück und verschloß die Thür. Der Lakai erhob sich und schlich sich leise davon. Max war fast erstarrt über das, was er vernommen hatte. Der König war in seiner nächsten Nähe von Verräthern umgeben, und diese Menschen standen im Solde des Herzogs. Wie oft schon mochten sich Vorkommnisse von der Art des soeben Besprochenen begeben haben, ohne daß der König eine Ahnung hatte, auf welche schändliche Weise man sich seiner Pläne und Geheimnisse bemächtigte! Das durfte nun und nimmer wieder geschehen. Zwar stand der Herzog über jeder Strafe erhaben, aber eine Blamage mußte er erleben, wie sie ihm wohl noch nicht vorgekommen war.

Jetzt aber galt es noch zu wissen, was er mit dem Mörder vorhabe. Max kehrte also in die Bibliothek zurück, doch trat er nicht vollständig ein, sondern blieb unter der halb geöffneten Thür stehen, um beim etwaigen Eintritte des Herzogs zum sofortigen Rückzuge bereit zu sein.

Endlich hörte er die Thür öffnen und vernahm eine Stimme. Schnell stand er an der Portière und blickte hindurch. Der Kommissär war mit dem Verbrecher eingetreten. Der Letztere war ein Mann in den mittleren Dreißigern, von untersetzter, kräftiger Figur und einem Gesichtsausdrucke, der nichts Angenehmes an sich hatte.

»Treten Sie einstweilen ab, Herr Kommissär!« befahl der Herzog.

Diesem Gebote wurde augenblicklich Folge geleistet.

»Helbig!«

»Excellenz!«

»Du spannst wohl keine Seide, seit Du aus meinen Diensten bist?«

»Nein.«

»Und hättest es bei mir so gut haben können, wenn Du damals dem Weibe nicht nachgelaufen wärst!«

»Hole sie der Teufel, Durchlaucht! Ich wollte, sie stände jetzt da und ich hätte eine gute Klinge in der Hand. Ich will gehängt sein, wenn die Weiber nicht an allem Unheile schuld sind, welches die Männer zu leiden haben! Sie gab sich mit einem Andern ab, und das paßte mir natürlich nicht. Ich ertappte sie, wurde teufelsmäßig wild, und – na, da hat man mich als Mörder eingezogen!«

»Ich bin überzeugt, daß Du unschuldig bist!«

»Natürlich!«

»Und dennoch wird man kurzen Prozeß mit Dir machen.«

»Das beginne ich auch zu ahnen. Dieser Kommissär da draußen gibt sich alle Mühe, mich um den Kopf zu bringen.«

»Er hält das für seine Pflicht. Man wird Dich aufhängen.«

»Das ist allerdings wahrscheinlich. Aber ich habe Ew. Durchlaucht so viele treue Dienste geleistet, von denen Niemand Etwas erfahren darf, und als ich hörte, daß ich hierher geführt werden sollte, da kam mir die Vermuthung, daß Excellenz etwas für mich thun wollten.«

»Das bin ich auch in Anbetracht Deiner Dienste entschlossen. Aber weißt Du, das Leben hat einen höheren Werth als Deine bisherigen Leistungen. Wenn ich Dich errette, so meine ich, daß ich von Dir auch etwas verlangen kann.«

»Verlangt nur! Ich werde Alles thun, es mag heißen wie es will.«

»Schön! Aber bedenke vorher, daß ich Dich ebenso gut verderben wie erretten kann. Es darf von dem, was wir hier besprechen, kein Mensch ein Wort erfahren!«

»Habe ich jemals geschwatzt, Excellenz?«

»Das allerdings nie, und darum eben schenke ich Dir mein vollstes Vertrauen. Weißt Du, wie viele Menschen es auf der Erde gibt?«

»Ich habe sie noch nicht gezählt.«

»Es sind ein gut Theil über tausend Millionen, aber unter ihnen leben Drei zu viel. Verstehst Du mich?«

»Ich verstehe. Mein Leben gegen drei Leben!«

»Nun?«

»Mein Leben ist mir natürlich lieber als das Leben dieser ganzen tausend Millionen. Wer sind die Drei?«

»Ein Schmiedesohn, eine Zigeunerin und ein verrückter Hauptmann.«

»Ich werde mit ihnen fertig werden.«

»In einer Nacht?«

»In einer Stunde, wenn sie hier wohnen und nicht weit auseinander zu treffen sind.«

»Das muß ich erst noch erfahren, doch vermuthe ich, daß sie beisammen in der Schmiede zu treffen sind.«

»Desto besser. Aber wie ihnen beikommen? Ich bin gefangen!«

»Nichts leichter als das. Komm her und siehe Dir das Polizeigebäude an! Es ist vom Monde beleuchtet. Unter meinem Schutze wird sich jede Schwierigkeit heben lassen.«

Max konnte nun nur noch die Gesten der beiden Männer bemerken. Der Herzog gab seine Bemerkungen im leisesten Flüstertone, und der Andere antwortete ebenso unhörbar. Endlich wandten sie sich wieder dem Innern des Zimmers zu, und der Herzog trat zur Thür, um dieselbe zu öffnen.

»Herr Kommissär!«

»Excellenz!«

»Ich habe die Ueberzeugung gewonnen, daß dieser Mann vielleicht unschuldig oder wenigstens nicht so sehr schuldig ist, wie es den Anschein haben mag. Er ist ein langjähriger treuer Diener von mir, dessen ich mich unter allen Umständen annehmen werde. In den Lauf der Untersuchung kann und will ich allerdings nicht eingreifen, doch erinnere ich Sie an den Gegenstand unseres vorigen Gespräches. Bringen Sie den Gefangenen zurück. Sie werden weiter von mir hören!«

Die beiden Männer traten ab, und nun mußte sich auch Max entfernen. Er gelangte unbemerkt in das Freie.

Er hatte die wichtigsten Entdeckungen gemacht und saß so gedankenvoll in dem Kahne, daß er fast erschrak, als dieser am jenseitigen Ufer anstieß. Seine Aufgabe war jetzt eine dreifache: den Einbruch im königlichen Schlosse zu verhüten, die Flucht der beiden Beamten der Irrenanstalt unmöglich zu machen und endlich die Gefahr zu vermeiden, welche ihm, dem Hauptmanne und Zarba durch den gedungenen Mörder drohte. Das Erstere war jedenfalls das Nöthigste. Daher begab er sich zunächst nach Hause. Der Vater besaß eine Karte des Königs, welche ihm die Erlaubniß bescheinigte, zu jeder Zeit des Tages und des Nachts das königliche Schloß zu betreten. Nur durch sie war es möglich, die Dokumente den Händen des Herzogs zu entreißen und zugleich den verrätherischen Lakaien zu entlarven.

SIEBENTES KAPITEL.

Schachzüge.

Wieder saßen im traulichen Abenddämmerscheine die Gesellen vor der Schmiede und in ihrer Nähe die lauschenden Lehrbuben. Drin im Hause war Alles ruhig, obgleich einige durch die Ladenritzen fallende Lichtstrahle verriethen, daß die Zimmer nicht vereinsamt seien.

»Ich möchte nur wissen, pei welcher Waffe er gedient hat,« meinte Schubert. »Er hat so etwas Liepes und zugleich Vornehmes an sich, und ich verwette ein Dutzend Ampalema gegen eine einzige Pfälzer mit Märker Einlage, daß er pei der Kavallerie gestanden hat.«

»Das ist nicht am Den!« antwortete einfach Baldrian, der Grenadier.

»Nicht? Warum nicht, Paldrian? Meinst Du vielleicht, daß er Offizier pei der Linie gewesen ist?«

Baldrian nickte mit dem Kopfe.

»Das pilde Dir nicht ein, denn zur Linie hat er ein viel zu noples Exterieur, wie wir Kavalleristen zu sagen pflegen.«

»Ja, die Kavallerie hat viel Exterieur,« meinte Heinrich, »nur müssen die Pferde gewaschen und die Leute gestriegelt worden sein! Wie könnt Ihr nur denken, daß der Hauptmann von Wallroth bei der Reiterei oder gar bei der Linie gestanden hat! Daß er ein gelehrter und außerordentlich tüchtiger Herr ist, das sieht man ihm ja schon von Weitem an, und da ist es ja gar nicht anders möglich, als daß er bei der Artillerie befehligt hat. Sie bedarf der besten Offiziere. Eine Flinte ist bald abgedrückt, und mit einem Käsemesser hauen und stechen, dazu gehört nicht viel; aber eine Kanone richtig zu bedienen, das erfordert schon etwas, und von einem einzigen guten Schusse hängt oft das Schicksal einer ganzen Schlacht ab.«

»Du pist nicht recht pei Troste!« widersprach Thomas.

»Wie kann das Schicksal einer Schlacht von einem einzigen Schusse aphängen!«

»Das verstehst Du nicht. Ich kann davon ein Beispiel erzählen. Nämlich vor elf Jahren in der Schlacht bei Bartlingen machten wir die letzte Anstrengung, den Feind zu stürzen. Sämmtliche Reserven hatten bereits in die Aktion eingegriffen; es stand Alles auf dem Spiele; wir waren auf der ganzen Linie im Avanciren, aber der Gegner hatte noch frische Kräfte zur Verfügung, und wenn er diese herbeizog, so mußten wir zurück und hatten die Schlacht verloren. Der Herzog von Raumburg, – man mag von ihm sagen, was man will, ein tüchtiger Feldherr ist er ohne Zweifel – – hielt neben unserer Batterie auf einer Anhöhe und beobachtete durch das Fernrohr den feindlichen Oberstkommandirenden. Da plötzlich drehte er das Pferd zu mir herüber. »Heinrich Feldmann,« sagte er, »Du bist der beste Artilleriste meiner Armee; siehst Du ganz da drüben den feindlichen Adjutanten reiten?«

»Zu Befehl, Generalissimus!« antwortete ich.

»Er hat die schriftliche Ordre zu überbringen, daß die Reserve vorgehen soll; sie steckt in seiner Satteltasche.«

»Soll ich sie ihm herausschießen, Excellenz?« frug ich.

»Ja, doch schone den Mann und das Pferd. Er hat Sympathien für uns und hält sehr viel auf das Thier!«

»Wird gemacht, Durchlaucht!« Ich lade also sorgfältig und richte den Lauf meines Geschützes. Donnerwetter, der Kerl ist nur noch hundert Schritte vom Walde entfernt, und zwischen ihm und dem dichten Gebüsch liegt ein Wirthshaus, hinter welchem er vorüberreiten muß! Was thun? Es gibt nur eine Möglichkeit: Das Parterre des Hauses besteht aus einer einzigen Stube; man kann vorn hinein und hinten durch die Fenster wieder heraussehen. Ich visire genau, der Reiter verschwindet hinter dem Hause, ich protze ab – die Kugel geht durch die beiden Fenster und reißt hinter dem Hause dem Adjutanten die Satteltasche in Stücke. Die Schlacht wurde gewonnen, und als ich am andern Morgen in das Wirthshaus kam, sah ich erst genau, welch einen Meisterschuß ich gethan hatte. Nun, meint Ihr noch immer nicht, daß das

Schicksal einer Schlacht von einem einzigen Schuße abhängen kann?«

»Lüge Du und der Teufel!« antwortete Thomas erbost über die Kühnheit des Artilleristen, ihm einen solchen Bären aufzubinden. »Du pist der unverschämteste Aufschneider, den ich in meinem Lepen gesehen hape.«

»Ja, das ist am Den!« stimmte Baldrian bei.

»Glaubt, was Ihr wollt; es fällt mir gar nicht ein, zwei dumme Köpfe klug machen zu wollen! Aber das ist sicher, daß der Hauptmann von Wallroth bei der Artillerie gestanden hat, denn ich kenne ihn von meiner Dienstzeit her und sehr genau. Zwar führte er nicht meine Batterie, aber er war ein Liebling seiner Oberen und auch seiner Untergebenen. Dann verschwand er plötzlich, und ich habe ihn seit jener Zeit jetzt zum ersten Male wiedergesehen.«

»Wo mag er wohl herstammen?« frug Thomas.

»Das weiß Niemand,« antwortete Heinrich; »geht mich auch gar nichts an. Nur das fällt mir auf, daß er so vertraut mit der Zigeunerin ist.«

»Mit der Zarpa? Das ist wahr. Wie mag er wohl mit diesem Weipsen zusammengekommen sein? Das ist nämlich eine Hexe, die ich sehr genau kenne. Ich hape sie erst kürzlich peopachtet, als – – Donnerwetter, was pin ich doch für ein Esel!«

»Was, Du kennst die Zigeunerin? Wo hast Du sie gesehen?«

»Darum hast Du Dich nichts zu pekümmern, denn ein Gelpschnapel wie Du praucht nicht Alles zu erfahren.«

»Das ist am Den,« bestätigte Baldrian höchst trocken.

»Richtig, alter Grenadier!« antwortete Heinrich. »Seit die ganz besondere Gunst des jungen Herrn auf den Kavalleristen gefallen ist, kann es mit Euch Beiden kein Mensch aushalten; der Grenadier beißt, der Kavallerist schlägt aus, und der Artillerist – pah, der läßt sie machen, was sie wollen. Er geht zu seiner Barbara Seidenmüller.«

Er erhob sich lachend und ging. Thomas schien sich aus seiner Entfernung nicht viel zu machen.

»Laß ihn laufen, Paldrian,« meinte er; »nun können wir

ungestört mit einander sprechen. Hast Du die Zarpa wirklich noch nicht gesehen?«

»Nein.«

»Ich hape sie zum ersten Male gesehen, als ich mein Gesellenstück hier peim Meister machte. Das war ein sehr pewegter Tag und ein noch viel pewegterer Apend. Ich hatte vom frühen Morgen an tüchtig gearpeitet und freute mich auf die Ruhe; aper ich mußte dreimal hinüper nach dem Palast des Herzogs, um die Zigeunerin zu holen und – – –«

»War sie denn beim Herzog?« fragte ganz erstaunt der sonst so wortkarge Baldrian.

»Natürlich. Sie war seine Geliepte; sie hatte es ihm angethan; sie hatte ihn verhext und verzaupert, so daß er ohne sie nicht lepen konnte.«

»Was sollte sie denn hier?«

»Das weiß ich heute noch nicht. Die Meisterin pekam den jungen Herrn, der damals natürlich noch nicht der junge Herr war, und kaum war ihre Stunde vorüper, so mußte ich die Zarpa holen, die mit dem Neugeporenen wohl eine halpe Stunde lang fort war, ehe sie ihn wieder prachte. Sie war damals ein Mädchen, wie es keine zweite giept, und ich selpst hätte mich in sie verschameriren mögen, wenn ich mich nicht so sehr vor ihrer Zauperei gefürchtet hätte. Später war sie auf einige Jahre verschwunden; nachher kehrte sie einmal auf einen Tag hier ein; das war gerad, als ich den Meister auf Urlaub besuchte, und seit dieser Zeit hat sie sich pis auf den heutigen Tag nicht wieder sehen lassen.«

»Hm, das ist am Den!«

»Ja, das ist gewiß und wahrhaftig an dem, und ich pin wirklich pegierig, was sie hier vorhat. Sie ist von Allen empfangen worden, als op sie der liepe Gott selper sei. Jetzt sitzen sie drin und sprechen so leise, als op die größten Staatsgeheimnisse verhandelt würden. Horche nur einmal an den Laden; Du hörst gewiß kein Wort von dem, was in der Stupe gesprochen wird!«

Allerdings war von Außen kein Wort zu vernehmen; doch

hatte das seinen Grund einfach in dem Umstande, daß in der Stube nicht gesprochen wurde.

Mutter Brandauer saß am Tische und strickte, ohne von ihrer Arbeit aufzusehen. Sie zeigte bei dieser Beschäftigung einen Eifer, als gelte es, die Welt mit ihren Maschen glücklich zu machen. Der Schmied hatte die Hauspostille vor sich liegen und that, als ob er lese, und im dunkelsten Winkel des Zimmers saß Zarba und rauchte aus demselben kurzen Stummel, den sie auch in dem Arbeitskabinet des Herzogs in Brand gesteckt hatte.

Wäre es heller gewesen, so hätte man ein eigenthümliches aber wohlwollendes Lächeln bemerken können, mit welchem sie die beiden stillen Menschen beobachtete.

Endlich schlug Brandauer das Buch zu und warf einen fragenden Blick auf die Hausfrau, welche denselben bejahend erwiderte. Er stand auf, holte sich die lange Pfeife, stopfte sie sich mit jener Umständlichkeit, welche darauf ausgeht, sich einen wirklichen Genuß zu verschaffen, und griff dann zum Fidibus; dann schob er, einige tüchtige Rauchwolken ausstoßend, den Tabakskasten nach derjenigen Seite des Tisches, welche der Zigeunerin zugekehrt war, und meinte:

»Nimm Tabak, Zarba, wenn Du fertig bist.«

»Danke, Meister! Eure Sorte paßt mir nicht.«

»Hast wohl etwas Feineres?«

»Möglich! Die Zingaritta raucht ein Kraut, welches nur Fürsten bezahlen können.«

»Oh! Woher beziehst Du es?«

»Es kommt aus dem Morgenlande und wächst zwischen den heimathlichen Bergen der Brinjaaren. Dort an den Abhängen des Pandjkóra gehen die Jungfrauen, wenn der Mond das Herz des Krautes bestrahlt, beim Sternenscheine hinaus auf das Feld, um mit zarten Händen die Herzblätter einzusammeln, die man dann am großen Tage der Göttin zum Tempel bringt, damit der Geist der Zukunft auf sie niedersteige. Wer dann die Düfte dieses Krautes trinkt, über den kommt die Gabe der Weissagung, daß er die Sprache der Sterne versteht und weiß, was die Linien der Hand bedeuten.«

»Rauchtest Du das Kraut auch als Mädchen?«

»Nein.«

»Aber Du hattest doch die Gabe der Weissagung reichlicher als alle die Deinen!«

»Ich hatte der Gaben noch mehrere,« antwortete sie ausweichend und mit düsterer Miene; »sie sind verschwunden, und mit ihnen ist hin die Jugend und das Glück. Zarba säete Liebe und erntete Haß, sie gab Glück und Seligkeit und nahm Spott und Verachtung dafür hin. Ihr Lachen hat sich in Weinen verkehrt, ihre Liebe ist zur Rache geworden; ihr Himmel heißt Hölle, ihr Segen wurde Fluch, und ihre Schritte verklingen im tiefsten Schatten der Nacht. Im Dunkel ihres Lebens leuchtet nur ein Licht, der Stern der Rache und der Vergeltung.«

»Das klingt schlimm, Zarba, so schlimm und traurig, als hättest Du keine Freunde, welche Deiner in Liebe gedenken!«

»Freunde? Wo sind sie, und wie heißen ihre Namen?«

»Denkst Du nicht an uns?«

»An Euch? Seid Ihr meine Freunde?«

Ihr Auge funkelte unter den tiefen Höhlen hervor, und ihr Angesicht nahm den finstersten Ausdruck an, der ihm möglich war.

»Meinst Du vielleicht das Gegentheil?«

Sie schwieg eine Weile; dann entgegnete sie:

»Der Sohn dieser Erde spricht von Liebe; er glaubt an sie und opfert ihr sein Leben, und doch ist sie ein Gespenst, welches schrecklich anzuschauen ist, wenn sie die gleißende Hülle von sich wirft, denn ihr Name heißt – Selbstsucht. Euer Gott schuf und liebt die Menschen, um von ihnen angebetet zu werden; die Erde liebt die Sonne, weil sie sich an ihren Strahlen wärmt; das Kind liebt die Eltern, weil es von ihnen Alles empfängt, was es bedarf; die Eltern lieben das Kind, weil es Fleisch von ihrem Fleisch und Blut von ihrem Blute ist; der Gatte liebt die Gattin, weil er durch sie glücklich werden will, und der Freund liebt den Freund, weil er seiner bedarf. O, ich kenne Eure Liebe, ich kenne Eure Hingebung, Eure Opferfreudigkeit! Eure Liebe hat mir das Herz aus dem Leibe gerissen, ich aber habe ihr den Schleier zerfetzt, hinter welchem sie ihr häßliches Angesicht verbirgt!«

»Zarba, Du hast nicht – –«

»Seid still! Ihr seid ein Mann und – ein Christ, und – ich hasse Beide!«

»Willst Du unsere heilige Religion schmähen, Zarba?«

»Schmähen? Nein – aber den Vorhang will ich heben, hinter welchem sie sich verbirgt. Was ist die Liebe, von welcher Euch gepredigt wird? Feindseliger Haß und tödtliche Selbstsucht. Wer nicht an Eure Satzung glaubt, wird verdammt. Was ist Eure Inquisition? Was ist eure Mission? Auf blutigem Bahrtuche tragt Ihr Euren Glauben von Land zu Land, von Volk zu Volk; Ihr nehmt den Nationen das Hirn aus dem Kopfe und das Mark aus den Knochen, und doch – geht zu Denen, welche Ihr Heiden nennt, und seht, wo die Sünde ärger und raffinirter wüthet, bei ihnen oder bei Euch! Liebe? Ich kenne sie nicht, aber den Haß, die Vergeltung, die Rache kenne ich. Ihr handelt nach gleißnerischen Sätzen, welche feig und lügnerisch sind, uns aber lehrt Bhowannie, dasselbe zu thun, was an uns gethan wird; sie ist die unerbittliche Göttin der Rache, und ihr diene ich, so lange noch eine Faser an meinem Leibe ist!«

Der Schmied schwieg. Er hatte das Gefühl, als sei dies das Beste, was er jetzt thun könne. Nach einer Pause fuhr die Zigeunerin fort:

»Doch unsre Gottheit ist gerecht; sie vergilt auch das Gute, obgleich es niemals aus Liebe, sondern aus Eigennutz geschieht. Brandauer, erinnert Ihr Euch des Tages, an welchem die Zigeunerin Zarba aufgegriffen wurde und als Hexe in das Wasser geworfen werden sollte?«

Er nickte zustimmend mit dem Kopfe.

»Sie wäre sicher ersäuft worden, obgleich sie jung und schön war wie keine Eures Volkes. Da aber drängte sich ein starker Mann durch die Menge, faßte sie und sprang mit ihr in einen Kahn und brachte sie an das andere Ufer, wo er sie in seinem Hause versteckte viele Tage lang. Brandauer, kennt Ihr den Mann?«

Er lächelte.

»Es war nicht viel, was er that, Zarba.«

»O doch! Es war ja das Höchste, was er für mich thun konnte, denn er rettete mir mein Leben. Und das hat Zarba nie vergessen. Sie spricht täglich von ihm zu Bhowannie, und die Göttin breitet ihre Hände aus über sein Haupt und sein Haus, daß Glück in seinen Mauern wohne und Segen walte auf Allem, was er beginnt und vollbringt. Das Alter hat mir den Nacken gebeugt, den Rücken gekrümmt, das Antlitz durchfurcht und die Haare gebleicht; Zarba ist die verachtete, die häßliche Zigeunerin, vor welcher die Kinder fliehen und die Großen sich scheuen; aber ihre Hand ist mächtig und ihr Arm stärker als derjenige eines Fürsten. Wen sie haßt, den kann sie verderben, und wen sie liebt, dem bringt sie Glück und Wonne. Sie kann Herzöge entthronen und Könige einsetzen, wenn sie will, und – – –«

»Zarba – – –!«

»Du zweifelst?« Sie erhob sich und trat nahe an den Tisch heran. Das Licht fiel jetzt voll und hell über ihre Gestalt, und in seinem Schimmer funkelten ihre Augen wie schwarze Diamanten, welche in der Fülle des eingesogenen Strahles im Dunkel erglänzen. »Soll ich Dir es beweisen, Brandauer? Erinnerst Du Dich jener Nacht, in welcher Dein Weib in ihren Schmerzen lag und Ihr zu mir schicktet, weil Ihr an die Kunst der Zigeunerin glaubtet? Sie gebar ein Knäblein, und ich ging mit ihm hinaus unter die Sterne, um Bhowannie zu befragen, welches das Schicksal des Kindes sein werde. Ihr wolltet eine Antwort auf diese Frage, doch ich mußte schweigen, denn es war Großes und Unglaubliches, was ich erfuhr. Ich vertröstete Euch auf spätere Zeiten, und Ihr wartetet bis heut vergebens auf den Spruch, den ich Euch zu bringen habe. Das Knäblein ist zum Manne geworden, und – – –«

Sie wurde unterbrochen. Die Thür öffnete sich, und Max trat ein. Schnell auf ihn zutretend erfaßte sie seine Hand und zog ihn zum Tische.

»Das Knäblein ist zum Manne geworden,« wiederholte sie und fuhr dann fort: »zum starken Manne, der mich beschützte und mir den Sohn wiedergab, der mir bereits verloren war, und nun kommt über mich der Geist der Vergeltung, welcher mir den Mund öffnet, zu reden von dem, was ich bisher verschweigen mußte.«

Sie erhob die Hand und legte sie ihm, der gar nicht wußte, wie ihm geschah, auf das Haupt.

»Hört, was ich Euch sage! Es ist so gut, als ob Euer Gott vom Himmel stiege und meine Worte spräche: Dieses Haupt ist bestimmt, eine Krone zu tragen; diese Faust wird halten das Scepter, und von diesen Schultern wird wallen der Mantel des Herrschers. Der Sohn des Schmiedes wird ein König sein unter den Mächtigen der Erde. Ich sehe sie kommen, die Großen und die Kleinen, um ihre Knie zu beugen und ihm zu huldigen, wie es jetzt thut Zarba, die Zigeunerin!«

Sie kniete vor ihm nieder, drückte ihre Stirne auf seine Hand, erhob sich dann und hatte mit zwei schnellen Schritten das Zimmer verlassen.

Sohn und Eltern blickten sich überrascht an. Sie wußten, daß Zarba keine Gauklerin sei, und so war ihr Erstaunen über diese Prophezeiung kein geringes.

»Was war das?« meinte Max. »War sie betrunken?«

»Nein, und doch kommt sie mir so vor,« antwortete der Vater. »Ich weiß, daß sie großen Scharfsinn besitzt und aus der äußeren Erscheinung eines Menschen Manches schließt, woran ein anderes Menschenkind nicht denken würde. Dazu kommen die eigenthümlichen Ereignisse am Tage Deiner Geburt, Max, über welche sie uns bis heut die Aufklärung schuldig geblieben ist; ich erwartete, nichts Gewöhnliches von ihr zu hören; aber das, was sie jetzt sagte, ist unglaublich, so unglaublich, daß man wahnsinnig sein müßte, um es für Wahrheit zu halten. Und doch weiß sie stets ganz genau, was sie thut oder redet – – –!«

»Sie wird mit ihren Worten einen Zweck verfolgen, welcher nicht verborgen bleiben kann,« meinte Max. »Ich war einigermaßen überrascht über den eigenthümlichen Empfang, welcher mir bei meinem Eintritte wurde, die Scene selbst aber nehme ich kühl. Wir werden ja erfahren, was Zarba bezweckte. Für jetzt ist meine Aufmerksamkeit durch ganz andere Dinge in Anspruch genommen. Nicht wahr, Vater, Du besitzest ein Passe-partout in das königliche Schloß?«

»Allerdings. Warum?«

»Würdest Du mir es einmal anvertrauen?«

»Dir? Was wolltest Du auf dem Schlosse oder beim König?«

»Erlaube, es für jetzt noch zu verschweigen; allein, daß es sich um etwas Wichtiges handelt, kannst Du Dir denken, da ich sonst eine solche Bitte nicht aussprechen würde.«

»Hm, der König hat die Karte allerdings nur für mich bestimmt; doch denke ich, wenn die Sache wirklich wichtig ist, so —«

»Keine Sorge, Vater! Ich stehe im Begriffe, dem Könige einen Dienst von außerordentlicher Wichtigkeit zu leisten.«

»So warte!«

Der Schmied nahm die Lampe vom Tische und ging mit ihr in das Nebenzimmer. Als er zurückkehrte, hatte er eine Karte in der Hand, deren eine Seite mit einigen engen Zeilen beschrieben war, während die andere das Privatsiegel des Königs zeigte.

»Hier!«

»Danke! Ist der Hauptmann zu Hause?«

»Ja; er ist oben.«

»Gute Nacht!«

Er stieg die Treppe empor und klopfte an der Thür des Zimmers, welches von Zarba und deren Sohn bewohnt wurde. Der Letztere öffnete.

»Verzeihung, Hauptmann, wenn ich belästige. Entschuldigen Sie mich mit der allerdings höchst wichtigen Angelegenheit, welche mich zu Ihnen führt!«

»Bitte, treten Sie ein, Herr Doktor!«

Max that es. Zarba hatte sich wieder in eine dunkle Ecke zurückgezogen und rauchte. Nachdem er sich gesetzt hatte, blickte er dem Hauptmann lächelnd in die Augen.

»Ich habe Ihnen eine Warnung auszusprechen.«

»Ah! Sie lautet?«

»Man will Sie ermorden.«

»Teufel! Ists wahr?«

Er war bei der Botschaft überrascht emporgefahren; als er aber den ruhigen Blick und die lächelnde Miene des Doktors bemerkte, ließ er sich wieder nieder und meinte:

»Pah; Sie scherzen! Aber meine Erfahrungen sind solche, daß ich an jedem Augenblicke bereit sein muß, an eine solche Bosheit zu glauben.«

»Ich scherze nicht, Herr von Wallroth; es gilt wirklich Ihr Leben; aber nicht blos dieses, sondern auch das meinige und dasjenige Ihrer Mutter.«

»Wirklich? Wer ist der Schuft, welcher – – –?«

»Sie fragen noch?«

»Ja – oh – mein – mein Vater!«

Er erhob sich erregt und durchmaß in langen, hastigen Schritten das Zimmer. Die Zigeunerin war ruhig geblieben. Sie stieß eine dichte Dampfwolke aus und meinte:

»Mein Sohn, der Geist sagt mir, daß es wahr ist, was Dir gesagt wurde. Das Messer ist geschliffen, welches uns treffen soll; doch wird es seine Spitze verlieren und denjenigen treffen, in dessen Hand es ruht!«

Der Hauptmann wandte sich ihr zu.

»Mutter, ich liebe Dich mit aller Kraft meiner Seele; aber ich könnte Dich dennoch hassen, weil Du mir einen solchen Vater gegeben hast! O, wenn ich daran denke, was ich durch ihn gelitten habe, so – so – so – – –!«

Er kämpfte mit Gewalt seine Aufregung nieder und trat zu Max.

»Also Ihre Worte enthalten wirklich die Wahrheit?«

»Wirklich. Ich war zugegen, als der Auftrag gegeben wurde, einen Schmiedesohn, einen verrückten Hauptmann und eine Zigeunerin zu ermorden.«

»Gut, ich danke Ihnen!« Er trat zum Schranke und öffnete ihn. »Ich werde sofort und auf der Stelle zum Herzog gehen und ihn zwingen, mich – – –«

»Halt, Herr Hauptmann, keine Uebereilung! Sie würden mit derselben nur das Gegentheil von dem erreichen, was Sie bezwecken. Sie sind hier in diesem Hause vollständig sicher, und wenn ich Ihnen Mittheilung machte von dem, was ich hörte, so geschah es nur, um Sie einer plötzlichen Ueberrumpelung gegenüber gerüstet zu wissen. Auf alle Fälle wird vor morgen Abend nichts gegen uns geschehen, und bis dahin können wir die Angelegenheit ja noch anderweit behandeln.«

»Auf welche Weise soll der Angriff geschehen?«

»Ist noch unbestimmt.«

»Wer ist gedungen?«

»Ein gewisser Helbig, welcher früher im Dienste des Herzogs gestanden hat.«

»Ah, nun glaube ich vollständig, was Sie mir sagen!«

»So werden Sie mir auch die Bitte erfüllen, welche ich für gerathen halte. Gehen Sie vor morgen Abend nicht aus! Unternehmen Sie überhaupt nichts, ohne mich vorher davon benachrichtigt zu haben!«

Der Hauptmann schlug in die dargebotene Hand ein.

»Ich werde Ihnen von Stunde zu Stunde immer größeren Dank schuldig, Herr Doktor, so daß es einfache Pflicht ist, eine solche Bitte zu erfüllen. So ist also Ihre heutige Mission beim Herzog vollständig gescheitert?«

»Vollständig. Er mag von einer friedlichen Lösung der Angelegenheit nichts wissen, wie ich mich – allerdings ohne sein Wissen – überzeugte, und es gilt nun also einen Kampf Mann gegen Mann.«

»Sohn gegen Vater! Nun wohlan; er hat mir das Leben gegeben, weiter nichts; den Dank, welchen ich ihm schuldete, hat er quitt gemacht, wir sind uns fremd, und ich brauche ihn nicht zu schonen. Ihren Wunsch werde ich erfüllen, aber trifft mich ein Angriff, dann wehe dem, gegen den ich mich vertheidigen muß!«

Max ging. Er suchte das Schloß auf Umwegen zu erreichen und gelangte auch unbemerkt in den Garten desselben. Hier und im Gebäude selbst war ihm jeder Schrittbreit wohlbekannt, so daß er also genau wußte, wohin er sich zu wenden hatte.

Er klopfte an eine Pforte. Der hinter derselben haltende Posten öffnete.

»Wer da?«

»Ruhig!« antwortete er und zeigte die Karte vor.

»Passiren!« lautete die Entscheidung.

Er passirte mehrere Gänge und Treppen, welche alle hell erleuchtet waren; sämmtliche Posten ließen ihn nach Vorzeigen des Passe-partout passiren, und so gelangte er schließlich in den Korridor, in welchem die Zimmer und auch das Schlafkabinet des Königs lagen. Hier bemerkte er, daß die Schildwache fehlte, jedenfalls in Folge einer Vorsorge von Seiten des Herzogs oder des Kammerlakaien. Von dem Letzteren war keine Spur zu bemerken, was sich auch leicht erklären ließ, da es noch nicht zwei Uhr war.

Er suchte die Thüren und fand deren eine geöffnet. In das Zimmer tretend fand er dasselbe dunkel, doch fiel ein schwacher Lichtschein durch die Spalte einer Portière, welche zum nächsten Raume führte. Er trat hinzu und blickte hindurch. Es war ein kleines Kabinet, welches vor ihm lag. An einem Tische, auf welchem eine Lampe brannte, deren Licht durch einen farbigen Schirm gedämpft wurde, saß Grunert, der Kammerdiener. Vor ihm lagen mehrere Blätter einer illustrirten Zeitung; er hatte also gelesen, um sich wach zu halten, doch war ihm dies nicht gelungen. Er schlief mit auf die Arme niedergesenktem Kopfe.

Hinter diesem Kabinete lag das Schlafzimmer des Königs. – Sollte Max es wagen, in dasselbe zu treten? Er entschloß sich dazu. Leise glitt er zwischen den beiden Portièren hindurch und stand dann vor der Ruhestätte des Königs. Er wußte sehr genau, was er wagte, aber seine Gründe waren so zwingend, daß er sein Eindringen wohl verantworten konnte.

Er trat näher. Der königliche Schläfer hatte die seidene Decke bis zur Brust emporgezogen, so daß die beiden Arme mit wie zum Gebete gefalteten Händen frei lagen. Max berührte die letzteren leise, und augenblicklich regte sich der König. Ein leiser Druck reichte hin; der Schläfer erwachte und öffnete halb im Traume die Augen. Max winkte Schweigen; der Köng verstand die Pantomime und erkannte den Doktor. Mit dem Ausdrucke der höchsten Ueberraschung wollte er sich emporrichten, unterließ dies aber auf eine warnende Bewegung des Doktors, welcher einen Sessel ergriff und ihn an diejenige Seite des Bettes plazirte, welche von der Portière aus nicht beobachtet werden konnte.

Er nahm, hinter den kostbaren transparenten Vorhängen versteckt, Platz und neigte sich zu dem Könige nieder.

»Entschuldigung, Majestät!« flüsterte er – –

»Was ist Außerordentliches geschehen, Herr Doktor, daß Sie zu dieser Stunde hier heimlich Zutritt nehmen?« frug der König ebenso leise, aber mit dennoch zu vernehmender Strenge im Tone. »Wie haben Sie Einlaß gefunden?«

»Durch die Karte meines Vaters.«

»Ah! Er gibt sie aus der Hand?«

»Nur mir, Majestät. Es soll ein Einbruch in Dero Arbeitskabinet vorgenommen werden.«

»Ah! Sie erschrecken mich! Ist es möglich?«

»Ich weiß es bestimmt!«

»Wer will diesen Einbruch unternehmen?«

»Kein gewöhnlicher Dieb, Majestät!«

»Nun?«

»Seine Durchlaucht der Herzog von Raumburg.«

»Der Her – der Her – zog?« Der König konnte vor Ueberraschung das Wort kaum hervorbringen. »Unmöglich! Sie irren sich, Doktor!«

»Ich irre mich nicht; ich weiß es ganz genau.«

»Was will er?«

»Die Akten aus der Irrenanstalt, welche ich die Ehre hatte, Majestät zu überreichen.«

»Ah, ich begreife! Und dennoch ist ein solcher Schritt – – *parbleu*, er muß einen Gehülfen haben!«

»Grunert!«

»Grunert? Wissen Sie dies genau?«

»Genau! Es scheint, der Herzog hat das Arbeitskabinet Eurer Majestät schon öfters besucht.«

Der König schwieg; seine Mienen verfinsterten sich unter dem nachdenklichen Zuge, welcher über sie hinglitt.

»Woher wissen Sie Alles?« frug er endlich.

»Ich belauschte Beide zufällig.«
»Wann kommt der Herzog?«
»Punkt Zwei.«
»Grunert schläft im Vorzimmer?«
»Ja.«
»Ich kann mir dies denken, da Sie sonst nicht hier säßen. Jetzt ist es ein Uhr. Sehen Sie nach, ob er noch schläft!«

Max schlich langsam und leise zur Portière, zog dieselbe ein wenig aus einander und blickte hindurch. Der Verräther lag noch ganz in derselben Stellung wie vorhin. Als der Doktor zum Bette zurückkehrte, hatte der König dasselbe bereits verlassen und war beschäftigt, sich anzukleiden. Max bemühte sich, ihm dabei behülflich zu sein, und rapportirte:

»Er schläft noch!«

»Er hatte heute nicht Dienst, tauschte aber mit einem Kollegen, welcher angeblich unwohl ist. Wenn er erwacht, wird er das Schlafzimmer nicht betreten, sondern sich nur durch den Eingang überzeugen, daß ich nicht wach bin. Lassen wir die Gardinen herab!«

Das Bett wurde verhüllt, so daß Grunert denken mußte, der König schlafe.

»So, und jetzt folgen Sie mir zur Bibliothek!«

Der König näherte sich der Portière und glitt, nachdem er sich überzeugt hatte, daß Grunert wirklich schlief, gefolgt vom Doktor durch das Vorzimmer und dann durch die weiteren Räume bis an das Arbeitskabinet.

»Warten!« befahl er.

Ein Schlüssel klirrte, ein Schloß knackte.

»So, jetzt kommen Sie weiter. Die Dokumente sind in meiner Hand und dazu eine Waffe für den Nothfall. Sind Sie im Besitze einer solchen?«

»Ich trage einen Revolver.«

»Dann treten wir in die Bibliothek!«

Diese lag neben dem Arbeitszimmer. Sie traten ein und nahmen auf einem Sopha Platz, welches hinter breiten Bücherschränken verborgen stand. Hier begann der König ein ausführliches Verhör; Max erzählte, was mitzutheilen ihm nothwendig schien, doch verschwieg er sowohl die Art und Weise, wie er hinter die Geheimnisse des Herzogs gekommen war, als auch die beiden anderen Anschläge, welche dieser mit Penentrier und Helbig geschmiedet hatte. Er durfte die Sorgen des hohen Mannes nicht vermehren und wußte sich stark genug, die Intentionen Raumburgs zu kreuzen.

Nach den nothwendigen Mittheilungen trat eine Stille ein, welche so tief wurde, daß man im Arbeitszimmer nebenan selbst eine Fliege hätte summen hören können. Es schlug halb und drei Viertel. Kurz vor zwei Uhr ließ sich ein Geräusch vernehmen. Max erhob sich, um zu lauschen.

»Grunert,« berichtete er leise. »Er sitzt mit einer verschlossenen Blendlaterne in der Nähe des Schreibtisches.«

»Haben Sie Feuerzeug bei sich?«

»Ja.«

»Dort auf dem Tische steht eine Kerze. Sobald der Herzog eingetreten ist, brennen Sie dieselbe an, um zu leuchten. Nach unserem Eintritte decken Sie den Ausgang und überlassen das Uebrige mir!«

Es vergingen noch einige Minuten der Spannung. Dann knisterte es drüben, und Max erhob sich, um zum zweiten Male zu lauschen.

»Der Herzog!« flüsterte er.

Um jedes Geräusch zu vermeiden, entzündete er das Streichholz mit dem Nagel seines Fingers, setzte die Wachskerze, welche er in die Linke nahm, in Brand und griff dann zum Revolver.

»Vorwärts!«

Der König trat voran zur Portière und blickte hindurch.

Der Herzog von Raumburg, welcher jetzt trotz seiner Vermummung deutlich zu erkennen war, stand am Schreibtische des Königs und bemühte sich, ein Fach desselben zu öffnen; der Lakai stand neben ihm, um ihm zu leuchten. Die Fenster des Raumes waren so dicht verhangen, daß keine Spur des Lichtes hinunter in den Schloßhof zu fallen vermochte. Die beiden Männer standen mit dem Rücken nach der Bibliothek gekehrt, so daß sie den Eintritt des Königs und des Doktors, welche geräuschlos auftraten, nicht bemerkten.

Der Letztere glitt, das Licht mit der Hand beschattend, sofort nach dem Eingange hin, der Erstere aber trat einige Schritte vor und grüßte dann:

»Ah, guten Abend, Durchlaucht!«

Der Angeredete fuhr augenblicklich herum. Der Diener ließ beim Klange dieser Stimme die Laterne fallen, daß sie verlöschte. Jetzt nahm Max die Hand vom Lichte und stellte dasselbe auf das Marmorkamin, so daß der Raum genug erhellt war, um die schreckensbleichen Züge des Ministerpräsidenten und das Zittern des Lakaien zu bemerken.

»Majestät – –!« rief der Erstere.

»Ja, Serenissimus, die Majestät ist es, welche vor Ihnen steht, um Ihnen den Verlust aller bisher von hier verschwundenen Aktenstücke zu quittiren. Leider dürfte allerdings heut die Recherche nach gewissen Papieren erfolglos sein, da ich sie hier in meinen Händen halte. Haben Durchlaucht etwas zu bemerken?«

Die Gestalt des Herzogs, welche bisher wie vom plötzlichen Schrecke zusammengedrückt gestanden hatte, richtete sich jetzt wieder auf.

»Nein, Majestät!«

»Grunert, wähle zwischen Gnade und lebenslänglichem Zuchthause! Wirst Du Alles bekennen?«

Der Mann sank in die Knie.

»Gnade, Majestät! Ich werde Alles erzählen!«

»Steh auf! Den Armleuchter!«

Der Diener verschwand in das Zimmer, in welchem er vorhin geschlafen hatte, und kehrte nach wenigen Augenblikken mit einem sechsarmigen Handleuchter zurück.

»Leuchte Durchlaucht hinab, Grunert!« Und sich zu Max wendend, fügte er hinzu: »Du hast einen trefflichen Gebrauch Deines Passe-partout gemacht und Dir meinen besten Dank verdient, lieber Max. Für jetzt magst Du entlassen sein. Habe die Güte und begleite Serenissimus so weit, als es Dir in

Anbetracht der Sicherheit Deines Königs gerathen erscheint. Grüße Deine Eltern. Gute Nacht!«

Wie ein Automat drehte sich der Herzog nach dem Ausgange und entfernte sich. Max folgte ihm auf dem Fuße. Der Diener leuchtete. Während der Posten das große Hauptportal öffnete, befahl der Doktor dem Lakaien:

»Du kehrst zum Könige zurück. Ein Fluchtversuch würde Dich unglücklich machen. Uebrigens bist Du ja begnadigt, sobald dein Bekenntniß offen und vollständig ist!«

Der Herzog schritt wortlos auf die Straße hinaus. Max hielt sich an seiner Seite. Da plötzlich blieb der Erstere stehen.

»Mensch, sehen Sie dieses Terzerol?«

»Sehr deutlich, Durchlaucht.«

»Nun wohl! Wenn Sie nicht sofort von meiner Seite weichen, schieße ich Sie nieder.«

»Hier? Mitten in der Residenz? Am königlichen Schlosse? Auf der Straße?«

»Hier!«

»Dann bitte ich, loszudrücken!«

In seiner Rechten blitzte der blanke Lauf eines Revolvers.

»Schurke!«

»Wen meinen Durchlaucht? Es sind nur zwei Personen gegenwärtig, von denen ich dieses Wort nicht auf mich beziehen darf. Bitte, gehen wir weiter!«

»Halt, nicht eher von der Stelle, als bis ich erfahren habe, auf welche Weise der König von meinem Besuche unterrichtet wurde!«

»Das sollen Sie erfahren, doch nicht hier. Ich werde mir die Ehre geben, Sie bis an den Fluß zu begleiten, und stehe Ihnen dabei mit der betreffenden Aufklärung zu Gebote.«

Er schritt vorwärts; der Herzog folgte ihm unwillkürlich.

»Nun!«

»Was?«

»Auf welche Weise wurde der König benachrichtigt?«

»Auf eine sehr abenteuerliche, Durchlaucht. Er lag im Schlafe, fühlte eine Hand, welche ihn berührte, und erwachte. Ein Mann stand vor ihm, winkte ihm Schweigen, damit der im

Nebenzimmer anwesende Lakai nichts höre, und erzählte ihm, daß der Herzog von Raumburg einen Einbruch beabsichtige, welcher auf gewisse aus der Irrenanstalt stammende Papiere gerichtet sei.«

»Wer war dieser Mann?«

»Der König erhob sich und erwartete mit dem Warner in der Bibliothek den hohen Spitzbuben mit – – –«

»Herrrrr – – –!« donnerte der Herzog, indem er das Terzerol erhob.

»Schön, Excellenz; mein Bericht mag für beendet gelten!«

»Wer war der Mann?«

»Ich.«

»Sie also? Sie – Sie – – Sie – – –! Wie erhielten Sie Kunde von dem, was geschehen sollte?«

»Mein Bericht ist, wie ich bereits bemerkte, zu Ende, Durchlaucht. Hier stehen wir am Flusse. Auf Wiedersehen später.«

Der Herzog wollte ihn fassen und halten, doch seine Hand griff in die nächtliche Finsterniß, in die Luft hinaus; er hörte nicht einmal die Schritte des sich Entfernenden.

»Verdammt sei dieser obskure Mensch, dieser Eisenhämmerer, der sich trotz alledem der Gunst des Königs erfreut und mir – – – Wie mag er nur bei allen Teufeln errathen haben, daß ich – – errathen? Pah, verrathen worden ist es, und zwar von keinem Andern, als von diesem Grunert selbst. Warum war der König sofort mit seiner Gnade da? Weil er sie ihm bereits vorher versprochen hatte, und nun wird der Verräther Alles erzählen, was er weiß. Doch ich kann ruhig sein. Wer wollte es wagen, den Herzog von Raumburg öffentlich zur Verantwortung zu ziehen? Mit Grunert wird abgerechnet, und dieser Schmiedesohn wird ja schon morgen Abend nicht mehr im Stande sein, irgend Etwas auszuplaudern!«

Unterdessen schritt Max der Hofschmiede zu. Er wußte, weshalb ihn der König so schnell entlassen hatte. Der Wille des Letzteren führte ihn wieder nach der Irrenanstalt, um sich der beiden schuldigen Beamten zu versichern.

Die Eltern waren bereits zur Ruhe gegangen, und auch die Fenster des von Zarba und dem Hauptmann bewohnten

Zimmers zeigten sich dunkel. Er machte die nothwendige Toilette, begab sich dann in eine der Hauptstraßen der Residenz und trat in ein Haus, vor dessen Thor eine zweispännige Chaise hielt.

Er stieg die Treppe empor und wurde von einem ältlichen Herrn empfangen, welcher bereits auf ihn gewartet zu haben schien.

»Sind sie bereit, Herr Staatsanwalt?«
»Längst.«
»Die nöthigen Instruktionen gingen Ihnen zu?«
»Im Laufe des Abends, von Seiner Majestät höchsteigenhändig unterzeichnet.«
»So lassen Sie uns aufbrechen, damit wir nicht zu spät kommen!«

Sie verließen das Haus und stiegen in den Wagen, welcher sie auf dieselbe Heerstraße führte, auf welcher Max bereits einmal die Landesirrenanstalt erreicht hatte. Wortlos neben einander sitzend, gaben sie ihren eigenen Gedanken Audienz. Die Pferde griffen wacker aus, und als der Morgen hereinbrach, sahen sie das burgähnliche Gebäude bereits in der Ferne im goldenen Strahle erglänzen. Eine Stunde später hielten sie vor dem Portale der Anstalt.

Der Pförtner erkannte den Doktor sofort wieder und ließ ihn unter tiefen Bücklingen ein.

»Der Herr Direktor?«
»Verreist.«
»Ah! Seit wann?«
»Seit einer Stunde.«
»Der Herr Oberarzt?«
»Auch verreist.«
»Seit einer Stunde?«
»Ja.«
»Allein?«
»Mit dem Herrn Direktor.«
»Und die Familien der beiden Herren?«
»Auch verreist.«
»Seit einer Stunde?«

»Ja.«
»Wohin?«
»Ich weiß es nicht.«
»Es war kurz vorher ein Herr da, welcher den Herrn Direktor zu sprechen verlangte?«
»So ist es.«
»Wie nannte er sich?«
»Doktor Ungerius.«
»Merken wir uns diesen Namen, Herr Anwalt.« Und sich wieder zu dem Pförtner wendend, fuhr er fort:
»Dieser Mann war klein, hager und von großer Lebhaftigkeit?«
»Allerdings.«
»Reiste er mit dem Herrn Direktor zugleich ab?«
»Nein. Dieser fuhr mit dem Herrn Oberarzt allein; die Familien der beiden Herren aber brachen unter dem Schutze des Herrn Doktor Ungerius auf.«
»Man reiste zu Wagen?«
»Ja; doch hatten die Damen, wie ich hörte, Anweisung, später die Bahn zu benutzen.«
»Von welchem Punkte aus?«
»Weiß ich nicht.«
»Mit wem fuhr der Direktor?«
»Mit einem hiesigen Lohnkutscher.«
»Wie heißt der Mann?«
»Beyer.«
»Hat er Familie und Gesinde?«
»Er hat Frau, Sohn, Tochter und Knecht.«
»Wurde heut bereits ausgespeist?«
»Die Morgensuppe.«
»Die beiden Assistenzärzte?«
»Befinden sich beim Kaffee.«
»Bringen Sie uns zu ihnen.«

Der Mann führte sie über den vorderen Hof hinüber in die Wohnung der beiden Unterärzte, welche gar nicht erstaunt zu sein schienen, als sie den königlichen Kommissär wieder erkannten.

»Guten Morgen, meine Herren,« grüßte Max. »Mich kennen Sie bereits. Gestatten Sie mir, Ihnen den Herrn Generalstaatsanwalt von Hellmann vorzustellen, welcher sich einige Auskunft über den Herrn Direktor erbitten möchte! Doch vorher eine Frage: Wurde heut Morgen von Seiten des Herrn Direktors oder des Herrn Oberarztes bereits medizinirt?«

»Ich glaube ja. Beide Herren begaben sich in die Hausapotheke und suchten kurz vor ihrer Abreise einige Pfleglinge auf.«

»Sie waren dabei?«

»Wir wurden ausgeschlossen.«

»Gibt es einen Mechanismus, sämmtliches Aufsichtspersonal schnell zu versammeln?«

»Die Anstaltsglocke.«

»Lassen Sie sofort läuten. Wo versammelt man sich?«

»In Nummer Vier des hiesigen Gebäudes.«

»Schön! Sie bleiben hier, um die Fragen des Herrn Generalstaatsanwaltes zu beantworten, während ich in Nummer Vier einige Befehle zu ertheilen habe!«

Er ging. Kaum hatte er das betreffende Konferenzzimmer betreten, so läutete es, und von allen Seiten kam das männliche und weibliche Aufsichtspersonal herbeigeeilt. Auch der Pförtner, welcher die Glocke gezogen hatte, stellte sich wieder ein.

»Ich habe Sie rufen lassen, um Ihnen mitzutheilen, daß der Direktor und der bisherige Oberarzt dieser Anstalt unter Anklage zu stellen sind und sich ihrer Vernehmung durch die Flucht entzogen haben,« redete Max die Versammelten an. »Die Leitung der Anstalt wird bis auf Weiteres in die Hände der beiden Assistenzärzte übergehen, und Ihre Obliegenheiten bleiben ganz dieselben wie bisher. Der Herr Generalstaatsanwalt, welcher mit mir hier angekommen ist, wird seine Erkundigungen natürlich auch an Sie zu adressiren haben, und es liegt in Ihrem eigenen Interesse, sich genau nur an die Wahrheit und Ihr Gewissen zu halten. Der Direktor und der Oberarzt haben kurz vor ihrer Abreise einige Zellen besucht?«

»Ja,« ertönte die mehrstimmige Antwort.

»Welche Nummern?«

Es wurden ihm acht Nummern genannt, welche er sich notirte.

»Die Insassen dieser Nummern wurden jedenfalls vergiftet. Eilen Sie schleunigst, Ihre Vorkehrungen zu treffen; ich werde Ihnen die beiden Aerzte sofort zusenden.«

Das Zimmer war im Nu leer. Max kehrte zum Staatsanwalt zurück, welcher mit den hauptsächlichsten Fragen zu Ende war.

»Meine Herren, die beiden flüchtigen Beamten hatten Ursache, gewisse Zungen schweigsam zu machen, und haben sich dabei eines sicher wirkenden Giftes bedient. Hier sind acht Zellen verzeichnet, welche von ihnen besucht wurden. Eilen Sie, den Bewohnern derselben zu Hülfe zu kommen!«

Diese Nachricht brachte die beiden ehrlichen Männer in eine nicht geringe Aufregung.

»Herr Kommissär,« meinte der Eine; »eines solchen Verbrechens ist kein Mensch fähig!«

»Bitte, halten Sie jede Bemerkung zurück! Sie wissen, daß die Wirkung eines starken Giftes nach Sekunden berechnet werden muß.«

»Dann vorwärts,« erwiderte er, nach dem Zettel greifend, welcher das Verzeichniß der acht Zellen enthielt; »laßt uns sehen, ob man wirklich so teuflisch zu sein vermag!«

»Halt!« meinte der andere Hülfsarzt. »Begeben wir uns vor allen Dingen in die Apotheke. Wir kennen den Inhalt des Giftschrankes so genau, daß wir bei einer für acht Personen berechneten Dosis sofort sehen werden, von welchem Gifte genommen wurde!«

Sämmtliche Herren begaben sich in die Apotheke. Der Giftschrank mußte aufgesprengt werden, da der Schlüssel zu demselben nicht zu finden war, und kaum hatten die beiden Aerzte einen Blick auf den Inhalt desselben geworfen, so ertönte der zweistimmige Ruf:

»Blausäure fehlt! Die Leute haben ein Blausäurepräparat erhalten.«

»Haben Sie ein Gegengift bei der Hand?«

»Jawohl.«

»So versehen Sie sich mit demselben und eilen Sie damit nach den betreffenden Zellen! Herr Staatsanwalt, ich gehe in die Stadt, um einige Erkundigungen einzuziehen. Sie beurlauben mich?«

»Gern. Ich werde bis zu Ihrer Rückkehr nicht unthätig sein dürfen.«

Max verließ die Anstalt und schritt der Stadt zu, welche eine kleine halbe Stunde entfernt lag. Vor derselben waren Straßenarbeiter beschäftigt, die Chaussee auszubessern. Er frug sie nach der Wohnung des Lohnkutschers Beyer und erhielt dieselbe so deutlich beschrieben, daß es ihm sehr leicht wurde, sie zu finden.

Er traf die Frau, die Kinder und auch den Knecht zu Hause an. Sie waren verlegen ob des vornehmen Besuches.

»Hier wohnt der Lohnfuhrwerksbesitzer Beyer?«

»Ja.«

»Ist er nicht zu Hause?«

»Nein.«

»Er hat den Herrn Direktor zu fahren?«

»Ja.«

»Wohin?«

Er erhielt keine Antwort. Die Frau blickte ihn verlegen an, und auch dem Sohne und der Tochter war es anzumerken, daß sie antworten könnten, wenn sie gewußt hätten, daß es nicht verboten sei. Der Doktor mußte sie anders fassen.

»Sie werden binnen einer halben Stunde arretirt werden.«

»Arretirt?« frug die Frau erschrocken. »Wir? Weshalb?«

»Wegen Mithülfe zur Flucht zweier schwerer Verbrecher!«

»Davon wissen wir nichts!«

»Pah! Sie haben dem Direktor und dem Oberarzte der hiesigen Irrenanstalt zur Flucht verholfen.«

»Dem Herrn Direktor? Zur Flucht? Hat er denn fliehen wollen?«

»Allerdings. Es liegt eine schwere Anklage gegen diese beiden Männer vor, und ich bin als königlicher Kommissär gekommen, sie zu arretiren. Ihr Mann hat ihnen seinen Wagen zur Flucht zur Verfügung gestellt, und Sie verweigern mir jede Auskunft, wohin die Fahrt gerichtet ist – ich werde Sie arretiren lassen müssen.«

Das Erstaunen und die Angst der Leute war grenzenlos.

»Der Herr Direktor ein Verbrecher? Das ist gar nicht möglich!« rief die Frau und schlug dabei vor Verwunderung die Hände zusammen. »Und auf der Flucht? Das ist ja schrecklich! Aber wir haben ihm nicht dabei geholfen. Wir haben gemeint, es handle sich um eine Ferienreise.«

»Warum verschwiegen Sie das Ziel der Fahrt?«

»Weil der Herr Direktor meinte, daß es Niemand wissen solle.«

»Nun?«

»Mein Mann muß sie über die Gebirge nach der Grenze und von da weiter fahren, bis sie ihn ablohnen.«

»Ein gewisser, bestimmter Ort ist nicht genannt worden?«
»Nein.«

»Wissen Sie, welchen Weg er eingeschlagen hat?«

»Nein. Es führen sehr viele Wege in das Gebirge, und mein Mann kennt sie alle sehr genau.«

»Wann ist die Reise begonnen worden?«

»Vor zwei Stunden.«

»Ich will einmal annehmen, daß Sie nicht so schuldig sind, als ich vorher dachte, und also von der Arretur absehen, doch verlange ich, daß Sie mir zu jeder Zeit zur Verfügung stehen, wenn ich eine Erkundigung an Sie zu richten habe!«

Sie gaben ihm das Versprechen, und schon stand er im Begriffe sich zu verabschieden, als er einen Blick nach dem Spiegel warf und unter demselben eine Bleistiftskizze bemerkte, welche sofort seine vollste Aufmerksamkeit in Anspruch nahm. Er trat näher und sah, daß er sich nicht getäuscht hatte.

»Zarba, die Zigeunerin! Wie kommt dieses Bild hierher?«

»Sie kennen Zarba?« frug die Frau um Vieles zutraulicher.

»O, sie ist unsere Wohlthäterin schon seit langer Zeit, Herr Kommissär. Mein Sohn hat einiges Talent zum Zeichnen und ihr Bild gemalt, so wie es dort beim Spiegel hängt. Nicht wahr, sie ist gut getroffen?« setzte sie mit einem stolzen Blicke auf ihren Sohn hinzu.

»Sehr gut. Wie alt ist der Junge?«

»Siebzehn.«

»Und was wird er?«

»Er ist Schreiber und jetzt leider ohne Anstellung.«

»Er scheint ein sehr schönes Talent zu besitzen, und ich werde, wenn es Ihnen recht ist, einen Maler herschicken, der ihn prüfen mag. Vielleicht läßt sich etwas aus ihm machen.«

»O, wenn Sie das thun wollten, Herr Kommissär!« rief die Frau, beglückt und dankbar seine Hand ergreifend.

»Wollen sehen, liebe Frau; doch sagt mir, wie seid Ihr mit der Zigeunerin bekannt geworden?«

»Das ist schon sehr lange Zeit her, wohl mehrere über zwanzig Jahre. Sie war damals eine gar angesehene Dame und wohnte in der Hauptstadt bei dem Herzoge von Raumburg. Das sollte allerdings verschwiegen bleiben; aber es wurde doch in allen Häusern der Stadt erzählt und man bedauerte das schöne Mädchen, weil – – doch, Herr Gott, Sie sind ja ein königlicher Kommissär und kommen wohl auch mit dem Herrn Herzog zusammen! Also meine Mutter war Hebamme und hatte dienstlich mit den allerhöchsten Herrschaften zu thun. Ich hatte damals erst vor Kurzem geheirathet und wohnte bei ihr in der Residenz. Da ereignete es sich, daß in einer Nacht zwei sehr hohe und vornehme Damen ihrer Hülfe bedurften, nämlich die Königin Majestät und die reiche Fürstin von Sternburg, welche sich auf Besuch im königlichen Schlosse befand. Sie und die Königin waren nämlich weitläufige Cousinen, und der Fürst, welcher ein großer General und Feldherr ist, befand sich im Auslande, wo er im Krieg kommandirte. Die Fürstin starb an der Geburt, und weil mir kurz vorher mein Erstes auch gestorben war, so bekam ich das kleine Prinzeßchen – – ach, ja, wollte sagen den kleinen Prinzen angelegt und wurde seine Amme. Damals besuchte mich die schöne Zigeunerin alle Tage, und von daher schreibt sich unsere Bekanntschaft, Herr Kommissär.«

Max ahnte nicht, welche Bedeutung diese kurze Erzählung jemals für ihn und sein Schicksal haben könne. Er frug:

»Und sie hat Euch dann öfters besucht?«

»Ja. Wir mußten ihr, wenn sie kam, über Alles Auskunft geben, und wenn sie wieder fort war, zu diesem Zwecke allerlei Erkundigungen einziehen.«

»Ueber wen?«

»Ueber – über – ja, darf ich das denn sagen? Zunächst über den Sohn des Hofschmiedes Brandauer und den Sohn des Fürsten von Sternburg, dann über den Engländer, welcher Lord Halingbrook heißt, über den Herzog von Raumburg und viele andere hochgeborene Herren und Damen.«

»Die Ihr alle persönlich kennt?«

»Nein. Ich kenne sie nicht. Mein Mann hat das Alles besorgt.«

»Hat er etwas für seine Bemühungen erhalten?«

Sie lächelte.

»Wir können sehr zufrieden sein. Zarba muß noch von ihrer Jugend her viel Geld besitzen.«

Er verabschiedete sich von den Leuten und versprach, des Sohnes nicht zu vergessen. Dann kehrte er zur Anstalt zurück.

Es hatte sich während seiner Abwesenheit wirklich herausgestellt, daß die acht Personen vergiftet worden seien; zwei waren bereits gestorben, andre zwei zeigten sich als schwer krank, und die Uebrigen gaben Hoffnung, daß sichere Rettung vorhanden sei. Höchst seltsam war dabei die Ansicht der beiden braven Assistenten, daß sämmtliche acht Personen wohl kaum jemals wirklich geistig krank gewesen seien.

Max mußte die Bestimmung hierüber dem Generalstaatsanwalt überlassen, welcher beinahe noch bis zum Abend in der Anstalt zu thun hatte. Das dauerte ihm allerdings zu lange; er mußte bis zu dieser Zeit zu Hause sein, und daher verabschiedete er sich, um allein zur Stadt zurückzukehren.

Er kam dort an, als es bereits zu dunkeln begann, und fuhr zunächst beim königlichen Palais vor, um Bericht zu erstatten. Dann ging er nach seiner Wohnung. Hier erzählte er zunächst bei den Eltern die heutigen Erlebnisse und stieg dann hinauf nach der oberen Stube, um Zarba und den Hauptmann aufzusuchen.

Der Letztere nahm den regsten Antheil an den Ereignissen in der Anstalt und zeigte sich wüthend darüber, daß die beiden Beamten entkommen seien.

»Gewiß ist es noch nicht, daß sie entkommen,« meinte Max. »Der Staatsanwalt hat sofort den Telegraphen spielen lassen, und von der Familie des Lohnkutschers, welcher die beiden Männer führt, habe ich genau erfahren, welche Richtung sie einhalten.«

»Wie heißt der Lohnkutscher?« frug Zarba.

»Beyer. Ich habe Dein Bild in seiner Wohnung gesehen.«

»Beyer. Und wohin geht die Fahrt?«

»Ueber das Gebirge nach der Grenze.«

»Welchen Weg?«

»Ja, wenn wir das gewußt hätten, so wäre die Verfolgung schleunigst angetreten worden.«

»Wollt Ihr sie wieder haben?«

»Natürlich.«

»Gut, Ihr sollt sie haben; Zarba verspricht es Euch!«

Sie kam aus ihrer Ecke hervor und setzte sich zur Lampe.

»Mein Sohn, gieb mir Papier und ein Stück Blei!«

Sie erhielt Beides und malte auf das Erstere eine Reihe von Charakteren, für welche weder der Hauptmann noch Max ein Verständniß hatten.

»Nicht wahr, von uns kann jetzt Keiner aus der Residenz fort?« frug sie.

»Nein,« lautete die Antwort des Doktors.

»Dann muß ich einen Boten haben, einen Mann, auf den sich Zarba ganz und gar verlassen kann.«

»Wohin?«

»Hinauf in die Berge.«

»Wie lange braucht er Zeit, um zurückzukommen?«

»Drei Tage.«

Max trat zum Fenster und öffnete es. Drunten saßen wie gewöhnlich die Gesellen vor der Thür.

»Thomas!«

»Zu Pefehl, Herr Doktor!«

»Magst Du einmal heraufkommen?«

»Sofort werde ich mich hinaufpegepen!«

Einige Augenblicke darauf krachte die Stiege unter den wuchtigen Schritten des ehemaligen Kavalleristen.

»Guten Apend, meine Herrschaften. Hier pin ich, wie ich leipe und lepe!« grüßte er, sich in die strammste Positur stellend.

»Habt Ihr dieser Tage viel zu arbeiten, Thomas?« frug Max.

»Zu arpeiten gibt es immer pei uns, Herr Doktor.«

»Aber außerordentlich viel Arbeit – –?«

»Ist nicht so sehr schlimm!«

»Willst Du mir einen Gefallen thun?«

»Zu Pefehl, recht gern, Herr Doktor!«

»Du sollst einen Brief hinauf in das Gebirge schaffen.«

»In das Gepirge? Da pin ich in meinem ganzen Lepen noch nicht gewesen. An wen ist der Prief gerichtet?«

Max sah die Zigeunerin fragend an.

»An den Waldhüter Tirban,« antwortete diese.

»Tirpan? Ist mir niemals pekannt gewesen. Wo wohnt er?«

»Du fährst mit dem Frühzuge nach Süderhafen und gehst von da bis zum Abend auf der Straße fort, welche quer durch das Gebirge führt. Am Abend kommst Du an einen Krug, vor dessen Thür zwei Tannen stehen; dort kehrst Du ein und fragst den Wirth nach dem Waldhüter Tirban. Dieser wohnt auf einer Waldblöße, ihm gibst Du diesen Brief. Das Uebrige wirst Du von ihm selbst erfahren.«

»Gut! Also Süderhafen – Gepirgsstraße – Apend – Krug – zwei Tannen – Waldplöße – Tirpan – gut, ich werde ihn zu finden wissen.«

»Aber wird Thomas nicht zu spät kommen?« frug Max.

»Die Flüchtlinge sind heut früh fort, und er kommt erst morgen Abend zu Tirban.«

»Dafür laßt mich sorgen, junger Herr! Willst Du mir ein Telegramm aufschreiben, mein Sohn?«

Der Hauptmann nahm Platz und griff zur Feder, Zarba überlegte einen Augenblick und diktirte dann:

»Oberschenke Waldenberg – Fuhrmann Beyer und zwei Männer – einen Tag lang aufhalten – mit Gewalt zur Tannenschlucht – Zarba.«

Max hörte mit Erstaunen dem Diktate zu. Die Worte klangen nach Geheimnissen, welche zu ergründen er wohl begierig gewesen wäre. Die Gitana wurde ihm von Stunde zu Stunde eine immer mysteriösere Persönlichkeit. Er sah wahrhaftig jetzt eine ganze Zahl von Goldstücken in ihrer braunen Hand erglänzen, als sie in die Tasche griff, um den Betrag für die Depesche auf das Papier zu legen. Und dieser Betrag war so genau abgezählt, daß sich vermuthen ließ, dies sei nicht die erste Depesche, welche die Zingaritta expediren ließ.

»Willst Du diese Depesche noch heute Abend besorgen?« frug Max den Kavalleristen.

»Zu Pefehl, Herr Doktor!«

»Hier hast Du Reisegeld für morgen. Den Vater brauchst Du nicht um Erlaubniß zu fragen, ich werde dies für Dich thun.«

»Zu Pefehl, Herr Doktor und guten Apend die Herrschaften!«

Damit drehte er sich um und schritt zur Thür hinaus. Unten angekommen, stellte er sich breitspurig vor die beiden andern Gesellen hin.

»Wißt Ihr etwas Neues?«

»Nun?« frug Heinrich.

»Ich pegepe mich morgen auf eine lange Reise.«

»Wohin?«

»Geht Euch nichts an, Ihr Gelpschnäpel Ihr. Aper wenn Ihr in einer Stunde zu unserer Parpara Seidenmüller kommt, so will ich Euch einige Seidel zum Apschied gepen, weil das Reisegeld so reichlich ausgefallen ist.«

»Ich komme, Thomas!« meinte der immer durstige Artillerist. »Das mit den Seideln ist der trefflichste Gedanke, den Du heute haben konntest!«

»Ja, das ist am Den!« bekräftigte nickend Baldrian, der Grenadier. – – –

ACHTES KAPITEL.

Almah.

Da, wo der Fluß sich busenartig erweitert, um seine Wasser mit den Wogen des Meeres zu vermählen, liegt Tremona, der Haupthafen von Süderland. Am Fuße der Höhe, an welcher sich die Stadt amphitheatralisch emporzieht, dehnen sich die Außenwerke der Festung aus, während die beiden rechts und links vom Flusse liegenden Forts wie drohende Wächter von dem Berge herunterblicken und weit hinaus in die offene See schauen. Unter ihnen und an ihren Flanken dehnen sich zahlreiche Weinberge und Fruchtgärten hin, zwischen deren Grün verschieden stilisirte Villas, Lustschlösser und andere herrschaftliche Bauwerke hervorblicken, welche bestimmt sind, der *haute-volée* der Residenz und des Landes zum Sommeraufenthalt zu dienen.

Unter diesen Gebäuden zeichnet sich besonders eines durch seine prächtige Lage wie unübertreffliche Architektonik aus. Es ist ein im maurischen Stile gehaltenes Schloß, welches sonderbarer Weise keinem Süderländischen Unterthanen, sondern einem Fremden gehört, nämlich dem Fürsten Viktor von Sternburg, General z. D. Sr. Majestät des Königs von Norland. Allerdings ist der General nur selten auf dieser seiner Besitzung anwesend, und auch sein Sohn, der Prinz Arthur, welcher als wirklicher Kapitän zur See in Norländischen Diensten steht, kann den Reiz dieser herrlichen Besitzung nur höchst selten und auf kurze Zeit genießen, da sein Beruf ihn oft Jahre lang vom Lande fern hält und er in der Frist eines etwaigen Urlaubes zu sehr in der Heimath in Anspruch genommen wird, als daß er auf den Gedanken kommen sollte, eine Besitzung zu besuchen, welche im Nachbarstaate liegt, dessen Intentionen zum Vaterlande nie sehr freundliche genannt werden konnten. –

Auf der Veranda von Sternburg, wie das erwähnte Schloß nach seinem Besitzer genannt wird, saßen mehrere in Civil gekleidete Herren, deren Exterieur die Vermuthung nahe legte, daß sie trotz dieser Kleidung den militärischen Kreisen angehörten. Sie hatten die substanziellern Theile des Frühstückes überwunden und schauten nun vergnügt auf eine Batterie feurigen Sizilianers, welcher ihnen rothgolden durch das Glas entgegenglänzte.

»Sagen Sie, Kapitän, auf wie lange werden Sie Ihren gegenwärtigen Aufenthalt ausdehnen?« frug der eine von ihnen.

»Sie dürfen erwarten, daß wir wünschen, Sie so lange als möglich hier festhalten zu können.«

Der Gefragte war ein junger Mann von wohl nicht über zweiundzwanzig Jahren. Sein ernstes, männlich schönes Angesicht war sehr stark von der Sonne gebräunt und trug den Charakter einer milden aber unerschütterlichen Energie, welche durch nichts dahin zu bringen ist, einen einmal für rechtlich erkannten Entschluß wieder aufzugeben. Seine Kameraden waren ausnahmslos älter als er, und dennoch schien er ihnen an Reife und Würde überlegen zu sein, wenigstens bildete ihrer Lebhaftigkeit gegenüber die Ruhe und Gleichmäßigkeit seiner Worte und Bewegungen einen Kontrast, welcher nur zu seinem Vortheile ausfallen konnte.

»Leider ist die Dauer meines Aufenthaltes hier eine sehr von den Umständen abhängige,« antwortete er. »Sie kann einige Wochen währen, aber auch schon binnen einer Stunde ihr Ende erreicht haben. Allerdings habe ich meine Fregatte dem Werfte übergeben müssen, aber es kann leicht sein, daß man mir während der dadurch entstehenden Vakanz einstweilen das Kommando eines anderen Fahrzeuges anvertraut. In diesem Falle werde ich telegraphisch abberufen und hätte dann nicht einmal Zeit, mich von Ihnen zu verabschieden, meine Herren.«

»Ein Grund mehr, uns an die Gegenwart zu halten,« meinte ein anderer der Gäste. »Laßt uns den eventuellen Abschiedstrunk gleich jetzt mit schlürfen!«

Die Gläser erklangen.

»Wo waren Sie zuletzt stationirt, Kapitän?« tönte dann die Frage.

»Im indischen Archipel.«

»Donnerwetter, ein wenig entfernt von hier! Nun ist mir auch der famose Teint erklärlich, durch welchen Sie sich so vortrefflich auszeichnen. Aber ich glaube, von Ihnen als in Egypten anwesend gehört zu haben.«

»Ich war auf dem Rückwege nach der Heimath mit der Abgabe von Depeschen an den Vizekönig beauftragt.«

»Ah! So ward Ihnen das Glück zu Theil, die Khedive'sche Majestät Auge in Auge zu sehen?«

»Natürlich.«

»Ja, ein zweiundzwanzigjähriger Kapitän zur See besitzt ganz verteufelte Meriten. Aber, im Vertrauen, haben Sie auch Einblick in die liebenswürdigen Verhältnisse des vizeköniglichen Harems erhalten?«

Der Gefragte blickte mit einem sinnenden Lächeln vor sich nieder.

»Einblick? Nein!«

»Aber Anblick – ein Anblick ist Ihnen geworden, Sie Glücklicher? Gestehen Sie!«

»Ich gestehe!«

»Genügt nicht. Beichten!«

»Ich habe nichts zu beichten, meine Herren!«

»Nun wohl, dann haben Sie desto mehr zu erzählen oder zu berichten. Nicht?«

»Höchstens eine Kleinigkeit.«

»Aber solche Kleinigkeiten sind so interessant, daß wir unmöglich auf sie verzichten können. Beginnen Sie, Kapitän!«

Er griff zum Glase, that einen kleinen, langsamen Zug aus demselben und begann mit einer Miene, in welcher sich deutlich das Widerstreben kund gab, eine persönliche Erfahrung dem weiteren Wissen preis zu geben.

»Ich hatte meine Pflicht gethan und war vom Vizekönig auch bereits verabschiedet worden, beschloß aber doch, noch einige Tage in Kairo zu verweilen. Man muß diese Stadt gesehen haben, um diesen Entschluß als etwas ganz und gar Selbstverständliches anzuerkennen. Kairo heißt nicht ohne Grund Kahira, die Siegreiche; sie besiegt mit ihren tausend

Wundern und Reizen jeden Abendländer, welcher zum ersten Male sich in den Zauberkreis des orientalischen Lebens wagt.«

»Auch Sie wurden natürlich von diesem Zauber gefangen genommen?«

»Vor Jahren, ja, als ich den Boden des Morgenlandes zum ersten Male betrat.«

»Vor Jahren! Alle Teufel, Kapitän, Sie haben freilich an einer ganz bedeutenden Summe von Jahren zu tragen! Doch, apropos, Sie sind wirklich ein ganz ungewöhnlich bevorzugtes Schoßkind des Glückes. Während andere sehr tüchtige Männer es kaum mit vierzig Jahren bis zu Ihrem Range bringen, waren Sie mit vierzehn Jahren bereits Midshipman, mit zwanzig Decklieutenant und jetzt Kapitän, notabene nicht Korvetten- sondern Fregattenkapitän. Warten wir noch ein Jährchen, meine Herren, so werden wir erfahren, daß diesem Herrn Arthur von Sternburg als Kommodore eine Eskadre anvertraut worden ist, und dann ist es nicht mehr weit bis zu einem fünfundzwanzigjährigen Admiral. Doch bitte, Herr Kamerad, fahren Sie fort!«

»Mit oder ohne weitere Unterbrechungen?«

»Ohne –« lachte der Gefragte.

»Also, wir waren in Kahira, der Siegreichen, und sahen uns gezwungen, den Einflüssen des Klimas gerecht zu werden. Des Tages verträumte ich, wenn nicht gerade eine Audienz oder ein nothwendiger Besuch vorlag, die Zeit bei einer Pfeife feinem Assuan, und ging nur des Abends aus, um manches Abenteuer zu erleben oder zu beobachten, von welchem die Erinnerung zu zehren vermag. Aufgefallen war mir die Schönheit der Fellahmädchen. Diese schlanken und dabei doch so vollen, reizenden Glieder, der warme Ton der dunklen, sammtnen Haut, die liebliche Regelmäßigkeit der Züge, die jungfräuliche Fülle und Festigkeit derjenigen Formen, welche man bei uns künstlich zu stützen pflegt, die Anmuth der Bewegungen – das Alles, bei diesen Bauernmädchen gesehen, ließ die Frage aufkommen, welchen Grad von Schönheit erst die Damen höherer Stände besitzen müßten.«

»Donnerwetter, Kapitän, denken Sie daran, daß Sie gegenwärtig zu außerordentlich gefühlvollen Wesen sprechen!«

»Ohne Unterbrechung, meine Herren –!«

»*Bon!* Sprechen Sie weiter. Wir sind natürlich gespannt auf Ihren ethnographischen Essay. Natürlich erhielten Sie Gelegenheit, den Grad dieser letztgenannten Schönheit zu bewundern.«

»Allerdings. Es war an einem Abende – –«

»Ah, der Anfang ist reizend: an einem Abende – fahren Sie weiter fort!«

»Ich hatte mir ein Boot genommen und fuhr den Fluthen des Niles entgegen, das heißt, ich saß und träumte, wie man es in jenen Breiten zu thun pflegt, und ließ mich rudern. Wir hatten nach kurzer Zeit die Stadt hinter uns, fuhren einsam stromauf und sahen nur eine einzige Gondel vor uns, welche von vier schwarzen Sklaven fortbewegt wurde –«

»Ich ahne! In dieser Gondel saß ein – – –«

»Nein – saßen zwei tief verschleierte Frauengestalten, welche jedenfalls gerade so wie ich die Kühle des Abends in der Einsamkeit genießen wollten. Unwillkürlich wurden meine Augen von den zarten feinen Hüllen magnetisch angezogen; es gab ja so Vieles hinter ihnen zu ahnen und zu vermuthen. Wer waren diese Frauen? Waren sie alt, so daß die Schleier nichts als Runzeln zu verbergen hatten, oder pulsirte das Blut heiß durch Herz und Adern zweier Gestalten, wie sie die Phantasie sich malt, wenn man an das Harem eines orientalischen Herrschers denkt? Wem gehörten sie, und – durfte man es hier in dieser Entfernung von der Stadt wagen, sie anzusprechen? Nein, das ging nicht, denn die Schwarzen hätten dies jedenfalls verrathen. Ich fuhr ihnen also langsam nach, dem weißen Schleier ihrer Gewänder wie einem Polarsterne folgend, nach welchem der Seefahrer den Lauf seines Fahrzeuges bestimmt.«

»Schwärmer! Ich an Ihrer Stelle hätte sie angesegelt, geentert und als gute Prise an Bord genommen.«

»Ich wünsche Ihnen von Herzen eine solche Gelegenheit, Ihre Tapferkeit zu bewähren. – Der Fluß beschreibt oberhalb der Stadt einen scharfen Bogen, und natürlich liegt das ruhige Fahrwasser auf der inneren Seite desselben. Eben hatte die Gondel dasselbe erreicht, als hinter der Krümmung der Bug eines Fahrzeuges sichtbar wurde, welches sich verspätet haben mußte und den Hafen von Bulakh zu erreichen suchte. Die Gondel lag beinahe gerade vor seinem Kiele, doch gelang es ihr noch, auszuweichen. Das Fahrzeug war eine Dahabië, welche, dem Baue nach, Sennesblätter aus Abessinien brachte. Ihr folgte, wie die Gondel zu spät bemerkte, ein Sandal, eines jener flüchtigen Nilfahrzeuge, welche beinahe mit einem Dampfer um die Wette zu segeln vermögen. Zum Ausweichen war es fast zu spät; dennoch aber brachten die Ruderer die Gondel so weit zur Seite, daß sie nicht überfahren wurde, doch gerieth sie in das rauschende Kielwasser der beiden Schiffe, von welchem es hin- und hergeschleudert wurde wie eine Nußschale —«

»Alle Teufel, jetzt kommt die Pointe: ein Retter — eine wundervoll schöne Göttin — Liebe — Geständniß — Hochzeit — habe ich recht, Kapitän?«

»Pah! Die beiden Frauen hatten natürlich ihre Fassung vollständig verloren. Sie zeterten und schrien um Hülfe. Die Eine von ihnen hatte die Hände vom Bord genommen, eine Woge riß die Gondel zu sich empor — die Dame verlor das Gleichgewicht und stürzte in das auf- und abwogende Wasser. Ich hatte so Etwas vermuthet und das Steuer ergriffen. Im Nu war ich zur Stelle und sprang über Bord. Es gelang mir, die Verunglückte zu fassen. Bei dem unruhigen Wasser war es eine Unmöglichkeit, mit ihr in das Boot zu kommen, ich legte mich auf den Rücken, nahm ihren Oberkörper quer über mich herüber und schwamm nach dem Ufer, welches ich noch vor den Kähnen erreichte. Dort legte ich sie nieder und entfernte den Schleier, welcher den Kopf und die Schultern bedeckte.«

Der Kapitän machte jetzt eine Pause und blickte über die vor ihm liegende Landschaft hinaus weit in die Ferne, als suche er den Ort zu erschauen, auf welchen er damals die Errettete gebettet hatte.

»Fast erschrocken fuhr ich zurück – –«

»Was – erschrocken? War sie so häßlich, Kapitän?«

»Häßlich? Pah! Können Sie sich nicht denken, daß es einen Grad von Schönheit gibt, welcher dieselbe Wirkung hat? Den Beschauer überkommt das Gefühl, als habe er eine Entweihung begangen, als sei er unberufen in ein Heiligthum getreten, welches er bei Todesstrafe nicht betreten dürfe. So war es auch hier. Ich sah in ein Gesicht, in ein Gesicht – doch, warum davon sprechen, da es geradezu unmöglich ist, solche Wunder zu beschreiben. Aber wenn eine jener Feen, von denen wir uns in der Jugend erzählen ließen, vom Himmel herabgestiegen wäre, um den Sterblichen die Schönheit in ihrer herrlichsten Inkarnation zur Offenbarung zu bringen, sie hätte sich mit dem Mädchen, welches vor mir lag, nicht messen können. Die dünnen, durchsichtigen Gewänder waren von den oberen Theilen dieser unvergleichlichen Gestalt zurückgewichen, und da, wo sie dieselbe noch verhüllten, schienen sie bestimmt zu sein, mehr zu verrathen als zu verbergen. Und über dem Allem lag ausgebreitet der zauberische Mondesglanz Egyptens – pah, ich glaube gar, ich werde poetisch!«

»Kein Wunder, Kapitän! Ich gäbe sofort fünf Jahre meines Lebens hin, wenn ich an Ihrer Stelle gewesen wäre!«

»Ich wurde aus meinem Entzücken gerissen. Mein Ruderer hatte gelandet, und auch die Gondel war herbeigekommen. Die zweite Verschleierte setzte den Fuß auf das Land und kam herbeigeeilt.

»Almah! O Fatime, heiligste Frau des Himmels, hilf, daß sie nicht todt ist!«

Erst durch diesen Ruf wurde ich auf das Nöthigste aufmerksam gemacht. Ich legte die Hand auf das Herz der Verunglückten und fühlte einen leise schlagenden Puls.

»Sie lebt. Die Hand des Todes war nicht schnell genug, die herrlichste Blume Kahiras zu brechen.«

»Sie lebt?«

Mit diesen jubelnden Worten warf sie sich auf die Liegende nieder, zog sich den Schleier vom Gesicht und küßte die Bewußtlose auf Stirn, Wange und Lippe.

»Ja, sie lebt. Dank Dir, Fremdling! Du hast ein Werk gethan, welches Allah Dir niemals vergessen wird!«

Auch sie war schön, doch einige Jahre älter als die Andere. Noch kniete ich an der Seite der Letzteren und hatte ihren Kopf auf meinem Arme liegen, von welchem das aufgelöste, reiche schwarze Haar in lockiger Fülle herniederfloß.

»Wer ist sie? Wer seid Ihr?« frug ich, mehr unwillkürlich als mit bestimmter Absicht.

»Ich bin Aimée, die Lieblingsfrau des Vizekönigs, und diese hier heißt Almah. Wer bist Du? Ein Franke?«

Sie sprach italienisch, um von den Dienern nicht verstanden zu werden; ich durfte also annehmen, daß sie lesen könne. Noch immer kniend griff ich mit der freien Hand in meine Tasche und nahm eine Karte hervor.

»Nimm und lies, wer ich bin!«

Ich wollte weiter sprechen, wurde aber verhindert. Derjenige, welcher am Steuer der Barke gesessen hatte, trat herbei.

»Warum lässest Du die Sonne Deines Angesichtes leuchten vor dem Manne, dem Du nicht gehörst?«

Diese Worte klangen streng. Sie wandte sich ab und ließ den Schleier fallen.

»Lebe wohl, Fremdling. Aimée sagt Dir Dank; sie wird ihre Freundin auch ohne Hülfe pflegen.«

»Ist Almah auch ein Weib?«

»Nein.«

Jetzt durfte ich es wagen, ohne der Herrlichen zu schaden. Ich hob ihr schwer auf meinem Arme liegendes Haupt empor und drückte Kuß um Kuß auf die halb geöffneten Lippen, zwischen denen das reine Elfenbein der Zähne hindurchschimmerte. Dann erhob ich mich.

»Wessen Tochter ist sie?«

»Ich darf es Dir nicht sagen. Hab Dank und lebe wohl!«

Sie reichte mir ihre Hand, allerdings ein großes Wagniß. Ich drückte meine Lippen auf die zarten Spitzen ihrer Finger und schritt wie im Traume nach meinem Kahne – –«

»Verdammt! Das war ein Fehler! Das hätte ich nicht gemacht! Ich wäre sicher nicht eher fortgegangen, als bis ich erfahren hätte, wer sie war. Doch, Sie haben sie wiedergesehen?«

»Nein.«

»Was? Nein? Das ist ja vollständig unmöglich!«

»Es ist einfach wirklich. Ich nahm mir allerdings vor, nach ihr zu forschen, erhielt aber bereits am nächsten Tage den Befehl, nach Algier zu gehen – *tout voila;* ich bin zu Ende!«

»Zu Ende? Wirklich? Sie wollen nicht längeren Urlaub nehmen und hinübergehen, um nach ihr zu forschen?«

»Ich bin nicht Phantast genug, um solch einen Entschluß fassen zu können, und der Dienst –«

»Ja, der leidige Dienst! Und doch! Treten Sie mir Ihre Egypterin ab, Kapitän! Ich werde hinübergehen und den Vizekönig interpelliren. Er muß mich mit seiner Aimée sprechen lassen, und von dieser ist es ja zu erfahren, wer die Unvergleichliche ist.«

Der Kapitän lächelte.

»Ich kann nicht ein Gut abtreten, welches ich nicht besitze.«

»So nehme ich es mir selbst. Kapitän, ich schwöre es Ihnen bei allen Liaisons der Erde, daß ich bei nächster Gelegenheit nach Egypten gehe, um Ihre Bekanntschaft fortzusetzen. Aber, meine Herren, vergessen wir nicht, daß wir für jetzt weiter engagirt sind; es bleibt uns nur noch eine Viertelstunde für unsern Wirth übrig. Trinken wir. Vivat alle Aimées und Almahs; Pereat alle Dahabiës und Sandals, und vor allen Dingen lebe der Entdecker des schönsten Weibes im Lande der Pharaonen. Hoch!«

Die Gläser klangen; die Flaschen entleerten sich, und als die Letzte unter der Tafel verschwunden war, erhoben sich die Herren. Der Kapitän blieb allein zurück.

Er war ernst geblieben trotz der launigen Gesellschaft. Jetzt lehnte er sich in den Sessel zurück und öffnete das Medaillon, welches an seiner Uhrkette befestigt war. Es enthielt einen Frauenkopf von jener Schönheit, welche nur unter den Gluthen des Orientes zu finden ist.

»Almah! Sie ist das erste Weib, welches ich liebe, und wird auch das letzte sein. Sie ist vor mir aufgetaucht und verschwunden, wie ein Phänomen, welches mir nie wieder erscheinen wird; aber ich habe ihre Züge festgehalten und werde von dieser süßesten meiner Erinnerungen zehren, so lange mein Herz schlägt und meine Brust athmet!«

Er trat aus der Veranda in das anliegende Zimmer und klingelte. Ein alter Mann erschien, welcher mit einer tiefen Verneigung vor der Thür stehen blieb.

»Haben Sie die Zimmer für den Pascha in Bereitschaft gesetzt?«

»Ja, Durchlaucht. Wann wird der Gast eintreffen?«

»Ich weiß es nicht. Sie werden für die nothwendige Dienerschaft sorgen müssen. Hoffentlich bleibt Ihnen bis zu seinem Eintreffen noch so viel Zeit, Alles zu arrangiren. Gestern kam der Brief des Vaters; es ist also anzunehmen, daß der Pascha vor Anfang nächster Woche nicht eintreffen wird. Für jetzt bitte ich um meinen Matrosenanzug!«

Der alte Kastellan trat einen Schritt näher.

»Durchlaucht wissen, wie lieb ich Sie habe und wie glücklich es mich macht, meinen hohen jungen Herrn nicht so stolz zu sehen wie Andere, welche weder die Geburt noch die Verdienste des Kapitän von Sternburg aufzuweisen haben. Aber – – dieses Inkognito, dieses Herniedersteigen zu den untersten Klassen der Bevölkerung, könnte es nicht einmal mit Gefahren verbunden sein, denen man nicht gewachsen ist, weil sie unerwartet hereinbrechen?«

Der Prinz reichte dem treuen Mann die Hand entgegen.

»Ich kenne Sie, Horn, und bin weit entfernt, mich durch Ihre so gut gemeinte Warnung verletzt zu fühlen. Darum will ich Sie durch die Versicherung beruhigen, daß mir keinerlei Gefahr droht, wenn ich zuweilen eine Kleidung anlege, für welche ich mich aus zwingenden Gründen entschlossen habe. Also bitte, den Anzug!«

Der Kastellan entfernte sich und brachte nach einigen Augenblicken die verlangten Kleidungsstücke. Arthur legte sie an, verwirrte sich das wohlfrisirte Haar, gab dem sorgfältig gepflegten Schnurrbärtchen eine weniger kühne Haltung, und glich nun einem Matrosen in sonntäglicher Bekleidung. Horn war ihm bei dieser Metamorphose behülflich gewesen und betrachtete mit wohlgefälligem Lächeln die prächtig gebaute Gestalt seines jungen Gebieters.

»Und dennoch, Durchlaucht, sieht man es Ihnen an, daß Sie keine gewöhnliche Theerjacke sind.«

»So? Hm! Wollen sehen! Ein wenig Staub und Schmutz wird diesen Uebelstand beseitigen. Adieu, Horn!«

Er ging.

Von der Veranda zum Schloßgarten niedersteigend, verließ er den Letzteren durch eine kleine Seitenpforte, schritt zwischen einigen Weinbergen hindurch und befand sich bald auf einem Wege, welcher in regelmäßigen Windungen zur Stadt hinabführte. Dort angekommen suchte er den Hafen auf. Hier schlenderte er scheinbar zwecklos auf und ab, doch ließen die scharfen Blicke, mit welchen er selbst die geringste Kleinigkeit beobachtete, errathen, daß diesem harmlosen Spaziergange dennoch eine bestimmte Absicht zu Grunde liege.

Später trat er in eine jener Restaurationen, welche meist von Seefahrern besucht werden. Der vordere Raum derselben war für gewöhnliche Gäste bestimmt, und von hier aus führte eine Thür nach einem Nebenzimmer, in welches sich die Kapitäne und Steuerleute zurückzuziehen pflegten. Hier war es jetzt vollständig leer, und Arthur nahm in der Gaststube auf einem Stuhle Platz, welcher am offenen Fenster stand. Von hier aus hatte er einen offenen Blick auf das Treiben des Hafens und auf die See, welche von dem letzteren aus den ganzen Raum bis zum Horizont erfüllte.

Nicht weit von ihm saßen einige Matrosen beim Kruge, deren ganzes Aeußere dafür sprach, daß sie manches Jahr ihres Lebens auf dem Meere zugebracht hatten. Sie befanden sich in einem lebhaften Gespräche, welchem auch die sämmtlichen andern Gäste mit Interesse zuhörten.

»Und ich sage Euch dennoch, daß der »Tiger« ein Dreimaster ist, der es mit der größten Fregatte aufzunehmen vermag. Ich habe mit Einem gesprochen, der diente auf einer Brigg, welche von dem Korsaren genommen wurde. Er hat also das Schiff genau betrachten können,« meinte einer der Leute.

»Hast nicht nothwendig, es ihm zu glauben, Wilm,« antwortete ein Anderer. »Der Tiger ist eine Korvette mit neun Kanonen. Ich habe sie selbst gesehen, und das ist genug!«

»Wirklich?« frug ein Dritter. »Ich kann es Euch ganz genau sagen, was der Tiger für ein Fahrzeug ist. Er ist eine zweimastige Brigg mit lateinischem Segelwerke. Als ich vor sechs Monaten mit der »Schwalbe« fuhr, sind wir ihm begegnet und wollten ihn ansprechen; aber er ging an uns vorüber, wie der Mond an dem Mopse, der ihn anbellt.«

»Sonderbar,« brummte der Vierte. »Ein Dreimaster, eine Korvette, eine Brigg mit lateinischem Segelwerke – daraus werde der Teufel klug! Was mich betrifft, so habe ich das Piratenschiff noch nicht gesehen und bin auch gar nicht begierig darauf, ihm zu begegnen. Nur wissen möchte ich, ob sein Kapitän wirklich ein Neger ist, wie man sich erzählt.«

»Natürlich ist er ein echter und richtiger Neger, weshalb man ihn auch nicht anders nennt, als den »schwarzen Kapitän.« Uebrigens ist er der einzige Pirat, welcher kein Menschenblut vergießt. Ich kenne mehrere Fälle, in denen er ein Schiff hätte entern können, und dennoch hat er, um die Menschenleben zu schonen, davon abgesehen und die Prise davongehen lassen.«

»Aber nur um sie später durch List zu bekommen!«

»Das ist keine Schande für ihn, sondern das gerade Gegentheil. Aber habt Ihr auch beobachtet, daß er es meist auf Norländische Schiffe abgesehen hat?«

»Besonders auf die Fahrzeuge der Kolonialkompagnie.«

»Daher macht Norland so große Anstrengungen, seiner habhaft zu werden, aber stets ohne Erfolg. Die Sache liegt nämlich so, daß der Tiger einmal als Drei-, dann als Zweimaster und vielleicht dann gar als Dampfer erscheint. Wer will ihn festhalten? Und dazu ist sein Kapitän ein befahrener Kerl, der Haar auf den Zähnen hat. Ich habe davon sprechen hören, daß der Pirat vor dem Winde gegangen ist mit vollem Segelwerke; wer macht ihm das nach? Ein andermal haben sie ihn getroffen, daß er mit halbem Segelwerke dem Winde in die Zähne lenkte; das ist ein Kunststück, welches man für unmöglich halten möchte. Bei vollem Sturme beidrehen oder bei halbem Sturme beidrehen, das ist ihm eine Kleinigkeit. Es gibt keinen zweiten Segelmeister, keinen zweiten Kapitän auf der Welt, der das Manövriren so versteht, wie der »schwarze Schiffer,« und der muß seine Kunst vom Teufel gelernt haben.«

»Pah, es gibt anderwärts auch noch Leute, welche ein Schiff zu lenken verstehen. Ich kenne Einen, den sollte man gegen den »Tiger« schicken; der würde ihn bald erwischen.«

»Meinst Du? Wer könnte das wohl sein? Der müßte schon einige Haare auf den Zähnen haben!«

»Hast Du noch nichts von dem Sternburg gehört?«

»Der Sternburg? Alle Wetter, das ist wahr; das ist ein Kerl, der es wohl mit dem »Schwarzen« aufnehmen könnte. Wo steckt er denn wohl jetzt?«

»Ich glaube in Ostindien oder auf der Südsee. Der Junge ist wohl kaum über zwanzig Jahre alt und hat so viele Teufel im Leibe, daß man ihn nur immer dahin schickt, wo sich ein Anderer nicht hingetrauen würde. Denkt an den letzten Krieg, was er da als Volontär geleistet hat.«

»Er ist vom höchsten Adel, denn in den Adern der Sternburgs soll sogar königliches Blut fließen, und das mag mit zu der außerordentlichen Schnelligkeit beitragen, mit welcher er im Avancement vorgeschritten ist; aber man muß doch sagen, daß er seinen Platz verdient hat. Ich möchte ihn doch einmal sehen. Wer kennt ihn?«

»Keiner von uns!«

»O doch,« meinte Einer, welcher am nächsten Tische saß. »Ich habe ihn gesehen, doch allerdings nur von Weitem.«

»Wenn ist das gewesen und wo?«

»Eben im letzten Kriege, als er uns den Dreimaster entgegenbrachte.«

»Alle Teufel, das war ein Meisterstück! Ich habe davon erzählen hören, aber nicht recht klug aus der Sache werden können. Wie ging es denn eigentlich zu?«

»Sehr einfach. Nach dem Siege über die feindliche Flotte verfolgten wir dieselbe bis an die Küste, wo sie in der Flußmündung Schutz suchte, welche von einem festen Fort vertheidigt wurde. Ihr zu folgen war unmöglich; wir mußten sie einfach blockiren. Das war eine langweilige Geschichte, und wäre wohl noch langweiliger geworden, wenn nicht hier oder da ein kleiner Coup unternommen worden wäre, der etwas Leben in das Nichtsthun und Hinwarten brachte. Bei Allem aber, was geschah, war dieser Lieutenant ersten Ranges Arthur von Sternburg, welcher dann Kapitän wurde, dabei. Einst verlautete, daß der Kommandant des Forts den Seeoffizieren einen Ball oder so etwas Aehnliches gebe. Sternburg war es selbst, der diese Nachricht brachte. Wenn sie sich bewahrheitete, so war die Gelegenheit geboten, dem Feinde einen Streich zu spielen, und daher entschloß man sich, einen kühnen und listigen Mann an die Küste zu setzen, welcher nachforschen sollte, ob das Gerücht die Wahrheit sage.«

»Natürlich wählte man Sternburg?«

»Er meldete sich selbst. Es war bereits Nachmittag, als das Boot, welches ihn an die Küste setzen sollte, mit ihm abging. Man fuhr natürlich zunächst in die See hinaus, schlug dann einen Bogen und landete einige Stunden abwärts an einer einsamen, unbewohnten Stelle des Landes. Sternburg hatte nur einen Revolver und ein Messer mit und trug die Kleidung eines gewöhnlichen Handelsschiffmatrosen. Es gelang ihm, sich glücklich bis an den Fluß zu schleichen, wo er erfuhr, daß das beabsichtigte Fest wirklich stattfinde. Es war während dem Abend geworden, und sämmtliche Flottenoffiziere hatten sich nach dem Fort begeben.«

»Alle Teufel, nun kam er doch mit seinem Berichte zu spät! Ehe er zurückgelangen konnte, mußte ja bereits der Morgen anbrechen.«

»Dasselbe sagte auch er sich, und daher beschloß der kühne Mann, auf eigene Faust zu handeln.«

»Bravo! Wie fing er das an?«

»Sehr einfach. Er begab sich an Bord des Flaggenschiffes und – – –«

»Des Flaggenschiffes? Der Kerl war verrückt!«

»Nicht ganz. Man wußte sehr genau, daß wir uns nicht stromaufwärts wagen konnten; daher hatte man sich vollständig sicher gefühlt und allen Offizieren außer dem jüngsten Schiffsfähndrich Erlaubniß gegeben, den Ball zu besuchen. Der Fähndrich hatte natürlich nichts zu thun, als sich zu ärgern, daß er hatte zurückbleiben müssen. Zur Entschädigung war ihm eine Ration Rum und Zucker zur Verfügung gestellt worden, um für die Mannschaft einen tüchtigen Extragrog zu brauen. Man war eben mit dieser Arbeit beschäftigt, als Sternburg von seinem Kahne aus um die Erlaubniß bat, an Bord kommen zu dürfen. Man fragte natürlich, was er wolle, und er gab zur Antwort, daß er Matrosendienste zu nehmen beabsichtigte und sich dem Kapitän vorstellen wolle.

»Der ist nicht an Bord,« war die Antwort.

»So bringt mich zum ersten Lieutenant!«

»Ist auch von Bord.«

»Zum Zweiten!«

»Auch mit fort. Nur der Fähndrich ist da. Komme herauf zu mir, Bursche!«

Sternburg schwang sich am Eimertaue empor und stand vor dem Fähndrich. Dieser frug ihn nach den gewöhnlichen Punkten und war mit den Antworten so zufrieden, daß er gar nicht begehrte, die Papiere des neuen Mannes zu sehen; das war übrigens auch nur Sache des Kapitäns.

»Kannst gleich an Bord bleiben, bis der Kapitän zurückkehrt,« lautete sein Bescheid; »ich meine sehr, daß er Dich behalten wird. Geh vor zu den Mannen und stelle Dich dem Bootsmann vor!«

Sternburg that dies und wurde, da er sich zu geben wußte, nicht übel aufgenommen. Besonders erregte seine Idee, einige Flaschen Rum als Einstand zu geben, ungeheure Theilnahme. Der Fähndrich, welcher stolz darauf war, einmal angegangen werden zu müssen, gab mit stolzem Tone seine Erlaubniß, und der Koch stieg in den Raum hinab, um das Getränk heraufzubugsiren.«

»Die Idee war zwar gefährlich aber nicht schlecht!«

»Meine es auch, denn nach Verlauf von einigen Stunden hatten Grog, Rum und Tabak das Ihrige gethan. Zwar gab es keinen eigentlichen Rausch, denn dazu war die Mannschaft zu fest und die Portionen zu klein, aber schlafen wollten sie Alle, schlafen mußten sie, und sogar der junge Fähndrich stieg hinab und legte sich ein wenig in die Hängematte. Man befand sich ja in vollständiger Sicherheit.«

»Was wird Sternburg jetzt thun!«

»Die Sternwache hatte sich auf eine Taurolle gesetzt und schlummerte, die Sprietwache lehnte an einer Lafette und schnarchte, und der Oberbootsmann, welcher eigentlich zum Rechten sehen mußte, saß mit dem Koche in der Kambüse und zerarbeitete sich mit dem Grogreste, welcher vor ihnen stand. Da ließ sich Sternburg wieder am Eimertau hinab, zog sein Messer, pagayete sich auf dem zur Disposition gesetzten Boote nach hinten und zerschnitt das große Ankertau. Jetzt hing das Schiff nur noch an den beiden Nothankern; auch diese wurden gekappt, und es begann sich langsam zu bewegen.«

»Alle Teufel! Ob die Mannen das bemerken werden?«

»Sogleich jedenfalls nicht. Sternburg hing das Boot wieder an und schwang sich an Bord zurück. Er fand noch Alles, wie er es verlassen hatte, und eilte zum Steuer. Dieses war natürlich angebunden. Er löste das Tau, gab dem Hebel die nothwendige Richtung und befestigte ihn dann wieder. Nun legte er sich in die Nähe der Vorderluke auf ein zusammengelegtes Segel, um das Kommando zu erwarten.«

»Bin selbst auch begierig, was folgen wird!«

»Nicht viel. Das Wetter war nicht freundlich. Ein dichter Nebel lag auf den Flusse, und ein leiser Sprühregen näßte auf das Deck nieder. Das Schiff wurde natürlich mit der Schnelligkeit des Wassers mitgenommen, doch waren seine Bewegungen so ruhig und gleichmäßig, und die Dünste so dick, daß man hätte beschwören können, daß es sich noch fest vor Anker befinde. So ging es an die zwei Stunden fort. Jetzt wurde das Glas ausgerufen und die Wache gewechselt. Die Mannen waren alle schlaftrunken. Die abgelösten Posten schliefen sofort, und die neu aufgezogenen wickelten sich ein und legten sich hinter ein Segel oder sonst etwas, wo sie Schutz vor dem Regen fanden.«

»Und Niemand merkte etwas?«

»Kein Mensch!«

»Beinahe unmöglich, aber bei einem solchen Nebel – und dem Grog und dem Rum! Hm, soll mich verlangen, wie es jetzt noch kommt!«

»Weiter nichts, als daß das Fahrzeug ruhig der See entgegengeht. Mittlerweile wurden die Nebel etwas leichter, und der Mann am Spriete schaute über den Mantelkragen hervor, um zu sehen, wie dick der Regen fiel. Da erblickte er vor sich am Steuerbord ein Licht und am Backbord ein zweites. Er machte Lärm und der Fähndrich erschien.

»Was gibts?«

»Zwei Lichter hier und dort!«

»Fahrzeuge, die auf uns zukommen. Es wird doch nicht etwa gar der Feind sein, der uns überrumpeln will. Holla, alle Mann – – –«

Er konnte den Befehl nicht vollständig aussprechen, denn Sternburg stand bei ihm und schlug ihm die Faust auf den Kopf, daß er zu Boden stürzte. Zuvor aber hatte der muthige Mann die Luke mit dem Sturzseeriegel verschlossen, so daß die Leute im Raume gefangen waren, denn die hintere Luke hatte er schon früher zugemacht, und jetzt hatte er es also nur mit den vier Mann Wache zu thun.«

Der Erzähler nahm einen Schluck aus seinem Glase und fuhr dann fort:

»Der Sprietwache ging es natürlich ebenso wie dem Fähndrich, und Beide waren im Augenblicke gebunden, so daß sie sich nach dem Erwachen nicht zu rühren vermochten. Der Mann am Steuerbord hatte von dem Vorgange gar nichts gemerkt; er schlief, ebenso auch der Mann auf der Backbordseite. Sie zu überwältigen war ein Leichtes, und ebenso erging es auch der Steuerwache. Jetzt war er Herr auf dem Decke geworden, und zwar ganz zur richtigen Zeit, denn soeben erscholl der Ruf von vorn:

»Schiff ahoi, leg klar!«

»Feindliches Flaggenschiff, genommen und kommandirt von Lieutenant von Sternburg!« antwortete er.

»Teufelei! Stopp oder wir geben die volle Ladung!«

Die Sache war nämlich so, daß das Flaggenschiff jetzt die Blokadelinie erreicht hatte und im Begriffe stand, zwischen zwei Fahrzeugen unserer Flotte hindurchzutreiben. Sternburg wußte, daß der entscheidende Moment nahe sei, rief die Parole hinüber und gebot dann:

»Werft die Enterhaken herüber; werde Bord an Bord herangehen, aber schnell!«

Die Parole hatte ihn legitimirt. Er sprang an das Steuer, riß das Tau los und trieb das Schiff hart an den Bord des andern. Im Nu fielen die Enterhaken ein, und es sprangen einige dreißig Mann herüber, die er mit Freuden begrüßte, denn Ihr könnt es Euch doch recht gut denken, daß es ihm nicht gar wohl gewesen ist bei dem Gedanken, es ganz allein mit der Bemannung eines dreimastigen Orlogschiffes zu thun zu haben. Das Uebrige könnt Ihr Euch denken. Der Lärm weckte die Mannen unten im Raume, sie wollten empor und konnten nicht. Nach langer Anstrengung sprengten sie die Luke, wurden aber sofort richtig in Empfang genommen, denn auch das nächste Schiff der Linie war herbeigekommen und hatte sich an die andere Seite der Prise gelegt, so daß Männer genug vorhanden waren, den Feind zu überwältigen. Am Sonnenaufgang stand Sternburg schon vor dem Admiral, der ihm die Führung des eroberten Schiffes übergab; er hatte dasselbe heimwärts zu bringen und erhielt außer einem Orden den Rang eines Korvettenkapitäns für den Streich, den mancher andere wackere Offizier wohl unterlassen hätte. Als er mit der Prise an uns vorübersegelte, habe ich ihn von Weitem gesehen, ob ich ihn aber wiederkennen würde, wenn er mir jetzt begegnete, das weiß ich nicht. So, das ist meine Geschichte!«

Arthur hatte während der ganzen Erzählung zum Fenster hinausgeblickt, und keine seiner Mienen verrieth den Antheil, welchen er an dem Berichte nehmen mußte.

»Ein Meisterstück, fürwahr!« klang es rundum. »Schade,

daß er in norländischen Diensten steht und damals nur als Volontär bei uns eintrat. Solche Offiziere sollte man zu gewinnen suchen!«

»Geht nicht, zumal bei dem Wege, den die jetzige Politik einzuschlagen scheint.«

»Welcher Weg?«

»Der Krieg mit Norland.«

»Paperlapapp! Unser Kronprinz ist ja Gast in Norland, sogar mit der Prinzeß Asta; sie würden sicherlich nicht dort sein, wenn ein Krieg in Aussicht stände.«

»Begreife ich auch nicht; aber wozu die fürchterlichen Rüstungen, welche mit so großer Heimlichkeit betrieben werden?«

»Habe nichts davon gehört.«

»So halte die Augen offen! Wißt Ihr, daß unsere Offiziere heimlich Norland bereisen, um das Material zu einem Feldzugsplan zu sammeln?«

»Das ist Rederei, weiter nichts. Ich weiß nur, daß wir uns wegen des Zolles mit dem Nachbar streiten; von dem Uebrigen mag ich nichts wissen. Dinge, für welche man nicht gelehrt genug ist, soll man Klügeren überlassen; das ist so meine Meinung. Ich bekümmere mich den Teufel darum, ob Krieg werden soll oder nicht; geht es aber los, nun, da schlage ich mit zu, wie es ja auch meine Schuldigkeit ist. Und wer ein wackerer Seemann ist, der denkt gerade ebenso wie ich. Kommt, laßt uns trinken und die Politik über Bord werfen!«

Auch Arthur griff zum Glase, um es auszutrinken, und verließ dann das Lokal. Sein scharfes Auge hatte draußen auf der Rhede ein Segel bemerkt, welches sich mit solcher Schnelligkeit näherte, daß seine seemännische Theilnahme im höchsten Grade erregt wurde. Er wandte sich dem Quai zu und schritt bis an die äußerste Spitze desselben, wo ihm ein freier Blick hinaus ermöglicht war.

Das Segel, welchem seine Aufmerksamkeit galt, wurde immer größer; nach einiger Zeit unterschied man die einzelnen Leinen, dann den Rumpf, und endlich war er sich im Klaren, daß er in dem Fahrzeuge eine Yacht erkannte, welche ein so eigenthümliches Takelwerk besaß, daß er die Art desselben unmöglich zu bestimmen vermochte. Das kleine, schlanke Schiff war höchstens vierzig Fuß lang und besaß eine entsprechende Breite; dabei war es so scharf auf dem Kiel gebaut, daß bei diesem Segelwerke die Gefahr des Kenterns eine außerordentliche war. Es mußte von einem ungewöhnlich kühnen und ebenso geschickten Manne geführt werden.

Endlich hatte es den Hafen erreicht, steuerte einen anmuthigen Bogen und hielt dann gerade auf die Stelle des Quai zu, an welcher Arthur stand. Als er sich genugsam genähert hatte, erblickte er auf dem Hinterdecke einen hochgewachsenen Mann in türkischer Kleidung, nach dessen Befehlen vier Matrosen von derselben Nationalität die Segel und das Ruder bedienten. Neben ihm lag in einer grünseidenen Hängematte eine vollständig in Schleier gehüllte Frauengestalt, deren aufmerksame Haltung das Interesse erkennen ließ, mit welchem sie die neue Umgebung begrüßte.

Da, gerade vor Arthur, fielen die Segel, und der Anker rasselte in die Fluth. Straff an der Ankerkette ziehend, folgte das Fahrzeug dem Wasser und legte seinen Bord hart an die steinerne Mauer, auf welcher Arthur stand.

»Mann, ahoi!« rief der Türke.

Arthur sah, daß es ihm galt, und stand mit einem gewandten Sprunge auf dem Decke der Yacht. Jedenfalls wollte der Türke ihm eine Frage vorlegen, schien aber daran verhindert zu sein, denn kaum hatte er jetzt sein Auge schärfer auf den jungen Mann geworfen, so trat er überrascht einen Schritt zurück und rief:

»Brandauer! Freund, ists – – –«

Er hielt mitten in der Rede inne und fuhr sich mit der Hand an die Stirne.

»Halt, das ist ja nicht möglich! Und doch – sein Sohn kann er sein – – – Wie ist Dein Name?«

»Bill Willmers«, antwortete Arthur unter einer instinktiven Eingebung. Er wollte sein Inkognito nicht aufgeben und womöglich nach der Art und Weise forschen, wie dieser Türke zur Kenntniß des Namens Brandauer komme.

»So bist Du Amerikaner?«
»Nein.«
»Was dann?«
»Norländer.«
»Ah, doch! Kennst Du die Hauptstadt des Landes?«
»Ich bin da geboren.«
»Und den Namen, welchen ich aussprach?«
»Brandauer?«
»Ja.«
»Es giebt nur einen Brandauer dort, welcher Hofschmied seiner Majestät des Königs ist.«
»Richtig! Ich hielt Dich für seinen Sohn, weil Du genau so siehst, wie er in seiner Jugend aussah. Du bist Matrose?«
»Seemann, ja.«
»Auf welchem Schiff?«
»Auf keinem. Bin jetzt ohne Dienst.«
»Willst Du in meinen Dienst treten? Du gefällst mir.«
»Wo und wie?«
»Für die Zeit meines hiesigen Aufenthaltes. Ich werde auf Sternburg wohnen.«

Keine Miene Arthurs verrieth, daß er jetzt den Mann erkannte.

»Wenn Sie gut bezahlen, ja.«
»Wirst mit mir zufrieden sein. Abgemacht, topp?«
»Topp!«

Die Hände klangen in einander. Dann frug der Türke: »Bist Du hier bekannt?«
»Leidlich.«
»Wo ist Schloß Sternburg?«

Arthur deutete nach der Höhe.

»Dort oben.«
»So steige hinauf und melde mich! Hier ist meine Karte. Wir werden Dir auf dem Fuße folgen.«

Er nahm das feine Couvert in Empfang, sprang über das Bord wieder hinüber und eilte auf dem nächsten Wege der Höhe zu. Er befand sich mit einem Male in einer eigenthümlichen Stimmung, welche man beinahe Aufregung hätte nennen können. Er hatte hart neben der duftigen Frauengestalt gestanden, deren Gewand ein leiser Wohlgeruch entströmte, der ihm vertraut vorgekommen war, trotzdem er keine Zeit gehabt hatte, sich zu fragen, wo er denselben schon einmal bemerkt habe. Durch den dünnen Gesichtsschleier hatte er ein dunkles, großes Augenpaar bemerkt, welches mit eigenthümlichem Ausdrucke auf ihm zu ruhen schien; sonst aber war von der Gestalt nichts weiter zu sehen gewesen, als das kleine, mit feinen levantirten Stiefeletten bekleidete Kinderfüßchen. Wie kam dieser Muselmann, den er jetzt noch gar nicht erwartete, dazu, eine seiner Frauen, denn das war sie jedenfalls, auf eine Reise in das Ausland mitzunehmen? Er mußte weder eifersüchtig noch von denjenigen Vorurtheilen befangen sein, welche den Moslem bestimmen, seine Frauen und Töchter von dem öffentlichen Leben auszuschließen. Und dabei schien er während seiner Reise alle gewohnten Ansprüche fallen lassen zu wollen, da er vollständig ohne Dienerschaft war, denn die Matrosen konnten als solche nicht betrachtet werden, da sie an das Schiff gebunden waren.

Er öffnete unterwegs das Couvert und zog die Karte hervor; sie enthielt auf feinstem Pergamente in goldener Schrift den einfachen Namen »Nurwan Pascha.«

»Wirklich anspruchslos!« meinte Arthur. »Ein Anderer an seiner Stelle hätte hinzugefügt: »Admiral a. D., Liebling des Sultans, Vertrauter des Schah-in-Schah von Persien« und tausend Anderes noch.«

Auf Sternburg angekommen suchte er den Kastellan auf. Er fand ihn in seiner Wohnung.

»Horn, eilen Sie, laufen Sie, springen Sie – – alle Wetter, ich bin ja ganz und gar aufgeregt; ich muß wahrhaftig erst Athem schöpfen!«

»Aufgeregt? Mein lieber, junger Herr!« rief die alte Kastellanin, indem sie die Hände zusammenschlug. »Durchlaucht sind ja stets so ruhig, daß etwas ganz Außerordentliches passirt sein muß, um Sie aufzuregen.«

»Das ist es auch, meine gute Mama Horn. Denken Sie sich, der Pascha kommt!«

»Der Pascha? Herr Jesses, da muß ich fort, fort, fort – –!«

Sie huschte eilfertig in der Stube umher, als suche sie etwas höchst Nothwendiges, was doch nicht zu finden sei.

»Nur sachte, sachte, Alte!« ermahnte der Kastellan. »Der Pascha kommt; das ist gar nicht gefährlich, zumal wenn er nicht gleich kommt.«

»Das ist es ja eben,« fiel Arthur ein, »er kommt; er ist ja bereits da!«

»Bereits da? Das ist allerdings schlimm. Wo ist er denn bereits?«

»Unterwegs nach hier.«

»Himmel, das ist ja böser, als ich dachte! Wir sind ja noch gar nicht mit unseren Vorbereitungen fertig, und da ist es nothwendig, daß wir schleunigst – – na, vorwärts, Alte, was stehst Du denn noch hier herum! Durchlaucht, bitte, empfangen Sie ihn! Wir werden unterdessen – – –«

»Halt, Horn, dableiben!«

Die beiden eilfertigen Leute befanden sich bereits unter der Thür; auf den Zuruf des Kapitäns wandten sie sich zurück.

»Ich kann ihn nicht empfangen!«

»Nicht? Warum nicht, gnädiger Herr?«

»Weil ich verreist bin.«

»Verreist? Hm, wieso?«

»Er frug mich, wer ich sei; ich wollte mein Inkognito bewahren, denn ich hatte noch keine Ahnung, daß ich den erwarteten Gast vor mir habe, und antwortete, daß ich ein Matrose sei und Bill Willmers heiße.«

»Ein Matrose und Bill Willmers! Mein Gott, jetzt sehen Sie, Durchlaucht, daß bei einem solchen Inkognito nichts Gutes herauskommt. Nun können Sie nichts anderes thun, als sich blamiren, indem Sie dem Türken die Wahrheit gestehen!«

»Nein, das kann ich nicht, denn er hat mich gemiethet.«

»Gemiethet? Ich begreife nicht – –!«

»Das heißt, ich stehe für die Zeit seines hiesigen Aufenthaltes als Domestike in seinen Diensten.«

»Domestike – in seinen Diensten – –? Höre ich recht, Durchlaucht? Ein hochfürstlich Sternburgischer Prinz, Ritter vieler Orden und Fregattenkapitän, im Dienste eines Türken?«

»So ist es, lieber Horn, und dabei muß es auch einstweilen bleiben. Sehen Sie also ja darauf, daß mein Inkognito streng bewahrt bleibe. Mein Bild entfernen Sie aus dem Salon; es würde mich verrathen. Und wenn wir beobachtet sind, behandeln Sie mich als Fremden und Untergebenen.«

»Das ist ja ganz und gar unmöglich, mein lieber, junger Herr,« protestirte die Kastellanin. »Herr Jesses, wie könnte ich mich unterstehen, Euer Durchlaucht – –!«

»Sie sollen sich aber unterstehen!« fiel er ihr in die Rede. »Sie weisen mir hier unten in Ihrer Nähe ein Zimmer an, damit sie es leicht haben, sich in zweifelhaften Fällen meine Anweisungen zu holen. Der Pascha bekommt die Gemächer meines Vaters, und seiner Dame werden die Thurmzimmer zur Verfügung gestellt.«

»Seiner Dame?« frug die Kastellanin erschrocken. »Hat er denn eine Dame mit?«

»Ja; jedenfalls seine Lieblingsfrau.«

»Herr Jesses, das fehlt nun gerade noch, daß wir hier Haremswirthschaft bekommen; denn so eine Frau verlangt alles Mögliche und Unmögliche: Bäder, Seifen, Pommaden, Odeurs, Zahnpulver, Schönheitswasser, Schnürsenkel, Henna für die Fingernägel und Ruß für die Augenbrauen. Und was für ein Schwarm von Dienstvolk wird dabei sein! Ein Mustapha mit einer Fatime, ein Jussuf mit einer Suleika, ein Achmed mit einer – – –«

»Gar keine Dienerschaft bringen sie mit. Ich glaube gar, sie werden nicht einmal per Wagen oder Sänfte, sondern einfach zu Fuße kommen. Sorgen Sie für die nöthige Lohndienerschaft, Horn, und empfangen Sie jetzt die Herrschaften, während ich hinauf gehe, um nachzusehen, was in den Zimmern noch zu vervollständigen ist.«

»Wir – die Türken empfangen? Das geht nicht, Durchlaucht! Dazu fehlt uns das Geschick. Ich weiß ja nicht einmal, wie man so einen Pascha titulirt! Wie viele Roßschweife hat er denn eigentlich?«

»Die Roßschweife sind gleichgültig. Tituliren Sie ihn gerade so wie einen hiesigen Minister. Hier ist die Karte des Pascha, welche ich Ihnen natürlich übergeben mußte, weil Prinz Arthur nicht anwesend war. Also vorwärts, Horn, sonst kommen sie, noch ehe —«

»Alle Wetter,« rief der Kastellan; »dort kommen Sie bereits durch die Gartenpforte! Rasch, Alte! Na, ich bin neugierig, wie das werden wird.«

»Durch die Gartenpforte?« frug die angsterfüllte Frau, indem sie an das Fenster eilte. »Wahrhaftig, und seine Frau ist gleich mit dabei. Herr Jesses, wie soll ich sie tituliren, Durchlaucht? Na, da ist der junge, gnädige Herr bereits verschwunden. Horn, sage mir in aller Welt, wie man eine Haremsfrau zu tituliren hat?«

»Weiß auch nicht, Alte. Habe mein Lebtage kein Harem gehabt! Rasch jetzt; wir müssen in den sauren Apfel beißen!«

»Ja, wir sind leider gezwungen, hinein zu beißen. Aber Alter, bitte, geh Du voran!«

Der Pascha kam mit seiner Begleiterin langsamen Schrittes durch den Garten. Er hatte jedenfalls die Absicht, durch die Veranda Entree zu nehmen, was die beiden alten Leute bewog, sich schleunigst nach der Letzteren zu begeben.

Der Türke war eine wirklich imposante Erscheinung. Seine hohe, breitschulterige Figur ragte um einen halben Kopf über Leute gewöhnlichen Schlages hinaus; auf dem Kopfe trug er den bekannten rothen Fez, welcher mit einer schwer goldenen Quaste verziert war; die eng anliegende Kleidung, über welche er den weiten Mantel nur leicht geworfen hatte, zeigte eine höchst ebenmäßige, kraftvolle Gestalt, um deren schlanke Taille sich der glänzende Gurt schlang, an welchem der historische krumme Säbel befestigt war. Das edel geschnittene Gesicht, aus welchem zwei dunkle, kühne Augen blitzten, wurde von einem dichten Vollbarte geschmückt, welcher bis auf die Brust herniederreichte, und wie dieser Mann so durch den Garten herbeigeschritten kam, machte er den Eindruck eines Charakters, dessen unerschütterliche Festigkeit durch die physischen Vorzüge eines kraftvollen Körpers auf das Vollkommenste unterstützt wird.

Jetzt erstieg er die Stufen der Veranda, und der Kastellan trat ihm zögernd entgegen.

»Excellenz – – –«

Das Auge des Pascha fixirte ihn mit einem raschen Blicke.

»Wer sind Sie?«

»Ich bin der Kastellan von Schloß Sternburg, und das hier ist meine Frau.«

»Melden Sie mich seiner Durchlaucht, dem Prinzen von Sternburg. Ich werde bereits erwartet!«

»Excellenz entschuldigen. Seine Durchlaucht sind nicht anwesend und – –«

»Auf wie lange?«

»Auf unbestimmte Zeit. Daher mögen Excellenz mir und meiner Frau gütigst gestatten, uns Ihnen zur Verfügung zu stellen. Schloß Sternburg steht Ihnen offen.«

»Schön! Doch – hat der Prinz den Brief von Durchlaucht, seinem Vater erhalten?«

»Allerdings, doch der junge Herr glaubten, daß noch einige Zeit bis zu Ihrem Erscheinen verstreichen werde. Ich glaube sogar, er entfernte sich nur, um Vorbereitungen für den Empfang so hoher Gäste zu treffen.«

»War nicht nothwendig. Ich bin ein Seemann und zufrieden, wenn ich eine kleine Koje habe, von welcher aus ich in die See hinausblicken kann.«

»O, eine solche Koje wird hier wohl zu finden sein, Excellenz,« meinte die Kastellanin, welche es jetzt an der Zeit hielt, auch ein Wort zu sprechen. »Und für Madame auch, wenn sie es liebt, auf das Meer hinauszuschauen. Bitte, treten die Herrschaften nur ein!«

Man betrat das Zimmer des Prinzen.

»Wer wohnt hier?«

»Der junge Herr. Hier und nebenan.«

»Blos?« frug der Türke verwundert.

»Ja, blos!« antwortete die Kastellanin, welche Muth zu

fassen begann. »Er ist ja auch Seemann und liebt es, nur eine Koje zu haben.«

Jetzt trat Arthur ein. Nurwan Pascha wandte sich sofort an ihn.

»Du kennst die hiesigen Formalitäten beim Ankerwerfen eines Fahrzeuges?«

»Ja.«

»Besorge mir das. Die Schiffspapiere befinden sich in meiner Kajüte. Und sage den Leuten, daß ich mein Gepäck sofort erwarte; den Weg herauf kannst Du ihnen beschreiben.«

»Alles richtig, Excellenz!« antwortete Arthur in strammer Haltung und verließ das Zimmer.

Als er die Yacht erreichte, fand er die Effekten auf dem Verdecke bereits bereit gelegt. Die vier Matrosen hockten dabei und rauchten ihren duftenden Jelimah. Er sprach sie türkisch an; sie verstanden ihn nicht. Jetzt versuchte er es mit dem Arabischen, und sofort sprangen sie empor und griffen nach dem Gepäcke. Der Eine aber meinte:

»Sprich die Sprache Deines Landes, Bruder; der Arab-el-Bahr wird Dich verstehen!«

Drei von ihnen stiegen nach dem Schlosse empor, und der Vierte blieb zurück. Arthur stieg die schmale Treppe hinab und befand sich zwei Thüren gegenüber, deren eine er öffnete. Er befand sich in einer kleinen Kajüte, welche, wie er auf den ersten Blick erkannte, der Türkin zum Aufenthalte gedient hatte. Auch hier bemerkte er den feinen Duft, welcher ihm bereits aufgefallen war; es konnte nichts Anderes sein als Reseda, vermischt mit einem andern leisen orientalischen Parfüm. Wo war er demselben nur begegnet? Er hatte keine Zeit, darüber nachzudenken, denn über ihm verfinsterte sich die Luke und der herabblickende Araber meinte:

»Die Kajüte des Kapitäns liegt am Steuerbord!«

Er betrat den bezeichneten Raum und fand die Papiere; dann wollte er nach oben zurückkehren, fühlte sich aber durch einen höchst auffälligen Umstand aufgehalten. Den beiden Kajüten gegenüber befand sich eine Eisenwand, welche bei einer zufälligen Berührung mehr Wärme zeigte, als die

Temperatur der äußeren Luft mit sich brachte. Er eilte nach oben und trat hastig auf den Araber zu.

»Rasch durch die Vorderluke hinab. Es brennt unten im Raume!«

»Feuer? Komm mit!« rief erschrocken der Mann, eilte nach dem Vorderdeck und stieg hinab.

Arthur folgte ihm. Unten war es vollständig finster.

»Feuer sagst Du? Hamdulillah, Preis sei Gott, daß Du Dich irrst! Wo soll es brennen?«

»Ich sehe es auch nicht. Aber diese Hitze hier?«

»Diese Hitze? Hat Dir die Wärme Dein Gehirn versengt, daß Du nicht bemerkst den Kessel und die Maschine, welche dem Schiffe die Schnelligkeit der Gazelle gibt?«

Jetzt hatte sich das Auge Arthurs an die hier herrschende Dunkelheit gewöhnt, und er bemerkte nun allerdings einen kleinen Kessel, welcher jedenfalls mit Petroleum gefeuert wurde.

»Eine Maschine?« rief er, im höchsten Grade erstaunt. »Wie heißt die Yacht? Ich habe vergessen, nach dem Namen zu schauen.«

»Almah!«

»Almah? Wem gehört sie?«

»Dem Kapitän.«

»Dann hat er den Riß zu ihrem Baue selbst entworfen. Sie ist ein Meisterstück. Auch das schärfste Auge erkennt von außen nicht, daß diese Segelyacht eigentlich ein Dampfer und zwar ein Schraubendampfer ist. Aber –«

Er hielt inne. Es fiel ihm der Umstand auf, daß die »Almah« in den Schiffspapieren einfach als Privatyacht aufgeführt war, ohne eine Beifügung, ob sie Segel- oder Dampfschiff sei. Doch konnte ihm dies gegenwärtig sehr gleichgültig sein. Er verließ das Fahrzeug, dessen Name ihn höchst sympathisch berührte, und begab sich zum Hafenmeister, um die gebotene Meldung zu machen.

Unterdessen hatte der Kastellan mit seiner Frau die Gäste nach oben geführt. Die Zimmer, welche Nurwan Pascha zur Verfügung gestellt wurden, waren geradezu prachtvoll zu nennen, und jedes einzelne Fenster bot eine Aussicht, welche einen Seemann entzücken mußte.

»Diese Zimmer bewohnen Durchlaucht, der Herr General, wenn er sich hier befindet,« erklärte der Franke.

»Und welche von ihnen sind für mich bestimmt?« frug die noch immer Verschleierte mit einer Stimme, deren süßer, reiner Wohllaut wohlthuend zu Ohren drang.

»Die Ihrigen liegen eine Treppe höher. Darf ich sie Ihnen zeigen?«

»Ja, kommen Sie.«

Die Wohnung, welche sie jetzt betraten, bestand aus vier im Kreise neben einander liegenden Räumlichkeiten, welche für eine Dame, und zwar mit einer Eleganz eingerichtet waren, die auf den unermeßlichen Reichthum des Sternburg'schen Hauses schließen ließ. Die beiden Männer waren unten geblieben, und die Kastellanin befand sich also jetzt mit der Fremden allein.

»Herrlich, prächtig,« jubelte die Letztere, erfreut die kleinen weiß behandschuheten Händchen zusammenschlagend. »Das ist ja eine Thurmwohnung, von welcher aus man nach allen Seiten die prächtigste Aussicht hat, hier auf die See, und hier auf die Küste und dort hinein in das weite grüne Land. Und wie prächtig eingerichtet; blauer Sammt und weißer Atlas! Wer pflegt hier zu wohnen?«

»Ihre Königliche Hoheit, Prinzeß Asta von Süderland, wenn sie die Stadt besucht, um Seeluft zu athmen.«

»O schön, wundervoll! Ich habe die Zimmer einer Königlichen Prinzeß!« rief die Türkin in kindlichem Jubel und hüpfte aus einem Gemache in das andere, um jede Kleinigkeit in Augenschein zu nehmen.

Die Kastellanin folgte den zierlichen Bewegungen mit Bewunderung. Das war ein körperlich vollkommen ausgebildetes Weib mit einem reinen, noch unverfälschten kindlichen Gemüthe.

»Es freut mich, daß diese Wohnung Ihnen genügt! Für die nöthige Bedienung wird schleunigst gesorgt werden, und dann wird uns jeder Ihrer Wünsche ein Befehl sein, Madame!«

»Madame?« frug sie verwundert. »Sie halten mich für eine Frau?«

»Ja doch! Sind Sie nicht eine Frau aus dem Harem des Herrn Pascha?«

Jetzt schlug sie die Händchen nochmals und zwar im hellen Entzücken zusammen, wobei ihren Lippen ein herzliches Lachen entquoll, dessen Konsonanz goldenen Saiten zu entstammen schien.

»Ich – eine Frau – aus dem Harem des Herrn Pascha?« Und mitten im hellsten Lachen schlug sie den Schleier zurück, nahm ihn vom Kopfe, warf die leichten Hüllen von sich, welche das eigentliche Gewand dem Blicke entzogen, und frug dann: »Sehe ich wirklich aus wie das Weib eines Pascha?«

Die Kastellanin trat bei dem Glanze der ihr entgegenstrahlenden Schönheit unwillkürlich einen Schritt zurück; eine solche Vereinigung der vollkommensten körperlichen Reize hatte ihr erfahrenes Auge noch niemals erblickt, und mit vollster Ueberzeugung antwortete sie:

»Nein, Sie sind keine Frau, sondern – – aber – aber – bitte, befehlen Sie, wie ich Sie nennen soll!«

»Sagen Sie erst Ihren Namen?«

»Horn.«

»Nun wohl, Mutter Horn, nennen Sie mich einfach Almah!«

Die Kastellanin blickte ihr mit glänzenden Augen in das herrliche Angesicht.

»Das geht nicht! Ich bin eine alte geringe Frau, und Sie sind – aber bitte, was sind Sie denn, wenn Sie nicht die Frau des Pascha sind?«

»Ich bin seine Tochter.«

»Ah! Und wie titulirt man in der Türkei die Tochter eines Pascha?«

»Man nennt sie bei ihrem Namen. Darum sollen Sie Almah zu mir sagen.«

»Ich muß wohl gehorchen, wenn Sie es befehlen; aber Ihr Herr Papa, wird er es leiden? Ich – ich – ich habe mich bisher so sehr vor den Türken gefürchtet, weil sie so große Bärte und so krumme Säbel haben und an einen andern Gott glauben.«

»Ah? Kommen Sie einmal her zu mir, meine gute Frau Horn; ich will Ihnen etwas sagen!« Sie ergriff die Hand der Kastellanin und zog die Letztere nahe zu sich heran. »Hören Sie: Vater ist kein Türke in der Weise, wie Sie es nehmen!«

»Nicht? Kein Türke?«

»Nein.«

»Dann sind Sie auch keine Türkin?«

»Nein. Vater ist ein Christ und ich bin also auch Christin.«

»Ists wahr?« frug die Kastellanin erfreut.

»Natürlich!«

»O, das ist schön! Ich möchte Sie so gern recht herzlich lieb haben, und hätte mich dies doch nicht getraut, wenn Sie eine Türkin wären.«

»So ists recht, Mütterchen! Wollen uns lieb haben, so lieb, als seien Sie auch wirklich meine Mutter!«

»Ja, haben Sie denn keine Mutter mehr?«

»Nein, ich habe Mama gar nicht gekannt; sie starb, als ich noch ein sehr kleines Kind war.«

»Sie armes, liebes Fräulein! Haben Sie auch keine Schwester, keine Tante oder sonst eine Freundin?«

»Verwandte habe ich nicht. Ich wohne mit Papa auf einer Insel im Meere, und wenn er zur See geht, so bin ich mit meiner alten Dienerin und zwei Arabern ganz allein.«

»Und so war es immer?«

»Immer!«

»Das ist ja fürchterlich! Auf einer einsamen Insel im Meere mit zwei Arabern und einer alten Dienerin allein zu sein. Nimmt Sie Ihr Papa nicht zuweilen mit?«

»Nein, ausgenommen ein einziges Mal und jetzt.«

»Da sollen Sie hier Entschädigung finden. Sie müssen hier recht oft in Gesellschaft gehen und – –«

»O nein, das mag ich nicht; ich bin gern allein, sehr gern, und mag gar nicht hinaus unter die vielen Leute, unter denen ich mich so fürchte. Doch kommen Sie; ich muß hinunter zu Papa; man wird jetzt wohl unsere Effekten bringen!«

Sie ließ die Schleier liegen und stieg nach unten, wo ihr Vater wirklich bereits auf sie wartete. Man sah aus den Fenstern seiner Wohnung die drei Araber die Höhe ersteigen, und nicht lange dauerte es, so befanden sich Almah und die Kastellanin im Vorzimmer beim Auspacken.

»Warum haben Sie die Araber fortgeschickt, Fräulein Almah? Nun müssen Sie diese Arbeit selbst vornehmen!«

»Sie meinen, ich soll fremde Männer für Papa sorgen lassen? O nein, das ist er nicht gewohnt, und das mag ich auch gar nicht leiden.«

»So, gerade so geht es mir auch mit meinem lieben, jungen Herrn!«

»Wer ist das?«

»Prinz Arthur – –«

»Der uns hier erwarten sollte?«

»Ja.«

»Aber, hören Sie, meine liebe Mutter Horn, ist das nicht ein wenig unartig von diesem Prinzen, daß er uns entflohen ist? Meine alte Dienerin hat mir sehr viel davon erzählt, daß die Männer des Abendlandes so aufmerksam gegen ihre Frauen seien. Bei einem Prinzen ist dies wohl nicht der Fall?«

»O doch! Aber er hat ja gar nicht gewußt, daß Sie mitkommen, und sodann war in dem Briefe seines Vaters ja von einer späteren Zeit die Rede.«

»Ja, wir sind eine Woche früher abgereist, als Papa eigentlich beabsichtigte. Doch, Sie wollten wohl sagen, daß Sie den Prinzen auch gern bedienen?«

»Ja, das wollte ich sagen. Ich lasse ihm von einem Andern keine Handreichung thun.«

»Warum? Er ist ja doch nicht Ihr Gatte oder Ihr Vater!«

»Aber mein Herr, und dennoch dabei so lieb und gut, so mild und nachsichtig, als ob er mein Sohn sei.«

»Er ist schon sehr alt?«

»Warum?«

»Weil er Fregattenkapitän ist, und Papa sagte, daß man dies sehr schwer und sehr spät werde.«

»O nein, er ist erst zweiundzwanzig Jahre alt.«

»Zweiundzwanzig? So jung! Sagen Sie einmal, Mutter Horn, wie sieht denn eigentlich so ein abendländischer Prinz aus? Wohl recht stolz, streng und vornehm?«

»Meist.«

»Also Prinz Arthur auch?«

»Dieser nicht – im Gegentheile! Wenn der Sie anschaut, so ist es, als ob Ihnen die liebe Sonne recht hell und warm in die Augen schiene.«

»So hat er wohl Augen gerade wie – wie – wie der Matrose, den Papa mit der Karte zu Ihnen sandte?«

»Wie der – der Bill Willmers? Ja, gerade so sind seine Augen. Sie dürfen nur – – doch, da ist er, Ihr Diener!«

Die Thür zum Vorzimmer war geöffnet worden, und Arthur stand unter derselben. Almah hatte sich über einen Koffer gebeugt, jetzt erhob sie sich und wandte sich zu ihm um. Sie stand vor ihm, gerade so wie er zu seinen Kameraden auf der Veranda gesagt hatte, wie die Schönheit in ihrer herrlichsten Inkarnation. Den schlanken und doch vollen Oberkörper bedeckte eine rothe, mit Gold gestickte türkische Jacke, unter welcher ein blausammetnes, von massiven Silberspangen verschlossenes Mieder die herrlichste Büste mit einer Taille verband, die man mit den Fingern zu umspannen vermochte. Sie wurde umschlossen von einem mit edlen Steinen besetzten Schuppengürtel, von welchem aus weißseidene Hosen über die schön gerundeten Hüften bis herab zu den Knöcheln gingen, deren Feinheit mit der Kleine des Füßchens bezaubernd harmonirte. Auf dem schlanken, schneeigen Halse saß ein Köpfchen, dessen Anmuth ebenso wenig zu beschreiben war, wie die unvergleichliche Schönheit der Gesichtszüge, welche in ihrer Harmonie ein Ganzes bildeten, dem kein Malerpinsel und auch nicht das nachbildende Licht der Sonne gewachsen sein konnte.

Arthur war, als sie sich emporrichtete und mit dem kleinen, reizenden Händchen die vollen, schwarzblauen Locken aus der Stirn zurückwarf, wie erstarrt halten geblieben. Kein Glied seines Körpers bewegte sich; sein Mund war leise geöffnet und seine Augen richteten sich fast unnatürlich groß auf das entzückende Wesen, welchem am Tage seine Gedanken und des Nachts seine Träume gegolten hatten seit jenem Abende auf dem Nile.

Sie sah den erstarrenden Ausdruck seiner Züge und frug halb ängstlich:

»Was ist Ihnen? Was wollen Sie? Sie sind schon zurück!«

»Al – – Almah!« rang es sich halb seufzend und halb jubelnd von seinen Lippen; dann kam ihm die Bewegung wieder, und er machte Miene, sich auf sie zu stürzen, wurde aber von dem Blicke, welchen sie auf ihn warf, förmlich zurückgeschleudert.

»Sie wissen, wie ich heiße?«

»Ja.«

»Woher erfuhren Sie meinen Namen?«

Er besann sich und bemühte sich, die furchtbare Aufregung, unter welcher jedes Glied seines Körpers erbeben wollte, in die Tiefen seines Innern zurückzuringen.

»Hörte ich ihn nicht von Excellenz, dem Pascha selbst?«

»Ach so. Sie bleiben jetzt zur Disposition und lassen sich vom Kastellane Ihre Wohnung anweisen. Gehen Sie!«

Er wandte sich wie im Traume zurück und verließ das Zimmer.

»Was war mit ihm?« frug Almah. »Haben Sie sein Erschrecken gesehen, Mutter Horn?«

»Allerdings.«

»Bin ich so häßlich, daß er sich vor mir fürchtet? Oder erschrak er aus einem Grunde, den ich nicht kenne?«

Die Kastellanin war keine Diplomatin, und dennoch gab ihr die Vorsicht eine Antwort ein, die sie nicht besser hätte geben können:

»Es geht ihm wie mir; er hat Sie für eine Türkin gehalten, die sich nicht sehen lassen darf. Er hat Sie unverschleiert erblickt und hält sich nun für einen Verbrecher, dem Sie zürnen müssen; daher sein Schreck!« – –

NEUNTES KAPITEL.

Der tolle Prinz.

Ueber die Residenz von Süderland breitete sich ein wunderbar schöner, sternenvoller Abend, und die Luft war so mild und erquickend, daß die Promenaden von Spaziergängern wimmelten, welche unter den duftenden Bäumen wandelten, um nach des Tages Sorge und Arbeit den angestrengten und ermüdeten Geist zu erfrischen.

Unter den Promenirenden bewegten sich zwei junge Männer, welche ihrer Haltung und Kleidung nach zu den besseren Kreisen des Mittelstandes gehörten, Arm in Arm, und den Blicken, mit welchen sie die ihnen Begegnenden musterten, war es anzusehen, daß sie irgend Jemand erwarteten.

»Sie kommen nicht,« meinte der Eine von ihnen, den Hut, als ob er schwitze, abnehmend, um die hohe, breite Stirn mit dem weißen Mouchoir zu trocknen.

»Sie werden kommen, Karl, darauf verlaß Dich. Anna hat mir noch in der Dämmerstunde bejahend zugenickt, als ich vorüberging.«

»Sie wird kommen, ja; sie ist ein ruhiges, festes und treues Gemüth, und Du thatest damals wohl, gerade sie zu wählen.«

»War es nicht ein eigenthümlicher Scherz, der dann so schön in Erfüllung ging?«

»So schön? Ja, ich habe auch und lange Zeit geglaubt, daß es uns zum Glücke so geschehen sei,« meinte Karl mit halblauter Stimme, aus welcher eine tiefe, schwere Trauer klang.

»Zweifelst Du jetzt wirklich?«

»Wir saßen im Parke,« fuhr der Gefragte, ohne auf diese Worte zu hören, wie rezitirend fort, »und uns gegenüber nahmen zwei unbekannte Damen Platz, die Eine blond und schmächtig, die Andere braun, dunkeläugig, voll Feuer und Leben und von einer Gestalt, an welcher ein Correggio nichts auszusetzen gehabt hätte. Wir wählten uns im Scherze eine von ihnen; Du wolltest die Blonde, Sanfte, ich die Braune,

Schöne, Feurige. Aus dem Scherze wurde Ernst – Du bist glücklich und ich – elend.«

»Karl!« rief der Andere.

«Zweifelst Du?«

»Ich begreife es nicht. Emma ist schön, besitzt ein gutes Gemüth, einen häuslichen, wirthschaftlichen Sinn und – –«

»Und weiß, daß sie schön ist,« fiel Karl ein. »Sie hat ihre Mutter bei der Geburt verloren und wurde von ihrem Vater durch übergroße Zärtlichkeit und unverständige Nachsicht so verzogen, daß sie kein anderes Gesetz kennt, als das Gefühl des Augenblickes. Sie kennt ihre körperlichen Vorzüge sehr genau; sie bemerkt es, wenn sie bewundert wird, und thut man dies nicht, so fordert sie durch Blick, Bewegung und Geberde dazu auf. Sie hatte mich lieb, aber sie will ihre Vorzüge nicht mir allein widmen, sie bedarf auch der Anerkennung Anderer, welche sie mit suchendem Auge einkassirt. Bei einem solchen Charakter oder vielmehr Naturell ist sie allen Versuchungen ausgesetzt, denen gegenüber sie nicht diejenige Festigkeit besitzt, welche erforderlich ist zur inneren und äußeren Treue gegen den Geliebten.«

»Du richtest zu streng. Auch ich habe sie später etwas weniger ernst gefunden, als ich sie vorher taxirte; aber sie ist noch jung, und die mangelhafte Erziehung wird sich nachholen lassen.«

»Du bist ein großer Psycholog, Paul, um zu wissen, daß eine junge zweiundzwanzigjährige Dame noch zu ziehen ist.«

»Pah! Du als Literat, der sehr berühmte Romane und Novellen schreibt, bist natürlich seelenkundiger als der bescheidene Uhrmacher Paul Held; aber ich meine, wenn ein Mädchen den Mann ihrer Wahl wirklich lieb hat, so wird sie ihren Fehlern gern entsagen.«

»Richtig, doch von diesem gern entsagen bis zum wirklichen Aufgeben der Fehler ist ein weiter und schwieriger Weg, zu welchem eine Charakterfestigkeit gehört, welche dem Leichtsinne entgeht. Emma hat mich noch heut innig lieb, aber ihre Gefallsucht wird sie auf Abwege treiben, auf denen sie vielleicht jetzt schon wandelt.«

»Karl!« rief der Andere zum zweiten Male.

»Ich bleibe bei dieser Behauptung. War es früher nicht ihr größtes Glück, des Abends an meinem Arme sich zu erholen? Und was thut sie jetzt? Sie verspricht mir, zu kommen, hält aber selten Wort, und wenn ich nachforsche, so höre ich, daß sie nicht daheim geblieben, sondern bei dieser Frau Schneider gewesen ist, deren Existenz mir eine höchst problematische zu sein scheint. Dieses Weib hat eine Tochter, welche den Anziehungspunkt gewisser Herrenkreise bildet. Ich habe Emma gebeten, die Familie zu meiden, sie hat meinen Wunsch nicht berücksichtigt; ich habe es ihr mit Strenge befohlen, sie ist mir ungehorsam gewesen; ich säe Aufrichtigkeit und ernte Lügen; diesem Zustande möchte ich ein Ende machen und kann es doch nicht, weil ich – – sie zu innig, zu innig liebe!«

»Armer Freund!«

»Ja, arm, sehr arm! Wie reich und glücklich war ich vorher. Ich gehöre zu den gelesensten Novellisten; man bezahlt meine Arbeiten so, daß ich mehr einnehme als ich bedarf; ich könnte es schnell vorwärts bringen, doch glaube mir, Paul, seit meiner Bekanntschaft mit Emma habe ich nicht eine einzige Arbeit vollendet, welche ich mit gutem Gewissen dem Drucke hätte übergeben dürfen. Wenn es so fortgeht, so bin ich geistig und wirthschaftlich ruinirt.«

»Sei einmal ernst mit ihr!«

»Ich bin es gewesen, doch hilft der Ernst so wenig wie die Liebe. Ich möchte am Liebsten – – doch schau dort hinüber! Ist das nicht Anna?«

»Ja, sie ist es,« meinte Held, erfreut über den Anblick der Geliebten.

»Und allein – ganz so wie ich vermuthete!«

Die junge Dame, jene sanfte Blondine, von welcher Karl Goldschmidt gesprochen hatte, begrüßte die Beiden und wandte sich dann an den Literaten.

»Ich bringe Emma leider heut nicht mit –«

»Heut? Sagen Sie lieber – immer!«

»Sie versprach mir noch am Nachmittage, mitzugehen, doch als ich kam, um sie abzuholen, war sie bereits ausgegangen.«

»Dann kehre ich nach Hause zurück.«

»Bleibe bei uns, Karl! Du störst uns nicht,« bat Held.

»Das weiß ich. Aber Du weißt nicht, was es heißt, Andere glücklich zu sehen, selbst aber unglücklich zu sein. Gute Nacht!«

Er ging, doch nicht nach Hause, sondern unwillkürlich lenkte er seine Schritte nach der Straße, in welcher Emma's Vater wohnte. Dieser schien ausgegangen zu sein, da keines der Fenster erleuchtet war. Karl wußte, daß nur ein Vorsaalschlüssel vorhanden sei, und kannte auch den Ort, wohin dieser gelegt wurde, wenn Vater und Tochter nach verschiedener Richtung die Wohnung verließen. Er stieg die Treppe empor, zog den Schlüssel unter dem Schranke hervor und öffnete. Dann trat er in Emma's Zimmer, welches nach der Seite des Hofes lag. Es war ihm niemals eingefallen zu lauschen oder zu spähen, jetzt aber hielt er es als eine Pflicht gegen sich selbst, nach Momenten zu suchen, welche geeignet waren, ihm über das Verhalten der Geliebten Aufklärung zu geben.

Er brannte die Lampe an und warf einen Blick im Zimmer umher. Er fand Alles in der gewohnten Ordnung. Wollte er irgend einen Anhalt gewinnen, so mußte er eingehender forschen. Er untersuchte den Schrank, den Sekretär, die Nähtoilette und die Kästen der Kommode. Schon war er mit den Letzteren beinahe zu Ende, so erblickte er ein Kästchen, welches ihm vollständig fremd war; es mußte erst kürzlich in den Besitz der Geliebten gekommen sein. Er öffnete es und fand einige duftende Couverts, auf denen ein sammetnes Etui lag. Das Letztere enthielt eine kostbare Schmuckgarnitur, und in jedem Couverte stak ein zierlich geschriebenes Billetchen. Er las die Letzteren; sie dufteten so sehr nach dem Weihrauche der Bewunderung und enthielten der Schmeicheleien so kräftige, daß nur einer unkundigen Seele die grobe Absicht dieser Schreibereien entgehen konnte. Unterschrieben waren die Billets mit »von Polenz, Oberlieutenant.«

»Hund!« knirschte Karl. »Oder ist es nicht Hundenatur, auf fremdem Gebiete zu revieren? Diese Herren dürfen mit ihren sogenannten noblen Passionen ungestraft das Glück und Wohl ihrer Nebenmenschen tödten, und wenn ein armer Teufel vor Hunger die Hand nach einem elenden Stücke Geldes ausstreckt, so reißt man ihn aus all seinen Verhältnissen, aus der menschlichen Gesellschaft, und steckt ihn, der nur noch als eine Nummer gilt, zwischen kalte nackte Mauern, die er nur verläßt, um die Seinen noch ärger bestraft zu finden, als er selbst es war. Ich werde diesen Lieutenant von Polenz finden und ein Wörtchen mit ihm sprechen!«

Er brachte Alles wieder an den früheren Platz zurück und verließ dann die Wohnung.

Nicht weit von derselben stand das Haus, dessen Parterre die Familie Schneider bewohnte. Er trat an einen der Fensterläden und horchte. Das helle fröhliche Lachen Emma's, welches ihn früher so oft beglückt hatte, ertönte im Innern. Hatte sie ihm ihr Wort gebrochen, blos um den Abend bei diesen Leuten zuzubringen? Er zweifelte. Zwar hatte er auf den Billets keine Bestellung für den heutigen Abend gefunden, doch konnte Emma diese schriftliche Bestellung, wenn eine solche erfolgt war, auch anderswo versteckt oder zu sich genommen haben. Er beschloß daher, jedenfalls zu warten, was der Abend bringen werde.

Gegenüber lag ein hohes, alterthümliches Haus mit einem breiten, tiefen Thorwege. Der eine Flügel des letzteren stand offen, und er trat in den dunklen Flur und schloß das Thor in der Weise, daß nur eine Spalte blieb, um die Straße zu beobachten.

Er hatte noch nicht lange in diesem Verstecke gestanden, als er von fern her Sporen klirren hörte. Zwei Männer nahten und hielten unweit des Thorweges an, es waren Offiziere.

»Wohin führen wir sie heut?«

»Promeniren?«

»Pah, poussiren!«

»Also nach den Promenaden?«

»Zu volkreich. Will allein sein mit ihr!«

»Also Stadtpark – entfernteste Parthie, da wo der Reitweg endet?«

»Ja.«

»Es gibt dort zwei sehr bequeme Bänke, von dichtem Gebüsch überschattet. Kein Mensch verirrt sich in diesen Winkel.«

»Trefflich! Habe mir mit diesem Mädchen beinahe Mühe geben müssen – soll nicht umsonst gewesen sein – will süßen Lohn, haha – – Sie gehen mit der Ihren voran; ich werde folgen!«

Dieser Letztere sprach kurz und in einem Tone, welchem man die Gewohnheit des Befehlens anhörte. Sollte er wirklich bloßer Lieutenant sein?

Der Andere stieß einen halblauten Pfiff aus, und kurze Zeit darauf öffnete sich drüben die Thür. Emma trat hervor; der Befehlshaberische nahm sie sofort in die Arme und küßte sie. Hinter ihr verließ ein anderes Mädchen das Haus, welches der andere Offizier am Arme nahm, um sich sofort nach der vorgezeichneten Richtung zu bewegen.

»Emma, mein schönes, süßes, entzückendes Kind,« hörte Karl seinen Nebenbuhler sprechen, »sind Sie gern gekommen?«

»Gern!«

»Und hat dieser – dieser Scriblifax, dessen Sie sich nicht erwehren können, nicht Beschlag auf den heutigen Abend gelegt?«

»O ja!«

»Und Sie sind nicht mit ihm gegangen! Meinetwegen, nicht wahr, mein himmlisches Mädchen?«

»Ja, nur Ihretwegen, Herr Lieutenant!«

»Recht so, meine Venus, mein unvergleichlicher Engel! Habe mich lieb, nur mich allein, dann wirst Du Glück finden ohne Ende, ein Glück, von welchem wir heut die süßesten Tropfen schlürfen können. Komm, laß uns gehen!«

Sie folgten dem vorausgegangenen Paare.

Karl lehnte hinter dem Thore und hatte die fieberheiße Stirn an die kalte Mauer gelegt.

»Verloren – Alles, alles verloren! Sie wird ihm gehören und dann zu Grunde gehen. Emma, wie lieb, wie unendlich lieb habe ich Dich gehabt! Und nun – – aber, ist sie wirklich verloren? Noch nicht, wenn ich sie nicht aufgebe! Sie wird, sie muß erkennen, welcher Unterschied ist zwischen einer schmutzigen Sinnlichkeit und den reinen, treuen Gefühlen, welche ich ihr entgegenbringe. Ich werde ihnen folgen, oder vielmehr, ich werde einen andern Weg einschlagen, um ihnen zuvorzukommen.«

Er kannte den Ort, welcher das Ziel ihres Spazierganges war, und es konnte ihm leicht fallen, denselben noch vor ihnen zu erreichen. Als das erste Paar dort anlangte, hatte er sich bereits ein bequemes Versteck hinter derjenigen Bank, welche am verborgensten lag, hergerichtet, und als dann auch Emma mit ihrem Begleiter erschien und sich hart vor ihm plazirte, hätte er sie mit der Hand erreichen können, und er vermochte jedes ihrer Worte zu verstehen.

Der Offizier hatte den Ueberrock ausgezogen und als Teppich für das Mädchen auf den Sitz gelegt. Später nahm er auch die Mütze vom Kopfe, jedenfalls um durch den Anblick seines schönen, reich gelockten Haares die Zahl seiner sichtbaren Vorzüge zu vermehren. So wurde sein Gesicht vollständig frei; Karl konnte ihn ganz genau erkennen.

»Der tolle Prinz – in Lieutenantsuniform!« murmelte er überrascht. »Das gibt eine Schlägerei, wenn ich mich unterstehe, ihm den Besitz meiner Braut streitig zu machen! Pah,« setzte er zähneknirschend hinzu – »mir ganz gleich!«

Es waren fürchterliche Augenblicke für den jungen Mann, welcher zusehen mußte, daß der Gegner sich in Zärtlichkeiten erging, die ihm selbst verweigert gewesen waren, doch wollte er so lang wie möglich unbemerkt bleiben, um zu erfahren, wie weit die Untreue seines Mädchens bis jetzt gegangen war.

»Hast Du den Schmuck bereits getragen, den ich Dir brachte?« hörte er fragen.

»Noch nicht.«

»Warum?«

»Vater darf ihn nicht sehen, und die Garnitur ist so kostbar, daß ich beschlossen habe, sie zum ersten Male an – an – an unserem Hochzeitstage zu tragen.«

»Recht so, mein Herz, denn daraus erkenne ich, daß Du ein sparsames, haushälterisches Weibchen sein wirst. Doch bis zur Hochzeit kann noch mancher Monat, vielleicht sogar ein ganzes Jahr vergehen. Ehe ich mir eine Frau nehmen kann, muß ich erst Hauptmann sein. Wird Dir das nicht zu lang?«

»Nein, denn ich werde Dich ja öfters sehen.«

»Natürlich, auf der Promenade oder – – oder wohl auch bei Dir?«

»Bei mir? Ich danke. Papa soll noch nichts von unserer Liebe wissen!«

»Allerdings, doch ist dies noch immer kein Hinderniß, uns in Deiner Wohnung zu sehen. Papa braucht ja nichts davon zu wissen.«

»Das ist unmöglich! Er würde trotzdem bemerken, daß ich Dich bei mir sehe.«

»Er würde es nicht bemerken. Soll ich Dir das beweisen?«

»Wie so?«

»Heut ist er ausgegangen?«

»Ja. Es ist heut der Tag, an welchem er ein Spielchen zu machen pflegt.«

»Wenn kommt er da nach Hause?«

»Vor Mitternacht sicher nicht.«

»Weckt er Dich dann, wenn Du bereits schläfst?«

»Nie.«

»Also! Es ist ein Viertel vor elf Uhr. Laß uns aufbrechen!«

»Warum?«

»Ich werde Dich recht schön ersuchen, einmal sehen zu dürfen, wie mein zukünftiges Weibchen wohnt.«

»Das geht nicht; nein, das ist unmöglich!«

»Warum? Verlange ich mit dieser Bitte zu viel?«

»Nein, aber zu so später Stunde – – nein, es ist unmöglich, Du mußt früher kommen!«

»Ja, mein Herz, kann ich früher kommen, ohne bemerkt zu werden?«

»Ich darf nicht!«

»So liebst Du mich nicht!«

»O doch!«

»Nein. Ich glaube nicht an eine Liebe, welche mir einen so einfachen Wunsch verweigert. Darf ich nicht einmal das Zimmer sehen, welches mein Mädchen bewohnt, so ist von Liebe und Vertrauen keine Rede.«

»Du bist grausam!«

»Nein. Entscheide Dich! Soll ich allein gehen oder wollen wir jetzt mit einander aufbrechen?«

Sie zögerte eine Weile mit der Antwort, dann klang es gepreßt:

»Komm!«

Sie erhoben sich und traten den Rückweg an. Das andere Paar schien zu sehr in seine eigenen Angelegenheiten vertieft zu sein, um diese Entfernung zu bemerken. Karl erhob sich, um noch vor den Vorangegangenen die Stadt zu gewinnen.

Er glaubte jetzt zu der Annahme berechtigt zu sein, daß er Emma noch nicht verloren geben dürfe; es galt nur, den Einfluß des prinzlichen Abenteurers zu zerstören, und das konnte ja nicht schwer fallen.

Er suchte gegenüber dem Wohnhause eine dunkle Thüröffnung, in welche er trat, bis sie mit ihrem Begleiter erschien. Sie zog den Hausschlüssel hervor, um zu öffnen, und eben wollte sie zur Seite treten, um dem Prinzen den Vortritt zu geben, als es hinter ihnen erklang:

»Halt! Magst Du nicht allein hinaufgehen, Emma?«

Sie fuhr erschrocken herum.

»Karl!«

»Ja, ich bin es. Bitte, gehe hinauf! Ich werde Dir morgen am Tage meinen Besuch machen, um weiter mit Dir zu sprechen; zu so später Zeit aber verlangt kein ehrlicher Mann Zutritt bei einer Dame.«

»Herr, wer sind Sie?« brauste der Prinz auf.

»Ich habe keine Veranlassung, meinen wahren Namen zu verbergen; doch brauche ich ihn nicht zu nennen; ich bin der Scriblifax, von welchem diese Dame Ihnen erzählt hat.«

»Schön! Dann treten Sie gefälligst zur Seite! Ich gestehe Ihnen nicht das mindeste Recht zu, uns den Eingang zu verwehren.«

»Und ich gestehe Ihnen nicht die Erlaubniß zu, ein Mädchen unglücklich zu machen, welches brav war, ehe es Ihnen gelang, sie durch Lüge und Verstellung zu bethören. Dieses Haus werden Sie heut nicht betreten!«

»Wirklich?« klang es höhnisch. »Marsch, zur Seite!«

Emma war bereits nach den ersten Worten der Gegner im Flur verschwunden, doch stand die Thür noch offen. Wer Sieger blieb, konnte eintreten. Der Prinz hatte den Literaten beim Arme gefaßt und versuchte, ihn von der Thür zu drängen; es gelang ihm nicht.

»Herr, nehmen Sie die Hand von mir,« drohte Karl. »Ich möchte sonst vergessen, wer Sie sind!«

»Ah! Wer bin ich denn?«

»Entweder ein Prinz oder ein Schurke, was Beides zuweilen recht gut vereinigt zu sein scheint. Wählen Sie zwischen Beiden!«

»Spion!« knirschte der Prinz und faßte seinen Gegner mit beiden Fäusten vor der Brust. »Fort, sage ich, und zwar zum letzten Male!«

Karl drängte die Fäuste des Prinzen von sich ab, faßte ihn bei der Hüfte und schleuderte ihn gegen die Mauer.

»Wollen sehen, wer fortgeht, Sie oder – – – oh – Hülfe – – oh – –!«

Er brach zusammen, ohne den Satz vollständig aussprechen zu können. Der Prinz, von Wuth hingerissen, hatte den Degen gezogen und ihm denselben in die Brust gestoßen.

»So, Bursche; Du bist beseitigt. Jetzt hinauf!«

Ohne sich um die Folgen seiner That zu bekümmern, tastete er sich den Flur entlang nach der Treppe hin und stieg dieselbe empor. Droben stand Emma, zitternd vor Angst und Besorgniß.

»Wer da? Bist Du es, Emma?«

»Ja.«

»Oeffne! Du wohnst doch hier, nicht wahr?«

»Ja. Aber bitte, laß mich heut allein! Wo ist Goldschmidt?«

»Vor der Thür.«

»Was ist mit ihm? Um Gottes willen, sage es! Ich hörte ihn um Hülfe rufen.«

»Ich mußte ihm ein wenig die Haut ritzen; das ist Alles!«

»Himmel, Du hast nach ihm gestochen?«

»Allerdings. Solchen Menschen muß gezeigt werden, wie weit sie die Erlaubniß haben, mit Andern zu verkehren.«

»Mein Gott, was hast Du gethan! Das wird ein Unglück geben, wie es mich – – –«

»Papperlapapp! Wer weiß denn, wer es gewesen ist?«

»Goldschmidt selbst wird es sagen!«

»Der? Pah, der sagt nichts mehr!«

»So ist er todt? O Gott, das ist ja gar nicht möglich! Daran bin ich schuld!«

Sie bebte vor Schreck am ganzen Körper; er aber blieb vollständig ruhig.

»Denke dies nicht, Emma. Er selbst trägt die Schuld allein, denn er besitzt nicht die mindeste Berechtigung, sich in meine Angelegenheiten zu mischen. Und was wird es sein? Man findet ihn, trägt ihn fort, scharrt ihn ein, sucht nach dem Thäter, erfährt aber nichts – *tout voilà!* Bitte, fasse Dich und öffne!«

»Ich kann nicht, heut nicht! Der Todte liegt unten, und Papa muß bald kommen. Geh fort, geh fort; nur heut geh fort, wenn Du nicht willst, daß ich vor Angst vergehen soll!«

»Nur heut? So darf ich ein anderes Mal mit herauf?«

»Ja; aber jetzt mußt Du gehen!«

»Wenn soll ich wiederkommen?«

»Ich weiß es nicht!«

»Morgen?«

»Nein, da ist Papa zu Hause!«

»Wenn hat er wieder Spieltag?«

»Sonnabend.«

»*Bon!* So komme ich nächsten Sonnabend!«

»Ja doch, aber bitte, gehe jetzt!«

»Punkt neun Uhr?«

»Ja.«

»Du wirst Alles offen halten und dafür sorgen, daß mich Niemand kommen sieht!«

»Ich werde es, doch entferne Dich jetzt! Mir schwindelt vor Angst.«

»Dann den Abschiedskuß! Gute Nacht, mein Leben. Träume süß von mir und von – unserer Hochzeit!«

Er stieg die Treppe wieder hinab und verließ das Haus. Sein Opfer lag regungslos in einer Blutlache vor der Thür; er warf einen kurzen Blick auf den Leblosen und schritt davon.

»Er hat seinen Lohn. Ein Prinz oder ein Schurke! Donnerwetter, das hat mir noch Niemand geboten, doch er hat seinen Lohn! Er erkannte mich; es war ein Glück, daß das Mädchen bereits fort war, sonst wäre es mit dieser höchst interessanten Liaison zu Ende gewesen, ohne daß ich die Früchte meiner Bemühungen hätte pflücken dürfen.«

Er bog nach einiger Zeit in die Promenaden ein, welche sich mittlerweile von ihrem Publikum entleert hatten, und gelangte auf diesem Wege in die Nähe des königlichen Schlosses. Da vernahm er von der Hauptstraße her den Galopp eines Pferdes. Er blieb stehen.

»Wer ist das? Es darf ja um diese Zeit hier weder gefahren noch geritten werden! Gewiß ein fremder Sonntagsreiter, den ich ein wenig in die Trense nehmen werde!«

Er eilte vorwärts und stand bald auf dem breiten Wege, welcher nach dem Hauptportale des Schlosses führte. Der Galopp des Pferdes hatte sich in einen kurzen Trapp und dieser in langsamen Schritt verwandelt. Der Reiter wurde sichtbar. Der Prinz trat ihm einige Schritte entgegen. Das Pferd schien keiner gewöhnlichen Rasse anzugehören, der Mann aber, welcher auf demselben saß, trug einen Südwester im Nacken, eine kurze Jacke und ein paar riesige Seemannsstiefel.

»Halt! Werda?«

Der Reiter hielt sein Pferd an und betrachtete sich den Offizier, welchem der Mond voll in das Gesicht schien.

»Ich!« antwortete er dann ruhig.

»Ich? Wer ist dieser Ich?«

»Na, ich natürlich!«

»Donnerwetter, wer Du bist, meine ich!«

»Hm, was Du meinst, das weiß ich schon, mein Junge. Aber sage mir einmal, was nützt es Dir denn eigentlich, wenn ich Dir sage, wer ich bin?«

Der Mann schlang die Arme über der Brust zusammen und hatte ganz das Ansehen und die Haltung, als ob er eine recht urgemüthliche Konversation in Gang bringen wolle.

»Was ist das?« ertönte die ganz erstaunte Gegenfrage. »Du wagst es zu duzen? Kerl, Dir soll ja der Teufel in den Korpus fahren, daß – – –«

»Pah!« unterbrach ihn der Andere. »Wer mit mir Brüderschaft macht, den pflege ich Du zu nennen; das ist bei uns zur See und vielleicht auch zu Lande nicht anders Mode. Und vor dem Teufel segelt mein Korpus jedenfalls nicht sofort davon. Doch, apropos, wer bist denn eigentlich Du, alter Maate?«

»Kerl, Du bist verrückt! Siehst Du nicht, daß ich Offizier bin? Und weißt Du nicht, daß hier in der Nähe des Schlosses zur Nachtzeit das Reiten verboten ist?«

»Offizier? Hm, ja; aber was ist das weiter? Es muß jeder Mensch Etwas sein – was, das bleibt sich gleich, wenn er es nur versteht, seine Stelle brav und ehrlich auszufüllen. So so, also hier darf man nicht reiten! Warum denn nicht, he?«

»Das wird sich finden! Jetzt bist Du arretirt. Vorwärts zur Schloßwache!«

»Arretirt? Meinetwegen! Zwar glaube ich nicht, daß Du der richtige Kerl bist, einen rechten, echten Seemann zu arretiren, aber ich bin nicht der Mann, einen guten Spaß zu verderben. Nur wünsche ich, daß Dir der Gang zur Schloßwache kein Bauchgrimmen mache. Vorwärts also. Segel auf, und fort!«

Einen höchst belustigten Blick auf den Lieutenant werfend, nahm er die Zügel wieder auf und ritt hinter dem Offizier her, welcher vor Zorn bebend nach der Seitenfronte herumbog, wo aus einigen Parterrefenstern helle Lichtstrahlen heraus auf den Platz fielen.

»Hier bleibst Du halten!« gebot der Offizier und wandte sich dann nach dem Schlosse. »Posten herbei!«

Eine am Thore stehende Schildwache kam herzu und honneurirte beim Anblicke der Uniform.

»Wer hat heut das Wachtkommando?«

»Oberlieutenant von Randau.«

»Schön. Die Wache heraus!«

»Zu Befehl, Herr Lieutenant!«

Er schritt zurück und rief mit lauter Stimme:

»Wache heraus!«

Im Nu entströmten der Thür die Gestalten der Soldaten, welche sich in Reih und Glied aufstellten.

»Ah,« machte der Arretirte; »man bringt mich nicht selbst zum Wachtlokal; man will sich nicht sehen lassen; das Bauchgrimmen ist da!«

»Maul halten!« schnauzte ihn der Offizier an und wandte sich dann zum Lieutenant von der Wache: »Herr Oberlieutenant, Sie kennen mich?«

Randau blickte schärfer auf.

»Zu Befehl, königl – – –«

»Halt! Diesen Menschen habe ich zu Pferde hier am Schlosse aufgegriffen, wobei er sich in unterschiedlichen Injurien und Gemeinheiten erging. Ich übergebe den Inkulpaten Ihnen und dringe auf strengste Bestrafung!«

»Zu Befehl!« Dann fügte er, zum Arrestanten tretend hinzu: »Herab, Bursche; wollen Dich hübsch vor Anker legen!«

»So? Wärt mir auch die Kerls darnach!« Dann nahm er sein Pferd straffer in die Zügel, drängte es hart an den Wachtkommandanten heran, zog ein großes, mehrmals versiegeltes Schreiben aus der Satteltasche und reichte es ihm entgegen. »Herr Oberlieutenant, Sie sind Kommandant der Wache hier am Schlosse?«

Dieser Ton schien einer ganz anderen Stimme und einem ganz andern Manne anzugehören, und unwillkürlich antwortete der Gefragte:

»Ja. Warum?«

»Ich bin Kurier seiner fürstlichen Durchlaucht des Prinzen Arthur von Sternburg und habe Ihnen diese Depesche zu übergeben. Ich thue dies mit der Weisung, dieselbe morgen früh nach dem Lever Seiner Majestät dem Könige eigenhändig zu präsentiren, verstehen Sie, eigenhändig, denn der Inhalt des

Schriftstückes ist von solcher Wichtigkeit, daß ich Sie verantwortlich mache für jeden Zufall, welchem es gelingen sollte, dieser Zuschrift das Wesen einer Depesche zu rauben. Im Uebrigen gebe ich mir die Ehre, mich Ihnen zu empfehlen!«

Er zog das Pferd empor und gab ihm die Sporen, daß es auf den Hinterbeinen eine Umdrehung machte und dann mit allen Vieren in die Höhe ging. Dabei wandte er das lächelnde Gesicht zum Prinzen:

»Adieu, mein Junge; laß Dir die Arretur besser bekommen, als sie gelungen ist!«

Dann fegte er im Galoppe davon und ließ sein Thier erst dann wieder in ruhigen Schritt fallen, als er das Schloß weit hinter sich hatte.

»Prinz Hugo als Lieutenant!« murmelte er vor sich hin. »Gewiß kam er von irgend einem seiner Streiche zurück, welche er inkognito auszuführen pflegt. Er hat mich noch nie gesehen und also auch nicht erkannt. Die kleine Lehre und der etwas größere Aerger, welcher dieselbe begleiten wird, kann ihm nichts schaden. – Jetzt nun zu diesem Dichter, den ich so lange nicht gesehen habe! Für ihn muß ich ein Stündchen erübrigen, und dann geht es wieder retour!«

Er bog in eine Straße ein und hielt vor einem Hause, dessen schmaler erster Stock erleuchtet war.

»Er hat Licht, vielleicht gar Gesellschaft bei sich, da die Schatten so unruhig sich an den Gardinen bewegen.«

Nachdem er abgestiegen war, band er das Pferd an eine Ladenangel und begab sich nach der ersten Etage. Auf sein Klingeln wurde die Entreethür geöffnet, und eine ältliche Frau erschien unter derselben.

»Wer ist noch da?« frug sie.

»Ich, meine liebe Frau Goldschmidt. Ist Karl zu Hause?«

Sie leuchtete empor und erkannte ihn.

»Mein Gott, Durchlaucht! Sie hier? Haben Sie es auch schon erfahren?«

»Was?«

»Von – – oh, Sie wissen nichts? Bitte, bitte, treten Sie ein, treten Sie ein!«

Er bemerkte ihre Augen voller Thränen und sah, daß sie sich in einer außerordentlichen Aufregung befand. Im Zimmer befanden sich mehrere Personen, auf deren Gesichtern ein tiefer Ernst ausgebreitet lag, und aus dem geöffneten Nebenraume erklangen halblaute Stimmen.

»Hier ist etwas geschehen! Was ist es?« frug er die Mutter des Freundes.

»Durchlaucht, Karl ist ermordet worden,« antwortete sie, die Hände ringend und in ein krampfhaftes Schluchzen ausbrechend.

»Unmöglich! Von wem?«

»Das weiß noch Niemand.«

»Wo ist er?«

»Draußen. Kommen Sie!«

Sie führte ihn in das Nebenzimmer. Zwei Aerzte standen vor dem entkleideten Körper des Literaten.

»Was wollen Sie?« frug der Eine den Eintretenden.

»Meine Herren, mein Name ist von Sternburg, Seekapitän von Sternburg. Dieser Todte ist ein Studiengenosse von mir, und ich kam, ihn zu besuchen.«

»Ah, dann haben Sie Zutritt, Durchlaucht,« klang die höfliche Antwort. »Uebrigens ist der Verwundete nicht todt. Der Stich hat weder Herz noch Lunge verletzt, und nur der schwere Blutverlust hat eine todesähnliche Ermattung herbeigeführt.«

»Er ist nicht todt? Er lebt!« rief die Mutter. »Gott sei Dank; ich wäre ihm nachgefolgt.«

Der Arzt machte eine abwehrende Bewegung.

»Leise, leise, Frau Goldschmidt! Wir können Ihnen unmöglich ganz die Hoffnung nehmen, doch vermögen wir auch nicht zu verschweigen, daß sein Leben nur an einem Faden hängt; es kann im Augenblicke seines Erwachens auf eine Minute aufflackern und dann sofort für immer verlöschen. Wir werden hier bleiben bis er zu sich kommt, um nach den eintretenden Umständen handeln zu können. Schicken Sie alle überflüssigen Personen fort und vermeiden Sie jedes Geräusch.«

Man nahm Platz und auch der Kapitän ließ sich in der Nähe des Bettes nieder. Es verging beinahe eine Stunde, bis der Verwundete die Augen aufschlug und einen schmerzlichen Seufzer ausstieß.

»Wasser!« klang es durch die lautlose Stille des Zimmers. Es wurde ihm gereicht.

»Emma,« hauchte es leise zwischen seinen bleichen Lippen hervor; dann fielen die schweren Lider wieder zu.

Arthur begab sich leise nach der vorderen Stube, wo die Mutter des Kranken leise weinend in einer Ecke Platz genommen hatte.

»Warum gehen Sie nicht in die Krankenstube?« frug er sie.

»Weil ich den Schmerz da nicht zurückhalten könnte. Mein Gott, wer muß der Bösewicht gewesen sein! Karl ist so gut, das wissen Sie auch, Durchlaucht; er beleidigt mit Wissen keinen Menschen, und dennoch bringt man ihn mir als Leiche nach Hause!«

»Haben Sie bereits Anzeige gemacht?«

»Nein.«

»Warum nicht?«

»Weil – weil ich gar nicht daran gedacht habe.«

»Wo hat man ihn gefunden?«

»Vor der Thür des Hauses, in welchem seine Braut wohnt.«

»So ist er bei ihr gewesen?«

»Jedenfalls.«

»Und man hat ihn beim Austritte überfallen – hm; das klingt mir nicht wahrscheinlich. Geben Sie die Sache ja der Polizei über, welche allerdings auch ganz von selber sehr ernstliche Notiz von dem Vorfalle nehmen wird. Ich habe leider nicht Zeit, länger zu verweilen, werde aber dafür sorgen, daß ich *au fait* bleibe über das Befinden Ihres Sohnes.«

Nach einigen Worten des Trostes und der Beruhigung verließ er die Wohnung. Als er aus der Thür des Hauses trat, bemerkte er eine weibliche Gestalt, welche die gegenüberliegende Seite der Straße zu gewinnen suchte. Sie war vor dem Schalle seiner Schritte geflohen und hatte also Ursache, sich in der Nähe des Hauses nicht sehen zu lassen. Er eilte ihr nach und hatte sie nach einigen raschen Schritten erreicht.

»Halt, meine Dame! Warum sind Sie so eilig?«

Er erfaßte sie am Arme und blickte in ein erschrockenes, brünettes Mädchenangesicht, dessen Augen ängstlich die seinigen zu vermeiden suchten. Sie antwortete nicht.

»Nun? Darf ich um Antwort bitten, Fräulein? Warum flohen Sie vor mir?«

»Ich floh nicht vor Ihnen,« klang es leise.

»Vor wem denn?«

»Vor – vor Niemand.«

»Vor Niemand? Damit wollen Sie sagen, vor keiner bestimmten Person. Aber dennoch hatten Sie das Bestreben, nicht bemerkt zu werden. Darf ich Sie um Ihren Namen bitten?«

Sie schwieg. Er fühlte ihre Hand, die er gefaßt hielt, zwischen der seinigen zittern.

»Ich hoffe, Sie werden mir Auskunft geben, sonst fühlte ich mich in die unangenehme Lage versetzt, Sie nach einem Orte zu bringen, wo Sie zur Antwort gezwungen sind.«

»Warum?«

»Es ist an einem Freunde von mir ein Mordanfall verübt worden, und ich vermuthe nach Ihrem Verhalten, daß Sie zu dieser Thatsache auf irgend eine Weise in Beziehung stehen.«

»Lebt Karl noch?«

»Karl? Ah, Sie kennen ihn? Sie kamen, um sich Gewißheit über seinen Zustand zu holen! Ihr Name, Fräulein?«

»Emma Vollmer.«

»Mir unbekannt. Sie sind vielleicht – – –?«

»Ich – ich war die – die Geliebte Karls.«

»War? Sie sind es nicht mehr? Ah! – – – Er wurde vor Ihrer Thür gefunden?«

»Ja.«

»So war er vorher bei Ihnen?«

»Nein.«

»Aber Sie waren daheim?«

Sie schwieg. Dieser Mann frug trotz eines Inquisitionsrichters. Wer war er? Mußte sie denn überhaupt Rede stehen? Und doch hielt er sie so fest, und doch sprach er in einem solchen Tone, daß sie antworten mußte:

»Nein.«

»Ah – – –!«

Er faßte sie auch am andern Arme und zog sie näher, um ihr lange und fest in das Angesicht zu blicken.

»Sie haben jetzt einen andern Geliebten?«

»Ja.«

»Was ist er?«

»Offizier.«

»Welchen Ranges?«

»Lieutenant.«

»Wie heißt er?«

»Hugo von Zarheim.«

»Zarheim? Pah, gibts nicht – findet man sogar im Gothaer nicht! Hugo – – oh – – hm – – Sie waren heut mit ihm promeniren?«

»Ja.«

»Er begleitete Sie bis zur Thür?«

»Ja.«

»Und da trat Ihnen Karl entgegen?«

Sie schwieg. Er wiederholte seine Frage dringlicher.

»Nein. Ich habe ihn heut gar nicht gesehen.«

»Ah, Fräulein, Sie mögen Andere täuschen, vielleicht sogar meinen Freund, der es jedenfalls ehrlich mit Ihnen gemeint hat, mir aber sagt der Ton Ihrer Stimme etwas ganz Anderes als Ihre Worte. Wie alt ist dieser Lieutenant Hugo?«

»Einundzwanzig.«

»Blond?«

»Ja.«

»Ein feines Schnurrbärtchen?«

»Ja.«

»Eine Narbe über die rechte Wange?«

»Ja,« antwortete sie verwundert.

»Schön; ich vermuthete den Zusammenhang, weil ich ihn zufälliger Weise traf, als er von Ihnen kam. Fräulein, Karl

Goldschmidt ist ein Ehrenmann, ein berühmter Dichter, welcher unter den besten und reichsten Mädchen des Landes wählen könnte, wenn er etwas mehr prätensiös sein wollte; haben Sie sich von ihm getrennt, so haben Sie auf ein Glück verzichtet, wie es Ihnen an der Seite eines Andern niemals werden kann. Dieser Lieutenant Hugo von Zarheim aber ist ein Wüstling, ein Schwindler, welcher schon hundert Mädchen unglücklich gemacht hat und auch Sie verlassen wird, wenn Sie ihm gewährt haben, was er sucht. Er ist nicht Lieutenant und heißt nicht Zarheim, sondern er ist Reitergeneral und heißt Hugo, Prinz von Süderland. Er ist der jüngste Sohn Ihres Königs und unter dem Namen der »tolle Prinz« bekannt.«

»Hugo – Prinz Hugo – ein königlicher Prinz?!« klang es von ihren Lippen, aber mehr erstaunt als erschrocken. »Ists wahr?«

»Es ist wahr. Kennen Sie den Prinzen nicht persönlich?«

»Nein.«

»So verschaffen Sie sich sein Bild und vergleichen Sie! Sie wissen jetzt genug, und ich hoffe, Sie handeln so, daß ich zu Karl, wenn er je wieder aufleben sollte, mit Achtung von Ihnen sprechen darf. In Beziehung aber des Anfalles ist es sehr möglich oder vielmehr sogar wahrscheinlich, daß Sie gerichtlich vernommen werden. Jetzt gehen Sie. – Gute Nacht!«

Sie enteilte mit hastigen Schritten, und er trat zu seinem Pferde. Als er sich aufgeschwungen hatte, warf er noch einen Blick hinauf nach den Fenstern, hinter denen plötzlich so vieles und großes Leid eingekehrt war, und ritt dann davon.

Als er die Residenz im Rücken hatte, dehnte sich die breite Heerstraße in langen Windungen zwischen blühenden Gefilden hin, bis sie in den Wald trat, dessen magisches Dunkel das Gemüth des einsamen Reiters zum Träumen stimmte.

Diese Emma Vollmer war ein schönes, sogar ein sehr schönes Mädchen, welche alle Gaben der Natur besaß, um einen Mann innig glücklich zu machen, und doch – – that sie es? Kann ein Mann überhaupt an seine Liebe, an sein Weib glauben? Droben am Himmel stehen Millionen von Sternen so fest, und dennoch, je näher man ihnen kommt, je besser man sie kennen lernt, desto mehr bemerkt man, daß sie alle, alle diese scheinbare Festigkeit nie besessen haben und nie besitzen werden. Sind nicht alle unsere Ideale geistige oder verkörperte Lichtgebilde, welche aufgehen, kulminiren und – verschwinden?

»Und wie ist es mit meinem Sterne?« frug er halblaut. »O Almah, herrliches unvergleichliches entzückendes Wesen, sei mir eine Sonne, welche niemals trügt, und ich will der Parse sein, der vor Deinem Glanze knieend liegt und Anbetung athmet bis zum letzten Hauche seines Lebens!«

Er verfiel in ein tiefes, glückliches Sinnen. Er gedachte des Abends am Nil, an welchem er die Herrliche zum ersten Male erblickte, an die Sehnsucht, die ihn dann erfüllt hatte, ohne daß es ihm möglich gewesen wäre, sie zu stillen, und an das namenlose Glück, welches ihn gleich einem großen Schrecken durchzuckt hatte, als sie ihm zum zweiten Male in seiner eigenen Behausung entgegengetreten war. So sann und sann er; Viertelstunden einten sich zu Stunden; eine Meile Weges wurde nach der anderen zurückgelegt, und als der Morgen erglänzte, hielt er auf seinem dampfenden Rosse am Rande der Ebene, deren gegenseitige Grenze der Höhenzug bildete, hinter welchem das Terrain zur Küste des Meeres niederstieg.

Eine Stunde später saß Nurwan Pascha mit Almah auf dem Balkon seiner Wohnung und schlürfte den Mocca, welchen ihm das schöne Mädchen drunten in der Küche der Kastellanin eigenhändig bereitet hatte. Auf der herrlichen Scene vor und unter ihnen lag der goldene Glanz des Sonnenlichtes; die Wogen der See blitzten in grünlich-goldenen und bläulich-silbernen Reflexen, welche sich draußen am fernen Horizonte in von unvergleichlichen Farben gesättigten Tinten verloren, und hier in der Nähe, auf der Küste, am Quai, im Hafen regte sich ein Leben von so vielseitiger, munterer Geschäftigkeit, daß man nicht müde wurde, seinem nie ruhenden Pulse zu folgen.

Vom äußersten Ende der Stadt ertönte ein scharfer, schriller Doppelpfiff; gleich einer Riesenschlange wand sich ein

Dampfzug an der Küste hin, trat dann zwischen die Berge hinein und verschwand hinter den Höhen, welche das Binnenland vor den gefräßigen Fluthen des Meeres schützten.

»Mit diesem Zuge fährt er,« meinte der Pascha.

»Wer?«

»Ah, es ist wahr, Du weißt nichts davon. Ich meine unsern neuen Diener.«

»Bill Willmers? Wohin fährt er?«

»Nach der Residenz. Er hat mir eine höchst wichtige Depesche zu besorgen.«

»Eine höchst wichtige? So hast Du wohl ein recht gutes Vertrauen zu ihm, Papa?«

»Allerdings. Du hast jedenfalls meine gestrige Ueberraschung bei seinem Anblicke bemerkt. Es war mir, als sei mein liebster, bester Jugendfreund hereingekommen, um mich zu begrüßen, ganz er, jeder Zug des Gesichtes, die Haltung, die Stimme, der treue, verständige Blick des Auges, und trotzdem er es unmöglich sein kann, da dieser Freund in meinem Alter steht, und trotzdem er einen mir vollständig fremden Namen führt, kann ich mich nicht von dem Gedanken, nicht von der Ahnung trennen, daß mein Irrthum nicht ganz und gar ein vollständiger sei. So oft ich mit ihm spreche, möchte ich ihn nicht Willmers sondern Brandauer nennen.«

»Weißt Du, Papa, daß es mir auch recht eigenthümlich mit diesem Matrosen geht?«

»Wie so?«

»Papa, das kann ich Dir nicht sagen! Du bist mein Vater, und was Du thust und sprichst, das ist, als hätte Gott es gethan und gesprochen. Wie andere Männer sind, das weiß ich nicht, aber – aber, wenn jetzt ein Sturm hereinbräche, daß die Wogen über unserer kleinen Yacht zusammenschäumten, und dieser Willmers spräche zu mir: »Komm, ich gehe mit Dir in das Wasser und bringe Dich an das Land, ich würde ihm folgen und darauf schwören, daß er es vollbringt.«

Das scharfe Auge des Pascha blickte hinaus in das Weite; es war seinem adlerartigen Blicke nicht anzusehen, was er über die Worte der Tochter dachte. Diese hatte den prachtvollen

Arm, welcher berückend unter dem leichten, seidenen Gewebe hervorschimmerte, auf die Balustrade gelegt und beobachtete das Treiben in der Nähe.

»Papa, schau den Reiter da unten!« rief sie plötzlich. »Ist ein solcher Galopp nicht fürchterlich?«

»Allerdings gefährlich, höchst gefährlich bei solchem Terrain. Der Mensch muß beim leisesten Fehltritte des Pferdes den Hals brechen. Ich wette, es ist einer jener jungen, unvorsichtigen Kavallerieoffiziere, denen der Ruhm, ein kühner Reiter zu sein, höher gilt, als die Herzensrufe des Vaters und der Mutter!«

»Er lenkt nach der Höhe ein –«

»Und zwar auf dem Wege, welcher nach Schloß Sternburg führt. Wer mag es sein!«

Er erhob sich und blickte stärker hinab.

»Willmers!« rief er dann, ebenso überrascht wie zornig.

»Willmers, Papa? Das ist doch nicht möglich! Ein Matrose kann doch auf keinen Fall ein solcher Reiter sein!«

»Er ist es aber doch. Es scheint, als sei an diesem einfachen Manne Alles ungewöhnlich, sogar – sein Gehorsam, seine Dienstfertigkeit. Ich glaube ihn mit meiner höchst dringlichen Depesche unterwegs nach der Hauptstadt und muß bemerken, daß es ihm beliebt, spazieren zu reiten, bevor er an die Ausführung meines Befehles denkt. Nur bin ich neugierig, von wem er sich das Pferd geborgt hat!«

»Papa, ich bitte –!«

»Was?«

»Sei nicht barsch mit ihm; er wird es nicht wieder thun! Du glaubst es gar nicht, wie Dein Blick schmerzt, wenn Du zürnst!«

»Und ihn soll er nicht schmerzen?«

»Vergieb ihm! Er kennt Dich noch nicht und wird es nicht bös gemeint haben.«

»Eine Depesche ist kein gewöhnlicher Brief, Kind. Ich muß ihn empfangen, wie er es verdient hat!«

Er erhob sich und begab sich hinab, um den Kommenden zu erwarten. Almah war nicht von seiner Seite gewichen.

Hatte sie die Ahnung, daß ein einziger Strahl ihres Auges hinreichend sei, alle schmerzenden Blitze unschädlich zu machen, welche das Auge des Vaters schleudern könnte?

Der Huftritt des Pferdes ertönte, und Arthur ritt in den Hof. Die Beiden bemerkend, nahm er den Hengst kurz auf und sprengte in zierlichem kurzem Galopp, einen Bogen schlagend, bis vor die breiten Granitstufen, auf denen sie standen, und stand dann nach einem gewandten Schwunge aus dem Sattel vor ihnen. Der Pascha blickte ihm zornig in das vom scharfen Ritte geröthete Gesicht.

»Wem gehört das Pferd?«

»Dem Prinzen von Sternburg.«

»Wer hat Dir erlaubt, es zu reiten?«

»Der Kastellan.«

»Und wer noch?«

»Niemand.«

»So! Also meiner Erlaubniß bedarf es zu einem Spazierritte, währenddessen ich Dich auf der Reise nach der Residenz vermuthe, nicht! Du bist kein gehorsamer Diener; ich kann Dich nicht gebrauchen; Du kannst gehen!«

Der Gescholtene schlug kein Auge nieder; er blickte dem Pascha ruhig in das Angesicht und antwortete:

»Zu Befehl, Excellenz!«

Sich scharf auf dem Absatze umdrehend, schritt er davon.

»Papa!« bat Almah, indem sie die Hand auf den Arm des Vaters legte.

Dieser hatte eine solche Eile von Seiten des Dieners gar nicht erwartet.

»Willmers!« gebot er.

Der Gerufene drehte sich um.

»Excellenz!«

»Komm noch einmal näher!«

Arthur folgte dem Rufe.

»Warum gehorchst Du jetzt so schleunig?«

»Um Excellenz zu beweisen, daß ich kein ungehorsamer Diener bin.«

»Und dennoch bist Du es, sonst hättest Du den vorhin

abgelassenen Kurierzug nach der Residenz benutzt, um meine Depesche zu expediren.«

»Excellenz haben mir nicht befohlen, diesen Zug zu benutzen.«

»Gebot ich Dir nicht, die Depesche schleunigst zu übermitteln? Es ging am Abende kein Zug mehr, wie Du sagtest, folglich –«

»Folglich bin ich zu Pferde nach der Residenz, Excellenz.«

»Zu Pferde? Diesen weiten Weg? Unmöglich!«

»Bei einem solchen Pferde ist es sehr möglich. Ich kehre eben zurück; die Depesche wurde um Mitternacht übergeben.«

»Wem?«

»Dem Kommandanten der Schloßwache.«

»So wird sie der König heut Vormittag lesen. Du wurdest gefragt, von wem sie sei?«

»Nein. Ich schnitt alle Erkundigungen durch die Angabe ab, daß ich ein Kurier von Schloß Sternburg sei.«

»Gut! Ich habe mich vorhin geirrt. Du bleibst!«

»Zu Befehl, Excellenz!«

Er wandte sich ab und trat zum Pferde, welches er nach dem Stall führte. Dann suchte er das Stübchen auf, welches er als Domestik erhalten hatte.

»Papa, bat sie ihn, als ich von ihm fortgewiesen wurde! Sie ist gut und mild; ihr Angesicht lügt nicht, wie die Züge so vieler Frauen, welche man innerlich ganz anders findet, als das Aeußere es verspricht. Ihr Auge ist rein und wahr wie das Kristall der Quelle, welche das kleinste Sandkorn des Bodens erblicken läßt. Almah, sei Du das köstliche Ziel, nach welchem ich strebe, und wenn es mir beschieden ist, es zu erreichen, so will ich vom Geschicke nichts mehr verlangen, als nur die Kraft, mir Deine Liebe für immer erhalten zu können!«

Er öffnete das Medaillon und drückte das Bild der heimlich Geliebten an seine Lippen. Dann stellte er sich sinnend an das Fenster.

»Was mag es sein, was den berühmten Admiral nach Tremona führt? Und wie kam der Vater mit ihm zusammen? Es ist ein eigenthümlicher Brief, welchen er mir schreibt!«

Er öffnete ein Kästchen und entnahm demselben einen Bogen, welchen er entfaltete und las:

»Mein lieber Junge!

Ich erfuhr in Deinem letzten Briefe, daß Du Urlaub bekommst und nach Tremona gehen wirst. Das gönne ich Dir von ganzem Herzen und wünsche, ich könnte bei Dir sein. Da dies aber nicht der Fall sein kann, so sende ich Dir einen Stellvertreter, nämlich keinen Andern, als den berühmten Seehelden Nurwan Pascha, welcher eine Kleinigkeit mit der Süderländischen Regierung zu reguliren hat und mich frug, ob es in Tremona ein anständiges Logement gebe, wo er einige Zeit lang ungestört seinen Neigungen leben könne. Ich erzählte ihm von Dir und Schloß Sternburg und erhielt von ihm die Erlaubniß, ihn Deiner Gastfreundschaft empfehlen zu dürfen. Er wird einige Tage nach dem gegenwärtigen Briefe bei Dir anlangen, und ich bin überzeugt, daß Ihr beiden Seethiere bald Wohlgefallen an einander finden werdet. Sorge besonders dafür, daß er sich frei und ohne von zudringlicher Neugierde belästigt zu sein, bewegen kann!

Allem Anscheine nach bereitet sich zwischen Norland und Süderland ein Bruch vor, dessen Länge und Breite jetzt unmöglich abzumessen ist, und ich habe eine kleine Ahnung, daß der Besuch des Pascha in Tremona mit diesem Umstande in enge Verbindung zu bringen sei. Mir scheint, es fehle Süderland im Falle eines Krieges an einem tüchtigen Seemanne, vielleicht – doch soll diese Bemerkung keineswegs eine Mahnung enthalten, den Pascha unter Deine Aufsicht zu nehmen. Er ist eine vollständig undurchdringliche Persönlichkeit, und neben seiner hohen seemännischen Charge ein gewandter Diplomat, dem man nicht gern eine unangenehme Deklination einflößen möchte. So soll ihm noch vor ganz Kurzem beim Vizekönige von Egypten eine Mission gelungen sein, an deren Schwierigkeit die Bemühungen seiner Vorgänger gründlich scheiterten. Nimm ihn auf wie mich selbst, und

– *à propos,* er hat eine Tochter, welche er, – ich sage Dir einstweilen nur so viel, daß ich sie heirathen werde, wenn Du kein Mittel findest, dies zu verhindern. Leider wird er sie wohl nicht mitbringen; sie ist in echt orientalischer Abgeschlossenheit erzogen worden, und so scheint es wahrscheinlich, daß er sie nicht dem bewegten Leben einer großen Hafenstadt aussetzen werde.

Vielleicht ist es mir möglich, noch vor Ablauf Deines Urlaubes Dich in Tremona zu überraschen. Bis dahin sei gegrüßt von Deinem

treuen Vater.

Ist es Dir noch nicht gelungen, eine Spur von der Zigeunerin Zarba aufzufinden? Ich würde Vieles darum geben, ihr einige Fragen vorlegen zu können.   Der Obige.«

Noch war er mit dem Zusammenfalten dieses Briefes beschäftigt, so klopfte es und die Kastellanin trat ein.

»Darf ich das Frühstück serviren, Durchlaucht? Mein lieber junger Herr sind die ganze lange Nacht hindurch zu Pferde gewesen und haben während dieser Zeit wohl kaum etwas Ordentliches genossen!«

»Ja, ich habe Hunger, meine liebe Mutter Horn. Zeigen Sie einmal, was Sie mir bringen!«

»Ich bringe immer nur, was Sie gern haben, Durchlaucht. Und wissen Sie, wer es geschnitten und auf den Teller arrangirt hat?«

»Natürlich Sie.«

»O nein, Fräulein Almah ists gewesen.«

»Die Türkin? Die wird doch das Frühstück für ihren Bedienten nicht selbst bereiten! Ich nehme natürlich an, daß sie gewußt hat, für wen es bestimmt ist.«

»Sie hat es gewußt und dennoch die kleinen Händchen nicht geschont. »Er ist während der ganzen Nacht zu Pferde gewesen und von Papa dafür gar noch ausgescholten worden,« hat sie gesagt; »ich muß dafür sorgen, daß er nicht hungert.« Uebrigens ist sie gar keine Türkin, sondern eine Christin.«

»Ah! Ist dies wahr?«

»Sie hat es mir selbst gesagt; und auch ihr Vater ist ein Christ. Er hat sie auf einer einsamen Insel erzogen, und wenn er fort gewesen ist, so hat sie sich mit zwei Heiden und einer alten Dienerin allein befunden.«

»Welche Insel ist das gewesen?«

»Das weiß ich nicht, aber wenn Sie es wissen wollen, so werde ich sie einmal fragen. O, sie sagt mir Alles; sie ist die echte reine Liebe. Durchlaucht, wenn ich ein Mann wäre, die müßte meine Frau werden! Sie ist so schön wie die Sonne, und so gut wie keine Andre mehr. Wenn ich daran denke, daß sie einmal beinahe ertrunken wäre, so zittere ich vor Angst!«

»Ertrunken?«

»Ja, ertrunken. Das ist da drüben gewesen in – na da, wo der König Pharao auch ertrunken ist –!«

»In Egypten?«

»Ja, so heißt die Gegend. Da ist sie mit der Frau vom Könige einmal des Abends auf dem Wasser spazieren gefahren und dabei aus dem Kahn gefallen. Herr Jesses, wie leicht konnte sie da verloren sein. Aber da ist ein Fremder gewesen, der hat sie noch erfaßt und ist mit ihr an das Land geschwommen.«

»Wer war es?«

»Das weiß ich nicht.«

»Aber sie weiß es?«

»Auch nicht. Er hat der Königin seine Karte gegeben, und die hat sie wieder verloren.«

»Ah, wessen Karte man verliert, an Dem ist Einem nicht viel gelegen.«

»Das mag wahr sein, hier aber ist es sicherlich anders; denn Almah kann ihr Herzeleid darüber, daß sie ihrem Retter nicht einmal danken kann, gar nicht beschreiben.«

»Vielleicht findet sie ihn noch!«

»Das ist möglich, denn sie weiß wenigstens so viel, daß er Korvettenkapitän gewesen ist. Vielleicht könnten Durchlaucht ihn ausfindig machen, da es ein Kamerad ist; aber Sie dürfen leider wegen dem Inkognito nicht mit ihr darüber sprechen. Herr Jesses, wäre das schön, wenn das Inkognito nicht wäre!«

»Warum?«

»Weil dann zwei gute, liebe Menschen mit einander verkehren könnten, wie es sich für sie schickt und gehört. Adieu, Durchlaucht; nun muß ich fort, denn es gilt, an das Diner zu denken!«

Der Kapitän lächelte still vor sich hin. Auch ihm kam es so vor, daß es weit schöner wäre, wenn er sich ihr in seiner wahren Eigenschaft zeigen könne, doch leider schien es ihm nicht gerathen, den Pascha durch das Geständniß der Wahrheit in Verlegenheit zu bringen.

Aus diesem Grunde besorgte er einige Aufträge desselben im Laufe des Vormittages mit dienstlicher Treue, und war eben in das Schloß zurückgekehrt, als er, die Höhe herniederblickend, eine Lohnequipage bemerkte, welche sich dem Schlosse zu emporbewegte. Sie war offen, und er konnte deutlich die Gestalt erkennen, welche, in einen Militärüberrock gehüllt, in stolz-nachlässiger Haltung im Fonde saß.

»Prinz Hugo! Ah, als Abgesandter seines Vaters, jedenfalls in Folge der von mir überbrachten Depesche!«

Sein Gesicht nahm einen finstern Ausdruck an.

»Heute wird er nicht die Lieutenantsuniform tragen, und – ah, wenn er Almah erblickt, so wird er Feuer und Flamme sein. Einem Charakter von seiner Rücksichtslosigkeit ist es zuzutrauen, daß er die Heiligkeit des Gastrechtes und die Eigenschaften ihres Vaters vergißt. Doch dann wehe ihm; ich werde über sie wachen!«

Er sorgte dafür, daß ihn der Prinz nicht sofort zu sehen bekam, und dies fiel ihm nicht schwer, da zur persönlichen Bedienung des Pascha einer der arabischen Matrosen von der Yacht gerufen worden war, und er nur die Aufgabe zu haben schien, die Verbindung mit der Außenwelt zu unterhalten.

Als er nach einiger Zeit in sein Zimmer zurückkehrte und dabei an der Küche vorüberzugehen mußte, stand die Thüre derselben um eine Lücke offen und er vernahm die Stimme Almahs. Unwillkürlich blieb er stehen.

»Er ist kein Prinz!«

»Kein Prinz?« frug die erstaunte Stimme der Kastellanin. »Wie so?«

»Von Geburt mag er es wohl sein, aber nicht von Gesinnung. Einen Prinzen habe ich mir anders vorgestellt.«

»Wie denn ungefähr?«

»Wie – wie – nicht wie diesen Mann, dessen Augen beleidigen und dessen Höflichkeiten kränken, sondern wie – wie – nun –« lachte sie – »fast so stolz, ehrlich und gut wie den Matrosen, den Papa gestern gemiethet hat. Papa sagt auch, daß er gar nicht wie ein Vordeckmann aussehe und der Sohn sehr anständiger Eltern sein müsse. Ich möchte gar nicht wieder hinauf zu Papa, wenn ich nicht ihm und dem Gaste die Honneurs der Tafel zu machen hätte, wie sich der Prinz ausdrückt.«

»Ja, ein guter Herr ist er nicht, dieser Prinz Hugo,« meinte die Kastellanin; »man darf es natürlich nur nicht öffentlich sagen. Er wird im ganzen Lande nicht anders genannt, als der »tolle Prinz,« und besonders müssen sich die jungen Damen hüten, ihm zu begegnen.«

»Sie ist gewarnt,« dachte Arthur und trat in sein Zimmer.

Als er nach eingenommenem Mittagsmahle hinaustrat und einen Blick hinunter nach der Stadt warf, sah er einen Mann emporsteigen, welcher zuweilen halten blieb und das Schloß wie Einer beobachtete, welcher sich noch nicht vollständig klar ist über die besten Schritte zur Erreichung eines vorgesteckten Zieles. Er blieb zuweilen einige Augenblicke sinnend stehen und schritt dann wieder eine Strecke empor, um von Neuem sinnend innezuhalten. Endlich erreichte er doch das Thor und sah sich hier Arthur gegenüber.

»Friede sei mit Dir, mein Sohn!« grüßte er salbungsvoll, das weiße Leinentuch aus der Tasche des langen Schoßrockes nehmend, um sich den Schweiß von der Stirn zu trocknen. »Wer wohnt in diesem schönen Hause?«

»Es gehört dem Fürsten von Sternburg.«

»Ist der Fürst zu sprechen?«
»Er ist nicht hier.«
»Wer vertritt ihn hier?«
»Sein Sohn, Prinz Arthur.«
»Prinz Arthur, der Norländische Seekapitän? Ist er daheim?«
»Warum?«
»Warum? Mein Sohn, ich bin ein Diener am großen Weinberge Christi; was ich thue und was ich frage, das thue und frage ich auf Geheiß des göttlichen Geistes, dessen Eingebung nicht Jedermann erfahren darf. Ist der Prinz daheim?«
»Warum? frage ich nochmals, denn auch ich bin ein Diener und gehorche meinem Herrn. Auf meine Auskunft kommt es an, ob er daheim ist oder nicht.«
»Mein Sohn, ich habe mit einem Gaste des Prinzen zu sprechen.«
»Wer ist dieser Gast?«
»Ein Türke, ein Ungläubiger, dessen Seele ich retten will vor dem ewigen Verderben. Ist der Prinz daheim?«
»Jetzt ist er nicht im Schlosse anwesend; er wird Euch also in Euren frommen Bemühungen nicht stören, ehrwürdiger Vater. Geht durch das Portal und eine Treppe empor, so werdet Ihr einen Diener finden, welcher Euch anmelden kann!«
»Ich danke Dir, mein Sohn. Nimm meinen väterlichen Segen!«
Er schritt nach dem Portale zu, in welchem er verschwand.
»Ein Jesuit. Die frommen Väter werden hier im Lande geduldet; mir sind sie ein Gräuel! Bekehrungsversuch? Pah! Jedenfalls ist es eine ganz andere Absicht, die ihn zum Pascha treibt.«
Er blieb am Thore halten, um die Rückkehr des Mannes zu erwarten. Es dauerte gar nicht lange, so sah er ihn kommen.
»Mein Sohn, ich muß Dir zürnen!« klang ein Vorwurf zwischen den schmalen, bleichen Lippen der hagern Gestalt hervor.

»Weshalb?«

»Der Ungläubige war nicht allein; er hatte einen hohen Offizier bei sich, dessen Anwesenheit ihn verhinderte, meinen Worten Gehör zu schenken. Warum hast Du mir nicht gesagt, daß er keine Zeit habe?«

»Weil Ihr mich nicht darnach gefragt habt. Adieu!«

Er wandte sich indignirt ab und ging nach dem Garten. Er wandte sich, um seinen Gedanken ungestört nachhängen zu können, nach dem hintersten Theile desselben, und war kaum dort angelangt, so vernahm er seitwärts ein Geräusch, welches ihn emporblicken ließ.

Auf der hohen Mauer ritt ein Mann, welcher ihm grüßend zunickte und dann mit einem Sprunge vor ihm stand.

»Was willst Du? Wer hat Dir erlaubt, auf eine so ungewöhnliche Weise hier Zutritt zu nehmen?«

»Zarba!«

Der Mann sprach nur dies eine Wort aus; aber es hatte eine sehr in die Augen fallende Wirkung.

»Zarba?« rief Arthur. »Kennst Du sie? Wo ist sie? Schickt sie vielleicht Dich hierher?«

Der Mann lächelte. Er war beinahe in Lumpen gekleidet, und sein Gesicht, der lang herabhängende Schnurrbart und die nackten, schmutzigen Füße ließen in ihm einen Zigeuner erkennen.

»Zu Euch, dem Prinzen nicht!« antwortete er.

»Du kennst mich?«

»Ich kenne Euch und liebe Euch, denn Ihr seid ein Freund von meiner Herrin, welche mächtig und groß ist unter dem Volke der Weissagung.«

»Wer ist Deine Herrin?«

»Zarba.«

»Und sie sendet Dich nicht zu mir?«

»Nein.«

»Aber Du kommst doch nach Schloß Sternburg. Was sollst Du hier?«

»Es ist ein großer Mann hier anwesend, welcher aus dem Morgenlande stammt und vom Fürsten geschickt wurde?«

»Ja,« antwortete Arthur erstaunt. »Wer hat Dir davon erzählt?«

»Zarba weiß Alles. Ich muß mit diesem Manne sprechen.«

»Was?«

»Nichts. Ich habe ihm nur ein Schreiben zu geben.«

»Er ist jetzt nicht allein; er hat Besuch. Du mußt also warten!«

»Ich kann nicht warten. Wollt Ihr dieses Papier ihm übergeben?«

»Ja.«

»Ich komme wieder, um mir die Antwort zu holen.«

Er wandte sich wieder nach der Mauer.

»Halt!« gebot Arthur. »Du wirst mir einige Fragen beantworten, ehe Du von hier gehest!«

»Welche?«

»Wo ist Zarba?«

»Das darf ich nicht sagen.«

»Und wenn ich Dich zwinge?«

»Der Zigeuner ist frei. Ihn zwingt Niemand. Und wenn ihn die Gewalt besiegt, so stirbt er, aber sein Mund schweigt.«

»Aber wenn ich Dich bitte?«

»Dann werde ich Euch Auskunft geben.«

»Nun?«

»Zarba wußte, daß Ihr nach ihr fragen würdet, und gebot mir, Euch zu sagen, daß ihr Geist stets neben Euch wandelt, ihr Auge alles sieht, was Ihr thut, und ihrem Ohre kein Laut Eures Mundes entgeht. Sie muß verborgen bleiben noch eine kleine Weile; ist aber die Zeit gekommen, so wird sie erscheinen, auch ohne daß Ihr sie ruft.«

»Ist sie weit von hier?«

»Ich sagte, daß mein Mund schweigen und mein Fuß eilen muß. Ich habe den Mann zu verfolgen, welcher mit Euch draußen am Thore sprach.«

»Wer ist er?«

»Eine Viper, welche Euch sticht, sobald Ihr sie berührt. Seid gegrüßt von Zarba, der Königin ihres Volkes, und lebt wohl!«

Einen nahe an der Mauer stehenden Baum benutzend, kletterte er auf dieselbe empor und war in der nächsten Minute auf der andern Seite verschwunden.

Arthur hielt das kleine, zusammengefaltete und mit einem höchst eigenthümlichen Siegel versehene Billet in der Hand. Jetzt hatte er Gelegenheit gehabt, den Wunsch des Vaters zu befolgen und sich über Zarba vollständige Gewißheit zu verschaffen, doch war ihm der Bote mit der Glattheit eines Aales entschlüpft. Aber er mußte ja wiederkommen, um sich die Antwort zu holen, und dann gab es vielleicht Gelegenheit, die jetzt erfolglose Erkundigung mit besserer Wirkung zu erneuern.

Er schritt langsam wieder dem Schlosse zu, da hörte er leichte Schritte, welche ihm entgegenkamen, und blieb halten. Es war Almah. Der Weg hier war schmal und wurde zu beiden Seiten von Buschwerk begrenzt. Er machte Miene, sich in das Letztere einzudrücken, um den Weg freizugeben, sie aber hielt ihn mit einer Bewegung ihrer Hand davon ab.

»Bill – nicht wahr, so heißest Du –?«

»Ja.«

»Papa hat Dir wehe gethan. Sei ihm nicht gram dafür!«

Er blickte ihr in die Augen, und dann mußte er die seinigen schließen, denn er fühlte, welche Gluth seinem Herzen entstieg, um sich in den Blick zu drängen.

»Almah – nicht wahr, so heißen Sie?«

»Ja.«

»Und wissen Sie, was dieses Wort bedeutet?«

»Nein.«

»Almah heißt Seele, und – ohne Seele gibt es kein Leben, gibt es nur Tod. Erhalten Sie Dem das Leben, welcher ohne Sie sterben müßte!«

Er theilte das Gebüsch mit den Armen und zwängte sich hindurch. Er fühlte, daß er zu viel gesagt habe, aber bei dem Anblick dieses herrlichen Geschöpfes hatte sich die Liebe in ihm aufgebäumt, so daß ihm die Worte wider Willen und gegen alle Absicht entfahren waren.

Er suchte den verlassenen Pfad wieder zu gewinnen und

war dann auf demselben noch nicht weit fortgeschritten, so vernahm er abermals ein nahendes Geräusch. Er bog um eine Ecke und wäre fast mit Prinz Hugo zusammengestoßen. Dieser erkannte ihn sofort und blieb überrascht stehen. Er trug Generalsuniform und schien im Begriffe zu stehen, Jemand zu suchen.

»Halt! Treffe ich Dich hier, Bursche?« meinte er mit einem stechenden, verächtlichen Blicke. »Hast Du den »Jungen« an der Schloßwache vergessen? Hier, nimm ein Souvenir daran!«

Er holte aus, um Arthur einen Schlag in das Gesicht zu versetzen, dieser aber erhob einfach den Fuß und versetzte ihm einen solchen Tritt in die Gegend des Magens, daß er nach hinten zwischen die Sträucher stürzte.

»Behalte mit dem »Jungen« auch das Souvenir. Nur ein Schurke nimmt Etwas von Dir an!«

Mit diesen Worten wandte er sich ruhig vorwärts. Er erwartete, daß der Gegner ihm sofort folgen werde, da er aber nicht das geringste Zeichen davon bemerkte, so blieb er nach kurzer Zeit stehen.

»Er ist mit dem Pascha fertig und hat bemerkt, daß Almah in den Garten ging. Jetzt folgt er ihr und wird es vorziehen, sie statt meiner aufzusuchen. Soll ich ihm folgen? Ja, denn in seiner Nähe vermag sie nur ein starker, schlagfertiger Arm vor Beleidigungen zu schützen!«

Er schritt noch eine kurze Strecke vorwärts und bog in einen zweiten Weg ein, welcher ebenfalls nach der Gegend des Gartens führte, in welcher die beiden zu vermuthen waren. Lange blieb er ohne das geringste Zeichen, daß sie sich getroffen hatten und noch anwesend seien, endlich aber vernahm er zwei Stimmen und schritt leise der Gegend zu, in welcher dieselben ertönten.

Gerade an dem Orte, an welchem er mit dem Zigeuner gesprochen hatte, stand Almah und vor ihr der tolle Prinz, welcher vor der Begegnung mit ihr jedenfalls die Spuren entfernt hatte, welche seine Uniform von der Begegnung mit Arthur davongetragen hatte. Man sah es dem Mädchen an, daß sie sich ihm gegenüber in Verlegenheit befand. Ihre

Wangen waren geröthet, und ihr Blick irrte suchend über die Umgebung, als ob sie nach einer Gelegenheit spähe, dem ihr lästigen Gespräche zu entgehen.

»Ich wiederhole, daß Ihr Vater der schönste Mann ist, welcher meinem Blicke begegnete. Und Ihre Mutter, Fräulein, muß alle Reize in sich vereinigt haben, welche dem Weibe gegeben sind, um sich den Mann unterthänig zu machen.«

»Ich kenne nur Papa. Mutter starb, als ich noch ein Kind war,« antwortete sie verlegen.

»Kein Wunder,« fuhr der Prinz fort, ohne auf ihre Worte zu achten, »daß ich in Ihnen die herrlichste aller Frauen vor mir sehe. Fräulein, Sie haben keine Ahnung von der Gewalt, mit welcher Ihr Anblick Jeden packt, welcher in Ihre Nähe kommt –––«

Er erfaßte ihre Hand, die sie ihm aber zu entziehen suchte.

»O, lassen Sie mir dieses kleine süße Händchen! Ich muß es küssen; ich muß meinen Arm um diese unvergleichliche Taille legen, muß dieses bezaubernde Köpfchen an mein Herz ziehen, um diese Lippen –––«

»Prinz,« rief sie, »lassen Sie mich!«

»Dich lassen?« antwortete er, die sich mit aller Macht Sträubende an sich ziehend. »Das wäre das unverzeihlichste Verbrechen gegen die Göttlichkeit des Schönen. Nein, festhalten werde ich Dich, Du Entzückende, um von Deinen Lippen Wonne und Seligkeit zu trinken!«

Sie wandte alle ihr zu Gebot stehende Kraft an, sich aus seiner Umarmung zu befreien, vergebens.

»Lassen Sie mich, Prinz, sonst rufe ich um Hülfe!«

»Rufe, mein Herz; es wird Dich hier Niemand hören!« antwortete er, sich mit seinem Munde ihren Lippen nahend.

»Sie braucht nicht zu rufen, denn sie ist bereits gehört worden,« ertönte eine feste, ruhige Stimme, und der Matrose stand vor ihm. »Lassen Sie meine Herrin los, Prinz!«

»Ah, bist Du es?« erklang es knirschend. »Schön, ich werde sogleich mit Dir abrechnen, vorher aber muß ich diese Lippen–––«

Er kam nicht zum Kusse, denn Arthur packte ihn, so daß er

die Arme von Almah lassen mußte, und schleuderte ihn mit solcher Wucht an die Mauer, daß er zusammenknickte. Dennoch aber raffte sich der Prinz schnell wieder empor und zog den Degen.

»Hund, das wagst Du! So stirb!«

Arthur faßte ihn bei der Faust und entriß ihm den Degen.

»Sterben, nicht wahr, wie gestern Karl Goldschmidt, Dein Opfer? Du bist ein ehrloser Schurke, und ich werde Dich als solchen kennzeichnen, damit fortan die Unschuld vor dir sicher sei!«

Er entriß ihm den Degen, zertrat denselben mit dem Fuße und schleuderte ihm das Gefäß mit solcher Kraft in das Gesicht, daß ein rother Blutstrahl aufspritzte. Vor Wuth und Schmerz laut heulend, stürzte sich der Getroffene auf ihn, fühlte sich aber sofort mit unwiderstehlicher Kraft gepackt und zu Boden geworfen. Dann riß der starke Seemann eine Ruthe vom nächsten Busche und zog ihm dieselbe wiederholt über das Angesicht.

»So, an diesem Zeichen soll man Dich erkennen, und der gestrige Tag soll der letzte sein, an dem es Dir gelingt, ein Mädchen zu bethören!«

Ein mächtiger Faustschlag vollendete den Sieg; der Prinz lag entehrt und besinnungslos am Boden. Als sich Arthur erhob war Almah entflohen. – – –

ZEHNTES KAPITEL.

Vor Jahren.

Früher stieg der dichte Wald viel weiter von den Bergen herab als jetzt, und erstreckte einen seiner Ausläufer sogar bis auf einige Meilen von der Hauptstadt hernieder. Eine weit in diese Forstzunge eindringende Umfriedigung schloß ein Wildgehege ab, in welches einzudringen Jedermann außer dem Forstpersonale verboten war. Dennoch befanden sich eines Tages innerhalb der Umzäunung Personen, deren Habitus man sehr leicht ansehen konnte, daß sie weder zu diesem Personale noch zu sonst irgend welchen Berechtigten zählten.

Zwischen zwei hohen Eichen, die wohl an die tausend Jahre zählen mochten und ihre stammesdicken Aeste weit in die Luft hinausstreckten, stand ein altersschwacher vierräderiger Karren. Der Gaul, welcher ihn gezogen haben mochte, weidete im hohen Grase, dessen saftige Stengel zwischen Moos und allerlei Grün hervorragten. Am Stamme des einen Baumes loderte ein helles Feuer, an welchem, über zwei Astgabeln gelegt, ein Rehrücken briet, den ein kaum zehnjähriger Junge mit einer Miene drehte, die ebensoviel Kennerschaft wie inneres Behagen ausdrückte.

Der Knabe war nur halb bekleidet, und ebenso mangelhaft oder defekt zeigte sich die Umhüllung der andern Personen, welche in mancherlei Stellungen um das Feuer saßen oder lagen, um der Zubereitung des leckeren Bratens zuzuschauen. Sie alle zeigten jene unverkennbaren Züge, welche der Physiognomie des Zigeuners eigenthümlich sind, schienen jedoch trotz ihres mehr als anspruchslosen Äußeren nicht jenen nomadisirenden Horden anzugehören, welche Raub und Diebstahl als ihr eigentliches und einträglichstes Gewerbe betreiben.

Auf dem Wagen saß auf einigen alten Betten – gewiß ein sehr ungewöhnlicher Luxus bei einer fahrenden Zigeunerbande – eine uralt scheinende Frau, jedenfalls die Vajdzina, und war beschäftigt, aus einigen verschlossenen und farblosen Fetzen irgend ein Kleidungsstück herzustellen, dessen Art und Zweck jedoch nicht zu erkennen war. Auf der Deichselgabel ruhte der Vajda, bald einen Blick auf die Alte werfend, bald die immer dunkler werdende Farbe des Rehrückens musternd und dabei aus einem kurzen Pfeifenstummel den Rauch eines Krautes ziehend, dessen Geruch eine Verwandtschaft mit der Kartoffel als sehr wahrscheinlich erscheinen ließ. Auch die Zigeunermutter rauchte, aber der Geruch ihres Tabaks war ein anderer. Es wäre vielleicht möglich gewesen, daß der feinste Kenner das Aroma dieser Sorte bewundert hätte.

Bei der Stille, welche ringsum herrschte, waren ferne Laute zu vernehmen, welche als gedämpfter Schall eines Gespräches durch die Büsche drangen und von zwei Personen herrührten, die sich von der Gesellschaft zurückgezogen hatten und einige hundert Schritte vom Wagen entfernt einander sich gegenüber befanden.

Die eine von ihnen war ein Mädchen.

Sie mochte kaum siebzehn Jahre zählen, aber ihre Formen waren beinahe diejenigen eines vollendeten Weibes, schwellend und üppig und doch dabei so fein und zart, als hätte eine einzige Stunde einem kindlichen Körper die Vollkommenheiten der entwickelten Jungfrau verliehen. Ihr kleines Köpfchen vermochte kaum die Fülle des reichen Haares zu tragen, welches ihr in einem langen, dichten, blauschwarz schimmernden Strome über den Nacken herniederfloß; die ideale Stirn, etwas egyptisch vorstehend, das feine, kleine Näschen mit den leicht beweglichen, trotz der dunklen Gesichtsfarbe rosa angehauchten Nasenflügeln, der schwellende, kleine Mund, zwischen dessen Lippen zuweilen zwei Reihen blendender schmaler Zähnchen zu bemerken waren, das mit einem liebenswürdigen Grübchen versehene Kinn, alle diese Einzelheiten gaben ihrem Antlitze einen Ausdruck, welcher den Kenner weiblicher Schönheit entzücken mußte. Vor Allem aber war das Auge bewundernswerth. Aus der orientalischmandelförmig geschlitzten Oeffnung desselben strahlte unter den langen Lidern und seidenen Wimpern der tiefschwarze Stern einer Gluth hervor, welche aus geheimnißvollen, unbewußten Tiefen zu kommen schien, eingehüllt vom Schleier jungfräulicher Ahnungslosigkeit, und doch zuweilen auf einen Augenblick so mächtig und unwiderstehlich hervorbrechend, daß sie sicher Jeden traf, der sein Herz diesem Blicke unbewacht entgegenstellte. Sie saß in halb nachlässiger, halb stolzer Haltung im Moose. Ihre Kleidung war bei weitem besser und vollständiger, als die der Anderen, und es ließ sich leicht bemerken, daß auf dieselbe diejenige Sorgfalt verwendet wurde, welche auch unter den mißlichsten Umständen jedes weibliche Wesen für ihr Aeußeres besitzt.

Die andere Person war ein Jüngling.

Er hatte sich mit dem Rücken an einen nahen Baum gelehnt und die Arme über der Brust in einander geschlungen. Leute, welche gern oder auch unbewußt eine solche Stellung einzunehmen pflegen, besitzen gewöhnlich eine bedeutende Entwickelung derjenigen Eigenthümlichkeiten, deren Gesammtheit man mit dem Worte Charakter bezeichnet. Ein aufmerksamer Beobachter hätte sich vielleicht über die Farbe seiner Haut verwundert. Sie sah weder weiß, wie dies bei dem Kaukasier zu sein pflegt, noch hatte sie diejenige Bräune, welche den Zigeuner kennzeichnet; eher hätte man sie grau nennen können, grau, vermischt mit demjenigen Braun, welches von Wind und Wetter und den Einwirkungen der Sonne herrührt. Er trug ein Paar kurze, weite Hosen, welche sicher für andere Körperverhältnisse gefertigt worden waren; zwischen ihnen und der Jacke, welche vielfach zerrissen war und für einen weit jüngeren Menschen gefertigt zu sein schien, blickte ein schmutziges Hemd hervor; den Kopf bedeckte eine Mütze, welche ihr Schild verloren hatte; die Füße waren nackt und durch die Aermel der Jacke blickte stellenweise ebenso nackt der muskulöse Arm. Durch eines dieser Löcher blickte in tiefem Schwarzroth eine wunderbare Zeichnung, welche gleich einer Tätowirung der eigenthümlich gefärbten Haut eingeprägt war. Sie stellte ein Wappen vor, dessen einzelne

Züge allerdings so ausgezogen und ausgedehnt erschienen, daß das Ganze einen gewissen Grad von Undeutlichkeit besaß und es sehr anzunehmen war, daß die Tätowirung bereits vor längeren Jahren angebracht worden sei. Sein Haar besaß eine tiefschwarze Farbe; ein aufmerksamer Beobachter hätte aber doch vielleicht bemerkt, daß es an den Wurzeln einen bedeutend lichteren Ton zeigte und die Haut unter ihm so rein und weiß war, wie man sie vorzugsweise bei blonden Leuten beobachtet. Das Gesicht hatte unbedingt ein nordisches Gepräge. Die ungewöhnlich hohe und breite Stirn, das offene, blaugraue Auge, die geradegeschnittene Nase, das längliche, regelmäßige Oval des Gesichtes deuteten nicht auf eine indische oder egyptische Abstammung hin, und so kam es, daß der Jüngling in seinem gegenwärtigen Habitus einen beinahe befremdenden Eindruck hervorbrachte, welcher unterstützt wurde durch die Ruhe und Sicherheit seiner Haltung und Bewegungen, welche bedeutend abstach gegen das Rastlose und Unstäte, welches den Zigeuner zu aller Zeit gekennzeichnet hat.

Trotz dieser äußeren Ruhe schien er sich in einer innern geistigen Erregung zu befinden. Seine Züge glänzten, sein Auge leuchtete ekstatisch, und der Blick desselben schien in weite, weite Fernen gerichtet und Gestalten zu schauen, deren Anblick dem gewöhnlichen Sterblichen versagt ist. Das Gesicht des Mädchens nahm den Ausdruck der Bewunderung an, als sie in anerkennendem Tone ausrief:

»Katombo, Dir ist ein Geist gegeben, der größer und mächtiger ist, als die Gabe der Weissagung. Soll ich Dir noch eine Aufgabe ertheilen?«

»Thue es, Zarba!« antwortete er.

»Weißt Du, wo Bhowannie, die Göttin der Gitani, wohnt?«

»Auf Nossindambo, welches vom Volke der Christen Madagaskar genannt wird.«

»Richtig! Hoch droben im Ambohitsmenegebirge steht ihr Thron, und tief unter den Bergen von Befour schläft sie des Tages, um erst beim Beginn des Abends zu erscheinen. Kannst Du Dir denken, wie sie aussieht? An stillen Abenden glänzt ihr Haupt in den Sternen, und mit lieblichem Lächeln badet sie die schimmernden Füße in den wogenden Fluthen des Meeres, bis der Tag erscheint, vor dessen Kusse sie nach Westen flieht. Kannst Du das beschreiben in der Sprache, welche die Dichter reden?«

Er nickte selbstbewußt.

»Ich kann es.«

»So thue es!«

»Nun denn, wenn Du meinem Kusse nicht entfliehest, wie sie der Umarmung des Tages!«

»Du darfst mich küssen, Katombo, denn Du bist mein Bruder.«

»Dein Bruder? Ich will den Kuß der Liebe, aber nicht den Kuß einer Schwester!«

Sie zögerte einen Augenblick mit der Antwort, dann meinte sie:

»Du sollst ihn haben. Jetzt aber beginne!«

Er blickte träumerisch vor sich hin; dann erhoben sich seine Arme zur Gestikulation, und ohne Pause oder Unterbrechung strömten ihm die Verse von den Lippen:

»Wenn um die Berge von Befour
Des Abends erste Schatten wallen,
Dann tritt die Mutter der Natur
Hervor aus unterird'schen Hallen,
Und ihres Diadems Azur
Erglänzt von funkelnden Kristallen.

In ihren dunklen Locken blühn
Der Erde düftereiche Lieder;
Aus ungemess'nen Fernen glühn
Des Kreuzes Funken auf sie nieder,
Und traumbewegte Wogen sprühn
Der Sterne goldne Opfer wieder.

Doch bricht der junge Tag heran,
Die Tausendäugige zu finden,
Läßt sie ihr leuchtendes Gespann

Sich durch purpurne Thore winden,
Sein Angesicht zu schaun, und dann
Im fernen Westen zu verschwinden.«

Das Mädchen war seinen Worten mit der Miene einer Kunstkennerin gefolgt. Sie neigte jetzt langsam den Kopf und meinte:

»Die Christen haben viele Dichter, aber Keiner von ihnen allen besitzt den schnellen, glänzenden Geist, der in Dir wohnt, Katombo.«

Er lächelte matt.

»Mein Volk rühmt und preist mich als seinen besten Dichter, Zarba, aber ich gebe allen Ruhm und allen Preis hin für einen freundlichen Blick und für ein gutes Wort von Dir. Ich nehme mir jetzt meinen Kuß!«

Er that einen Schritt auf sie zu, sie aber wehrte ihn mit einer schnellen Bewegung ihres Armes ab.

»Warte noch, denn Du bist nicht zu Ende!«

»Ich bin fertig!«

»Nein, denn Du hast Bhowannie geschildert blos wie sie erscheint an stillen, milden Abenden. Aber wenn sie ihrem Volke grollt, dann erblickst Du sie ganz anders. Der Himmel bedeckt sich mit Wolken; die Wogen stürzen sich mit –«

»Halt!« gebot er ihr. »Ich will nur Deinen Kuß, nicht aber Deine Unterweisung. Höre mich weiter, dann aber bin ich zu Ende und nehme mir meinen Lohn. Es ist dieselbe Göttin, darum sollen meine Worte auch dasselbe Gewand und denselben Vers besitzen.«

Er besann sich kaum einige Sekunden lang, ehe er begann:

»Wenn um die Berge von Befour
Des Abends dunkle Schatten wallen,
Dann tritt die Mutter der Natur
Hervor aus unterird'schen Hallen
Und läßt auf die versengte Flur
Des Thaues stille Perlen fallen.

Des Himmels Seraph flieht, verhüllt
Von Wolken, die sich rastlos jagen;
Die Erde läßt, von Schmerz erfüllt,
Den Blumen bitt're Thränen tragen,
Und um verborg'ne Klippen brüllt
Die Brandung ihre wilden Klagen.

Da bricht des Morgens glühend Herz,
Er läßt den jungen Tag erscheinen;
Der küßt den diamant'nen Schmerz
Von tropfenden Karfunkelsteinen
Und trägt ihn liebend himmelwärts,
Im Aether dort sich auszuweinen.«

Er hatte geendet und ließ nun sein Auge forschend auf dem Antlitze des Mädchens ruhen. Sie blickte vor sich nieder, und die langen Wimpern verhüllten den Ausdruck dessen, was sie jetzt empfinden und denken mochte.

»Zarba!«
»Katombo!«
»Meinen Kuß!«
»Schenke ihn mir!«

Sie erhob die Lider, und ihr Blick suchte halb kalt halb mitleidig den seinigen.

»Warum?«
»Was nützt er Dir?«
»Was er mir nützt? Was nützt dem Auge das Licht, dem Munde die Speise, dem Herzen das Blut? Soll das Auge erblinden, der Mund verstummen und das Herz brechen und sterben, weil sie nicht haben dürfen, was ihnen Leben gibt?«

»Stirbst Du ohne meinen Kuß?«

Seine Gestalt richtete sich höher auf und sein Auge flammte.

»Zarba, Du hast mich geliebt, mich allein. Wir sind Verlobte, und bald bist Du mein Weib. Du selbst hast es so gewollt, und die Vajdzina hat unsere Hände in einander gelegt. Wie oft hast Du gesagt, daß Du sterben müßtest ohne mich! Dein Herz hat an dem meinen geschlagen, Deine Lippe auf der meinigen geruht; wir haben zusammen gehungert und zusammen geschwelgt; ich habe Leben und Glück aus Deinem Auge getrunken – ja, ich würde sterben, wenn der Tod Dich mir entriß!«

»Ich sterbe nicht.«

»Ich war noch nicht zu Ende. Ich würde freudig mit Dir sterben; aber wenn ich Dich anders verlieren sollte, als durch den Tod, so – so – so –«

»Nun, so –?«

»So – so würde ich leben bleiben, denn ich hätte die Aufgabe zu erfüllen, welcher jeder Brinjaare kennt, dem ein Anderer sein Weib oder seine Braut entreißt!«

»Und die ist?«

»Rache!«

Sie blickte beinahe erstaunt zu ihm empor. Dann flog ein ungläubiges Lächeln über ihre Züge.

»Rache? Katombo und Rache? Hat der weiche Katombo jemals einen Wurm zertreten? Hat er ein einziges Mal für die Seinigen das gethan, was die Christen Betrug und Diebstahl nennen? Du hast den Geist des Dichtens, aber Du bist kein Mann. Du sprichst von Brinjaarenrache und mußt jeden Mond Haar und Haut Dir dunkler färben. Bist Du ein Gitano?«

»Was gibt mehr Recht, ein Gitano zu sein: die kurze Stunde der Geburt oder die langen Jahre des Lebens? Der Vajda hat mich im Walde gefunden, und Niemand kennt meine Eltern; aber ich bin bei Euch gewesen allezeit, die Vajdzina nennt mich ihren Sohn, und daher darf ich sagen, daß ich ein Gitano bin. Gieb mir meinen Kuß!«

»So nimm ihn Dir!«

Sie sprach diese Worte kalt und gleichgiltig, ohne jede einladende Miene oder Bewegung. Seine Stirn verfinsterte sich; er rang mit dem aufwallenden Zorne, und seine Stimme zitterte leise, als er antwortete:

»Behalte ihn; aber vergiß niemals, daß Deine Lippen mir gehören, sonst müßte ich Dir beweisen, daß ich trotz meiner weißen Haut ein ächter Brinjaare bin!«

Seine Worte klangen wie eine Drohung, doch sein Auge glänzte feucht. Sie sah es, sprang empor und schlug die Arme um seinen Hals.

»Vergib mir!« bat sie, ihn küssend. »Ich habe Dich lieb, Katombo, aber –«

Sie stockte. Er legte den Arm um sie, drückte sie innig an sich und frug:

»Aber –? Sprich weiter, Zarba!«

»Ich kann nicht!« antwortete sie.

»Warum nicht?«

Sie sah mit einem Blicke zu ihm empor, in welchem es halb wie Scheu und halb wie Bitte um Verzeihung glänzte.

»Du wirst es noch erfahren, Katombo; aber selbst dann noch mußt Du glauben, daß ich Dich immer lieb gehabt habe.«

»Ich weiß es; aber seit einigen Tagen ist Dein Herz stumm, Dein Angesicht kalt, und dennoch leuchtet zuweilen Dein Auge wie ein Stern, dem eine Sonne neuen Glanz verliehen hat. Zarba, bleibe mein, damit ich nicht mich selbst mit Dir verliere!«

Es lag wie eine große Angst in seinen schönen, ehrlichen Zügen, als er sie jetzt so fest an sich nahm, daß er ihr beinahe wehe that. In diesem Augenblick raschelte es in einem nahen Busche, und eine laute Stimme gebot:

»Faß, Tiger!«

Ein riesiger Fanghund schoß hinter dem Strauche hervor und warf sich von hinten auf Katombo.

»Nieder!« erscholl ein zweites Kommando.

Der Hund faßte den Zigeuner im Genick und riß diesen zu Boden, ehe er nur an Gegenwehr zu denken vermochte.

»Festhalten!«

Mit diesem Worte trat der Herr des Thieres jetzt herbei. Es war ein junger Mann von nicht viel über dem Alter des Zigeuners; er trug eine Jagdkleidung mit Uniformschnitt und ließ auch ohne dies in seiner ganzen Haltung und Erscheinung den Offizier erkennen.

Zarba war von dem Vorgange tief erschrocken, und dennoch ging eine tiefglühende Röthe über ihr braunes Angesicht. Der Fremde trat zu ihr und faßte ihre Hand.

»Wer ist der Mensch, der es wagt, Dich zu umarmen?« frug er.

»Katombo.«

»Katombo –? Das ist sein Name, und mir nicht genug!«

»Er ist – mein – – Bruder,« antwortete sie stockend.

»Dein Bruder? Nichts weiter?« frug er, den am Boden Liegenden mit finsterem Auge musternd.

»Nichts weiter!«

»Ah! Umarmt und küßt man einen Bruder in dieser Weise?«

Sie schwieg, sichtlich in tiefer Verlegenheit. Er legte den Arm um sie und zog sie trotz ihres Widerstrebens an sich.

»Wenn er wirklich nur Dein Bruder ist, so mag er auch sehen, was ich thue.«

Er näherte seine Lippen ihrem Munde, kam aber nicht zum Kusse, denn ein lauter Schrei des Hundes ließ ihn hin nach diesem blicken. Trotz der Gefährlichkeit eines solchen Vorhabens hatte Katombo dem über ihm stehenden Thiere mit einer blitzschnellen Bewegung beide Hände um den Hals geschlagen und ihm die Kehle so zusammengedrückt, daß es machtlos zu Boden sank.

»Mensch, was wagst Du!« rief der Jäger, nach seiner Büchse fassend. »Laß ab vom Hunde, oder ich schieße Dich nieder!«

Katombo lag noch immer am Boden. Er lächelte ruhig.

»Vom Hunde lassen, damit er mich dann zerreißt?« frug er.

»Mensch, Du bist außerordentlich klug!«

Mit der Linken den Hund festhaltend, zog er mit der Rechten sein Messer hervor und stieß die Klinge desselben dem Thiere bis an das Heft zwischen die Rippen.

»So stirb!« schnaubte der Jäger, das Gewehr zum Schusse erhebend.

Er drückte auch wirklich ab. Der Zigeuner warf sich gedankenschnell zur Seite; die Kugel bohrte sich hart neben seinem Kopf in den Boden. Im Nu sprang er jetzt auf, stürzte sich auf den Gegner, riß diesen nieder und schwang sein Messer über ihm.

»Stirb Du jetzt!«

Der Stoß wäre unbedingt tödtlich gewesen, wenn nicht Zarba den hoch erhobenen Arm gefaßt und mit Aufbietung aller Kraft gehalten hätte.

»Thue ihm Nichts, Katombo, es ist der Herzog!«

»Und wenn er der König wäre! Warum hast Du vorher nicht auch ihm gesagt, daß er mir Nichts thun soll?«

Er versuchte, seinen Arm aus ihren Händen zu befreien, während er mit dem andern den sich bäumenden Gegner fest am Boden hielt. Es gelang ihm, und sicher hätte er seine Drohung wahr gemacht, wenn nicht ein zweites und viel nachhaltigeres Hinderniß eingetreten wäre.

»Halt!« erscholl es laut und gebieterisch von der Seite her, nach welcher hin sich das Lager der Zigeuner befand.

Es war die Vajdzina, welche den Schuß gehört hatte und mit den Ihrigen herbeigeeilt war. Sie schlug bei dem Anblicke des zu Boden Gerissenen vor Schreck die Hände zusammen.

»Der Herzog! Der hohe, gute, schöne, blanke Herr, der uns erlaubt hat, hier im Gehege zu lagern und so viel Wild zu verspeisen, als wir wollen! Bist Du wahnsinnig, Katombo? Laß ihn los!«

Der Zigeuner gehorchte und erhob sich, doch ohne das Messer wegzuthun. Auch der Jäger stand auf; sein Angesicht glühte vor Grimm und Beschämung. Die Zigeunermutter ließ sich vor ihm auf das Knie nieder und zog den Saum seines Rockes an die Lippen.

»Verzeiht ihm, großmächtigster Herr! Er ist sanft und gut, und Ihr müßt ihn sehr gereizt haben, daß er es gewagt hat, sich an Euch zu vergreifen.«

»Gereizt? Kann ein solcher Bube sich erfrechen, sich für gereizt zu erklären von dem Herzog von Raumburg?«

»Er wollte Zarba küssen und schoß auf mich!« entschuldigte sich Katombo.

»Er erstach meinen besten Hund!« knirschte der Herzog. »Hund um Hund, Blut um Blut!«

Er griff nach der Büchse, die ihm entfallen war. Ihr zweiter Lauf war noch geladen. Er erhob sie, um gegen Katombo loszudrücken. Da aber trat Einer aus der Zahl der Zigeuner hervor und stellte sich vor die Mündung des Gewehres.

»Legt die Waffe weg, Herr! Mein Name ist Karavey; Katombo ist mein Bruder, und wenn Ihr nicht von ihm laßt, so ist es sehr leicht möglich, daß es Euch wie Eurem Hunde geht!«

»Oho! Wollt Ihr Beide des Todes sein? Ich pflege nicht zu spassen, am allerwenigsten aber mit Gesindel von Eurer Sorte!«

Die Vajdzina trat nochmals zwischen die Streitenden.

»Seid gnädig, Herr General! Der Zorn spricht oft Worte, von denen das Herz Nichts wissen mag. Der Gitano kennt keinen andern Richter, als seinen Vajda und seine Vajdzina; jedem andern weiß er sich zu entziehen; das gebietet ihm sein Gesetz. Wenn Katombo Euch beleidigt hat, so klagt ihn an, und ich werde ihn zu strafen wissen.«

Der Grimm des Herzogs schien einer entgegengesetzten Gesinnung Platz zu machen; er lächelte satyrisch und meinte:

»Ihr wollt die Richterin sein? Nun wohl; ich werde mich Eurem Gebrauche fügen. Dieser Mensch hat meinen Hund getödtet und mir nach dem Leben getrachtet; womit werdet Ihr ihn bestrafen?«

»Welche Strafe verlangt Ihr?«

»Ich verlange sein Leben, fünfzig Hiebe für Denjenigen, der sich seinen Bruder nannte, und dann die Räumung des Geheges. Ich habe Euch aus Gnade und Barmherzigkeit die Erlaubniß ertheilt, hier sein zu dürfen, und es kann nicht meine Absicht sein, dafür in Lebensgefahr zu schweben.«

»Hoher Herr, Eure Güte war groß, aber die Dankbarkeit der Vajdzina war auch so, wie Ihr sie verlangtet,« antwortete die Alte mit einem unwillkürlichen Seitenblick auf Zarba. »Ihr hetztet den Hund auf Katombo, daher wurde er von diesem getödtet; Ihr wolltet Katombo erschießen, daher suchte er sich zu vertheidigen. Wählt eine mildere Strafe!«

»Nun wohl, Alte, ich will mich auch jetzt noch gnädig finden lassen. Ich hetzte den Hund auf diesen Burschen, der sich von Zarba küssen ließ, und er tödtete ihn, weil dann ich sie küssen wollte. Wenn jetzt Zarba vor allen Euren Augen mich dreimal küßt, soll Alles vergeben sein.«

Das Mädchen erglühte und Niemand antwortete.

»Nun?« frug der Offizier. »Es steht in Eurer Wahl, meine Gnade zu haben oder vor einem andern und strengen Gerichte zu stehen!«

Die Vajdzina erhob die Hand gegen Zarba:

»Gehe hin und küsse ihn!«

»Halt!« rief Katombo. »Zarba ist meine Braut; ihr Kuß darf keinem Andern gehören, als nur mir allein!«

Der Offizier lächelte verächtlich.

»Ich gebe Euch nur eine Minute Zeit; dann ist es zu spät, und ich lasse die beiden Burschen arretiren.«

»Küsse ihn!« gebot die Mutter zum zweiten Male.

Obgleich tief verlegen und mit verschämtem, glühendem Angesichte, that Zarba doch einen Schritt nach dem Herzog hin.

»Bleib, Zarba,« rief ihr Bruder Karavey. »Eine Gitana küßt nur den Zingaritto!«

»Und mich wirst Du verlieren, wenn Du ihn küssest,« fügte Katombo hinzu.

»So seid Ihr Alle verloren,« entschied der Herzog. »Räumt sofort das Gehege! Wer in einer Viertelstunde in demselben noch betroffen wird, wird als Wilddieb behandelt. Und für die beiden stolzen Gitani werde ich noch extra Sorge tragen.«

»Küsse ihn!« befahl die Mutter zum dritten Male.

»Ich muß, denn die Vajdzina gebietet es!« klang die Entschuldigung Zarba's.

Sie trat schnell auf den Herzog zu, legte die Arme um seinen Nacken und drückte drei flüchtige Küsse auf seine Lippen. Katombo stieß einen Schrei des Schreckes und der Wuth aus und wollte sie zurückreißen; der Vajda aber ergriff ihn am Arme.

»Halt, Katombo! Die Vajdzina hat es geboten, und was sie befiehlt, das wird ohne Widerrede befolgt. Können wir nun bleiben, hoher Herr?«

»Bleibt!« antwortete der Befragte. »Doch hütet Euch in

Zukunft sehr, etwas gegen meinen Willen zu unternehmen. Habt Ihr einen Wunsch, so soll ihn mir Niemand sagen, als nur Zarba allein. Merkt Euch das!«

Er wandte sich und ging, ohne Jemand noch eines Blickes zu würdigen. Am Ausgange des Geheges traf er auf einen Wildhüter, welcher mit der Miene tiefster Unterthänigkeit militärisch grüßte.

»Wer hat heut Dienst, Stephan?«

»Alle, Excellenz, da Keiner Urlaub nahm.«

»Kennst Du sämmtliche Zigeuner?«

»Ja.«

Seine Miene ließ errathen, daß die Anwesenheit der Genannten nichts weniger als seine Billigung hatte.

»Auch den, welchen sie Katombo nennen?«

»Auch den. Er ist noch das beste Mitglied der ganzen Sippschaft.«

»Warte, bis ich ein solches Urtheil von Dir verlange! Uebrigens sollt Ihr die Leute baldigst loswerden; sie haben sich gröblich gegen mich vergangen und werden ihre Strafe erhalten, doch wünsche ich nicht, daß hiervon gesprochen wird. Kannst Du schweigen?«

»Excellenz kennen mich wohl!«

»Allerdings. Getraust Du Dich, diesen Katombo gefangen zu nehmen?«

»Ich werde jedem Befehle Eurer Excellenz gehorchen.«

»Es soll jedes Aufsehen dabei vermieden werden!«

»Sehr wohl!«

»Besonders soll Niemand wissen, wer den Befehl gegeben hat und wohin der Gefangene kommt.«

»Werde es so einzurichten wissen.«

»Ich komme heut Abend in den Forst. Katombo wird sich dann gefesselt im Blößenhause befinden.«

»Wie viel Uhr?«

»Elf.«

»Werde pünktlich sein, Excellenz. Doch wenn er sich wehrt oder zu laut wird, welche Mittel darf ich in Anwendung bringen?«

»Jedes beliebige, welches dazu dient, ihn zum Schweigen zu bringen.«

»Und wenn dann dieses Schweigen etwas länger dauern sollte, als man vorher annehmen konnte?«

»So wird Dir nicht der geringste Schaden daraus erwachsen. Ich will heut Abend Punkt elf Uhr den Zigeuner im Blößenhause haben, das Uebrige zu arrangiren ist lediglich meine eigene Sache. Du hast Dich zu der vierten Unterförsterstelle gemeldet?«

»Nein.«

»Warum nicht?«

»Weil ich mich der Protektion des Oberförsters nicht zu erfreuen scheine und weil ich auch noch nicht eine solche Dauer mich im Dienste befinde, daß ich auf Berücksichtigung rechnen könnte.«

»Melde Dich!«

»Wenn Durchlaucht befehlen, werde ich es thun!«

»Du wirst die Stelle haben und Deine weitere Zukunft steht ebenso in meiner Hand, wie Du wohl wissen wirst. Nur merke Dir, daß ich strikte Erfüllung meiner Befehle und die strengste Verschwiegenheit liebe.«

Er ging.

Stephan trat zum Thore des Geheges zurück, welches er zuvor offen gelassen hatte, und verschloß es.

Es war früher stets streng verwahrt gewesen, damit das Wild nicht aus dem Gehege zu entfliehen vermochte. Vor einigen Wochen jedoch hatte der Herzog den Befehl ertheilt, eine Zigeunerbande in das Letztere aufzunehmen, ihr den nöthigen Aus- und Eingang zu gestatten und es nicht zu bemerken, wenn diese Leute zuweilen ein Wildpret für ihren eigenen Bedarf verwenden sollten. Diese sonderbare Ordre hatte böses Blut unter dem sämmtlichen Aufsichtspersonale hervorgerufen. Zigeuner im Wildgehege, welches sonst auch dem höchsten Staatsbeamten, dessen Ressort sich nicht auf die Forstwirthschaft erstreckte, verschlossen blieb! Hierzu mußte es eine sehr dringende und vielleicht auch eigenthümliche Veranlassung geben. Man forschte nach ihr und fand sie auch sehr bald.

Unter der Bande befand sich ein Mädchen von so seltener, wunderbarer Schönheit, daß sie Jeden entzückte, der sie zu Gesichte bekam. Auch der Herzog hatte sie gesehen und kam nun täglich in das Gehege, um mit ihr zusammenzutreffen; dies geschah theils in Gegenwart der Zigeuner, theils aber auch heimlich, wie die Forstleute beobachteten, und nun war das Räthsel gelöst. Die Bande durfte ihren Aufenthalt im Wildgarten nehmen und sich sogar an den gehegten Thieren vergreifen, damit der Herzog Gelegenheit finde, mit der schönen Zarba zu verkehren. Das Mädchen schien in ihrer Unerfahrenheit von einem Rausche ergriffen zu sein. Man hatte sie oft an der Seite, ja in den Armen des Herzogs gesehen, und daher kam es dem Forstwart Stephan ganz unerwartet, daß so gewaltthätige Maßregeln gegen ein Mitglied ihrer Familie ergriffen werden sollten, und ebenso war er über die unverhoffte Mittheilung erstaunt, welche sich auf die Entfernung der Zigeuner bezog.

Allerdings frug er sich nicht nach den näheren Gründen des ihm gewordenen Auftrages; der Herzog war sein höchster Vorgesetzter, von dessen Wohlwollen seine ganze Zukunft abhing, und da er ein keineswegs empfindsames Gemüthe besaß, so konnte es bei ihm nichts anderes als den blindesten Gehorsam geben. Den Eingang hatte er verschlossen, um der Gegenwart Katombo's sicher zu sein; jetzt schritt er der Richtung zu, in welcher sich das Zigeunerlager befand.

In der Nähe desselben vernahm er eine zornige Stimme und erkannte, vorsichtig näher tretend und hinter dem Stamme eines Baumes Posto fassend, Katombo, welcher mit zorniger Miene vor Zarba stand.

»Sagte ich Dir nicht, daß ich Dir verloren sei, wenn Du ihn küßtest? Und dennoch hast Du es gethan!« warf er ihr vor.

»Ich habe es gethan, doch nur um Deinet- und um Karaveys willen,« antwortete sie.

»Das glaube ich nicht! Warum verweigertest Du mir den Kuß, als wir noch alleine waren? Warum schickt die Vajdzina mich stets zur Stadt, wenn dieser Herzog in das Gehege kommt? Sollst vielleicht Du das Fleisch, welches wir geniessen, bezahlen und die Erlaubniß, hier im Walde bleiben zu dürfen?«

»Bist Du eifersüchtig?« frug sie mit einem Lächeln, in welchem sich doch ein gewisser Grad von Verlegenheit zeigte, welchen er bemerken mochte.

»Eifersüchtig? Ein verständiger Mann kann nie eifersüchtig sein, und ich glaube sehr, daß ich meinen Verstand habe. Der Mann eines treuen Weibes und der Verlobte eines braven Mädchens, Beide haben keine Veranlassung zur Eifersucht; welches Weib aber diese Veranlassung gibt, die ist nicht mehr werth, daß sich das Herz des Mannes mit ihr beschäftigt.«

»Ich mußte thun, was mir die Vajdzina gebot!«

»Du mußtest thun, was ich Dir gebot, denn Deine Lippen waren mein Eigenthum seit dem Tage, an welchem Du mir sagtest, daß Du mich liebtest, und meine Braut wurdest. Du hast mir dies Eigenthum zurückgeraubt und an einen Andern verschenkt, der nur ein schönes Spiel mit Dir treibt; ich lasse es ihm, denn ich verzichte auf jeden Mund, den ein zweiter nach mir küßte; aber dieser Herzog wird einst besser glauben, als vorhin Du, daß ich ein ächter Brinjaare bin, der einen solchen Raub zu vergelten weiß. Meine Schwester wirst Du bleiben, meine Braut aber bist Du gewesen, und mein Weib wirst Du niemals sein!«

Ihr Auge flammte auf.

»So verachtest Du mich?«

»Nein, sondern ich bemitleide Dich und werde den Raub, den Du an mir begingst, zu rächen wissen, zwar nicht an Dir, sondern an ihm, denn Deine Strafe erhältst Du ganz von selbst, gerechter, größer und schwerer, als ich sie Dir bestimmen könnte.«

»So wagst Du, mit Deiner einstigen Vajdzina zu sprechen! Du sagst, daß Du mich nicht zum Weibe magst – weißt Du denn, ob ich Dich noch zum Manne begehre? Welche Strafe könntest Du mir geben, welche Strafe könnte mich außerdem noch treffen? Katombo, der Geist des Irrsinns ist über Dich gekommen; bete zu Bhowannie, daß sie Dich vom Wahnsinne errette! Und wenn Deine Seele wieder licht und klar geworden ist, dann wirst Du erkennen, daß Zarba nicht nöthig hat, bei Dir um Vergebung und Liebe zu betteln. Vergebung braucht sie nicht, denn sie hat nicht gegen Dich gesündigt, und Liebe findet sie überall, mehr als manche feine blanke Dame, die ihr Auge vergebens zu Fürsten und Herzogen erhebt.«

Er blickte ihr mit unendlichem Mitleide in das glühende Angesicht.

»Zarba, nicht mich umfängt der Wahn, sondern Dich; nicht ich werde erwachen, sondern Du wirst es, und dann wirst Du Dich nach Vergebung sehnen, wie der Blinde nach dem Lichte der Sonne!«

»Was habe ich gethan, daß Du mir es vergeben müßtest? Ist ein Kuß, in Deiner Gegenwart gegeben, ein Verbrechen?«

»In meiner Abwesenheit ein Diebstahl, in meiner Gegenwart aber noch mehr, ein gewaltsamer Raub, in beiden Fällen aber eine Untreue.«

»Ich war nicht untreu!« behauptete sie fest.

»Was ist die Untreue? Eine Gesinnung, die im Charakter wohnt, im Herzen arbeitet und ihre Früchte durch das Auge, die Hand und den Mund nach außen treibt. Seien diese Früchte gereift oder nicht, seien ihre Thaten vollendet oder begonnen, spreche sie durch den Blick, das Wort oder die That, die Gesinnung, die Untreue wohnt tief unten und ist ganz dieselbe. Ich kann einem Weibe verzeihen, von der ein Mann Alles nahm, was mir gehörte, wenn ihr Herz nur mein verblieb, und ich kann ein Weib für immer von mir stoßen, obgleich nur ein einziger ihrer Blicke mit Wünschen an einem Andern hing, denn ihr Herz war mir entflohen. Die Vajdzina schickte mich fort, wenn der Herzog kam; ich habe Dich also nicht beobachten und belauschen können; aber ich habe die Röthe Deiner Wangen gesehen, als er uns vorhin überraschte; ich habe die Sprache Deines Auges verstanden, als er den Kuß von Dir nehmen wollte, da ich unter dem Hunde lag; ich habe den entsetzten Schlag Deines Pulses gefühlt, als ich das Messer über ihm zuckte. Dein Herz ist nicht mehr mein; es gehört ihm. Und wenn es wieder zurückkehren wollte, ich möchte es nicht haben, denn nur der unvernünftige hilflose Säugling genießt den Bissen, den ein anderer Mund ihm vorkaut.«

Er mußte sie mit jedem Gedanken seiner Seele lieb gehabt haben, das war aus dem knirschenden Grimme zu hören, mit welchem er seine letzten Worte sprach. Der Schweiß stand in Tropfen auf seiner Stirn; seine Zähne waren zusammengepreßt, und sogar die aufgetragene Farbe vermochte nicht, das tödtliche Bleich seiner Wangen vollständig zu verdecken. Das Mädchen bemerkte von dem Allem nichts; der Zorn hatte sie jetzt so vollständig übermannt, daß ihre Stimme beinahe heiser klang, als sie höhnisch antwortete:

»Nun wohl, hältst Du mich für die Geliebte eines Herzogs, so mußt Du wissen, daß Du ein armseliger Wicht bist gegen einen solchen Mann. Es wird niemals einer Amme in den Sinn kommen, Dir meine Liebe vorzukauen. Ich verlache Dich und alle Deine Drohungen!«

Mit einigen raschen Schritten war sie hinter den Bäumen verschwunden.

Er hatte vorhin durch seinen Angriff auf den Herzog bewiesen, daß es ihm an Muth und Kraft nicht fehle; jetzt aber, da die Wirklichkeit seines Verlustes unerschütterlich und unwiderruflich vor ihm lag, schlang er die Arme um den Stamm des nächsten Baumes und drückte seine glühende Stirn fest an die harte, rauhe Rinde desselben.

So stand er lange Zeit. Da plötzlich fühlte er eine Hand auf seiner Schulter. Er blickte auf; der Wildheger Stephan stand vor ihm.

»Bist Du Katombo?«

»Ja,« antwortete er in einem Tone, als erwache er soeben aus einem schweren, tiefen Traume.

»Ist nicht Zarba, die junge Zigeunerin, Deine Braut?«

»Warum fragst Du?«

»Weil ich Dir dann Etwas zu vertrauen habe.«

»Was?«

»Sind wir hier unbelauscht?«

»Ist es ein Geheimniß, was Du mir zu sagen hast?«

»Ja. Ich bin ein Freund von Dir und möchte Dir gern heut einen großen Dienst erweisen.«

Katombo blickte dem Hüter mißtrauisch in das Angesicht.

»Mein Freund? Seit wann willst Du es sein? Hast Du uns nicht von Allen am meisten gekränkt und verfolgt?«

»Dich nicht, sondern die Andern, die alle falsch und heimtückisch sind. Du hast uns nie Holz oder ein Wild gestohlen; darum habe ich Dich gern und möchte es Dir beweisen.«

»So komme ein Stück fort von hier!«

Sie schritten mit einander ein Stück in den Wald hinein, bis sie eine Stelle erreichten, an der sie sicher sein konnten nicht gesehen und gehört zu werden. Hier blieb der Zigeuner stehen.

»Jetzt sprich!«

»Kennst Du das Blößenhaus?«

»Das kleine, steinerne Häuschen auf dem freien Platze, welches immer verschlossen ist?«

»Ja.«

»Ich kenne es. Was ist mit ihm?«

»An seiner hinteren Seite steht eine Bank.«

»Ich kenne sie.«

»Auf dieser Bank habe ich Zwei sitzen sehen, Abends im Mondesscheine.«

»Zwei Männer?«

»Nein; einen Mann und ein Mädchen.«

»Ah! Wer waren sie?«

»Willst Du es wirklich wissen?«

»Wolltest Du nicht mit mir sprechen, um es mir zu sagen?«

»Allerdings. Das Mädchen war Zarba, Deine Braut.«

»Sagst Du die Wahrheit?«

»Es steht bei Dir, ob Du es glauben willst oder nicht.«

»Ich glaube es. Wer war der Mann?«

»Ich konnte sein Gesicht nicht erkennen; er saß so, daß es mir abgewendet war.«

»Das ist unmöglich! Sie saßen doch jedenfalls neben einander, und wenn Du ihr Gesicht gesehen hast, mußtest Du auch das seinige erkennen.«

»Sein Kopf lag an ihrer Brust.«

»Das geschieht nicht für immer; er muß ihn auch zuweilen erhoben haben. Du willst mir seinen Namen nicht verrathen.«

»Und wenn es so wäre?«

»Ich würde ihn dennoch kennen. Wenn Du so vorsichtig bist, so muß es ein Vorgesetzter von Dir sein.«

»Ja.«

»Der Förster ist es nicht, denn dieser liebt sein junges, gutes Weib; der Oberförster auch nicht, denn dieser ist uns feindlich gesinnt und so alt, daß er sich des Abends zu keinem jungen Mädchen an das Blößenhaus setzt. Außer diesen Beiden kommt nur ein Dritter noch in das Gehege; dieser muß es sein, und weil er ein so hoher und gewaltiger Herr ist, willst Du mir nicht sagen, wie er heißt.«

»Ich darf keinen Namen nennen, weil ich sonst meine Stellung verlieren könnte; aber das will ich Dir sagen, daß Du ein sehr scharfsinniger Bursche bist.«

»Daß er zu Zarba kommt, weiß ich nun auch; aber des Nachts soll er von ihr lassen; dafür werde ich Sorge tragen!«

»Wie willst Du das anfangen?«

»Sie darf das Lager nicht verlassen.«

»Thor! Kannst Du Dir nicht denken, daß die Alte diese Liebschaft nach allen Kräften beschützt, weil Ihr große Vortheile aus derselben zieht? Sie sendet Dich in die Stadt, wenn er kommt; sie wird auch ihre Vorkehrungen treffen, daß Du die nächtlichen Zusammenkünfte nicht zu stören vermagst. Die Sache müßte ganz anders angefaßt werden.«

»Wie?«

»Ich will Dir gestehen, daß auch mir diese Schleichereien des hohen Herrn nicht angenehm sind; es gibt so Manches, was man am Liebsten thut, ohne von einem solchen Beobachter gesehen zu werden. Daher möchte ich ihm einen Streich spielen, der ihm das Wiederkommen verleidet. Willst Du mir dabei helfen, Katombo?«

»Gern, wenn ich mich auf Dich verlassen kann!«

»Gewiß kannst Du das! Hier hast Du meine Hand darauf!«

Er reichte ihm die Rechte hin, in welche der Zigeuner einschlug. Dann fuhr er fort:

»Als der Mann, den ich nicht nennen will, vorhin das Gehege verließ, begegnete ich ihm, und er befahl mir, daß ich die alte Steinbank heut noch mit weichem Wassermoos belegen solle; bis zur Dämmerung muß die Arbeit fertig sein.«

»So will er gewiß heut Abend kommen!«

»Das vermuthe ich auch und zwar mit Sicherheit. Wenn wir dann im Häuschen wären, könnten wir das Paar belauschen und jedes Wort vernehmen, denn gerade über der Bank befindet sich die einzige Fensteröffnung, die das alte Gebäude hat. Das Uebrige könnten wir dann nach den Umständen einrichten, welche sich ergeben.«

»Ich bin dabei, sicher und gewiß! Aber der Schlüssel zu dem Häuschen, wer hat den?«

»Er hängt beim Förster, und Niemand bemerkt es, wenn ich ihn an mich nehme.«

»Willst Du dies thun?«

»Ja, vorausgesetzt, daß Du auch wirklich mitmachst.«

»Darüber gibt es keinen Zweifel mehr! Aber die Zeit?«

»Es war elf Uhr vorüber, als ich die Beiden bei einander sitzen sah, also wird es um Zehn wohl Zeit für uns sein.«

»Ich komme. Wo treffen wir uns?«

»Am Besten unter der großen Buche, welche der Thür des Häuschens am Waldesrande gegenübersteht.«

»Gut!«

Sie gingen auseinander; der Wildhüter mit dem Bewußtsein, sein Opfer bereits in der Schlinge zu haben, und Katombo mit einem Herzen, in welchem gebrochene Liebe, Haß und der feste Vorsatz, Rache zu nehmen, eng bei einander wohnten.

Er rührte das fertig gewordene Wildpret, um welches die schmausende Zigeunerbande saß, als er den Lagerplatz erreichte, nicht an, sondern warf sich in das Moos und gab sich Mühe, schlafend zu erscheinen. Nach dem Mahle legte sich Karavey zu ihm.

»Katombo!«

Er antwortete nicht.

»Glaube nicht, daß ich denken soll, Du schläfst! Der Schmerz kennt keinen Schlummer und keine Ruhe.«

»Was willst Du?«

»Dir sagen, daß ich stets Dein Bruder und Dein bester Freund gewesen bin.«

»Ich weiß es, Karavey!«

»Was wirst Du thun?«

»Ich? Was soll ich thun? Der arme, verachtete Zingaritto gegen einen großmächtigen Herzog? Nichts!«

»So willst Du Dich nicht an ihm, sondern an Zarba rächen?«

»An ihr? Niemals! Ich habe sie geliebt.«

»Täusche mich nicht! Als Du kamst, las ich in Deinen Augen, daß ein fester Entschluß in Deiner Seele wohnt. Des Freundes Blick ist scharf. Sage mir, was Du vorhast, und ich werde Dir beistehen mit allen meinen Kräften!«

»Laß mich, Karavey! Du bist Zarba's rechter Bruder; ich darf Dir mein Geheimniß noch nicht mittheilen.«

»So versprich mir wenigstens, daß ihr kein Leid geschieht!«

»Ich verspreche es!«

»Und daß Du nicht Etwas vornimmst, was Dich unglücklich machen kann!«

»Auch das verspreche ich, obgleich ich bereits so unglücklich bin, daß ich gar nicht unglücklicher werden kann.«

»Willst Du uns verlassen?«

»Ich weiß es nicht. Ich will ein freier Mann sein, dem die Vajdzina nicht zerstörend in das Leben greifen darf; aber ich bin ein Sohn Eures Volkes geworden und möchte es bleiben, weil Dankbarkeit in meinem Herzen wohnt.«

»Schwöre mir bei Bhowannie, der Schrecklichen, daß Du nicht von uns gehst, ohne es mir vorher zu sagen!«

»Ich schwöre es!«

»Vielleicht gehe ich dann mit Dir. Der Gitano darf keinen Willen haben als den seines Vajda und seiner Vajdzina; aber wenn diese Beiden die eigene Tochter, das beste Kind des Stammes, das schönste Mädchen des Volkes, die einst selbst Vajdzina werden soll, einem lüsternen Christen opfern, so werde ich mich gegen ihren Befehl auflehnen und, wenn dies Nichts hilft, den Stamm verlassen. Die Welt ist groß und weit;

der Gitano hat keine Heimath und weiß, daß nur die Fremde ihm gehört.«

Das flüsternd geführte Gespräch war zu Ende, und die beiden Jünglinge lagen, in trübe Gedanken versunken, neben einander, während die andern dachten, daß sie schliefen. So verging ein Theil des Nachmittages, bis der Vajda mit Karavey und den andern Männern in den Wald gingen, um sich ein Wild zu holen. Die Frauen und Mädchen blieben zurück, doch lag auch auf ihnen in Folge des heutigen Erlebnisses ein Druck, der eine lebhafte Unterhaltung nicht aufkommen ließ.

Katombo erhob sich jetzt, um mit seinen Gedanken durch den stillen, lautlosen Forst zu streichen. Darüber verging Stunde um Stunde, bis es beinahe zehn Uhr war. Jetzt schlug er den Weg nach dem Blößenhause ein.

Die kleine Lichtung, in deren Mitte es stand, war rings von hohen Tannen umgeben, zwischen denen zuweilen der hohe Wipfel einer Eiche oder Buche emporragte. Das Häuschen selbst war einstöckig, von starken Mauern aufgeführt, und besaß eine dicke Bohlenthür, welche mit starkem Eisen beschlagen war. Das kleine Fenster an seiner hinteren Seite hatte kaum genug Umfang für den Kopf eines Mannes und war mit starken, tief eingefügten Eisenstäben versehen. Das Bauwerk hatte einst zu verschiedenen Jagdzwecken gedient, stand aber jetzt vollständig leer und unbenutzt, und selbst der alte Oberförster wäre in Verlegenheit gerathen, wenn man ihn gefragt hätte, vor wie viel Jahren es zum letzten Male von einem menschlichen Fuße betreten worden sei.

Katombo schlich sich längs des Blößenrandes hin und bemerkte bei dem halben Scheine des Mondes, daß die Bank hinter dem Hause nicht besetzt sei. Bei der Buche angekommen, traf er auf den Waldhüter, der ihn bereits erwartet hatte.

»Das ist pünktlich,« meinte dieser. »Es wird gleich zehn Uhr schlagen.«

»Und es ist noch Niemand hier.«

»Ich habe sie jetzt auch noch gar nicht erwartet. Wir müssen ja eher kommen als sie, sonst könnten sie uns bemerken.«

»Hast Du den Schlüssel?«

»Ja. Komm.«

Sie schritten auf das Häuschen zu. Bei demselben angekommen, zog der Hüter den langen, rostigen Hohlschlüssel hervor und öffnete. Das Schloß kreischte und die alten Angeln krachten laut auf; eine dumpfe, feuchte Luft schlug ihnen entgegen; sie traten ein.

»Der Laden ist zu. Soll ich ihn öffnen?« frug Katombo.

»Ja.«

Der Zigeuner trat zur hinteren Wand des finstern Raumes und faßte mit den beiden Händen empor, um die Konstruktion des Verschlusses zu untersuchen. In diesem Augenblicke erhielt er einen Schlag von hinten über den Kopf, daß er mit einem unartikulirten Schmerzenslaute zusammenbrach; ein zweiter Hieb des sofort auf ihn niederknieenden Stephan traf ihn so, daß er die Besinnung vollends verlor.

Als er erwachte, fühlte er sich an Händen und Füßen gefesselt, und ein Knebel stak in seinem Munde. Neben ihm saß ein Mann, den er nicht erkennen konnte, theils wegen der Dunkelheit und theils wegen der Schmerzen, welche ihm die beiden Hiebe verursachten. Seine Gedanken waren wirr, und trotz der tiefen Finsterniß sah er glühend feurige Räder vor seinen Augen rollen.

Tiefe Stille herrschte in dem engen Raume, bis sich nach ihm unendlich scheinender Zeit die Thür öffnete, um eine zweite Gestalt einzulassen.

»Stephan!« hörte er.

»Hier.«

»Gelungen?«

»Ja.«

»Wo ist er?«

»Hier neben mir.«

»Gefesselt?«

»Fest. Ich habe ihm Zwei über den Kopf gegeben, daß er unter einer Stunde sicher nicht erwacht.«

»Aber er lebt noch?«

»Sein Puls geht noch.«

»So ist ein Knebel nöthig, damit er Ruhe hält!«

»Er hat ihn schon. Aber wer seid Ihr? Ich habe doch Niemand erwartet als den Herz – – –«

»Halt, keinen Namen! Ihr dürft Euch nie wieder an das erinnern, was heut Abend geschehen ist. Ich bin abgesandt worden, den Gefangenen zu holen, und daß ich der Richtige bin, werdet Ihr mir wohl ohne weitere Beweise glauben.«

»Ich glaube es. Aber wie wollt Ihr ihn transportiren, und wohin soll er gebracht werden?«

»Das ist nicht Eure, sondern meine Sache. Ich habe Euch nur zu melden, daß Ihr das Gesuch um die Stelle nicht vergessen sollt.«

Er trat zur Thür. Auf seinen leisen Ruf erschien ein Dritter in derselben.

»Anfassen!«

Sie hoben den widerstandslosen Gefangenen empor.

»Verschließt das Häuschen, Stephan, und geht zur Ruhe. Alles Andere werden wir selbst besorgen. Gute Nacht!«

»Gute Nacht.«

Die beiden Männer verschwanden mit ihrer Bürde im Dunkel. Sie mußten den Weg kennen, oder war er ihnen sehr genau beschrieben worden, denn sie erreichten ohne Anstoß und sonstiges Hinderniß das Eingangsthor, welches nur anlehnte. Sie verschlossen es, nachdem sie Katombo draußen niedergelegt hatten, mit einem Schlüssel, welchen der Eine von ihnen in der Tasche bei sich führte. Dann brachten sie den Gefesselten nach einem Wagen, der ganz in der Nähe hielt. Er wurde in denselben gehoben; einer seiner Begleiter nahm neben ihm Platz; der andere bestieg den Bock, und dann ging es fort, erst langsam und vorsichtig, dann aber, als man den Wald verlassen hatte, im raschen Trabe auf ebener Straße.

Der Knebel war so fest angebracht, daß Katombo kaum die nöthige Luft zum Athmen bekam; dennoch aber zog sein Wächter jetzt ein Tuch hervor und band es ihm um den Kopf, so daß seine Augen nicht das Mindeste zu erkennen vermochten.

Nach längerer Zeit rollten die Räder über hartes Straßenpflaster, bis der Wagen hielt. Katombo wurde herausgehoben und in einen Kahn geschafft, welcher noch so lange am Ufer des Flusses halten blieb, bis der Kutscher, welcher mit dem Geschirr weiterfuhr, zurückkehrte und zum Ruder griff.

Lautlos ging es über das Wasser bis an den Garten des herzoglichen Palais, wo der Zigeuner aus dem Boote genommen und nach einer kleinen Pforte getragen wurde, an welcher eine hohe, tief verhüllte Gestalt wartete.

»Habt Ihr ihn?«

»Ja.«

»Hinunter mit ihm! Den Knebel und die Beinfesseln könnt Ihr ihm dann nehmen; die Arme aber bleiben gefesselt!«

Katombo erkannte diese harte Stimme sofort; es war diejenige des Herzogs von Raumburg, und nun durchschaute er den ganzen Plan, dessen Opfer er auf so leichtsinnige und vertrauensvolle Weise geworden war.

Er fühlte, daß man ihn eine steile, schmale Treppe hinabtrug. Unten ging es eine Strecke eben fort; dann wurde eine Thür geöffnet, deren schwere Riegel er laut klirren hörte. Man legte ihn nieder, zog ihm den Knebel aus dem Munde, entfernte die Stricke, welche sich um seine Beine schlangen, und schloß dann hinter ihm sorgfältig wieder zu.

Wo war er?

In der Gewalt des Herzogs, seines Nebenbuhlers, so viel war sicher. Den Ort freilich, an welchem er sich befand, konnte er nicht bestimmen. Er kannte weder die Wohnung des Herzogs, noch hatte er während des Transportes einen Blick durch das Tuch zu werfen vermocht; er wußte nur, daß er auf widerrechtliche und gewaltthätige Weise gefangen genommen worden war durch die Kreaturen oder Schergen eines Gegners, von dem er weder Schonung noch Gnade zu erwarten hatte.

Er wollte sich erheben, um sein Gefängniß zu untersuchen; an dem Letzteren hätten ihn seine Fesseln gehindert, und das Erstere wollte ihm nicht gelingen, da der Blutumlauf seines Körpers in Folge der festen Banden stockte und sein Kopf ihn noch mehr schmerzte als vorher. Er blieb nach einigen vergeblichen Anstrengungen in vollständiger Apathie liegen und sank nach und nach in einen tiefen, lethargischen Schlaf, der sich wohlthätig zu ihm niederneigte.

Als er aus demselben erwachte, war es ihm unmöglich, zu bestimmen, wie lange er geschlafen habe; lange, sehr lange aber mußte es sein, denn er fühlte sich vollständig gekräftigt; der Schmerz an seinem Kopfe war verschwunden, und nur die Fesseln seiner Hände verursachten ihm eine unerträgliche Pein.

Er erhob sich. Es war vollständig dunkel in dem Raume. War es die Finsterniß der Nacht oder hatte der Kerker gar keine Fenster- oder sonstige Oeffnung? Er konnte dies nicht entscheiden und tappte sich rings an den Wänden hin. So weit seine Gestalt reichte, fühlte er nur kalte, geschlossene Mauern, deren einzige Unterbrechung in der Thür bestand, durch welche man ihn hereingeschafft hatte.

Noch war er mit der Untersuchung der engen Zelle beschäftigt, als er draußen Schritte vernahm. Die Riegel klirrten; die Thür öffnete sich, und ein heller Lichtschein drang zu ihm herein. In demselben bemerkte er jetzt sehr deutlich, daß sein Gefängniß kein Fenster hatte; es war im Kellerraume angebracht und zeigte keine einzige Oeffnung, durch welche die Luft und das Licht des Tages hatten Zutritt finden können. Auch den Mann erkannte er, welcher mit der Blendlaterne eintrat und dann die Thür hinter sich sorgfältig in den Rahmen zog. Es war der Herzog von Raumburg.

»Guten Abend!« klang es gedehnt und höhnisch, und als der Gefangene ob dieser Anrede verwundert aufschaute, fuhr der Herzog fort: »Ja, es ist bereits wieder Abend. Ich bin dreimal hier gewesen; Du aber warst nicht zu sprechen, denn Du schliefst, als hättest Du mit den zwei kleinen Schlägen eine ganze Apotheke voll Opium erhalten. Nun aber, was sagt der stolze Gitano zu der vortrefflichen Wohnung, die ich ihm gegeben habe?«

»Schurke!«

Es war nur das eine Wort, aber es lag eine ganze Welt voll Haß und Verachtung darin.

»Schön! Ich werde Dir den Knebel wieder geben müssen,

damit Deine Zunge nicht allzusehr spazieren geht. Du bist in der Gewalt des Herzogs von Raumburg, der ganz andere Töne gewohnt ist, als den Deinigen.«

»Schurke!« erklang es furchtlos wieder. »Thu mit mir, was Du willst, und je Größeres Du ersinnst, desto mehr bist Du ein Schurke. Aber nimm mir nur einen Augenblick die Fesseln ab, so werde ich Dir zeigen, wie ein ehrlicher Zigeuner mit einem Halunken verfährt!«

»Bemühe Dich nicht, mich in Zorn zu bringen, denn alle Deine Anstrengung wird fruchtlos sein. Ich komme nur, um Dir Dein Urtheil zu verkünden. Zarba, das schönste Mädchen, welches ich jemals gesehen habe, muß mein eigen werden, verstehe wohl, mein eigen wie die Blume, deren Duft man athmet und die man dann von sich wirft; Du bist mir dabei im Wege, und daher habe ich Dir ein Quartier gegeben, wo Du mich nicht belästigen kannst. Ich hätte Dich vielleicht einst wieder frei gelassen; aber Du hast mich zu beschimpfen versucht, und darum wirst Du diesen Ort niemals wieder verlassen.«

»Meinst Du, daß ich Dich um Gnade anflehen werde? Ich verlange nur Gerechtigkeit, und die muß, die wird mir werden!«

»Gerechtigkeit? Ja, denn ich bin die oberste Behörde des ganzen Reiches, und die ist gewohnt, schneller und gerechter zu entscheiden, als jede andere Instanz. Du bist schuldig eines Mordversuches gegen mich und mußt eigentlich sterben; ich aber begnadige Dich zu lebenslänglicher Haft in diesem Kerker und gebe Dir dazu den Trost, daß diese Gefangenschaft nicht lange dauern wird.«

»Du darfst weder verurtheilen noch begnadigen. Ich verlange einen gesetzmäßigen Richter, vor dem auch Du zu stehen hast, denn auch Du bist des Mordversuches gegen mich und dazu des Menschenraubes schuldig.«

Der Herzog lachte.

»Dein erster und letzter, Dein einziger Richter steht vor Dir, und er verspricht Dir, daß es den Deinen wohlgehen wird. Zarba wird sich entschließen, zu mir zu ziehen und mein Weibchen zu werden; und ich werde zärtlicher und inniger gegen sie sein als Du; die Andern müssen fort und werden mir für diesen Befehl dankbar sein, denn sie lieben ja die Freiheit, und damit sie diese ganz und voll genießen können, werde ich ihnen verbieten, jemals wieder in das Land zurückzukehren.«

»Schurke!« rief Katombo zum dritten Male.

Er machte eine fürchterliche aber vergebliche Anstrengung, seine Fesseln zu zersprengen, und rannte dann voll Wuth gegen den Herzog an, so daß dieser zurücktaumelte, gegen die Mauer schlug und ihm beinahe die Laterne entfallen wäre. Er setzte sie zu Boden und faßte den wehrlosen Zigeuner.

»Hund, ich werde Dir das Beißen unmöglich machen! Du sollst mit dreifachen Banden geschnürt und – – –«

Er hielt mitten in der Rede inne. Katombo hatte versucht, ihm den ergriffenen Arm zu entziehen, und dabei das Loch seines Jackenärmels größer gerissen. Durch dasselbe blickte sehr deutlich jene seltsame Tätowirung, und das Auge des Herzogs war auf sie gefallen. Dieser ließ mit seinen Händen von Katombo ab und trat beinahe erschrocken einen Schritt zurück.

»Mensch, wer bist Du?«

Dieser Ausruf war ihm ganz unwillkürlich entfahren. Katombo konnte sich die sonderbare Frage nicht erklären; er blickte ihn daher erstaunt an und antwortete nicht.

»Wer Du bist, habe ich gefragt!« wiederholte Raumburg gebieterisch.

Katombo's Erstaunen wuchs; er fand keine Antwort, vielmehr kam es ihm vor, als ob sich die Sinne seines Gegners plötzlich verwirrt hätten.

»Hörst Du, ich will wissen, wer Du bist! Du heißt nicht Katombo und bist kein Zigeuner!«

»Ah! Wer sagt Dir das?«

Der Herzog erholte sich von seiner Ueberraschung, die vielleicht auch Schreck sein konnte, und fragte mit gleichgültigerer Stimme:

»Ist die Vajdzina Deine Mutter?«

»Ja.«

»Deine wirkliche?«

»Inwiefern sollte sie es nicht sein? Uebrigens bin ich über solche Sachen keinem Menschen Rechenschaft schuldig. Ich habe hier von weiter nichts zu sprechen, als daß ich meine Freiheit oder einen ordentlichen Richter will.«

»Gut, so sind wir also fertig.«

Er ergriff die Laterne und wollte gehen. Katombo benützte sein Niederbeugen, um den Ausgang zu gewinnen, was ihm aber nicht gelang, denn der Herzog schnellte ihm rasch in den Weg und brachte es leicht fertig, den Gefesselten zurückzuschleudern.

»Nicht so schnell, Bursche! Deine Leiche soll man zu seiner Zeit von hier wegschaffen, lebendig aber kommst Du nicht fort!«

Er warf die Thür in das Schloß, schob die beiden Riegel vor und schritt einige Stufen empor, wo sich die Treppe theilte. Nach der einen Seite gelangte man an die Pforte, durch welche Katombo hereingeschafft worden war, auf der andern erreichte man das Innenparterre des Schlosses. Hier angekommen, blies Raumburg seine Laterne aus und stieg die breiten Marmorstufen empor, auf denen er in sein Arbeitszimmer gelangte. Dort legte er die Laterne ab und zog auch den Dolch hervor, den er aus Rücksicht für seine persönliche Sicherheit bei sich getragen hatte.

Dann ging er zur Bibliothek, welche hell erleuchtet war, und suchte lange, lange Zeit in alten vergilbten Papieren herum. Sie mußten, nach der Aufmerksamkeit zu urtheilen, welche er ihnen schenkte, sehr Wichtiges enthalten; er las einige von ihnen mehrere Male durch und verschloß sie dann so sorgfältig, als ob höchst Wichtiges von ihnen abhinge. Dann verbarg und verschloß er sie an einem Orte, der ihm die nöthige Sicherheit zu gewähren schien.

Nun suchte er die Ruhe, fand sie jedoch nicht, sondern warf sich auf dem Lager hin und her, bis es Tag wurde, wo er sich erhob und, sobald er angekleidet war, seine Wohnung und die Stadt verließ.

Sein Weg führte ihn hinaus in den Wald nach dem Gehege, wo er die Zigeuner in Sorge um den verschwundenen Katombo antraf. Die Vajdzina war die Erste, welche ihn erblickte, und auch sofort Gelegenheit nahm, ihre Klage anzubringen.

»O hoher Herr, es ist Betrübniß eingezogen bei den Gitani und Sorge bei den Kindern meines Volkes. Habt Ihr nicht gesehen Katombo, meinen Sohn?«

»Nein. Was ist mit ihm?«

»Er ist verschwunden, seit er gestern unser Lager verließ, und Niemand hat eine Spur von ihm gefunden. Der Forst hat keine wilden Thiere, die ihn zerreißen konnten, und keinem hat er vertraut, daß er uns freiwillig verlassen wolle. Es ist ihm ganz sicher ein Unglück widerfahren!«

»Was soll ihm widerfahren sein.«

Karavey trat näher.

»Was ihm widerfahren ist, das wissen wir nicht,« meinte er mit finsterem Auge; »aber ich kenne einen Feind von ihm, den einzigen, den er hat, und welchem sein Verschwinden am Herzen liegen muß. Wehe ihm, wenn er die Hand dabei im Spiele hat!«

»Wen meinst Du, Bursche? Verklage ihn bei mir. Ich bin Euer Freund und werde Euch alle Hülfe und Unterstützung gewähren, welche Ihr nothwendig haben solltet.«

»Gerade Euch brauche ich ihn nicht zu nennen. Aber die Kinder der Brinjaaren haben scharfe Augen, gewandte Hände und ein Gedächtniß, welches keine gute und keine böse That vergißt. Entweder ist Katombo heut Abend wieder bei uns oder wir werden uns zur Rache vorbereiten!«

»Thue das, mein Sohn; nur siehe Dir den Mann genau an, gegen den Du Deine Rache richten willst. Uebrigens geht mich diese Angelegenheit nicht das Mindeste an; ich komme in einer anderen Sache und habe mit dem Vajda und der Vajdzina zu sprechen.«

Er winkte den beiden Alten und schritt von dem Lager weg in den Forst hinein. Sie folgten ihm und bemerkten nicht, daß Karavey hinter ihnen gleichfalls den Ort verließ. In einer genügenden Entfernung blieb der Herzog stehen und wandte sich zu den Beiden zurück.

»Ich habe Euch einige Fragen vorzulegen. Von der Wahrheit Eurer Antworten hängt Euer Glück oder Euer Unglück ab!«

»Sprecht, Herr!« bat die Alte. »Wir werden Euch Alles sagen, was Ihr begehrt.«

»Wer ist der Vater und die Mutter dieses Katombo?«

»Ich bin der Vater,« antwortete der Vajda.

»Und ich die Mutter,« die Vajdzina.

»Behauptet Ihr wirklich, die richtigen natürlichen Eltern zu sein? Man sieht es ja dem Manne an, daß er kein Zigeuner ist.«

Die beiden Alten warfen sich einen Blick des Verständnisses zu; dann antwortete die Vajdzina:

»Er ist ein Zigeuner, Herr, und mein leibhaftiger Sohn.«

»Wo habt Ihr ihn geboren?«

»Weit im Süden auf einer Insel, welche man Sizilien nennt.«

»Und wer war sein Vater?«

»Dieser hier, mein Mann.«

»Ihr lügt!«

»Könnt Ihr mir beweisen, daß ich die Unwahrheit sage?«

»Ich kann es und werde Euch zu diesem Zwecke kurz eine Geschichte erzählen. Habt Ihr den Namen Raumburg nicht bereits früher schon einmal gehört?«

»Wie sollte ich?«

»So waret Ihr auch noch niemals in diesem Lande?«

»Nie.«

»So! Es gab einen Herzog von Raumburg, welcher von den Reizen einer jungen Zigeunerin so hingerissen wurde, wie ich von Zarba's Schönheit. Sie verließ ihren Stamm und ging zu ihm, bis sie uneinig wurden und sie zu den Ihrigen zurückkehrte. Der Herzog verheirathete sich; seine Gemahlin schenkte ihm einen Sohn, welcher einst, als er kaum zwölf Monate zählte, spurlos verschwand. Niemals wurde etwas von dem Knaben gehört, doch erfuhr der Herzog, daß gerade zur betreffenden Zeit Gitani in der Nähe gewesen waren, eine der Zigeunerinnen hatte man mit einem Pakete aus dem herzoglichen Garten kommen sehen. Der Mann, welcher dies erzählte, hatte, als sie vorüber war, sogar die unterdrückte Stimme eines Kindes gehört, so daß er annehmen mußte, daß das Weib ein solches bei sich getragen habe. Wißt Ihr, wer diese Frau war?«

»Nein.«

»Es war die frühere Geliebte des Herzogs, die sich durch den Kinderraub an ihm rächen wollte.«

»Zu einer solchen Behauptung müßten Beweise sein, hoher Herr.«

»Diese sind da, und zwar so deutlich und bestimmt, daß ich Euch sogar den Namen und jetzigen Aufenthaltsort der Thäterin nennen könnte.«

»Man redet den Gitani so viel Böses nach, was nicht wahr, sondern Lüge ist!«

»Ich aber sage die Wahrheit: Ihr waret das Weib, und das geraubte Kind befand sich bis heute bei Euch!«

Er blickte ihr drohend in das Angesicht; sie schien nicht im Mindesten zu erschrecken und antwortete ruhig:

»Wollt Ihr mit zwei armen, alten Leuten einen solchen Spaß treiben, Herr?«

»Spaß? Es ist mein Ernst, der Euch an den Hals gehen kann. Der Herzog, von dem ich Euch erzählte, ließ seinem Kinde sein Familienwappen in den Arm tätowiren, wie es seit uralten Zeiten Familiengebrauch gewesen war. An diesem Zeichen wird man den Geraubten erkennen. Vielleicht befindet er sich schon in diesem Augenblick vor dem Richter, welcher die Angelegenheit zu untersuchen hat. Ihr werdet das Gehege auf keinen Augenblick verlassen und seid Gefangene des Forstpersonals, bis ich ein Weiteres verfüge.«

Er machte Miene sich zu entfernen; da ergriff ihn die Alte beim Arme und hielt ihn zurück.

»Bleibt, Herr! Ich will Euch sagen, daß Katombo nicht unser natürlicher Sohn ist. Wir fanden ihn halb verschmachtet im Walde und nahmen ihn zu uns, damit er nicht verhungern sollte.«

»Wo war das?«

»Hier.«

»Ihr kanntet also den Herzog von Raumburg, meinen hochseligen Vater?«

»Ja,« antwortete sie, indem trotz ihres unterwürfigen Tones etwas in ihrem Auge leuchtete, was nicht die mindeste Aehnlichkeit mit Demuth hatte.

»Katombo ist sein Sohn?«

»Wie kann ich das wissen, Herr?«

»Höre, Alte, ich will Dir sagen, daß ich hier kein amtliches Verhör anstelle, sondern mir nur die allervertraulichsten Mittheilungen unter dem Siegel der größten Verschwiegenheit ausbitte. Es kann mir nicht gleichgültig sein, ob ich einen Bruder am Leben habe oder nicht, der mich in meinem Erbe und meinen Rechten schmälern könnte. Ihr seht, ich bin aufrichtig. Nur Gewißheit will ich haben. Wenn Ihr ein offenes Geständniß ablegt, soll Euch nichts geschehen, vielmehr habt Ihr dann eher eine Belohnung als eine Strafe zu erwarten.«

Die Beiden blickten sich gegenseitig an, und ihre Augen sagten, daß sie sich verstanden.

»Herr, laßt Ihr uns frei ziehen, wenn wir Euch die Wahrheit sagen?«

»Ja.«

»Wollt Ihr dies beschwören?«

»Ich beschwöre es.«

»Daß Katombo Euer Bruder ist, können wir nicht sagen und nicht gestehen, aber – – halt, Herr, Ihr wißt, wo er sich befindet?«

»Ja.«

»Wo?«

»Bei mir, also in Sicherheit.«

»Ihr werdet ihm kein Leid thun?«

»Nein.«

»Wollt Ihr es beschwören?«

»Ja.«

»Kommt er wieder zu uns?«

»Ja, wenn er will. Will er aber nicht, so kann ich ihn nicht halten.«

»Dann will ich Euch sagen: Katombo ist Euer erstgeborner Bruder. Es soll auf Euch ankommen, ob es die Leute erfahren oder nicht.«

Er griff in die Tasche und zog die Börse hervor, welche er ihr entgegenstreckte.

»Hier, nehmt! Es wird Euch Niemand aus dem Gehege treiben; bleibt hier, so lange es Euch beliebt. Vergeßt aber nicht, daß es Euer Verderben ist, wenn ein Mensch erfährt, daß Ihr einen raumburg'schen Prinzen raubtet!«

Zufrieden mit dem Ergebnisse dieses Gespräches, wandte er sich ab. Die beiden Alten kehrten zum Lager zurück, wo die Vajdzina sofort ihrer Tochter Zarba winkte.

»Weißt Du, wo Katombo ist?«

»Nein.«

»Bei dem Herzoge.«

»Bei dem Herzoge? Wie ist er zu ihm gekommen?«

»Ich weiß es nicht; aber ihm droht Gefahr. Ich glaube, der Herzog will ihn verschwinden lassen.«

»Weshalb?«

»Weil er Dein Bräutigam ist und weil – doch das ist ein Geheimniß, welches nur der Vajda wissen darf. Du kannst ihn retten.«

»Wie?«

»Durch den Herzog. Als dieser Mann zum ersten Male bei uns erschien, habe ich Dir gesagt, daß ich einst seinen Vater liebte, er verstieß mich, und die Liebe des Sohnes zu Dir soll meine Rache sein. Diese Liebe ist auch das Werkzeug, mit welchem Du Katombo retten oder rächen kannst. Du wirst Manches noch nicht verstehen, aber es kommt die Zeit, in welcher Alles klar vor Deinen Augen liegt. Gib Dir den Anschein, als ob Du ihn liebtest!«

»Und Katombo, der mein Bräutigam ist?«

»Wird einige Zeit lang eifersüchtig sein, dann aber verzeihen, denn des Gitano höchstes Gut ist die Rache, und Deine Zärtlichkeit soll mir den Weg zur Vergeltung öffnen. Er liebt Dich, aber wie der Schmetterling die Blume liebt, von welcher er zu einer andern flattert, wenn er die vorige gekostet hat.

Wahre daher Dein Herz, aber seine Liebe laß wachsen, indem Du freundlich mit ihm bist, ihm aber Alles versagst, was eine Braut einem Andern nicht gewähren darf. Ich weiß, daß er noch nicht fort ist, vielmehr wird er im Gehege bleiben, um Dich zu treffen. Gehe und versuche ihm zu begegnen, und dann forsche bei ihm nach Katombo, damit wir erfahren, was er mit ihm vorhat!«

Zarba gehorchte. Sie sollte das Werkzeug der Rache sein, aber sie fühlte, daß das Spiel zum Ernst geworden sei. Sie brauchte dem Herzoge gegenüber keine Liebe zu heucheln, nein, sie liebte ihn wirklich, mit aller Gluth ihres kleinen, wilden Herzens. Der hohe, stolze Mann mit seinem sichern, imponirenden Auftreten hatte es ihr angethan, und die Liebe, welche er ihr empfinden und bemerken ließ, machte sie so selig, wie die Zuneigung Katombos es niemals vermocht hatte.

Sie ging um ihn aufzusuchen, aber nicht der Befehl der Vajdzina trieb sie mehr allein dazu, sondern ihr eigenes Herz flog hin zu dem Manne, dem die Liebe der schönen Zingaritta gehörte. Sie traf ihn wirklich sehr bald; er kannte ja den Ort, an welchem sie so oft gesessen hatten, um zu plaudern und zu kosen, ohne daß irgend Jemand eine Ahnung davon gehabt hatte. Er legte die Arme um sie und zog sie an sich.

»Zarba, schon glaubte ich, daß Du nicht kommen würdest.«

»Hast Du schon einmal vergebens auf mich gewartet?«

»Nein. Ich weiß, Du hast mich lieb, und die Liebe ist eine pünktliche Gebieterin. Doch warum erfüllst Du mir den größten Wunsch nicht, den ich habe?«

»Daß ich hin zu Dir komme, wo Du wohnest? Die Vajdzina erlaubt mir nicht, in die große Stadt zu gehen, wo die Menschen so fremd, so stolz und so bös sind.«

»Bin auch ich bös und Dir fremd?«

»Nein.«

»Also warum kommst Du nicht zu mir?«

»Ich darf nicht; ich müßte mich des Nachts fortschleichen, und dennoch würde Katombo es bemerken.«

»Katombo? Ich denke, er ist verschwunden!«

»Er ist bei Dir.«
»Wer sagte es?«
»Die Vajdzina. Warum hältst Du ihn fest?«
»Nicht ich halte ihn, sondern der Richter.«
Sie erschrak.
»Der Richter? Was hat Katombo verbrochen?«
»Viel, sehr viel! Seinen gestrigen Angriff hätte ich ihm verziehen um Deinetwillen, aber er ist dann in die Stadt gekommen, hat sich in meine Wohnung geschlichen und mich meuchlings zu tödten versucht. Er ist dabei ergriffen worden und wird seine Bosheit mit dem Tode büßen.«
»Herr, das ist nicht möglich! Katombo hat noch keinem Menschen ein Leid gethan; er ist es nicht gewesen, der Euch tödten wollte!«
»Er war es, kein Anderer. Wollte er mich nicht bereits gestern tödten?«
»Ihr habt ihn gereizt; vergebt ihm und laßt ihn frei.«
»Das steht nun nicht mehr in meiner Macht.«
»Und dennoch vermögt Ihr es! Ihr seid nach dem Könige der mächtigste und gewaltigste Mann im ganzen Lande, und was Euer Wille ist, das muß geschehen.«
»Soll ich einen Menschen retten, den Du freiwillig küssest?«
»Er ist mein Bruder, und ich thue es nicht mehr. Gebt ihn frei!«
»Hätte ich ihn gefangen, so könnte ich dies leicht thun; aber er befindet sich in den Händen der Justiz und es sind so viele Zeugen seines Mordversuches da, daß es beinahe unmöglich ist, die That auf sich beruhen zu lassen.«
Sie schmiegte sich inniger an ihn.
»Du sagst, Du habest mich lieb?« schmeichelte sie.
»Ja.«
»Und willst mir diese Bitte nicht erfüllen? Willst meinen Bruder tödten! Geh, Deine Liebe ist nicht wahr!«
»Dann ists die Deinige auch nicht. Du verlangst von mir, was kein Anderer zu verlangen wagte, und versagst mir doch die Erfüllung des kleinen Wunsches, einmal zu mir zu kommen.«

»Gebiete, Herr, und ich werde gehorchen; nur laß Katombo frei!«

»Wirklich wirst Du kommen? Wann?«

»Wann Du es befiehlst.«

»Dann heut Abend.«

»Aber ich finde den Weg und Deine Wohnung nicht.«

»Ich werde Befehl ertheilen, daß das Gehege nicht verschlossen wird. Gerade eine Stunde vor Mitternacht wirst Du auf der Straße, welche nach der Stadt führt, einen Wagen finden; Du brauchst ihm nur das Wort »Vajda« zu sagen, so nimmt er Dich auf und bringt Dich zu mir. Willst Du?«

»Ja.«

»Er wird nicht mit Dir sprechen, und auch Du sagst nur dies eine Wort, denn es soll Niemand wissen, wer Du bist.«

Sie nickte zustimmend. Sein Auge leuchtete auf, endlich befand er sich jetzt nahe an dem Ziele, welches er sich schon längst in Beziehung auf das schöne Mädchen gesteckt hatte. Noch lange saßen sie in süßer, inniger Umarmung, dann verließ er heimlich das Gehege, und Zarba kehrte zu den Ihrigen zurück. Die Vajdzina winkte sie sofort zu sich.

»Trafst Du ihn?« frug sie gespannt.

»Ich war bis jetzt bei ihm.«

»Frugst Du ihn nach Katombo?«

»Ja. Katombo ist gefangen.«

»Wo?«

»Bei der Justiz.«

»Weshalb?«

»Er ist in die Wohnung des Herzogs gekommen um ihn zu tödten, und dabei ergriffen worden. Nun soll er sterben.«

Die runzeligen Züge der Alten zogen sich zusammen.

»Wie wurde der Herzog gestern von Katombo genannt?«

»Ein Schuft.«

»Er ist auch einer. Glaube ihm kein Wort von allen seinen Reden. Er will Katombo verderben aus einem Grunde, den Du nicht kennst; Du wirst ihn aber noch erfahren.«

»Er wird ihn nicht verderben; er wird ihn freigeben.«

»Sagte er es?«

»Er sagte es.«

»Glaube es ihm nicht; er ist ein Lügner und Betrüger wie sein Vater. Suche zu erfahren, in welchem Gefängniß sich Katombo befindet; wir müssen ihn selbst retten.«

»Er gibt ihn frei; er hat es mir versprochen.«

Die Züge der Alten wurden womöglich noch finsterer als zuvor.

»Hat er es Dir versprochen, so hast Du ihm ein Gegenversprechen machen müssen.«

Zarba senkte verlegen den Blick.

»Ja,« antwortete sie endlich. Sie wußte, daß der Vajdzina nur schwer zu entrinnen sei.

»Was hat er von Dir verlangt?«

»Daß ich heute Abend mit ihm spreche.«

»Wo?«

»Hier im Walde.«

»Du lügst! Das ist zu gering als Entschädigung für Katombos Freiheit; er kann Dich im Walde ohne ein solches Opfer treffen. Ich verlange, daß Du die Wahrheit redest!«

»Ich sage sie. Er hat mich bestellt.«

»Aber nicht hier im Walde! Willst Du Deine Mutter täuschen, die zugleich Deine Vajdzina ist? Glaubst Du, mein Auge sei so trübe und mein Geist so dunkel geworden, daß ich nicht sehe und errathe, was Du mir verbergen willst? Du sollst heut zu ihm in seine Wohnung kommen! Antworte!«

»Ja.«

»Und Du hast es ihm versprochen?«

»Ja.«

Die Alte blickte eine Weile still sinnend vor sich hin; dann meinte sie:

»Vernimm, was ich Dir sage! Du solltest mit kaltem Herzen die Liebe in seiner Brust erwecken; es ist Dir gelungen, aber Dein Herz ist nicht kalt geblieben, sondern es brennt und lodert in derselben Gluth wie das seinige. Dies willst Du verschweigen und Deine Vajdzina betrügen. Deine Strafe dafür soll sein, daß Du den verdirbst, der Dir höher steht als meine Befehle. Du wirst heut zu ihm gehen, und wenn er Dich nicht wieder von sich lassen will, so komme ich und werde Dich zurückverlangen. Mache Dich schön und schmücke Dich fein, doch darf Niemand etwas davon merken!«

Sie wandte sich ab und Zarba befand sich nun mit ihrer eigenthümlichen Instruktion auf sich selbst angewiesen. In tiefes Sinnen und Grübeln versunken, streifte sie den ganzen Tag über im Forste umher, bis es Nacht wurde und die Stunde nahte, für welche sie bestellt worden war. Jetzt legte sie ihre beste Kleidung an und schlich sich, nur von der Vajdzina beobachtet, hinaus auf die Straße, auf welcher sie nach kurzer Wanderung auch wirklich einen Wagen halten sah, dessen Kutscher, als sie die Losung aussprach, ihr beim Einsteigen half und dann in Eile der Stadt entgegenfuhr. Am Flusse harrte ihrer ein Anderer, welcher sie in ein Boot geleitete und mit demselben nach dem Garten des Herzogs übersetzte. Hier führte er sie bis in die Nähe der Treppe, wo Raumburg ihrer bereits wartete.

»Du kannst gehen!« befahl er dem Diener, welcher sich auf diesen Befehl schleunigst entfernte. »Weiß der Vajda oder sonst Jemand, daß Du den Wald verlassen hast?« frug er dann Zarba.

»Die Vajdzina.«

Er schien unangenehm überrascht zu sein.

»Wer hat es ihr gesagt?«

»Ich. Sie hat Alles errathen.«

»So ist es nothwendig, daß auch ich Alles errathe. Komm!«

Er trat mit ihr an das Treppenfenster, öffnete dasselbe und stieg ein. Sie zögerte, ihm zu folgen.

»Komm ohne Sorgen, Zarba,« meinte er. »Es ist hier ein geheimer Weg nach meiner Wohnung; ich darf Dich nicht durch den öffentlichen Eingang bringen, weil ich nicht will, daß Du gesehen wirst.«

Sie stieg zu ihm herab. Jetzt zog er eine Blendlaterne hervor, so daß der Gang erleuchtet wurde, und führte sie durch die Bibliothek in sein Arbeitskabinet.

»Warte hier! Es wird Niemand Einlaß begehren, und ich werde in wenigen Minuten wohl schon wieder bei Dir sein.«

Er kehrte durch den Gang in den Garten zurück und trat an die künstliche Umzäunung desselben. Ueber dieselbe hinwegblickend, gewahrte er einen Kahn, welcher geräuschlos längs des Ufers herabgetrieben kam und ihm gegenüber landete. Eine Frauengestalt stieg aus.

»Dachte es mir!« murmelte er. »Doch sie soll sich verrechnet haben und mir statt hinderlich nur förderlich sein. Wenn sie den geheimen Eingang kennt, so muß sie sterben.«

Das Weib war keine Andere, als die Vajdzina. Sie kam vorsichtig an die Umfassung des Gartens heran und schlich sich an derselben entlang bis zu einer Stelle, welche ihr zum Uebersteigen am bequemsten schien. In der Nähe stand eine von dichtem Blätterwerke gebildete Laube, in welcher es sich beim Erscheinen der Zigeunerin leise regte. Wäre es heller gewesen, so hätte man einen Diener erkennen können, welcher mit einem Küchenmädchen die Einsamkeit des Gartens zu einem Stelldichein benutzt hatte.

»Wer ist das?« flüsterte das Mädchen erschreckt.

»Jemand, der jedenfalls nicht herein gehört,« antwortete der junge Mann. »Ein Weib –! Sicher eine Obst- oder Gemüsediebin. Laß uns sie belauschen und dann auf der That ertappen!«

Sie traten aus der Laube und schlichen der Vajdzina nach, welche die Richtung nach der Verandatreppe einhielt. Dort angekommen, trat sie an das Fenster; noch aber hatte sie sich nicht zu demselben niedergebückt, so wurde sie beim Arme ergriffen.

»Halt! Was hast Du hier zu suchen?«

»Der Herzog!« flüsterte der Diener seinem Mädchen zu.

Sie standen mit einander hinter einem nahen Bosquet und konnten die beiden Andern ganz deutlich sehen und hören.

»Und was suchst Du hier?« antwortete die Zigeunerin. »Sind die Wege eines Herzogs so dunkel, daß Niemand sie sehen darf?«

»Ich suche Dich. Ich wußte, daß Du kommen würdest.«

»So hat es Dir der Geist gesagt, den Ihr Gewissen nennt. Wo ist Zarba, die Tochter der Brinjaaren?«

»Sie ist bei mir.«

»Schicke sie herab, daß ich mit ihr zurückkehre!«

»Sie wird bei mir bleiben, so lange es mir gefällt.«

»Ich wußte, daß dies Dein Wille war, und bin deshalb gekommen, sie gegen Dich zu schützen. Wo ist Katombo, mein Sohn?«

»Er befindet sich in meinen Händen.«

»Auch ihn gibst Du mir wieder. Dein Vater hat mich an dieser Stelle zu sich geholt, wie Du heut Zarba zu Dir geführt hast. Er knickte die Blume und warf sie dann fort; aber der Geist der Rache verwandelte die Rose in eine Löwin, welche nach Vergeltung lechzte. Du bist in meine Hand gegeben und wirst thun, was ich von Dir fordere.«

Er lachte kurz und höhnisch auf.

»In Deine Hand? Weib, Du bist verrückt! Aber ich bin trotzdem begierig, zu erfahren, was Du von mir verlangen könntest.«

»Daß Zarba Dein Weib werde, Dein rechtmäßiges, Dir öffentlich angetrautes Weib.«

»Es ist wahrhaftig kein Zweifel, Du bist wahnsinnig. Eine Zigeunerin das Weib eines Herzogs!«

»Sie ist eine Fürstin unter den Kindern der Zingaaren und schöner als alle Mädchen der Christen. Sie soll Herzogin werden, oder ich nehme Dir Deine Krone und Alles, was Du hast. Dein Vater schwur mir, daß ich sein Weib, seine Gemahlin sein sollte; er hat sein Wort gebrochen, und daher soll die Tochter der verrathenen und verstoßenen Zigeunerin das sein, was ihre Mutter nicht werden durfte.«

»Ah – –!« dehnte er. »Das wird immer interessanter. Womit willst Du mich zwingen, Deinen Willen zu thun?«

»Mit Katombo. Er ist Dein ältester Bruder, welchen ich Deinem Vater stahl, um mich zu rächen.«

»Beweise es!«

»Siehe das Wappen der Raumburge an seinem Arme; es ist ganz dasselbe, wie auch Du eins haben wirst. Auch seine Kleider habe ich aufbewahrt an einem Orte, wo sie sicher liegen, bis ich sie brauche.«

»Weib, Du machst Dich ungeheuer lächerlich! Du bekennst Dich für des Kinderraubes schuldig und wirst für lebenslang in das Zuchthaus wandern, wenn Du Deinem Wahnsinn Folge gibst.«

Seine Worte klangen außerordentlich ruhig und gelassen, obgleich die ihm gewordene Enthüllung von der größten Wichtigkeit für ihn sein mußte. Die Zigeunerin antwortete:

»Du hast Recht; ich werde eine Zeit lang gefangen sein, aber Katombo, der neue Herzog, wird mich zu begnadigen wissen. Wähle zwischen Zarba und meiner Rache!«

»Ich habe gewählt.«

»Wie?«

»So!«

Mit einem raschen Griffe schlug er ihr die beiden Hände um den Hals, den er in der Weise zusammenpreßte, daß es ihr unmöglich war, einen Laut von sich zu geben. Der Athem verging ihr; die Besinnung schwand; sie schlug krampfhaft mit den Armen um sich; dann sanken dieselben schlaff herab; ein letztes konvulsivisches Zucken flog über ihren Körper, dann stürzte sie, von ihm losgelassen, zur Erde. Er hatte sie erwürgt.

Die beiden Lauscher standen vor Entsetzen an allen Gliedern gelähmt. Sie hätten sich nicht bewegen können, selbst wenn es in ihrer Absicht gelegen hätte, gegen die finstere That ihres Gebieters einzuschreiten. Und überdies war dieselbe so rasch geschehen, daß für einen Entschluß die nöthige Zeit gar nicht vorhanden war.

Der Herzog nahm die Leiche auf und trug sie davon.

»Er wird sie in das Wasser werfen,« meinte der Domestike in einem Tone, aus welchem die ganze Größe seines Entsetzens klang. »Komm, um Gottes Willen, komm; wir dürfen von dieser Stunde nicht das Mindeste wissen!«

Er zog das zitternde Mädchen in größter Eile mit sich fort.

Seine Vermuthung war richtig. Der Herzog warf die Zigeunerin über die Umfassung, stieg nach und schleppte sie dann in den Fluß. Das Wasser desselben war hier so tief und reißend, daß es die Leiche sicher eine so weite Strecke mit sich fortnahm, daß eine Entdeckung nicht zu erwarten stand. Dann kehrte er durch den verborgenen Gang in sein Arbeitszimmer zurück.

Als er hier bei Zarba eintrat, zeigte sein Aeußeres eine Ruhe, welche nicht das Geringste von dem verrieth, was soeben geschehen war.

»Ich mußte Dich warten lassen,« meinte er. »Nun aber bleibe ich bei Dir.«

»Ich dachte, Du holtest Katombo!«

»Katombo? Wie kommst Du auf diesen Gedanken?«

»Hast Du mir nicht versprochen, ihn frei zu geben, wenn ich Dir Deinen Willen thue, Dich hier zu besuchen.«

»Versprochen habe ich es eigentlich nicht. Es ist sehr schwer, ihn der Hand des Richters zu entziehen.«

»Dir ist Alles möglich.«

»Vielleicht.«

»So gib ihn frei!«

»Unter einer Bedingung.«

»Welche ist es?«

»Laßt erst sehen! Katombo ist kein geborener Zigeuner, wie ich nun sicher weiß. Wer sind seine Eltern?«

»Ich weiß es nicht. Die Vajdzina fand ihn im Walde.«

»War der Vajda dabei, als sie ihn fand?«

»Nein; er war damals in Süderland.«

»Der Vajda und die Vajdzina sind so offen mit einander, daß sie kein Geheimniß gegen einander haben?«

»Die Vajdzina ist die Königin des Stammes; sie braucht ihrem Manne nichts zu sagen, was er nicht wissen soll.«

Sie ahnte nicht, daß sie mit diesem Ausspruche ihrem Vater das Leben rettete.

»Weißt Du, daß ich soeben mit der Vajdzina gesprochen habe?«

»Jetzt?«

»Ja. Sie hat Dir gesagt, daß sie kommen werde.«

»Sie sagte es.«

Er zog eine Schnur hervor, an welcher ein kleiner, lederner

Wickel hing. Er hatte sie vorhin der Leiche vom Halse genommen, ehe er diese in das Wasser warf.

»Hier sendet sie Dir dies Zeichen. Du sollst bei mir bleiben, bis sie kommt, um Dich abzuholen.«

»Bei Dir? Ich kam doch nur für eine Stunde!«

Er zog sie an sich und strich ihr mit der Hand liebkosend über das Haar.

»Hast Du mich wirklich lieb, Zarba?«

»Ja.«

»Und mußt Du der Vajdzina in Allem gehorchen?«

»Ja.«

»So wirst Du bei mir bleiben; sie befiehlt es Dir. Denn nur unter dieser Bedingung kann ich Katombo retten und den Andern, der ihm gegen mich beistand.«

Sie blickte verwirrt vor sich nieder. Der Gehorsam gegen die Vajdzina und die Liebe stritten gegen das Gefühl mädchenhafter Scham und Zurückhaltung in ihrem Innern.

»Und was soll ich hier?«

Er drückte sie noch inniger an sich und küßte sie wiederholt auf die schwellenden Lippen.

»Meine Gebieterin sollst Du sein, meine Braut, mein Weibchen.«

Er sprach weiter zu ihr und immer weiter. Seine Stimme hatte jenen einschmeichelnden Klang, welcher selbst ein erfahreneres Mädchen, als Zarba war, zu bethören vermag. Er erzählte ihr von der Pracht und Herrlichkeit, die ihrer wartete, und umstrickte sie mit so glanzvollen Schilderungen und Versprechungen, daß ihr Widerstand immer schwächer wurde, bis sie endlich frug:

»Hat die Vajdzina wirklich befohlen, daß ich bleibe?«

»Wirklich! Ich habe Dir ja zur Beglaubigung ihr Zeichen gebracht.«

»Es ist ihr Talisman, den sie noch niemals aus den Händen gegeben hat; ich glaube Dir und werde bleiben, bis sie kommt. Aber nun gibst Du auch Katombo frei?«

»Ja.«

»Jetzt gleich?«

»Sofort. Ich werde den Befehl geben, ihn zu entlassen.«

Er erhob sich. Sie hielt ihn zurück. Hatte trotz alledem der Zweifel seine warnende Stimme in ihr erhoben?

»Ich muß dabei sein; ich muß mich überzeugen, daß er wirklich gehen darf!«

Er lächelte.

»Du lieber, kleiner Unglaube! Ich muß Dir Deinen Willen thun, um Dich ganz und gar zu beruhigen und zu überzeugen. Aber ist es Dir denn lieb, daß Katombo Dich sieht?«

»Nein, aber er soll erfahren, daß ich bei Dir bleibe, um ihn zu retten.«

Der Herzog trat hinaus auf den Korridor und von da in ein Zimmer, in welchem zwei Männer auf sein Erscheinen gewartet zu haben schienen. Sie trugen seine Livrée und waren wohl seine Vertrauten.

»Holt den Zigeuner! Ich werde Euch befehlen, ihn sofort frei zu geben, dennoch aber nehmt Ihr ihn unten wieder fest und bringt ihn in den Keller zurück. Sorgt dafür, daß der ganze Vorgang keine Zeugen findet!«

Er kehrte zu Zarba zurück, der man es ansah, daß sie dem Erscheinen ihres bisherigen Geliebten doch nicht ohne Bangen entgegen sah. Nach einiger Zeit wurde die Thür geöffnet und einer der Männer trat ein.

»Befehlen Excellenz den Gefangenen?«

»Herein mit ihm!«

Katombo trat ein. Sein erster Blick fiel auf das Mädchen.

»Zarba!« Er fuhr zurück, als habe er ein Gespenst erblickt. »Was thust Du hier?«

»Ich habe um Gnade für Dich gebeten.«

»Zu dieser Stunde! Ich brauche keine Gnade; ich will nur Gerechtigkeit.«

»Nenne es wie Du willst, Gnade oder Gerechtigkeit,« fiel der Herzog ein. »Ich will Dir Deinen Wunsch erfüllen, Du bist frei. Nehmt ihm die Fesseln und geht!«

Die Diener gehorchten dem Befehle und verließen das Zimmer. Katombo dehnte und reckte seine Arme, um das Blut in Umlauf zu bringen; dann wandte er sich an Zarba:

»Komm!«

Der Herzog legte den Arm um das Mädchen und zog sie an sich.

»Du gehst allein; Zarba bleibt bei mir.«

»Was soll sie hier?«

»Mein Liebchen sein. Geh!«

»Ah!«

Er sprach nur diese eine Silbe aus, aber ihr Ton gab deutlich Zeugniß von den Gefühlen, welche jetzt auf ihn einstürmen mußten.

»Die Vajdzina hat es geboten,« entschuldigte sich das Mädchen in sichtlicher Verlegenheit. »Ich konnte Dich nicht anders retten.«

»Um diesen Preis will ich nicht frei sein,« klang es verächtlich. »Du warst auch ohnedies für mich verloren, aber Du sollst Deine Untreue nicht mit einer angeblichen Großmuth bemänteln, die eine Lüge ist. Du erniedrigst Dich zur Buhlerin; ich habe keine Pflicht mehr, Dich zu retten; es würde auch vergebens sein; aber ich bitte Dich, kehre zur Vajdzina zurück, denn ich gehe wieder in meine Gefangenschaft.«

»Das wird Dich nichts nützen, denn sie bleibt bei mir, auch wenn Du verschmähst frei zu sein.«

Trotz des Schmerzes, der in seinem Innern wühlte, vermochte es Katombo, ein Lächeln fertig zu bringen; es war ein unendlich stolzes. Er reckte sich in die Höhe und trat einen Schritt näher.

»Glaubst Du wirklich, daß es meine Absicht war, gefangen zu bleiben? Ich wollte nur sehen und beweisen, daß meine Rettung nichts als eine eitle Vorspiegelung war. Ich gehe. Zarba bedaure ich; Dich aber verachte ich. Du hast mir das Liebste geraubt, was ich hatte; Du wirst mich wiedersehen, wenn ich komme, Abrechnung mit Dir zu halten!«

Er trat zur Thüre hinaus und schritt der Treppe zu. Unten standen die beiden Diener; er mußte an ihnen vorüber, wenn er zum Hauptportale gelangen wollte. Der Eine trat ihm entgegen.

»Hier ist bereits verschlossen. Komm hier nach hinten!«

Er schritt voran, einen langen Flurgang hinab. Katombo folgte, hinter ihm der zweite Domestike. Der Andere öffnete am Ende des Ganges eine Thür, hinter welcher eine Treppenöffnung sichtbar wurde.

»Hier hinab!«

Dem Zigeuner kam blitzschnell die Erkenntniß, was man mit ihm vorhabe. Rasch wandte er sich um, warf den hinter ihm Stehenden zu Boden und sprang den Gang zurück. Neben dem Portale befand sich eine Thür, in deren Schlosse der Schlüssel steckte. Mit der Geschwindigkeit des Gedankens riß er sie auf, trat ein und schob den Riegel vor. Die Diener waren ihm gefolgt.

»Er wird durch das Fenster fliehen wollen. Schnell das Thor auf und hinaus!« gebot der Eine.

Die Innenriegel flogen zurück; das Thor sprang auf, und die beiden Männer traten hinaus. Der kleine Raum, in welchen Katombo gerathen war, war das Zimmer des Portiers. Dieser befand sich nicht in demselben, da man ihn entfernt hatte, um nach dem Befehle des Herzogs jede unnöthige Zeugenschaft zu vermeiden. Auf dem Tische lag ein Messer. Katombo ergriff es, öffnete das Fenster, schwang sich hinauf und sprang nach außen. Seine Füße berührten in dem Augenblicke den Boden, in welchem seine Verfolger aus der Thür traten. Sie warfen sich sofort auf ihn, aber mit einem lauten Weheschrei stürzte der Vorderste zur Erde; Katombo hatte ihm das Messer in die Kehle gestoßen und flog in weiten Sätzen nach dem Wasser zu.

»Hilfe! Mörder! Haltet ihn!« rief der Unverletzte und eilte hinter ihm her.

Neben dem Portale stand ein Schilderhaus, an welchem ein Militärposten lehnte. Der Mann war Zeuge des ganzen Vorganges gewesen; doch war Alles so schnell geschehen, daß er sich erst, als Katombo bereits den Fluß erreicht hatte, auf das besann, was ihm zu thun oblag.

»Steh oder ich schieße!« gebot er und erhob das Gewehr.

Der Zigeuner warf sich in das Wasser. Der Schuß krachte, und die Kugel pfiff hart über seinem Kopfe hinweg. Die

Hilferufe des Dieners und der weithin dröhnende Schuß blieben nicht ohne für Katombo höchst bedenkliche Folgen. Die zahlreiche Dienerschaft des Herzogs eilte auf den Alarm aus dem Palaste und besetzte das diesseitige Ufer. Am jenseitigen sammelten sich Leute; es war dem Fliehenden unmöglich, hüben oder drüben zu landen. Ein Glück für ihn war es, daß gerade gegenwärtig nur ein einziges Boot auf dem Flusse sichtbar war. Es hielt sich in der Mitte und wurde stromauf gerudert. Ein einziger Mann saß in demselben. Konnte Katombo ihn überwältigen, so war er gerettet. Als ein ausgezeichneter Schwimmer strebte er schnell dem Kahne entgegen. Der Mann zog das Ruder ein und richtete sich empor.

»Wer da?«

Katombo antwortete nicht. Das Messer in der Rechten, stieß er mit den Füßen kräftig aus, so daß er fast über den Bord des Kahnes gehoben wurde. Sich mit der Linken festhaltend, holte er mit dem Messer aus. Der Mann im Kahne sah die Klinge blitzen; mit einem blitzschnellen Griffe faßte er die Rechte des Zigeuners, der unter dem furchtbaren Drucke, den er fühlte, das Messer fallen ließ, ergriff ihn dann an der Jacke und warf ihn mit einem riesenkräftigen Schwunge zu sich herein. Bei dieser Bewegung drohte das schwanke Fahrzeug umzukentern; es hob und senkte sich, und das Wasser spritzte von beiden Seiten herein. Den Mann schien das nicht im Mindesten zu berühren; er hielt mit eisernen Fäusten Katombo gepackt und meinte in beinahe gemüthlichem Tone:

»Heda, mein Bürschchen, da bist Du wohl an den Unrechten gekommen! Wer sind wir denn eigentlich?«

»Rette mich; ich bin unschuldig!« stieß der Zigeuner hervor.

»Unschuldig? Und dabei schießt man hinter Dir her und schreit nach Mördern? Wer bist Du?«

»Ich bin ein Zigeuner und dem Herzoge von Raumburg entsprungen, der mich in seinen Keller sperrte, um mir meine Braut nehmen zu können.«

»Der Raumburger? Hm! Ich bin dem Kerl keineswegs gewogen; aber Du greifst mich mit dem Messer an.«

»Aus Verzweiflung!«

»Möglich!« Der Sprecher blickte aufmerksam nach den beiden Ufern und meinte dann gelassen: »Höre, Bursche, ich will Dir einmal Etwas sagen: Ich kenne den Herzog, und was Du mir da sagst, klingt allerdings wahrscheinlich. Bist Du unschuldig, so werde ich mich Deiner annehmen; im andern Falle aber übergebe ich Dich der Polizei. Erzähle mir Alles aufrichtig und versuche nicht, mir zu entkommen. Bis Du fertig bist werden wir trotz den Schreihälsen da drüben ein wenig spazieren fahren.«

Er nahm die Hände von Katombo weg, so daß sich dieser aufrichten konnte, und griff nach den Rudern. Jetzt erst erkannte der Zigeuner, daß er einen Mann von ganz ungewöhnlich kräftigen Körperformen vor sich hatte, der sich allerdings vor Niemand zu fürchten brauchte. Von zwei starken Armen getrieben, flog der Kahn jetzt wieder stromabwärts, so daß die Verfolger ein lautes Geschrei erhoben, welches aber der Besitzer des Kahnes nicht im Geringsten beachtete.

»Also erzähle!« gebot er zum zweiten Male.

Sein Gesicht war so ehrlich und Vertrauen erweckend, daß Katombo Muth faßte. Er stattete einen ausführlichen Bericht über das Erlebte ab, und war mit demselben erst zu Ende, als die Residenz längst hinter ihnen lag. Der Andere zog die Ruder ein und ließ den Kahn nur noch mit dem Wasser treiben.

»Hm! Ich glaube Dir Alles, was Du mir da gesagt hast; aber eine verteufelte Geschichte ist es dennoch, da Du das Messer gebraucht hast. Hätte der Lärm nicht stattgefunden, so glaube ich, ließe der Herzog die Sache am liebsten auf sich beruhen. Am Besten ist es, Du machst Dich so schnell wie möglich aus dem Staube.«

»So willst Du mich freigeben?«

»Allerdings; man hat mich nicht erkannt, und Du scheinst mir ein ganz braver Kerl zu sein.«

»So bitte ich Dich, mich an das Land zu setzen. Ich muß sofort nach dem Gehege.«

»Was fällt Dir ein! Du kannst Dir leicht denken, daß bereits Boten unterwegs sind, um Dich dort abzufangen.«

»Aber ich muß zur Vajdzina!«

»Jetzt nicht, mein Junge! Es ist keinesweges meine Absicht, Dir zu helfen, damit sie Dich wieder erwischen. Willst Du den Deinen Nachricht geben, so werde ich selbst nach dem Gehege gehen.«

»Wirklich?«

»Ja, und zwar noch heut in der Nacht, wenn Du es verlangst.«

»Und wo bleibe ich?«

»In meiner Wohnung; da bist Du sicher.«

»Wer bist Du?«

»Ich heiße Brandauer und bin der Kurschmied seiner Majestät des Königs.«

»Ich verstehe mich auch auf die Schmiederei.«

»Ich habe davon gehört, daß die Zigeuner oft die besten Pferdeschmiede sind. Das freut mich! Jetzt gehen wir an das Land.«

»Und dann in die Stadt zurück?«

»Ja. Doch habe keine Sorge; Du bist bei mir vollständig sicher.«

»Und der Kahn? Er kann Dich verrathen!«

»Er gehört einem Fischer; er mag ihn morgen holen.«

Sie stießen an und zogen das Boot an das Land. Dann schritten sie in einem weiten Bogen nach der Stadt zu. Jede Begegnung sorgfältig vermeidend und sich stets im Dunkel haltend, gelangten sie glücklich an die Hofschmiede, deren Fenster alle dunkel waren.

»Wir gehen durch die Hinterthür,« meinte der Schmied und sprang über den Zaun.

Katombo folgte ihm. Als sie in die Werkstatt traten, machte Brandauer Licht. Das Erste, was den beiden Männern in die Augen fiel, war eine weiße Gestalt, die sich hinter den Blasebalg niedergekauert hatte, um sich dort zu verstecken. Jedenfalls war es ein Lehrjunge, der hier auf verbotenen Wegen von dem Meister überrascht wurde, den er wohl bereits zu Hause gewährt hatte. Der Schmied zog ihn hervor, und nun zeigte es sich, daß der Bursche nur mit Hemde und Unterhose bekleidet war.

»Was thust Du hier, Thomas?«

»Ich – ich – ich weiß es selper nicht, Meister Prandauer.«

»So!« Er leuchtete in den Winkel, wo der Bursche gesteckt hatte, und brachte eine noch glimmende Cigarre zum Vorschein. »Was ist das?«

»Das? Hm, das ist vielleicht gar eine Ampalema!«

»Du hast geraucht?«

»Nur ein ganz kleines Pischen, Herr Meister.«

»Und warum hier?«

»Dropen kann ich nicht in der Kammer; da könnte ich pei dem Opergesellen schöne Ohrfeigen pesehen!«

»Verdient hättest Du sie!« lachte Brandauer, der dem Lehrjungen nicht ungewogen zu sein schien. »Aber da sie einmal brennt, so magst Du sie fortrauchen. Dabei aber sorgst Du für diesen Mann, den ich Dir übergebe, bis ich nachher wiederkomme.«

»Ganz zu Pefehl, mein pester Meister Prandauer!« schmunzelte der Junge und folgte den beiden Leuten in die Stube, wo der Schmied einen Kleiderschrank öffnete.

»Hier, ziehe Dich um, und laß Dir dann von Thomas zu essen und zu trinken geben. Er mag so vorsichtig wie möglich sein, daß Niemand aufgeweckt wird. Jetzt gehe ich nach dem Gehege.«

Nach einigen weiteren Bemerkungen verließ er das Haus. Katombo sah sich von dem Lehrburschen auf das Beste bedient, der, als sich der Zigeuner umgekleidet hatte und mit Essen fertig war, hinaus in die Werkstatt ging und mit einer Cigarre zurückkehrte.

»Willst Du Dir auch eine anprennen?« frug er.

»Ja.«

»Da hast Du sie; aper rauche sie mit Verstand; es ist nicht etwa plos Cupa oder Hapanna, sondern die peste Ampalema. Ich hape sie von meinem Pruder Palduin, der ist Kenner, zwei Stück für drei Pfennige!«

Damit hatte die Unterhaltung ein Ende, denn der Lehrling hatte keine Lust, sich den Hochgenuß seiner Ambalema durch unnützes Reden zu beeinträchtigen, und Katombo war zu sehr mit seinen Gedanken und Gefühlen beschäftigt, als daß er ein Bedürfniß nach einem Gespräche empfunden hätte.

So vergingen beinahe zwei Stunden, ehe Brandauer zurückkehrte. Er schickte den Jungen zur Ruhe und gab dann kurzen Bericht.

»Ich habe sie nicht getroffen.«

»Warum? Der Ort ist auch bei Nacht leicht zu finden.«

»Weil sie überhaupt nicht mehr da sind. Ich traf ganz unerwartet auf einen Militärposten, der mich anrief. Ich gab an, daß ich mich verirrt hätte, und frug nach dem Grunde, daß Posten ausgestellt seien. Er erzählte mir, daß einer der Zigeuner einen Mann erstochen habe und entflohen sei; nun ist das ganze Gehege besetzt, um ihn zu fangen, sobald er zurückkehrt. Die andern Zigeuner aber sind sofort unter militärischer Bedeckung transportirt worden, wohin, das wußte er nicht.«

»So werde ich morgen nachforschen!«

»Das überlaß nur mir. Für jetzt bist Du bei mir in Sicherheit. Ich übergebe Dir ein Zimmer, welches kein Mensch betreten darf als der Lehrling, der Dich bedienen wird. Er ist treu und verschwiegen. Das Uebrige wird sich später finden.«

ELFTES KAPITEL.

Paroli.

Es war am Abende. Ein feiner, dichter Regen fiel vom Himmel nieder, so daß auf den Straßen der Residenz nur Diejenigen verkehrten, welche die Nothwendigkeit aus ihren Wohnungen trieb. Der Posten, welcher vor dem Polizeigebäude auf und ab patrouillirte, hatte sich fest in seinen Mantel gehüllt und murmelte zuweilen ein zorniges Kraftwort über das unfreundliche Wetter, dem er sich in Folge seiner dienstlichen Obliegenheiten preisgeben mußte.

Ein hochgewachsener Mann, der einen weiten Gummirock mit Kapuze trug, kam die Straße heraufgeschritten und trat durch das Portal in das Gebäude. Der diensthabende Polizist im Flure desselben trat ihm einen Schritt entgegen.

»Was wünschen Sie?«

»Ist der Inspektor zu Hause?«

»Der Herr Inspektor, wollen Sie wohl sagen! Er ist zwar da, aber nicht mehr zu sprechen.«

Statt aller Antwort drehte sich der Mann um und schritt auf die Treppe zu. Der Polizist eilte ihm nach und faßte ihn am Arme.

»Ich sagte, daß der Herr Inspektor nicht zu sprechen sei.«

Der Andere schlug jetzt die Kapuze zurück und frug:

»Kennen Sie mich?«

Der Beamte trat erschrocken einen Schritt zurück.

»Durchlaucht Excellenz! Verzeihung, ich konnte Ew. Hoheit ganz unmöglich erkennen!«

Der Herzog von Raumburg, denn dieser war es, nickte kurz und stieg dann zur ersten Etage empor, in welcher sich die Wohnung des Inspektors befand. Dort angekommen, öffnete er ohne Weiteres eine Thür und befand sich seinem Untergebenen gegenüber, den über den unvermutheten Besuch eine sichtliche Ueberraschung befiel.

»Durchlaucht!«

»Schon gut; lassen wir alle Komplimente! Sie kennen meine Gewohnheit, Alles selbst zu sehen, mich von Allem so viel wie möglich selbst zu überzeugen. Ich komme, die Polizeigefängnisse zu revidiren. Ist Alles in Ordnung?«

»Alles«, antwortete der Inspektor, nach einem Schlüsselbunde greifend.

»Lassen Sie die Schlüssel! Sie wissen, daß ich einen Hauptschlüssel für die Schlösser sämmtlicher Landesanstalten besitze. Ist bereits abgespeist?«

»Ja.«

»Die Gefangenen haben die Strohsäcke in ihre Zellen bekommen und werden nun eigentlich nicht mehr gestört?«

»So ist es, Excellenz!«

»Sind alle Schließer da?«

»Nur der wachthabende; die andern haben frei.«

»Gut. Er wird mich führen, und Ihre Begleitung ist also nicht nöthig.«

Der Herzog verließ das Zimmer und schritt dem ihm wohlbekannten Theile des Gebäudes zu, in welchem sich die mit Nummern versehenen Gefängnißzellen befanden. Sie lagen an den Seiten von zwei Korridoren, welche den ersten und zweiten Stock des Hinterhauses bildeten. Der Jour habende Schließer erkannte ihn sofort und stellte sich in devotester Haltung zur Disposition.

»Revidiren!« klang es kurz und befehlshaberisch.

»Wo, Excellenz?«

»Zunächst oben!«

Sie stiegen eine zweite Treppe empor. Der Schließer öffnete eine Zellenthür nach der andern und leuchtete in die engen Räume, in welche der Herzog einen kurzen Blick warf. Fast waren sie damit zu Ende, als Raumburg frug:

»Haben Sie Trinkwasser oben?«

»Nein; es befindet sich im unteren Korridore.«

Der Herzog hatte dies bereits bemerkt und gerade deshalb dieses Mittel gewählt, den Beamten auf eine kurze Zeit zu entfernen.

»Es gibt hier eine Luft, welche in Folge des Zellendunstes

beinahe unerträglich ist. Holen Sie mir ein Glas frisches Wasser!«

Der Schließer beeilte sich, diesem Befehle schleunigst nachzukommen. Kaum hatte er den Gang verlassen, so trat der Herzog zu einer Thür, welche eine nach dem Boden führende Treppe verschloß. Mit Hilfe seines Hauptschlüssels war sie in drei Sekunden geöffnet; dann schloß er ebenso die Zelle auf, in welcher Helbig detinirt war, und zog ein Bündel unter dem Rocke hervor.

»Schnell, schnell! Hier ist der Strick. Dort hinauf!«

Helbig ergriff das Bündel und huschte die dunklen Stufen empor. Der Herzog verschloß die beiden Thüren hinter ihm und war damit vollständig fertig, als der Schließer das Wasser brachte. Die Revision wurde fortgesetzt.

Als der Herzog vorhin auf das Polizeigebäude zuschritt, war ihm von weitem ein Mann gefolgt, welcher sich ungesehen von ihm und dem Militärposten so plazirte, daß er den Eingang des Gebäudes im Auge zu behalten vermochte. Es war Max, der Sohn des Hofschmiedes Brandauer. Aus dem belauschten Gespräche zwischen Raumburg und Helbig hatte er mit Sicherheit geschlossen, daß heut etwas gegen ihn, Zarba und den Hauptmann unternommen werde, und daher den Palast des Herzogs aufgesucht, um das Nöthige zu beobachten. Seine Vermuthung bestätigte sich; er sah den Herzog seine Wohnung verlassen und folgte ihm auf dem Fuße bis hierher.

Er nahm als gewiß an, daß Helbig sein Gefängniß heimlich verlassen werde; da er aber die Art und Weise nicht kannte, in welcher dies bewerkstelligt werden sollte, so konnte er nicht den Mörder beobachten, sondern mußte sich begnügen, seine Aufmerksamkeit auf den Herzog zu richten.

Er hatte beinahe eine volle Stunde gewartet, als er den Letzteren endlich aus dem Portale treten und die Straße hinabschreiten sah. Er folgte ihm.

Raumburg bog in die nächste Seitenstraße ein und folgte dann einigen engen Gassen, die ihn an die hintere Seite des Polizeigebäudes führten. Dieses lag außerhalb der inneren

Stadt, und seine Rückfront stieß an das offene Feld, welches hier die Spuren einiger alter Festungsgräben zeigte, die nicht zugeschüttet worden waren. In den Vertiefungen wucherte ein üppiges Weidengebüsch, zu welchem der Herzog seine Schritte lenkte. Dort angekommen, stieß er einen leisen Pfiff aus, und sofort tauchte die Gestalt Helbigs vor ihm empor.

»Helbig!«

»Hier!«

»Alles gut?«

»Ja.«

»Wo ist das Seil?«

»Es hängt noch.«

»Wirst Du wieder hinaufkommen?«

»Ja, wenn ich wirklich wieder in die Zelle muß. Aber ich denke, Sie wollen mir die Freiheit schenken!«

»Du sollst sie auch haben, aber auf anderem Wege. Du kehrst in Deine Zelle zurück, und ich werde dafür sorgen, daß durch ein Alibi Deine Unschuld bewiesen wird.«

»Es ist finster, und Niemand wird das Seil bemerken, mit dessen Hilfe ich wieder hinauf zum Bodenfenster klettere; aber wie komme ich von dort oben wieder in meine Zelle?«

»Sobald Du oben bist, wirfst Du das Seil herab; ich werde es dann selbst entfernen. Natürlich kann ich Gründe haben, gegen Morgen das Gefängniß nochmals zu revidiren; Du wartest hinter der Bodenthür, bis ich diese öffne. Es wird morgen Niemand ahnen, daß Du während der Nacht das Gefängniß verlassen hast.«

»Und nun meine Aufgabe, gnädiger Herr?«

»Du gehst zunächst in meinen Garten. In derjenigen hinteren Ecke, welche nach dem Flusse zu liegt, findest Du ein Paket. Es enthält einen vollständigen Handwerksburschenanzug, den Du anlegst. Hast Du Geschick genug, für einen Schmiedegesellen zu gelten?«

»Wird mir nicht schwer fallen, Durchlaucht.«

»Schön! Hier hast Du ein Wanderbuch, in welchem Du natürlich vorher die Visa nachsehen mußt. Kennst Du Brandauers Hofschmiede?«

»Ja.«

»Dorthin gehst Du und sprichst um ein Nachtlager an.«

»Sie werden mich in die Herberge weisen.«

»Ich habe Erkundigung eingezogen und erfahren, daß der Meister sehr oft wandernde Gesellen bei sich behält, wenn ihm ihr Aeußeres und ihre Legitimation gefällt. Dein Wanderbuch wird Dich ihm empfehlen; das Uebrige ist Deine eigene Sache. Du mußt auf alle Fälle versuchen, bleiben zu dürfen; halte Dich an die Gesellen; hier hast Du Geld, ihnen ein Gratial zu geben. Und solltest Du partout gehen müssen, so benütze Deine Zeit wenigstens dazu, Dich mit der Oertlichkeit vertraut zu machen, damit es Dir gelingt, Dich heimlich einzuschleichen.«

»Und was kommt dann?«

»Der Schmied hat einen Sohn, Namens Max, welcher in der Stube über der Schmiede schläft. Auf der andern Seite wohnt eine Zigeunerin und ein verabschiedeter Artilleriehauptmann; das sind drei Personen, für welche ich Dir hier dieses Messer und diesen Revolver gebe; er ist geladen. Weiter kann ich nichts sagen.«

»Ist auch nicht nöthig! Sie können sich darauf verlassen, daß ich stets vollbringe, was ich mir einmal vorgenommen habe. Geht es im Stillen mit dem Messer, so ist es mir um so lieber; gelingt es aber nicht, so schieße ich die Drei ganz einfach vor Aller Augen nieder. Für meine Person ist keinerlei Gefahr dabei.«

»Du kleidest Dich dann in meinem Garten wieder um, wo ich in der hintersten Laube auf Dich warten werde. Gelingt Dir Alles gut, so bist Du in wenigen Tagen frei und ich statte Dich so aus, daß Du ohne Sorgen leben kannst. Jetzt geh!«

Helbig verschwand. Der Herzog wartete noch einige Minuten und entfernte sich dann auch. Jetzt erhob sich kaum einige Fuß von dem Platze, an welchem die Beiden gestanden hatten, Max vom Boden. Er hatte jedes Wort der für ihn so gefahrdrohenden Unterredung vernommen.

»Ein sauberes Paar! Der Plan ist wahrhaftig so verwegen, daß wir sehr bedeutende Personen sein müssen, von deren

Entfernung höchst Wichtiges abzuhängen scheint. Diesen Helbig werde ich bekommen, und den Herzog später auch, trotzdem ihm sein Rang den besten Schutz gewährt!«

Er kehrte nach der Schmiede zurück.

Dort saßen heut die Gesellen nicht wie an schönen Abenden im Freien, sondern sie hatten sich in der Werkstatt plazirt. Thomas fehlte; es waren also nur Baldrian, Heinrich und die Lehrlinge anwesend.

»Wenn ich nur wüßte, warum der Thomas verreist ist!« meinte Heinrich, der Artillerist. »Es muß das einen ganz besonderen Grund haben.«

»Das ist am Den!« nickte Baldrian, der Grenadier.

»Kannst Du Dir nichts denken?«

Baldrian schüttelte mit dem Kopfe, und Heinrich fuhr fort:

»Erst eine Depesche und dann der Obergeselle auf Reisen – es geht Etwas vor. Meinst Du nicht auch, Baldrian?«

»Das ist am Den!«

»Droben die Zigeunerin und der Hauptmann; dann der junge Herr immer auf dem Sprunge – es geht Etwas vor! Hast Du das Gesicht gesehen, welches er machte, als er jetzt kam?«

Baldrian nickte.

»Das sah aus, als hätte er etwas ganz Außerordentliches erlebt. Er war fadennaß, und der Schmutz lag so dick auf seinen Hosenbeinen, als hätte er draußen auf dem Felde gelegen. Nun ist er mit dem Meister hinauf zu der Zigeunerin, wo sie Allerlei verhandeln, als ob großer Kriegsrath abgehalten würde, gerade wie damals, als wir vor Hochberg lagen und kein Mensch Rath wußte, bis ich endlich der ganzen Generalität aus der Patsche half.«

»Du?« frug Baldrian verwundert.

»Ja, ich. Das war nämlich so: Wir belagerten Hochberg schon sechs Wochen lang und konnten doch das Nest nicht bekommen. Der Oberstkommandirende war ganz grimmig darüber, hielt einen Kriegsrath nach dem andern und konnte doch zu keinem Ziele kommen. Eines schönen Tages saßen sie wieder beisammen, und ich hatte den Zimmerpostendienst. Jeder hatte eine andere Meinung; der Generalissimus fluchte und wetterte, daß es krachte, und sagte endlich: »Die Schuld liegt daran, daß wir weder von der Befestigung noch von der Vertheidigung etwas Genaues wissen. Ich wollte der Sache bald ein Ende machen, wenn ich drin Jemand hätte, der mir Alles sagte.«

Die Rede leuchtete mir ein; ich konnte mich nicht halten und trat vor.

»Zu Befehl, Herr Generalissimus; schicken Sie mich hinein. Ich werde auf den Thurm steigen und mir Alles genau ansehen.«

»Du?« frug er. »Ja so, Du bist ja der Heinrich Feldmann, der berühmteste und gescheidteste Artillerist in meinem ganzen Heere! Getraust Du Dir das wirklich zu Stande zu bringen?«

»Zu Befehl, ja!«

»Gut; ich gebe Dir sofort Urlaub. Laß Dich ablösen und handle ganz nach Deinem Ermessen; ich weiß, daß Du ein guter strategischer Kopf bist und mir meinen Feldzugsplan nicht verderben wirst. Wenn es Dir wirklich gelingt, so bekommst Du eine lebenslängliche Pension von jährlich fünfhundert Thalern.«

Ich ließ mich also ablösen, setzte mich auf meinen Fuchs, denn ich war doch reitender Kanonier und durfte mich zu Fuße nicht blamiren, und ritt im Galopp gegen die Festung. Sie hielten mich für einen Parlamentär und dachten schon, wir wollten uns ihnen ergeben; darum machten sie schnell das Thor auf und kamen in hellen Haufen herbei, um mich zu empfangen. Indem ich mir nun die Leute ansehe, erblicke ich unter ihnen den ganz obersten Festungskommandanten. Da fährt mir ein kühner, gewaltiger Plan durch den Kopf, denn ich hatte bemerkt, daß die Kirchthür offen stand. Ich reite also auf den Kerl zu, packe ihn bei der Gurgel, reiße ihn zu mir herauf auf den Fuchs und sprenge mit ihm nach der Kirche. Hinter uns ertönt ein ungeheures Wuthgeheul; ich aber kehre mich nicht im Geringsten daran, sondern galoppire die vier Thurmtreppen hinauf bis auf den Glockenboden. Dort steige ich ab und werfe den Kommandanten vom Pferde; er war in eine Ohnmacht gefallen, und da ich keine ästhetischen Tropfen mit hatte, konnte ich ihm nicht helfen. Im Nu habe ich die Fallthüre zugeworfen und schiebe den Riegel vor. Aber das ganze Heer der Belagerten war mir nachgestiegen und wollte die Fallthür sprengen. Was ist da zu thun? Ich schraube also die drei Glocken los und wälze sie auf die Thür. Das war meine Rettung. Nun binde ich dem Kommandanten die Hände und Füße und gucke durch das Schallloch hinaus. Ich kann da die ganze Befestigung überblicken und gebe unsern Leuten durch Zeichen zu verstehen, was sie machen sollen. Auf diese Weise dauerte es nur fünf Tage, und die Festung war unser. Der Feind wußte natürlich, daß ich die Hauptrolle dabei spielte, und ich wurde darum von der obersten Treppe aus ganz fürchterlich belagert; aber die Glocken waren so schwer, daß ich keine Sorge zu haben brauchte. Gehungert habe ich während dieser fünf Tage auch nicht, denn der Kommandant war gerade als ich kam, beim Konditor gewesen, um seiner Frau fünf Pfund Chokolade und drei Pfund Marzipan mitzunehmen; davon haben wir gelebt, und es schmeckte gar nicht übel. Der Fuchs aber steckte von Zeit zu Zeit den Kopf zum Schalllocke hinaus und fraß das Stroh und Heu aus den Dohlen- und Schwalbennestern, die es da draussen in Menge gab. Als die Unsrigen die Festung erstürmt hatten, bauten sie mir auf jeder Treppe einen Triumphbogen mit allerlei Fahnen und Guirlanden, und ich bin wieder hinuntergeritten, daß es pufftе.«

»Das ist am Den!« nickte Baldrian mit einem Gesichte, als ob er an der fürchterlichsten Kolik litte.

»Willst Du es etwa nicht glauben? Für die Gefangennahme des Festungskommandanten bekam ich extra eine goldene Medaille geschlagen, die mir aber auch irgendwo abhanden gekommen ist, und die Pension beziehe ich noch heut; Ihr seht nur nichts davon, weil ich das Geld stehen lasse, bis es mir einmal gefallen wird, mich zur Ruhe zu setzen.«

Baldrian stand im Begriffe, trotz seiner sonstigen Einsilbigkeit eine scharfe Bemerkung zu machen, wurde aber daran verhindert, denn die Hausthür öffnete sich, und Helbig trat ein, den Knotenstock in der Hand und ein volles Felleisen auf dem Rücken.

»Viel Glück ins Haus, Ihr Leute!« grüßte er nach Handwerksburschenmanier. »Ich bin ein wandernder Schmiedegeselle und komme, den Herrn Meister um ein Nachtquartier zu bitten.«

»Ein Nachtquartier?« frug Heinrich. »Hast Du gute Papiere?«

»Ja.«

»Steht der Bettel vielleicht drin?«

»Ich bettle nicht, sondern ich verdiene mir von Ort zu Ort so viel Reisegeld, als ich brauche.«

»Eigentlich ist hier bei uns keine Herberge; aber der Meister ist ein guter Mann, der schon Manchen übernachtet hat, wenn es ein anständiger Bursche war. Nicht wahr, Baldrian?«

»Das ist am Den!« stimmte der Gefragte bei.

»Du siehst allerdings nicht aus wie ein Bummler; ich werde hinaufgehen und den Meister holen,« fügte Heinrich hinzu.

»Ist es nicht möglich, daß ich vielleicht Arbeit hier bei Euch bekommen könnte?« frug Helbig treuherzig. »Ich habe etwas gelernt und immer nur bei tüchtigen Meistern in Arbeit gestanden.«

»Ich glaube nicht, doch kannst Du ja den Meister selbst fragen.«

Heinrich ging, und Helbig wandte sich nun ausschließlich zu Baldrian:

»Nicht wahr, Euer Meister heißt Brandauer?«

»Das ist am Den.«

»Hat er Kinder?«

Baldrian nickte.

»Einen Sohn?«

Ein zweites Nicken folgte.

»Ist dieser daheim?«

Ein drittes Nicken.

»Wohnt Ihr allein im Hause?«

»Das ist nicht am Den.«

»So wohnen auch noch Fremde hier, die eigentlich nicht zur Familie des Meisters gehören?«

Jetzt warf ihm Baldrian einen höchst verweisenden Blick zu.

»Höre, Fremder, halte das Maul; ich halte es auch am Liebsten!«

Diese Rede des schweigsamen Gesellen war kurz und sehr deutlich. Helbig öffnete den Mund zu einer Entgegnung, als sich droben eine Thür öffnete. Max kam mit dem Vater die Treppe herab. Helbig wiederholte seinen Gruß und seine Bitte.

»Zeige mir Dein Buch!« antwortete Brandauer.

Helbig reichte es ihm entgegen. Der Meister blickte es durch und nickte dann zufrieden.

»Du kannst und sollst hier bleiben. Lege ab!«

Helbig stellte seinen Stock in eine Ecke und schnallte das Felleisen vom Rücken. In dem Augenblicke, als er es an einen Nagel hängen wollte, trat Brandauer hinter ihn und legte ihm die Arme um den Leib; zugleich zog Max zwei bereit gehaltene Riemen hervor, und ehe die Andern ihrer Ueberraschung über dieses unvorhergesehene Ereigniß Ausdruck geben konnten, war der falsche Schmiedegeselle so gefesselt, daß er sich nicht im Geringsten zu rühren vermochte. Auch ihn hatte das Plötzliche des Angriffs so außer aller Fassung gebracht, daß kein einziger Laut von seinen Lippen zu hören war. Die Gesellen und Lehrlinge standen wortlos und staunten; der Meister legte den Gefesselten zur Erde.

»Also ein Nachtlager bekommst Du, mein Junge, das habe ich Dir versprochen; nur weiß ich nicht, ob es nach Deinem Gusto sein wird. Laß einmal sehen, was Du bei Dir hast!«

Er zog ihm zunächst das Geld aus der Tasche.

»Das also war zum Gratial für meine Gesellen. Seine Durchlaucht werden es ehrlich wieder bekommen!«

Jetzt fand er das Messer und den Revolver.

»Und das war für die drei Menschen, welche Euch im Wege sind! Ich werde Dir diese Sachen bis Morgen aufheben und sogar auch Deine Kleider aus der hintersten Gartenecke holen lassen, damit Du nicht in Verlust geräthst. Baldrian!«

»Herr Meister?«

»Dieser Mensch ist ein gefährlicher Verbrecher; ich muß ihn heut hier behalten und übergebe ihn Dir und Heinrich. Schließt ihn in die Eisenkammer und seht darauf, daß er Euch nicht etwa abhanden kommt. Ich weiß, ich kann mich auf Dich verlassen!«

»Das ist am Den!«

Der starke Geselle nahm den Gefangenen von der Erde auf, warf ihn mit Leichtigkeit über die Schulter und trug ihn nach dem bezeichneten Orte. Heinrich und die Lehrjungen folgten; es gab ja hier ein Abenteuer, welches sie ganz gehörig durchkosten mußten.

»Ich werde morgen Vormittag zum König gehen, um ihm die Sache vorzutragen,« meinte Brandauer. »Er und kein Anderer hat hier zu entscheiden, da der Herzog seine Hand im Spiele hält. Willst Du noch hin zu diesem?«

»Ja, und zwar sofort; er ist ein Meuchler; aber ich biete ihm mein Schach in das Gesicht.«

Er ging. Nachdem er über den Fluß gerudert war, passirte er das herzogliche Palais und sprang dann über die Gartenmauer. Er brauchte keine Vorsicht anzuwenden, da Helbig ja von Raumburg erwartet wurde. Er schritt offen zur Laube; in ihrer Nähe angekommen, griff er in die Tasche, in welcher er ein Phosphorlaternchen stecken hatte, deren Schein ihm jede Feindseligkeit von Seiten des Herzogs zeigen mußte.

»Helbig!« klang es ihm halblaut entgegen.

»Durchlaucht!« antwortete er ebenso.

»Schon! Ich hatte Dich viel später erwartet; es muß sehr günstig gestanden haben. Wie ist es abgelaufen?«

»Schnell und gut.«

»Sind sie todt?«

»Nein.«

»Alle Teufel; warum kommst Du dann?«

Jetzt öffnete Max die Laterne, deren genügend heller Schein auf den Herzog fiel.

»Um Ihnen zu sagen, Durchlaucht, daß Sie ein Schurke sind!« antwortete er mit fester, ruhiger Stimme.

»Ein Schur – – ah, wer ist das? Wer sind Sie? Was wollen Sie hier?«

Max ließ das Licht einen Augenblick lang auf sein Gesicht fallen.

»Sehen Sie her! Sie kennen mich ja wohl.«

»Brandauer! Hölle und Teufel! Mensch, was thun Sie in meinem Garten? Ich lasse Sie sofort arretiren!«

»Das werden Sie bleiben lassen, mein Herr! Ich komme nicht als Dieb und Einschleicher, denn ich wußte sehr genau, daß ich Sie hier treffen würde.«

»Nun, was wollen Sie?«

»Ich bitte sehr höflich um die Erlaubniß, mir einen Gegenstand holen zu dürfen, welcher sich gegenwärtig in Ihrem Garten befindet.«

»Welchen Gegenstand?«

»Die Kleidung eines gewissen Helbig.«

»Helbig? Kleidung? Wer ist das? Ich weiß von Nichts.«

»Lügen Sie nicht?«

»Herrrr – –!«

Er trat mit erhobenem Arme auf Max zu. Dieser jedoch wich keinen Zoll breit zurück, sondern antwortete:

»Herrrr – –! Sie sehen, Durchlaucht, mir stehen ganz dieselben Stimmmittel zur Verfügung wie Ihnen, die Vertheidigungswaffen ganz unerwähnt, welche ich gebrauchen würde, falls Sie Lust bekämen, den offenen Kampf mit mir aufzunehmen. Also bitte, darf ich mir die Kleidung nehmen?«

»Ich verstehe Sie nicht. Sie reden wahrscheinlich irre!«

»Dann muß ich, um Sie von dem Gegentheile zu überzeugen, ausführlicher sein.«

»Nun? Ich befehle Ihnen das allerdings!«

»Seit wenn steht Ihnen die Erlaubniß zu, mir irgend etwas zu befehlen? Jetzt reden wohl Ew. Hoheit irre, denn was ich Ihnen gegenüber thue, geschieht einzig und allein nur, weil es mir so beliebt. Sie erinnern sich wohl eines gewissen Helbig, welcher einst in Ihren Diensten stand?«

»Möglich. Weiter!«

»Er scheint von Ihnen vorzugsweise zu Missionen verwendet worden zu sein, welche nicht ganz heller Natur gewesen sind, denn – – –«

»Schweigen Sie!« herrschte ihn der Herzog an.

Das Innere desselben kochte förmlich vor Grimm. Er wußte jetzt, daß sein Anschlag gescheitert, daß Alles verrathen sei; er fühlte, in welcher Gestalt er seinem Gegner erscheinen müsse, und wenn ihm auch seine hohe Stellung eine gewisse Sicherheit gab, er war nicht nur besiegt, er war entlarvt von einem stolzen, unüberwindlich scheinenden Gegner, von einem – Schmiedesohne, der vor ihm stand und bereits schon vor ihm gestanden hatte so ruhig und hehr, wie der Löwe vor dem schmutzigen Gewürm, welches im Staube kriecht. Das steigerte seinen Grimm bis zum höchsten Grade, aber es war eine ohnmächtige Wuth, der lächelnden Ruhe gegenüber, mit welcher Max antwortete:

»Wollen Sie nicht Ihre Stimme dämpfen, Durchlaucht? Es kann unmöglich in Ihrem Interesse liegen, unsere Unterredung für Andere hörbar werden zu lassen. Also ich sagte, diese Missionen können nicht ganz heller Natur gewesen sein, ebenso wie zum Beispiel der Auftrag, welchen er heut in Ihrem Interesse ausführen sollte.«

»Sie sprechen in Räthseln. Verlassen Sie meinen Garten.«

»Das Erstere ist nicht wahr, und das Letztere ist nicht Ihr Wunsch, denn es muß Ihnen sehr daran liegen zu erfahren, warum ich an Stelle dieses Helbig komme. Er läßt sich nämlich durch mich entschuldigen, da es ihm unmöglich ist, Ihnen seinen Bericht selbst abzustatten. Er liegt gebunden bei mir; Ihr Messer und Revolver wurde ihm abgenommen und ebenso das Geld, welches er zum Gratial für die Gesellen meines Vaters verwenden sollte.«

»Elender Verräther!«

»Sie irren wieder, Durchlaucht. Helbig hat Sie nicht verrathen; er hat sogar nicht einen einzigen Laut von sich gegeben; dennoch aber wußte ich bereits ehe er als Handwerksbursche bei uns erschien, welche Gefahr mir, der Zigeunerin Zarba und dem Hauptmann von Wallroth drohte.«

»Mensch, wie soll ich Sie behandeln!«

»Anders als bisher, Durchlaucht. Lassen Sie mir die Kleider des Meuchelmörders, und ich gestatte Ihnen dafür, mit dem am Polizeigefängnisse hängenden Seile ganz nach Ihrem Belieben zu verfahren. Ich gehe in dieser Konzession geradezu so weit, daß ich nichts dawider habe, wenn Sie den Entschluß fassen, sich daran aufzuknüpfen. Dann wären alle Kontraste gelöst, und Sie ersparten sich die geplante nochmalige Revision des zweiten Korridors.«

»Ah, es scheint, Sie sind allwissend!« keuchte der vor Wuth bebende Herzog. »Wo haben Sie diese raffinirten Schlüsse gezogen?«

»Draußen zwischen den Weiden im alten Festungsgraben, gnädiger Herr. Ich stand da auf dem Anstande, um einen Fuchs und einen Marder zu ertappen. Sie gingen Beide ein. Den Fuchs lasse ich für heut noch laufen, denn er ist mir zu jeder Zeit sicher, den Marder aber halte ich fest, da ich ihn nicht an das Polizeigefängniß zurückliefern darf, weil über dieses nächtliche Raubzeug kein Anderer entscheiden soll, als Seine Majestät der König selbst.«

»Sind Sie toll?«

»Nichts weniger als das!«

»Und dennoch sind Sie es, sonst würden Sie es nicht wagen, sich mir als Feind zu präsentiren.«

»Unsere Intentionen gehen so weit auseinander, daß eine freundliche Beziehung geradezu eine positive Unmöglichkeit genannt werden muß.«

»Sie irren!« Der Herzog glaubte jetzt, diplomatisch verfahren zu müssen, und fuhr fort: »Ich könnte Ihnen den Beweis liefern, daß unsere Intentionen sich sehr leicht vereinigen lassen. Schweigen Sie über den heutigen Tag und geben Sie Helbig frei, dann sollen Sie einen mächtigen Beschützer und Gönner in mir finden.«

»Sie beweisen mit dieser Forderung gerade das Gegentheil von dem, was Sie beweisen wollten. Ich kann keinen Mörder freigeben, weil ich ja dann sein Mitschuldiger würde; ich stehe so gut auf meinen eigenen Füßen, daß ich eines Gönners und Beschützers nicht bedarf. Unsere Interessen sind so divergirend, daß wir stets Gegner sein werden; doch verspreche ich Ihnen, stets mit offener Stirn mit Ihnen zu verkehren, und rathe Ihnen, dasselbe auch mit mir zu versuchen. Ein ehrenhafter Feind ist schätzenswerth, ein hinterlistiger Freund aber einfach verächtlich. Ich habe Ihnen nichts weiter zu sagen, als daß ich die betreffenden Kleidungsstücke mir mit oder ohne Ihre Einwilligung jetzt nehmen werde.«

»Halt! Bedenken Sie sich sehr wohl, ehe Sie Ihr letztes Wort sprechen! Ich kann beglücken und verderben, ganz wie es mir beliebt, und Ihrer Anklage und Verfolgung stehe ich zu hoch, als daß es Ihnen gelingen könnte, mich zu erreichen.«

»Ein Glück aus Ihrer Hand würde ich niemals annehmen, und wollen Sie mich verderben, so versuchen Sie es. Ihre Höhe ist nur eine konventionelle, nicht aber eine moralische; in Beziehung auf die letztere stehen Sie auf gleicher Stufe wie Ihr Werkzeug Helbig, und noch ist die Gewißheit nicht vorhanden, daß Ihnen nicht dasjenige Schicksal bevorstehe, von welchem Sie ihn befreien wollten. Gute Nacht!«

Da faßte ihn der Herzog beim Arme.

»Noch einmal: Halt! Sie werden dem Könige wirklich das Geschehene referiren?«

»Nicht ich, sondern der Vater wird es thun.«

»So gehen Sie. Sie haben es gewagt, mir Schach zu bieten, und werden eher als Sie glauben erkennen, daß ich Herr meines Feldes bin, während Sie nichts sind als ein elender, jämmerlicher Wurm, den ich gewiß zermalmen und zertreten werde.«

Max entzog sich mit einem kräftigen Rucke der Hand seines Gegners. Seine Stimme klang ruhig, aber es lag eine Sicherheit und Festigkeit darin, welche imponiren mußte.

»Sie wagen es, mich einen Wurm zu nennen? Es wird die Stunde kommen, in welcher ich Ihnen den Fuß auf den Kopf setze, um Sie zu vernichten wie eine giftige Viper, deren Dasein nur Gefahr bringt. Unter vier Augen haben Sie mich nicht zu fürchten, denn ich verachte jeden heimlichen Vortheil; öffentlich aber werde ich Sie zu finden und zu treffen wissen, und dann wird Sie kein Rang vor meinen Streichen schützen, von denen Sie entblößt werden sollen bis zur tiefsten Armseligkeit!«

Mit zwei raschen Schritten trat er in die Ecke, nahm das hier liegende Kleiderbündel empor, steckte die Laterne zu sich und schwang sich über die Umfassung des Gartens. Drinnen stand der Herzog wüthend aber rathlos. Er jedoch schritt davon mit dem Bewußtsein, einen glanzvollen Sieg errungen zu haben.

Als er die Schmiede erreichte, saßen die beiden Gesellen wieder am Herde.

»Ihr habt den Mann doch sicher?« frug er sie.

»Na und ob!« antwortete Heinrich, der Artillerist. »Er kann ja kein Glied rühren, und wir wachen hier, bis er fortgeschafft wird. Eine Flucht ist rein unmöglich.«

»Das ist am Den!« stimmte Baldrian bei.

»Wo sind die Eltern?«

»Droben bei der Hex – – wollte sagen bei der Zigeunerin.«

Max begab sich nach oben, wo er Alle beisammen fand. Er berichtete von seiner Unterredung mit dem Herzoge.

»Er soll kein Wort gesprochen haben, welches der König nicht erfährt,« meinte Brandauer.

»Er hat die heiligsten Gefühle des Menschenherzens verhöhnt und alle Bande zerrissen, welche das Kind mit dem Vater vereinigen,« fügte der Hauptmann bei. »Er wüthet gegen sein eigenes Fleisch und Blut; ich bin aller Rücksicht gegen ihn quitt und habe die Erlaubniß, von nun an nur an die Qualen zu denken, welche ich auf seine Befehle erdulden mußte. Ich sehe in ihm nur meinen ärgsten Feind, den ich schonungslos bekämpfen muß.«

Auch Zarba erhob die Hand.

»Fluch ihm, tausendfachen Fluch! Der Tiger liebt sein Junges und der Geier beschützt seine Brut; dieser Teufel aber zerreißt die Herzen Derer, die ihn lieben. Bhowannie wird ihre Pfeile über ihn schicken, wenn er es am wenigsten vermeint. Schon ist das Messer geschärft, welches gegen ihn gezückt werden soll, und die Vajdzina der Brinjaaren wird ihn zu ihren Füßen sehen, wie er sich windet unter Klagen, Bitten und Jammern; aber sie wird weder Gnade noch Barmherzigkeit für ihn haben, sondern ihm seinen Lohn geben, den er verdient!«

An demselben Tage hatte der Regen die Wasser und Bäche des Gebirges hoch angeschwellt, daß es schwer und bedenklich war, auf Fußpfaden durch die Waldung zu kommen. Auch die wenigen fahrbaren Straßen, welche nach der Grenze führten, wurden schwerer wegbar, und wer nicht gezwungen war, dem Wetter zu trotzen, der blieb daheim am sichern Herde sitzen.

Ungefähr drei Wegstunden von der Grenze entfernt liegt das Städtchen Waldenberg, rings umgeben von schroffen Höhen, welche die Poststraße nur schwer zu überwinden vermag. Seitwärts von dieser Letzteren steht an einem Saumpfade fast mitten im Walde ein einstöckiges Häuschen, über dessen Thür eine Holztafel angebracht ist, deren verwitterte und verwaschene Inschrift man nur mit Mühe zu entziffern vermag. Sie lautet: »Zur Oberschenke.« Fragt der Fremde, ob es denn Gäste gebe, welche Durst genug haben, dieses einsame und anspruchslose Haus zu frequentiren, so antwortet man ihm allerdings mit Ja! er selbst aber würde wochenlang beobachten und zählen können, ehe er zu dem Resultate käme, daß am Tage nicht ein einziger Gast dort verkehrt.

Nur der Eingeweihte weiß, daß sehr oft gewisse Gestalten heimlich in das Gebäude huschen und es ebenso vorsichtig wieder verlassen; er weiß auch, daß zuweilen des Nachts die alte verräucherte Stube kaum die Zahl Derer zu fassen vermag, welche lautlos kommen und verschwinden.

Steht man vor der Thür der Oberschenke, so gestattet ein schmaler Holzschlag, der sich den Berg hinabzieht, einen Blick hinunter in das Thal und auf die Fahrstraße, welche dem Letzteren in vielen Windungen zu folgen hat. Sollte dieser Holzschlag durch eine gewisse Absicht hervorgerufen worden sein? Fast scheint es, als hätte es dem Wirthe ermöglicht werden sollen, von seinem verborgenen Wohnsitze aus die Straße immer im Auge behalten und beobachten zu können.

Heut that er dies nicht; er wußte, daß es keinen Verkehr oder wenigstens keinen nennenswerthen geben werde, er saß an dem gewaltigen Kachelofen, in welchem ein großer Holzklotz mehr klimmte als brannte, rauchte seine Pfeife und hob zuweilen einen dicken Steinkrug zum Munde, um in einem langen Zuge das Getränk zu schmecken, welches bei ihm Bier genannt wurde.

Am Tische, der in der Nähe des Ofens stand, saßen zwei Männer, welche ähnliche Krüge vor sich stehen hatten und ein Gespräch unterhielten, über welches sich ein heimlicher Lauscher gewundert haben würde. Sie waren mehr in Lumpen als in ein ordentliches Gewand gekleidet, und doch hatte der Tabak, den sie rauchten, ein so feines und dabei kräftiges Parfüm, daß der Kenner geschworen hätte, er könne nur von sehr wohlhabenden Leuten bezahlt werden. Die Gesichter der Beiden hatten unbedingt jenen unverkennbaren Schnitt, der den Zigeuner kennzeichnet, während die breiten Züge des Wirthes die nordische Abstammung dokumentirten. Eines aber hatten alle Drei gemein: den Ausdruck der List und Verschlagenheit, der dem Beschauer gleich beim ersten Blicke auffallen mußte.

»Und sie sind wirklich wieder hüben gewesen, die Süderländer?« frug der Wirth.

»Wirklich!«

»Woher weißt Du es, Horgy?«

»Ich bin ihnen begegnet.«

»Alle Teufel! Allein?«

»Mit Tschemba hier.«

»Auch Du warst mit?« wandte sich der Wirth an den Genannten. »Wann war es?«

»Heute Nacht, drüben bei der alten Kapelle. Wir wären sicher des Todes gewesen, wenn sie es bemerkt hätten.«

»Das ist so gewiß wie mein Ofen hier! Was wird S i e dazu sagen, wenn sie es erfährt?«

»S i e ? Hm, sie wird sie heimschicken mit blutigen Köpfen, wie vor fünf Wochen, als sie uns in das Tabaksgeschäft pfuschen wollten. Wenn diese albernen Kerls I h r e Oberhoheit anerkennen und I h r gehorchen wollten, würde es ganz anders sein. Das Geschäft würde dann nicht zerrissen; es wäre ein gemeinsames; der Gewinn müßte sich verdoppeln, und

Gefahr, haha, Gefahr wäre dann ein Wort, welches man gar nicht zu kennen brauchte.«

»Aber wie kommst Du zur Kapelle, Horgy? Ich denke, Du warst das, was man verreist zu nennen pflegt!«

»Allerdings. Ich kehrte gestern wieder und traf mit Tschemba zusammen.«

»Wo warst Du?«

»In Süderland.«

»Ah! Weit drin?«

»In Tremona.«

»Bist Du des Teufels? Hatte S i e Dich geschickt?«

»Ja.«

»Also ein Auftrag von I h r ! Darf man wissen, was es gewesen ist?«

»Nicht nothwendig. Ich hatte einen Kerl zu beobachten, der die Augen verdrehte, als ob sie an einer Kurbel gingen, und dann einen Brief zu übergeben.«

»An wen?«

»An – an einen türkischen Pascha!«

»An einen Pascha? Lüge Du und der Teufel!«

Wirklich war Horgy derjenige Zigeuner, welcher Arthur von Sternburg den Brief für Nurwan Pascha übergeben hatte. Bei der Interjektion des Wirthes lächelte er wie ein Mann, der die Wahrheit nur aus dem Grunde gesagt hat, weil er weiß, daß sie nicht geglaubt wird.

»Frage nicht mehr, als Du darfst! Du weißt, daß S i e streng darauf sieht, daß nie gesprochen wird. Also halte lieber den Mund und schenke mir nochmals ein!«

Der Wirth erhob sich, um den Wunsch des Gastes zu erfüllen; dabei fiel sein Blick durch das Fenster.

»Alle Wetter, dort kommt Einer auf die Schenke zu! Macht Euch hinaus in die Kammer! Es kann zwar Jeder bei mir verkehren, aber man braucht doch nicht Alles und Jedes mit der Kanone in die Welt hinaus zu schießen.«

Die beiden Zigeuner verschwanden mit ihren Krügen in dem anstoßenden Raume, und gleich darauf trat der Mann ein, der trotz des herabströmenden Regens den Weg nach der

Schenke unternommen hatte. Die Dienstmütze kennzeichnete ihn als einen Post- oder Telegraphenbeamten.

»Eine Depesche!« verkündigte er.

»Eine Depesche? An mich?«

»Ja. Hier ist sie!«

Der Wirth machte Miene, das Couvert zu entfalten; der Beamte verhinderte ihn daran.

»Lest sie nachher. Ich habe keine Zeit, auf Euch zu warten.«

»Wollt Ihr nicht ein Bier trinken oder einen Schnaps?«

»Geht nicht. Ich muß pünktlich wieder zurück und habe mich wegen des schlechten Weges bereits verspätet.«

Er erhielt seine Gebühr und ging dann. Jetzt öffnete der Wirth den Umschlag und las die Depesche. In seine Mienen kam Bewegung; er trat zur Kammerthür und öffnete dieselbe.

»Kommt heraus! Es gibt Arbeit.«

»Arbeit?« frug Tschemba. »Auch für uns?«

»Ja. Ich habe eine Depesche bekommen.«

»Woher?«

»Aus der Residenz, von I h r .«

»Von I h r ? Ists möglich!«

»Ja; hört! »Oberschenke Waldenburg – Fuhrmann Beyer und zwei Männer – einen Tag lang aufhalten – mit Gewalt zur Tannenschlucht – Zarba.« Habt Ihr es verstanden?«

»Der Beyer soll aufgehalten werden? Er gehört ja doch zu uns!«

»Auf ihn ist es jedenfalls nicht gemünzt, sondern auf die zwei Männer. Er fährt nie einen andern Weg, als hier bei uns vorüber, und S i e muß genau wissen, daß er kommen wird.«

»Wer mögen die Männer sein?«

»Geht uns jetzt nichts an. Sie sollen aufgehalten und nach der Tannenschlucht geführt werden. Sind wir Drei dazu genug, oder soll ich noch Einige rufen?«

»Wir sind genug, denn der Beyer muß mithelfen.«

»So lauf Du in die Stadt, Horgy, und erkundige Dich im »Weißen Schwane,« ob er schon dagewesen ist! Er kehrt auf jeden Fall dort ein. Nach dem, was Du erfährst, haben wir uns dann einzurichten.«

Der Zigeuner folgte dem Gebote. Er holte den Telegraphenbeamten ein, so schnell schritt er aus, doch ließ er sich nicht von ihm bemerken, sondern schlug sich an ihm vorüber durch den Wald, nicht achtend der Nässe, welche die Aeste auf ihn warfen. In der Stadt angekommen, suchte er den bezeichneten Gasthof auf. Vor dem Thore desselben stand ein mit zwei Pferden bespannter Kutschwagen, den er sofort erkannte, auch wenn der Besitzer desselben nicht gerade bei den Thieren gestanden hätte. Es war Beyer, und die Depesche war also keine Minute zu früh an ihre Adresse gekommen.

»Beyer!«

Der Angeredete drehte sich um.

»Horgy! In diesem Wetter auf den Beinen?«

»Deinetwegen. Du fährst zwei Männer?«

»Ja.«

»Wohin?«

»Ueber die Grenze.«

»Daraus darf nichts werden.«

»Warum?«

»Sie müssen in die Tannenschlucht.«

»Warum?« frug der Fuhrmann verwundert.

»Weil S i e es befohlen hat.«

»S i e? Zarba?«

»Still! Weißt Du nicht, daß kein Name genannt werden darf. Sie hat es aus der Hauptstadt telegraphirt.«

»Gewiß?«

»Gewiß!«

»So gibt es für uns nichts Anderes als wir müssen gehorchen. Aber wie?«

»Wer sind die Leute?«

»Der Direktor und der Oberarzt aus dem Irrenhause.«

»Hm, vornehme und gelehrte Leute! Sollen wir List oder Gewalt gebrauchen?«

»Beides, wenn es nothwendig ist, vorerst jedoch nur List. Ich habe ihnen zwar versprechen müssen, sie so schnell wie möglich über die Grenze zu bringen, jetzt aber gibt es keine Wahl. Wie viele seid Ihr dazu?«

»Drei.«

»Ist wenig, wird aber reichen, wenn nichts Außerordentliches dazwischen kommt.«

»Sind sie bewaffnet?«

»Nein, so viel ich bemerkt habe. Sie essen jetzt. In zehn Minuten geht es weiter. Eilt Ihr voraus. Ich fahre bis an das Holzkreuz droben im Hochwalde. Dort werde ich es so einzurichten wissen, daß wir umkippen und der Wagen sich gemüthlich an die Seite des Hohlwegs legt. Das Uebrige ist dann Eure Sache.«

»Gut. Also vorwärts!«

Der Zigeuner schritt davon.

Drinnen in der Gaststube saßen die beiden Flüchtlinge bei den Resten ihres sehr eilig abgehaltenen Mahls. Die Wirthin hatte sich zu ihnen gesetzt, um sie dabei zu unterhalten.

»Also Sie denken, daß man am Tage nichts zu befürchten braucht?« frug der dicke Direktor, das gepflogene Gespräch fortsetzend.

»Nein, mein sehr verehrter Herr,« antwortete sie. »Ein Schmuggler ist noch lange kein Straßenräuber. Sogar bei Nacht könnte man ganz sicher reisen, wenn man sich nur hütet, ihnen partout in den Weg kommen zu wollen. Nur für den Fall wäre eine Gefahr vorhanden, wenn man zwischen sie und die Süderländer geriethe.«

»Wie so? Die Süderländer, wen meinen Sie?«

»Die Schmuggler von drüben. Beide treiben ganz dasselbe Geschäft, aber es herrscht Feindschaft zwischen hüben und drüben, weshalb, das kann ich allerdings nicht sagen, und wenn sie einmal an einander gerathen, dann geht es stets auf Tod und Leben. Erst kürzlich haben sie sich ein Treffen geliefert, bei welchem die von drüben mehrere Todte lassen mußten.«

»Schauderhaft!« meinte der Direktor, sich den Schmeerbauch mit einer Miene betastend, als wolle er untersuchen, ob auch der mit zu diesen Todten gehöre. »Hier muß doch die Behörde einschreiten!«

»Die Behörde? Ja, eine Behörde gibt es, und Grenzer und

Soldaten gibt es auch, aber man hat noch niemals gehört, daß auch nur Einer von ihnen einmal einem Pascher begegnet wäre. Es ist verwunderlich.«

»Die Leute müssen ja förmlich organisirt sein und einen sehr listigen Anführer besitzen.«

»Das sagt man, aber es kennt ihn Niemand, und es geht alles so glatt und geheim, daß man von keinem einzigen Menschen mit Sicherheit sagen könnte, daß er zu den Paschern gehört. Aber wollen die Herren wirklich fort?«

Die beiden Männer hatten sich erhoben.

»Ja; wir haben Eile und bitten um Ihre Rechnung.«

Diese wurde aufgestellt und bezahlt; dann stiegen sie ein und der Wagen rollte durch das Städtchen weiter, hinaus in den Wald.

Eine Zeit lang saßen die Flüchtlinge einander schweigsam gegenüber, bis der Oberarzt die Stille unterbrach.

»Kennen Sie den Geheimerath, an welchen wir gewiesen sind?«

»Persönlich nicht; ich war ja überhaupt noch nie in Süderland. Aber sein Ruf ist wohl auch Ihnen nicht ganz fremd. Er ist einer von den wenigen Beamten der dortigen Regierung, welchen man einen Einfluß auf den König zutrauen darf; wir sind ihm jedenfalls gut empfohlen, und wenn es uns gelingt, einen günstigen Eindruck auf ihn zu machen, so zweifle ich nicht, daß der uns aufgezwungene Ortswechsel von keinen unangenehmen Folgen für uns ist.«

»Wenn! Ja, könnte man in die Zukunft blicken!« meinte der etwas düsterer angelegte Oberarzt.

»Folgen Sie meinem Beispiele und seien Sie guter Dinge! Der Herzog von Raumburg darf uns unmöglich fallen lassen; denken Sie an die beträchtliche Summe, welche er uns überwiesen hat, und an die wichtigen Depeschen, welche uns durch Penentrier anvertraut worden sind. Die Zukunft läßt mich nichts befürchten; anders aber ist es mit der Gegenwart. Wir haben eine noch ziemliche Strecke zurückzulegen, ehe wir die Grenze erreichen, und es sollte mich wundern, wenn wir nicht bereits verfolgt würden. Dazu kommt die Geschichte mit den Schmugglern, die einander gegenseitig massakriren. Ich wollte, wir wären hinüber!«

Dieser letztere Gedankengang warf ihn in die vorige Schweigsamkeit zurück; er lehnte sich in die Polster des Wagens und schloß die Augen. Der Oberarzt folgte seinem Beispiele; die Landschaft draußen bot ja bei der gegenwärtigen Witterung nichts Anziehendes, und so wühlten sich die Räder immer weiter fort; Viertelstunde um Viertelstunde verging, bis plötzlich ein lauter Ruf des Kutschers die Fahrgäste aus ihrem Halbschlummer aufschreckte.

Dem Rufe folgte ein eigenthümliches Schwanken des Wagens, welcher jetzt einen scharfen Ruck bekam und sich auf die Seite neigte.

»Um Gotteswillen, wir stürzen!« rief der Direktor. »Beyer, halt, halten Sie an!«

Der Wagen kam nicht vollständig zum Umfallen; er stand inmitten eines tiefen Hohlweges und lehnte sich mit der einen Seite fest an die Böschung desselben. Die Pferde hielten vorn unbeweglich und geduldig wie die Lämmer, und nur der Kutscher stieß einige zornige Flüche hervor und stieg ab, um nach der Ursache des Unfalles zu sehen.

Der Direktor öffnete ängstlich das Fenster, um sich über seine Lage zu unterrichten, fuhr aber sofort mit einem Schreckenslaute zurück.

»Gott stehe uns bei! Doktor, sehen Sie die drei Kerls, welche dort herabspringen?«

Der Wirth mit den beiden Zigeunern war es. Sie hatten schwarze Masken vor die Gesichter gebunden, lange Messer in den Fäusten und kamen in den Hohlweg herabgestiegen. Der Erstere öffnete den Wagenschlag.

»Wohin die Reise, meine Herren?«

»Nach der Grenze,« antwortete der Direktor zähneklappernd.

»Schnell oder langsam?«

»Schnell, so schnell wie möglich, mein Lieber.«

»Gut, dann muß ich Ihnen sagen, daß dieser Weg nicht der kürzeste ist, und zudem scheint Ihnen Ihr Kutscher abhanden gekommen zu sein. Wollen Sie sich uns anvertrauen, so werden wir Sie sicherer und schneller führen, als er Sie gefahren hat.«

»Sie meinen – Sie wollen – – ja, meine Herren, verstehe ich Sie recht?«

»Jedenfalls. Wir sind hier, uns Ihrer anzunehmen. Steigen Sie aus!«

»Aber bitte, wollen Sie uns nicht lieber den Wagen aufrichten und dann den Kutscher rufen? Ich werde Sie für diese kleine Mühe gern bezahlen.«

»Was könnten wir für eine so kleine Mühe fordern! Erlauben Sie uns doch eine etwas größere Mühe. Steigen Sie aus!«

»Aber, mein Bester, ich – – –«

»Heraus!«

»Sollte es wirklich Ihr Ernst – – –«

»Herrrraus, oder – – –!«

Dieser Ton, verbunden mit einer sehr deutlich zu erklärenden Bewegung des Messers brachte eine sehr schnelle Wirkung hervor. Der Direktor war trotz seiner Korpulenz in einem Nu aus dem Wagen; der Oberarzt folgte ihm ebenso eilig. Von dem Fuhrmann Beyer war nicht die geringste Spur zu bemerken.

»Kommen Sie!« gebot der Wirth und wandte sich dem Walde zu.

»Aber bitte, entschuldigen Sie, meine Herren, unser Gepäck –!«

»Geht Ihnen sicher nicht verloren, dafür lassen Sie mich sorgen. Folgen Sie nur diesen beiden Männern, die es so gut mit Ihnen meinen, daß sie nicht gern von ihren Messern Gebrauch machen möchten. Vorwärts, marsch!«

Die beiden Aerzte sahen sich gezwungen, dem fürchterlichen Menschen zu gehorchen. Sie wurden von den Zigeunern in den Wald geführt, wo man ihnen die Augen verband und sie dann an der Hand weiter geleitete. Dies dauerte sehr lang; die Zeit wurde ihnen fast zur Ewigkeit; aber endlich erreichte man doch das Ziel; eine Thür kreischte in den Angeln – noch einige Schritte weiter, dann wurden ihnen die

Binden wieder von den Augen genommen. Sie befanden sich in einem vollständig dunkeln Raume.

»Hier herein!« klang die Stimme des einen Zigeuners.

Die Gefangenen wurden in einen engen, niedrigen Raum gestoßen; ein helles Gelächter ertönte hinter ihnen, dann waren sie mit sich allein. – –

Es war nur einige Tage früher, daß Prinz Arthur von Sternburg im Garten von Schloß Sternburg sein Renkontre mit dem wilden Prinzen gehabt hatte.

Die Kastellanin Horn stand in der Küche und bügelte Gardinen und allerlei andere Hauswäsche, welche jetzt ja sehr nöthig gebraucht wird, als die Thür aufgerissen wurde und Almah ganz athemlos hereintrat.

»Hülfe, meine liebe Mama Horn, Hülfe!«

»Hülfe?! Herrjesses, mein Kind, was ist denn los?«

»Hülfe! Um Gottes willen, helfen Sie, retten Sie ihn!«

»Ihn? Wen denn?«

»Ihn!« antwortete das erschrockene Mädchen, indem sie auf einen Stuhl sank und die Augen schloß.

»Herr meines Lebens, jetzt stirbt sie mir!« schrie die Kastellanin und eilte hin und her, um irgend ein Mittel zu finden, die Ohnmächtige wieder in das Leben zurückzurufen. Vor Angst und Bestürzung jedoch fand sie nichts, und so nahm sie den Kopf des Mädchens an ihr Herz, streichelte die erbleichten Wangen und bat:

»Nicht sterben, mein liebes, mein gutes, mein süßes Kind, nur nicht sterben! Herrjesses, wo nur mein Alter steckt; nun bin ich ganz allein in dieser schrecklichen Noth! Sie stirbt mir wahrhaftig noch, und hat mir nicht einmal vorher gesagt, wen ich retten soll. Aber da, Gott sei Lob und Dank, da holt sie ja wieder Athem, da macht sie die Augen auf. Kind, fassen Sie sich und sagen Sie mir schnell, wen ich retten soll!«

»Ihn!« hauchte es leise.

»Ihn? Ja, wen denn und wo denn?«

»Im Garten. Sie werden sich tödten!«

»Tödten? Herrjesses, ist das schrecklich!« Sie schlug die Hände über dem Kopfe zusammen. »Was soll daraus werden, und wie soll das enden, wenn sie sich tödten! Aber, mein Kind, wer ist es denn?«

»Prinz Hugo.«

»Der? Und wer noch?«

»Er – er – – der Matrose, der neue Diener.«

»Der gute, gnädige Herr Ar– – – der – der Bill Willmers, wollen Sie sagen, mein Kind?«

»Ja. Der Prinz zog den Degen.«

»Den Degen? Herrjesses, ist das gefährlich, ist das eine Angst und eine Noth! Wo ist nur mein Alter? Bleiben Sie hier, mein Kind, ich muß gleich sofort in den Garten, um ein solches Elend und Herzeleid zu verhüten!«

Jetzt eilte sie hinaus. Sie war schon ein Stück in den Garten hinein, als sie stehen blieb, sich besann und dann schnell wieder umkehrte.

»Sagen Sie mir doch, mein Kind, wo sie sich umbringen; ich muß sonst zu lange suchen!«

»In der Ecke, ganz hinten.«

»Auch das noch. Da sind sie todt, ehe ich hinkomme!«

Sie sprang wieder hinaus, so schnell sie es vermochte, und wäre draußen beinahe an Arthur gerannt, welcher soeben aus dem Garten zurückkehrte.

»Gnädiger H– – – Sie leben noch, Sie haben sich nicht umgebracht? Herrjesses, was bin ich glücklich! Das muß ich gleich dem lieben, guten Fräulein erzählen!«

Sie kehrte zur Küche zurück, um diesen Vorsatz auszuführen. Der ganze Vorgang hatte nicht unbemerkt bleiben können. Horn kam die Treppe herabgestiegen, und auch der Pascha zeigte sich von oben.

»Was gibt es, Bill?« frug er.

»Einen Menschen, der im Garten liegt, Excellenz.«

»Todt?«

»Nein. – Und einen Brief.«

Er stieg die Stufen zu ihm empor.

»Von wem?«

»Von einem Fremden.«

Er gab das Schreiben der Zigeunerin ab. Nurwan Pascha

warf einen Blick auf das Papier und erbrach dasselbe dann mit einer Hast, welche deutlich die Bedeutung zeigte, die es für ihn haben mußte.

»Wo ist der Bote?«

»Fort.«

»Du hast sonst keinen Auftrag von ihm bekommen?«

»Keinen.«

»So geh!«

Schon stand Arthur im Begriffe, dieser Weisung Folge zu leisten, als unten vom Garten her eilige Schritte ertönten. Es war der wilde Prinz, welcher wieder zum Bewußtsein gekommen war. Mit blutigem Gesichte stürmte er herbei, um seinen Gegner zu suchen. Er sah ihn droben beim Pascha stehen, stieß einen heiseren Ruf der Rache aus und sprang empor. Schon wollte er Arthur von hinten packen, als dieser sich schnell umdrehte, ihn bei den Hüften faßte, emporhob und mit solcher Wucht die Treppe hinunterwarf, daß er unten wie ein Holzklotz aufschlug und zum zweiten Male liegen blieb. Das geschah so schnell, daß der Pascha nicht die mindeste Zeit gehabt hatte, es zu verhindern.

»Mensch!« rief er jetzt erschrocken. »Dieser Mann ist ein königlicher Prinz. Was hast Du mit ihm?«

»Nichts, Excellenz.«

»Nichts? Und wirfst ihn die Treppe hinab!«

»Ich nichts mit ihm, er aber wohl mit mir.«

Unten ertönten zwei Schreckensrufe. Die Kastellanin war mit Almah aus der Küche getreten und hatte den Prinzen liegen sehen.

»Herrjesses, welch ein Malheur!« rief sie erschrocken. »Einer ist also doch noch umgebracht worden. Und wie ist er im Gesichte zugerichtet!«

»Er hat es verdient,« klang da des Mädchens Stimme.

»Verdient?« frug ihr Vater, welcher jetzt herabgekommen war. »Wie meinst Du das?«

»Er verfolgte mich im Garten, Papa, und hielt mich bereits arg gefaßt, so daß ich mich gar nicht wehren konnte. Da kam Bill und errettete mich.«

»Ah, ists so!«

Er stieß mit dem Fuße gegen den Bewußtlosen und machte dabei die Pantomime der größten Verachtung.

»Herr Kastellan!«

»Excellenz!«

»Ich will diesen Menschen nicht wiedersehen. Nehmen Sie sich seiner an, daß er nicht so liegen bleibt, und säubern Sie ihn. Will er mich aber sprechen, so sagen Sie ihm, daß ich meinem Versprechen sofort nachkommen würde, auf ein Wiedersehen jetzt aber Verzicht leisten müsse.«

Dann wandte er sich zu Arthur.

»Bill, wußtest Du, daß es ein Prinz ist?«

»Ja.«

»Und hast Dich dennoch an ihn gewagt?«

»Pah!«

»Du bist ein guter tüchtiger Junge, und ich werde Dir dankbar sein. Ich muß sofort verreisen. Willst Du mich begleiten, oder mußt Du hierbleiben?«

»Dauert diese Reise lang, Excellenz?«

»Keine Woche.«

»Verreisen, Papa?« fiel hier Almah ein. »Darf ich mit?«

»Es würde für Dich beschwerlich sein, mein Kind. Es geht in das Gebirge.«

»Dann muß ich doch erst recht mit, Papa; ich habe ja noch gar kein Gebirge gesehen!«

»Nun meinetwegen, nämlich wenn Bill mitgeht, dem ich Dich übergeben müßte. Nun, Bill?«

»Ich gehe mit, Excellenz!«

Das Blut stieg ihm zu Herzen bei dem Gedanken, daß ihm das herrliche Wesen für eine Reise anvertraut werde, und bei dem dankbaren Blicke, welcher ihn aus ihrem Auge traf. Der Pascha stieg, ohne sich um Prinz Hugo weiter zu bekümmern, mit seiner Tochter wieder empor, und Arthur sah sich jetzt mit dem Kastellan und dessen Frau allein.

»Durchlaucht, ich bin ganz erschrocken,« meinte Horn; Arthur aber fiel ihm sofort in die Rede:

»Willmers heiße ich, Willmers, merken Sie sich das! Diesen

Menschen tragen Sie hinaus vor das Thor, und wenn er wieder hereinkommt, sind Sie Ihres Dienstes entlassen.«

»Durchl– – –!«

»Willmers heiße ich!«

»Vor das Thor – ein königlicher Prinz – – –!«

»Ein Lump ist er, nichts weiter! Uebrigens haben Sie gehört, daß ich mit verreisen werde; versorgen Sie mich mit dem Nöthigen. Ich weiß noch nicht, wohin es geht, werde aber dafür sorgen, daß wir in Berührung bleiben, damit wenn ich plötzlich einberufen würde, Sie mich sofort benachrichtigen können.«

Jetzt ertönte die Stimme Almahs, welche nach der Kastellanin rief. Diese gehorchte und fand das Mädchen in der Wohnung desselben.

»Wir werden uns Abschied sagen müssen, meine gute Mama Horn,« wurde sie empfangen.

»Doch nicht für immer!«

»Nein, nur für einige Tage. Wissen Sie, Papa hat mit dem wilden Prinzen eine sehr wichtige Unterredung gehabt, und die Folge dieser Unterredung muß wohl diese Reise sein.«

»Wo gehen Sie hin?«

»Zunächst nach Süderhafen und dann hinauf in die Berge. Wissen Sie, Mama, daß ich mich unendlich freue?«

»Ich glaube es Ihnen, mein liebes Kind.«

»Wo ist der Prinz?«

»Er wird vor das Thor geschafft. Ach, was war das für ein Schreck, als Sie kamen und um Hülfe riefen; ich hätte vor lauter Angst gleich in den Erdboden hineinsinken können. Wie ist es nur so schlimm gekommen?«

Almah theilte ihr das Nähere mit und fügte dann hinzu:

»Es ist gerade so gewesen, als sei Bill ein Prinz und der Prinz ein Matrose. Ich sage Ihnen, Mama, dieser Willmers ist ein Held, dem ich mich auf unserer Reise sehr gern anvertrauen werde.«

»Nicht wahr? Ja, ja, vertrauen Sie sich ihm nur an, mein liebes Kind; bei ihm sind Sie sicher vor aller Fährlichkeit. Der Prinz hatte nichts Anderes verdient, obgleich ich erschreckliche Angst habe, was auf die Sache folgen wird; denn einen königlichen Prinzen mit der Ruthe entehren, das kann selbst dem hochgestelltesten Manne höchst gefährlich werden.«

»Ihm können sie nichts thun, denn er steht unter Papa's Schutz. Schlimmer wäre es, wenn er ihn getödtet hätte.«

»Herrjesses, das wäre doch ganz und gar entsetzlich gewesen! Ich kann von solchen Dingen ein Wort erzählen.«

»Sie, Mama Horn?«

»Ja ich! Denken Sie sich einmal« – und dabei näherte sie sich ihr mit wichtiger und geheimnißvoller Miene – »ich bin einst dabei gewesen, daß Jemand getödtet wurde!«

»Durch den Scharfrichter?«

»Nein, durch einen richtigen ächten Mörder.«

»Nicht möglich! Das wäre dann ja bei einem Morde gewesen!«

»Das war es auch!«

»Wirklich? O, Mama Horn, dann haben Sie ein fürchterliches Abenteuer erlebt, welches Sie mir erzählen müssen.«

»Liebes Kind, das darf ich nicht!«

»Warum?«

»Mein Mann hat es mir verboten.«

»Der? So haben Sie es ihm erzählt?«

»Er war ja selbst auch mit dabei!«

»Er auch? Das wird ja immer interessanter! Dürfen Sie es wirklich nicht erzählen?«

»Nein.«

»Keinem Menschen?«

»Keinem!«

»Hat er Ihnen denn auch befohlen, es mir zu verschweigen?«

»Nein.«

»Na, sehen Sie, Mama Horn; jetzt können Sie mir diese schöne Geschichte also doch erzählen! Nicht wahr? Bitte!«

»Ich darf wirklich nicht, mein Kind. Nur das kann ich Ihnen sagen, daß es schon lange her ist.«

»Wie lange wohl?«

»Ich war damals noch ledig, und mein Mann hatte mir eben

gesagt, daß wir bald heirathen wollten. Wir saßen in der Laube – – –«

»In der Laube? Mit einander?«

»Natürlich! Es war am Abende, und Alles schlief, so dachten wir nämlich; aber dennoch war der Herzog noch im Garten.«

»Der Herzog? Welcher Herzog?«

»Der Herzog von Raumburg.«

»Den kenne ich nicht.«

»Ich stand nämlich als Küchenmädchen in seinem Dienste, und mein Mann war Reitknecht. Es durfte Niemand wissen, daß wir uns lieb hatten, und darum kamen wir manchmal des Abends zusammen, wo uns Niemand sehen konnte. Da saßen wir in der Laube und hatten uns gar viel zu sagen und zu erzählen, bis ein fremdes Weib über die Mauer stieg.«

»Wer war sie?«

»Eine Zigeunerin.«

»Sagte ich es nicht, daß diese Geschichte sehr schön sein werde! Was wollte dieses Weib?«

»Das wußten wir erst auch nicht; bald aber stand der Herzog bei ihr, der auf sie gewartet hatte, und dann erwürgte er sie.«

»Ein Herzog eine Zigeunerin? Wissen Sie das genau?«

»Natürlich; wir standen ja ganz nahe dabei.«

»Warum aber erwürgte er sie?«

»Weil sie ihre Tochter wieder haben wollte und auch ihren Sohn, den er gefangen hielt.«

»Das muß ja ein ganz und gar schlimmer Mensch gewesen sein, dieser Herzog! Wollte er denn den Sohn und die Tochter nicht herausgeben?«

»Nein. Er erwürgte die Frau, und wir durften ihn nicht anzeigen, weil er unser Herr war und kein Mensch uns geglaubt hätte, was wir sagten. Aber wir sind dann schnell aus seinem Dienste und zu unserem jetzigen Herrn gegangen und haben das bis auf den heutigen Tag noch niemals bereut.«

»So weiß also außer Euch kein anderer Mensch, daß dieser garstige Herzog die Zigeunerin erwürgt hat?«

»Kein Mensch.«

»Wie hieß sie?«

»Das weiß ich nicht; aber ihre Tochter hieß Zarba, und ihr Sohn floh noch in derselben Nacht aus seiner Gefangenschaft; er hieß – hieß – – da komme ich doch nicht auf den Namen!«

»Katombo!« ertönte es von dem Eingange her.

Die beiden Frauen drehten sich um und erblickten den Pascha, welcher Zutritt hatte nehmen wollen und ein unbemerkter Zuhörer der Erzählung gewesen war. Warum hatte diese Letztere einen solchen Eindruck auf ihn gemacht? Er sah bleich aus, und seine Augen glühten wie im Fieber.

»Katombo, ja, so hieß er,« antwortete die Kastellanin überrascht.

»Du weißt diesen Namen, Papa? Wie kannst Du ihn erfahren haben?«

»Ich hörte einst von dieser Sache sprechen,« antwortete er kurz, und zu der Kastellanin gewandt fügte er hinzu: »Sie werden mir das noch ausführlicher erzählen müssen, ehe ich heute abreise.«

»Schon heut, Excellenz?«

»In zwei Stunden schon. Bitte, schicken Sie Willmers hinunter zu meiner Yacht; sie soll sofort segelfertig gemacht werden!«

Die Kastellanin entfernte sich.

»Papa, wird es Dir nicht Schaden bringen, daß dieser Prinz hier so gezüchtigt worden ist?«

»Schaden? Pah! Der König muß es mir Dank wissen, wenn ich mich durch die Frechheit seines Buben nicht bestimmen lasse, den Vertrag rückgängig zu machen, den ich heut mit diesem abgeschlossen habe!«

»Einen Vertrag? Ist es ein wichtiger, Papa?«

»Ja.«

»Darf ich ihn wissen?«

»Du wirst ihn seiner Zeit erfahren. Jetzt brauche ich Dir nur zu sagen, daß ich jetzt die Aufgabe habe, die Küsten- und Grenzfortifikationen Norlands zu untersuchen, daher unsere Reise.«

Sie blickte ihm ängstlich in das Angesicht.

»Das deutet auf einen Krieg, Papa. Sollst Du etwa wieder das Kommando einer Kriegsflotte übernehmen?«

»Möglich, doch das sind sehr geheimnißvolle Pläne, von denen ich kaum zu Dir sprechen darf, obgleich ich weiß, daß ich meinem guten Kinde vollständig vertrauen kann.«

»Sage mir es, Papa! Wenn ich nichts weiß, kann ich sehr leicht einen großen Fehler begehen, der Dich in Schaden bringt.«

»Du hast Recht. Es wird bald zwischen Norland und Süderland ein sehr ernster Krieg ausbrechen, und da Süderland keinen hervorragenden Seemann besitzt, so ist mir der Oberbefehl über die Kriegsflotte angetragen worden.«

»Hast Du angenommen?«

»Nur für gewisse Bedingungen. Der König von Norland ist ein guter Herrscher, aber er hat sein Scepter aus der Hand gegeben, denn der eigentliche Regent ist jener böse Herzog von Raumburg, von dem die Kastellanin vorhin erzählte. Dieser will nun nicht nur die Macht, sondern auch sämmtliche Attribute eines Königs haben und hat deshalb mit Süderland einen geheimen Plan verabredet. In Norland soll die Revolution ausbrechen; Süderland wird eingreifen, den jetzigen König absetzen und den Herzog krönen.«

»Das ist aber ja eine Ungerechtigkeit, Papa! Was wird Süderland davon haben?«

»Vortheilhafte Verträge, und überdies wird die Prinzessin Asta Königin von Norland werden, denn sie soll den Sohn des Herzogs heirathen.«

»Und dazu sollst Du helfen! Auch Du willst den bösen Herzog zum Könige machen?«

Über das wettergebräunte Gesicht des türkischen Kapudan-Pascha ging ein eigenthümliches Zucken.

»Ob ich es thue oder nicht, Almah, Du wirst stets wissen, daß Dein Vater nur das Gute will und alles Böse haßt. Ich mache Dir diese Mittheilungen und schließe dabei manche meiner Absichten aus, weil ich vielleicht gezwungen sein werde, Dich hier bei Hofe vorzustellen. Du darfst nur Dinge wissen, durch deren Kenntniß Du mir dienen kannst, während ich gewisse Punkte unaufgeklärt lassen muß, weil mir Deine Einweihung Schaden bringen kann. Trete ich das Kommando wirklich an, so werde ich leider gezwungen sein, gegen unsre gegenwärtigen Wirthe zu kämpfen.«

»Wie so?«

»Der alte Sternburg ist ohne Zweifel der befähigtste General der norländischen Armee, und er wird sich an dem Kampfe betheiligen, wenn auch auf Einfluß des Herzogs, der ihn nicht liebt, ihm keine hervorragende Heerführerstelle anvertraut wird. Sein Sohn, Prinz Arthur, ist trotz seiner Jugend und obgleich er erst den Rang eines Kapitän begleitet, der einzige Seemann Norlands, den ich als ebenbürtig anerkennen würde. Auf alle Fälle aber werden wir uns nicht als persönliche Gegner zu betrachten haben. Jetzt beeile Dich, mein Kind, damit Du zur angesetzten Zeit fertig bist. Wir kehren wieder nach hier zurück.«

Er ging hinab in die Wohnung des Kastellans, um dessen Frau heraufzuschicken. Er fand sie sehr verlegen und ihren Mann zornig.

»Excellenz,« meinte der Letztere, »meine Frau hat Ihnen ein Ereigniß mitgetheilt, welches bisher unser alleiniges Geheimniß war –«

»Sorgen Sie nicht! In Beziehung auf Sie wird es Geheimniß bleiben wie bisher. Ich gebe Ihnen hiermit mein Ehrenwort, daß Sie seinetwegen nicht in die geringste Verwickelung oder Ungelegenheit gerathen werden, nur mache ich hierbei allerdings die Bedingung, daß Sie mir Alles einmal genau und ausführlich erzählen, während Ihre Frau meiner Tochter bei der Reisevorbereitung behiflich ist.«

Dies geschah. Horn erinnerte sich jenes verhängnißvollen Abends noch ganz genau und konnte sich auf jedes Wort besinnen, das er damals mit seinem Mädchen belauscht hatte.

Unterdessen kehrte Arthur von der Yacht zurück und machte sich reisefertig. Er hatte von dem Prinzen Hugo weder oben auf der Höhe noch unten in der Stadt eine Spur bemerkt. Zur festgesetzten Zeit hatte das kleine, flotte Schiff seine sämmtlichen Passagiere an Bord. Es lichtete die Anker, entfaltete seine Segel und strebte in einem graziösen Bogen aus dem Hafen hinaus der See entgegen. Bald war der weiße Punkt, welchen seine Leinwand am blauen Horizonte bildete, verschwunden.

Die Straße, welche von Süderhafen in das Gebirge führte, dieselbe, welche Balduin Schubert, Karavey und dann auch Thomas Schubert benutzt hatte, um zu dem Waldhüter Tirban zu gelangen, schien heut belebter als gewöhnlich zu sein. Von irgend einem den Weg beherrschenden Punkte hätte man nach und nach verschiedene Gestalten oder Gruppen bemerken können, in ihrem Aeußeren so verschieden, daß die Ahnung ferne lag, sie könnten vielleicht bald in eine engere Beziehung zu einander treten.

Zunächst lag auf der Blöße vor Tirbans Hütte der Steuermann mit dem Bootsmann im Grase. Beide schienen nur mit ihren Gedanken beschäftigt und mit dem Primchen, welches sie von Zeit zu Zeit von einer Backe in die andere schoben. Da raschelte es in den Büschen, und eine lange, breite Gestalt erschien, über und über von Ruß geschwärzt und einen mächtigen Schürbaum auf der Schulter. Es war der Schmiedegeselle Thomas, welcher seine gegenwärtige Muße benutzt hatte, einem Köhler werkthätige Gesellschaft zu leisten.

»Was ist mir denn das für eine Sache,« meinte er. »Da liegt Ihr am Poden, haltet Maulaffen feil und guckt den Himmel an. Giept es denn keine Arpeit hier für zwei Faullenzer von Eurer Sorte? Ich würde gar nicht räsonniren, wenn nur wenigstens Einer von Euch eine Cigarre üprig hätte, es prauchte gar keine Ampalema zu sein!«

Der Steuermann langte phlegmatisch in die Tasche und brachte einen riesigen Knollen Kautabak zum Vorschein.

»Hier, alte Feueresse!«

»Danke, Palduin! Peiße Dir die Zähne selper aus an diesem Zeuge. Ich werde jetzt einmal nach dem Kruge gehen. Wer geht mit?«

Im Nu stand der Steuermann auf den Beinen.

»Ich, mein Junge; das versteht sich ja ganz von selber.

Komm, Thomas, lege Dich Backbord an mich, und Du Steuerbord, Bootsmann. So, nun *fare well,* Tirban, Du siehst uns nicht eher wieder, als bis es keinen Schluck mehr im Kruge gibt!«

»Und keine Ampalema oder Kapalleros. Lauf, Palduin, denn Dein Packpord hat es eilig!«

Sie schritten nach dem bekannten Kruge, in welchem der Steuer- und Bootsmann den Loosungszettel gefunden hatten. An der hinteren Seite desselben befand sich ein kleines Gärtchen, in welchem ein sehr primitiv gebauter Tisch nebst ebensolchen Bänken stand. An ihm saßen drei Personen, welche man vom Walde aus sehr genau sehen und beobachten konnte. Der Obergeselle hielt die beiden Andern an und deutete nach der Gruppe.

»Donnerwetter, wer muß das sein; das ist gewiß ein ganz vornehmes Volk! Seht Euch nur einmal das Weipspild an; das ist ja die reine Genovefa, so schön und so fein, so glatt polirt, als käme sie gerade erst aus dem Schraupstock heraus. Hol' mich der Teufel, die ist sogar noch hüpscher als meine alte gute Parpara Seidenmüller!«

Auch der Steuermann schaute aufmerksam hin.

»Karavey, sieh Dir einmal den jungen Mann an, der sich da seitwärts von der Dame niedergestaut hat!«

»Warum?«

»Du hast von dem berühmten Lieutenant und jetzigen Kapitän von Sternburg gehört?«

»Natürlich!«

»Nun, dieser Sternburg sieht dem Manne dort so ähnlich wie ein Tropfen dem andern, und – heiliges Mars- und Braamenwetter, wer ist denn das?!«

»Wer?«

»Nun, der Andere, der Alte!«

»Kennst Du ihn?«

»Bist Du während Deiner Seefahrten einmal dem Tiger begegnet?«

»Dem Tiger? Meinst Du das Piratenschiff?«

»Natürlich!«

»Nein.«

»Nun, ich sage Dir, daß ich zweimal hart an ihm vorübergekommen bin, ohne daß er Miene machte, die Flagge zu hissen und uns Antwort zu geben. Ich steuerte damals die Fregatte »Poseidon,« das beste Schiff und den schnellsten Segler unserer Marine. Wir gaben den Signalschuß; wir riefen ihn an, er aber ging an uns vorüber ohne die geringste Antwort. Keine Flagge wehte, kein Wimpel war zu sehen; kein Mann befand sich an Deck, sogar der Mann am Steuer war verschwunden. Aber vorn auf dem Klüverbaum stand, ohne sich anzuhalten, frank und frei Einer, der bis an die Zähne bewaffnet war, hoch, lang und breit von Gestalt und schwarz von Gesicht wie ein Neger. Und zwei Tage später ging dasselbe Schiff wieder an uns vorbei, kaum drei Kabellängen von unserm Back entfernt; die Kanonenluken waren geöffnet, an der großen Raa hing Einer, der am Strick gestorben war, und vorn auf dem Klüver stand wieder ganz derselbe Mann, hoch, lang und breit von Gestalt, bis an die Zähne bewaffnet, dieses Mal aber von weißer Gesichtsfarbe. Ich habe ihn mir ganz genau angesehen, und möchte ein Panzerschiff gegen ein Teichboot verwetten, daß er und dort dieser Mann wenigstens Zwillingsbrüder sind.«

»Laß Dich doch nicht auslachen, Steuermann! Der schwarze Pirat und der Kapitän von Sternburg neben einander mitten hier im Waldgebirge. Eher kommt die Ebbe mit der Fluth zusammen.«

»Was ist denn das eigentlich für ein Insekt oder ein Amphipium, der schwarze Pirat?« frug Thomas, der einstige Kavallerist.

»Ein Seeräuber, wie es keinen zweiten gegeben hat.«

»Ein Seeräuber? Keinen Zweiten gegepen? Seid Ihr gescheidt? Und das soll der dort sein? Palduin, wenn ich jetzt hingehe und es ihm sage, pringt er Dich an den Galgen! Und der Andere soll ein Seekapitän sein? Donnerwetter, seid Ihr denn alle Peide plind, daß Ihr nicht seht, daß er plos der Pediente ist von den zwei Andern!«

Sie waren jetzt an das Haus gekommen und bemerkten nun

eine Equipage, welche vor demselben hielt; jedenfalls gehörte sie den drei Personen, welche im Garten saßen. Sie traten in die Stube und wurden von dem Wirthe mit möglichster Freundlichkeit empfangen. Trotz ihres erst so kurzen Aufenthaltes hatte er sie doch bereits als Zecher kennen gelernt, denen sowohl die Qualität als auch die Quantität seiner Getränke vollständig gleichgiltig zu sein schien. Sie tranken von Allem, was er hatte, ungeheuer viel und bezahlten ebenso reichlich.

»Noch keine Ampalema?« war die erste Frage des Schmiedes.

»Noch nicht.«

»Schaffe Dir Ampalema an, Kerl, sonst pringe ich Dich um die Konzession und um das Lepen. Giep her, was Du hast!«

Sie hatten noch nicht lange gesessen, so vernahmen sie draußen das nahende Rollen eines Wagens. Der Steuermann blickte durch das Fenster.

»Heiliger Mars, sitzt in dieser Kabine ein wunderliches Brautpaar. Seht Euch doch einmal den hübschen Kerl an, neben der Hexe! Wenn Der sich in sie verliebt, so verschlinge ich den ersten Haifisch, dem ich hier im Gebirge begegne!«

Auch Karavey blickte hinaus.

»Allerdings ein verteufelt schmucker Patron; aber von wegen der Hexe darfst Du Dich nur immer ein wenig in Acht nehmen; Du siehst doch, daß es eine Zigeunerin ist, und was bin ich denn, he?«

Da fuhr der Schmiedegeselle zwischen sie.

»Hört, Ihr Kerls, haltet doch einmal alle Peide den Schnapel! Die da hier gefahren kommen, kennt Keiner so gut wie der Thomas Schupert. Das ist nämlich mein junger Herr, der Doktor Max Prandauer, na, welch eine Freude! – und das Weipsen ist die Zigeunerin Zarpa, auf die wir Alle warten.«

»Ists wahr?« frug Karavey.

»Natürlich! Oder denkst Du, daß ich Euch pelügen möchte?«

Der Wagen hielt. Max sprang herab und half dann Zarba

zur Erde. Sie traten mit einander in die Stube. Der Geselle fuhr auf Brandauer zu, als ob er ihn zerreißen wolle.

»Willkommen, junger Herr! Weiß Gott, tausend Thaler sind mir nicht so lieb wie dieses Wiedersehen! Lept der Herr Meister noch und auch die Frau Meisterin? Wie geht es dem Paldrian? Ists noch »am Den« und lügt der Heinrich immer noch wie gedruckt?«

Max mußte über diese Ansprache lächeln, die so sanguinisch war, als sei der brave Thomas zehn Jahre lang von der Schmiede entfernt gewesen. Indessen hatte Zarba dem Wirthe einige Worte im Zigeuneridiom hingeworfen, welche dieser bejahte, indem er nach der Gegend deutete, in welcher die Tannenschlucht lag. Sie nickte kurz und frug dann Thomas:

»Wer sind diese Beiden?«

»Dieser ist Palduin der Steuermann, mein durchgeprannter und lieper Pruder, den ich hier ganz unverhofft wiedergefunden hape, und Der dort, das ist –«

»Halt!« wehrte Karavey ab, indem er zu Zarba trat. »Siehe mich an, ob Du meinen Namen selber findest!«

Sie forschte in seinen Zügen und schüttelte langsam den Kopf.

»Ich kenne Dich nicht.«

»Und dennoch kennst Du mich! Du weißt meinen Namen und hast tausendmal an mich gedacht. Hast Du ihn nicht zu Deiner letzten Losung genommen?«

Sie horchte auf, trat ihm näher, blickte ihn schärfer an; dann entsank der Stock ihren Händen, und sie glitt langsam und schwach in den Sessel, welcher neben ihr stand. Die Stille des Todes herrschte in der Stube; nur ein leises, mit aller Macht nicht zu unterdrückendes Schluchzen war zu vernehmen – Zarba weinte.

Dann nahm sie die Hände von den Augen und streckte sie zitternd dem Bruder entgegen.

»Karavey!«

»Zarba!«

Sie lagen einander in den Armen, die sich seit länger als fast einem Menschenalter verloren und nicht wiedergesehen hatten. Das Leid hatte in ihren Herzen gewühlt wie der Pflug in der Erde, und wer trug die Schuld? Zarba, die einstige Rose der Brinjaaren, die jetzt verwelkt und entblättert dasaß, eine verfallene Ruine einstiger Herrlichkeit.

»Karavey, vergieb!«

»Dir ist schon längst vergeben!«

Dem guten Thomas stand das Wasser in den Augen; er konnte sich nicht halten und trat näher.

»Zarpa, ich pitte auch um Vergepung! Ich hape Dich für eine ganz schlimme Hexe gehalten und sehe jetzt, daß Du ein recht praves Frauenzimmer pist. Du sollst in meinem Herzen gleich nach der Parpara Seidenmüller kommen!«

Diese lyrisch-komische Auslassung war mehr als alles Andere im Stande, das erschütterte innere Gleichgewicht wieder herzustellen; nur die beiden Hauptpersonen der soeben stattgehabten Erkennungsscene blieben ernst.

»Bleibt hier!« bat Zarba. »Komm mit, Karavey!«

Sie traten mit einander hinaus in den Flur und wandten sich nach dem Gärtchen. Die Zingaritta hatte noch nicht bemerkt, daß dasselbe bereits besetzt war. Als sie die drei Personen erblickte, blieb sie überrascht stehen. Waren sie ihr bekannt? Es schien so. Fast hätte man aus dem Spiele ihrer Mienen vermuthen sollen, daß sie sie hier in den Bergen erwartet habe, nur die Art und Weise schien sie zu befremden. In diesem einen Augenblicke war die innere Erschütterung zurückgedrängt; sie war wieder Zarba, die Vajdzina ihres Stammes.

Sie schritt auf die drei Personen zu und blieb vor Almah stehen.

»Bhowannie läßt blühen die Blumen und duften die Rosen. Darf ich sehen dieses kleine Händchen?«

Lächelnd reichte das Mädchen ihr die Rechte dar. Zarba forschte in den Linien derselben, und es ging hell über ihre faltigen Züge.

»Fürchte Dich nicht vor dem Wasser; es bringt Dir Glück und Seligkeit. Im fernen Süd hat er Dich im Wasser gefunden, im Norden wirst Du ihn wiederfinden, schwimmend auf den

Wogen im Donner des Kampfes; dann wirst Du sehen, wie nahe er Dir gewesen ist.«

Almah erglühte; auch Arthur war im höchsten Grade verwundert. Woher wußte die Zigeunerin von jener Begegnung im Nile? Sie wandte sich jetzt zu ihm:

»Auch Eure Hand, mein blanker Herr!«

Er gab sie ihr hin. Nach einer kurzen Betrachtung meinte sie:

»Der Geist der Weissagung blickt durch die Kleidung und das Gewand. Du wirst den Freund mit einer Krone schmükken und hohe Ehren erlangen. Fürsten und Könige sind in den Bergen, und in der kleinen Hütte ruhen die Beherrscher der Völker.«

Nun trat sie auch zu Nurwan Pascha. Er hatte seine türkische Kleidung abgelegt und trug sich ganz nach der hiesigen Sitte. Auch er streckte ihr seine Hand hin. Sie nahm dieselbe und betrachtete sie. Da plötzlich wurde ihr Gesicht leichenfahl, sie stieß einen gellenden Schrei aus und sank besinnungslos zur Erde. Der Name, die Gestalt, das Gesicht, Alles war ihr fremd geworden, aber diese Hand, die hatte sie wieder erkannt, die Hand, die sie einst so zärtlich liebkost und die sie dann so undankbar und leichtsinnig von sich gestoßen hatte.

»Was war das? Wer ist sie?« frugen die beiden Männer, und Almah bog sich liebreich zu ihr nieder, um ihr mit Hilfe eines Riechfläschchens beizustehen. Karavey kniete an der Erde und hielt die Hände der Schwester gefaßt.

»Zarba, wache auf! Was ist mit Dir?«

»Zarba!« rief Arthur, und

»Zarba!« rief auch der Pascha.

Der Letztere bog sich zu ihr herab:

»Zarba, erwache; Katombo ist da!«

»Wer?« rief Karavey aufspringend. »Katombo? Wo ist Katombo?«

»Hier; ich bin es selbst!«

»Ihr – Du bist es? O – o – welch ein Tag! Kennst Du mich?«

»Nein.«

»Karavey!«

»Karavey? Mann, Bruder, ists möglich!«

Jetzt lagen sich die beiden Männer in den Armen. Darüber erwachte die Zigeunerin. Sie richtete sich halb empor.

»Katombo, tödte mich!«

»Tödten? Nein, segnen werde ich Dich, Du Geliebte meiner Jugend und Du Abgott meines Schaffens!«

Er hob sie empor und setzte sie auf den Platz, den er erst inne gehabt hatte.

»Also Du, Zarba, bist die Königin unserer großen Verbindung? Du bist das allmächtige und allwissende Wesen, dem Groß und Klein gehorcht, ohne zu klagen und zu fragen! Du wiesest meine Liebe von Dir, aber ich war stark im Herzen und wurde dennoch glücklich. Siehe mein Kind, mein einziges, herrliches Kind; es mag Dir sagen, daß ich Liebe um Liebe wiedergefunden habe!«

Durch die laute Unterhaltung hier im Garten wurden die in der Stube Befindlichen aufmerksam. Max trat heraus; ihm folgten die Andern. Kaum hatte er die Hinterthür erreicht, so entfuhr ihm ein Laut der Verwunderung. Zwei Augen hatten auch ihn erblickt, Arthur kam herbei:

»Max, ich bitte Dich, ich bin ein Matrose und heiße Bill Willmers! Nur Zarba scheint meinen wahren Namen zu kennen.«

»Warum dieses Inkognito?«

»Werde es Dir später erklären. Ah! Was ist das für ein Gespenst?«

Tirban, der Waldhüter kam am Waldessaume herbeigeschlichen. Kaum hatte Zarba ihn erblickt, so rief sie ihn herbei. Er kam und begrüßte sie mit einer Unterwürfigkeit, als ob er eine Königin vor sich habe.

»Kam die Depesche nach Waldenberg?« frug sie ihn.

»Ja.«

»Habt Ihr sie?«

»Wir haben sie.«

»In der Tannenschlucht?«

»Du hast es so befohlen.«

»Wer bewacht sie?«

»Horgy und Tschemba.«

Sie wandte sich an den Schmiedegesellen und seinen Bruder:

»Thomas, wir werden uns für eine halbe Stunde entfernen und übergeben Euch diese Dame!«

»Schön!« antwortete der Angeredete. »Ich werde sie pewachen und pewahren, als ob sie meine peste Ampalema wäre!«

»Bleibe hier!« bat Nurwan Pascha seine Tochter.

Sie nickte zustimmend.

»Darf Bill nicht auch bleiben, Papa?«

Die Zigeunerin hatte die Frage vernommen.

»Er darf bleiben!« entschied sie.

Das Erlebte hatte so mächtig auf die Anwesenden eingewirkt, daß sich Alle wie halb im Traume befanden. Sie folgte Tirban, welcher voranschritt.

Der Weg ging zunächst nach seiner Hütte, dann an dieser vorüber in den dichten Wald hinein, bis sich vor ihnen eine tiefe, finstere Schlucht öffnete, deren Seiten mit riesigen Tannen besetzt waren. Das war die Tannenschlucht. Sie war beinahe eine Viertelstunde lang und schien seit Jahren von keinem menschlichen Fuße betreten worden zu sein. Ihr Hintergrund wurde von wirr über einander gethürmten Felsen gebildet. Tirban schob einen derselben mit Leichtigkeit bei Seite; das Kreischen verrosteter Angeln ertönte und es wurde eine Oeffnung sichtbar, welche groß genug war, zwei Männer neben einander hindurch zu lassen.

Drin war es dunkel, aber eine angebrannte Fackel verbreitete bald das gehörige Licht. Auf einer Streu hatten zwei Männer gelegen, welche bei dem Eintritte der Kommenden sich erhoben. Es waren die beiden Wächter Horgy und Tschemba, welche ihre Vajdzina mit größter Ehrerbietung grüßten.

»Alles in Ordnung?« frug diese.

»Alles!«

»So bringt die Gefangenen!«

Im hinteren Theile des Raumes wurde eine Thür geöffnet, hinter welcher der Direktor mit dem Oberarzte hervortrat. Beim Erblicken der Anwesenden erbleichten Beide; dem dikken Direktor schlotterten die Kniee; er wäre zusammengebrochen, wenn er sich nicht an die Wand gelehnt hätte.

Zarba trat auf ihn zu.

»Hund, welcher den zerreißt, auf welchen er gehetzt wird, Du hast nur noch eine Minute zu leben, wenn Du nicht offen beichtest. Tirban, nimm die Pistolen!«

Der Alte griff in eine Vertiefung und brachte die Waffen hervor.

Zarba fuhr fort:

»Hier der Herr Doktor Brandauer wird Euch fragen; bei der geringsten Unwahrheit drückst Du los, Tirban!«

Der Direktor stöhnte vor Entsetzen. Max, welcher sicher annahm, daß es Zarba mit ihrer Drohung blos darum zu thun war, die beiden Aerzte einzuschüchtern, begann:

»Ich wiederhole, daß ich bei der geringsten Lüge winken werde; mehr bedarf es nicht zu einer Kugel. Herr Direktor, Sie kennen einen Herrn Aloys Penentrier?«

»Ja.«

»Er besuchte Ihre Anstalt sehr oft?«

»Ja.«

»Im Auftrage des Herzogs von Raumburg?«

»So ist es.«

»Er hatte Ihnen die Befehle desselben zu bringen?«

»Denen ich natürlich gehorchen mußte,« versuchte er sich zu entschuldigen.

»Ich theile diese Ansicht natürlich nicht. Sie konstatiren hiermit gewisse Fälle, in denen geistig vollkommen Gesunde als wahnsinnig eingeliefert und behandelt wurden?«

»Ja,« klang es nach einigem Zögern.

»Ebenso gestehen Sie Fälle ein, in denen Sie angehalten waren, gefürchtete Internirte durch Tödtung zu entfernen?«

»Ja.«

»Ihr Oberarzt war ausnahmslos Ihr Mithelfer?«

»Ja.«

»Gestehen Sie das ein?« wandte sich Max an diesen.

Er warf dem Direktor einen fürchterlichen Blick zu, schielte nach der bereitgehaltenen Pistole und antwortete:

»Bei solchen Gewaltmitteln kann ich nicht anders als ja sagen.«

»Gut, so sind wir fertig. Wo sind die Effekten dieser Männer?«

»Hier,« antwortete Tirban, indem er zwei Koffer herbeischob.

»Untersuchen!«

Sie wurden geöffnet, enthielten aber nichts als Wäsche und Toilettengegenstände. Daher ließ Max die Kleidung der Gefangenen untersuchen. Jetzt kam das Reisegeld und außer demselben ein Portefeuille zum Vorschein, welches einige versiegelte Briefe ohne Adresse enthielt. Max erbrach sie, und kaum hatte er einen Blick auf den ersten geworfen, so griff er in die Tasche und zog sein Notizbuch hervor. Er hatte ganz dieselbe Geheimschrift erkannt, zu welcher er aus der Bibliothek des Herzogs von Raumburg sich den Schlüssel mitgenommen hatte. Er trat an das Tageslicht und begann zu dechiffriren.

Es dauerte lange, ehe er fertig war. Die Andern ahnten, daß er etwas sehr Wichtiges gefunden haben müsse, und vermieden alle Störung. Als er geendet hatte, steckte er die Briefe zu sich und überlegte einige Zeit.

»Ich werde über diesen Fund später berichten. Können die Gefangenen für diese Nacht noch hier bleiben?«

»Ja,« entschied Zarba.

»So schließt sie wieder ein! Jetzt vorerst wieder zurück zum Kruge, wo wir versuchen wollen, die Räthsel zu lösen, vor welche wir uns heute gestellt sehen.«

»Halt!« gebot Zarba. »Ehe wir diesen Ort verlassen, verlange ich von Euch Allen den Schwur, ihn niemals zu verrathen.«

»Ich schwöre es gern,« antwortete Max.

»Ich auch,« stimmten die Andern bei.

Der Rückweg wurde angetreten. Tirban blieb in seiner Hütte; die Uebrigen begaben sich nach dem Kruge. Als sie dort angekommen waren, näherte sich Thomas Schubert seinem jungen Herrn.

»Herr Doktor, darf ich einmal ein Pischen neugierig sein?«

»Nun?«

»Warum ist der Herr Hauptmann von Wallroth zurückgepliepen und nicht lieper auch mitgekommen?«

»Der König erlaubte es nicht. Er hatte ihn zum Major avancirt und gewünscht, ihn für jetzt im Schlosse zu behalten.«

»Donnerwetter, da pleipe ich ein anderes Mal auch zu Hause!«

Er trat befriedigt zu seinem Bruder. Dieser verwandte kein Auge von Nurwan Pascha, welcher sich wieder zu seiner Tochter gesetzt hatte, und drehte sich endlich ärgerlich um.

»Thomas, ich wette doch mit, daß dieser Mann der schwarze Kapitän ist. Je länger ich ihn mir betrachte, desto gewisser werde ich!«

»Ein Seeräuper? Dann hat er dieses Mädchen wohl auch aus der See geraupt und giept sie nun für seine Tochter aus. Darüper zerpreche ich mir aper den Kopf nicht; lieper will ich einmal nachdenken, wie ich es anfange, daß mein junger Herr auf den glücklichen Gedanken kommt, mir eine von seinen Cupa oder Hapanna anzupieten?« – – –

ZWÖLFTES KAPITEL.

Ein Rückblick.

Es war zu Siut in Egypten. Die glühende Mittagssonne verbreitete eine drückende Schwüle über die Stadt, in deren engen Straßen selten der eilende Schritt eines Menschen, der kurze Trab eines Esels oder das Schnauben eines Kameels zu hören war. Sprühende Gluth vibrirte über den Wassern des Niles, und kein einsamer Kahn, keine Barke war auf den Wogen zu sehen. Einige Sandals lagen im Hafen, aber von der Besatzung war kein Kopf, kein Glied zu sehen, da sich die Leute vor der Hitze an das Ufer zurückgezogen hatten, um sich in dem kühlen Raume eines Kawuah (Kaffeewirthes) zu erholen.

Am Ufer des Flusses stand ein großes Gebäude, von welchem allerdings nicht viel zu erkennen war, da das ganze zu ihm gehörige Areal von einer sehr hohen Backsteinmauer umgeben wurde. Diese Letztere umschloß zunächst einen Garten, der mit großer Kunst und Sorgfalt angelegt war; dann starrten Einem die vier fensterlosen Mauern des ein Rechteck bildenden Gebäudes entgegen. Das durch die Mauer gebrochene Thor lag dem Flusse zu, und ihm gegenüber öffnete sich der Eingang des Gebäudes, welches mit seinen vier Seiten einen mit Säulengängen eingefaßten Hof umschloß. Stieg man von diesem Hofe aus eine breite aus dem Syenit des Dschebel Mokkhadam gebaute Treppe empor, so gelangte man in ein weites Gemach, in welchem eine sehr angenehme und erquikkende Kühle herrschte. Dieselbe wurde hervorgebracht durch die Ausdünstung des Wassers in den vielen porösen Thongefäßen, welche in zahlreich angebrachten Maueröffnungen standen. Der Boden war mit einem einzigen großen persischen Teppich von wundervoller Arbeit und Färbung belegt, und auf einer erhöhten Estrade stand ein mit rothem nubischem Sammet überzogener Divan, auf welchem ein Mann in jener Stellung (mit untergeschlagenen Beinen) Platz genommen hatte, welche der Türke Râhât otturmâk, d. i. Ruhe der Glieder nennt.

Er mochte achtundvierzig oder neunundvierzig Jahre zählen, aber der Ausdruck von Betrübniß, welcher auf seinen edlen, männlich-schönen Zügen lag, ließ ihn um Einiges älter erscheinen. Der sicherste Werthmesser für den Reichthum eines Mannes pflegt in Egypten die Pfeife zu sein. Diesen Maßstab angelegt, mußte der Reichthum dieses Mannes ein sehr bedeutender genannt werden, denn der Kopf der Pfeife, welche er rauchte, war sicher aus einem Stücke Meerschaum von seltener Größe geschnitten, das Rosenholzrohr zeigte eine massive Golddrahtumwindung, zwischen welcher zahlreiche ächte Perlen hindurchblickten; die Spitze bestand aus einem großen Stücke jenes halbdurchsichtigen Bernsteines, welcher im Oriente theurer bezahlt wird als der wasserhelle, und der kristallene Kondensirknauf schimmerte von Brillanten, Smaragden und Rubinen, welche an sich schon ein Vermögen repräsentirten.

Zu seinen Füßen hockten zwei schwarze Sklaven; der Eine war beschäftigt, die Pfeife in stetem Gang zu erhalten, und der Andere kredenzte in kleinen, kaum mehr als fingerhutgroßen Tassen den schwarzen Trank des Mocca, der vollständig rein, ganz ohne Zucker und Sahne genossen wurde.

Da öffnete sich eine Seitenthür und eine verhüllte Frauengestalt trat ein. Sie näherte sich dem Manne, hob den Schleier ein wenig und küßte ihn auf die Stirn; dann strich sie ihm mit der kleinen, weißen Kinderhand über dieselbe und meinte mit halblauter und doch goldig reiner Stimme:

»Wieder lagern Wolken um Dein Haupt, und Schatten ziehen durch Dein Herz. Die Geschicke der Sterblichen stehen geschrieben und verzeichnet im Buche des Schicksals, und keine Hand kann wider Allahs Willen.«

»Du sagst recht, Ayescha; aber doch thut der Wille Allahs wehe, wenn er das Herz zerreißt. Allah lenkt die Geschicke wie Wasserbäche, doch gibt er dem Manne Spielraum, seine Kraft zu erproben und zu entfalten. Mein Leben war ein schwerer Kampf; das Kismet (Vorherbestimmung) ist mir gütig gewesen; jetzt aber hat es mich getroffen mit dem Schlage einer Keule, die mein Leben zerschmettern kann. Ich kämpfe und ringe dagegen, doch all mein Reichthum, all meine Macht bringt mir keine Hilfe. Ich werfe mit Gold um mich, als besäße ich die Schätze der tausend und einen Nacht; ich schicke meine Freunde, meine Diener und meine Sklaven aus, aber Keiner will kommen, um mir die Kunde zu bringen, nach welcher ich mich sehne, wie die Nacht nach dem Lichte des Tages, wie die Wüste nach Thau und Regen und wie der Nil nach der gnadenreichen Leïlet en Nuktha.«*

»Vater, es gibt nur Einen, welcher klug und tapfer genug ist, das Geheimniß zu enthüllen und Dir die ersehnte Kunde zu bringen; aber dieser ist nicht da.«

»Wer?«

»Katombo.«

Der Mann erhob forschend seinen Blick.

»Kennst Du ihn so genau, daß Du dies behaupten kannst?«

Sie schwieg einige Sekunden in halber Verlegenheit; dann antwortete sie:

»Hast Du mir nicht so viel von ihm erzählt?«

»Ja, das habe ich und Du hast das Richtige getroffen. Wäre er nicht so fern, sondern hier gewesen, so hätte er mir längst des Herzens Muth und Freude zurückgegeben, denn keiner von Denen, welche ich aussandte, Sobeïde zu suchen, wird sie finden und mir wiederbringen.«

»Allah ist groß; er kann helfen, wenn er will, und oft erscheint seine Hilfe zu einer Zeit, in welcher wir sie am wenigsten erwarten. Ich stand soeben auf dem Dache, um die feuchte Luft des Stromes zu athmen, und sah ein Boot auf dem Wasser schwimmen. Es hatte unsere Farben und wurde von einem Manne gerudert, der nach dem Hafen zuhielt. Ich kam sofort, um es Dir zu verkünden. Sollte es einer Deiner Boten sein?«

»Kam er stromab oder stromauf?«

---

* »Nacht des Tropfens,« jene Nacht, in welcher nach dem Glauben der Nilanwohner ein Thränentropfen vom Himmel fällt, um alljährlich die segensreichen Ueberschwemmungen hervorzubringen.

»Stromab.«

»So muß er das Ufer bereits erreicht haben und augenblicklich hier sein. Hörst Du?«

Man konnte deutliche Schritte vernehmen, deren Schall vom Hofe heraufdrang. Sie kamen die Stufen empor, und dann wurde der Eingang geöffnet. Ein Diener trat ein und verbeugte sich bis zur Erde.

»Hoher Scheik, ein Schiffer verlangt Dich zu sprechen.«

»Laß ihn herein!«

Der Diener verbeugte sich nochmals, trat ab und ließ den Mann ein, den er angemeldet hatte. Dieser trug die gewöhnliche Tracht der Nilbarkenleute und schwitzte aus allen Poren.

»Was willst Du?«

»Bist Du Manu-Remusat, der große und berühmte Abu-el-Reïsahn (Vater der Schiffsführer)?«

»Ich bin es.«

»Mich sendet Katombo, Dein Kapitän.«

»Katombo?!«

Er machte eine Bewegung zum Aufspringen, überwand sich aber; eine solche Erregung paßte nicht zu der charakteristischen Ruhe, welcher der Orientale als Zeichen der Würde sich zu befleißigen strebt.

»Katombo,« antwortete der Gefragte, sich als Zeichen der Zustimmung tief verneigend; »er sendet mich, um Dir seine Ankunft zu melden.«

»Wo ist er?«

»So nahe, daß er in wenigen Minuten eintreffen wird. Ich mußte sehr schnell rudern, um Dich eher anzutreffen.«

»So nahe ist er? Daraus sehe ich, daß ihm entweder ein Unglück widerfahren ist, oder er eine sehr gute und glückliche Fahrt gemacht hat. Welches von beiden ist das Richtige?«

»Ich weiß es nicht. Sihdi Katombo hat mich erst in Dongola gemiethet, als er sich auf der Rückfahrt befand.«

»Habt Ihr gut geladen?«

»So viel, daß kaum Platz für die Mannen übrig ist.«

»Habt Ihr die Schellal (Stromschnellen) glücklich überwunden?«

»So glücklich, daß weder ein Mann noch ein fingergroß von der Ladung verloren gegangen ist.«

»So war die Fahrt eine gute, eine bessere, als ich jemals selbst gemacht habe. Gehe hinunter zu den Dienern und laß Dir Speise und Trank geben!«

Der Schiffer entfernte sich und Manu-Remusat erhob sich. Er hatte nicht bemerkt, daß seine Tochter bei der Nachricht von der Ankunft Katombos unwillkürlich und freudig zusammengezuckt war.

»Bereite das Mahl, Ayescha. Ich werde nach dem Flusse gehen, um Katombo zu empfangen.«

Das Mädchen schwebte aus dem Gemache wie ein aus einer höheren Welt stammendes Wesen, dessen Schritte man nicht hört und dessen Schönheit den Erdensohn in seligen Rausch versetzt. Remusat wand um den Fes, welcher seinen Kopf bedeckte, einen langen, weichen Kaschmirshawl, dessen beide Enden von dem so gebildeten Turban über sein Gesicht herabfielen und dasselbe vor den sengenden Strahlen der Sonne beschützten. Er verließ das Haus, schritt durch den Garten zum Thore hinaus und wandte sich dem Flusse zu. Wer ihn kannte, der sprach sicher von der großen Ehre und Bevorzugung, welche Demjenigen widerfuhr, wegen dessen der berühmteste und reichste Nilfahrer sich in eigener Person an den Fluß bemühte. Katombo mußte sehr hoch in seiner Gunst stehen, daß er ihm entgegenging, statt ihn in seinem kühlen Divan zu erwarten.

Als er das Ufer erreichte, bemerkte er eine ungewöhnlich große Dahabié, welche in einem Bogen auf das Ufer zusteuerte. Das Segel war gerefft, und nur der Stromgang trieb das Fahrzeug an das Gestade, wo es am Buge beim Anker genommen wurde, während der Stern sich nach abwärts legte. Ein junger Mann, ganz derselbe, welcher einst als Zigeuner der Verlobte Zarba's gewesen war, nur um mehrere Jahre älter, stand auf dem Hinterdecke, setzte den Fuß auf den Bord und sprang mit einem kühnen Satze wohl zwölf Fuß über das Zwischenwasser auf das Ufer herüber. Dort kreuzte er die Arme über die Brust und bewegte sich tief zum Boden hernieder.

»Habakek (willkommen), Katombo! War Allah mit Dir und Deiner Dahabié?«

»Allah schützte uns, und die guten Geister des Himmels hielten die Wogen und die Winde, daß sie uns nicht schaden konnten.«

»Hast Du gute Fracht?«

»Ich war Dir ungehorsam, o Scheik el Reïsahn. Ich sollte bringen Sennesblätter aus Gondar und bringe welche aus Amhara.«

»Bis Amhara kamst Du?« frug Manu-Remusat erstaunt. »So bist Du ein Liebling des Propheten, der Dir günstige Lüfte gab, und hast ein Herz voll Muth und Unerschrockenheit. Dein Ungehorsam bringt mir Gewinn, denn weißt Du, daß die Sennesblätter aus Amhara besser und feiner sind als die, welche man in Gondar kauft?«

»Ich weiß es, Sihdi, darum fuhr ich so weit hinauf.«

»Welchen Preis gabst Du?«

»Denselben, welchen Du mir erlaubtest für die Gondarer Waare.«

»Ist es möglich? So hast Du mir einen reichen Gewinn bereitet, Katombo! Hast Du eine vollständige Ladung?«

»Es ist jeder Raum benutzt, Sihdi. Aber ich habe Dir dennoch ein Geständniß zu machen, denn die Sennesblätter sind nicht die einzige Fracht, welche ich eingenommen habe.«

»Was hast Du noch?« frug Remusat, indem seine Stirn sich jetzt wirklich ein wenig verfinsterte. »Ich hoffe nicht, daß Du etwas gekauft hast, was ich nur unter Schaden wieder weggeben kann!«

»Elfenbein, Sihdi!« antwortete Katombo mit so anspruchslosem Tone, als handle es sich um Sand oder Backsteine aus der Nähe von Siut.

»Elfenbein!« rief Remusat beinahe laut. »Wie viel?«

»Achtzig Zentner.«

»Achtzig Zentner! Du bist wahrhaftig ein großer Liebling Allahs. Aber dazu hat ja das Geld nicht gereicht, welches ich Dir mitgab.«

»Es hat gereicht; ich bringe Dir noch welches mit zurück.«

»Ich erstaune. Woher ist das Elfenbein?«

»Vom Bahr el Azrek, wohin es mit einer Karawane aus dem Lande Solat kam.«

»Hast Du es gekauft oder getauscht?«

»Keines von beiden, Sihdi; ich habe es erbeutet.«

»Sagst Du die Wahrheit, Katombo? Erbeutet? Wer etwas erbeuten will, muß kämpfen. So hast Du also einen Kampf gehabt!«

»So ist es, Sihdi. Hast Du nicht gehört von den Raubsandals, welche im Bahr el Abiad und Bahr el Azrek friedliche Handelsschiffe anzufallen pflegen?«

»Ich kenne sie und möchte Keinem rathen, mit ihnen anzubinden. Flucht ist das Einzige, was retten kann, denn die Besatzung eines jeden Fahrzeuges, welches in ihre Hände geräth, wird ohne Gnade und Barmherzigkeit niedergemacht. Und doch sind diese Sandals viel schneller als unsere Dahabiés, fast so schnell wie die Dampfer, welche man im Abendlande baut.«

»Verzeihe, Sihdi, so ist also Flucht nicht das Einzige, was retten kann, sondern ein muthiges Herz und eine starke Faust. Dies dachte ich mir, und darum bin ich nicht geflohen, als mich zwei von diesen Sandals verfolgten, sondern ich habe ihnen Stand gehalten, sie erobert und die Räuber alle getödtet. Ihre Fracht, welche sie sich wohl auch geraubt hatten, habe ich für Dich genommen, Sihdi; auch das Elfenbein war dabei; ich behielt es, während ich alles Andere verkaufte, auch die beiden Sandals dazu.«

»Katombo, Du bist ein großer Beluhwan, ein Held, wie der Nil keinen zweiten kennt; aber Du hast Unrecht gethan, die Sandals zu verkaufen und das Elfenbein mir zu bringen; es gehört ja Denen, welchen es geraubt wurde!«

»Sie Alle leben nicht mehr. Die Fahrzeuge gehörten den Räubern, welche ich getödtet habe, und die, denen sie die Fracht raubten, wurden von ihnen niedergemacht. Du sagst ja selbst, daß sie niemals Pardon geben.«

»So hast Du Recht und sollst belohnt werden, wie es sich geziemt. Das Geld, welches Du übrig hast, ist Dein.«

»Sihdi, Deine Hand öffnet sich mit Wohlthun und Barmherzigkeit, doch kann ich ein so reiches Geschenk nicht annehmen, denn die Summe, welche ich wiederbringe, ist doppelt so groß als die, welche Du mir mitgabst. Die Sandals wurden mir in Chartum gut bezahlt.«

»Und dennoch bleibt es bei Dem, was ich sagte, denn das Wort des Propheten lautet: »Halte, was Du versprichst, denn der Athem Deines Mundes, der die Rede trägt, geht wohl heraus, kehrt aber nicht wieder in denselben zurück!« Wie viel bringst Du wieder?«

»Erlaube, Sihdi, daß ich Dir in Deiner Wohnung Rechnung ablege! Deine Gnade führte Dich herbei zum Wasser, aber die Sonne brennt so heiß, daß Dein treuer Diener fürchtet, sie könne Deine Gesundheit trüben.«

»So komm! Aber mußt Du nicht auf dem Schiffe sein?«

»Der Steuermann ist ein tüchtiger Schiffer; er wird meine Stelle vertreten, bis wir mit einander gesprochen haben.«

Sie wandten sich dem Hause zu, in welchem alle Diener herbeieilten, um Katombo ihre Freude über seine Rückkehr zu erkennen zu geben. Er genoß also nicht nur die Gunst seines Herrn und Prinzipals, sondern auch die Liebe aller Derer, die mit ihm zu verkehren hatten. Uebrigens war mit seinem Aeußeren eine höchst vortheilhafte Veränderung vorgegangen. Seine Gestalt hatte sich nach Höhe und Breite entwickelt; sein früher jugendliches Ansehen war bedeutend männlicher geworden; ein prächtiger Vollbart zog sich um seine gebräunten Wangen, und wie er so neben Manu-Remusat die Stufen emporstieg, zeigte sich seine Gestalt beinahe stattlicher, kräftiger und würdevoller als diejenige seines Chefs, obgleich dieselbe ganz geeignet war, einen Achtung gebietenden Eindruck hervorzubringen.

Sie betraten das kühle Zimmer, in welchem Remusat vorhin gesessen hatte. Die beiden Sklaven hatten sich mittlerweile entfernt. Der Egypter nahm wie früher auf dem Divan Platz.

»Setze Dich zu mir, denn ich bin sehr mit Dir zufrieden!«

Katombo gehorchte, im Stillen erfreut über diese ehrenvolle Aufforderung, die gewiß noch an keinen Andern ergangen war. Er legte den krummen Säbel und die Pistolen ab, welche sein Gürtel bisher getragen hatte, und zog verschiedene Papiere aus der Tasche.

»Hier ist meine Abrechnung, Sihdi. Sie wird Dir zeigen, daß ich kein untreuer Diener war.«

Manu-Remusat nahm sie und klatschte in die Hände. Sogleich erschienen die beiden Schwarzen.

»Tabak!«

Auf diesen Zuruf hin brachten sie zwei Pfeifen, welche sie Remusat und Katombo darreichten. Nachdem das duftende Kraut von Dschebeli in Brand gesteckt worden war, knieten sie zur weiteren Bedienung vor den beiden Männern nieder.

Manu-Remusat durchlas und verglich die Papiere; dann, als er fertig war, steckte er sie zu sich.

»Ich sehe, daß Du ein treuer, muthiger und gewandter Diener bist. Das Geld, welches Du mitbringst, gehört Dir, und ich stehe im Begriffe, Dir einen Beweis meines Vertrauens zu geben, wie Du größer ihn niemals erlangen kannst.«

»Sprich, Sihdi! Ich werde hören und gehorchen.«

»Ich werde Dir eine Aufgabe ertheilen, welche Du vielleicht nur dann erfüllen kannst, wenn Du Dein Leben wagst. Soll ich weiter sprechen?«

»Ich lausche Deiner Rede, Sihdi. Mein Herz und meine Liebe gehören Dir, folglich auch mein Leben.«

»Du weißt, daß kein wahrer Moslemin zu einem andern Manne von seinen Frauen spricht. Wenn ich diesen guten und löblichen Gebrauch übertrete, so wirst Du erkennen, daß auch ich Dich lieb habe und Dir mein ganzes Vertrauen schenke. Ich habe keinen Harem wie andere Gläubige. Der Tod hat das Weib meiner Seele von mir gerissen; mein Herz ist ihr treu geblieben bis auf den heutigen Tag, und weder eine Frau noch eine Sklavin hat es vermocht, die Trauer um sie von mir wegzunehmen. Als sie von mir schied, hinterließ sie mir die zwei größten Kleinode meines Lebens, meine beiden Töchter. Du hast sie noch niemals gesehen, obgleich Du bereits drei Jahre in meinem Hause weilst. Sie sind schön wie die Huris des Paradieses, lieblich wie die Fittiche der

Schwalbe und gut und folgsam wie Roath (Ruth), von der die Schriften der Kalifen und die Bücher der Juden und Christen erzählen. Sie waren meine Freude des Morgens, meine Wonne des Abends, und all meine Sorge bei Tag und bei Nacht hatte nur ihr Glück im Auge. Jetzt ist die Freude in Leid verwandelt, und die Wonne hat sich in Schmerz und Gram verkehrt, denn Sobeïde, die ältere von ihnen, ist verschwunden, und weder ich noch einer meiner Diener hat vermocht, eine Spur von ihr aufzufinden.«

Er schwieg. Sein Antlitz hatte sich wieder verdüstert, und in seinem dunklen Auge stand eine Thräne. Katombo hielt den Blick zu Boden gesenkt; er schien nachzusinnen. Dann erhob er ihn zu seinem Herrn.

»Darf ich sprechen, Sihdi?«

»Sprich!«

»Du sagtest selbst, daß ein ächter Moslem nicht von Frauen reden darf –«

»Der Mann darf von seinem Weibe und der Bruder von seiner Schwester reden. Sprich zu mir, wie der Sohn zu seinem Vater; sprich von Sobeïde, wie der Bruder von seiner Schwester; frage mich nach Allem was Du willst, ich werde Dir gern antworten!«

»Seit wenn ist Sobeïde verschwunden?«

»Morgen werden es drei Wochen.«

»Am Tage oder des Nachts?«

»Des Abends.«

»War sie allein?«

»Ja. Sie war in den Kiosk gegangen, welcher an die Mauerecke des Gartens gebaut ist. Sie hatte dies niemals allein, sondern stets in Begleitung ihrer Schwester gethan; sie ist also entflohen, und dies verdoppelt meinen Schmerz.«

»Hatte sie gesagt, daß sie nach dem Kiosk gehe?«

»Ja.«

»Hatte sie ihre Schwester nicht aufgefordert, sie zu begleiten?«

»Nein.«

»Wo war die Schwester, als Sobeïde ging?«

»Bei mir. Wir spielten Schach. Sobeïde saß dabei; sie erhob sich und ging, ohne ein Wort zu sagen.«

»Spielte sie auch Schach?«

»Nicht gern und nicht gut.«

»Hat sie erst ihr Harem aufgesucht, ehe sie nach dem Kiosk ging? Erinnere Dich genau, Sihdi!«

»Nein, denn sie ging hier die Stufen hinab in den Hof und von da aus nach dem Garten. Selim, der Verschnittene, war im Hofe und hat es gesehen.«

»Welches Gewand trug sie?«

»Das, welches sie gewöhnlich trug.«

»Vermissest Du etwas von ihren andern Gewändern, von ihrer Wäsche, ihrem Schmucke und ihrem oder Deinem Gelde?«

»Nicht das Geringste. Ich selbst habe nachgeforscht und auch Ayescha nachsuchen lassen.«

»So freue Dich, Sihdi, denn Deine Tochter ist nicht freiwillig von Dir gegangen; sie ist nicht entflohen.«

»Nicht entflohen? Was sonst?«

»Sie ist geraubt, sie ist entführt worden.«

»Allah akbar, Gott ist groß! Du träufelst mir Balsam in die Wunde meines Herzens, die aber dennoch nicht genesen wird, denn sie ist mir doch verloren!«

»Allah akbar, Gott ist groß, sagst Du; er nimmt, und er gibt wieder; aber er steigt nicht vom Himmel herab, um Dir Deine Tochter selbst wiederzubringen, sondern er gab Dir einen klugen Sinn, einen starken Arm und treue Diener, damit Du Dir wieder holen sollst, was Dir geraubt wurde.«

»Mein kluger Sinn ist zu Ende mit seinen Plänen; mein starker Arm ist ermattet vom Kummer, und meine Diener, die ich aussandte, sind entweder noch gar nicht zurückgekehrt, oder sie kamen ohne die, welche sie mir wiederbringen sollten. Ich habe nur noch Dich, Katombo. Willst du gehen und Sobeïde suchen?«

»Ich will, Sihdi. Als Du mich mit der Dahabié hinaufsandtest in das unbekannte Land, wußte ich, daß ich Deinen Willen erfüllen würde, und jetzt, da Du mich nach Deinem geraubten Kinde suchen heißest, sagt mir eine geheime Stimme, daß ich es finden werde.«

»Hab Dank, Katombo! Du gibst mir Hoffnung und neues Leben. Hier kommt Speise und Trank. Ich werde Beides wieder genießen können, denn ich vertraue auf Dich und Deine Geschicklichkeit. Wann wirst du gehen?«

»Erlaube mir, Sihdi, daß ich heut noch bleibe. Ich muß mir Alles genau betrachten und überlegen, um einen richtigen Plan bilden zu können. Die Andern haben nichts vermocht, weil sie ohne ein bestimmtes Ziel von Dir gingen.«

»Du redest klug und richtig. Auch mußt Du Dich von Deiner Reise erholen. Iß und trink und verlange getrost von mir; Du sollst Alles reichlich haben, was Du zur Erfüllung meines Auftrages von mir forderst!«

Die Diener stellten einen nach orientalischer Sitte niedrigen Tisch vor die Beiden hin und bedeckten ihn mit Speisen, wie sie nur ein reicher Mann bezahlen und genießen kann. Katombo langte fleißig zu; Manu-Remusat aber aß nur sehr wenig. Der Gram ist der schlechteste Koch, den es geben kann.

Nach vollendetem Mahle verabschiedete sich der frühere Zigeuner von seinem Herrn. Er hatte sich bereits während des Essens Alles reiflich überlegt und schritt nach dem Garten, um zu dem Kiosk zu gelangen, aus welchem Sobeïde seiner Meinung nach entführt worden war. Dieses war ein aus Holz gezimmertes Gartenhaus in persischem Stile. Die Thür stand offen; einige Backsteinstufen führten zu ihr empor. Die Schritte Katombos verursachten auf dem weichen und sorgfältig gepflegten Rasen nicht das mindeste Geräusch; auf den Stufen aber knirschten seine Schuhe, und in demselben Augenblicke vernahm er ein leichtes Geräusch im Innern des Kiosk. Er öffnete die nur angelehnte Thüre und – blieb mit einem Laute der Ueberraschung unter derselben stehen: auf dem im Gartenhause befindlichen Divan hatte Ayescha gesessen und sich beim Schalle seiner Schritte erhoben.

»Katombo!« rief sie unwillkürlich, aber dieselbe Stellung beibehaltend.

Sie hatte den Schleier niedergelassen, doch wenn auch durch diese Hülle ihre Züge nicht zu erkennen waren, ihre großen dunklen Augen waren doch zu sehen; ihre kleinen Füßchen, welche in den feinsten Saffianpantoffeln steckten, blickten unter dem halb aufgerafften Gewande hervor, und auch die kleinen weißen Finger ihrer Rechten, welche den Schleier zusammenhielt, ließen sich deutlich bemerken.

»Verzeihe, Herrin, wenn ich Dich störe, und erlaube mir, mich wieder zurückzuziehen!« meinte Katombo.

»Was wolltest Du hier?« frug sie mit beinahe leiser Stimme.

»Dein Vater gebot mir, Sobeïde aufzusuchen, und ich glaubte, hier die erste Spur von ihr zu finden.«

»Wirst Du sie wiederbringen?«

»Das weiß nur Allah und sein Prophet; aber ich werde Alles thun, was in meinen Kräften steht, Dir Deine Schwester wiederzugeben.«

»Ich weiß es, Katombo!«

Diese süße, metallisch-reine Stimme nannte ihn beim Namen! Er mußte sich zwingen ruhig zu bleiben.

»So darf ich gehen?«

»Nein, bleibe und suche!«

Er hatte ganz unmöglich glauben können, diese Erlaubniß zu erhalten. Sie erweckte Gefühle in ihm, die bereits einmal wach gewesen waren und bisher im tiefsten Herzen geschlummert hatten. Ayescha setzte sich wieder nieder, doch ohne ihr Händchen zurückzuziehen oder ihre Füße zu verhüllen. Er bemerkte dies sehr wohl; doch durfte er auf diese hohe Vergünstigung keine Rücksicht nehmen, da er seine ganze Aufmerksamkeit auf den Zweck seiner Anwesenheit zu verwenden hatte. Leider waren alle etwaigen Spuren auf dem Fußboden und den wenigen im Kiosk befindlichen Gegenständen bereits unvorsichtiger Weise verwischt worden, und all sein Scharfsinn konnte ihn zu keiner Entdeckung führen.

Jetzt trat er an das eine Fenster, welches nach außerhalb der Mauer führte. Die dasselbe gegen die Sonne schützende Matte war aufgezogen. Er untersuchte die Einfassung der Oeffnung und bemerkte in dem unteren Gewände die Bruchfläche eines stählernen oder eisernen Gegenstandes, welcher in dem Holze gesteckt hatte. Ein Nagel konnte es unmöglich gewesen sein, da die Fläche lang und schmal wie der Durchschnitt einer Messerklinge war. Schnell nahm er seinen Dolch zur Hand und grub den Gegenstand heraus. Es war die Spitze eines zweischneidigen Dolches.

Jetzt blickte er an der Außenseite des Kiosk und der Mauer hinab. Einige Zoll oberhalb der Stelle, wo der erstere auf der letzteren ruhte, stak ein tief eingeschlagener Nagel, und an ihm hing ein schimmernder Gegenstand. Katombo griff hinab und nahm ihn empor. Es war ein kleines Stück Goldschnur, wie man sie zur Verzierung von Jacken gebraucht.

Indem er lautlos dastand und nachdenklich die beiden Gegenstände betrachtete, klang es hinter ihm:

»Hast Du eine Spur?«

Er drehte sich um und stand hart vor Ayescha, welche aufgestanden und herbeigetreten war.

»Ich weiß es noch nicht. Hast Du oder Sobeïde jemals Waffen mit im Kiosk gehabt?«

»Nein.«

»Oder ein Anderer?«

»Nein. Dieser Kiosk war blos für uns Beide, und Niemand konnte ihn öffnen als wir.«

»Aber Dein Vater war hier?«

»Nur einmal als Sobeïde fort war.«

»Du warst dabei?«

»Ja.«

»Hatte er einen Dolch bei sich?«

»Nein.«

»So stammt diese Spitze von einem Fremden! Trägt einer unserer Diener ein Kleid, an welchem sich solche Schnur befindet?«

Sie nahm das Stück und hielt es nahe an den Schleier, doch schien sie es durch das Gewebe hindurch nicht genau erkennen zu können, denn sie drehte sich ein wenig abseits, öffnete den Schleier und sah nun die Goldschnur genau und ziemlich lange Zeit an.

Wollte sie Katombo Gelegenheit geben, ihre Züge zu sehen? War dies nicht der Fall, so hätte sie sich weiter fortwenden müssen, denn der junge Mann erblickte das unvergleichliche Profil eines Angesichtes, dessen Schönheit ihm das Blut siedend durch die Adern pulsiren machte. Was war Zarba gegen diese köstliche orientalische Perle, Zarba, die ihn verlassen und verrathen und dann sich selbst verloren hatte! Was seit jenen schweren Tagen tief in seinem Innern vergraben gewesen war, in diesem Augenblicke sprengte es seine Hülle und bäumte sich mit Riesengewalt empor, hochauflodernd wie ein Feuer, welches durch den Zutritt der Luft neuen Raum und neue Bahnen gewinnt.

Da schloß sie den Schleier und wandte sich ihm wieder zu.

»Es trägt Niemand in unserem Hause solche Schnur.«

Er senkte den Blick zur Erde; er brauchte Zeit, um seine Ruhe, seine Fassung wieder zu gewinnen. Da plötzlich leuchtete sein Auge auf, und es ging hell über sein intelligentes Gesicht.

»Ich habs, ich habs! Allah kerihm, Gott ist gnädig!«

»Was hast Du? Weißt Du, wo Sobeïde sich befindet und wer sie geraubt hat?«

Sie war vor Erregung schnell zu ihm herangetreten und legte ihm das Händchen auf die Schulter. Er zuckte unter dieser Berührung zusammen wie unter einem kräftigen Faustschlage; ihr Gesicht befand sich nahe dem seinigen; er fühlte den linden würzigen Athem ihres Mundes – er konnte nicht anders, er legte die Linke um sie und öffnete mit der Rechten ihren Schleier.

»Ayescha!«

»Katombo, was wagst Du, was thust Du!« flüsterte sie, erschrocken, verwirrt und beseligt zugleich.

»Ayescha, Licht meiner Augen, Stern meiner Seele, Sonne meines Lebens, darf ich Dich ohne Schleier sehen?«

»Nein – ja – nein!« antwortete sie, beim letzten Worte die Hand erhebend, um sich wieder zu verhüllen.

Er wehrte ihr diese Bewegung.

»O, laß mich den Strahl Deiner Augen und den Glanz Deines Angesichtes trinken, Du Holde, Du Reine, Du Unvergleichliche. Laß mich Deine Lippen küssen und dann sterben vor Wonne, vor Entzücken und vor Seligkeit!«

Er bog sich zu ihr nieder und berührte mit seinem Munde zweimal, dreimal ihre Lippen, ohne daß sie es ihm wehrte. Ihr Angesicht erglühte, aber sie griff weder zum Schleier noch suchte sie sich seinem Arme zu entziehen.

»Du bist kühn, Katombo, aber ich liebe Dich!« klang es leise und langsam zwischen ihren wie Perlen schimmernden Zähnen hervor.

»Und Du stehst so hoch über mir, wie der Himmel über der Erde, aber ich liebe Dich. Willst Du herabsteigen zu mir, dem Armen, dem Kleinen, und mich beglücken mit einer Seligkeit, wie sie in Allahs Himmeln nicht zu finden ist?«

»Ich will, obgleich Du Allah lästerst mit Deinen Worten,« erwiderte sie, ihr Köpfchen fest und innig an seine Brust schmiegend.

»Du willst? Du willst!« jauchzte er. »O, dann bin ich stark und mächtig; dann vermag ich Alles, selbst das Schwerste durch Dich! Dann werde ich Dir auch Deine Schwester wiederbringen!«

»Glaubst Du? Hast Du wirklich hier Spuren von ihr gefunden?«

»Ich weiß es noch nicht sicher, aber ich werde mir sofort die Gewißheit holen. Leb wohl, Ayescha, mein Ein und Alles! Ich werde heut, wenn der Abendstern im Zenithe steht, wieder hier sein und auf Dich warten. Wirst Du kommen? Kannst Du kommen, ohne daß man Dich bemerkt?«

»Ja, ich werde kommen, mein Geliebter!«

»Hab Dank, so viel Male Dank, als Sterne am Himmel stehen, als Tropfen im Meere wogen und als Körner des Sandes in der Wüste glühen!«

Er drückte sie an sich; er fühlte das entzückte Wogen ihres Busens an seiner Brust; er küßte sie wieder und immer wieder und ließ sie endlich leise auf den Divan gleiten. Dann trat er an die Fensteröffnung, hob den Fuß zu derselben empor, schwang sich hinaus und stand mit einem kühnen Sprunge unten an der Gartenmauer. Von hier aus schritt er eilends dem Flusse zu, bemerkte aber, sich einmal umdrehend, daß Ayescha am Fenster stand und ihm nachblickte.

Am Wasser angekommen, erstieg er sogleich seine Dahabié und trat zum Steuermann.

»Hat der Mann, welcher uns in Assuan bat ihn mitzunehmen, das Schiff bereits verlassen?«

»Ja.«

»Und sein Gepäck mitgenommen?«

»Er hatte kein Gepäck, als ich ihn an Bord kommen sah.«

»Wo ging er hin?«

»Am Flusse abwärts, den Weg, welcher nur zum Kawuahschi Abd-el-Oman führt.«

»Hat er die Fahrt bezahlt?«

»Ja.«

»Wußte er, wem die Dahabié gehört?«

»Er frug mich, und ich nannte ihm nur Deinen Namen; so sollte es ja sein, damit die Handelsfeinde unseres Herrn getäuscht würden.«

»Gut. Mache die Ladung fertig, morgen gelöscht zu werden!«

Er ging wieder an das Land und schritt den Weg hinab, den ihm der Reïs (Schiffsführer, Steuermann) bezeichnet hatte. Einige hundert Schritte abwärts von der Stelle, an welcher die Dahabié vor Anker lag, befand sich hart am Flusse eine Kaffeeschenke, in welcher nur Schiffer zu verkehren pflegten. Im großen vorderen Zimmer versammelten sich die niederen Leute, während es nach hinten einen kleineren aber sehr luftig gebauten und darum auch kühleren Raum gab, welcher nur für die höher Stehenden eingerichtet war, ganz dieselbe Einrichtung also wie in den Seewirthshäusern des Abendlandes, wie überhaupt an allen Hafenplätzen.

Katombo ging zur hinteren Thür und kam durch dieselbe in den reservirten Raum, wo sich kein Mensch befand. Er ließ sich auf dem längs der Wände hinlaufenden Divan nieder, und ein leichtes Händeklatschen brachte einen der Neger herbei, welche die Gäste zu bedienen hatten. Dieser hielt schon Pfeife und Kaffee in den Händen und reichte, niederkniend, Beides dem jungen Barkenkapitän entgegen.

»Wo ist Abd-el-Oman, Dein Herr?«

»Vorn, bei den Gästen, Sihdi.«

»Rufe ihn zu mir, doch ohne daß es Jemand merkt!«

Der Schwarze verneigte sich und ging. Nach kaum einer Minute trat der Kawuahschi ein. Als er Katombo erblickte, kreuzte er die Arme auf der Brust und verneigte sich so tief, daß sein Turban fast die Matte berührte, mit welcher der Boden bedeckt war.

»Sallam aaleïkum, Friede sei mit Dir, ïa Reïs akbar, Du großer Kapitän, der du der beste und berühmteste Schüler bist von Manu-Remusat, dem kühnsten und größten aller Schiffsführer!«

Katombo nickte bei diesem superlativen Gruße nur leicht mit dem Kopfe.

»Sallam aaleïkum, Du Schech el Kawuahn, Du Größester aller Kaffeewirthe in Egypten, der den besten Trank und den lieblichsten Tabak hat, so weit die Erde reicht!«

»Sihdi, Deine Rede ehrt mein Haus und tröstet mein Herz; aber spottet Dein Mund nicht doch vielleicht dessen, der lieber Dein als aller Anderer Diener ist?«

»Warum soll ich Lüge reden statt der Wahrheit? Sitze ich nicht bereits hier bei Dir, trotzdem ich erst vor wenigen Minuten hier angekommen bin? Welche Gäste haben Dich abgehalten, mein Kommen zu bemerken?«

»Es sind nur vier, Sihdi, drei Freunde und ein Fremder.«

»Ein Fremder? Wo ist er her?«

»Ich frug ihn, doch hat er es mir nicht gesagt.«

»Kam er auf dem Flusse oder mit einer Kaffilah (Karawane)?«

»Auf dem Flusse.«

»Mit welchem Schiffe?«

»Er nannte das Deinige.«

»Hast Du ihm gesagt, daß es nicht mir, sondern Manu-Remusat gehört?«

»Nein; sollte ich es ihm sagen?«

»Du hast sehr recht gethan! Sage ihm, daß ein Sihdi ihn hier sprechen will, verschweige aber, daß ich es bin. Und wenn er bei mir eingetreten ist, so hältst Du an der Thür Wache, bis ich Dich rufe!«

»Sihdi, ich weiß nicht, was Du mit ihm willst, aber ich gehorche Dir, denn Deine Hand hat noch niemals das gethan, was der Prophet verbietet.«

Der Kawuahschi ging und nach einigen Augenblicken trat der Fremde ein. Man konnte es ihm auf den ersten Blick ansehen, daß er weder ein eingeborener Egypter noch ein Türke war; vielmehr wies seine lange, hagere Gestalt, sein gelbblasses Gesicht, seine riesige Habichtsnase und die kleinen, listig blickenden Augen auf armenische Abkunft hin. Diese konnte ihm nicht als Empfehlung dienen, denn es ist bekannt, daß sich Niemand so leicht und gern zu allerlei Schurkenstreichen gebrauchen läßt, wie gerade der Armenier, vorausgesetzt, daß er gut dafür bezahlt wird. Er trug einen Tarbusch auf dem Kopfe, den Oberleib bedeckte eine blaue, mit goldenen Schnüren besetzte Jacke, rothe Pumphosen hingen von seinen Lenden in weiten Falten bis zu den Füßen herab, welche in derben ledernen Stiefeletten staken. In seinem Gürtel glänzten zwei Pistolenläufe, zwischen denen Katombo die Lederscheide eines Dolches bemerkte, dessen Griff reich mit Silber beschlagen war.

Der Mann blickte verwundert auf, als er den Kapitän der Dahabié erkannte.

»Sallam aaleïkum!« grüßte er, die Hand auf die Gegend des Herzens legend.

Katombo nickte blos, ohne den Gruß zu erwidern.

»Wie heißest Du?«

»Mein armer Name ist Schirwan, Sihdi.«

»Ich sehe, daß Du Dich wunderst, zu mir gerufen zu sein. Du sollst den Grund sogleich erfahren.«

»Ich höre, Sihdi,« antwortete der Armenier.

»Wo kauftest Du Deine Pistolen?«

»In Bulakh* bei Abu-Soliman, dem berühmten Waffenhändler.«

»Sie sind vortrefflich, ich sah es sofort, als ich Dich auf meinem Schiffe traf. Ich hätte Dich gefragt, ob Du sie verkaufest, aber was ein Reïs begehrt, das muß man ihm schenken, und Du hättest denken können, daß ich Deine Pistolen als Bakschisch haben wolle, darum wartete ich bis jetzt. Verkaufst Du sie?«

»Ja, Sihdi; warum soll ich sie nicht verkaufen, wenn ich einen guten Preis bekomme? Ich kann mir dann ja andere kaufen.«

»Darf ich sie ansehen?«

»Hier sind sie.«

Er zog sie aus dem Gürtel und reichte sie Katombo dar. Dieser nahm sie in Empfang und betrachtete sie aufmerksam.

»Sie sind wirklich von Abu-Soliman, von dem ich mir längst welche gewünscht habe; aber ich bin noch nicht nach Kairo gekommen.«

Bei diesen Worten fiel sein Blick wie zufällig auf den Gürtel des Armeniers.

»Was hast Du da für einen Dolch? Auch er scheint vortrefflich zu sein.«

»Er ist ausgezeichnet; ich erbte ihn von meinem Vater, der ihn in Damaskus kaufte.«

»In Damaskus? Diese Stadt ist berühmt wegen ihrer unübertrefflichen Klingen. Verkaufst Du den Dolch?«

»Nein, Sihdi, mein Vater hat ihn im Kampfe getragen, ich würde seine Seele beschimpfen, wenn ich den Dolch fortgäbe.«

»Aber betrachten darf man ihn?«

»Das darfst Du. Hier ist er.«

Er reichte Katombo die Waffe sammt der Lederscheide entgegen. Der Reïs betrachtete zunächst die Letztere und zog dann die Klinge hervor; sie war auf jeden Fall früher länger gewesen, dann an der Spitze abgebrochen und wieder zugespitzt und geschärft worden.

»Ein sehr guter Stahl; es muß viel Kraft gekostet haben, die Spitze abzubrechen,« meinte Katombo.

---

* Vorstadt von Kairo.

»Ich erhielt die Waffe so von meinem Vater.«

»Wirklich? Dann muthest Du mir zu, kein Kenner zu sein. Siehst Du nicht, daß noch nicht drei Wochen vergangen sein können, seit diese Klinge wiederhergestellt wurde? Jedenfalls ist Dein Vater schon länger als diese Zeit todt.«

»Du zweifelst an der Wahrheit meiner Worte?« frug der Armenier in halb beleidigtem und halb stolzem Tone.

»Ja,« antwortete Katombo, ihn jetzt mit scharfem Auge fixirend. »Betrachte Deine Jacke!«

»Warum, Sihdi?«

»Hast Du nicht bemerkt, daß etwas an ihr fehlt?«

»Nein.«

»So werde ich es Dir zeigen.«

Er steckte wie in Gedanken sowohl den Dolch als auch die Pistolen zu sich und stand auf. Der Gegner stand jetzt waffenlos vor ihm; er deutete mit dem Finger nach einer der Schnuren, welche die Jacke desselben zierten.

»Fehlt hier Nichts?«

»Ein wenig von der Schnur,« antwortete der Mann, ohne nach der beschädigten Stelle zu blicken. Er hatte den Mangel also selbst auch bemerkt, aber keine Gelegenheit gehabt, die Stelle ausbessern zu lassen.

»Warum hast Du die Jacke nicht in den Laden eines Schneiders gebracht?«

»Was geht Dich meine Jacke an?« frug der Mann, dem das Gespräch jetzt sonderbar und unangenehm zu werden begann.

»Ich frage Dich, weil ich um Dein Wohl besorgt bin, denn diese Stelle an Deiner Jacke kann ebenso verhängnißvoll für Dich werden wie Dein Dolch.«

»Ich verstehe Dich nicht, Sihdi, sprich deutlich!«

»Das werde ich sogleich. Dein Stahl wurde in demselben Augenblick zerbrochen, in welchem Du die Schnur Deiner Jacke zerrissest. Sieh hier die verlorene Spitze und sieh hier das abgerissene Stück der Schnur.«

Er griff in die Tasche und hielt ihm Beides entgegen. Der Armenier prallte zurück, faßte sich aber sofort wieder.

»Was geht mich dieses Eisen und diese Schnur an?«

»Sehr viel! Dieses Eisen ist die Spitze Deines Dolches und diese Schnur ist auch von Dir; siehe, wie sie paßt!«

Er hielt das Stück auf die Brust des Mannes und überzeugte sich, daß er sich nicht geirrt habe. Der Armenier ahnte jetzt, welchen Zweck das ganze Gespräch verfolgte, und daß er sich von einem gewandten Gegner hatte übertölpeln lassen. Er trat um einige Schritte zurück.

»Was willst Du von mir? Ich verkaufe meine Waffen nun nicht: gib sie mir zurück, ich will gehen.«

»Warte noch ein wenig. Wohin hast Du Sobeïde, die Tochter des Obersten der Schiffsführer, Manu-Remusat, gebracht?«

Der Gefragte entfärbte sich, suchte aber eine gleichgiltige Miene zu erzwingen.

»Hat Dich die Sonnenhitze um den Verstand gebracht, daß Du mich fragst, wie nur ein Wahnsinniger fragen kann?«

»Hat Dir der Scheitan (Teufel) das Gehirn gestohlen, daß Du thatest, was nur ein Verrückter thun konnte? Weißt Du nicht, daß Mohamed sagt: ›Wer Böses thut, den wird die Strafe treffen?!‹ Sofort, als ich Dich zum ersten Male sah, fiel mir die Stelle auf, an der Dir die Schnur fehlte, und dies fiel mir wieder ein, als ich hörte, daß Sobeïde geraubt sei und ich die Spitze nebst der Schnur dort fand, wo die That geschehen ist. Der Kuran sagt: ›Das Geständniß sühnt die halbe Schuld, und die Reue läßt auch die andere Hälfte vergessen.‹ Denke an dieses Wort und öffne Deine Seele, damit Dir Vergebung werde!«

»Ich weiß von Nichts, geh von mir und suche Deinen Kopf, den Du verloren hast; zuvor aber gib mir meine Waffen zurück!«

»So leugnest Du?«

»Ich leugne. Heraus mit meinen Waffen!«

Er trat auf Katombo zu und faßte ihn am Arm.

»Hier hast Du sie!«

Der Reïs zog die eine Pistole hervor und schlug sie ihm so gegen die Stirn, daß er betäubt zurücktaumelte. Im Nu hatte ihn Katombo gepackt, riß ihn zu Boden nieder und wand ihm seine Schärpe um die Arme; dann schnitt er ihm einen Fetzen von der Jacke und steckte ihm denselben als Knebel in den Mund.

»Abd-el-Oman!«

Die Thür öffnete sich und der Kawuahschi, welcher draussen gewartet hatte, trat ein. Er sah den Gebundenen am Boden liegen und schlug vor Schreck die Hände zusammen.

»Sihdi, was thust Du meinem Hause! Soll ich Dich für einen Räuber, einen Mörder oder einen Henker halten?«

»Für keins von allen Dreien. Der Räuber liegt hier, ich habe ihn überwunden und werde Gericht über ihn halten.«

»So mußt Du ihn zum Kaschef (Polizeivorsteher) oder zum Kadi (Richter) bringen lassen!«

»Das werde ich nicht thun, oder ich werde es auch thun, je nachdem sich dieser Mensch verhalten wird. Für jetzt übergebe ich ihn Deiner Obhut; feßle ihm noch die Beine und sperre ihn ein, bis ich ihn in einer Viertelstunde holen lasse.«

»Ist er denn auch wirklich ein Räuber, Sihdi?«

»Ja.«

»Allah kerihm, Gott ist gnädig! Wie leicht hätte er auch bei mir sein Handwerk versuchen können; ich werde ihn so binden, daß ihm die Seele wackeln soll, ich werde Alle, die bei mir sind und noch zu mir kommen, vor ihm warnen, ich werde um – – –«

»Nichts wirst Du, verstehst Du mich? Es soll jetzt noch Niemand wissen was vorgefallen ist, und darum darfst Du es nicht eher erzählen, als bis ich selbst es Dir erlaube. Du weißt, wie reich und mächtig Manu-Remusat ist; er kann Dich verderben, wenn Du plauderst!«

»Sihdi, Du sprichst weiser als ein Kalif und klüger als die Männer des Kuran; ich werde schweigen wie der Fisch im Wasser.«

»Das ist verständig von Dir. Ich werde meine Diener mit der Sänfte senden, um ihn abzuholen; laß es Niemand sehen, wenn er aufgeladen wird.«

Der Kawuahschi verbeugte sich dreimal statt einmal, als er

die Münze erblickte, welche Katombo ihm als Bezahlung für den Kaffee und die Pfeife reichte.

»Allah segne Deine Hand, Sihdi, sie spendet Gutes und schüttet Wohlthat aus über Deine Diener. Kehre bald wieder ein im Hause dessen, welcher der gehorsamste Deiner Sklaven ist!«

Katombo verließ die Kaffeeschenke und kehrte auf demselben Wege in das Haus seines Gebieters zurück. Dieser saß noch auf dem Divan und rauchte seine Pfeife; er blickte erwartungsvoll auf, als der junge Reïs eintrat.

»Du kehrst zurück, Deine Augen leuchten und Deine Wangen erglühen wie die Morgenröthe, wenn sie den jungen Tag verkündet. Was hast Du mir zu sagen?«

»Sihdi, Du weißt, daß ich mit Deiner Tochter gesprochen habe?«

»Ich weiß es, denn sie selbst sagte es mir, daß Du im Kiosk gewesen bist, um nach den Spuren meines Kindes zu suchen. Wir haben auch gesucht, aber der Schmerz verdüsterte unsere Augen; Du hast die Spitze eines Dolches und das abgerissene Stück einer goldenen Schnur gefunden?«

»So ist es, Sihdi.«

»Stammen sie von jenem Abende her?«

»Ja.«

»Aber wie willst Du den finden, dem Beides gehörte? Nur Allah allein ist groß, er sieht und hört Alles, der Mensch aber ist nicht allwissend, er kann nicht in das Dunkel blicken.«

»Sihdi, weißt Du nicht, daß der Geist des Menschen von Gott stammt und wieder zu Gott geht? Der Mensch ist ein Kind Allahs, und Vieles, was der Vater weiß, theilt er dem Sohne mit; von der Allwissenheit Allahs fiel ein Strahl hernieder auf das Geschlecht der Menschen und dieser Strahl wird Verstand genannt. Den Einen traf er viel und den Andern wenig, darum sieht der Eine, was der Andere nicht bemerkt.«

»Und Du, was hast Du gesehen?«

»Den Räuber Deiner Tochter.«

Manu-Remusat sprang empor wie von einer Feder in die Höhe geschnellt. Bei dieser unvermutheten Nachricht ließ er ganz die anerzogene muselmännische Ruhe und Würde außer Acht.

»Ihn, ihn hast Du gesehen? Das ist unmöglich, ich selbst habe ihn gesucht – vergebens, meine Diener haben ihm nachgeforscht drei Wochen lang – ebenso vergebens, und Du, der Du kaum einige Minuten lang von ihrem Verschwinden weißt, willst ihn bereits gesehen haben?«

»Sihdi, ich habe ihn bereits seit einer Woche gesehen!«

»Wo?«

»Auf meiner Dahabié.«

»Bist Du wahnsinnig?«

»Nein, Sihdi, meine Sinne sind ebenso gesund wie meine Fäuste, mit denen ich ihn vor wenigen Augenblicken niedergeschlagen und gefangen genommen habe.«

»Du hast ihn gefangen? Sag, wo?«

»Beim Kawuahschi Abd-el-Oman.«

»Erzähle!«

»Erlaube mir zuvor, vier Deiner Diener zu senden, um ihn zu holen!«

»Thue es!«

Katombo ging in den Hof und gab dort die nöthige Instruktion, dann kehrte er zu Manu-Remusat zurück. Einer der Schwarzen mußte ihm eine Pfeife bringen, und dann begann er seinen Bericht, während dessen Ayescha hereintrat. Wegen der Wichtigkeit des Augenblickes erlaubte ihr der Vater zu bleiben, und Beide hörten mit äußerster Spannung den Worten des Erzählers zu. Als dieser geendet hatte, reichte ihm Manu-Remusat die Hand.

»Katombo, ich sagte vorhin zu Dir, Du solltest zu mir reden wie ein Sohn zu seinem Vater; ich werde Dein Vater sein, so lange Du eines solchen bedarfst oder so lange Allah mir das Leben schenkt. Erinnere mich an dieses Gelübde, wenn ich dessen jemals vergessen sollte!«

»Ich danke Dir, Sihdi!«

Er wollte weiter sprechen, wurde aber von einem der Diener unterbrochen, welcher eintrat und die Ankunft des Palankins (Sänfte) meldete.

»Nehmt dem Menschen den Knebel aus dem Munde, die Fesseln von den Beinen und bringt ihn herauf!« befahl Katombo und wandte sich dann an Remusat: »Du bist der Gebieter, Sihdi, Du wirst ihn verhören!«

»Nein, das werde ich nicht, Du hast ihn gefangen genommen und er ist Dein Eigenthum; Deine Augen sind heller und Dein Verstand ist klarer als der meinige. Sprich Du mit ihm!«

»Du befiehlst es, Herr, und ich gehorche!«

Jetzt brachten die vier Diener den Armenier geführt.

»Bringt ihn näher und tretet dann ab,« gebot Katombo. »Doch bleibt hinter der Thür!«

Sie stellten den Gefangenen in die Nähe des Divans und verließen dann das Gemach. Er stand mit finsterer Miene vor seinen Richtern, aber es war ihm dennoch anzusehen, daß ihm das Herz nicht gar zu muthig schlug.

»Du leugnetest vorhin,« begann Katombo; »willst Du jetzt bekennen?«

Der Gefangene schwieg.

»Ich wiederhole meine Frage: Willst Du die That gestehen?«

Es erfolgte wieder keine Antwort.

»Ah, Du bist vor Angst plötzlich stumm geworden; ich werde Dir die Sprache wiedergeben.«

Er klatschte in die Hände und sofort erschienen die vier Diener.

»Führt ihn hinab in den Hof, zieht ihm die Schuhe aus und gebt ihm die Bastonnade, einstweilen blos zehn Hiebe auf jede Fußsohle!«

Sie ergriffen den Armenier, nahmen ihn trotz seines Widerstandes fest und führten ihn fort. Der Schall der Hiebe klang herauf in das Gemach, doch kein einziger Laut oder Schrei verkündete, daß er seine verlorene Stimme wieder bekommen habe; dann brachten sie ihn wieder herein. Er hatte Mühe, auf seinen nackten Füßen zu gehen, blieb aber aufrecht und finster vor Katombo stehen.

»Willst Du nun bekennen?« frug dieser wieder.

Die Antwort blieb abermals aus.

»Führt ihn wieder ab und gebt ihm nun zwanzig!« gebot er den Dienern, welche noch geblieben waren.

»Ich habe Nichts gethan, ich will vor den Kaschef geführt sein!« knirschte jetzt der Gefangene.

»Maschallah, die Schläge haben geholfen; tretet ab, Ihr Leute, aber haltet Euch bereit!« Dann wandte er sich wieder an den Inkulpaten: »Vor den Kaschef wirst Du nicht kommen, denn Du gingst ja auch nicht zu ihm, bevor Du in unsern Kiosk einstiegest. Wo ist die Tochter dieses Sihdi?«

»Ich kenne sie nicht und weiß nicht, was Du willst!«

»Höre, Mann, die Sprache ist Dir noch immer nicht vollständig zurückgegeben worden; ich werde meine Arznei nochmals anwenden, vielleicht wirst Du dann vollständig geheilt. Oder willst Du reden?«

Der Gefragte schwieg. Katombo klatschte zum zweiten Male, und die Diener traten ein.

»Gebt ihm vierzig auf jede Sohle, wenn er nicht verspricht, zu reden.«

Sie führten ihn ab und bald erschollen die Schläge von Neuem, gleich darauf aber auch das Wimmern des Gefangenen. Ayescha hüllte sich fester in ihre Schleier, die Exekution mochte ihr weiches Gemüth peinlich berühren; auch Manu-Remusat schien einiges Bedenken zu haben.

»Dürfen wir ihn schlagen, Katombo?« frug er, »oder müssen wir ihn nicht vielmehr dem Kadi übergeben?«

»Er ist ein Armenier und kein Unterthan des Vizekönigs, sonst hätte er sich darauf berufen. Und wir werden schneller mit ihm fertig, als der Kaschef oder Kadi; hat er Dir nicht schlimmere Streiche versetzt, als er jetzt erhält?«

»Du hast Recht, mein Sohn; aber siehe, da bringen sie ihn wieder!«

Wirklich traten die Exekutoren wieder mit dem Inkulpaten ein und einer von ihnen meldete, daß er nur fünfzehn Streiche erhalten habe, weil er jetzt reden wolle. Sie setzten ihn, da er nicht mehr zu stehen vermochte, auf den Teppich und entfernten sich dann wieder.

»Bete das Surat yesin, daß Dir Allah Deine Sprache wiedergegeben hat,« begann Katombo, »und bitte ihn, daß er sie Dir erhalte, denn ich schwöre Dir bei Allah und seinem Propheten, daß Du nun sechzig Hiebe erhältst, sobald Du Dich weigerst zu sprechen. Merke Dir, sechzig auf jede Sohle, selbst wenn Du versprächest zu reden.«

»Ich bin in Deiner Hand; ich habe geschworen zu schweigen, aber Allah wird mir vergeben, wenn ich aus Schmerz meinen Schwur breche!« lautete jetzt die kleinmüthige und verzagte Antwort.

»So sprich: Du warst es, der das Mädchen raubte?«

»Ja.«

»Allein kannst Du nicht gewesen sein; wer war bei Dir?«

»Die ganze Bemannung eines Sandals.«

»Der Sandal war von dem gemiethet, für den Ihr das Mädchen raubtet?«

»Ja.«

»Wer ist es?«

Der Armenier blickte ängstlich vor sich nieder.

»Willst Du die Sechzig haben? Du weißt, daß ich geschworen habe und also mein Wort halten werde!«

»Ich muß es gestehen: es ist der Mudellir (Statthalter) von Assuan.«

»Hamd-el-Arek!« rief Manu-Remusat, indem er die Pfeife vor Ueberraschung zu Boden fallen ließ. »Mein Todfeind, der mächtige Hamd-el-Arek, welchen der Khedive (Vizekönig) beschützt wie einen Bruder! Allah akbar, jetzt begreife ich Alles! Er weiß, daß Sobeïde eine Perle ist unter den Töchtern Egyptens und hat sie rauben lassen, um seinen Harem mit ihr zu schmücken und sich zugleich an mir zu rächen. Fahre fort, mein Sohn; dieser Mann darf nicht geschont werden, und wenn er nicht Alles der Wahrheit gemäß bekennt, soll er nicht blos sechzig Streiche erhalten, sondern ich lasse ihn so lange schlagen, bis ihm der Schaum des Todes von den Lippen tropft. Redet er aber aufrichtig, so darf er auf meine Gnade rechnen und ich werde ihn so barmherzig behandeln, wie es seine Reue verdient; das schwöre ich bei dem Barte meiner Väter!«

»Du hörst diese Worte,« meinte Katombo, »also denke an Dein Bestes! Wie heißest Du? Schirwan ist Dein richtiger Name nicht. Wie nennt Dich der Mudellir?«

»Hamm-Barak.«

»Standest Du in seinem Dienste?«

»Ja.«

»Als was?«

Der Gefragte schwieg verlegen. Katombo lächelte:

»Ich begreife; Du mußtest ihm diejenigen Dienste leisten, von denen Niemand etwas wissen durfte und für welche es im Haushalte keinen Namen gibt?«

»So ist es.«

»Der Auftrag, welchen er Dir gab, bezog sich nicht direkt auf Sobeïde?«

»Nein; ich sollte von den beiden Töchtern dieses Sihdi eine bringen, gleichviel welche.«

Ayescha machte eine Bewegung des Entsetzens, wie leicht hätte sie das Schicksal ihrer Schwester treffen können.

»Wie kamt Ihr in den Kiosk?«

»Ich kundschaftete aus, daß die beiden Töchter des Scheik-el-Reïsahn sich des Abends dort befinden, und schwang mich mit meinen Leuten hinauf. Es kam nur Eine, und wir nahmen sie gefangen. Ich stieß meinen Dolch in das Fenster und hing unsere Strickleiter an denselben; meine Männer stiegen mit ihr hinab; ich mußte nachspringen, aber als ich zuvor den Dolch wieder herauszog, brach die Spitze ab.«

»Du bist kein Springer, sonst wärst Du nicht an dem Nagel hängen geblieben. Ihr habt die Gefangene gesund und richtig abgeliefert?«

»Ja.«

»Sie befindet sich in dem Harem des Mudellir?«

»Nein. Seine Lieblingsfrau ist eifersüchtig; er darf keine junge schöne Sklavin bringen.«

»Wo ist sie dann?«

»In einem Hause der Straße Bab-el-Run, wohin wir sie bringen mußten. Man erkennt es an der ersten Sure des Kuran, welche über seinem Thore steht.«

»Wie viel erhieltest Du für die That?«

»Ich erhielt noch nichts; der Mudellir will mich erst nach meiner Rückkehr bezahlen.«

»Warum gingst Du wieder nach Siut?«

»Ich sollte erkundschaften, ob Manu-Remusat unsere Spur entdeckt habe.«

»Wußtest Du, daß die Dahabié, auf welcher Du fuhrst, ihm gehört?«

»Nein; der Steuermann nannte mir Deinen Namen.«

»Ist Hamd-el-Arek jetzt noch in Assuan? Ich hörte, daß der Khedive ihn nach Kairo berufen habe.«

»Er wird noch einige Tage in Assuan bleiben, um sich Sobeïde günstig zu stimmen; aber lange Frist ist ihm nicht gelassen.«

»Ich bin fertig mit Dir!« Dann wandte er sich an Manu-Remusat: »Das Weitere muß ich Dir überlassen, Sihdi!«

Remusat sprach noch einige unwesentliche Fragen aus, die sich meist auf das Verhalten und Befinden seiner Tochter bezogen. Über das Erstere wurde ihm ausführlicher Bescheid; über das Letztere aber konnte er natürlich nichts erfahren. Seine Schlußmeinung sprach er in den Worten aus:

»Du bleibst mein Gefangener, bis die Angelegenheit zu Ende ist. Erhalte ich meine Tochter unversehrt wieder, so werde ich Dir ein gnädiger Richter sein; findet aber das Gegentheil statt, so mußt Du sterben!«

Er ließ den Armenier abführen und sorgte dafür, daß an eine Flucht desselben nicht zu denken war. Dann reichte er Katombo nochmals die Hand:

»Ich wiederhole, daß ich Dein Vater bleiben werde. Allah halte seine Hand über Dir und alle die Deinen, so lange Du lebst und sie auf Erden sind! Du hast mir neue Hoffnung gegeben, wo keine mehr vorhanden war, hast mir den Weg gezeigt, den ich zu gehen habe, und nun werde ich noch heute aufbrechen nach Assuan, um mein Kind von seinem Räuber zurückzufordern.«

»Das wirst Du nicht. Willst Du Deine andere Tochter schutzlos zurücklassen?«

»Ich übergebe Dir Ayescha, denn ich weiß, daß sie unter Deiner Obhut so sicher ist wie im Zelte der Erzväter.«

Ein Gefühl des Stolzes und der Genugthuung überkam Katombo, dennoch aber antwortete er:

»Sagtest Du nicht selbst, daß Hamd-el-Arek Dein Todfeind sei? Er ist der Liebling des Vizekönigs. Willst du in die Höhle des Löwen gehen? Du wirst nicht Deine Tochter retten, sondern darin umkommen!«

»Einst hatte ich die Macht, welche er besitzt; ich befehligte ganze Flotten, welche auf der See schwammen, und Alles was ich that, war recht und gut. Da wollte mir der Vizekönig eine seiner Töchter zum Weibe geben; ich aber liebte die Mutter meiner Töchter und schlug es ihm ab. Er schickte mich in die Verbannung. Der Streich war von Hamd-el-Arek ausgesonnen; dieser wußte, daß ich jedes andere Weib ausschlagen und also den König erzürnen werde. Er nahm meine Stelle ein in der Gunst des Herrschers und trachtet mir nun auch nach meinen Töchtern, Allah verdamme ihn. Ich werde ihn tödten, wo ich ihn nur finde!«

»Laß Den für Dich handeln, den Du vorhin Deinen Sohn nanntest, Sihdi! Du kannst nicht frei und ungehindert handeln, denn der Mudellir kennt Dich; mich aber hat er noch nie gesehen; von mir hat er noch nie gehört. Du kennst mein Auge und meinen Arm. Ich schwöre Dir, daß ich Dir Deine Tochter bringen oder sterben werde; ich schwöre es bei Allah und den sieben Himmeln des Propheten!«

Manu-Remusat wurde wankend; das war ihm anzusehen, und jetzt legte sich auch das Händchen Ayeschas auf seine Schulter.

»Erfülle seine Bitte, Vater, und bleibe bei mir. Er wird Dir Sobeïde wiederbringen!«

»Auch Du, meine Tochter? So sei es denn! Fahre Du hinauf nach Assuan; Du wirst meine Hoffnung ganz erfüllen. Nimm die leere Dahabié, welche noch nicht befrachtet ist; ich stelle sie unter Deinen Befehl.«

»Verzeihe, Sihdi! Die Dahabié geht zu langsam. Gieb mir den Sandal, welcher nach meiner Zeichnung gebaut wurde und eigentlich in drei Tagen seine erste Fahrt stromab beginnen sollte!«

»Den kannst Du nicht nehmen; er ist ja beinahe vollständig befrachtet.«

»Wir laden Alles auf die zweite Dahabié. Wenn alle unsere Schiffer helfen, sind wir vor Anbruch des Morgens fertig, und dann wird der Sandal so schnell segeln, daß er den Verlust der Zeit doppelt einbringt.«

»Thue, was Du wünschest! Der Sandal wurde nach Deinem Plane gebaut; Du selbst gabst ihm den Namen Djuhr-el-Djienne (Schwalbe) und behauptest, daß er der beste Segler des Nils sein werde. Dir zu Ehren soll seine erste Fracht in dem Glücke bestehen, welches Du mir wiederbringst. Gehe jetzt, mein Sohn, und ertheile Deine Befehle; sie sollen so befolgt werden, als seien es meine eigenen!«

Katombo ging. Als er in den Hof trat, eilte ihm ein arabischer Diener entgegen, welcher sich durch eine, wenn auch nicht zu hohe aber äußerst nervige und geschmeidige Gestalt auszeichnete.

»Hamdullillah, Preis und Lob sei Gott, daß ich Dich wiedersehe! Ich war krank, als Du abreistest. El-Timsach (Krokodil) hatte mich gebissen, ließ mich aber wieder fahren, weil es zu wenig Fleisch an mir fand, dennoch aber waren mir seine Zähne so tief in den Leib gefahren, daß ich Dir nicht folgen konnte. Jetzt aber hat mir Allah den Gebrauch meiner Glieder wiedergegeben, und so hoffe ich, daß ich mit Dir gehen darf, wenn Du wieder reisest.«

»Das sollst Du, Ali, und zwar bald, denn bereits morgen früh fahren wir mit der neuen »Djuhr-el-Djienne« ab.«

»Morgen früh? Mit Deinem Sandal, Sihdi?« Der Mann machte vor Freude einen Luftsprung, wie ihn die gelenkigste Meerkatze nicht besser fertig gebracht hätte, und fuhr dann fort: »Du bist der beste und gütigste Sihdi, den es geben kann in ganz Moslemistan, Parsistan, Indistan, Chinistan und Frankistan!«

Katombo lächelte selbst sehr vergnügt. Unter allen Leuten Manu-Remusats hatte er Ali am liebsten; dieser war nicht nur der treueste und zuverlässigste Diener, den es gab, sondern er zeichnete sich unter seinen meist ernsten Genossen durch eine ansehnliche Portion Lebhaftigkeit aus, die sehr oft geradezu in Frohsinn und eine Heiterkeit überging, welche sich in den possirlichsten Witzen erging.

»Mache Dich also bereit, Ali!«

»Sihdi, ich bin bereits fertig. Soll ich absegeln?«

»Nein,« lachte Katombo; »aber wenn Du es so eilig hast, so gehe hinüber zur Dahabié, in welcher ich gekommen bin, und sage allen Männern, daß sie herunter zum Sandal kommen sollen; es gibt eilige Arbeit für sie!«

»Ich eile, ich laufe, ich springe, ich fliege, Sihdi!« antwortete Ali, und bei dem letzten seiner Worte war er schon so weit entfernt, daß es von Katombo gar nicht mehr gehört oder verstanden werden konnte.

Er sprang nach dem Flusse hin und erstieg die Dahabié. Einer der Männer, welcher ihn nicht kannte, trat ihm entgegen.

»Was willst Du hier?«

»Sage mir zuvor, was Du hier willst, Du Ben-el-Kuskussu!«*

»Ich gehöre zu diesem Schiffe!«

»So bist Du wohl der Mann, der die überflüssigen Ratten und Mäuse todtzubeißen hat, wie ich an Deinem Großmaul ersehe?«

»Hüte Deine Zunge, Kleiner! Ich bin Omar, der Segelwächter.«

»Omar, der Segelwächter? Was ist ein Segelwächter, und was ist Omar? Ein Segelwächter ist ein Mann, der nichts ist, ganz und gar nichts, und Omar ist ein Name, den so viele Männer tragen, wie Sand am Meere oder wie Flöhe in der Sahara. Ich aber heiße Ali-el-Hakemi-Ebn-Abbas-Ebn-er-Rumi-Ben-Hafis-Omar-en-Nasafi und bin der erste Diener und Minister meines guten Herrn und Effendi Katombo. Siehe, wie Du vor Erstaunen den Mund aufsperrst, als ob Du

---

* Sohn des Breies.

die Pyramiden von Gizéh verschlingen wolltest, gerade wie Deine Ratten und Mäuse! Wo ist der Steuermann?«

»In der Kajüte!«

Ali eilte hinab und traf den Genannten an.

»Allah kerihm, Gott ist gnädig; Du bist wieder gesund, Ali?« begrüßte ihn dieser. »Was thust Du auf der Dahabié? Schickt Dich der Reïs?«

»Ja. Sihdi Katombo läßt Dir sagen, daß alle Männer sofort nach der »Djuhr-el-Djienne« kommen sollen, wo es viele Arbeit gibt.«

»Wir haben hier ja Arbeit auch genug!«

»Allah segne Deine Zunge, daß sie vollständiger reden lernt! Wenn mein Effendi befiehlt, so hat Jeder zu gehorchen. Weißt Du das, Du, dessen Verstand heller leuchtet wie Nurgehan?«*

»Mache Dich von dannen, Du Ali-el-Hakemi-Ebn-Abbas-und-so-weiter!« lachte der Steuermann, der den spitzigen Patron zu gut kannte, als daß er ihm seine Worte hätte übel nehmen mögen. Zugleich stieg er an Deck, um alle Mannen zusammenzurufen und mit ihnen, eine Wache ausgenommen, nach dem Sandal zu gehen.

Hier fanden sie Katombo bereits beschäftigt, das Transmettiren der Fracht nach der zweiten Dahabié zu überwachen. Der Steuermann frug ihn nach dem Grunde und dem Ziele der so schnell und plötzlich projektirten Reise, konnte aber leider zu seinem Verdrusse nicht das Mindeste erfahren.

Unter diesen Vorbereitungen verging der heiße Nachmittag. Die in jenen Gegenden äußerst kurze Dämmerung brach herein, und es wurde Abend. Dennoch aber hörte die Arbeit nicht auf; sie wurde beim Scheine der Fackeln und Laternen fortgesetzt, und zwar immer noch unter der persönlichen Leitung Katombos, der dieselbe erst dann an den Steuermann abtrat, als der Abendstern beinahe seinen Kulminationspunkt erreicht hatte.

Jetzt verließ er den Sandal und kehrte nach dem Hause

---

* Das Licht der Welt.

zurück. Doch betrat er dieses letztere nicht, vielmehr wandte er sich vom Gartenthor seitwärts und suchte den Kiosk zu erreichen, ohne von Jemand bemerkt zu werden. Es gelang ihm, obgleich in Folge des beabsichtigten Abganges des Sandals noch alle Augen offen und alle Hände beschäftigt waren. Er fand das Gartenhaus noch verschlossen und trat seitwärts hinter ein Feigengebüsch, um die Ankunft der Geliebten zu erwarten.

Noch hatte er nicht lange hier gestanden, als er leise Schritte vernahm. Eine schwarz verhüllte Frauengestalt nahte; er hatte Ayescha bisher nur in weißen Gewändern gesehen, aber das Klopfen seines Herzens sagte ihm, daß sie es dennoch sei und sich nur in dunkle Farbe gekleidet habe, um nicht bemerkt oder gar erkannt zu werden.

Sie blieb gerade vor ihm stehen, blickte empor zum Himmel nach dem Abendstern und flüsterte dann, indem sie forschend um sich blickte:

»Katombo!«

»Ayescha!«

»Du bist so beschäftigt, daß ich schon glaubte, Dich nicht anzutreffen!«

»Ich wäre gekommen, und wenn mich hundert Arme gehalten hätten. Hatte ich nicht viel mehr Recht zu der Frage, ob Du kommen werdest, Du mein Engel, meine Huri, meine Fee?«

»Hatte ich es Dir nicht versprochen? Komm; laß uns eintreten!«

Sie stieg die Stufen empor und öffnete. Er folgte ihr. Die Matte, welche das nach dem Garten gehende Fenster bedeckte, wurde aufgezogen, so daß der Strahl des Mondes und der Sterne in den Raum fiel, und dann nahmen sie Beide neben einander auf dem Divan Platz. Er entfernte den neidischen Schleier von ihrem Angesicht und blickte ihr lange, lange und wortlos in die dunklen, mit einem magischen Blicke auf ihm ruhenden Augen.

»Ayescha, ist diese Stunde kein Traum, keine Täuschung, keine Fata morgana, welche dem Pilger wunderbar Schönes und Köstliches vorspiegelt, um ihn dann in die tiefste Verzweiflung zu stürzen?«

»Es ist kein Traum und keine Spiegelung, Katombo, sondern Wahrheit. Ich war beinahe noch ein Kind, als ich Dich zum ersten Male bei uns sah, aber ich habe Dich geliebt seit jenem Tage bis heute, und werde Dich lieben, so lange Allah mir das Leben schenkt.«

»Und weshalb liebst Du mich? Ich kam her elend und arm, ohne irgend eine der vielen Gaben, welche Allah an Glückliche vertheilt.«

»Du hast die beste und die edelste Gabe, welche Allah nur seinen Auserwählten bietet: Du bist ein Mann! Weißt Du nicht, daß es hier nur Sklaven gibt, die hier sich demüthig beugen und dort so hochmüthig sich brüsten? Gibt es ein Fatum, ein Kismet? Der Prophet sagt ja, und der Kuran sagt es auch. Aber wenn es Dein Kismet ist, ein Mann zu sein, so bist Du es doch nicht mit einem Male, sondern Du mußt es werden und bleiben durch Dich selbst. Vater nahm Dich auf, als Du arm und verlassen zu ihm kamst. Er frug Dich nur nach Deinem Namen, nach weiter nichts; aber Du hast mehr als diesen Namen.«

»Ja, ich habe mehr, viel mehr, unendlich mehr als ihn, denn ich habe Dich, die mir kostbarer ist als alle Schätze und Ehren der Erde.«

»Nein, Du hast Dich, und nur darum darfst Du auch mich besitzen. Ich habe gesehen, mit welchen Mühen Du nach des Vaters Liebe und Vertrauen gerungen hast; ich habe das Licht in Deiner Kammer leuchten sehen alle Nächte hindurch bis an den frühen Morgen; Du saßest bei den Büchern, welche Vater Dir gegeben hatte und in denen die schwere Kunst zu lernen ist, ein Schiff zu führen auf dem Strome und auf der großen See. Und wenn Du auf Reisen warst, so bin ich in Deine Kammer gegangen und habe viele Bücher gesehen in fremden Sprachen und mit Zeichen, die kein Taleb (Schriftgelehrter) versteht. Vater sagt, daß Du klüger und geschickter seist als er; Ali nennt Dich Effendi (Magister oder Doktor) und Du bist es auch. Du bist ein Mann, denn Du glaubst nicht an das

Fatum und nicht an das Kismet, sondern Du willst durch Deine Arbeit und durch Deine Mühe werden, was Du wirst, und darum hebe ich meine Augen auf zu Dir und liebe Dich.«

Es war ihm so wunderbar, so selig zu Muthe bei diesen Worten des herrlichen Mädchens. Er sah sich in seinem tiefsten, innersten Denken und Streben von ihr verstanden, und dies machte ihn noch stolzer, noch glücklicher als ihre Liebe. Woher hatte sie die Anschauungen, die er hinter der Stirn eines orientalisch erzogenen Mädchens gar nicht erwarten und vermuthen konnte?

»Wer hat Dich gelehrt, am Kismet zu zweifeln?«

»Darf ich Dir es sagen, Katombo?«

»Sage es!«

»Aber Du wirst dann Dein Herz von mir wenden und mich nicht mehr lieben!«

Er legte ihr Köpfchen in überquellender Zärtlichkeit an seine Brust und flüsterte:

»Ayescha, ich war in einem fremden Lande, wo man ein wunderbar schönes Lied singt. Darin kommen Worte vor, die ich Dir als Antwort geben will.«

»Wie lauten sie?«

»Ich hab Dich geliebet und liebe Dich heut, und werde Dich lieben in Ewigkeit!«

»Welch schöne Worte; in jenem Lande muß es Dichter geben, die ebenso groß und gut sind wie die unsrigen!«

»Noch größer und besser!«

»Wie heißt es?«

»Germanistan.«

»Und ich darf glauben, was dieses Lied sagt, und Dir ohne Sorge meine Antwort geben?«

»Du darfst es, denn lieber will ich sterben, als auf Deine Liebe verzichten!«

»So wisse, daß wir eine alte Sklavin hatten, die nach dem Tode der Mutter immer bei uns sein mußte. Sie war keine Gläubige, sondern eine Christin und hat mir und Sobeïden heimlich viel erzählt von ihrem Heilande, der Isa-Ben-Marryam (Jesus, der Sohn Mariens) geheißen hat und für die

Elenden und Armen gar gestorben ist. Die Worte, welche er lehrte, waren wie Thau in der Dürre und wie Balsam für die Schmerzen. Wir haben viel geweint über seine Leiden; aber er wohnt jetzt bei Allah und regiert die Erde. Ich liebe ihn, und weil er verboten hat, an das Kismet zu glauben, so will ich ihm gehorsam sein.«

»Weiß Dein Vater alles dies?«

»Nein. Aber Du bist ein Gläubiger und wirst mich nun von Dir stoßen!«

»Nein, das werde ich nicht, denn was Isa-Ben-Marryam gesagt hat, das glaube auch ich. Doch das Herz ist ein Brunnen, aus dem nicht Jeder trinken darf; darum soll man nicht sprechen von seinen Gedanken, und nicht reden von den Gefühlen, welche in ihm wohnen. Wer glücklich ist, soll seine Seligkeit verschließen, und wer ein Leid zu tragen hat, darf es nicht Andern zeigen.«

»Und doch hast Du es Andere sehen lassen!«

»Ich? Woher weißt Du, daß ich ein Leid im Herzen hatte?«

»Hast Du jemals gelacht, seit ich Dich kenne? Bist Du jemals munter und vergnügt gewesen? Auf Deiner Stirn stand geschrieben, daß Dich ein großes Unglück drückte, und erst heut sah ich Dein Auge zum ersten Male ohne Wolken. Willst Du mir sagen, was Dich so tief betrübte?«

»Ja; aber nun muß ich befürchten, daß Du dann mich nicht mehr liebst!«

Sie legte ihre Arme um seinen Nacken und flüsterte:

»Ich hab Dich geliebet und liebe Dich heut, und werde Dich lieben in Ewigkeit!«

Er küßte sie mit tiefer Bewegung auf die reine Stirn.

»Ja, ich trug ein großes Leid im Herzen! Was würdest Du thun, Ayescha, wenn ich Dich jetzt von mir stieße und eine Andere liebte, die mich blos für eine Woche sehen will, um mit meiner Liebe zu spielen?«

»Katombo, thue das nicht; ich würde sterben!« bat sie in angstvollem Tone.

»Nein, meine Seele, das thue ich nicht! Ich habe auch geglaubt, daß ich sterben müsse; aber das Herz des Mannes ist stark; es blutet fort, doch es bleibt leben, und das ist schlimmer als der Tod.«

Sie sah ihn fragend an.

»So hast Du eine Andere geliebt, die Dich verlassen hat?«

»Ja. Und nicht wahr, nun wirst Du mir Deine Liebe entziehen?«

»O nein, denn Du hast mich ja damals noch nicht gekannt. Ich möchte vielmehr nun meine Liebe verdoppeln, damit Dein Herz seine Wunden vergißt!«

»Sie sind geheilt, heut, in einem einzigen Augenblick.«

»An welchem?«

»Als Du mir sagtest, daß ich Dich lieben darf.«

»Sie – war – wohl – – schön, sehr schön?« frug sie stockend.

»Ja, sie war schön, aber nicht so gut wie Du!«

»O nein, gut kann sie nicht gewesen sein, sonst hätte sie Dir nicht einen solchen Gram bereitet. Ich hasse sie nicht, weil Du sie liebtest, sondern ich hasse sie, weil sie so schlimm gegen Dich war. Wie hieß sie?«

»Zarba.«

»Zarba. Ich werde mir diesen bösen Namen merken, aber ich werde ihn niemals aussprechen, um nicht das Glück zu trüben, das ich Dir so gern geben möchte!«

Diese Worte des lieben engelsreinen Mädchens drangen ihm bis in die tiefsten Tiefen seines Innern, und Alles, was ihn bisher so unglücklich und elend gemacht hatte, drängte sich noch einmal eng zusammen, so daß es ihm heiß aus dem Herzen in die Augen stieg, aus welchen eine einzige aber desto schwerere Thräne niedertropfte. Sie fiel auf Ayeschas Wange. Sofort schlug das Mädchen die Arme um ihn und bat, nun selbst leise schluchzend:

»Weine nicht, Katombo, sondern liebe mich; Du sollst Alles vergessen, und ich werde Dir nie ein Leid thun, nie ein einziges!«

»Wirst Du auch mich nicht vergessen, wenn ich fern von Dir bin?«

»Ich werde stets an Dich denken, alle Tage, zu jeder Stunde und an jedem Augenblick! Kannst Du mir verzeihen, daß ich

Dich fort von hier trieb, dorthin, wo nur Gefahr auf Dich wartet?«

»Du?«

»Ja ich, als ich den Vater bat, Dich an seiner Stelle nach Assuan zu senden?«

»Ich habe Dir ja gar nichts zu vergeben, vielmehr muß ich Dir Dank sagen, daß Du mir beistandest, als er mir meine Bitte nicht erfüllen wollte.«

»Ich weiß, daß nur Du allein die Schwester bringen wirst; ich weiß, daß Du alle Gefahren besiegen wirst; Vater aber wäre nie zurückgekehrt. Sein Herz ist krank; o, gieb ihm Heilung, Katombo, denn Du liebst mich und ihn, und er hat Dich seinen Sohn genannt!«

»Ich habe ihm versprochen, daß ich sterben oder Sobeïde zurückbringen werde, und ich habe noch niemals mein Wort gebrochen. Er hat mich seinen Sohn genannt; aber werde ich es auch so sein dürfen, wie wir es wünschen – als Mann seiner Tochter?«

Bei dieser Frage verdunkelte ein Schatten den halb offen gebliebenen Eingang und – Manu-Remusat stand vor ihnen. Sie erhoben sich erschrocken; er aber legte seine beiden Hände auf ihre Häupter.

»Du darfst es sein, Katombo, denn Ihr liebt Euch so, wie ich mein Weib einst liebte, und seid werth, Euch zu beglücken. Ich wollte Dich sprechen, Ayescha, fand Dich nicht im Harem und suchte dich. Ich habe alle Eure Worte vernommen. Gehe nach Assuan, Katombo, und wenn Du mir Sobeïde bringst, sollst Du Ayescha zum Weibe haben. Es ist ein hoher, ein köstlicher Preis; verdiene ihn Dir!« – – –

Dreizehntes Kapitel.

Vom Reïs zum Kapudan Pascha.

Die Sonne hatte sich schon längst aus den Fluthen des rothen Meeres erhoben, doch war der Morgen noch nicht so weit vorgerückt, daß ihre Strahlen sehr beschwerlich gefallen wären. Auf den Fluthen des Nils tummelte sich ein reges Leben, und auch in den Straßen und Gassen von Assuan herrschte ein Verkehr, der nach einigen Stunden, wenn das Gestirn des Tages höher zu stehen kam, nothwendig ersterben mußte.

Am Ufer lag zwischen andern Fahrzeugen ein Sandal, der die Blicke aller Kenner auf sich zog. Der Rumpf hatte eine schärfere und schlankere Bauart, als sonst bei diesen Fahrzeugen zu bemerken war; von dem Segelbaue konnte man nichts sehen, da Alles im Reffe lag, aber die eigenthümliche und fremdartige Takelung ließ vermuthen, daß auch die Leinwand eine ungewöhnliche Form und Stellung besitzen werde.

Auf dem Vorderdecke dieses Fahrzeuges saßen mehrere Männer, welche Tabak rauchten und sich dabei in aller Gemüthsruhe das am Ufer sichtbare Leben und Treiben beschauten; am Hinterdecke aber, ganz nahe am Steuer standen Zwei, die in einer zu lebhaften Unterhaltung begriffen waren, als daß sie, wenigstens jetzt, für diesen Gegenstand ein Interesse hätten haben können. Der Eine war ein sehr hochgewachsener, noch junger Mann in der Tracht eines Reïs, und der Andere zeigte eine schmächtigere, weit kleinere Statur, die sich durch eine ungewöhnliche Lebhaftigkeit auszeichnete.

»Also Bab-el-Run heißt die Straße, Ali,« meinte der Erstere.

»Ja, Bab-el-Run, Effendi. Meine Gestalt ist kurz, aber mein Gedächtniß ist so lang wie der Nil; wie könnte ich mir sonst meinen eigenen Namen merken!«

»Und über dem Thore des Hauses steht das erste Surat des Kuran.«

»Das erste, das ist gut; da habe ich nicht so viel zu zählen, als wenn es das neunzigste oder hundertachtundvierzigste wäre.«

»Und Du wirst Deine Sache gut machen, Ali?«

»Maschallah, habe ich sie jemals schlecht gemacht? Nur ein einziges Mal bin ich dumm gewesen, weil ich das Krokodil nicht gleich verschlungen habe, als es mich fressen wollte. Sei ohne Sorge, Sihdi! Assuan ist nicht bekannt, als ob hier besonders kluge Leute wohnten.«

»Hier hast Du Geld. Man weiß nicht, ob Du welches brauchen wirst.«

»Maschallah, Sihdi, ich weiß, daß ich stets welches brauche; aber was ich übrig behalte, das sollst Du ehrlich wieder bekommen. Das Geld ist wie der Vogel: man weiß, aus welchem Ei er kommt, aber wenn er ausgekrochen ist, so weiß man nicht, wohin er fliegt.«

»So gehe!« lachte Katombo.

»Sallam – – –«

Das aaleïkum« war nicht mehr zu hören, denn Ali hatte bereits den Fuß auf den Bord gesetzt, um an das Ufer zu springen. Hier gab er sich ganz das Ansehen eines Mannes, der ohne ein besonderes Ziel behaglich dahinzuschlendern vermag, weil ihm die liebe Zeit nicht allzu karg zugemessen ist, und erst nach einiger Zeit trat er zu einem müßig stehenden Lastträger.

»Sallam aaleïkum!«

»Aaleïkum!« lautete die einsilbige Antwort.

»Ist Friede in Deinem Hause?«

»Friede immerdar!«

»Und Glück bei Deinem Geschäfte?«

»Allah gibt Jedem, was er braucht. Gibt er viel, so braucht man viel, gibt er wenig, so braucht man wenig.«

»Hamdullillah, Preis sei Gott, daß ich gefunden habe, was ich suche!«

»Was suchest Du?«

»Sag lieber: »Wen suchest Du?« Ich suche einen weisen Mann, der mir eine Frage beantworten kann, und da Deine

Worte von Gelehrsamkeit duften wie die Bücher der Kadis, so glaube ich, daß Du mir Antwort geben kannst.«

»So frage!« gebot der Lastträger, welcher sich außerordentlich geschmeichelt fühlte, und nun eine Frage erwartete, zu deren Beantwortung ein ungewöhnlicher Scharfsinn gehöre.

»Wo liegt die Straße Bab-el-Run?«

Das Gesicht des Lastträgers verfinsterte sich mit einem Male.

»Ist das Deine gelehrte Frage?«

»Ja.«

»So gehe, wo Du hergekommen bist, sonst werde ich Dir die Straße Bab-el-Run mit diesem da zeigen!« Dabei erhob er den Prügel, an welchen er Doppellasten zu befestigen pflegte, um sie auf der Achsel zu tragen. »Glaubst Du, daß sich ein ehrlicher Mann von einem Mukkle (Spaßvogel) äffen läßt? Fort, sonst kommst Du dreimal schneller weg, als Du denkst!«

Dabei machte er eine so sprechende Bewegung, daß Ali schleunigst das Weite suchte.

»Maschallah, war das ein Grobian! Also auf diese Weise geht es nicht; ich muß es auf eine andere versuchen!«

Er bog jetzt eilig in ein Gäßchen ein, in welchem ihm ein Sorbethändler begegnete. Er trat auf ihn zu und frug kurz:

»Wo ist die Straße Bab-el-Run?«

Der Händler setzte seinen Limonadenapparat zur Erde und legte beide Hände an die Ohren.

»Was? Wie?«

Ali merkte, daß der Mann schwerhörig war und trat ihm so nahe wie möglich, um ihm seine Frage in das Ohr zu brüllen. Indem kamen zwei Maulthiere herbei, welche eine Sänfte trugen, in welcher jedenfalls eine vornehme Frau saß, denn zwei Läufer gingen ihr voran, laut ihr »Remalek« und »Schimalek« (»rechts« und »links«) rufend, um die Begegnenden zum Ausweichen anzuhalten. In der Rechten trug jeder von ihnen eine schwere Nilpeitsche, um ihren Worten, wenn sie nicht befolgt wurden, nach Landessitte den gehörigen Nachdruck zu geben. Eben brüllte Ali sein

»Wo ist die Straße Bab – – –«

so erhielt er, ohne vollständig ausgesprochen zu haben, einen fürchterlichen Hieb über den Rücken. Er fuhr erzürnt herum.

»Schimalek!« donnerte ihm der Läufer entgegen und applizirte ihm einen zweiten und ebenso kräftigen Hieb auf dieselbe Stelle.

»Schim – – ach so! Allah kerihm, haut der Kerl zu!«

Er retirirte sich zur angegebenen Seite, aber doch nicht schnell genug, so daß er noch einen dritten Hieb empfing. Der Sorbethändler hatte natürlich die Warnung noch viel weniger vernommen. Der andere Läufer bearbeitete ihn auf das Lebhafteste mit der Peitsche, immer sein »Remalek« rufend; aber ehe der schwerhörige Mann seinen Apparat emporraffte, waren die Maulthiere zur Stelle und schritten so kontinuirlich weiter, daß er zur Seite geworfen und sein Gefäß umgerissen wurde, so daß die Limonade über die Gasse schwemmte.

Als Ali das Unheil bemerkte, welches er angerichtet hatte, machte er sich eiligst aus dem Staube, und hielt nicht eher an, als bis er um einige Ecken gebogen war. Dort blieb er stehen, um sich den Revers seines beleidigten Körpers zu reiben.

»Allah akbar, Gott ist groß, aber diese Hiebe waren noch größer. Welch ein Glück, daß ich entkommen bin! Hätte mich der Händler festnehmen lassen und angezeigt, so hätte ich ihm seinen ganzen Sorbet bezahlen müssen. Wie es scheint, ist es heut mein Kismet, daß ich die Straße Bab-el-Run nicht finden soll!«

Er schaute sich um und bemerkte einen Wassermann, welcher seinen Esel vor sich hertrieb, an dessen beiden Seiten die offenen Fässer hingen. Er wartete, bis derselbe nahe war und trat ihm dann entgegen.

»Willst Du mir nicht sagen, wo die Straße Bab-el-Run ist, ïa Abd-el-Ma (o Diener des Wassers)?«

Der wie ein Herkules gebaute Mann sah ihn ruhig von unten bis oben an, ergriff dann sein Schöpfgefäß, tauchte es tief in eines der Fässer, so daß es voll wurde, und goß ihm das Wasser in das Gesicht. Dann setzte er, ohne ein Wort zu verlieren, seinen Weg weiter fort, als ob nicht das Mindeste vorgefallen wäre. Ali stand da, als hätte ihn der Schlag gerührt, und es dauerte lange, ehe er auf den Gedanken kam, seine Schärpe abzubinden, um sich mit derselben abzutrocknen. Er befand sich im Bazar der Schneider, und ihm gegenüber lag ein Laden, dessen Besitzer den ganzen Vorgang mit angesehen hatte. Er winkte ihm einzutreten.

»Sallam aaleïkum!« grüßte Ali.

»Sallam, Friede sei mit Dir! Warum begoß Dich dieser Mann mit Wasser?«

»Ich weiß es nicht. Kannst Du es mir sagen?«

»Was sprachst Du zu ihm?«

»Ich frug ihn, wo die Straße Bab-el-Run ist.«

»Bist Du fremd in Assuan?«

»Ja.«

»Wo kommst Du her?«

»Von Kairo.«

»Maschallah, so hat er Dich unschuldig bestraft! Die Straße Bab-el-Run ist dieselbe, in der Du Dich befindest, und der Mann hat geglaubt, Du willst mit ihm scherzen. Was suchst Du in dieser Straße? Ich werde Dich gern berichten.«

»Das Haus des Mudellir.«

»Das liegt sehr weit von hier; Du kannst es an der heiligen Fatha erkennen, welche über dem Thore zu lesen ist. Was willst Du bei Hamd-el-Arek?«

Ali hatte zwar bisher Unglück gehabt, aber er war trotzdem ein schlauer Kopf und besann sich kurz:

»Ich will ihn um Gerechtigkeit bitten.«

»Um Gerechtigkeit?« dehnte der Schneider. »Der Prophet spricht: »Wenn Du einen Freund findest, so öffne ihm Dein Herz, dann wird Dein Fuß nicht straucheln.« Sprich weiter!«

»Bist Du mein Freund?«

»Versuche es, so wirst Du es bald sehen! Ich bin ein Freund aller Gerechten, aber ein Feind aller Ungerechten.«

»Ich habe einen Bruder im Wadi-el-Mogreb, welches

nicht weit von hier liegt. Er starb und hat mir seine Habe hinterlassen, aber als ich von Kairo in das Wadi kam, da –«

»Da hatte der Mudellir Deine Erbschaft eingezogen?« fiel ihm der Schneider eifrig in die Rede.

»Du sagst es.«

»Und nun willst Du zu ihm gehen und sie von ihm fordern?«

»Sie von ihm fordern!« nickte Ali.

Der Schneider blickte sich vorsichtig um, legte dann die Hand an den Mund und flüsterte:

»Weißt Du, was Du bekommst?«

»Was?«

»Die Bastonnade, aber von Deiner Erbschaft nicht so viel, wie ein Durrhakorn (Hirsekorn) groß ist. Gehe nicht zu ihm, sondern kehre eilends nach Kairo zurück!«

»Sagst Du die Wahrheit?«

»Ich sage sie, denn ich kenne den, von dem Du sprichst. Er hat ein ganzes Jahr lang seine Gewänder bei mir genommen, und als ich kam und ihn demüthig um die Zahlung bat, kannte er mich nicht und ließ mich in den Bock spannen. Meine Zahlung habe ich redlich erhalten, denn für jedes Silberstück, welches ich verlangte, bekam ich einen Bastonnadenstreich! Allah incharkilik, Gott verbrenne ihn!«

»Und die Tochter meines Bruders ist auch mit verschwunden.«

»Maschallah, ist das wahr? So hat er sie in sein Harem gesteckt! Die schönsten Jungfrauen des Bezirkes treibt er zusammen, obgleich Sada, seine Frau, nichts davon erfahren darf. In dem Hause, welches ich Dir beschrieb, werden sie eingeschlossen; ich weiß das ganz genau, denn meine Schwester gehört zu den Hüterinnen der Frauengemächer.«

»Kommt sie zuweilen, Dich zu besuchen?«

»Sie kommt täglich, wenn sie ihre Einkäufe für die Küche macht.«

»Würdest Du mir erlauben, einmal mit ihr zu sprechen?«

Der Schneider schüttelte langsam und bedächtig das Haupt.

»Das ist zu gefährlich!«

»So laß Dir etwas sagen, Mann: Die Tochter meines Bruders hatte einen Geliebten, welcher mit nach Assuan gekommen ist. Er ist ein sehr wohlhabender Kaufmann und hat einen ganzen Beutel voll Goldstücke bei sich. Er würde gern mit Dir sprechen. Darf ich ihn holen?«

Der Schneider blickte nachdenklich vor sich nieder.

»Warte einmal; ich will das Kismet befragen!«

Er griff in die Tasche seiner weiten Pluderhosen und zog drei Würfel hervor, die er eine Weile in den hohlen Händen rollte und dann auf den Boden fallen ließ. Er zählte die oben aufliegenden Augen und meinte dann:

»Geh und hole ihn, ich darf Euch vertrauen!«

Ali verließ den Laden und kehrte schleunigst zum Sandal zurück, wo ihn Katombo mit Sehnsucht erwartete. Als er ihn kommen sah, stieg er zur Kajüte nieder, in welcher er ihn empfing.

»Nun?«

»Sihdi, ich bin Ali-el-Hakemi-Ebn-Abbas-Ebn-er-Rumi-Ben-Hafis-Omar-en-Nasafi, und was Du mir befiehlst, das bringe ich zu Stande!«

»Hast Du die Straße gefunden?«

»Sofort,« antwortete er, sich in die Brust werfend.

»Und weiter?«

»In dieser Straße wohnt ein Schneider, der ein großer Feind des Mudellir ist, weil dieser ihm die Bastonnade geben ließ, anstatt ihn zu bezahlen. Seine Schwester ist Haremshüterin beim Mudellir und wird jetzt zu ihm kommen. Willst Du mit ihr sprechen? Ich habe gesagt, mein Bruder im Wadi-el-Mogreb sei gestorben und ich bin aus Kairo gekommen um die Erbschaft zu holen. Der Mudellir aber hat sie mir weggenommen und auch die Tochter meines Bruders dazu, deren Bräutigam Du bist. Du bist ein Kaufmann und hast viele Goldstücke mit.«

»Ali, Dein Verstand ist ebenso groß, wie Dein Name lang ist. Warte ein wenig; ich werde gleich fertig sein!«

Er durfte natürlich in dem Anzuge eines Reïs nicht mitgehen, sondern mußte ein anderes Gewand anlegen. Nachdem dies geschehen war, verließen sie das Fahrzeug und schritten nach der Straße Bab-el-Run, deren Lage sich Ali genau gemerkt hatte. Der Schneider schien ihrer bereits zu harren. Vielleicht war seine Schwester mittlerweile gekommen.

»Mein Freund hier hat mir Deinen Laden empfohlen,« begann Katombo nach der üblichen Begrüßung. »Hast Du einen Anzug für mich?«

Des Schneiders Auge leuchtete befriedigt auf; er sah, daß er einen Mann vor sich habe, der eine delikate Sache auf die rechte Weise einzuleiten verstand.

»Du findest bei mir Alles, was du begehrst. Willst Du einen guten oder einen billigen Stoff?«

»Der gute ist stets der billigste.«

»Du sprichst weise, wie ein Kenner spricht. Setze Dich nieder und nimm die Pfeife! Ich werde Dir vorlegen.«

Er brachte die verschiedensten Anzüge zum Vorschein. Katombo behielt einen derselben und bezahlte ihm doppelt so viel, als er verlangte. Der Schneider bedankte sich:

»Gesegnet sei die Hand, welche lieber gibt als nimmt! Erhebt Euch, Ihr Männer! Tretet durch diese Thür, Ihr werdet auch dort finden, was Ihr sucht.«

Sie folgten seiner Aufforderung und traten in ein kleines, enges Gemach, in welchem eine kurze dicke und verhüllte Frauengestalt saß. Katombo verbeugte sich sehr tief herab, obgleich er wußte, daß er nur eine Dienerin vor sich habe.

»Sallam aaleïkum, Friede und Heil sei mit Dir! Der Kuran sagt: »Das Herz des Weibes gleicht der Rose; es spendet Duft und Wohlgeruch zu aller Zeit.« Laß mich die Schwester des Weibes bewundern.«

Neben ihr stand eine Thonvase, in welcher eine Rose steckte. Er nahm Beides, sog den Duft der Rose ein, ließ dabei eine Hand voll Goldstücke in die Vase fallen und setzte diese wieder an ihren Ort zurück. Diese Introduktion hatte eine außerordentliche Wirkung; der Schleier wurde gelüftet und ein volles, gutmüthig dreinschauendes Gesicht kam zum Vorschein; zwei fette Hände ergriffen die Vase und holten trotz des darin befindlichen Wassers das Geld heraus.

»Du hast den Kuran studirt und Worte und Handlungen der Höflichkeit gelernt. Ich werde Dir dienen, so weit ich es vermag.«

»Du bist Aufseherin im Harem des Mudellir?«

»Ich bin es.«

»Kennst Du die Namen aller seiner Frauen?«

»Ich kenne sie.«

»Und weißt Du von Jeder, wo ihre Heimath ist?«

»Von Keiner. Warum soll ich ihnen Schmerz bereiten, indem ich sie nach ihrer Heimath frage?«

»Kennst Du eine Namens Sobeïde?«

»Ich kenne sie, doch ist sie nicht eine von seinen Frauen.«

»Warum?«

»Er darf sie nicht berühren, sonst tödtet sie sich.«

»Wann wurde sie Euch gebracht?«

»Vor noch nicht einem Monat.«

»Weißt Du, woher sie kam?«

»Nein.«

»Es ist meine Geliebte. Darf ich einmal mit ihr sprechen?«

»Wenn Du mir beim Barte des Propheten Verschwiegenheit gelobst.«

»Ich schwöre es.«

»So muß es noch heut geschehen, denn der Mudellir reist morgen nach Kairo ab und nimmt einige seiner Frauen mit, unter denen Sobeïde vielleicht sein könnte.«

»Mit welchem Schiffe fährt er?«

»Ich weiß es nicht. Er nimmt das, welches ihm gefällt, ohne den Schiffer zu fragen, ob er ihm Schaden bringt.«

»Wann soll ich Sobeïde sehen?«

»Grad um die Mittagszeit. Sie wird im Garten sein. Wenn Du Dir das Haus betrachtest, so ist die hintere Mauer des Gartens leicht zu finden. Da, wo ein Zitronenbaum über dieselbe emporragt, wird sie stehen. Wie Du hinaufkommst, mußt Du selber sehen.«

»Kann ich mich auf Dich verlassen?«

Sie legte betheuernd die dicke Hand auf das Herz.

»Sicher!«

»Ich danke Dir. Wenn ich Dir etwas zu sagen habe, werde ich zu Deinem Bruder kommen.«

»Thue das!«

Katombo verabschiedete sich mit Ali. Draußen auf der Straße angekommen, schritten sie dieselbe hinab, bis sie ein einzeln stehendes Haus bemerkten, über dessen Thore die heilige Fatha zu lesen war. Auf einem Umwege suchten sie die hintere Seite des Gartens zu gewinnen, es gelang ihnen, und nun bemerkten sie, daß das Terrain ihrem Vorhaben außerordentlich günstig war. Die Umgebung zeigte sich so einsam und versteckt, daß man keinen Beobachter oder Verräther zu befürchten brauchte, und so kehrte Katombo außerordentlich befriedigt nach dem Sandal zurück.

Er hatte kaum seinen Anzug gewechselt, so trat Ali bei ihm ein.

»Sihdi, es reiten einige Offiziere am Flusse hin. Man sagt, sie suchen ein Fahrzeug für den Mudellir auf.«

Sofort begab sich Katombo auf das Deck und kam gerade zur rechten Zeit um zu bemerken, daß einer von den Männern abstieg und auf den Sandal zuschritt. Am Wasser angekommen, verlangte er mit barscher Stimme ein Brett um hinüberkommen zu können. Es wurde ihm gelegt, und er schritt an Bord.

»Wo ist der Reïs?«

Man wies ihn zu Katombo, der ihn neugierig erwartete.

»Du bist der Führer dieses Schiffes?«

»Ich bin es.«

»Was hast Du geladen?«

»Nichts.«

»Wohin ist der Sandal bestimmt?«

»Nach dem Bahr-el-Abiad.«

»Was willst Du dort holen?«

»Sennesblätter.«

»Woher kommst Du?«

»Aus Kairo.«

»Zeige mir das Innere Deines Schiffes.«

»Wer bist Du?«

»Ich heiße Hamd-el-Arek und bin der Mudellir von Assuan. Kennst Du mich?«

»Ich habe Dich noch nie gesehen, aber Deinen Namen oft gehört. Komm und siehe!«

Er führte ihn durch die Kajüte und sämmtliche Räume. Als sie das Deck wieder betraten, schien der Statthalter im höchsten Grade befriedigt zu sein. Er legte Katombo seine Hand auf die Schulter.

»Bist Du ein guter Schiffer?«

»Urtheile selbst. Der Sandal ist nach meinem Plane gebaut.«

»So vertraue ich Dir, denn der Bau und die Einrichtung sind unübertrefflich. Du wirst nicht nach dem Bahr-el-Abiad gehen!«

»Nicht?« frug der Reïs scheinbar verwundert.

»Nein, sondern zurück nach Kairo.«

»Was soll ich in Kairo?«

»Mich sollst Du hinbringen, mich, meine Diener und eine von meinen Frauen. Wenn wir glücklich ankommen, wirst Du gut bezahlt.«

Katombo bemühte sich, ein höchst verdrießliches Gesicht zu Stande zu bringen, und es gelang ihm so vollständig, daß der Mudellir die Stirn runzelte.

»Ich hoffe, Du beklagst Dich nicht über die Ehre, mich an Bord haben zu dürfen; die Nilpeitsche würde Dich eines Besseren belehren! Meine Dienerschaft kommt unter das Vorderdeck, die höhere Begleitung unter die Zelte, welche ich Dir senden werde, ich in die Kajüte und die Frau in die Kabine nebenan. Machst du einen Versuch mit dem Sandal fortzugehen, so bekommst Du die Bastonnade bis Du stirbst.«

»Ich werde gehorchen!« antwortete Katombo.

»Ich hoffe es um Deinetwillen. Du hast nur für Raum und gute Fahrt zu sorgen; alles andere werde ich selbst liefern.«

Er verließ das Schiff, bestieg sein Pferd wieder und ritt davon. Katombo wußte nicht, ob er sich freuen solle; es galt, Gewißheit zu erlangen, und das konnte erst zu Mittage geschehen. Bis dahin hatte er allerdings genug zu thun, um seine Anordnungen zu treffen in Beziehung auf die Veränderungen, welche im Innern und auf dem Decke des Sandal vorgenommen werden mußten. Kurz vor Mittag aber verließ er mit Ali das Fahrzeug und begab sich trotz der außerordentlich drückenden Sonnenhitze nach dem Garten des Statthalters. Sie kamen unangefochten bei der ihnen angewiesenen Stelle an und suchten sorgfältig die Umgebung ab, um sich zu vergewissern, daß kein Lauscher vorhanden sei. Dann traten sie an den Punkt, wo sich der bezeichnete Baum über die Mauer erhob.

»Ich muß auf Deine Achseln treten, Ali!«

»Maschallah, das ist mir lieber als auf die Nase! Ich werde Dich schon erhalten können, Sihdi.«

»Herunter springe ich ohne Deine Hilfe. Du steckst Dich bis dahin unter jenen Busch, um das Terrain zu beobachten. Wenn Du etwas Verdächtiges bemerkst, stößest Du den Schrei des Geiers aus.«

»Den bringe ich fertig, Sihdi; wenn ich aber »Lubeka Allah Hümeh,« den Gesang der Pilger, anstimmen sollte, so müßten wohl einige Töne über Bord geworfen werden. Doch, hier stehe ich, fest und sicher wie ein Elephant. Willst Du aufsteigen?«

»Ja, komm!«

Er schwang sich auf die Schultern des Dieners und konnte von hier aus gerade den oberen Rand der Mauern erfassen. Ein fester Griff, eine gewandte Volte und er saß oben.

»Hamdullillah, Preis und Dank sei Gott, daß ich nicht droben bin! Ich käme nicht so leicht wieder herab, und wenn ich auch meinen langen Namen als Seil gebrauchen wollte,« klang es von unten herauf; dann schlüpfte Ali hinter seinen Busch.

Katombo nahm zunächst eine solche Stellung unter den Zweigen ein, daß er nicht so leicht bemerkt werden konnte; dann blickte er hinab in den Garten.

Eine weiße Gestalt kam langsam den Gang daher. War es die Erwartete oder nicht? Er hatte vergessen der Haremshüterin seinen Namen zu sagen, und daher war es leicht begreiflich, wenn Sobeïde nur mit Mißtrauen auf das Abenteuer einging.

Er bemerkte, daß die Gestalt durch den Schleier hindurch die

Stelle, an welcher er sich befand, sorgfältig musterte, und beschloß, sich durch ein kleines Wagniß Gewißheit zu verschaffen.

»Katombo!« rief er so laut, daß nur sie es noch zu hören vermochte.

Beim Klange dieses Namens zuckte sie zusammen, warf einige rasche Blicke umher und kam dann herbeigeeilt.

»Katombo, bist Du es wirklich?«

»Ich bin es. Doch blicke nicht empor, sondern thue, als ob Du Blüthen pflücktest! Daheim ist alles wohl. Vater und Schwester lassen Dich grüßen. Ich habe Deinen Aufenthalt entdeckt und bin gekommen, Dich zu retten.«

»Das ist unmöglich.«

»Warum?«

»Ich muß noch heute Nacht zu Schiffe; der Mudellir schleppt mich nach Kairo.«

»Dich allein?«

»Ja!«

»Dann ist Alles gut; denn er fährt mit meinem Sandal.«

»Allah kerihm, Gott ist gnädig!«

»Du wirst neben der Kajüte untergebracht. Ich habe an der Seite nach dem Raume zu ein Brett locker gemacht, damit wir mit einander reden können. Hüte Dich eine Bewegung zu machen, aus der er sieht, daß Du mich und die Leute kennst!«

»Hast Du ein Messer bei Dir?«

»Ja.«

»Wirf es mir herab!«

Er zog es aus dem Gürtel und ließ es hinunterfallen.

»Hier nimm; doch ich hoffe, daß Du es nicht brauchst!«

Ein leiser Ruf erscholl.

»Die Hüterin gibt mir das Zeichen. Lebe wohl!«

»Friede und Hoffnung sei mit Dir!«

Sie eilte davon, und Katombo sprang von der Mauer herab. Ali kam aus dem Busche hervor.

»Du hast sie gesehen?«

»Ja.«

»Und mit ihr gesprochen, Sihdi?«

»Ja.«

»Hat sie nichts von mir gesagt?«

Katombo mußte über die trockene Naivetät des Dieners lachen.

»O doch!«

»Was sagte sie, Sihdi? Sage es schnell!«

»Sie frug mich, warum Du heute Morgen so naß gewesen bist.«

Ali blickte verlegen vor sich nieder.

»Hatte Dich vielleicht wieder El Timsach, das Krokodil, in das Wasser gezogen?«

»Nein, Sihdi. Es war eine fürchterliche Ueberschwemmung in der Straße Bab-el-Run, von der ich Dir ein ander Mal erzählen werde.«

»Gut; ich kann warten. Aber jetzt komm! Wir sind hier keineswegs in Sicherheit.«

Sie verließen den Ort und kehrten in einem weiten Bogen nach dem Flusse zurück.

Im Laufe des Nachmittags kamen alle nöthigen Reiserequisiten auf dem Sandal an, und während des Lärmens, welches bei der Zurichtung des Schiffes unvermeidlich war, konnte das kleine Geräusch nicht auffallen, welches Katombo dadurch verursachte, daß er noch einige Bretter an der Koje lockerte, in welcher Sobeïde untergebracht werden sollte. Auch einen Riegel brachte er an, durch welchen der kleine Raum von innen fest verschlossen werden konnte. Auf diese Weise war das Mädchen vor jeder Fährlichkeit geschützt.

Der Nachmittag verging und ebenso der Abend. Es wurde Nacht, und die Sterne leuchteten vom tiefblauen Firmamente so ruhig hernieder, als ob es auf Erden weder Leid noch Schmerzen, weder Angst noch Sorgen gebe. Da plötzlich tauchten Fackeln auf dem Platze auf, vor welchem die Barken, Dahabiés und Sandals ankerten. Vier Träger brachten einen Palankin, den ein schwarzer Verschnittener begleitete. Sie näherten sich der Stelle, wo die »Djuhr-el-Djienne« ankerte, und verlangten eine Landungsbrücke übergelegt. Diesem Wunsche wurde entsprochen, und nun brachten sie den

Palankin an Deck. Der Verschnittene trug eine Nilpeitsche in der Hand.

»Wo ist der Reïs?« frug er mit seiner unnatürlichen Falsettstimme, welche im grellsten Widerspruch mit seinem herkulischen Körperbaue stand.

»Hier bin ich,« antwortete Katombo, indem er näher trat.

»Oeffne den Raum für diese Frau, aber schnell, sonst mache ich Dir Beine!«

Der Reïs sah sich den Mann ruhig an. Dann meinte er:

»Ich werde öffnen, aber nicht schneller, als es mir beliebt. Hier an Bord gilt nur meine Peitsche und nicht die Deinige. Merke Dir das!«

Der Kastrat fletschte ihm die großen, weißen Zähne entgegen, hatte aber doch nicht den rechten Muth, seine Drohung auszuführen.

»Wollen sehen!« meinte er höhnisch.

»Werden auch sehen!« antwortete Katombo. »Komm!«

Die Sänfte wurde nach der Kajütenluke getragen, wo Sobeïde ausstieg. Der Verschnittene führte sie hinab. Nach kaum einigen Minuten, während welcher Zeit sich die Palankinträger bereits wieder entfernt hatten, kehrte er eiligen Laufes zurück und kam gerade auf Katombo zu.

»Gib mir Hammer und Zange!«

»Wozu?«

»Wie kannst Du einen Riegel machen an die Thür, welche die Frau von ihrem Gebieter trennt! Sie ist sein Eigenthum, und er muß zu ihr können, so oft er will. Ich will den Riegel entfernen!«

»Du willst? Allah akbar, Gott ist groß im Himmel und auf Erden, und ich bin Gott auf meinem Schiffe. Der Riegel bleibt wo er ist!«

»Er kommt fort, sage ich!«

»Er bleibt, sage ich!«

»So warte, Du Kelb, Du Hund!«

Er holte mit der Peitsche aus, doch Katombo kam ihm zuvor. Er riß ihm die Peitsche aus der Hand, zog sie ihm drei, vier Male über das Gesicht und faßte ihn dann bei der Gurgel.

Es kostete ihn nur eine geringe Anstrengung, den entmannten Neger zu Boden zu werfen.

»Fesselt ihn,« gebot er seinen herbeispringenden Untergebenen; »gebt ihm einen Knebel und werft ihn in das Strafloch!«

Sie gehorchten, und nun ging Katombo zur Kajüte, in welcher eine halbleuchtende Lampe brannte. Die Thür zur Nebenkoje war verriegelt. Er klopfte an.

»Wer ist da?«

»Katombo!«

Jetzt sprang die Thür auf, und mit einem lauten konvulsivischen Schluchzen warf sich Sobeïde an seine Brust. Alles Gesetz, alle Strenge, alle Zurückhaltung war vergessen, und die Unglückliche folgte nur der Gewalt ihres Herzens.

»Katombo, bin ich nun sicher?«

»Du bist es, und keine Hand soll wagen, Dich auch nur leise anzutasten!«

»Wo ist der fürchterliche Mensch?«

»Gefangen und im Schiffskerker.«

»Ja Allah! O Gott, Du machst Dich unglücklich! Er besitzt die größte Macht beim Mudellir, und Du bist verloren!«

»Noch nicht. Hätte ich Dich noch nicht hier, so könnte ich demüthig sein, nun Du aber in Sicherheit bist, bin ich der Kapitän meines Sandals, und wehe dem, der es wagt, gegen meinen gerechten Willen zu handeln! Dieser Riegel ist fest; er wird Dich vor Hamd-el-Arek schützen; und diese Bretter brauchst Du nur auf die Seite zu schieben, so gelangst Du in den Raum, den ich für mich hergerichtet habe, weil der Mudellir in meiner Kajüte wohnen will. Befiehl, und es wird geschehen, was Du gebietest!«

»Du wirst Nichts gegen ihn ausrichten können, denn er kommt mit über zwanzig Mann!«

»Ich fürchte mich nicht, obgleich ich nur zehn Männer bei mir habe.«

»Fliehe, ehe er kommt!«

»Das geht nicht. Dich darf ich ihm nehmen, aber er hat sein ganzes Gepäck bereits an Bord, und wenn ich absegle ohne ihn, hat er das Recht, mir den Kopf vor die Füße zu legen, mir und all den Meinen.«

»So schütze mich vor ihm und jenem gräßlichen Schwarzen!«

»Sei getrost; es wird Dir nichts geschehen!«

Er ging wieder nach oben und gewahrte, daß der Landeplatz sich zum zweiten Male erhellte. Der Mudellir kam mit seiner Begleitung, und der Augenblick der Abfahrt war also nahe. Katombo hatte dazu Alles vorbereiten lassen; der Sandal hing nur noch an einem Taue, und die Segel lagen hißgerecht, so daß es nur weniger Augenblicke bedurfte, um das Fahrzeug auf die Mitte des Stromes zu bringen.

Die Landungsbrücke wurde gelegt, und die Reisegesellschaft kam an Bord. Es mußte ein dringender Befehl vom Vizekönige eingetroffen sein, sonst hätte sich der Statthalter nicht so gesputet. Katombo empfing ihn auf dem Mitteldeck, anstatt aber seinen Gruß zu erwidern, stieß ihm der stolze Beamte nur das eine Wort entgegen:

»Abfahren!«

Das hatte der Reïs gewünscht, denn sobald das Fahrzeug sich im Strome befand, war er nach Schifferrecht alleiniger Herr desselben.

»Ho – ih!« ertönte seine Stimme, und sofort wurde das Ankertau gekappt, die Segel stiegen an den Masten empor, der Sandal drehte seinen Kiel der Fluth entgegen und befand sich bald in tiefem Fahrwasser.

Unterdessen war das Deck der Schauplatz eines wirren Treibens gewesen, da Jeder unter Beeinträchtigung der Andern sich so bequem wie möglich einrichten wollte. Jetzt war bereits einige Ordnung vorhanden, die aber bald in Gefahr gerieth, vollständig wieder zerstört zu werden. Es öffnete sich nämlich die Kajütenthüre und der Mudellir trat hervor. Im Scheine der brennenden Fackeln sah man den Ausdruck des höchsten Zornes auf seinem Angesicht.

»Reïs!« brüllte er, sich funkelnden Auges umblickend.

Katombo schritt langsam auf ihn zu. Ein Wink von ihm genügte, um seine Leute hinter sich zu versammeln.

»Du rufst mich?«

»Ja, ich rufe Dich! Wer hat Dir befohlen, einen Riegel an mein Nebengemach anzubringen? Er war heut, als ich den Sandal besichtigte, nicht vorhanden.«

»Befohlen?« antwortete Katombo ruhig, jedoch das Wort sehr scharf betonend. »Befohlen hat es mir Niemand, sondern ich that es aus eigenem Antriebe.«

»So befehle ich Dir, ihn sofort abzureißen!«

»Befehle?« Und wieder legte er den schweren Ton auf dieses Wort. »Wem gehört dieser Sandal?«

»Nun Dir!«

»Das denke ich auch, und darum bin ich es allein, der hier zu befehlen hat. Wer etwas von mir wünscht, hat nur zu bitten!«

»Hund!« brüllte Hamd-el-Arek und machte Miene, sich auf ihn zu stürzen, doch besann er sich noch und blickte sich suchend um. »Simo!«

»Simo? Meinst Du Deinen Schwarzen?«

»Ja. Wo ist er?«

»Im Arrest. Er drohte mir mit der Peitsche und muß also seine Strafe erleiden.«

»Mensch, bist Du wahnsinnig!«

»Weniger als Du. Ich kenne mein Recht; Du aber willst haben, was Dir nicht gehört.«

»Heraus mit dem Gefangenen, oder ich schieße Dich nieder! Er soll Dir das Fell zerbläuen, daß es die Winde in Fetzen mit sich nehmen. Herbei, Ihr Männer, faßt ihn!«

Katombo zog sich einige Schritte bis auf die Seinigen zurück; in seinen Händen funkelten die Läufe zweier Pistolen.

»Was ist das! Meuterei? Du rufst diese Männer gegen mich auf? Weißt Du nicht, daß ich hier Recht habe über Leben und Tod? Was willst Du mit Deiner Handvoll Leute? Die Andern stecken unter Deck und können nicht herauf, denn ich ließ die Luke verriegeln, sobald Du die Stimme gegen mich erhobst.«

Der Mudellir sah sich genauer um und gewahrte nun allerdings, daß sich augenblicklich nur fünf seiner Leute auf Deck befanden.

»Den Riegel weg!« befahl er abermals, aber seine Stimme hatte nicht mehr den zuversichtlichen Klang wie vorher.

»Hast Du ein Recht zu diesem Verlangen? Ist die Bewohnerin der Koje Deine Frau?«

»Ja.«

»Du lügst!«

»Mensch!« knirschte der Statthalter. »Was wagest Du!«

»Ich wage Nichts, Du aber wagst Dein Leben, wenn Du Dich nicht sofort in Deine Kajüte begibst.«

»Wer sagt Dir, daß sie nicht meine Frau und nicht meine Sklavin ist?«

»Hamm-Barak, der Armenier!«

Dieser Name brachte eine wunderbare Wirkung auf den Mudellir hervor. Er trat zurück und fuhr sich unwillkürlich mit der Hand nach dem Kopfe:

»Hamm-Barak! Kennst Du ihn?«

»Ich kenne ihn.«

»Wo trafst Du ihn?«

»In Siut.«

»Wo ist er jetzt?«

»Gefangen in Siut!«

»Gefangen! Bei wem?«

»Bei Manu-Remusat, dem berühmten Abu-el-Reïsahn.«

Ein fürchterlicher Fluch entfuhr den Lippen des Statthalters.

»Du lügst, Hund, und ich werde Dich zertreten, heut oder morgen.«

»Sage mir, dem Reïs dieses Schiffes, noch einmal in das Gesicht, daß ich lüge, so schlage ich Dir die Peitsche Deines eigenen Henkers in das Gesicht! Ich selbst bin es, der diesen Hamm-Barak gefangen hat; ich selbst habe ihn verhört, und ich selbst war in Deinem Garten, um Sobeïde zu befreien, denn wisse, dieser Sandal gehört keinem Andern als Manu-Remusat, den Du verfolgest. Bis Siut bin ich Dein Herr und Meister; dann verlässest Du das Schiff und magst gehen, wohin Du willst. Legt die Waffen ab!«

Die Worte hatten ihn wie ein Donnerschlag getroffen, so

daß er sich von Katombo unwillkürlich die Pistolen, den Säbel und das Messer nehmen ließ. Die Andern folgten natürlich seinem Beispiele. Ohne ein Wort zu sagen, wandte sich der Mudellir um und ging in die Kajüte. Auf einen Wink Katombo's eilte Ali herbei und schob den Riegel vor; der Statthalter war gefangen.

Während dessen schoß der Sandal mit der Schnelligkeit eines Dampfers vorwärts. Katombo war Herr des Schiffes und ließ noch während dieser Nacht ein Zelt für Sobeïde auf dem Verdeck errichten, und zwar an einer Stelle, daß sie nicht beobachtet werden konnte, selbst wenn sie es auf einige Schritte verließ. Er ging dann hinab, schob die Bretter zur Seite und bat sie, mit ihm zu kommen.

»Hinauf?« frug sie besorgt.
»Hinauf!«
»Wo ist der Mudellir?«
»Gefangen.«
»Und seine Leute?«
»Gefangen.«
»Remallah, was hast Du gethan!«
»Blos das, was ich verantworten kann.«

Er führte die tief Verschleierte hinauf, wo es ihr in der lauen Nachtluft besser behagte, als in der dumpfen Schwüle ihres kleinen Verschlages. – –

Einige Tage später bewegte sich eine Karawane durch die östliche Säumung der lybischen Wüste, eine Karawane, welche aus vierzig köstlichen Reitkameelen und ebenso vielen Lastkameelen bestand. Etwas vorauf ritt ein junger Mann in Mamelukentracht auf einem jener köstlichen arabischen Barakkpferde, welche meist ein seidenähnliches silbergraues Haar besitzen und von keiner andern Rasse übertroffen werden.

Schon waren die Schatten bedeutend länger als Thier und Reiter selbst; der Abend lag nicht fern, und es war wünschenswerth, bald einen Ruhepunkt oder das Ziel der Wanderung zu erreichen. Da plötzlich streckte das vorderste Hedjihn (Reitkameel) den langen Hals weit aus, sog die Luft in einem langen Zuge durch die Nüstern, stieß einen lauten gellenden Schrei aus und eilte dann wie vom Sturme getrieben in gerader Richtung davon. Die Männer stießen einen Jubelruf aus und folgten auf ihren Thieren in demselben beschleunigten Tempo. Das Hedjihn hatte die wassergeschwängerte Luft des Nilthales gerochen, und bald schoß die Karawane von den Sandbergen, welche es im Westen begrenzen, herab in die grünende duftende Senkung.

»Siut!« rief der Reiter auf der silbergrauen Stute. »Geht in das Karawanserai, und wartet dort auf meine Befehle!«

Er ließ der Stute die Zügel vollständig schießen und flog seitwärts von den Andern längs des Flusses hinan an dem Hause des Kawuahdschi vorüber. Abd-el-Oman stand gerade vor seiner Thür. Als er den Reiter vorbeisprengen sah, murmelte er in den Bart:

»Omar-Bathu, der Mamelukenfürst, der reicher ist als der Khedive selbst! Er wird den Schech-el-Reïsahn besuchen.«

Er hatte richtig vermuthet, denn der Reiter bog in das Thor Manu-Remusats ein, sprengte durch den Garten in den Hof und hielt gerade vor der Treppe, welche zum Divan des Obersten der Schiffskapitäne führte. Er mußte mit dem Wege und den Lokalitäten sehr vertraut sein.

Der Hufschlag seines Pferdes war nicht unbemerkt geblieben; einige Diener eilten herbei, und oben öffnete sich eine Thür, aus welcher der Besitzer des Hauses in eigener Person hervortrat.

»Remusat!«

»Bathu!«

Kaum waren die Rufe erklungen, so lagen sich die beiden Männer in den Armen.

»Gesegnet sei der Gedanke, der Dich zu mir führt,« meinte zuerst Remusat. »Trete ein und sei mir willkommen!«

Nur wenige Augenblicke vergingen, so saßen sie mit den dampfenden Pfeifen vor dem duftenden Mokka.

»Monden sind vergangen, seit ich Dich nicht bei mir sah. Wohin hast Du Deine Zelte getragen?«

»Bald hierhin und bald dorthin, wo das Schwert gerade

Arbeit fand. Wir haben gesiegt und viele Beute gemacht, denn Allah liebt den Muthigen und segnet seine Wege. Und Du? Wie ist es mit den Deinen? Wo ist Katombo, der Wackere, und wie befindet sich Sobeïde?«

Die letzten Worte waren leiser und fast zagend gesprochen.

»Katombo fuhr mit dem Sandal nach Assuan, und Sobeïde – sie – sie ist – –«

Da legte ihm Omar-Bathu die Hand auf den Arm.

»Ich weiß, der Mann spricht nicht von seinen Frauen, aber nach Sobeïde darf ich doch fragen; sie liebt mich, und Du hast sie mir verlobt. Heut komme ich, um offen um sie zu werben und sie nach Kairo in meinen Palast zu führen als einziges Weib, welches ich jemals nehmen werde. Die Kameele, welche meine Brautgabe bringen, liegen bereits im Serai.«

Manu-Remusat senkte das Haupt.

»Freund, es ist großes Herzeleid eingezogen in mein Haus, denn Sobeïde war verschwunden.«

»Verschwunden?«

Der Mameluke sprang empor, schleuderte die Pfeife in den fernsten Winkel und legte die Hand an den Griff seines krummen Säbels.

»Ja, verschwunden.«

»So wurde sie geraubt, denn freiwillig entfliehen kann Sobeïde nie. Wer war der Teufel, der mir dieses that?«

»Ich suchte wochenlang vergebens, bis endlich Katombo vom Bahr-el-Azreck zurückkehrte und bereits eine Stunde später den Namen des Räubers entdeckt hatte.«

»Ja, Katombo ist klug, kühn und wacker; er ist mein Freund. Doch sag, wer ist der Räuber? Ich muß seinen Kopf zu meinen Füßen sehen.«

»Er ist ein Mächtiger, bis zu dessen Kopf die Degen Tausender nicht zu reichen vermögen – –«

»So nenne ihn doch!« rief Bathu mit dem Fuße stampfend. »Bei allen Scheïtans (Teufeln) der Hölle, ich muß seinen Namen wissen!«

»So höre ihn: Hamd-el-Arek, der Mudellir von Assuan.«

»Dieser? Das Schooßkind des Khedive? Den sollen alle Djiens (böse Geister) durch die Lüfte reiten, daß er gliederweise in die Tschehenna (Hölle) stürzt. Was hast du gethan?«

»Ich wollte selbst gehen und sie von ihm fordern – –«

»Er hätte Dich erdrosseln lassen,« fiel ihm Bathu in die Rede.

»Doch Katombo bat mich, ihn zu senden.«

»Daran that er recht. Wenn Einer sie zurückbringt, so ist er es, aber wenn ich – –«

Er wurde unterbrochen, denn die Thüre öffnete sich und Ali trat ein.

»Sallam aaleïkum, Sihdi, Friede sei mit Dir!«

»Ali!« rief Remusat, und jetzt entfiel auch ihm die Pfeife. »Du kommst von Assuan. Was bringst Du für Botschaft?«

Der Mamelukenfürst stürzte auf ihn zu und faßte ihn bei der Schulter. »Ja sage es, schnell, heraus damit! Ihr kamt glücklich nach Assuan?«

»Ja, Sihdi. Wir gingen dorthin, um Sobeïde, die Tochter unsers Schech-el-Reïsahn zu holen.«

»Und was habt Ihr erreicht? Rasch, schnell, augenblicklich!«

»Sihdi, ich heiße Ali-el-Hakemi-Ebn-Abbas-Ebn-er-Rumi –«

»Zum Teufel mit Deinem Namen! Ich will wissen, ob Ihr glücklich gewesen seid oder nicht!«

»Laß mich ruhig aussprechen, so erfährst Du es am schnellsten.«

»So sprich!«

»Ich heiße Ali-el-Hakemi-Ebn-Abbas-Ebn-er-Rumi-Ben-Hafis-Omar-en-Nasafi, und was ich einmal will, das vollbringe ich auch.«

»Hamdullillah, Preis sei Gott! So habt Ihr sie gesehen?«

»Ja; zuerst sah sie Sihdi Katombo, als er auf der Mauer saß; dann sah ich sie, als – – –«

»Still jetzt! Sage nur zunächst das eine: Bringt Ihr sie?«

»Ja. Ich bin mit dem kleinen Boote vorangerudert, um es Euch zu melden.«

»Und Hamd-el-Arek, was sagt er dazu?«

»Was er sagt, das konnten wir nicht hören, denn er sitzt als Gefangener in der Kajüte.«

»Der Mudellir?«

»Der Mudellir! Sihdi Katombo hat ihn und alle seine Leute auf dem Sandal gefangen.«

»Das klingt unglaublich. Erzähle!«

Der gute Ali begann seinen schwierigen Bericht; es dauerte lange, ehe er, von hundert und aber hundert Fragen unterbrochen, mit demselben fertig wurde, aber kaum hatte er geendet, so krachte vom Flusse her eine Pistolensalve als Zeichen, daß der Sandal angekommen sei.

Manu-Remusat und Omar-Bathu eilten sofort hinaus an den Strom; Ali und die gerade anwesenden Diener folgten ihnen. Das Schiff hatte bereits den Vorderanker geworfen und drehte graziös seinen Stern an das Ufer. Eine Minute verging, dann sprangen alle, Herren und Diener, an Bord.

Sobeïde kniete, übermannt von Bewegung, in ihrem Zelte. Remusat stürzte zu ihr hin, warf sich neben ihr nieder und drückte sie lautlos an sein Vaterherz. Auf dem Hinterdecke begrüßten sich Katombo und Omar-Bathu; die Diener bewillkommneten die Schiffer; es war eine Scene, die sich unmöglich beschreiben läßt, und das Durcheinander entwirrte sich erst, als Sobeïde am Arme ihres Vaters aus ihrem Zelte trat, um an das Land zu gehen. Er führte sie zu Omar-Bathu.

»Hier nimm sie hin, um die Du heut geworben hast, sie sei Dein, und darum sollst Du sie in das Haus ihres Vaters bringen!«

Omar ergriff ihre Hand, half ihr über Bord und führte sie davon. Alle Anwesenden waren erstaunt über das die bisherige Gewohnheit über den Haufen werfende Verhalten des Abu-el-Reïsahn. Dieser aber trat nun zu Katombo und reichte ihm beide Hände.

»Mein Sohn, laß Dir später von mir danken! Du wirst Dich wundern über das, was ich jetzt that; aber Du hast die Gefangenen an Bord, und die Wuth des feurigen Bathu wäre nicht zu zügeln, wenn er den Mudellir erblickte. Wir müssen schnell handeln. Was räthst Du mir?«

»Deiner Tochter ist nichts geschehen, daher verzichte auf eine persönliche Rache und ziehe es lieber vor, den Mudellir beim Khedive zu verklagen. Vergreifen wir uns mit den Waffen in der Hand an ihm und den Seinigen, so sind wir verloren, da der Vizekönig nicht uns, sondern auf ihn hören wird.«

»Deine Rede ist weise, und ich werde sie befolgen. Wo sind die Gefangenen?«

»Der Mudellir befindet sich in der Kajüte, und seine Leute habe ich alle im Vorderraume zusammengesperrt.«

»Gib ihnen die Freiheit. Da drüben liegt eine Barke, welche nach Kairo geht. Unsere Leute mögen alles, was ihm gehört, hinüberschaffen und ihn dann selbst hinüberbringen. Du nahmst ihnen ihre Waffen?«

»Ja.«

»Gib sie ihnen wieder. Es gibt keine größere Demüthigung für den freien und muthigen Mann, als seiner Waffen beraubt zu sein.«

»Ist es nicht besser, sie bekommen sie erst auf der Barke ausgehändigt?«

»Nein, Katombo. Oder soll er meinen, daß wir uns vor ihm fürchten? Sein Angesicht muß erröthen, wenn er sieht, mit welcher Höflichkeit wir den Räuber meines Kindes behandeln.«

»Ich thue es nicht gern, aber wenn Du befiehlst, so muß ich gehorchen.«

Er befahl die Waffen herbeizubringen, und gab dann einen Wink, die Luke zu öffnen, welche in den Vorderraum führte. Er selbst schob den Riegel von der Kajütenthür zurück.

Wie ein verwundeter Tiger sprang Hamd-el-Arek daraus hervor; als er aber die Zahl der Anwesenden bemerkte, wandte er sich um, trat an die Schanzverkleidung und that, als ob er von Allem nichts bemerke. Seine Begleiter waren jetzt auf das Deck gestiegen; nur der Verschnittene fehlte noch.

»Ihr seid wieder frei,« verkündigte Manu-Remusat. »Nehmt Eure Waffen!«

Er ergriff die Pistolen, den Säbel und das Messer des Mudellir und näherte sich ihm.

»Hamd-el-Arek, nimm, was Dir gehört!«
Der Angeredete griff zu, ohne sich umzudrehen. Unterdessen dachte Katombo an den Verschnittenen. Er befahl, auch diesen noch zu holen, und einer von den Leuten ging hinab, um ihn freizulassen. Als der Schwarze aus der Luke emportauchte, bot sein Gesicht einen höchst unschönen Anblick dar. Die Schwielen, welche von den Hieben Katombos stammten, waren aufgesprungen, und dazu entstellte eine unbeschreibliche Wuth die Züge des Verschnittenen. Sein Auge suchte Katombo, und kaum hatte er ihn erblickt, so riß er ein Messer aus dem Gürtel des ihm Zunächststehenden und stürzte auf ihn zu.

Katombo hatte sich abgewandt und achtete auf den Angreifer nicht eher, als bis er durch einen allgemeinen Schrei auf denselben aufmerksam gemacht wurde. Und doch wäre es zu spät gewesen, wenn sich nicht Manu-Remusat dazwischen geworfen hätte. Dieser faßte den Schwarzen beim Arme, um ihn am Stoße zu verhindern; doch die Wuth gab dem Angreifenden ungewöhnliche Kräfte; er riß sich los und versetzte Remusat einen Stich in die Wange, aus welcher sofort das Blut aufspritzte. Der Verwundete trat einen Schritt zurück, warf sich dann mit aller Kraft auf ihn und bohrte ihm das Messer, welches er ihm entriß, bis an das Heft in die Schulter.

Da richtete sich der Mudellir empor.

»Blut? Ja, Ihr sollt Blut haben! Drauf auf sie; haut sie zusammen!«

Er spannte die Pistole und zielte auf Remusat. Im Augenblicke des Schusses warf sich dieser zur Seite und entriß Katombo eine seiner Pistolen. Der Schuß war vorübergegangen. Jetzt blitzte es in den Händen Remusats auf, und der Mudellir stürzte, mitten durch die Stirn getroffen, zu Boden. Auf den Fall ihres Führers erhoben die Assuaner ein fürchterliches Geheul und drangen auf die Siuter ein. Es entspann sich ein allgemeiner Kampf, der allerdings mit der vollständigen Niederlage der ersteren endete, aber auch den letzteren manche Wunde brachte.

Dies alles war in weniger als fünf Minuten geschehen.

Omar-Bathu, der Mameluke, hatte die Schüsse und das Geschrei gehört und kam jetzt herbeigeeilt, doch zu spät, denn eben wurde der letzte Assuaner niedergeworfen.

»Allah akbar, was ist hier geschehen?« frug er. »Wer hat den Gefangenen Waffen gegeben?«

»Ich,« antwortete Manu-Remusat kleinmüthig und doch wuthentbrannt über die Scene, welche das Deck mit Blut überschwemmt und mit Leichen bedeckt hatte.

»Du? Warum?«

»Ich wollte – Maschallah, ich wollte den größten Fehler begehen, den ich in meinem Leben begangen habe.«

»Du hast recht gesagt; denn seht Ihr dort die Khawassen (Polizisten) und den Mann an ihrer Spitze? Wer ist es?«

»Der Kaschef.«

»Dann erlaubt mir, daß ich gehe. Wenn ich Euch retten will, darf ich hier nicht getroffen werden.«

Natürlich hatte man auch in der Stadt das Schießen und Getöse des Kampfes gehört, der Kaschef war aufmerksam geworden und kam nun mit seinen Khawassen herbei, um den Thatbefund aufzunehmen. Er stieg an Bord und grüßte mit einer Miene, in welcher ein schlimmes Wetter leuchtete.

»Was ist hier geschehen?«

»Ein Kampf, wie Du siehst.«

»Zwischen wem?«

»Zwischen Assuaner Männern und meinen Schiffern.«

Der Kaschef warf den Blick umher und erkannte die Leiche des Mudellirs.

»Remallah! Wer ist das? Ist das nicht Hamd-el-Arek, der Mudellir von Assuan?«

»Er ist es.«

»Wer hat ihn getödtet?«

»Ich.«

»Warum?«

»Weil er zuerst auf mich schoß.«

»Kannst Du dies beweisen?«

»Diese Männer alle sind Zeuge.«

»Sie gelten nichts, denn sie haben sich mit an dem

Kampfe betheiligt. Wie kommt der Mudellir auf Deinen Sandal?«

»Er wollte mit demselben nach Kairo fahren.«

»So war er Gast auf Deinem Schiffe, und Du hast ihm den Tod gegeben! Ich muß Dich gefangen nehmen.«

»Warte zuvor bis Du alles weißt. Katombo, erzähle es ihm!«

Katombo, welcher aus einer schweren Armwunde blutete, trat vor und gab ihm trotz des rinnenden Blutes einen kurzen aber doch genügenden Bericht über alles Vorgefallene. Diese Erzählung schien die Strenge des Beamten zu mildern. Er wandte sich an Remusat.

»Hast Du nicht gewußt, daß der Mudellir der Freund des Khedive ist? Ihn kann keine Anklage treffen, denn er ist todt, Du aber wirst sie in ganzer Strenge fühlen.«

Während er die nothwendigen Aufzeichnungen machte, wurden die Verwundeten, die sich nicht entfernen durften, nothdürftig verbunden. Der Fall war ein so außerordentlicher, bei dem sich ein Polizeibeamter auszeichnen konnte, daß er höchst sorgfältig zu Werke ging und es längst schon Nacht war, als er endlich seine Entscheidung gab.

»Manu-Remusat, ich will Dich nicht arretiren, denn Du bist schwer beleidigt und gekränkt worden, aber wache über Dich und die Deinen, daß Keiner fehlt, wenn Ihr vor Gericht gefordert werdet. Dieser Sandal darf den Ankerplatz nicht verlassen, bis aus Kairo eine Besichtigung eingetreten ist, die Todten werden beerdigt, wenn der Kadi sie gesehen hat; die lebenden Assuaner aber nehme ich als Gefangene mit mir – im Namen des Khedive und des Gesetzes!«

Mit der wichtigsten Amtsmiene, die er ermöglichen konnte, nickte er Remusat und Katombo zu und verließ den Sandal, während zwei Khawassen als Wache auf demselben zurückblieben. Der Schech-el-Reïsahn wandte sich zu Katombo:

»Du hattest Recht, mein Sohn, als Du ihnen die Waffen nicht geben mochtest. Ich war so froh, mein Kind wiederzuhaben, und nun ist der Fittich des Todes über meine Freude gestrichen. Auch Du bist verwundet. Statt Dir zu danken für die Treue und Liebe, mit welcher Du für mich handeltest, habe ich Dein Blut verschuldet. Kannst Du mir vergeben?«

»Sihdi, sprich nicht so. Komme heim, wo man Dich mit Schmerzen und Sehnsucht erwarten wird!«

Sie gingen dem Hause zu. Unter dem Thore erwartete sie Omar-Bathu, der Mamelukenfürst.

»Wie ist es gegangen?« frug er.

Manu-Remusat erzählte ihm das Ergebniß der polizeilichen Untersuchung. Omar-Bathu wurde nachdenklich.

»Wußte der Kaschef, daß ich vor ihm auf dem Sandal gewesen bin?« erkundigte er sich.

»Er hat nichts gesagt.«

»So ist es möglich, daß alle Deine Habe gerettet werden kann.«

»Glaubst Du, daß sie verloren sei?«

»Ich hielt es für möglich oder sogar für sehr wahrscheinlich.«

»Warum?«

»Der Kaschef muß schleunigst direkt an den Khedive Anzeige machen, da Hamd-el-Arek der Liebling desselben war. Er wird wohl noch heut einen zuverlässigen Boten nach Kairo schicken, und was dann erfolgt, kannst Du Dir denken.«

»Ja, das kann ich mir denken: der Khedive ist gerecht und wird seinen Günstling nicht ungestraft sterben lassen.«

»Der Khedive ist gerecht, und Du bist reich; die Gerechtigkeit bedarf des Reichthumes, wenn sie bestehen will. Sie wird ihren Arm nach Siut ausstrecken, um Dich von dem Mammon zu befreien, der das Heil Deiner Seele gefährdet, und vielleicht gar diese Seele aus den Banden des Körpers erlösen, der ihr hinderlich ist, empor zu Allah zu steigen. Komm herauf in Deinen Divan, damit wir weiter über diese Sache sprechen!«

Sie schritten durch den Hof und die Stufen zu dem Sprechzimmer empor. Dort wurden sie von den beiden Mädchen empfangen, die sich allerdings zunächst mit dem Vater beschäftigten, welcher nicht unverwundet davongekommen war. Katombo stand da und beobachtete die kindliche Sorgfalt, mit welcher Ayescha die Wunde trotz der Anwesenheit zweier Männer behandelte; mit Entzücken aber bemerkte er trotz ihrer Verhüllung den Schreck, welcher durch ihre Glieder zuckte, als sie dann bemerkte, daß auch er verletzt worden sei, und zwar noch schwerer als der Vater.

»Katombo!« hauchte sie, unwillkürlich einen Schritt auf ihn zutretend. Manu-Remusat hörte den Schreckensruf.

»Fürchte Dich nicht vor mir, meine Tochter,« meinte er, sie bei der Hand erfassend und zunächst auf Omar-Bathu deutend. »Dieser Mann hat die Hand Deiner Schwester begehrt, Du darfst Dich vor ihm nicht scheuen. Und erinnerst Du Dich meines Versprechens, welches ich Euch gab, als Katombo nach Assuan ging, um uns Sobeïde zu holen? Ich schwur, daß Du sein Weib sein solltest, wenn es ihm gelänge, mir die geraubte Tochter wiederzugeben. Gehe hin zu ihm, führe ihn in sein Gemach oder in Dein Harem, denn Du bist sein Weib, und er soll keinen Preis für Dich zahlen, sondern mein Sohn sein, der sich einst nach meinem Tode mit Omar-Bathu in mein Erbe theilt!«

Da trat der Mamelukenfürst näher und legte ihm die Hand auf den Arm.

»Manu-Remusat, Du weißt, daß ich der Schätze so viele besitze, wie Keiner, der am Nile oder in der Wüste wohnt. Gib Katombo all Dein Erbe; er ist es werth und hat es verdient; mir aber gib Sobeïde, denn sie allein macht mich glücklicher, als all' Dein Gold und alle Deine Edelsteine. Dort unten im Serai halten meine Kameele mit den Gaben, welche ich Dir für Sobeïde brachte. Erlaube, daß ich sie herbeiholen lasse!«

»Warum soll ich Schätze von Dir nehmen, da ich doch nicht einmal die meinigen erhalten kann?«

»Du wirst sie erhalten. Rufe den Kadi, damit er jetzt gleich unsere Ehe schließe!«

Manu-Remusat neigte zustimmend das Haupt und klatschte in die Hände, um dem sofort erscheinenden Diener den betreffenden Befehl zu ertheilen.

»Komm!« flüsterte jetzt Ayescha.

Halb zärtlich und halb zagend ergriff sie Katombos Hand

und trat mit ihm durch die Thür, welche nach ihrem Harem führte. Dort angekommen mußte sich der Jüngling auf einen seidenen Divan niederlassen, worauf sie seine Wunde untersuchte und verband. Er fühlte kaum die Schmerzen, welche ihm dadurch verursacht wurden; er fühlte nur die Seligkeit, welche ihm die Nähe des herrlichen Wesens bereitete, und das Entzükken des Gedankens, mit ihr von jetzt an immerdar vereinigt sein zu können. Sie hatte den Schleier längst vom Angesicht genommen, und er konnte nun sein Auge an ihrer Schönheit weiden. Seine Züge besaßen schon lange Zeit nicht mehr jene künstliche Bräune, welche sie bei den Zigeunern gehabt hatten; zwar waren sie von der Sonne des Südens mit einem tieferen Kolorit überzogen worden, doch ließ sich ihre kaukasische Abstammung unmöglich mehr verkennen, und die edle Ruhe, welche sich in ihnen mit dem Ausdrucke der Entschlossenheit und des Muthes paarte, gaben ihnen ein Selbstbewußtsein, welches ein weibliches Herz sehr wohl zu fesseln vermochte.

Jetzt legte er den Arm um sie und frug sie in jenem Tone, der nur der wahren innigen Liebe eigen ist:

»Hast Du mein gedacht, als ich in Assuan war, Ayescha?«

»Ja, Geliebter, an jedem Tage, zu jeder Stunde und zu aller Zeit.«

»Hast Du geglaubt, daß ich Dir Sobeïde wiederbringe?«

»Ich habe nicht daran gezweifelt, denn ich weiß, daß Du alles vermagst, was Du Dir einmal vorgenommen hast.«

»So muß es sein; der Mann muß an die Liebe seines Weibes und sie muß an die Macht des Mannes glauben! Deine Liebe ist wahr und innig, und wir werden unendlich glücklich sein. Halte sie fest, Ayescha, denn es werden böse Tage kommen. Der Smum* erhebt sich über uns, und die Gefahr des Todes wälzt sich heran wie die Wogen des Kataraktes, der Alles zu verschlingen droht. Wirst Du stark und muthig bleiben an meiner Seite? Wirst Du Allah vertrauen, der im Himmel wacht, und mir, der tausend Leben hingeben würde, um das Deinige zu schützen?«

»Ich vertraue ihm und Dir!«

---

* Samum, giftiger Wüstenwind.

Sie schmiegte sich fester an seine Brust, und er blickte ihr mit unendlicher Seligkeit in die herrlichen Augen, die so klar und offen in die seinen blickten.

»Ich danke Dir! Und nun mag kommen, was da will, wir werden gerüstet sein und nicht verzagen!«

Der Stern, zu dem er einstens in heißer Liebe aufgeblickt hatte, war untergegangen auf Nimmerwiederkehr; Zarba war vergessen, und an dem neuen Himmel erglänzte ihm ein neues Licht, dessen Glanz ihn niemals täuschen konnte.

So saßen sie, selig in sich versunken, bis sich der Vorhang leise öffnete und Sobeïde erschien.

»Kommt, der Kadi ist da!«

»Müssen wir uns nicht schmücken?« frug Ayescha.

»Nein. Der Vater sagt, es sei heut keine Zeit dazu.«

Sie verließen das Gemach und traten in den Divan, wo der Beamte sich neben Remusat und Omar-Bathu niedergelassen hatte, um das »Nargileh der Einleitung« zu rauchen. Er erhob sich, verbeugte sich auf das Tiefste vor den Eintretenden und ließ sich dann wieder in seine würdevolle Haltung nieder. Auch Katombo nahm Platz und griff zur Pfeife, welche ihm einer der Sklaven reichte. Die beiden Mädchen setzten sich mit untergeschlagenen Beinen und tief verschleiert auf die Kissen, welche man zu diesem Zwecke auf den Teppich gelegt hatte.

Das Schweigen dauerte so lange, bis der Kadi seine Pfeife geraucht hatte. Endlich legte er sie weg und räusperte sich zum Zeichen, daß die Verhandlung ihren Anfang nehmen werde. Er begann mit der heiligen Fathha*, welche die erste Sure des Koran bildet und von keinem Muselmanne bei einer wichtigen Angelegenheit hinweggelassen wird:

»Im Namen des allbarmherzigen Gottes! Lob und Preis sei Gott, dem Weltenherrn, dem Allerbarmer, der da herrschet am Tage des Gerichtes. Dir wollen wir dienen, und zu Dir wollen wir, die Deiner Gnade sich freuen, und nicht den Weg Derer, über welche Du zürnest und nicht den der Irrenden!

---

* »Eröffnung.«

Laßt uns beginnen mit Omar-el-Bathu, dem großen und gefürchteten Emir der Mameluken!«

Omar erhob sich, und der Kadi legte sich ein Pergamentblatt auf die Knie und griff zu dem Schilfrohre, um die nöthigen Aufzeichnungen vorzunehmen.

»Wie ist Dein erlauchter Name?«

»Omar-el-Bathu.«

»Wie hieß Dein Vater und der Vater Deines Vaters?«

»Mein Vater war der Mamelukenprinz Kaman-Ebn-Aku-el-Aret-Ben-Ommanam. Sein Vater war der berühmte Fürst Behluwan-Aku-el-Aret-Ben-Ommanam, den der große Sultan el Kebihr* liebte.«

»Wie ist der Name Deiner Mutter?«

»Der wahre Gläubige nennt einem Andern nicht den Namen eines Weibes. Sie war die Schwester des Sultan Ageb-Nureddin von Tebris.«

»Ich sehe, daß Du ein strenggläubiger Sohn des Propheten bist. Du darfst Dich setzen!«

Er wandte sich jetzt an Manu-Remusat:

»Wie ist Dein vollständiger Name?«

»Er lautet Manu-Remusat-el-Benu-Halal.«

»Welche Deiner Töchter willst Du Omar-Bathu verkaufen?«

»Die Aelteste.«

»Wie viel gibt er Dir dafür?«

»Der Preis liegt im Serai; Manu-Remusat zählt ihn nicht.«

»Habt Ihr noch etwas zu bemerken?«

»Nein.«

»So setzt Eure Namen unter das, was ich geschrieben habe!«

Dies geschah und dann wandte sich der Kadi an Katombo:

»Jetzt mag der junge Reïs sprechen! Wie ist Dein lobenswerther Name?«

»Katombo.«

»Ist er nicht länger?«

»Nein!«

* Napoleon.

»Wie ist der Name Deines Vaters?«
»Ich kenne ihn nicht.«
Der Kadi machte eine Bewegung der größten Ueberraschung. Wenn es im Oriente schon nicht empfiehlt, einen einzigen Namen zu besitzen, so ist es geradezu eine ganz außerordentliche Schande, seinen Vater nicht zu kennen.
»Allah kerihm, Gott ist gnädig! Du kennst den Namen Deines Vaters nicht?«
»Nein.«
»Wie hieß der Vater Deines Vaters?«
»Auch das weiß ich nicht.«
»Wessen Tochter war Deine Mutter?«
»Ich habe weder sie gekannt noch ihren Vater.«
»Allah akbar! Gott gibt jedem Baume seinen Kern und jedem Thiere seinen Erzeuger; Dich aber hat er den Vater nicht sehen lassen. Du bist unglücklich unter den Kindern der Erde und verlassen unter den Söhnen der Menschen! Was soll ich schreiben, wenn Du keinen Vater hast?«
»Hüte Deine Zunge, o Kadi, denn ich bin nicht gewohnt zu hören, was mir nicht gefällt! Ich wurde meinem Vater geraubt, als ich noch nicht lallen konnte; wer ist schuld daran, ich oder Du?«
»Du nicht, und auch ich nicht!«
»Allah erleuchtet Deinen Verstand, daß Du das Richtige erkennst; warum sprichst Du also Worte, die mich beleidigen? Schreibe den Namen dessen, der mir dann Vater geworden ist!«
»So sage ihn.«
»Sein Name lautet Kanaveda-el-Vajda-el-Brinjaari!« antwortete Katombo, indem er den Namen des Zigeunervaters nebst seinem Stand möglichst in das Arabische übertrug.
»Und wer war Deine Mutter?«
»Sie war Vajdzina, das heißt Fürstin beim Volke der Lombadaaren.«
»Allah segne Dich, mein Sohn, denn Du hast große und berühmte Eltern gehabt. Aber sie müssen in einem sehr fernen Lande wohnen, denn die Worte, welche Du sagst, gehören nicht in die Gegend el Arab.«

Katombo hütete sich wohl, ihm irgend welche Aufklärung zu geben, und so wandte sich der Kadi wieder an Manu-Remusat.

»Deinen Namen habe ich schon geschrieben. Welche Deiner Töchter willst du diesem Katombo-Ebn-Kanaveda-el-Vajda-el-Brinjaari zur Frau geben?«

Der Gefragte konnte mit den Andern ein leises Lächeln darüber nicht verbergen, daß Katombo plötzlich einen so schönen, langen und hochtrabenden Namen erhalten hatte, und antwortete:

»Die Jüngste.«

»Wie viel gibt er dafür?«

»Er hat einen Preis gezahlt, wie ihn kein König geben kann, ich zähle ihn nicht.«

»Habt Ihr noch etwas zu bemerken?«

»Nein.«

»So schreibt Eure Namen auf dieses Pergament!«

Es geschah; der Kadi gab sein Siegel und seine Unterschrift dazu und reichte Omar-Bathu und Katombo je eines der Schriftstücke. Dann erhob er sich.

»Steht auf, denn ich habe meines Amtes gewartet, und wir werden Al-Kadar*, die siebenundneunzigste Sure des Kuran beten!«

Sie erhoben sich Alle, auch die Frauen, um die Hände zu falten, und der Kadi betete:

»Im Namen des allbarmherzigen Gottes! Wahrlich, wir haben ihn, den Kuran, in der Nacht Al-Kadar geoffenbart. Was lehrt Dich aber begreifen, was die Nacht Al-Kadar ist? Die Nacht Al-Kadar ist besser als tausend Monate. In derselben stieg herab der Engel der Geister, mit Erlaubniß ihres Herrn, mit den Bestimmungen Gottes über alle Dinge. Friede und Heil bringe Euch diese Nacht bis zur Morgenröthe!« Er ließ eine kurze Pause eintreten und fügte dann hinzu: »Ihr Männer, jetzt steht Euch der Weg zum Harem Eurer Weiber

---

* Al-Kadar ist die Nacht der Herrlichkeit und Macht, in welcher der Engel Gabriel den Koran vom siebenten Himmel brachte. Sie fällt zwischen den 23. und 24. Tag des Monats Rhamadan.

offen; führt sie dahin, wo sie Euch sein sollen wie die Huri des Paradieses, um zu beglücken Eure Herzen und zu stärken Eure Glieder für die Kämpfe und Mühen des Lebens!«

Jeder der beiden Verheiratheten nahm seine Frau und entfernte sich mit ihr. Manu-Remusat blieb mit dem Kadi zurück. Er griff hinter sein Kissen und zog einen Beutel hervor, zwischen dessen Maschen glänzendes Gold durchschimmerte.

»Deine Hand soll offen sein dem Bruder und reichlich geben dem Diener des Propheten!« sagt der Kuran. Hier, Kadi, nimm was Dir gehört.«

Der Beamte ergriff den Beutel mit einer Miene, in welcher sich die freudigste Ueberraschung aussprach. Er schwieg einen Augenblick, als ringe er mit einem Entschlusse; dann frug er:

»Wirst Du den Männern Deiner Töchter heut ein Fest geben, wie es gebräuchlich ist unter den Kindern des Propheten?«

»Nein. Es ist Trübsal über mich gekommen und Herzeleid über mein ganzes Haus. Du bist Kadi und wirst wissen, was ich meine.«

»Ich weiß es.«

»Der Kaschef hat es Dir erzählt?«

»Er war bei mir.« Er zögerte noch einen Augenblick; aber das reiche Geschenk hatte ihn mittheilsam gemacht; darum fuhr er halblaut fort: »Er hat mir sein Amt für so lange übertragen, als er abwesend ist.«

»Wo geht er hin?«

»Nach Kairo.«

»Wann?«

»Um Mitternacht.«

»Mit welchem Schiffe?«

»Mit dem Deinen.«

»Mit welchem? Er ist noch nicht hier gewesen, um es zu miethen.«

»Er wird es nicht miethen. Er wird um Mitternacht mit acht Khawassen Deinen Sandal besteigen, um ihn, gerade so, wie er ist, nach Kairo zu fahren, damit der Khedive Alles mit eigenen Augen sehen soll.«

Manu-Remusat erschrak, denn er mußte aus dieser Maßnahme ersehen, daß sein Untergang beschlossen sei.

»Und Dir läßt er den Auftrag zurück, mich und die Meinen streng zu bewachen.«

»So ist es. Was ist Dir Deine Freiheit werth?«

»Wie viel gilt Dir das Leben des Kaschef?«

»Ich sehe, daß Du ein kluger Mann bist, Manu-Remusat. Sage mir offen Deine Gedanken!«

»Du wirst Kaschef, wenn er nicht nach Kairo kommt und auch niemals von Kairo zurückkehrt.«

»Deine Gedanken sind auch die meinigen. Sprich weiter!«

»Welches steht Dir höher im Preise, meine Freiheit oder diese Stelle?«

»Allah schenke Dir alles Gute und mir die Stelle! Aber er wird zurückkehren, und Du wirst sterben!«

»Meinst Du, daß Manu-Remusat sich vor einem Henker fürchte und ihm sein Haupt mit knechtischer Ergebenheit unter den Säbel legt? Wer wird mich bis Mitternacht bewachen, Du oder er?«

»Ich, denn er hat keine Zeit dazu, weil er sich zur Reise vorbereiten muß. Ich soll immer zwölf Khawassen um Dein Haus stellen, bis er wiederkehrt, und nur diejenigen Diener aus- und eingehen lassen, welche für Euch Nahrung holen.«

»So merke auf, was ich Dir sage! Ich schwöre Dir beim Barte des Propheten, daß er niemals zurückkehren wird, wenn Du mir schwörst, bis um Mitternacht Deine Khawassen von mir fern zu halten.«

»So schwöre es!«

»Ich schwöre. Auch Du?«

»Auch ich.«

»Beim Barte des Propheten?«

»Beim Barte des Propheten!«

»So gib mir Deine Hand!«

»Hier hast Du sie!«

Sie schlugen ein. Dann zog Remusat einen kostbaren Ring von seinem Finger und reichte ihn dem Kadi.

»Hier, nimm diesen Diamant als Bestätigung meines Schwures. Er ist groß und hat mehr Werth als vieles Gold. Du darfst ihn ohne Scheu tragen, denn es hat ihn hier noch Niemand gesehen.«

»Deine Hand ist wie die Hand des Morgens, welcher Licht und Wärme bringt und Segen spendet. Allah sei mit Dir auf allen Deinen Wegen. Sallam aaleïkum!«

»Sallam aaleïkum, Friede sei mit Dir!«

Der Kadi entfernte sich. Er hatte ein besseres Geschäft gemacht, als er jemals erwarten konnte. Manu-Remusat gab einem herbeigerufenen Diener Befehl, sofort seine beiden Schwiegersöhne rufen zu lassen. Sie erschienen, und er theilte ihnen seine Unterredung mit dem Kadi mit.

»Fliehe mit mir!« meinte Omar-Bathu, der Mameluk. »Du bist nirgends sicher, als nur bei mir in der Wüste.«

»Auch dorthin dringen die Häscher des Khedive.«

»Ich werde Dich zu schützen wissen!«

»Du wirst mich schützen und dann mit mir untergehen. Nein, Omar, nimm Sobeïde und die Schätze, welche Du ihr brachtest, und kehre zu den Deinigen zurück! Ich weiß einen Ort, an dem ich sicherer bin, als selbst im wilden Dschebel Artalan, und von da aus werde ich zuweilen kommen, um Dich und Sobeïde zu besuchen.«

»Wo ist dieser Ort?«

»Es ist eine Insel im Meere, die Niemand kennt als nur ich allein, ich entdeckte sie, als ich noch der Bei-el-Reïs des Khedive war. Dorthin gehe ich mit Katombo und Ayescha, und nur die Möve, welche in den Lüften schwebt, wird uns sehen.«

»So willst Du den Nil hinunterfahren?«

»Ja, mit dem Sandal und meinen Dahabiés, in die ich bis zur Mitternacht meine Habe verlade.«

»Und der Kaschef, welcher mit dem Sandal fahren will?«

»Wird in Ketten fahren oder auf dem Grunde des Niles auf den Tag der Auferstehung warten.«

»Ich werde Dich begleiten, bis Du sicher bist!«

»Du wirst noch heut Siut verlassen und nur allein für die Sicherheit Sobeïdens sorgen. Ich habe Katombo bei mir und viele treue Diener, auf die ich mich verlassen kann. Macht Euch fertig, ich werde jetzt die Tochter vorbereiten!«

Kurze Zeit später begann zwischen dem Hause und dem Flusse im Dunkel der Nacht ein außerordentlich reges und geschäftiges Leben sich zu entfalten. Auf mehreren Dahabiés vernahm man das Geräusch von Kisten und Ballen, welche an Bord gebracht und in den Raum verladen wurden; emsige Gestalten eilten hin und her, und nur der Sandal lag einsam und verlassen da, wie ein schlafendes Wasserungeheuer, welches sich im Traume von den Wogen leise hin und her wiegen läßt.

Draußen vor der Stadt hielt im Dunkel dieselbe Karawane, welche kurz vor der Dämmerung ihren Einzug in Siut gehalten hatte. In ihrer Mitte lag auf dem Boden eines jener Hedschin*, welche, vom Stamme der Bischarihn erzeugt, für die edelsten und besten Thiere der Wüste gelten. Es trug, wie man beim Schimmer des südlichen Sternenhimmels erkennen konnte, auf seinem Rücken einen mit kostbaren Teppichen belegten und behangenen Tachterwan**, der nur zur Aufnahme eines vornehmen Weibes bestimmt sein konnte. Unter den Reitern, welche abgestiegen waren und bei ihren Thieren hielten, herrschte eine tiefe lautlose Stille, welche erst unterbrochen wurde, als leise nahende Fußtritte zu vernehmen waren.

Zwei barfüßige Diener brachten eine Sänfte getragen, hinter welcher Manu-Remusat und Omar-Bathu schritten. Die Sänfte wurde niedergesetzt und geöffnet. Sobeïde stieg aus. Als sie die fremden Männer bemerkte, die sie mit sich fortnehmen sollten, warf sie die Arme um den Hals ihres Vaters und brach in ein lautes Schluchzen aus. Remusat hob leise den Schleier und küßte sie auf die Stirn.

»Weine nicht wieder, mein Kind, denn mein Herz blutete bereits, als Du von Ayescha schiedest. Banne den Schmerz in

* Reitkameele.
** Kameelkorb für Frauen.

die Tiefe des Herzens, denn Allah ist gnädig und wird geben, daß wir uns wiedersehen!«

Sie schluchzte leise fort, bis er sie in die Arme Omar-Bathus legte.

»Sie war mir verloren und wurde mir wiedergebracht. Ich gebe sie Dir; aber das Kind bleibt dem Vater, so lange die Pulse schlagen: ich werde Dich und sie wiedersehen!«

»Mein Zelt wird Dir offen stehen, so oft Dein Fuß zu mir kommt, und dann wirst Du Dich an dem Glücke Deiner Kinder erfreuen. Gern hätte ich Dich bis nach Kairo begleitet, denn ich bin mächtig unter den Meinen und mein Name hätte Dir vielen Nutzen bringen können. Doch Du hast nicht gewollt.«

»Ich hätte Dich in das Verderben gezogen, welches meiner wartet, sobald man mich ergreift. Nun aber weiß ich Dich und mein Kind bei Dir in Sicherheit. Allah sei mit Euch jetzt und in Ewigkeit! Lebe wohl, meine Tochter; lebe wohl, mein Sohn; lebt wohl, Ihr Männer. Sallam aaleïkum, Friede und Heil sei mit Euch!«

»Sallam aaleïkum!« ertönte es als Gegengruß rundum im Kreise der Reiter.

Sobeïde bestieg unter immerfort rinnenden Thränen den Tachterwan; die Trennung war ihrem Gemüthe zu schnell und unerwartet gekommen. Die Kameele erhoben sich vom Boden; die Reiter bestiegen ihre Pferde, und nach einem letzten »Sallam« stob die Schaar von dannen.

Noch einige Minuten stand Manu-Remusat allein auf der Stelle, bis der Hufschlag der Thiere vollständig verklungen war, dann wandte er sich um, erst langsam und später immer eiliger zurückkehrend, aber nicht zu seinem Hause, denn dieses stand bereits vollständig leer, sondern an das Ufer des Flusses, wo man schon seiner wartete.

Wäre es Tag gewesen, so hätte man weit unterhalb des Kaffeehauses eine Dahabié schwimmen sehen, welcher eine zweite und eine dritte folgte. Sie alle waren möglichst geräuschlos vom Lande gestoßen und ließen sich ohne Segel einstweilen nur von den Wogen treiben. Die ersteren konnten nur dann erst aufgezogen werden, wenn man das Gebiet der Stadt verlassen hatte, und das war kein ganz ungefährliches Unternehmen, da das Fahrwasser des Niles wegen seiner alljährlichen Ueberschwemmungen so trügerisch ist, daß die Schiffer, wenn sie nicht durch die Noth oder irgend ein unabweisbares Gebot gezwungen sind des Nachts zu fahren, gewöhnlich des Abends an das Ufer legen, um erst mit dem Beginne des Morgens weiterzufahren.

Der Sandal aber lag noch ebenso ruhig wie vorher. Manu-Remusat schlich sich vorsichtig auf ihn zu. Am Ufer lagerten zwischen allerlei Tau- und anderem Schiffswerk eine Anzahl von Männern, welche er sich unter seinen Untergebenen ausgewählt hatte; bei ihnen hielt Katombo.

»Wo ist Ayescha?« frug er diesen.

»Dort auf der Taurolle sitzt sie.«

»Werden wir sie wirklich in den Raum bringen, selbst wenn alles gelingt? Ich hätte sie doch auf einer Dahabié einschiffen sollen, wir konnten sie dann später an Bord nehmen.«

»Sie will sich auf keinen Augenblick von Dir und mir scheiden. Sie hat ein muthiges Herz und wird uns das Werk nicht erschweren. Hier ist die Strickleiter; befestige sie an das Tau, wenn Alle eingestiegen sind. Wenn Du sie straff anziehst, wird Ayescha leicht emporsteigen können. Jetzt aber will ich hinauf, denn es ist nicht weit von Mitternacht, und der Kaschef kann alle Augenblicke kommen.«

»Sei vorsichtig, mein Sohn, denn von Dir hängt das Gelingen unseres Werkes ab!«

Katombo trat in das Wasser und watete leise bis an die Seitenwand des Fahrzeuges. Hier hing ein Tau vom Bord herab. Er ergriff es und schwang sich empor. Die Fußspitzen an die Planken stemmend und sich fest am Seile haltend, schob er nur die Augen über Deck, um erst zu sehen, wo die Wächter waren. Sie saßen beim Scheine der Schiffslaterne hinten am Steuer und er erkannte aus den Bewegungen ihrer Arme, daß sie würfelten.

Schnell schwang er sich an Bord und kroch vorsichtig zwischen den herumliegenden Leichen nach der Raumluke.

Hier glitt er die Treppe hinab und trat zur Seitenwand, wo er eine Seitenluke öffnete, welche groß genug war, einen auch kräftigen Mann hindurchzulassen. Er hatte gewußt, daß im Raume, der jetzt keine nennenswerthe Ladung hatte, Taue genug lagen. Er ergriff eines derselben, befestigte es an dem Lukennagel und ließ es außen niedergleiten. Es wurde von den Männern bemerkt, welche sofort einer nach dem andern in das Wasser gingen, emporkletterten und sich hereinschwangen.

Zuletzt befand sich nur noch Manu-Remusat mit Ayescha am Ufer. Der erstere ging in das Wasser, um die Strickleiter an das Tau zu befestigen; sie wurde emporgezogen. Nun ging er zurück und trug die Tochter herbei, welche sich auf die schwanken Sprossen stellte. Er faßte die Leiter und zog sie straff an, so daß das muthige Mädchen leichter emporsteigen konnte. Sie wurde von Katombo in Empfang genommen und in das Innere des Schiffes gezogen. Jetzt stieg Remusat nach und die Leiter wurde hereingenommen.

»Jetzt Alle hinunter in den Ballastraum!« gebot Katombo. »Dorthin wird Niemand kommen, wenn das Schiff je untersucht werden sollte.«

Diesem Befehle wurde Folge geleistet, so daß nur die beiden Männer mit Ayescha zurückblieben. Diese Letztere wurde von Katombo in den Verschlag geführt, welchen er vorher für sich und Sobeïde hergerichtet hatte. Er verschloß die Kajütenthür mit dem Riegel und kehrte dann zu Manu-Remusat an die Luke zurück.

Sie hatten noch nicht lange an derselben gestanden, so bemerkten sie mehrere Gestalten, welche sich dem Ufer näherten.

»Sie kommen,« meinte Remusat. »Jetzt müssen wir uns zu Ayescha zurückziehen.«

Sie thaten dies und schoben, als sie in den Verschlag getreten waren, die losen Bretter vor.

Einige Sekunden später bemerkten sie an dem Geräusch, welches an der Schiffswand zu hören war, daß der Kaschef mit seinen Khawassen an Bord stieg, und nach einigen Minuten kamen mehrere Leute mit einem Lichte in den Raum herab, um denselben zu untersuchen.

Was Katombo erwartet hatte, geschah, sie stiegen nicht hinab in den Ballastraum, sondern kehrten, ohne den Verschlag entdeckt zu haben, auf das Deck zurück. Nun hörte man Hölzer knarren und Seile und Taue rollen. Ein schwerer Schlag an den Bug bewies, daß der Anker aufgenommen wurde, der Sandal kam in langsame Bewegung. Er ging mit seinem Spriete landab, während der Stern am Ufer saß; als aber die Wasser seine Seite im spitzen Winkel fassen konnten, wandte er sich schneller; sie drängten sich mit stiller lautloser Kraft an Backbord, während sie am Steuerbord widerstrebend rauschten, bis der Stern sich vom Lande löste und das Fahrzeug den Wogen und dem Steuer nun vollständig gehorchte.

»Ob sie wohl segeln?« frug Manu-Remusat.

»Nein.«

»Wie willst Du das erkennen?«

»Der Sandal würde dann schneller gehen als das Wasser, und folglich müßte das letztere an seinem Holze rauschen; es läßt sich aber nicht das geringste Geräusch vernehmen, folglich treibt er mit der Fluth.«

»Du bist klüger geworden als Dein Lehrer, Katombo, und wenn Du so fort in den Büchern lernst, so wirst Du ein großer und berühmter Schiffer werden.«

»Die Bücher thun es nicht allein, man muß hinauf auf die hohe See, und da bin ich noch nicht gewesen.«

»Wir werden jetzt hinausgehen.«

»Mit welchem Schiffe?«

»Mit unserer »Djuhr-el-Djienne«. Wir dürfen kein anderes Fahrzeug nehmen, weil Niemand unsern Aufenthalt erfahren soll.«

»Aber wird der Sandal auch seetüchtig sein?«

»Er würde es nicht sein, wenn er so flach auf den Bug gebaut wäre, wie andere Flußschiffe; Du aber hast ihn scharf auf den Kiel gesetzt und wenn wir Einiges im Takelwerk verändern, so können wir bei nicht gar zu bösem Wetter eine Fahrt von mehreren Tagen wagen.«

Jetzt verging eine längere Zeit; dann wurde nebenan die Kajüte geöffnet, und der Kaschef trat ein, begleitet von einem seiner Khawassen, welcher die Lampe anzündete. Er setzte sich auf eines der daliegenden Polster und meinte, mit einem behaglichen Gähnen die Beine unterschiebend:

»Hier werde ich bleiben bis es Tag ist. Kommt etwas Wichtiges vor, so ruft Ihr mich; jetzt aber holst Du mir meine Pfeife.«

Er lag mit dem Rücken gegen die Thür, welche ihn von den Lauschern trennte; der Khawaß entfernte sich; Katombo stieß Manu-Remusat an.

»Jetzt!« flüsterte er.

»Warum? Uebereile Dich nicht!«

»Wir bekommen ihn nicht besser, und die Leute können es im Ballastraume nicht lange aushalten.«

Er ergriff den Riegel leise, schob ihn mit einem schnellen Rucke auf, zog die Thür herüber und hatte in demselben Augenblicke auch schon den Kaschef so bei der Kehle gepackt, daß dieser keinen Laut auszustoßen vermochte. Er zog ihn herein zu Remusat.

»Halte ihn, bis ich den Khawassen habe!«

Remusat griff zu, und Katombo trat in die Kajüte. Nur wenige Augenblicke später trat der Polizist herein, das Nargileh in der Hand. Er bemerkte sofort, wen er vor sich hatte, bekam aber keine Zeit zu entfliehen oder auch nur aufzuschreien, denn Katombo ergriff ihn rasch beim Halse und riß ihn herein, so daß er die Pfeife fallen ließ und die Hände weit auseinanderschlug.

In diesem Augenblicke ertönte hinter ihm ein lauter Schrei; er blickte sich überrascht um und sah im Scheine des Lichtes draußen im Verschlage eine Waffe blinken. Schnell entschlossen riß er seinen Dolch aus dem Gürtel und stieß ihn dem Khawassen in die Brust. Remusat hatte den Fehler begangen, seine Hand vom Halse des Kaschef zu nehmen, und dieser war dadurch zu Athem und zu der Kraft gekommen, seine Pistole zu ziehen. Er wollte schießen; Remusat ergriff ihn bei der Faust, konnte aber nicht verhindern, daß der Schuß losging. Glücklicher Weise schlug die Kugel, ohne Jemand zu treffen, in das Gebälk des Verschlages.

»Nieder mit ihm!« rief Katombo, welcher Ayescha zu Boden sinken sah.

Eine Ohnmacht hatte sie ergriffen; er aber glaubte, daß sie von der Kugel getroffen worden sei, stürzte sich auf den Kaschef und stieß ihm den Dolch von hinten so kunstgerecht in das Herz, daß der Getroffene leblos zusammenbrach. Dann zog er die Kajütenthür zu und verriegelte sie von innen.

»Bist Du verwundet, Vater?«

»Nein,« antwortete Remusat.

»So eile nach dem Ballastraume und rufe die Leute. Ich halte hier die Kajüte, und Du gehst auf das Deck; es darf keiner entkommen!«

Manu-Remusat schob die Bretter des Verschlages zurück und kroch hinaus. Schon klopfte es laut und heftig an die Kajütenthür; Katombo aber kümmerte sich nicht darum, sondern bückte sich zu Ayescha nieder, um nach ihrer Wunde zu sehen.

»Hamdullillah, Preis sei Gott; sie ist nicht verwundet; sie ist nur ohnmächtig, und die Kugel ist hier in diesen Balken gedrungen!«

Jetzt stellte er sich hinter die Thür und zog seine beiden Doppelpistolen.

»Kaschef – Sihdi – Effendi – Effendina!« rief es draußen, und als keine Antwort ertönte, krachten kräftige Fußtritte gegen die Thür.

Da erscholl vom Verdecke herab ein lauter Ruf des Schreckes, und nun war es Zeit für Katombo. Er stieß die Thür auf, drei Männer standen auf der engen Treppe; der Hinterste wandte sich soeben um, um zu sehen, was droben am Decke vorgegangen sei. Zwei Schüsse krachten und noch einer, alle gut gezielt. Der kleine Raum füllte sich mit dichtem Pulverdampf. Katombo zog die Thür wieder in den Riegel und wandte sich nach dem Verschlage.

»Vater – Katombo!« hörte er Ayescha rufen.

Der Knall der Schüsse hatte sie aus der Ohnmacht geweckt.

»Hier, Ayescha!«

»Allah helfe uns! Was ist vorgegangen?«

»Wir siegen. Bleibe noch hier; ich komme gleich wieder!«

Er drang hinaus in den Raum, welcher leer war und eilte zur Treppe empor. Oben leuchteten die Sterne wie vorher, und beim Scheine derselben konnte er sehen, wie Remusat einen Khawassen niederstieß, den letzten, welcher zu sehen war.

»Fertig?« frug er.

»Erst sieben. Wo sind die andern?«

»Todt, auf der Kajütentreppe.«

»Holt sie herauf!« gebot Remusat seinen Leuten.

In kurzer Zeit lagen die Leichen auf dem Vorderdeck, und Ayescha ruhte, angegriffen von dem Geschehenen, unter demselben Zelte, unter welchem vor ihr Sobeïde sich befunden hatte. Jetzt wurden Steine aus dem Raume geholt, um die Todten zu versenken. Während dieser Arbeit leuchteten zu beiden Seiten des Stromes hinter dem Sandal helle Schilffeuer auf. Man hatte an den Ufern die Schüsse und das Geschrei des Kampfes vernommen; das stattliche Fahrzeug aber war mittlerweile mit dem Strome so weit fortgegangen, daß man es nicht mehr erblicken konnte. Endlich war die letzte Leiche den Fluthen übergeben, und nun galt es, die Spuren des Kampfes zu verwischen.

»Schöpft Wasser, Ihr Männer, und scheuert das Deck und die Kajüte,« gebot Remusat. »Am Morgen muß Alles blank sein wie zuvor; dann ziehen wir die Segel auf und holen die Dahabiés ein.«

Zwischen Bord und Masten tummelten sich nun die Schiffer; Manu-Remusat beaufsichtigte sie, und Katombo saß im Zelte bei Ayescha, um sie zu beruhigen und ihre Bangigkeit über die Folgen ihres heutigen Abenteuers zu verscheuchen. Sie lag an seinem Herzen und schlummerte endlich ein, eingewiegt von den süßen Worten, welche er nicht müde wurde ihr in das Ohr zu flüstern. Auch er war müde nach den anstrengenden Ereignissen der letzten Tage; er legte den Kopf an die Zeltwand und schloß die Augen; der Schlaf umarmte ihn gerade so, wie er sein junges Weib in den Armen hielt.

Als er erwachte, blickte die Sonne bereits über die Höhen des Dschebel Mokkhadam herüber. Er ließ den Kopf Ayeschas auf das Kissen gleiten und erhob sich.

Das blanke Deck zeigte nicht die geringste Spur des stattgefundenen Gefechtes, und an den Masten flatterten bereits die Segel, welche Manu-Remusat soeben aufnehmen ließ. Sie wurden straff gespannt; der Wind fing sich in ihnen, und bald war die Schnelligkeit des Sandals um mehr als das Doppelte vergrößert. Ueber den blitzenden Wassern kreuzten die Schwalben, jene Namensschwestern des Sandals, welche der Araber Djuhr-el-Djienne, Vögel des Paradieses nennt, weil die fromme Sage von ihnen erzählt, daß sie den Menschen nicht verlassen wollten, als dieser aus dem Paradiese getrieben wurde, sondern an dem flammenden Schwerte des Engels vorüberflogen, um den Ureltern des menschlichen Geschlechtes in die Verbannung zu folgen; im Schilfe schnäbelten sich die weißen Niltauben, die dem Eingeborenen heilig sind, ziemlich unbekümmert um die Krokodile, welche hier und da mit dem Aussehen von schlammüberzogenen Holzklötzen am Ufer oder irgend einer Sandbank lagen, und hoch droben in der Luft ließ der Geier bereits seinen schrillen Ruf vernehmen, während der schlanke Falke an ihm vorüberschoß, um ihm seine Beute abzujagen. An den Ufern wechselten Reis- mit andern Feldern, eine grünende Pflanzung folgte der andern, und über ihnen allen ragten die schwanken, gefiederten Wedel der Palmen empor. Zuweilen sah man einen nackten Fellah in sein ärmliches Boot steigen, um Fische zu fangen, oder es trat ein Fellahmädchen an das Wasser, um den thönernen Krug zu füllen und ihn auf dem Kopfe heimzutragen und dabei einem bronzenen Bilde zu gleichen, dessen Formen der Künstler nicht schöner und plastischer darzustellen vermocht hätte. Dann fuhr man wieder an einem Felde vorüber, dessen Besitzer mit einem Joch Ochsen einen Holzpflug von demselben primitiven Baue regierte, wie die alten Egypter schon vor dreitausend Jahren sich desselben bedienten. Es war eine Scenerie, die jeden Fremden in ihrer streng individuellen Eigenthümlichkeit auf das Höchste interessiren mußte.

Nach und nach belebte sich der Strom immer mehr, und kaum waren einige Stunden vergangen, so hatte der Sandal die drei Dahabiés überholt. Die Flußreise ging glücklich von statten, bis die »Djuhr-el-Djienne« wohlbehalten im Hafen von Bulakh* vor Anker ging.

Hier wurden die Dahabiés erwartet und nach ihrer Ankunft sammt ihrem Inhalte sofort verkauft. Die Besatzung dieser drei Fahrzeuge wußte nicht, was während der ersten Nacht ihrer Reise auf dem Sandal passirt war, und konnte daher ohne alles Bedenken entlassen werden.

Anders war es mit der Bedienung des Sandals. Auf diese mußte Manu-Remusat Rücksicht nehmen. Er behielt sie bei sich und beschloß, sie sogar mit nach seiner einsamen Insel zu nehmen. Uebrigens hätte er ja auch gar nicht anders gekonnt, da er ja Leute brauchte, um das Fahrzeug zu regieren.

Vor dem Verkaufe der Dahabiés war Alles, was sie Nothwendiges für die Flüchtlinge an Bord führten, auf den Sandal gebracht worden, auf welchem man nun Kairo verließ, um nach Alexandrien zu gehen.

Auch hier kam die »Djuhr-el-Djienne« glücklich und unangefochten an, und sofort nahm Remusat die nöthigen Arbeiter an Bord, um die von ihm beabsichtigten Veränderungen an dem Fahrzeuge vorzunehmen.

Leider war gerade gegenwärtig keine günstige Zeit zum Auslaufen. Die Pforte stand im Kriege mit Norland, welches ein ansehnliches Geschwader in die türkischen Gewässer geschickt hatte. Einige Segel davon kreuzten draußen vor Alexandrien, und wenn es auch einmal einen Tag lang schien, als ob die Blokade aufgegeben worden sei, so waren sie am andern Morgen sicher wieder zu sehen.

Schon waren die Arbeiten auf dem Sandal ihrer Vollendung nahe, als Remusat mit Katombo auf dem Verdeck stand, um sich ihre Befürchtungen in Beziehung der Ausfahrt mitzutheilen. Länger zu bleiben war nicht rathsam; bei Nacht getraute sich wohl kaum ein Lootse aus dem Hafen, und wenn sie es

---

* Kairo zerfällt in Altkairo, Neukairo und die Vorstadt Bulakh.

wagten, am Tage die Anker zu lichten, so fielen sie mit Sicherheit in die Hände der feindlichen Kreuzer.

»Es ist besser, wir bleiben,« meinte Manu-Remusat. »Es wird sehr schwer halten, unsern Sandal zu erkennen; der Name ist fort und ein anderer an seiner Stelle, und wer die Takelung sieht wird meinen, ein kleines Schiff von der Sorte vor sich zu haben, welches die Franken Küstenklepper nennen.«

»Aber Dich und mich kann man erkennen, obgleich wir das Fahrzeug nicht verlassen und in keinen Serai und zu keinem Kawuadschi kommen. Wir werden gewiß einen Lootsen finden, der es versteht und wagt, uns des Nachts aus dem Hafen zu bringen.«

»Aber wir müssen der Küste folgen und werden also immerhin auf Kreuzer stoßen.«

»Der Küste? Nein, wir gehen in die offene See.«

»Bist Du sicher, die Schiffsbücher gut zu führen und alle Berechnungen richtig machen zu können?«

»Ich fürchte mich vor keinem Admiral,« lächelte Katombo.

»Dann könnten wir es wagen, obgleich ich Dich dazu nicht brauche; doch muß man alle Fälle in Berathung ziehen. Aber wer ist dort der Mann, welcher uns und unser Fahrzeug so sorgfältig in die Augen nimmt?«

»Welcher?«

»Der am Krahn, in der Kleidung eines Levantiners.«

»Ah der! Mir scheint, daß ihm der Anzug eines Mameluken besser stehen würde.«

»Eines Mameluken? Wirklich. Allah akbar, Gott ist groß, und meine Augen waren mit Blindheit geschlagen! Es ist derselbe Mameluk, welcher Omar-Bathu stets begleitete, wenn dieser mich besuchte. Sollte er hier sein um uns zu finden? Ich werde ihn rufen!«

»Thue es, wenn Du seiner Verschwiegenheit sicher bist!«

»Ich bin es. Er ist ein verschwiegener Mann und Omar-Bathu treu ergeben.«

Er brauchte nicht laut zu rufen, sondern nur zu winken, da der Mameluk ohne Unterlaß herüberblickte. Auf das Zeichen hin kam er näher und trat über die Laufplanke an Bord.

»Sallam aaleïkum!«

»Aaleïkum! Wen suchest Du?«

»Ich darf den Namen dessen, den ich suche, nicht nennen.«

»Wer hat es Dir verboten?«

»Mein Herr, Omar-Bathu, der Mamelukenbei. Ich soll hier zwei Männer und ein junges Weib aufsuchen und dann schnell zurückkehren, um zu melden, daß sie die See glücklich erreicht haben.«

»Du hast sie gefunden. Wie geht es meiner Tochter?«

»Mein Herr läßt Dir sagen, daß sie gesund und glücklich ist, nur betrübt sie sich, daß Du nicht bei ihr sein kannst mit der Schwester und dem Sohne.«

»Wie ist es möglich, daß Du so schnell nach Alexandrien gekommen bist?«

»Mein Herr gab mir zwei seiner besten Djemmels mit, ein Bischerihnhedschin und eine Tuarekfalle.«

»Und warum kamst Du nicht gleich zu mir, als Du mich erblicktest?«

»Ich erkannte Dich sofort, aber ich wußte nicht, ob dieses Schiff das Deinige sei, denn mein Herr hat es mir anders beschrieben.«

»Hast Du mir sonst noch etwas zu sagen?«

»Ja. Der Kaschef von Siut ist ermordet worden mit zehn seiner Khawassen; man weiß es bereits in Kairo und meint, daß Du es gewesen bist. Verweile Dich nicht länger in Alexandrien!«

»Ich werde Deinen Rath befolgen, doch komme herunter und stärke Dich mit Speise und Trank!«

»Dieses darf ich nicht eher thun, als bis ich die Befehle meines Herrn erfüllt habe. Willst du, Sihdi, daß ich Dir einen Lootsen schicke, der draußen in Rosette wohnt und Dich des Nachts ganz sicher aus dem Hafen bringen wird? Es ist der Bruder meines Weibes.«

»Thue es, und zehn Goldstücke sind Dein eigen!«

»Gib sie ihm, wenn Du sie geben willst. Ich aber habe Omar-Bathu zu gehorchen und darf nichts von Dir nehmen. Sallam aaleïkum!«

Er sprang über die Laufplanke hinüber und verschwand in dem Getriebe der Menschen, welche am Ufer auf- und niederwogten.

Das Erscheinen des Mameluken hatte alle Zweifel und Bedenken beseitigt; es wurde alles zur Abfahrt gerüstet, und während dessen erwarteten sie seine Wiederkehr. Aber er kam nicht; es begann bereits zu dunkeln, und schon wollte sich ein böser Argwohn sowohl bei Remusat als auch bei Katombo geltend machen, als ein Mann die Planke betrat, den man sofort als einen Schiffer erkannte.

»Wer bist Du?« frug Remusat.

»Mein Name ist Tiba-Ben-Afram. Mich sendet mein Bruder.«

»Wer ist Dein Bruder?«

»Du hast ihn bereits gesprochen, Sihdi, als er Dir Grüße brachte von Omar-Bathu, dem Mamelukenbei.«

»Wo ist er?«

»Zurückgekehrt zu seinem Herrn, denn er weiß, daß ich Dich sicher aus dem Hafen bringen werde.«

»Warum kam er nicht noch einmal her mit Dir?«

»Er fürchtete Deine Belohnung.«

»Wann können wir fahren?«

»Sogleich, wenn Du befiehlst, Sihdi. Es ist guter Wind und in zehn Minuten bricht die Nacht herein.«

»Wo hast Du das Boot, in welchem Du zurückkehren wirst?«

»Es wartet mein draußen auf der Rhede.«

»So laßt uns beginnen.«

»Im Namen des allbarmherzigen Gottes!« fügte der fromme Muselmann bei, indem er das Haupt dreimal mit der Hand berührte und sich nach der Gegend von Mekka tief verneigte.

Jetzt wurden die Anker gelichtet und die Segel emporgezogen. Der Aufbruch des Sandals fiel keinem Menschen auf, da jeder Beobachter denken mußte, daß er nur hinaus nach Rosette wolle. Dort angekommen, ging er aber nicht vor Anker, sondern beschrieb einen weiten Bogen um den Quai herum und hielt dann auf die offene See zu.

Der Lootse stand ganz vorn am Bug und gab laut seine Weisungen; Katombo selbst stand am Steuer und lenkte das Schiff. Der Abend war sehr dunkel, und die Sterne hatten das Himmelsgewölbe noch nicht erstiegen. Nach und nach wurden die Kommandos des Lootsen immer leiser, bis er plötzlich ein Licht ergriff und dreimal hoch im Kreise schwenkte, ehe er es wieder hinter den Schirm stellte, wo es gestanden hatte.

Der Pfiff einer Möve war die Antwort auf dieses Signal, und gleich darauf sah man ein Boot dem Sandal nahen.

»Werft eine Leine aus, es ist mein Kahn!« erklärte der Lootse.

Als dies geschehen war, schwang sich ein Knabe von kaum vierzehn Jahren an Bord, während das Boot im Schlepptau nachgezogen wurde.

»Hast Du den Feind gesehen?« frug der Vater den Sohn.

»Ja.«

»Und warst nahe an ihm?«

»Ja.«

Dabei nickte der Knabe mit einer Miene, als ob dies etwas sehr Leichtes und Selbstverständliches sei.

»Wo befindet er sich?«

»Er segelt Nord bei Ost und gerade Ost von hier, um nach Damiette zu gehen.«

»So sind wir sicher. Gebt vorn eine Laterne aus, damit ich das Fahrwasser erkenne!«

Diesem Befehle wurde Folge geleistet, und nun gab er seine Kommandos wieder laut vom Buge aus, und trotz der Gefährlichkeit des Fahrwassers gelangten sie nach noch nicht zwei Stunden in die offene freie See.

Jetzt wollte sich der Lootse verabschieden, und Manu-Remusat zog eine Handvoll Goldstücke hervor.

»Hier nimm! Du hast es reichlich verdient.«

»Sihdi, behalte Dein Geld und gedenke mein! Mein Bruder bat mich, Dich durch die Blokade zu bringen, und ich habe es gethan, weil es ihm und Allah gefällig war. Dein Dank ist mir lieber als das Gold, welches Du mir bietest!«

Er trat an die Regeling und sprang trotz der Dunkelheit mit

einer wahrhaft virtuosen Sicherheit hinunter in das Boot. Sein Sohn folgte ihm mit ganz derselben Gewandtheit.

»Sallam aaleïkum!« hörte man noch den Gruß der Beiden; die Wogen hoben das Boot empor, ein Wellenthal verbarg es wieder; dann – war die letzte Verbindung mit der Heimath zerrissen.

Manu-Remusat trat zu Katombo.

»Glaubst Du, daß es gute Menschen gibt, die Allah lieben muß?«

»Ich glaube es, denn dieser Mann hat es bewiesen.«

»Allah segne ihn und seinen Bruder, sammt uns Allen, die zu uns gehören, obgleich wir sie verlassen mußten! Jetzt aber gib mir das Steuer und gehe zur Ruhe; Du bedarfst ihrer, denn morgen mußt Du das Schiff regieren, während ich schlafe!«

Katombo folgte dem Gebote. Als er am Morgen erwachte, erblickte er ringsum nur Himmel und Wasser; das Schiff war glücklich aus dem gesperrten Hafen in die offene See gekommen. Des Nachts war dies noch nicht zu behaupten gewesen, da mit Anbruch des Tages sehr leicht einer der Kreuzer zurückgekehrt sein und bemerkt werden konnte.

Auch die Luft war günstig und das Wetter so schön, daß der Sandal fast anderthalb Tage lang seine Fahrt ohne die geringste Unterbrechung oder Störung machen konnte. Am Nachmittage des zweiten Tages saßen Remusat und Katombo bei Ayescha im Zelte, während einer der Leute das Steuer führte. Da trat Ali herbei, welcher mit zur Bemannung gehörte, und klatschte in die Hände, zum Zeichen, daß er etwas zu melden habe. An den Eingang des Zeltes durfte er sich nicht wagen, weil ein Weib sich in demselben befand. Katombo erhob sich und ging hinaus.

»Was gibt es, Ali?«

»Schau dorthin, Sihdi!«

Dabei deutete er mit der Hand fast gerade nach Nord.

»Ein Segel!« bemerkte Katombo.

»Ein Segel, Sihdi? Allah segne Deine Augen, aber einer von uns Beiden sieht falsch, und meine Augen trügen mich niemals!«

Katombo suchte den ganzen Horizont ab, konnte aber nur das entdecken, was er bereits gesehen hatte.

»Dann trügen sie Dich jetzt, denn es gibt nur dies eine Segel!«

»Sihdi, Du weißt, daß ich Ali-el-Hakemi-Ebn-Abbas-Ebner-Rumi-Ben-Hafis-Omar-en-Nasafi bin, und was ich sage, das ist wahr, denn dieses Schiff, das dort gefahren kommt, hat nicht nur ein, sondern sehr viele Segel!«

Jetzt mußte Katombo lächeln.

»Jetzt hast Du Recht, Ali mit dem langen Namen! Dieses Schiff hat sehr viele Segel; aber der Seemann sagt nicht: dort kommt ein Schiff, sondern: dort kommt ein Segel. Das mußt Du Dir merken. Rufe den Emir-el-Reïsahn herbei.«

Manu-Remusat kam, und Katombo zeigte ihm das Segel.

»Zu welcher Flagge glaubst Du, daß es gehört?«

»Ich weiß es nicht und mag es auch nicht erfahren.«

»Soll ich etwas mehr Ost bei Süd halten?«

»Um ihm aus dem Kurse zu gehen? Nein, das ist nicht nothwendig, denn siehe, es geht ja ganz scharf auf Süd und wird uns nicht bemerken.«

»Aber es ging vorhin Süd bei Ost!«

»Das hat nur so geschienen; jetzt, da der Winkel offener ist, kann man es deutlicher sehen. Ich gehe wieder in das Zelt, komm nach, wenn es seinen Lauf nicht ändert!«

Er ging. Katombo beobachtete den Lauf des fremden Fahrzeuges. Dieses hielt allerdings ganz streng auf Süd; in einer Viertelstunde mußte es bereits verschwunden sein, und darum kehrte auch er in das Zelt zurück, gab aber vorher Ali die Weisung, genau aufzuschauen und alles Auffällige sofort zu melden.

In der angegebenen Zeit klatschte der Diener auch wirklich in die Hände. Katombo steckte nur den Kopf hervor.

»Was gibt es?«

»Das Schiff ist fort, Sihdi!«

»Gut!«

Es verging etwas über eine Stunde; da klatschte der wackere Ali schon wieder.

»Etwas Neues?« frug Katombo.

»Ja, Sihdi. Wieder ein Schiff!«

»Mit vielen Segeln?«

»Ja. Es sieht aus gerade wie das vorige.«

Katombo verließ das Zelt.

»Wo fährt es?«

»Beinahe gerade im Süd von uns; dort!«

Katombo erkannte dasselbe Fahrzeug, welches vorher im Nord von dem Sandal gesegelt war, und dann den Kurs nach Süd gehalten hatte.

»Hole schnell den Herrn!« befahl er.

Manu-Remusat eilte schnell herbei, wirklich erstaunt über die seltsame Schnelligkeit, mit welcher das fremde Fahrzeug ihm von einer Seite auf die andere gekommen war. Er nahm das Rohr zur Hand und betrachtete es sorgfältiger.

»Katombo, wir sind verloren!«

»Warum?«

»Es ist ein Kriegsschiff, und zwar muß es ein feindliches sein.«

»Hat es die Flagge gezogen?«

»Nein, aber es ging erst im Nord von uns und hat seinen Kurs nur verändert, um uns den Rettungsweg nach der Küste von Derna abzuschneiden. Das ist gewiß. Nur kann ich die Schnelligkeit nicht begreifen, mit der dies geschehen ist. Allah allein weiß es!«

»Gib mir das Rohr!«

Er bekam es und schaute aufmerksam hindurch.

»Du hast Recht: Allah weiß es, ich aber auch!«

»So erkläre es mir!«

»Es ist ein Dampfer, der auch mit Segeln geht, wenn der Wind es erlaubt. Siehst du den leichten Streif an seinem Stern? Er wird jetzt immer dichter und schwärzer. Jetzt hält das Schiff gerade auf uns zu und gibt vollen Dampf. Du hast Recht; es macht Jagd auf uns!«

»Was thun wir? Uns ergeben?«

»Nein, uns wehren!«

»Das geht nicht. Dort an Bord gibt es zehn Mal mehr Leute als bei uns, und wir haben keine Kanonen.«

»Willst Du ihnen Dein Kind und Deine Schätze preisgeben?«

»Sie führen nicht mit Frauen Krieg, und mein Gut wird mir verbleiben, denn ich bin ein Flüchtling des Vizekönigs und kein Soldat.«

»So thue, was Du denkst. Ich ergebe mich in Deinen Willen!«

»Laß uns auch die Leute fragen!«

Dies geschah. Das Orlogschiff kam immer näher und zeigte sich in Folge dessen von Augenblick zu Augenblick größer und mächtiger. Die Bemannung des Sandals war im Gebrauche der Handwaffen wohlgeübt und keineswegs feig zu nennen, aber es gehörte dennoch beinahe der Muth der Verzweiflung dazu, es mit einem solchen Gegner aufzunehmen. Alle außer Einem stimmten daher der Ansicht von Manu-Remusat bei. Dieser Eine war Ali.

»Allah akbar, Gott ist groß, und mein Handschar ist spitz und scharf. Warum soll sich ein Gläubiger den Ungläubigen ergeben? Ich werde sie verschlingen, wie die Heuschrecke das Gras des Feldes und das Laub der Bäume frißt!«

Er kam natürlich mit seiner Meinung nicht durch, sondern es wurde beschlossen, sich auf Gnade und Ungnade zu ergeben, falls das Schiff wirklich ein feindliches sein sollte.

Mittlerweile war es so nahe gekommen, daß es eine seiner Stückpforten öffnen konnte. Es ließ plötzlich alle Segel fallen, hißte die Flagge auf und gab mit einem Schuße das Zeichen, ein Gleiches zu thun.

»Ein Norländer, also wirklich ein Feind!« rief Remusat. »Eine Flagge haben wir nicht; laßt die Segel fallen!«

Dies geschah, und nun sahen sie der Ankunft des Bootes, welches der Norländer aussetzte, um an Bord des Sandals zu gehen, mit banger Erwartung entgegen. Ayescha zitterte vor Angst am ganzen Leibe, und Remusat sowohl als auch Katombo versuchten vergeblich, sie zu beruhigen. Das Boot legte an, und ein Offizier stieg mit acht Mann an Bord.

»Wer ist der Befehlshaber dieses Fahrzeuges?« frug er.
»Ich,« antwortete Remusat.
»Wem gehört es?«
»Mir selbst.«
»Was hat es geladen?«
»Haus- und Wirthschaftsgeräth für mich.«
»Wo kommt es her?«
»Aus Siut.«
»Ah? Sollte dies die Wahrheit sein? Ein Nilschiff auf offener See! Wohin ist es bestimmt?«
»Nach Msarata.«
»Wo haben Sie Ihre Papiere?«
»Ich habe keine, ich bin ein Flüchtling.«
»Interessant!« lächelte der noch sehr junge Mann. »Um aus Egypten zu fliehen, fährt man von Siut aus durch ganz Egypten und geht mit einem Nilkahne unter Klippertakelage nach Msarata, welches unter der gleichen Oberherrschaft des Sultans steht. Wie ist Ihr Name, mein Herr?«
»Remusat.«
»Das ist ein sehr berühmter Name, denn ich erinnere mich, von einem gewissen Remusat gelesen zu haben, der sehr Vieles über China, die Mongolei und Tibet geschrieben haben soll. Doch dieser Mann hat vor verschiedenen Jahrhunderten gelebt, und Sie können es also nicht sein, sonst hätte ich mich aus Rücksicht für Ihren schriftstellerischen Ruhm verabschiedet, ohne Sie weiter zu belästigen. So aber muß ich um die Erlaubniß bitten, Ihr Fahrzeug untersuchen zu dürfen!«
»Thun Sie es!«
Der Marineoffizier warf zunächst einen Blick auf dem Decke umher und bemerkte dabei:
»Diese guten Leute sind ja ganz außerordentlich bewaffnet!«
»Sie wissen wohl, daß bei uns jeder Mann berechtigt ist Waffen zu tragen; man braucht jedoch deshalb noch nicht ein Krieger zu sein.«
»Schön! Führen Sie mich zur Kajüte und in den Raum!«
Remusat begleitete ihn, während alle Andern auf dem

Decke blieben. Als er wieder nach oben kam, zeigte seine Miene einen gewissen Grad von Unsicherheit.

»Ich habe allerdings nichts Verdächtiges bemerken können, und doch geben mir Ihre Angaben Grund zu dem Wunsche, Sie und die Ihrigen persönlich durchsuchen zu lassen. Wer auf offene See geht, bedarf ganz nothwendig derjenigen Papiere, durch welche er sich und seine Absichten zu legitimiren vermag.«

»Maschallah, Sie wollen einen Kapitän peinlich durchsuchen lassen!« brauste Remusat auf.

»Sie sind nicht Kapitän, sondern ein Privatschiffer, der mir dringend verdächtig erscheinen muß. Wollen Sie sich fügen?«

»Ich muß!«

Die Untersuchung wurde vorgenommen, ohne allen Erfolg, und schon glaubte sich Manu-Remusat frei, als der Offizier achselzuckend meinte:

»Auch das kleinste Fahrzeug kann ein sicheres Versteck für geheime Schriften, Depeschen und dergleichen haben. Was birgt dort das Zelt?«

»Meine Tochter.«

»Ah! Ich werde sie begrüßen.«

Er trat näher und öffnete den Vorhang. Die Hand Katombos fuhr nach dem Griffe seines Dolches, doch der Offizier machte vor der tief Verschleierten nur eine sehr höfliche Verbeugung und trat dann zurück.

»Ich wünschte gern, Ihnen die Erlaubniß geben zu können, Ihren Kurs fortzusetzen, sehe mich aber leider außer Stande dazu. Wo ist Ihr Steuermann?«

»Hier,« antwortete Katombo.

»Sie Beide werden mich an Bord meines Schiffes begleiten, damit ich sie dem Kapitän vorstelle. Er mag das Weitere verfügen.«

Zu einer Widerrede oder gar einem ernstlichen Widerstande wäre es nun zu spät gewesen. Die beiden Aufgeforderten mußten in das Boot steigen und wurden an das Schiff gerudert, unter dessen Spriete man die in goldenen Lettern abgefaßte Inschrift »Der Drache« lesen konnte. Sie stiegen das herabgelassene Fallrepp empor und wurden von einigen Schiffssoldaten in Empfang genommen, während der Lieutenant nach dem Quarterdecke schritt, um dort seinen Rapport abzustatten.

Nach einigen Augenblicken kehrte er zurück um sie zu holen. Unter einem luftigen Zelte saßen die Offiziere beisammen; einer von ihnen, welcher eine etwas reservirte Haltung eingenommen hatte, saß etwas weiter zurück. Der Kapitän erhob sich nicht bei dem Erscheinen der beiden Männer; er nickte nur leichthin mit dem Kopfe.

»Ich habe Ihre Angaben vernommen,« meinte er. »Haben Sie in Allem die Wahrheit gesagt?«

»In Allem.«

»Haben Sie etwas hinzuzufügen?«

»Nein.«

»Ihr Name ist Remusat?«

»Ja.«

»Vielleicht gar Manu-Remusat?«

»Allerdings.«

»Dann sind Sie der einstige Freund des Vizekönigs von Egypten?«

»So ist es.«

»Dann habe ich allerdings keinen Grund, die Wahrheit Ihrer Angaben zu bezweifeln.«

»Und dennoch enthalten sie Lügen, Kapitän,« fiel der Reservirte ein, welcher die Uniform eines Volontärs ohne alle Abzeichen trug. »Bitte, fragen Sie einmal dort den Steuermann, ob er nicht Katombo heißt!«

Bei dem Klange dieser Stimme fuhr Katombo herum und beim Anblicke des Sprechers überzog eine tödtliche Blässe sein Angesicht. Wie kam dieser Mann, sein Peiniger, sein Henker, sein Todfeind auf die See? Er hatte keine Zeit, über diese Frage nachzudenken, denn soeben erklang es aus dem Munde des Kapitäns:

»Wie heißen Sie?«

Er faßte sich und antwortete so fest wie möglich:

»Katombo.«

»Sehen Sie, Kapitän, daß ich Recht habe?« meinte der vorige Sprecher. »Dieser Mensch ist ein vormaliger Zigeuner, welcher einst in meinen Palast eindrang um zu stehlen. Er wurde ertappt und entkam, nachdem er einen meiner Diener erstochen hatte. Seine eigene Mutter, welche wohl für ihn Wache gestanden hatte, mochte er in der Aufregung verkennen und für eine für ihn gefährliche Person halten, er faßte sie und warf sie in den Fluß, aus welchem man sie einige Tage später als Leiche auffischte.«

Katombo's Züge waren jetzt womöglich noch bleicher geworden.

»Lügner! Schurke! Mörder!« knirschte er. »Du selbst hast Sie ertränkt, jetzt hast Du Dich verrathen! Erst raubtest Du mir die Geliebte, dann nahmst Du mich widerrechtlich gefangen, und als – – –«

»Halt!« donnerte da der Herzog von Raumburg. »Kapitän, Sie hören, daß dieser Mensch wahnsinnig ist. Ich bin bei Ihnen an Bord gegangen, um meine Anschauungen in Betreff des Marinewesens praktisch zu erweitern, nicht aber, um mich von einem Mörder und Vagabunden insultiren zu lassen. Thun Sie Ihre Pflicht. Sie hören ja, daß der Mann identisch mit der Person ist, die ich meine!«

Der Kapitän gab einen Wink, und sofort legten sich zehn eisenfeste Matrosenhände um Katombo, der sich gegen eine solche Umschlingung nicht zu wehren vermochte.

»Vater, ich bin unschuldig, sage es Ayescha!« konnte er Manu-Remusat noch zurufen; dann wurde er unter das Verdeck geschleift.

Der Letztere war über diesen unerwarteten Vorfall so erschrocken, daß er nicht die kleinste Bewegung unternommen hatte, seinem Schwiegersohn zu Hilfe zu kommen. Jetzt wandte er sich an den Kapitän:

»Kapitän, hier liegt ein fürchterlicher Irrthum vor! Bei Allah und dem Propheten, ich gebe meine Ehre und mein Leben zum Pfande, daß dieser Mann, der der Mann meiner Tochter ist, niemals das gethan hat, dessen man ihn beschuldigt!«

»Der Mann Ihrer Tochter? Ihre Ehre zum Pfande! Es ist höchst unvorsichtig, dieses uns zu sagen, denn nun erhalten Ihre Angaben und gegenwärtigen Intentionen eine Beleuchtung, welche mir Veranlassung gibt, mich auch Ihrer Person zu bemächtigen. Sie sind mein Gefangener, und, merken Sie wohl, nicht nur mein Kriegs-, sondern auch mein Kriminalgefangener. Ueber Ihr Schiff und angebliches Eigenthum behalte ich mir weitere Bestimmungen vor!«

Er wurde ungeachtet aller seiner Protestationen abgeführt.

Die Bemannung eines zweiten Bootes stieß zu den acht Leuten, welche sich bereits an Bord des Sandals befanden. Sie holten die Untergebenen Manu-Remusats als Gefangene an Bord des Kriegsschiffes. Dann wurde der Sandal an das Schlepptau genommen; der »Drache« ließ seine Maschine spielen; die Segel wurden wieder gehißt, und die Fahrt begann von Neuem.

Währenddem begann es schnell zu dunkeln. In einer der Mittelkabinen saß ein Mann in türkischer Tracht, mit dem weltbekannten rothen Fez auf dem Kopfe. Er schien in sehr ernstes Sinnen versunken; seine Brauen hatten sich zusammengezogen, und sein Mund zuckte hin und wieder, wenn er einen Blick durch das kleine runde Fenster warf, welches einen begrenzten Blick hinaus auf die See gestattete. Da klopfte es an die Thür, und auf seinen Ruf erschien ein Schiffsjunge mit einem ziemlich gut belegten Speisebrette in der Hand.

»Guten Abend, Herr Pascha!«

»Guten Abend!«

»Hier ist Ihr Essen. Haben Sie sonst einen Wunsch?«

»Melde mich dem Kapitän!«

»Das darf ich nicht, Herr Pascha, denn er will gar nicht mehr mit Ihnen reden, weil Sie immer Wünsche bringen, sagt er, die er nicht erfüllen kann. Und außerdem hat er heut gar schrecklich viel zu thun.«

»Wohl wegen dem Fahrzeuge, welches er wieder weggenommen hat?«

»Ja.«

»Wo war es her?«

»Hm, aus Egypten.«

»Wem gehörte es?«

»Wunderlicher Name! Einem gewissen Manu-Remusat.«

Der Türke wäre vor Ueberraschung beinahe in die Höhe gesprungen, wenn er sich nicht besonnen hätte, daß er dann mit dem Kopfe an die allzuniedrige Decke gestoßen hätte.

»Manu-Remusat? Ist er gefangen wie ich?«

»Ja; er und seine Leute.«

»Wie viele sind es?«

»Mit ihm und dem Steuermann achtzehn.«

Der Türke schwieg einige Augenblicke; dann frug er fast leise:

»Sagtest Du mir nicht einmal, daß Ihr mit dem Kapitän und den Offizieren nicht zufrieden seid?«

»Hm, ja! Verdammt viel Prügel und verteufelt wenig zu essen! Ich sagte Ihnen das aber nur, weil Sie so ein guter und unglücklicher Herr sind.«

»Höre, Junge, wie heißest Du?«

»Balduin Schubert.«

»Hast Du Eltern und Geschwister?«

»Nur einen Bruder, den Thomas, der ein Schmiedelehrjunge ist.«

»Willst Du reich werden?«

»Donnerwetter, alle Tage, wenn es sein muß!«

»Kannst Du es nicht so weit bringen, daß ich einmal heimlich mit diesem Manu-Remusat sprechen kann?«

»Nein, nein, das geht nicht, denn da bekäme ich die neunschwänzige Katze viel schlimmer als vorher. Gute Nacht, Herr Pascha!«

Wie ein Wind war er zur Thür hinaus und riegelte die Kabine zu. Draußen in dem engen Raumgange blieb er nachdenklich stehen.

»Ob ich es wohl wage? Wo er steckt, das weiß ich, und alle Mannen denken, daß ich nun bereits in meiner Koje schlafen werde bis zur nächsten Wache! Der Thomas hat mir so viel von ihm erzählt, wie er unschuldig gefangen gewesen ist, wie ihm der Herzog seine Liebste genommen hat, wie der gute

Meister Brandauer sein Freund geworden ist und ihm nachher viel Geld gegeben hat, so daß er in die Fremde gehen konnte, um etwas Ordentliches zu sehen und zu lernen. Wie prächtig wäre es doch, wenn ich einmal nach Hause käme und zu dem Thomas und dem Brandauer sagen könnte, ich habe ihn auch gerettet! Ja, gut, ich werde zu ihm gehen!«

Er schlich sich hinunter in den Raum und trat hier vor einen aus starken Bohlen ausgeführten Verschlag, der so niedrig war, daß ein Mann kaum aufrecht darin sitzen konnte. Er klopfte.

»Katombo, Herr Katombo!«

»Wer ist's?« frug es von innen.

»Kennen Sie den Schmied Brandauer, bei dem Sie gewohnt haben?«

»Natürlich, wer ist draußen?«

»Kennen Sie auch den Lehrjungen Thomas, der das B wie P ausspricht?«

»Ja.«

»Ich bin sein Bruder, der Balduin, von dem er so viele Cigarren geraucht hat, zwei Stück für drei Pfennige, Sie haben auch eine bekommen damals, Sie wissen schon!«

»Du bist der Bruder des Thomas? Was thust Du hier?«

»Ich bin Schiffsjunge.«

»Wohin ist der »Drache« bestimmt?«

»Er war bestimmt zum Kreuzen, kehrt aber jetzt nach Norland zurück, weil er einen sehr wichtigen Gefangenen gemacht hat!«

»Wen?«

»Malek-Pascha.«

»Maschallah, den Großvezier?«

»Ja. Wir haben ihn in einer Feluke aufgegriffen, in der er nach Tenedo wollte.«

»Und die Mannschaft der Feluke?«

»Ist auch kriegsgefangen.«

»Wo?«

»Drüben im Raume.«

»Wo sind meine Leute?«

»Die Türken sind im Backbord-, die Ihrigen im Steuerbordraume untergebracht.«

»Wo ist Manu-Remusat?«

»Bei ihnen.«

»Und meine Frau?«

»Ihre Frau? Haben Sie eine Frau? Ah, die verschleierte Dame in der Kajüte des Herzoges!«

»In der Kajüte des Herzoges? Maschallah, wer hat sie dort einquartiert?«

»Der Herzog selbst, er begnügt sich mit dem Nebenraume.«

»Hat er ihr Gesicht gesehen?«

»Nein; das weiß ich sehr genau, denn ich habe seine und ihre Bedienung. Sie ist verteufelt kouragirt und hat beim Essen ein Messer zurückbehalten, mit dem sie sich erstechen will, wenn Jemand ihre Kleidung anrührt.«

»Willst Du mir eine Botschaft an sie ausrichten?«

»Wollen Sie nicht selbst mit ihr sprechen?«

»Willst Du mich verführen?«

»Fällt mir gar nicht ein! Meister Brandauer hat Sie gerettet, und was der kann, das kann ich auch. Ich werde Sie befreien.«

»Wirklich!« jauchzte es hinter der Bohlenwand auf.

»Ja. Sie fliehen, und ich reiße mit aus, denn ich habe diese ewige Prügelei satt.«

»Aber wie es anfangen? Kannst Du mir öffnen?«

»Ja; der Verschluß besteht ja nur in zwei hölzernen Riegeln.«

»Kannst Du mir einen Matrosenanzug besorgen?«

»Ja. Tom hat einen in seiner Kiste und wird es nicht gleich merken, wenn ich ihn mir einmal heimlich borge.«

»Also die Gefangenen sind alle im Raume untergebracht?«

»Ja.«

»Wo schlafen die Offiziers?«

»In ihren Kajüten.«

»Und die Marsgasten* und Soldaten?«

---

* Matrosen.

»Unter Vorderdeck.«
»Kann man dies nach oben hin von außen verschließen?«
»Ja.«
»Die Kajüten auch?«
»Ja.«
»Kann ich von hier aus zu meinen Leuten?«
»Sehr leicht.«
»Wie viele Mann halten die Wache?«
»Zwanzig, ohne den Offizier.«
»Geht mein Fahrzeug noch am Schlepptau?«
»Ja. Man hat es ganz genau untersucht, aber nichts weggenommen.«
»Wo hat man unsere Waffen hingethan?«
»In die Handwaffenkammer.«
»Wie gelangt man dorthin?«
»Nur durch die Kapitänskajüte, die der Kommandeur jetzt dem Herzog abgetreten hat und wo nun Ihre Frau wohnt.«
»Ah, es wird gehen. Danken kann ich Dir jetzt nicht, sondern später. Sind große Nägel an Bord?«
»So viele Sie wollen. Wozu?«
»Zum Vernageln der Kajüten und Luken. Besorge so viele Du kannst und einige Hämmer dazu an einen Ort unter dem Decke, wo sie nicht vorzeitig bemerkt werden. Mir bringst Du ein scharfes spitzes Messer.«
»Ich kann mehr als ein Dutzend bringen, der Koch hat deren genug.«
»Gut. Wann wirst Du kommen?«
»Zur nächsten Wache, wenn Alles schläft.«
»Kannst Du noch einmal zu meiner Frau gehen?«
»Ja. Die Offiziers sind alle bei Tafel.«
»So bereite sie vor und sieh zugleich nach, ob der Eingang zur Waffenkammer offen ist!«
»Wird Alles geschehen, Herr Katombo!«

Er ging, und der Gefangene blieb in einer unbeschreiblichen Aufregung zurück. Er lag im engen Kerker; sein Weib befand sich in den Händen des Herzoges, von dem Alles zu erwarten stand, wenn nicht schleunige Hülfe ermöglicht wurde – er lebte wie im Fieber, ob vor Grimm oder allzureger Ungeduld und Erwartung, er wußte es selbst nicht. Die Minuten dehnten sich aus zu Ewigkeiten, bei jedem Laute und jedem Geräusche horchte er auf. In seinem finsteren Loche konnte er den Lauf der Zeit nicht verfolgen, und schon glaubte er, daß der Schiffsjunge ihn nur geäfft habe oder wenigstens verhindert worden sei, sein Versprechen zu erfüllen, da, da endlich! vernahm er leise Schritte, die sich seinem Käfige näherten. Die Riegel wurden zurückgeschoben, und eine leise Stimme sprach:

»Jetzt kommen Sie heraus!«

Katombo kroch hervor und streckte mit einer wahren Wollust seine Glieder.

»Hast Du die Messer?«

»Ja; Schlachtmesser, Vorschneidemesser und Tischmesser eine ganze Menge, und hier ist auch ein Schiffssäbel für Sie.«

»Die Nägel?«

»Liegen bereit, in der großen Taurolle am Mittelmast. Es sind vier Hämmer dabei; ich habe Alles dem Zimmermann genommen.«

»Warst Du bei meiner Frau?«

»Ja. Sie fürchtet sich um Sie und läßt Sie bitten, ja doch Ihr Leben zu schonen.«

»Wie steht es mit der Waffenkammer?«

»Die ist verschlossen, aber ein Fußtritt bricht die Thür sehr leicht ein.«

»Wie steht es oben?«

»Es schläft Alles, und die Wachen ahnen nicht das Geringste.«

»So führe mich zu den Meinen.«

»Kommen Sie!«

Er faßte ihn bei der Hand, zog ihn durch den Raum und brachte ihn vor eine Thür, hinter welcher man ein Geräusch vernahm, als ob menschliche Körper im Stroh raschelten.

»Hier ist es.«

Katombo tastete und fühlte drei Riegel, welche er zurückschob.

»Wer da?« frug es laut von innen.

Er öffnete.

»Remusat, sprich leise. Ich bin es, Katombo.«

»Katombo? Hamdullillah, Preis sei Gott, Du bist frei?«

»Ja. Wollt Ihr es auch sein?«

»Frage nicht, sondern gib uns Waffen!«

Sie waren Alle aufgesprungen und streckten ihm ihre Hände entgegen.

»Ja, Waffen, Waffen her, damit wir frei werden!«

Katombo drängte sie zurück.

»Ihr Männer, hört, was ich Euch sage: Wir wollen nicht nur frei sein, sondern wir wollen auch das Schiff haben, auf dem wir uns befinden, sonst holen Sie uns schon nach einigen Stunden wieder. Die ganze Besatzung schläft, außer den Deckwachen. Hier habt Ihr jeder ein Messer. Wir schleichen uns hinauf und beseitigen die Wachen ohne alles Geräusch. Darauf kommt Alles an, denn wenn vorzeitiger Lärm entsteht, so sind wir verloren. Wir kriechen also am Boden hin, ein Jeder bis zu seinem Manne. Du, Ali, schleichst Dich in die Kapitänskajüte, um die Tochter Deines Herrn zu schützen: sie ist dort. Ihr drei, Hafis, Bako und Rahman, kriecht bis zum Mittelmast; dort liegt eine Taurolle, in welcher Nägel und Hämmer liegen. Für den Fall, daß je ein Ruf ausgestoßen wird, der uns schaden könnte, springt Ihr dann gleich vor und vernagelt schleunigst die Vorder- und Hinterluke nebst dem Eingang zur Offizierskajüte. Jeder von Euch eins von diesen Dreien. Wir Andern machen die Wachen stumm. Das Uebrige muß sich dann aus den Verhältnissen ergeben. Seid Ihr einverstanden?«

»Ja!« flüsterte es rund im Kreise, und nur Remusat setzte hinzu:

»Wie befindet sich Ayescha?«

»Gut. Also vorwärts – halt!«

Er streckte den Arm vor um sie zurückzuhalten, denn oben erschallten Schritte.

»Der Offizier von der Runde,« bemerkte Balduin ängstlich.

»Kommt er herab?«

»Jedenfalls.«

»Desto besser. Komm, Vater! Ihr Andern wartet noch!«

Er lehnte die Thür nur an, ohne sie zu verriegeln, und schlüpfte mit Manu-Remusat hinter die Treppe. Wirklich näherten sich die Schritte und kamen die engen Stufen herab. Es war derselbe Lieutenant, welcher den Sandal bestiegen hatte. Er trug eine Blendlaterne und wollte sich jedenfalls überzeugen, daß sich die Gefangenen in Sicherheit befänden. Als er die letzte Stufe überschritten hatte, tauchte Katombo aus seinem Winkel auf und faßte ihn von hinten bei der Kehle. Remusat erhob das Messer, doch Katombo mahnte:

»Nicht stechen! Ich brauche die Uniform.«

Er preßte die Kehle des Mannes so lange zusammen, bis dieser erstickt zu Boden sank.

Remusat hatte die Laterne ergriffen und leuchtete; Katombo zog dem Todten die Kleider aus und trat hinter die Treppe; bald kam er als Offizier hervor.

»Nun vorwärts! Jeder kennt seinen Platz und mag seine Schuldigkeit thun; ich brauche Euch nicht erst zu sagen, was auf dem Spiele steht.«

»Wollen wir die Türken nicht mit herauslassen?« frug der Schiffsjunge.

»Nein. Sie wären uns im Wege und könnten sehr leicht alles verderben. Vorwärts!«

Er schritt voran und blies die Laterne erst in der Nähe des Oberdeckes aus. Kaum auf dasselbe gestiegen, sah er eine Gestalt auf sich zukommen.

»Wer da!«

»Ronde!«

»Alles in Ordnung und nichts pas – – –«

»Passirt!« wollte der Deckoffizier sagen, kam aber nicht dazu das Wort vollständig auszusprechen, da ihm bei der ersten Silbe das Messer Katombos in das Herz fuhr.

Dieser schritt weiter und wurde noch von drei Posten angerufen, welche ganz dieselbe Antwort erhielten. Vorn am Steven traf er mit Manu-Remusat zusammen.

»Wie steht es?« frug er diesen.

»Es lebt Keiner mehr außer dem Steuermanne.«

»So komm! Zuerst nehme ich ihn, und dann nimmst Du das Steuer.«

Sie gingen nach hinten, Katombo mit lautem militärischem Schritte und Manu-Remusat eine Strecke hinter ihm, leise und schleichend.

»Ronde?« frug der Steuermann, aus seinem Hause tretend.

»Ronde!« antwortete Katombo in bejahendem Tone.

»Werden bald nach Nord fallen müssen, denn wir haben die Höhe von Kap Matapan bereits überschritten.«

»So überschreite auch die!«

Bei dem letzten, laut betonten Worte sank der nichtsahnende Mann, mitten in das Herz getroffen, zu Boden. Sofort tauchte Remusat empor.

»Maschallah, hast Du einen sichern Stoß! Gerade als ob Du Djezzar Bei* des Großsultans gewesen wärst! Also ich nehme das Steuer. Wie halten wir?«

»Den jetzigen Kurs, sonst müßten wir manövriren, und dazu haben wir jetzt die Leute nicht. Es ist ein großes Glück für uns, daß der »Drache« nur unter Segeln fährt, ginge die Maschine, so hätten wir den Streich kaum wagen können.«

»Was wirst Du jetzt thun?«

»Ich werde – – ah, da kommt der, den ich brauche!« Und zu dem Schiffsjungen gewendet, welcher jetzt herbeigesprungen kam, frug er: »Wo schlafen der Maschinist und die Feuerleute?«

»Dort im Langboote, wenn des Nachts nur gesegelt wird. Sie haben des Tages so viel Hitze auszustehen, daß sie des Abends das kühle Deck aufsuchen. An sie habe ich gar nicht gedacht; die hätten Alles verderben können!«

»Dann ist es gut, daß wir so leise gewirthschaftet haben, daß sie uns nicht hören konnten. Wie kommt man zu den Speisevorräthen und dem Wasser?«

»Durch die Kambuse.«**

* Oberhenker.
** Küche.

»Also braucht man die andern Räume nicht zu berühren?«
»Nein. Es führt nur diese eine Thür hinab in den Vorrathsraum, und der Proviantmeister hat den Schlüssel dazu.«
»Hamdullillah, so haben wir das Spiel gewonnen! Gibt es genug Laternen und Handspeichen?«
»So viele Sie wollen.«
»So komm!«
Er eilte nach dem Mitteldeck, wo seine Leute ihn erwarteten. Er vertheilte sie und gab ihnen die Anweisung nebst den nöthigen Werkzeugen, alle Thüren und Luken zu vernageln und mit Handspeichen zuzustemmen. Sie begaben sich paarweise an die ihnen angewiesenen Plätze.

Unter Deck schlief alles, vom Kapitän bis zum letzten Jungen herab. Da auf einmal ertönten laute und vielzählige Hammerschläge durch das ganze Schiff, daß alle Mannen erwachten. Man sprang auf und schritt zu den Thüren der Kajüten und den schweren Fallklappen, welche zum wasserfesten Verschluß der Luken angebracht waren, und gelangte augenblicklich zu der Ueberzeugung, daß man eingenagelt werde. Es mußte etwas geschehen, es mußte vielleicht eine Meuterei ausgebrochen sein, oder hatten sich die Gefangenen befreit – alle, sowohl die Offiziere hinten als auch die Matrosen vorn strengten ihre Kräfte an, Thüren oder Klappen aufzusprengen, doch vergeblich, denn wenn auch die Nägel nachgegeben hätten, die eingestemmten Handspeichen wären selbst der riesigsten Kraft nicht gewichen. Die sehr natürliche Folge war ein Tumult unter Deck, der sich von Minute zu Minute zu vergrößern schien.

Unterdessen war Katombo an das Langboot getreten. Bei den ersten Hammerschlägen erwachten die schlafenden Maschinenleute und machten Miene, ihren Platz zu verlassen.
»Bleibt!« befahl er ihnen.
Sie erkannten die Uniform ihres Schiffes und gehorchten also dem Befehle.
»Ihr versteht, ohne alle fremde Hilfe eine Maschine zu behandeln?«
»Natürlich!« antwortete der Eine, ganz verwundert über diese höchst überflüssig scheinende Frage.

»Wollt Ihr eine fünfmal höhere Gage verdienen als die jetzige?«

»Natürlich!« klang es zum zweiten Male, und zwar mit noch kräftigerer Betonung als vorher.

»Nun gut; so hört was ich Euch sage: das Schiff befindet sich in den Händen Eurer Kriegsgefangenen, und alle Eure Mannen sind in den Raum eingenagelt – –«

»Wa – – –«

»Ruhig! Ihr sollt es besser haben als die Andern; Ihr sollt frei bleiben. Ihr bedient die Maschine, bis wir unser Ziel erreichen und erhaltet fünffachen Sold. Geht Ihr nicht mit darauf ein, so werdet Ihr natürlich auch eingesperrt. Gebt Antwort; ich habe keine Zeit!«

Sie sahen einander verlegen an; endlich meinte der Entschlossenste, indem er sich dennoch ein wenig hinter die Ohren kratzte:

»Das ist ja eine ganz verteufelte Geschichte! Sie tragen unsere Uniform und wollen uns zur Meuterei bewegen – – hm, wir sind bei der Maschine angestellt und werden sie bedienen so lange es von uns verlangt wird. Jetzt aber ist es das Beste, ich lege mich wieder auf das Ohr und bekümmere mich um nichts. Macht, was Ihr wollt! Jetzt ist es zu finster, um sehen zu können wie es steht; ich kann warten bis morgen früh!«

»Ich auch!«

»Ich auch!«

Sie wickelten sich in ihre Decken und legten sich wieder nieder. Katombo entfernte sich, sehr zufrieden mit dem praktischen Sinne dieser Männer. Als er in die Kapitänskajüte treten wollte, hörte er in derselben laut sprechen. Er legte das Ohr an die Thür und horchte.

»Ich muß hinaus. Zurück, sonst brauche ich Gewalt!« befahl eine männliche Stimme.

»Sie bleiben, oder ich steche Sie mit diesem Messer nieder!« klang die Antwort der muthigen Ayescha.

Er trat ein und stand an der Seite seines braven Weibes dem Herzoge gegenüber. Dieser fuhr zurück, als ob er ein Gespenst erblickt habe.

»Katombo!«

»Ja, Excellenz! Ich komme, um Ihnen behilflich zu sein, Ihre »Anschauungen in Beziehung des Marinewesens zu erweitern.« Sie sollen nämlich erfahren, wie man es anzufangen hat, um mit einem kleinen Nilboote ein so starkes Orlogschiff wie der »Drache« ist, wegzunehmen. Sie sind mein Gefangener!«

Das Alles kam dem Herzoge so überraschend, daß er den Mund aufsperrte und kein Wort zu sagen vermochte. Eben hörte Katombo Schritte hinter sich, er sah sich um und erkannte drei seiner Leute, welche kamen, um sich neue Befehle zu holen.

»Nehmt diesen Menschen hinaus und bindet ihn!«

»Binden – Mich –? Mich, den Herzog von Raumburg!«

Er richtete sich stolz auf und funkelte Katombo mit Augen an, als wolle er ihn mit seinen Blicken erstechen.

»Der Herzog von Raumburg? Pah, jetzt bist Du nichts als ein armseliger elender Lump an Herz und Geist, den ich einfach niederschmettern würde, wenn meine Hand nicht zu rein für Dein schmutziges Fell wäre. Bindet ihn, und zwar fest!«

Raumburg wurde ergriffen und hinausgezogen. Er wand sich unter den kräftigen Fäusten der Araber vergebens; in weniger als zwei Minuten lag er bewegungslos am Boden.

»Schafft ihn hinunter in den Stall, in welchem ich eingesperrt gewesen bin, und wartet unten; ich komme nach.«

Jetzt war er mit Ayescha allein. Sie wollte ihn mit Zärtlichkeiten und Liebkosungen überhäufen, er aber wehrte ihr sanft ab, es galt jetzt zu handeln. Ein Tritt zerschmetterte die Thür, welche zum Waffenraume führte; hier war alles reichlich zu finden, was er brauchte.

»Komm herauf auf das Deck, Ayescha, und bleibe einstweilen beim Vater, bis Ruhe und Ordnung hergestellt sind, dann habe ich auch Zeit für Dich zu sorgen.«

Er führte sie zu Manu-Remusat, rief dann den Schiffsjungen und stieg mit ihm zunächst hinab zur Koje des Pascha. Er öffnete dieselbe und trat ein.

»Sallam aaleïkum!«

»Aaleïkum? Wer bist Du, und was hat der Lärm zu bedeuten, den ich höre?«

»Mein Name ist Katombo, und der Lärm hat zu bedeuten, daß Du frei bist.«

»Frei! Ists wahr? Wer ists, der mir die Freiheit wiedergibt?«

»Ich!«

»Du? Ich kenne Dich nicht und habe Deinen Namen noch niemals gehört!«

»Manu-Remusat ist der Vater meines Weibes.«

»Allah akbar, Gott ist groß! So habt Ihr Eure Fesseln zerbrochen?«

»So ist es. Die ganze Equipage des Drachen ist gefangen und mit ihr der Herzog von Raumburg, der sich an Bord befindet.«

»Wer? Der Herzog von Raumburg!« rief der Großvezier mit jubelndem Tone. »Dieser Fang wiegt zehn gewonnene Schlachten auf, wie der Feind auf meine Gefangennahme seine Hoffnung setzte. Beim Propheten, ich gäbe viel, sehr viel darum, wenn er nicht Dein, sondern mein Gefangener wäre!«

»Darüber laß uns später sprechen; vielleicht trete ich ihn Dir ab. Sind unter Deinen Leuten welche, die ein Kriegsschiff zu bedienen verstehen?«

»Sie alle sind gute Seeleute.«

»So gehe auf das Deck; Du findest Manu-Remusat am Steuer.«

Der Pascha eilte, dieser Aufforderung nachzukommen, dann stieg Katombo hinab zu seinem früheren Kerker, in welchem er den Herzog bereits eingeriegelt fand. Von hier aus führte ein enger Gang zum andern Bord hinüber, wo die Türken gefangen saßen. Er ließ sich von Balduin führen, die drei Araber folgten. Der Schiffsjunge öffnete eine Thür, hinter welcher ein erstickender Dunst hervordrang. Beim Scheine der Laterne erkannte man die Gestalten der Gefangenen, welche auf fauligem Stroh lagen und sich jetzt erhoben.

»Wollt Ihr frei sein?« frug Katombo.

Ein einstimmiges »Ja« erscholl.

»So gelobt mir beim Propheten, daß Ihr mir gehorsam sein wollt, wenn Euer Herr, der Pascha es befiehlt!«

»Wir geloben es!«

»Kommt.«

Der lange Zug setzte sich in Bewegung und langte oben auf dem Verdecke an. Die Befreiten wurden nach dem Vorderkastell gewiesen, Katombo wandte sich nach dem Steuer, wo ihm Malek-Pascha die Hand entgegenstreckte.

»Du hast dies Schiff erobert mit Allem, was darauf ist; es gehört Dir. Willst Du mich nach Stambul bringen?«

»Frage Remusat! Was er will, thue auch ich.«

»Er hat mir Alles erzählt. Die Gnade des Khedive ist wie der Halm, der sich vor jedem Winde beugt, aber die Gnade Allahs ist ewig und unveränderlich. Mein Bruder Remusat geht mit nach Istambul, dem »Wangenglanz des Weltangesichtes«, er hat es mir bereits versprochen. Der Großherr wird ihm geben Vergessenheit für die erlittenen Schmerzen.«

»Ist es wahr?« frug Katombo den Vater.

Dieser nickte.

»So gehe ich mit, nur möchte ich dann, daß Du mir eine Bitte erfüllst, o Vezier!«

»Sprich sie aus; sie ist erfüllt!«

»Nimm dies Schiff mit Allem, was zu ihm gehört, als mein Geschenk entgegen!«

»Allah illa Allah! Sprichst Du im Ernste?«

»Wie sollte ich mit Dir scherzen!«

»Auch der Herzog gehört mir?«

»Dir und dem Großherrn. Er hat mir meine Jugend vergiftet, die Mutter getödtet und mich hinausgetrieben in die Fremde. Allah gab ihn heut in meine Hand, ich aber schenke ihn Dir, denn das Angesicht des Sultans wird über Dir leuchten in Freude und Segen, wenn Du ihm diesen Gefangenen bringst.«

»Sein Angesicht soll auch über Dir erglänzen. Sei mein Sohn, wie Du der Sohn meines Freundes und Bruders bist! Du warst Reïs?«

»Ja.«

»Verstehst Du dieses Schiff zu führen?«

Das Auge Katombos leuchtete auf. Er mußte frisch zugreifen, denn hier öffnete sich ihm vielleicht eine glanzvolle Zukunft, wie sie ihm nicht wieder geboten wurde.

»Ich verstehe es; frage Remusat!«

»Ich glaube es Dir und werde mich Dir anvertrauen. Du sollst Kapitän des Drachen sein, bis der Großherr etwas Besseres über Dich bestimmt.«

»So bitte ich Dich, Deinen Leuten unverzüglich zu sagen, daß sie mir zu gehorchen haben! Es ist hohe Zeit, daß wir die nothwendige Ordnung an Bord erhalten.«

»Komm!«

Er schritt ihm voran nach dem Vorderkastell, wo sich die Türken sofort vor ihm zur Erde warfen.

»Liegt im Staube und hört, was ich Euch sage! Dieser Mann ist mein Sohn und Freund; ich übergebe ihm die Leitung des Schiffes, und Ihr habt ihm bei Eurem Leben ebenso zu gehorchen wie mir selbst. Ihr kennt die Bastonnade und die Schlinge! Jetzt sprich Du mit ihnen weiter!«

Er kehrte zum Steuer zurück. Katombo aber rief auch seine Araber herbei und hatte bald seine Dispositionen so getroffen, daß jede Stelle wenigstens nothdürftig besetzt war und er hoffen konnte, Stambul glücklich zu erreichen.

Während dieser Vorkommnisse waren immerhin einige Stunden vergangen. In der ersten Zeit war der Lärm unter Deck in ununterbrochener stürmischer Weise erschollen; dann hatte er sich nach und nach vermindert, und endlich war es ruhig geworden. Die Ueberlisteten hatten eingesehen, daß sie an ihrer Lage nichts zu ändern vermochten.

Jetzt hellte sich der Osten, zum Zeichen, daß der Tag heranzubrechen beginne, und die Maschinisten stiegen zum Feuerraume hinab, um dem Schiffe Dampfkraft zu geben. Für Ayescha war das Zelt aus dem Sandal heraufgeholt und auf dem Quarterdecke aufgerichtet worden; Katombo stand neben demselben. Manu-Remusat hielt noch immer am Steuer, und Malek-Pascha hatte sich in die Kapitänskajüte zurückgezogen, welche, als die beste und eleganteste Räumlichkeit, ihm zum Aufenthalte dienen sollte.

Da trat Ali herauf zu Katombo.

»Sihdi, da unten pocht Einer immerfort und will mit dem Kapitän reden, dort wo die Offiziers stecken!«

Ali war Bootsmann geworden und that sich nicht wenig auf diese Würde zu gut.

»Rufe die Leute, welche nicht beschäftigt sind, unter die Waffen, und dann wollen wir öffnen.«

Die Waffen waren bereits vertheilt worden und nach wenigen Augenblicken marschirte eine stattliche Reihe Seemänner vor den Kajüten auf.

»Ali, öffne!« befahl Katombo.

Die Handspeichen wurden fortgenommen und die Nägel entfernt. Sofort trat der Kapitän hervor, gefolgt von sämmtlichen Offizieren. Sie hatten sich Alle bis an die Zähne bewaffnet, mußten aber einsehen, daß ein Widerstand ohne Hilfe ihrer eingeschlossenen Mannschaften ein gleich von vorn herein verunglücktes Unternehmen sei.

Daß etwas einer Meuterei oder einer Empörung Aehnliches vorliege, hatten sie sich wohl denken können, wie die Verhältnisse aber eigentlich und wirklich standen, das hatten sie sich natürlich nicht sagen können. Katombo hatte die Uniform ab- und seine Kleider wieder angelegt. Die Haltung welche er einnahm, mußte ihnen sagen, daß er der Mann sei, an den sie sich zu wenden hatten.

Die Offiziere blieben halten, der Kapitän trat vor.

»Wo ist Seine Durchlaucht der Herzog von Raumburg?«

Katombo lächelte überlegen.

»Sie stehen nicht an dem Platze, welcher Sie berechtigen könnte, irgend eine Frage an mich, den gegenwärtigen Kommandeur des »Drachen« zu richten. Das Schiff ist seit einigen Stunden Eigenthum meines Kriegsherrn, des Sultans von Stambul, und ich an Ihrer Stelle würde vorziehen, das Weitere ruhig abzuwarten. Dennoch will ich ausnahmsweise Ihre Frage beantworten: Malek-Pascha ist frei, Raumburg aber befindet sich jetzt in demselben Käfige, in welchen Sie mich einsperren zu lassen beliebten.«

»Der Herzog – in diesem Loche!«

»Der Schuft – in diesem Loche! wollen Sie wohl sagen. Es haben bessere Männer dort gesteckt, wie ich selbst mich überzeugt habe, wenn auch nur für wenige Stunden, und zwar nicht nur als politische, sondern sogar auch als Kriminalgefangene, wie Sie sich entsinnen werden. Auch Sie sind Gefangene, und zwar die meinigen, und es steht ganz in Ihrem Belieben, ob Ihre Lage leicht oder schwer zu ertragen sein wird. Geben Sie Ihre Waffen ab!«

Die Herren blickten einander fragend an, dann schnallte der Kapitän seinen Säbel ab und entledigte sich des Messers und der Pistolen. Die Uebrigen folgten seinem Beispiele.

»Sie werden hier ruhig und im Gliede warten, bis ich Ihre Räume besichtigt habe. Wer eine verdächtige Bewegung unternimmt, wird erschossen!«

Er verschwand mit Ali in den Kajüten, und es dauerte sehr lange, ehe er zurückkehrte. Als dies geschah, trug der neue Bootsmann einen ganzen Pack von allerlei Effekten auf den Armen.

»Ich habe mir erlaubt mir Einiges auszusuchen, dessen Sie vorläufig nicht mehr bedürfen – Depeschen und Instruktionen, die für uns von großer Wichtigkeit, für Sie aber von keinem Belange mehr sind. Folgen Sie diesem Manne; er wird Ihnen diejenigen Räume anweisen, welche ich für Sie bestimme!«

Ali legte den Pack ab und führte sie zurück. Sie wurden eingeschlossen und erhielten nur die Hälfte des Platzes, den sie früher innegehabt hatten; den übrigen nahm Katombo für sich, Ayescha und Manu-Remusat in Anspruch.

Jetzt mußte Ali die konfiszirten Schriftstücke zu Malek-Pascha in die Kajüte tragen; dann wurden die Luken geöffnet, um mit den gefangenen Mannschaften zu verhandeln. Dies war eine nicht leichte Aufgabe, aber sie wurde zwar erst nach längerer Zeit aber endlich doch zur Zufriedenheit gelöst. Die Leute mußten ihre Waffen abgeben und blieben eingesperrt.

Diese Maßregel war sehr nothwendig bei der geringen Anzahl von Männern, welche Katombo zur Verfügung standen.

Während dieser ganzen Zeit hatte sich der Großvezier nicht blicken lassen; die Papiere mußten von außerordentlicher Wichtigkeit für ihn sein. Nun aber kam er auf das Verdeck und schritt mit einer Miene auf Katombo zu, in welcher die hellste Genugthuung erglänzte.

»Allah ist mit Dir und Deiner Hand, denn wo Du hingreifst, da sprießt die Blume des Segens hervor. Die Instruktionen, welche Du gefunden hast, sind mehr als zehntausend Beutel werth. Wir haben heut den Feind besiegt zu Lande und zur See, ohne daß wir eine Schlacht geschlagen oder auch nur einen Mann verloren hätten. Im Gegentheile, wir haben einen gewonnen, nämlich Dich, dem alle Ehren offen stehen, welche die hohe Pforte zu vergeben hat. Ich sage noch einmal: sei mein Sohn! Willst Du?«

»Ich will.«

»Und trage von jetzt an den Namen, den mein Erst- und Einziggeborener trug, bevor ihn der Engel des Todes zu sich nahm!«

»Welchen?«

»Den Namen Nurwan. Darf ich Dich so nennen?«

»Herr, ich bitte Dich darum!«

»So lasse Allah seinen Segen leuchten über Dir auf allen Deinen Wegen. Du hast mir das Leben und die Freiheit wiedergegeben, hast dem Großherrn den Sieg gebracht; es warten Deiner große Ehren und Würden, doch bleibe immer so kühn und stark, so treu und wahr, als ob Du lebtest auf der einsamen Insel, zu welcher Du mit Manu-Remusat und Deinem Weibe gehen wolltest. Und hast Du dann noch einen Feind, Allah inhal, der Herr verbrenne ihn!« – – –

VIERZEHNTES KAPITEL.

Der schwarze Kapitän.

Nach den zuletzt erzählten Ereignissen waren zehn Jahre vergangen.

Es war im März, dem heißesten Monat Egyptens. Die Sonne brannte glühend hernieder; der Sand der Wüste vermochte ihre Strahlen nicht mehr aufzunehmen; er warf sie wieder von sich, so daß sie sich wie ein wallendes Gluthmeer über die Ebene lagerten und dem nach einem grünen Punkte sich sehnenden Auge Schmerzen verursachten.

Eine kleine Karawane zog durch die Wüste. Voran ritten zwei Männer zu Pferde. Der eine war alt, sein Bart hatte das Grau des Silbers angenommen; dennoch aber machte er noch den Eindruck der Kraft und Ausdauer, welche zu einem Wüstenritte unbedingt erforderlich sind. Der andere war bedeutend jünger. Seine Gestalt überragte die des ersten um Kopfeslänge.

Hinter ihnen kam ein kostbar aufgezäumtes Kameel mit einem Tachterwahn*, in welchem eine verschleierte Frau saß, die ein ungefähr zweijähriges Mädchen in den Armen hielt, dessen kindliche Züge auf die Schönheit der Mutter schließen ließen.

Dann folgte ein Diener, welcher mehrere Lastkameele leitete, und den Zug beschlossen einige bewaffnete Männer, denen man es ansah, daß sie ihre krummen Säbel und langrohrigen Büchsen wohl zu gebrauchen wußten.

Die beiden Anführer unterhielten ein lebhaftes Gespräch.

»Weißt Du gewiß, daß wir uns in der rechten Richtung befinden, Katombo?« frug der Aeltere.

»Ja, Vater,« antwortete der Gefragte. »Ich weiß ganz genau, daß wir am Abende, also in ungefähr drei Stunden, die Uah** erreichen werden.«

»Dann Gott sei Dank! Wir fürchten uns natürlich vor einer

* Frauenkorb.
** Oase.

solchen Reise nicht; aber Ayescha und das Kind besitzen unsere Kräfte nicht und bedürfen es sehr, daß der Ritt zu Ende geht. Was wird Omar-Bathu sagen!«

»Und Sobeïde! Sie haben keine Ahnung, daß wir kommen, und ihre Ueberraschung wird ebenso groß sein wie die Freude, welche unser Besuch erregen wird.«

»Zehn Jahre! Es ist eine lange, lange Zeit, daß wir sie nicht gesehen haben; für Dich war sie glücklich, für Omar nicht. Du wurdest Kapudan Pascha*, und er wurde zum Tod verurtheilt, weil es ruchbar wurde, daß er der Tödtung des Mudellir von Assuan und unserer Flucht nicht fern gestanden hatte. Es gelang ihm zu entkommen, und nun muß er als ein Geächteter und Verfolgter in der Wüste leben, die ganz allein ihm Sicherheit gewährt.«

»Das ist schlimm; doch ist sein Unglück nicht so groß, als wie es scheint. Er und Sobeïde lieben sich, und seine Mameluken sind ihm treu ergeben. Ich werde all meinen Einfluß aufbieten um zu erlangen, daß ihm der Khedive die Erlaubniß gibt zurückzukehren.«

»Wird Dein Einfluß so weit reichen? Der Vizekönig ist beinahe selbstständiger Herrscher seines Landes, in Mesr** gilt der Wille des Sultans jetzt so viel wie nichts, und außerdem mußt Du bedenken, daß Du in den Augen des Vizekönigs ja selbst der Strafbare bist.«

»Es kommt darauf an, ob man in Nurwan-Pascha den Katombo erkennt, welcher den Mudellir überlistete und besiegte. Doch halt! Was sind das für Punkte?«

Er deutete mit der Hand vorwärts, wo am Horizonte einige weiße Punkte erschienen, welche sich näherten. Die Karawane hielt an, und die Männer griffen zu den Waffen.

»Sind es Feinde?« frug mit ängstlicher Stimme die Verschleierte.

»Das kann man nicht wissen, Ayescha,« antwortete Katombo. »Jeder Wüstenbewohner ist mehr oder weniger ein Räuber oder Dieb.«

---

* Oberadmiral.
** So wird Egypten von den Arabern genannt.

»Es sind ihrer viele,« meinte Manu-Remusat. »Kannst Du sie zählen, Katombo?«

Dieser hielt die Hand über die Augen, um von der Sonne weniger geblendet zu werden.

»Fünf – zehn – zwölf – fünfzehn – zwanzig! Wenn es Feinde sind, so sind sie uns an Zahl überlegen.«

»Dennoch werden wir uns wehren!«

Die Reiter kamen näher. Ihre weißen Haïks* schimmerten im Lichte der Sonne. Sie hatten die Reisenden bemerkt und hielten in einer breiten Fronte auf sie zu, deren Flügel sich nach und nach verschoben, so daß die Karawane umzingelt wurde.

Ayescha zitterte vor Angst und drückte ihr Töchterchen fest an sich.

»Kämpft nicht, sondern ergebt Euch lieber,« bat sie.

»Beruhige Dich,« sprach Katombo; »wir haben nichts zu fürchten. Ich kenne einen von ihnen. Er war mit Omar-Bathu, als dieser Sobeïde holte.«

Die Reiter schwangen drohend ihre Lanzen und Flinten, und als der Kreis um die kleine Karawane geschlossen war, frug der Anführer:

»Wer seid Ihr?«

»Wir sind Reisende, die eine Uah suchen, und wünschen Frieden mit Euch.«

»Wo kommt Ihr her?«

»Aus Mesr.«

»Und wo wollt Ihr hin?«

»Du fragst, als ob Du ein Khawasse seist. Wer hat Dich zum Herrn der Wüste gemacht?«

»Ein Khawasse? Ich bin kein Sklave, sondern ein freier Mann. Ein Uëlad Arab ist kein Polizist.«

»So verfolge Deinen Weg ebenso wie wir den unsrigen.«

»Unser Weg ist der Eurige. Ihr kommt aus Mesr; das ist nicht gut für Euch, denn ich muß Euch zu unserem Scheik bringen.«

---

* Burnus mit Kaputze.

»Wie lautet der Name desselben?«

»Du wirst ihn vielleicht erfahren!«

»Ich weiß ihn bereits. Dein Herr ist Omar-Bathu, den wir suchen.«

»Du kennst ihn? Wer hat ihn Dir genannt?«

»Wir sind Freunde von ihm. Führe uns!«

»Bist Du sein Freund, so sorge Dich nicht; seid Ihr aber Feinde von ihm, so seid Ihr verloren. Kommt!«

Der Zug setzte sich in Bewegung.

Sie mochten wohl eine Stunde geritten sein, als am fernen Horizont ein Reiter auftauchte, welcher ein sehr gutes Hedjihn reiten mußte, denn der Lauf des Thieres war so schnell, daß er schon nach fünf Minuten auf Hörweite herangekommen war. Es war ein noch junger Mann, der ein ganzes Arsenal von Waffen an sich hängen hatte. Er schien sich vor der Truppe nicht im Geringsten zu fürchten, sondern kam getrost herbei und hielt sein Hedjihn erst dann an, als er die Beduinen erreicht hatte.

»Sallam aaleïkum!« grüßte er, die Hand nach der Stirn erhebend.

»Sallam aal'!« antwortete der Anführer kurz. Er mußte den Gruß erwidern, sprach ihn aber nicht vollständig aus, ein Zeichen, daß er sich erst entscheiden wolle, ob er dem Fremden freundlich begegnen werde. »Wo kommst Du her?«

»Aus Bildah.«

»Das ist sehr weit. Und wo willst Du hin?«

»Nach Hefr.«

»Auch das ist weit. Zu welchem Duar gehörst Du?«

»Ich bin ein Sohn der Beni Soliman und heiße Mehem al Olahad.«

»Die Beni Soliman sind friedfertige Hirten, Du aber trägst der Waffen sehr viele bei Dir!«

»Weißt Du nicht, daß die Gum* in der Wüste wohnt und der »Herr mit dem dicken Kopfe« des Nachts seine Stimme

---

* Raubkarawane.

erhebt? Auch Du hast Waffen, aber dennoch habe ich Dich als Freund begrüßt.«

»Soll ich Dein Freund sein, so folge uns. Du wirst in unserer Uah Wasser und Speise finden für Dich und Dein Thier.«

»Wie heißt der Scheich Deines Lagers?«

»Er wird Dir seinen Namen selbst sagen. Komm!«

Der Fremde schloß sich an.

Die Sonne senkte sich immer mehr zum Horizonte nieder, und es war nicht mehr weit bis zu der in jenen Gegenden so kurzen Dämmerung, als in der Ferne grüne Palmenwedel auftauchten, und bald wurde ein Wadi erreicht, welches in Folge eines rieselnden Quelles eine außerordentliche Fruchtbarkeit zeigte.

Unter den schlanken Palmen, welche voll schwerer Datteltrauben hingen, standen wohl an sechzig Zelte, deren größtes gerade auf dem Mittelpunkte der Oase errichtet war. Vor demselben stand der Herr des Lagers – Omar-Bathu der Mamelukenfürst.

Die zehn Jahre der Aechtung und Verbannung hatten keinen ungünstigen Eindruck auf sein Aeußeres gemacht. Sein Gesicht war tief gebräunt, seine Gestalt stärker, voller und kräftiger geworden. Er blickte hinaus nach Osten, von woher sich der Zug nahte. Da öffnete sich der Vorhang des Zeltes, und Sobeïde trat heraus. Sie hatte die Sitte der Beduinenweiber angenommen und war unverschleiert. Auch auf sie hatte die Zeit keinen ungünstigen Einfluß geäußert. Sie schien gar nicht gealtert zu haben und war vielmehr noch schöner als vorher geworden.

»Magst Du nicht hereinkommen, Lieber? Das Mahl ist bereitet.«

»Ich möchte, aber dort nahen unsere Leute, welche eine Anzahl Fremder bringen.«

»Wer mag es sein? Gefangene Feinde?«

»Ich weiß es nicht. Schau, es muß ein Weib dabei sein, denn das eine Djemmel* trägt einen Tachterwahn.«

* Kameel.

Die Nahenden kamen schnell herbei, getragen von ihren Thieren, welche die Nähe des Wassers witterten. Omar-Bathu's Gesicht nahm immer mehr den Ausdruck der Spannung an, aber das Auge der Liebe sieht scharf. Sobeïde stieß plötzlich einen Schrei aus.

»Mein Vater!«

Die Arme ausbreitend, eilte sie ihm entgegen. Remusat sprang vom Pferde und zog sie an sich.

»Mein Kind, meine Tochter!«

Er küßte sie mit väterlicher Zärtlichkeit und begrüßte dann Omar, welcher mittlerweile Katombo die Hand geboten hatte. Der Letztere ließ das Kameel, welches den Tachterwahn trug, niederknien. Ayescha stieg aus. Jetzt verdoppelte sich der Jubel. Das ganze Lager gerieth in freudige Aufregung über den Besuch, welchen der Scheich erhalten hatte, und dem Beduinen vom Stamme Beni Soliman kam diese Freude zu gute, denn man nahm sich keine Zeit, weiter nach seinen Verhältnissen zu forschen, er durfte als Gast in der Oase bleiben.

Am Abende saßen die seit langer Zeit wieder einmal Vereinten unter den Palmen und erzählten sich gegenseitig ihre Erlebnisse. Auch Sobeïde hatte ihrem Manne ein Töchterchen geschenkt, welches bereits neun Jahre zählte und also sieben Jahre älter war als die Tochter Katombos.

Die beiden so weit auseinander gerissenen Familien hatten nur äußerst selten von einander Kunde erhalten können, da der Aufenthalt Omar-Bathus sehr oft wechselte und auch stets verborgen bleiben mußte. Desto ausführlicher wurde jetzt Alles behandelt.

Vom Wasser her erscholl der Ton der Rababa, zu welchem sich einige Mädchen im Tanze drehten. Alle Männer waren dort versammelt, und darum hatte auch Ayescha den Schleier zurückgeschlagen, so daß ihr schönes Angesicht im Strahle des Mondes und der Sterne zu erkennen war.

Und doch wurde sie von einem unberufenen Auge beobachtet. Der fremde Beduine hatte sich hinter den Stamm einer nahen Palme geschlichen und beobachtete die Gruppe mit der größten Aufmerksamkeit. Auch von dem Gespräche vernahm er den größten Theil und zog sich erst dann zurück, als er bemerkte, daß man sich anschickte, sich zur Ruhe zu begeben.

In kurzer Zeit lag die Oase in tiefster Ruhe. Auch die Wüste schwieg, und nur zuweilen erscholl von Weitem das bellende »J-a-u« des Schakals oder das tiefe »Om-mu« der Hyäne.

Da erhob sich der Beduine von seiner Decke, auf welcher er gelegen hatte, und schlich sich zwischen zwei Zelten hindurch, um in das Freie zu gelangen. Er kam unbemerkt hinaus und eilte dann in der Richtung fort, aus welcher er am Tage gekommen war. Nach einer Viertelstunde ungefähr blieb er stehen und stieß den Schrei des Geiers aus, welcher sofort beantwortet wurde.

Er ging dem Tone nach und stand bald vor einem Manne, welcher sich von der Erde aufgerichtet hatte.

»Nun, Selim, ist es das richtige Duar* des Mameluken?«

»Ja, Sihdi.«

»Endlich, endlich habe ich ihn und werde den Preis verdienen, den der Khedive auf seinen Kopf gesetzt hat! Ist er daheim?«

»Ja! ich habe ihn gesehen und mit ihm geredet.«

»Wir sind Deiner Spur gefolgt, sie stieß mit vielen andern zusammen. Wen hast Du getroffen?«

»Die Männer des Mameluken und eine kleine Kaffila**, welche zu ihm wollte.«

»Wer war es?«

»Es waren zwei Männer, ein Weib und ein Kind. Die Männer wurden von ihm Katombo und Remusat genannt, und das Weib war die Schwester seines Weibes.«

»Remusat? Das ist Manu-Remusat, der Scheich el Reïsahn, und der Reïs Katombo, welche vor zehn Jahren den Mudellir Hamd-el-Arek ermordeten und dann flohen! Hamdullilah, Preis sei Gott; ich finde sie Alle beisammen, die ich gesucht habe, und werde sie entweder gefangen nehmen oder tödten. Beschreibe mir die Uah!«

* Zeltdorf.
** Kleine Karawane.

Selim, der also einen ganz anderen Namen trug, als er angegeben hatte, kam diesem Befehle nach.

»Wie viele streitbare Männer sind vorhanden?«

»Vielleicht siebenzig.«

»Dann sind wir ihnen überlegen, auch abgesehen davon, daß sie schlafen und todt sein werden, ehe sie sich wehren können. Kehre jetzt zurück und wache, bis ich mit den Janitscharen komme. Der Schrei des Adlers ist mein Zeichen, und wenn Alles in Ordnung ist, so antwortest Du mit dem Tone, den der Bülbül* ausstößt wenn er träumt.«

»Ich gehorche, Sihdi! Aber ist es nothwendig, daß ich allein zurückkehre?«

»Fürchtest Du Dich? Du mußt schnell zurück, denn wenn man Deine Abwesenheit bemerkt ehe wir kommen, so kann unser Plan verrathen sein.«

Selim wandte sich und kehrte nach dem Duar zurück. Sein Verschwinden schien gar nicht bemerkt worden zu sein, aber als er dahin gelangte, wo neben seinem Kameele seine Decke lag, erhob sich neben dem Thiere die hohe Gestalt Katombos.

»Wo warest Du?« frug er ihn.

»Ich ging, die Hyänen zu vertreiben, deren Stimmen mich im Schlafe störten.«

»Ich hörte die Hyänen dort zur Rechten; Du aber kamst von der Linken. Du redest nicht die Wahrheit!«

»Mein Mund spricht keine Lüge!«

»Er spricht sie! Wo hast Du die Pistolen her, welche hier in Deinem Gürtel stecken?«

»Glaubst Du, sie sind gestohlen oder geraubt? Ich habe sie gekauft.«

»Wo?«

»In – in Siut.«

»In Siut? Ah! Bei wem?«

»Bei dem Waffenhändler Omrah-el-Barat.«

»Du bist sehr klug, aber Du weißt nicht, daß ich aus Siut bin und sehr wohl weiß, daß es dort keinen Waffenhändler

---

* Nachtigall.

gibt, welcher diesen Namen trägt. Deine Pistolen, welche ich heut genau betrachtete, haben das Zeichen des Khedive, Du bist ein Arnaut oder ein Janitschar.«

»Ich bin ein Beni Soliman!«

»Und heißest Mehem al Olahad? In Mesr sagt man Olahad, bei den Beni Soliman aber Ulahad. Du verräthst Dich selbst und wirst die Wahrheit bekennen, sonst bist Du verloren!«

»Ich kann nicht mehr sagen, als was ich bereits gesprochen habe.«

»So bist Du mein Gefangener!«

Er faßte nach dem Manne.

»Noch nicht!« antwortete dieser.

Er bückte sich, schnellte unter dem Arme Katombos hinweg und riß den Dolch aus der Scheide. Er zückte denselben zum Stoße, Katombo aber kam ihm zuvor und faßte den Arm.

»Mörder! Jetzt kostet es Dich das Leben!«

Er hielt ihn fest. Ein lauter Ruf machte alle Schläfer munter. Die Söhne der Wüste sind an Gefahren gewöhnt, und es gibt für sie keinen Schreck, der ihre Glieder lähmen, oder ihnen die Besinnung rauben könnte.

»Herbei, Ihr Männer! Dieser Fremde ist ein Verräther, der mich tödten wollte, weil ich ihn durchschaute.«

Der Mann wurde sofort umringt, und Katombo erzählte das Vorgekommene. Natürlich waren auch Remusat und Omar herbeigekommen. Letzterer betrachtete die Waffen des Angeschuldigten genau.

»Er ist ein Janitschar und hat Verbündete in der Nähe. Gestehst Du es?«

»Ich kann nichts gestehen!«

»So stirbst Du!«

»Und Du mit mir, Du und ihr Alle; das ist Euer Kismet!«

»Ah, jetzt verräthst Du Dich! Bindet ihn!«

Er wurde entwaffnet und gefesselt.

»Ist er ein Arnaute oder Janitschar, so wird er gestehen müssen,« meinte Katombo. »Mensch, hast Du vielleicht gehört, wie der Kapudan-Pascha des Großherrn heißt?«

»Nurwan-Pascha.«

»Gut. Ich bin Nurwan-Pascha und befehle Dir, die Wahrheit zu gestehen!«

»Du lügest!«

»Bringt eine Fackel herbei!«

Sie wurde gebracht.

»Kannst Du lesen?« frug Katombo.

»Ja.«

»Ah, ein Beni-Soliman und lesen! Hier lies diesen Biulderi.«

Er zog ein Pergament hervor und hielt es ihm vor die Augen. Der Gefangene warf einen Blick auf den großherrlichen Paß und erbleichte.

»Glaubst Du nun, daß ich Nurwan-Pascha bin?«

»Ja.«

»Dann nieder auf die Kniee mit Dir, Hund! Ich befehle Dir, die Wahrheit zu sagen. Lügst Du fort, so wirst Du todt gepeitscht.«

Der Gefangene warf sich auf die Kniee.

»Frage, Herr! Dein Knecht wird antworten.«

»Wie ist Dein wirklicher Name?«

»Selim.«

»Was bist Du?«

»Janitschar.«

»Was thust Du in der Wüste?«

»Ich suche den Mameluken Omar-Bathu.«

»Du bist nicht allein. Wer ist bei Dir?«

»Der Aga mit hundertzwanzig Mann.«

»Wo ist er?«

»In der Nähe. In einer Minute kann er bereits über Euch herfallen.«

»Ah! Die Fackel aus. Nehmt Eure Waffen, Ihr Männer; versammelt die Frauen in der Mitte des Duar und verhaltet Euch still! Wer hat Dir die Oase verrathen?«

»Der Aga weiß es, ich nicht.«

»Das Leben sei Dir geschenkt, denn Du hast gehorchen müssen und mir jetzt die Wahrheit gesagt.«

Er löste ihm die Fesseln und fuhr dann fort:

»Ich gebe Dir die Freiheit. Gehe zum Aga und sage ihm, daß Nurwan-Pascha hier gebietet. Er wird von seinem Vorhaben abstehen.«

Selim eilte davon, so schnell als ihn seine Füße tragen wollten; an sein Kameel und die ihm abgenommenen Waffen dachte er gar nicht. In einiger Entfernung von der Oase traf er auf die herbeischleichenden Janitscharen. Der voranschreitende Aga verwunderte sich über sein Erscheinen.

»Du kehrst zurück! Warum?«

»Um Dir zu sagen, daß der Ueberfall nicht stattfinden darf.«

»Warum?«

»Der Kapudan-Pascha ist im Duar.«

»Nurwan-Pascha! Hat Dir der Scheitan* den Verstand genommen?«

»Sihdi, er ist es. Ich wollte es nicht glauben, und er hat mir seinen Biulderi gezeigt.«

»Wann? Jetzt?«

»Jetzt. Er hatte mein Verschwinden bemerkt und meine Rückkehr erwartet. Er weckte alle Männer des Duar und ließ mich fesseln. Ich mußte ihm Alles gestehen, und nun sendet er mich, Dich zu warnen.«

»Warnen? Was geht mich Nurwan-Pascha an! Er ist Offizier des Großherrn, und ich bin Offizier des Vizekönigs. Ich habe ihm nicht zu gehorchen. Der Vizekönig hat mir befohlen, Omar-Bathu zu fangen oder zu tödten, und das werde ich thun, obgleich es nun einen harten Kampf geben wird, weil sie gewarnt sind. Deine Strafe wirst du morgen erhalten dafür, daß Du uns ihm verrathen hast!«

»Sei gnädig, Herr! Ich konnte nicht anders.«

»Wer ist Dein Herr, er oder ich?«

»Du, Sihdi. Aber bedenke, daß Du dem Vizekönig viel Verlegenheit bereiten wirst, wenn Du den obersten Seeoffizier des Großherrn tödtest.«

»Ich werde ihn nicht tödten, wenn er mich in der Erfüllung

---

* Teufel.

meiner Pflicht nicht stört. Hast Du das Weib des Mameluken gesehen?«

»Ich habe ihr Angesicht geschaut, denn sie war nach Sitte der Beduinen nicht verschleiert.«

»Ist sie wirklich so schön, wie man dem Vizekönig erzählt hat?«

»Ja. Sie ist herrlich wie eine Houri des Himmels.«

»Sie soll das Harem des Vizekönigs zieren. Du kehrst jetzt zurück zu Nurwan-Pascha und sagst ihm, er solle mir den Mameluken mit seinem Weibe ausliefern; dann werde ich friedlich abziehen, ohne den Uah zu betreten.«

»Er wird es nicht thun, denn sein Weib ist die Schwester von Omars Weib.«

»Dann werden wir angreifen, und es ist seine Schuld, wenn auch er getödtet wird. Gehe! Vielleicht erlasse ich Dir Deine Strafe.«

Der Untergebene gehorchte. Es dauerte eine ganze Weile ehe er zurückkehrte.

»Nun?« frug der Aga.

»Sihdi, er war sehr zornig und wollte mich tödten, weil ich es wagte, ihm einen solchen Antrag zu stellen.«

»Wie lautete seine Antwort?«

»Du sollst kommen und Dir den Mameluken holen.«

»Weiß er, wie viel wir sind?«

»Nein,« log Selim, um seine Lage nicht zu verschlimmern.

»Er glaubt vielleicht, daß wir weniger zählen als die Seinen. Wir greifen an. Bringst Du mir die Schädel von fünf Feinden, die Du selbst getödtet hast, so werde ich Dir verzeihen. Vorwärts! Wir umzingeln die Uah, und wenn ich das Zeichen gebe, fallen wir ein und tödten Alles, was sich widersetzt. Alles, was wir finden, ist Euer Eigenthum.«

Dieses letztere Versprechen war darauf berechnet, die Tapferkeit der Janitscharen anzuflammen, und erreichte auch ganz diesen Zweck. Sie theilten sich in zwei Haufen, um das Lager von allen Seiten zu nehmen. Tiefe Stille lagerte auf der Wüste; aber nach einiger Zeit erscholl der schrille Schrei des Adlers, und sofort wurde es laut im Duar.

Befehlende Stimmen ertönten, Flüche erschallten, Schüsse krachten. Dann warf man die Flinten fort und arbeitete nur mit dem Messer. Nach und nach mischten sich auch weibliche Stimmen in den Lärm. Die Janitscharen waren zu übermächtig, sie siegten. Es war eine Scene, wie sie so wild, so schauerlich und unmenschlich nur in der Sahara vorkommen kann, wo in den Adern das Blut so glühend fließt, wie der Sonnenbrand über die Dünen des wandernden Sandes. Hier und da huschte die Gestalt eines fliehenden Mameluken zwischen den Zelten hervor und verschwand.

Der Aga stand, aus mehreren Wunden blutend, in der Mitte des Duar. Vor ihm lagen fünf Köpfe, welche Selim gebracht hatte.

»Es ist gut! Dir sei verziehen. Zähle die Todten!«

Während Selim diesen Auftrag ausführte, trat der Aga zu den Gefangenen. Es waren lauter Frauen; kein einziger Mann befand sich darunter; sie waren Alle, außer denen, die sich durch die Flucht gerettet hatten, getödtet worden.

Die Frauen bildeten eine erschütternde Gruppe; die meisten von ihnen hatten von den wilden Janitscharen die ärgsten Mißhandlungen zu erleiden gehabt. Unweit von ihnen saßen Sobeïde und Ayescha an der Erde; vor ihnen lagen Remusat, Omar und Katombo ausgestreckt. Die Beiden ersteren waren todt; der letztere hatte eine schwere Hiebwunde über den Kopf erhalten und befand sich ohne Bewußtsein. Sobeïde weinte über der Leiche ihres Mannes, und Ayescha gab sich unter einer Fluth von Thränen Mühe, das Blut zu stillen, welches aus Katombos Wunde floß, und ihn in das Leben zurückzurufen.

Das kalte Auge des Aga überflog die Gruppe.

»Wie heißest Du?« frug er Ayescha.

Sie nannte ihren Namen.

»Und dieser Mann?«

»Es ist Nurwan-Pascha, der Großadmiral des Sultans,« antwortete sie stolz und drohend. »Du hast ihn verwundet und die Seinen getödtet. Wehe Dir, wenn es der Großherr erfährt!«

Er lachte höhnisch auf.

»Ich bin der Aga des Vizekönigs. Dein Sultan kann mir nichts thun, denn ich habe nur meinem Herrn zu gehorchen.«

Er wandte sich gegen Sobeïde.

»Wie heißest Du?«

»Sobeïde.«

»Du bist die Tochter von Manu-Remusat?«

»Ja.«

»Und das Weib von Omar-Bathu?«

»Ja.«

»Ist dieses Mädchen Dein Kind?«

»Ja.«

»Weine nicht, denn Deine Traurigkeit soll in Herrlichkeit und Freude verwandelt werden. Du bist für das Harem des Vizekönigs bestimmt und Deine Tochter soll wie eine Prinzessin erzogen werden.«

Ihr Auge leuchtete trotz der Thränen zornig auf.

»Eher werde ich mich tödten!«

Sie zog das Messer, welches im Gürtel des todten Omar stak; aber mit einer schnellen Bewegung ergriff der Aga ihre Hand.

»Selim!«

Der Janitschar trat herbei.

»Ich übergebe Dir dieses Weib und dieses Kind. Sie werden von den übrigen Gefangenen abgesondert, denn ihre Bestimmung ist eine vornehme; aber Du hast über sie zu wachen, daß ihnen kein Leid geschieht oder sie es sich selbst thun.«

Sobeïde warf sich um den Hals ihrer Schwester, um sich nicht von ihr trennen zu lassen. Die Beiden umfingen sich mit aller Kraft, deren ihr zarter Körper fähig war, aber es half ihnen nichts; sie wurden auseinander gerissen. Selim führte Sobeïde und das Mädchen nach einem Kameele, dessen Tachterwahn sie besteigen mußte.

»Grausamer, tödte mich!« rief Ayescha im höchsten Schmerze.

»Das darf ich nicht. Du bist schöner als sie, und ich möchte Dich gern mit ihr dem Vizekönig zuführen, aber Du bist das Weib des Kapudan-Pascha, und ich darf Dich nicht anrühren und ihn nicht tödten. Du bleibst bei ihm zurück, um ihn zu pflegen.«

»So laß mich Abschied nehmen von der Schwester!«

»Thue es!«

Es war ein kurzer herzzerreißender Augenblick, der die Schwestern noch vereinigte. Mittlerweile wurden auch die übrigen Frauen und Kinder auf die Kameele vertheilt; ihr Schicksal war, verkauft zu werden. Nachdem die verwundeten Janitscharen verbunden waren, rüstete man sich zum Aufbruche.

»Trennt Euch!« gebot der Aga den Schwestern, und zu Ayescha gewendet fuhr er fort: »Ich lasse Dir Alles da, was Nurwan-Pascha gehört, denn ich darf ihn nicht berauben. Sage ihm, daß ich ihn geschont und nur meine Pflicht gethan habe. Ihr werdet nicht lange allein sein, denn mehrere der Eurigen sind entflohen und werden wieder zurückkehren, sobald wir die Uah verlassen haben. Sallam aaleïkum, Friede und Heil sei mit Dir und denen, die Du liebst!«

Die Reiter stiegen auf, und die Karawane setzte sich unter dem Klagegeschrei der davongeführten Frauen und Kinder in Bewegung. Wie eine lange riesige Schlange wand sie sich nach Osten hin in die Wüste hinaus, und bald war ihr Kopf und dann auch ihr Schwanz verschwunden. Ayescha befand sich mit dem Verwundeten und ihrem Kinde allein in der weiten Einsamkeit.

Sie kniete nieder und betete, nicht wie eine Muhammedanerin, sondern wie eine Christin zu Isa Ben Marryam, dem Gottessohne, der in die Welt gekommen ist um zu rufen: »Kommet her, Alle, die Ihr mühselig und beladen seid; ich will Euch erquicken und erretten!«

Dann zog sie den Körper Katombos bis an den Quell, um die klaffende Wunde zu waschen. Bei dieser Bemühung kehrte ihm das Bewußtsein zurück. Er schlug die Augen auf und erkannte sein Weib.

»Ayescha!« hauchte er.

»Hier bin ich, mein Geliebter!«

»Wo ist Almah, unser Kind?«

»Hier, sie ist gerettet.«

»Und die Andern?«
»Gefangen und fortgeführt.«
»Und Sobeïde?«
»Ist mit gefangen.«
»Omar und Dein Vater?«
»Todt! Hier liegen sie.«

Er wandte langsam das verwundete Haupt. Sein Auge fiel auf die beiden Leichen; es sah auch die große Zahl der umherliegenden Todten; er schloß es wieder. Die Ohnmacht nahm ihn gefangen.

Die Frauen des Orientes werden nur für den zukünftigen Mann erzogen, und da der Orientale vorzugsweise Krieger ist und unter der Möglichkeit steht, öfters verwundet zu werden, so gibt es selten ein Weib, welche nicht mit der Behandlung der Wunden bekannt ist. Auch Ayescha wußte sehr wohl, was für einen solchen Fall zu thun sei. Sie suchte unter dem Grün nach einer schmerzstillenden Pflanze und fand sie auch. Nachdem sie eine Menge davon gesammelt hatte, zerdrückte sie dieselben, ließ den Saft in die Wunde träufeln, legte die ausgedrückten Pflanzen auf und verband dann den Kopf.

Diese Behandlung schien dem Kranken wohlzuthun; er fiel in einen tiefen Schlaf, welcher ihn erst am nächsten Morgen wieder aus seinen wohlthätigen Armen entließ. Die Scene, welche gestern sein mattes Auge erblickt hatte, war noch dieselbe. Er mußte sich erst besinnen.

»Ist Alles todt?« frug er dann.
»Nur Einige sind entkommen.«
»Warum verschonte man mich und Dich?«
»Deines Ranges wegen.«
»Und Sobeïde – warum nahm man sie mit fort?«
»Sie ist für das Harem des Vizekönigs bestimmt.«
»Allah inhal, Gott verdamme ihn! Pflege mich und gib mir fleißig Wasser und Pflanzensaft, damit ich gesund werde und sie Alle an ihm rächen kann.«
»Da wirst Du viele Wochen warten können!«
»Gott ist groß und allmächtig. Er kann Alles. Und mein Körper ist stark. Fürchtest Du Dich allein zu sein?«

»Ich fürchte mich vor den Todten, und in dieser Nacht waren die Hyänen und Schakals hier in der Nähe. Werden die Entflohenen zurückkehren?«

»Sie werden kommen wenn sie merken, daß sich die Mörder entfernt haben.«

Er schlummerte wieder ein.

Ayescha suchte Kräuter für ihn und abgefallene Datteln für sich und ihre Tochter. So verging der Tag; der Abend brach herein, und ihm folgte die Nacht. Die Thiere, welche die Janitscharen zurückgelassen, hatten für sich selbst gesorgt. Wasser und Datteln nebst Strauchwerk gab es für sie genug.

Die Nähe der Todten, welche in Folge der Hitze bereits einen höchst widerwärtigen Geruch ausströmten, war auch in anderer Beziehung für Ayescha eine unheimliche, wenn nicht gefährliche. Der Geruch lockte die Hyänen, Schakale und Fenneks an, welche sicherlich heute Nacht ihr schauriges Mahl gehalten hätten, wenn das Weib mit dem Verwundeten allein geblieben wäre. Gegen Mitternacht aber huschte ein Schatten herbei, bei dessen Nahen Ayescha anfangs erschrak. Es war einer der entflohenen Mameluken.

Er suchte unter den Leichen herum und nahte sich auch der Stelle, an welcher sich die Lebenden befanden. Hier stutzte er, wurde aber durch den Zuruf Ayeschas beruhigt.

»Allah akbar, Gott ist groß! Hier sind noch Lebende? Hat Dich der Janitschar übersehen?«

»Nein. Er hat mir die Freiheit freiwillig gelassen.«

»Und Katombo getödtet?«

»Er ist nur verwundet. Ich und mein Kind sind unbeschädigt.«

»Wo sind die andern Frauen und Kinder?«

»Der Aga hat sie mitgenommen. Er wird die Frauen an Harems und die Kinder an Sklavenhändler verkaufen.«

»Allah incharliek, Gott verbrenne ihn! Hätte ich ein Weib, so jagte ich ihm nach, denn hier sind noch Pferde und Kameele. Aber ich habe die Todten gezählt. Es fehlen drei der Unsrigen. Sind sie gefangen?«

»Nein.«

»So sind sie auch entkommen und werden zurückkehren, sobald sie bemerken, daß er fort ist. Ich will sehen, ob sie in der Nähe sind, und ihnen ein Zeichen geben, welches sie kennen.«

Er suchte eine Rhababa* und fand sie. Sie an den Mund setzend, entlockte er ihr einige schrille, weithin schallende Thöne. Dies wiederholte er einige Male, und bald zeigte sich der Erfolg: es kamen drei Gestalten herbei, welche in der Nähe herumgeschlichen waren, um zu sehen, ob die Oase wieder sicher sei.

Er unterrichtete sie von der Lage der Dinge. Sie stillten erst den empfindlichen Hunger und Durst, welchen sie empfanden, und beriethen dann, was zu beginnen sei. Alle vier waren noch Jünglinge. Sie hatten nicht für Weib und Kind zu kämpfen gehabt und waren also die Einzigen gewesen, welche geflohen waren. Ganz derselbe Umstand hielt sie auch ab, sich dadurch in neue Gefahr zu begeben, daß sie den Janitscharen nachjagten, was sie jedenfalls gethan hätten, wenn sich nähere Verwandte von ihnen unter den Gefangenen befunden hätten. Der Sohn der Wüste als geborener Räuber und Krieger fürchtet sich nicht, ganz allein einer großen feindlichen Karawane zu folgen, um den Augenblick abzuwarten, welcher ihm für seine Pläne günstig erscheint. Und dann ist kein Fuchs so listig, kein Panther so blutdürstig und kein Löwe so todesmuthig wie er.

Die Vier beschlossen also zu bleiben, sich der Pflege des Kranken und der Bewachung der Oase zu widmen und dann später zu sehen was zu thun sei.

Noch während der Nacht begruben sie die Todten – allerdings nur die Ihrigen, welche unter dem Sande der Wüste eine Ruhestätte fanden, während die gefallenen Janitscharen weit hinausgetragen und den wilden Thieren zum Fraße hingestellt wurden.

Einige Monate später zog eine kleine Kaffila ein in das große Karawanserei zu Bulakh, der Vorstadt von Kairo. Sie bestand aus einem Weibe mit einem Kinde und fünf Männern. Der Eine von den Letzteren sah sehr bleich aus, aber in seinem dunklen

---

* Ein musikalisches Instrument mit schmetternden Tönen.

Auge loderte ein Feuer, welches verrieth, daß er zwar vielleicht krank gewesen sei, doch alle Kräfte seines hohen starken Körpers wieder besitze.

Er übergab Weib und Kind seinen vier Begleitern und schritt nach der Straße el Kantareb, wo er vor einem palastähnlichen Hause hielt, an dessen Thür ein wohlbewaffneter Neger als Schildwache stand.

»Wem gehört dieses Haus?« frug er ihn.

»Du mußt hier fremd sein, Sihdi, daß Du dieses nicht weißt. Es gehört dem Khedive, Gott erhalte ihn, und drin wohnt stets der Oberkadi, welchen der Großherr, Gott segne sein Antlitz, jährlich sendet, um Recht zu hegen zwischen ihm und dem Vizekönig.«

»Der Tag des Wechsels ist vorüber. Wie heißt der neue Kadi?«

»Der neue Kadi-Baschi, willst Du sagen! Er hat einen Namen so lang wie der Nil; wir aber nennen ihn kurz Abu-Mossalem.«

»Ist er daheim?«

»Er sitzt in seinem Divan, denn es ist die Stunde, in der jeder Gläubige mit ihm reden darf, um von ihm Recht zu erflehen. Willst Du zu ihm?«

»Ja.«

»So gehe, und Allah gebe Deinem Worte Segen!«

Katombo trat ein und stieg eine Treppe empor, deren Stufen mit kostbaren Teppichen aus Smyrna belegt waren. Droben stand ein Verschnittener, in ein reiches Gewand gekleidet. Sein Handjar glänzte von Gold und seine Pistolen waren reich mit Silber ausgelegt.

»Was willst Du?« herrschte er den Kommenden in den hohen Fallsettönen an, welche den Kastraten eigenthümlich sind.

»Ich will mit dem Kadi-Baschi reden.«

»Wer bist Du?«

»Das werde ich ihm selbst sagen.«

»Du hast es mir zu sagen, denn ohne meine Erlaubniß darfst Du nicht zu ihm.«

»Wo ist sein Divan?«

»Dort!«

Er zeigte mit der Linken nach einer Thür, während er ihm die geöffnete Rechte entgegenhielt als deutlichen Beweis, daß er nur Diejenigen einlasse, welche bereit waren, diese Erlaubniß für ein Bakschisch zu erkaufen.

»Du willst ein Bakschisch?« frug Katombo.

»Weißt Du nicht, daß eine offene Hand auch eine offene Thüre macht?«

»Und weißt Du nicht, daß der Prophet sagt: »Die gierige Hand eines Dieners schadet dem Herrn. Wehe dem, der die Gerechtigkeit gegen Gold und Silber verkauft!« Du wirst von mir nichts erhalten.«

»So ist der Kadi-Baschi für Dich nicht zu sprechen.«

»Er ist es; das werde ich Dir beweisen.«

Er holte aus und versetzte dem Menschen einen so kräftigen Schlag in das Gesicht, daß dieser nach rückwärts taumelte und zur Erde stürzte. Im Nu aber sprang er wieder auf und zog den Handjar, um sich mit demselben auf Katombo zu werfen. Dieser aber faßte ihn mit der Linken bei der Faust, welche die Waffe umschlossen hielt, und wiederholte den Hieb in der Weise, daß der Verschnittene laut aufbrüllte.

Da öffnete sich die Thür zum Divan, und unter derselben erschien der Kadi selbst. Katombo drehte ihm den Rücken zu, so daß er sein Gesicht nicht sehen konnte.

»Hund, was wagst Du!« rief der Kadi und zog den krummen Säbel.

Katombo drehte sich um.

»Deine Frage ist richtig. Dieser Hund wagt es, ein Bakschisch von mir zu verlangen, ohne welches Du nicht zu Hause bist, und die Waffe gegen mich zu zücken. Willst Du ihn niederschlagen, soll ich es thun, oder ziehst Du es vor, ihn dem Djezzar* zu übergeben?«

»Mensch, bist Du von bösen Djinns** besessen? Die Bastonnade wird sie Dir austreiben! Wer bist Du?«

»Siehe es!«

---

* Henker.
** Geister.

Katombo warf die Kaputze vom Kopfe in den Nacken zurück. Der Kadi fuhr erschrocken zurück.

»Der Kapudan-Pascha!«

»Ja, der bin ich. Bist Du auch ohne Bakschisch für mich zu sprechen?«

»Sallam aaleïkum! Tritt ein, Herr!«

»Und dieser Mensch, der es wagt, die Gerechtigkeit und Deinen guten Namen zu verkaufen?«

»Er wird seiner Strafe nicht entgehen. Wende nur mir Dein Angesicht zu und komm herein!«

Der Verschnittene steckte zitternd seinen Handjar ein. Die beiden Männer traten in den Divan, wo mehrere Männer und verschleierte Frauen saßen.

»Geht hinaus und wartet, bis ich Euch rufen lasse!« gebot ihnen der Kadi.

Sie erhoben sich sofort und entfernten sich. Katombo mußte sich zur rechten Hand des Kadi auf der erhöhten Estrade niederlassen, welche mit einem schimmernden Teppich aus Kaschmir belegt war. Auf ein Händeklatschen erschienen schwarze Sklaven mit köstlichen Tschibuks und Kaffee, welchen sie den Herren präsentirten. Der Kadi begann die Unterhaltung.

»Weißt Du, daß ein Gesandter des Großherrn hier in Kahira war, um nach Dir zu suchen?«

»Ich glaube es.«

»Du hast auf zwei Monate Urlaub erhalten und bist nicht zurückgekehrt. Der Großherr hat bei dem Khedive nach Dir fragen lassen.«

»Und was hat der Khedive ihm geantwortet?«

»Er hat gesagt, daß Du nur ein einziges Mal bei ihm gewesen und dann verschwunden bist. Das Schiff, mit welchem Du kamst und das auf Dich warten sollte, ist längst wieder nach Stambul abgegangen. Darf ich Dich fragen, wo Du während dieser Zeit gewesen bist?«

Katombo nahm den Fez vom Kopfe.

»Sieh diese Wunde!«

Der Kadi erschrak.

»Maschallah! Du warst verwundet und krank! Wer hat es gewagt, Dir, dem Kapudan-Pascha, dem berühmtesten Admiral des Beherrschers der Gläubigen, dies zu thun?«

»Ich komme zu Dir, um Gerechtigkeit von Dir zu fordern. Wirst Du den Thäter bestrafen?«

»Allah akhbar, Gott ist groß, und meine Hand ist stark. Der verwegene Hund soll es mit dem Tode büßen. Nenne mir seinen Namen!«

»Du wirst ihn nicht bestrafen,« antwortete Katombo in zweifelhaftem Tone.

»Warum nicht? Ich schwöre Dir bei dem Barte des Propheten und aller seiner Kalifen, daß er seinen Lohn haben soll! Sage mir nur seinen Namen. Ich werde ihn greifen lassen, und wenn er im entferntesten Wadi* der Sahara wohnt.«

»Du brauchst ihn nicht in der Sahara zu suchen, denn er befindet sich hier in Kahira. Es ist der Vizekönig.«

Der Kadi erschrak.

»Allah schütze Deine Seele und die meinige! Wie ist es möglich, daß der Vizekönig den Kapudan-Pascha des Sultans überfallen kann?«

»Nicht er hat es gethan, sondern sein Janitscharenaga.«

»Und wo ist es geschehen?«

»In einer Oase, nach welcher ich zog, um Freunde zu besuchen.«

»Der Aga war vor drei Monaten längere Zeit von Kahira fort, ohne daß man wußte wohin. Sollte es zu jener Zeit gewesen sein!«

»Ja.«

»Er hatte Euch überfallen und wußte, daß Du zugegen warst?«

»Er wußte es, denn ich habe es ihm sagen lassen und ihn gewarnt.«

»So hat er im Auftrage des Khedive gehandelt, und Deine Freunde müssen große Feinde des Vizekönigs sein. Wer war es?«

---

* Thal, Schlucht.

»Kennst Du Omar-Bathu?«

»Den reichen tapferen Mamelukenfürsten?«

»Ja. Sein Weib ist die Schwester meines Weibes. Und kennst Du Manu-Remusat?«

»Den großen Schiffsführer? Er erschlug einst Hamd-el-Arek, den Mudellir von Assuan. Der Khedive wollte ihn tödten, aber er entkam mit einem jungen Reïs, der berühmt war wegen seines Muthes und die Tochter des Schiffsführers zum Weibe bekam.«

»Dieser Reïs bin ich.«

»Du?« frug der Kadi erstaunt.

»Ja, ich. Der Mudellir von Assuan hatte die Schwester meines Weibes geraubt; sie war die Verlobte des Mamelukenfürsten. Ich entführte sie ihm wieder, er verfolgte mich und fiel im Kampfe. Ich entfloh mit Remusat, und Omar-Bathu mußte sich in die Wüste verstecken, weil ihn der Vizekönig tödten wollte. Vor drei Monaten ging ich mit Remusat und meinem Weibe zu dem Mameluken. Wir wurden von dem Aga überfallen, der alle Männer tödtete und die Frauen und Kinder mit sich fortnahm.«

»So sind Remusat und Omar-Bathu todt?«

»Sie sind todt,« knirrschte Katombo. »Aber ich werde sie rächen.«

»An wem?«

»An ihrem Mörder. Du wirst mir helfen.«

»Die That geschah auf Befehl des Vizekönigs. Sage selbst, ob ich über ihn richten kann.«

»Du hast mir bei dem Barte des Propheten und aller seiner Kalifen Gerechtigkeit versprochen. Weißt Du nicht, daß ein Gläubiger diesen Schwur niemals übertreten kann!«

»Ich werde ihn halten, so weit es in meinen Kräften steht, denn Allah weiß, daß kein Mensch mehr thun kann, als ihm gegeben ist. Erzähle mir den Vorfall genau.«

Katombo berichtete von seinen egyptischen Erlebnissen so viel, als ihm nöthig erschien. Der Kadi blieb dann lange in tiefes Nachdenken versunken. Endlich erklärte er:

»Wer ist der eigentliche Mörder? Der Vizekönig nicht,

denn er konnte die Verhältnisse nicht kennen, und der Aga auch nicht, denn er hat gethan, was er für seine Schuldigkeit hielt. Es gibt keinen Schuldigen, und darum ist es so gut, als hätte ich keinen Schwur gethan.«

Katombo konnte ihm nicht ganz und gar Unrecht geben, zumal der ganze Ueberfall nur auf Omar-Bathu abgesehen gewesen war und der Aga erklärt hatte, daß er friedlich abziehen werde, wenn man ihm denselben ausliefere. Die ganze Angelegenheit erhielt von diesem Gesichtspunkte aus den Charakter eines Privatverhältnisses, dem nur durch den Akt einer Blutrache Rechnung getragen werden konnte.

»Du bist sehr weise, o Kadi, denn Du verstehst es, einen Schwur so zu wenden, daß ihn Allah nicht mehr hören kann. Doch sage, wirst Du mich schützen, wenn ich mir den Haß des Khedive zuziehe?«

»Ich werde es.«

»Hat er das Recht, die Wittwe des Mameluken in sein Harem zu nehmen, wenn sie nicht einwilligt?«

»Er hat kein Recht dazu, denn sie ist keine Sklavin, welche verkauft werden kann.«

»So ist unsere Unterredung beendet. Allah schütze Dich!«

Er erhob sich. Der Kadi that dasselbe, hielt ihn aber noch zurück.

»Wo wohnest Du?«

»Ich habe meine Leute noch im Karawanserai.«

»So bitte ich Dich, mein Haus als das Deinige zu betrachten!«

»Du willst es, und so werde ich es thun.«

»Und bedenke in Dem, was Du vornimmst, das Eine, daß der Khedive nicht ein direkter Unterthan oder Beamter des Großherrn ist und daß die Macht des Sultans sich oft nicht so weit erstreckt, als es den Anschein hat. Daher ist hier mein Amt ein schlimmes und schwieriges. Bringe die Deinen zu mir, und ich werde Dir helfen, so weit meine Kräfte reichen!«

Katombo begab sich nach dem Karawanserai zurück und brachte Ayescha mit den Dienern in das Haus des Kadi. Dann ging er nach dem Schlosse des Vizekönigs.

Dies war ein für seinen Rang ganz ungewöhnliches Unternehmen. In den Ländern der heißen Zone umgibt sich jeder gut situirte oder gar höherstehende Mann mit einer viel bedeutenderen Anzahl von Dienern, als dies bei uns der Fall zu sein pflegt. Für fast jede einzelne Verrichtung ist ein besonderer Diener da, und mit dieser Menge von Untergebenen wird, besonders beim Ausgehen, ein großer Pomp getrieben. Das Wort Ausgehen ist eigentlich eine unrichtige Bezeichnung, denn kein Herr wird auf einer öffentlichen Straße gehen, sondern entweder reiten, fahren oder sich tragen lassen. Daß Katombo trotz seiner hohen Stellung sich zu Fuße nach dem Schlosse begab, hatte seinen Grund in seinen abendländischen Anschauungen und dem Umstande, daß er keine Dienerschaft zur Verfügung hatte, war aber jedenfalls ein Verstoß gegen die Achtung, welche er dem Vizekönig auch dadurch zu erweisen hatte, daß er sich unter imponirender Begleitung zu ihm begab.

Der Khedive hatte soeben das Bad verlassen. Er saß rauchend auf einem weißseidenen Divan. Seine rothe Jacke funkelte von Brillanten; an seinem Turban flimmerte eine Agraffe, deren Werth nach Hunderttausenden zählte, und der Griff der neben ihm liegenden Damaszenerklinge hatte einen diamantenen Knauf und war mit den seltensten Edelsteinen ausgelegt.

Der Beherrscher Egyptens hatte schlechte Laune. Vor ihm stand sein Janitscharenaga, der oberste Leiter der vizeköniglichen Polizei, und stattete den täglichen Bericht ab, welcher Vieles enthalten mochte, was den Mißmuth und Zorn des hohen Herrn erregte.

Da nahte sich kriechend ein Sklave.

»Was willst Du, Hund?« frug ihn der Vizekönig.

»Herr, ein Mann, der sich Nurwan-Pascha nennt, will mit Dir, der Sonne der Weisheit und dem Vorbilde der Stärke, reden.«

Im Gesichte des Vizekönigs zuckte es auf. Er warf einen grimmigen Blick auf den Aga.

»Siehst Du, daß er kommt und daß ihn die Wüste nicht

verschlungen hat? Wäre er mit den Andern gestorben, so könnte er mich und Dich nicht belästigen.«

Der Aga senkte den Blick beinahe bis zum Boden herab.

»Herr, ich konnte nicht wissen, was Dein Wille ist!«

»Ein Diener muß stets den Willen seines Herrn kennen!« Dem Sklaven gebot er: »Laß ihn herein!«

Katombo trat ein. Er neigte nur ein wenig sein Haupt und legte nur die rechte Hand zum Zeichen der Ehrerbietung auf die Gegend seines Herzens.

Der Khedive empfing ihn mit einer leichten Handbewegung. In seinen kalten Zügen war weder ein Zeichen des Wohlwollens noch des Mißfallens zu erkennen.

»Sallam aaleïkum! Der Admiral des Sultans ist mir willkommen. Welche Angelegenheit führt Deinen Fuß hierher?«

»Ich komme nicht als Abgesandter meines hochmächtigen Herrn, sondern aus einem Antriebe von privater Natur.«

Sein Auge traf mit einem finstern Blicke den Aga und wandte sich dann fragend auf den Vizekönig. Dieser verstand die stumme Frage und antwortete:

»Dieser Mann ist meine rechte Hand. Du kannst vor ihm reden, als ob ich allein wäre.«

»Dann gestatte mir, daß ich mich niederlasse!«

Er schob sich mit dem Fuße ein Kissen in die Nähe des Khedive und setzte sich darauf. Dieser Letztere hatte unterlassen, dem Kapudan-Pascha einen Sitz anzubieten und war daher gezwungen, diese Zurechtweisung hinzunehmen.

»Setze Dich und beginne!« meinte er in ruhigem Tone, aber die Falte zwischen seinen Brauen war ein deutliches Zeichen, daß ihn das selbstbewußte Verfahren des Pascha erzürnt habe.

»Du sagst, dieser Mann sei Deine rechte Hand,« meinte Katombo. »Warum, o König, hast Du diese Hand gegen mich gerichtet?«

»Gegen Dich?« frug der Khedive mit gut geheucheltem Erstaunen. »Rede deutlicher!«

Katombo lüftete leise seinen Fez.

»Sieh die Wunde, welche mir Deine rechte Hand geschlagen hat.«

»Du hast eine Wunde? Sie soll Dir von meinem Aga geschlagen worden sein?«

»So ist es, Herr, und Du weißt es längst.«

»Ich weiß es nicht, werde es aber sogleich erfahren.« Und zu dem Aga gewendet, frug er: »Hat Dein Schwert diese Wunde geschlagen?«

»Nein,« antwortete der Gefragte.

Der Vizekönig blickte mit befriedigter Miene auf den Pascha.

»Du hörst es, und der Aga sagt mir nie die Unwahrheit, denn er weiß es, daß ich ihm dann sein Haupt vom Rumpfe trennen würde.«

»Er lügt allerdings nicht und sagt dennoch die Unwahrheit, denn sein Befehl trägt die Schuld, daß ich dem Tode nahe war.«

»Erzähle es! Deine Rede klingt wunderbar und geheimnißvoll, doch wirst Du mir das Räthsel lösen.«

»Du kennst die Lösung bereits,« antwortete Katombo ruhig, »und ich darf es nicht wagen, Dir unnöthig Deine kostbare Zeit zu rauben. Dein Aga tödtete meine Freunde in der Wüste. Sage, ob dies auf Deinen Befehl geschah.«

»Wie hießen Deine Freunde?«

»Manu-Remusat und Omar-Bathu.«

»Das klingt nicht gut für Dich. Hast Du keine besseren Freunde?«

»Es waren Freunde, wie ich sie besser niemals finden kann.«

»Mörder waren es! Sie haben Hamd-el-Arek, den Mudellir von Assuan, erschlagen und mußten sterben. Weißt Du nicht, daß der Kuran sagt: *eddem ed beddem*, Blut um Blut, Auge um Auge!«

»Sie haben ihn nicht erschlagen, sondern im ehrlichen Kampfe besiegt. Er raubte die Tochter Remusats und erhob gegen ihn die Waffen, obgleich Remusat ihm verzeihen wollte. Und was thaten Dir die Mameluken, die Du mit Omar-Bathu und Remusat ermorden ließest?«

Des Khedive Augen blitzten den Sprecher grimmig an.

»Hund, wie wagst Du mit mir zu reden!«

»Hund? Wagst Du Nurwan-Pascha, den Admiral des Großherrn einen Hund zu nennen?«

»Ich wage nichts, denn ein Wink von mir kann Dich verderben!«

»Du bist nicht mein Herr und nicht mein Vorgesetzter. Ich fürchte weder Deinen Wink noch Deine Drohung, Remusat ist nicht der Mörder des Mudellir, und Omar-Bathu war nicht zugegen, als der Mudellir starb.«

»Beweise es!«

»Mein Wort ist Beweis genug!« antwortete Katombo stolz.

»Dein Wort? Woher weißt Du denn, daß Du die Wahrheit redest?«

»Weil ich bei jenem Kampfe gegenwärtig war.«

»Du?«

»Ich. Ich bin der Mann der Tochter Remusats und heiße eigentlich Katombo.«

»Katombo!« rief der Khedive, indem er sich halb von seinem Sitze erhob. »So bist Du der Mörder, der uns entronnen ist?«

»Du irrst. Ich bin weder ein Mörder noch bin ich Euch entronnen, denn nur ein Verbrecher kann entrinnen.«

»Und Du warst ein Verbrecher, denn Du hast Den überlistet und getödtet, an welchem meine Seele hing. Du bist der Verbrecher, und ich bin Dein Richter.«

»Du irrst wieder. Ich bin Nurwan-Pascha, der Kapudan-Pascha des Beherrschers der Gläubigen, und wer es wagt mich zu beleidigen, der beleidigt den Großherrn.«

»Du bist Nurwan-Pascha, aber Du bist vor allen Dingen auch mein Unterthan, denn Du bist in Egypten geboren und warst Reïs auf dem heiligen Strome.«

»Ich war Reïs, aber geboren bin ich in einem andern fernen Lande. Dein Unterthan bin ich nicht, und ich stehe jetzt vor Dir um der Gemordeten willen. Wo ist Sobeïde, das Weib Omar-Bathu's?«

»Weißt Du, daß ein Gläubiger nie von seinem Weibe spricht?«

»So bist du kein Gläubiger, denn Du hast von Sobeïde zu dem Aga gesprochen. Die Todten kannst Du nicht wieder lebendig machen, aber gib mir Sobeïde, die Schwester meines Weibes, und ihr Kind heraus!«

Er hatte sich erhoben und stand in stolzer, gebieterischer Haltung vor dem Manne, dem sämmtliche Bewohner Egyptens als Sklaven gehörten. Auch der Vizekönig hatte sich erhoben und nach seinem Schwerte gegriffen.

»Du wirst Sobeïde niemals wieder sehen!«

»Ich fordere sie von Dir, und auch alle die Schätze, welche der Aga dem Mamelukenfürsten raubte.«

»Du forderst? Ha! Ein Wink von mir, und Du liegst vor mir im Staube. Du stehst vor mir nicht als der Offizier des Großherrn, sondern als der Mörder des Mudellir, und wenn ich Dich richte, wer wird erfahren, wo Du geblieben bist? Warum kommst Du zu mir wie ein schleichender Derwisch und nicht mit der Begleitung, welche dem Kapudan-Pascha ziemt? Den Kopf kann ich Dir abschlagen lassen, ohne daß Jemand ahnt, wo Du geblieben bist!«

»Du irrst. Der Kadi-Baschi weiß, daß ich zu Dir gegangen bin; er wartet meiner Rückkehr und würde sofort den Großherrn benachrichtigen, wenn diese nicht erfolgte.«

»Meinst Du? Denkst Du, der Beherrscher von Egypten habe einen Kadi zu fürchten? Wer bist Du? Ein Pilger oder ein Bettler, der allein zu mir kommt. Der Kapudan-Pascha ist nicht bei mir gewesen. Aga, ergreife ihn!«

Katombo legte die Hand an den Griff seines Säbels.

»Meinst Du, der Kapudan-Pascha habe den Statthalter von Egypten zu fürchten? Nimm Deinen Befehl zurück, sonst zwingt er mich, selbst Rache zu nehmen an dem Mörder der Meinigen!«

»Du wagst es, dem Könige von Egypten in seinem eigenen Palaste zu drohen? Sofort ergreifst Du ihn, Aga!«

Der Aga streckte die Arme aus; in demselben Augenblicke aber blitzte der Säbel Katombos, und das Haupt des Janitscharen fiel, vom Rumpfe getrennt, zur Erde. Der kopflose Körper wankte einige Sekunden lang, dann stürzte er auf den kostbaren Teppich nieder, während ein Strom rauchenden Blutes sich über den Boden ergoß.

»So weiß Nurwan-Pascha seinen Degen zu führen, wenn er gezwungen wird, den Frieden des Hauses zu verletzen.«

Er wischte die blutige Klinge an dem Kissen ab, auf welchem er gesessen hatte, und steckte sie in die Scheide. Der Vizekönig hatte bis jetzt dagestanden, starr vor Schreck und Entsetzen. Jetzt kam wieder Leben in ihn.

»Mörder!« brüllte er beinahe heulend und stürzte sich mit hoch geschwungenem Säbel auf Katombo.

Dieser parirte den Stoß bloß mit der Faust, doch so, daß der Degen weithin an die Wand flog. Da griff der Khedive in seinen Shawl, der ihm als Gürtel diente, riß eine Pistole hervor und drückte ab. Katombo machte eine blitzschnelle Wendung, und die Kugel pfiff an seinem Kopfe vorüber. Der Schuß lockte im Nu sämmtliche Diener herbei, welche sich in der Nähe des Divans befunden hatten.

»Haltet den Mörder und bindet ihn!« gebot der Khedive, schäumend vor Wuth.

Katombo zog den Säbel wieder.

»Halt!« rief er streng. »Ich bin Nurwan-Pascha, der Kapudan-Pascha des Großherrn. Ich habe mich nur gewehrt, und wer mich anrührt, der ist ein Kind des Todes!«

Diese Worte und seine drohende Haltung bewirkten einige Augenblicke der Unentschlossenheit unter den Dienern, welche meist feige entmannte Verschnittene waren. Katombo benutzte die wenigen Sekunden und schritt davon. Der Khedive wüthete vor Grimm, aber ehe sich die Kastraten ernstlich an die Verfolgung machten, war Katombo bereits in der Menge der Passanten verschwunden, welche sich vor dem Palaste bewegten.

Der Vizekönig schoß ein zweites Pistol auf die Dienerschaft ab und hieb einige von ihnen nieder; dann befahl er, den Kadi-Baschi sofort zu ihm zu bringen.

Dieser hatte unterdessen auf die Zurückkunft Katombos gewartet.

»Wie ging es?« redete er ihn an, als er erschien. »Deine

Augen blicken zornig und Deine Mienen verkündigen Unheil.«

»Dieser Säbel ist noch warm vom Blute des Mörders,« antwortete der Gefragte finster.

»Was hast Du gethan? Wen hast Du getödtet?«

»Den Janitscharenaga.«

»Allah akbar, Gott ist groß, aber Deine Verwegenheit ist noch viel größer. Wo hast Du ihn niedergeschlagen?«

»Im Palaste, vor den Augen des Vizekönigs.«

Der Kadi erbleichte.

»So bist Du verloren!«

»Verloren? Der Kapudan-Pascha?«

»Ja, denn weder ich noch der Großherr kann Dich retten. Du hast den Frieden des königlichen Palastes verletzt und den obersten Polizeiverweser des Reiches getödtet. Du bist der Rache und der Gerichtsbarkeit des Vizekönigs verfallen.«

»Ich bin dieser Gerichtsbarkeit nicht unterworfen!«

»Du bist es!«

»Ich unterwerfe mich nicht.«

»Man wird Dich zwingen.«

»Du wirst mich schützen. Kein Khawasse des Vizekönigs darf Dein Haus betreten.«

»Maschallah, das ist wahr, und Du wirst bei mir wohnen. Aber sobald Du Deinen Fuß über meine Schwelle setzest, wird man Dich festnehmen.«

»Ich werde vorsichtig sein. Ich schreibe sofort einen wahrheitsgetreuen Bericht an den Großherrn, und dieser mag bestimmen was zu geschehen hat.«

»Ich werde das Meinige hinzufügen, kann Dir aber meine Befürchtungen nicht verhehlen. Der Großherr hat Rücksicht auf den Khedive zu nehmen.«

»Nicht auch auf seinen obersten Seeoffizier?«

»Ja; doch ist die letztere nicht so sehr geboten wie die erstere.«

Jetzt kam der Bote, welcher den Kadi zum Vizekönig beschied. Er folgte dem Rufe und begab sich unter einer zahlreichen Begleitung nach dem vizeköniglichen Palast.

Es dauerte eine sehr lange Zeit, ehe er wiederkehrte. Sein Gesicht machte keinen Hoffnung erweckenden Eindruck.

»Es wird wie ich Dir sagte. Der Khedive verlangte Deine sofortige Auslieferung.«

»Du verweigertest sie ihm?«

»Ja.«

»Was that er?«

»Er muß das Völkerrecht respektiren, welches mein Haus zu Deiner Freistätte macht, aber er wird dieses Haus eng umstellen lassen. Die dazu bestimmten Khawassen sind bereits unterwegs.«

»Das macht mir nicht bange, denn ich werde Dein Haus nicht eher verlassen, als bis die Entscheidung des Großherrn angekommen ist.«

»Der Khedive wird sie eher in der Hand haben als Du.«

»In wiefern?«

»Weil noch ehe ich ihn verließ ein Bote von ihm nach Stambul gegangen ist, welcher sich im Namen des Vizekönigs mündlich über Dich beschweren und Deine Auslieferung oder Bestrafung fordern soll.«

»Wen sandte er?«

»Einen Mann, dessen Rang bei dem Großherrn sehr in das Gewicht fallen wird – –«

»Wohl gar seinen Wessir?«

»Du erräthst es. Es ist sehr leicht zu denken, daß die mündliche Darstellung dieses hohen Beamten, der ein gewandter Diplomat ist, mehr Erfolg haben wird als Dein schriftlicher Bericht.«

Katombo neigte zustimmend den Kopf.

»Du hast Recht. Der Großherr hat kein großes starkes Herz. Hast Du gehört von dem norländischen Herzog von Raumburg, den ich einst mit seinem ganzen Schiffe gefangen nahm?«

»Jeder Türke kennt diese Deine Heldenthat, durch welche Du Kapitän eines der besten Kriegsschiffe wurdest.«

»Die Gefangennahme dieses Mannes und die Befreiung des Großveziers Malek-Pascha, der sich damals als Gefangener auf dem »Drachen« befand, gaben dem Kriege eine solche Wendung, daß der Großherr den Frieden hätte diktiren können. Dieser Herzog aber wußte ihm die Sachlage so darzustellen, daß er ihn freigab und mit dem Auftrage betraute, mit dem Könige von Norland empfehlend über den Sultan zu reden, damit der Letztere den Frieden nicht so theuer zu erkaufen habe. Ich fürchte, daß diese Schwäche auch mir jetzt gefährlich werden kann.«

»Ich theile Deine Befürchtung, werde Dir aber beistehen, so viel es in meine Kräfte gegeben ist. Natürlich denkt es sich der Khedive, daß auch von Deiner Seite ein Bote nach Stambul gehen wird. Es ist beinahe zu erwarten, daß man diesem Boten Hindernisse in den Weg legen wird.«

»Das ist wahrscheinlich. Gibt es kein Mittel dies zu verhüten?«

»Ich habe einen treuen Diener, auf den wir uns verlassen können. Natürlich aber darf nicht er der Ueberbringer Deiner Botschaft sein. Wem soll er sie übergeben?«

»Dem Großvezier, der mein Freund ist.«

»So schreibe schnell; das Andere werde ich besorgen, und Allah möge unsere Schritte segnen!«

»Erwähntest Du Sobeïde bei dem Vizekönige?«

»Ja.«

»Und was antwortete er?«

»Er sagte, daß wir noch heut Abend erfahren würden, was er über sie beschlossen habe.«

»Er wird sie in seinem Harem behalten, und ich kann nichts thun sie zu erlösen.«

»Seine Worte klangen doch so, als ob er vielleicht gesonnen sei, sie noch heut auszuliefern. Warte den Abend ab; der wird Dir die Entscheidung bringen!«

Der Kadi hatte Recht; der Abend brachte die Entscheidung.

Es war nach Mitternacht, und die Bewohner von Kairo lagen im Schlafe. Nur hier und da saß noch eine weiß verhüllte Gestalt auf der Plattform eines Hauses, um die erquickende Kühle der Nacht zu trinken. Da trabten vier Träger einer Sänfte durch die stillen Gassen, angeführt von einem

Janitscharenoffizier. Vor dem Thore des Palastes, in welchem der Kadi-Baschi wohnte, gebot er Halt und klopfte an.

Ein kleines Guckloch wurde geöffnet, und das Gesicht eines Mohren erschien in demselben.

»Leïlka saaïde!«* grüßte der Janitschar. »Du bist der Wächter dieses Hauses?«

»Ja. Was wünschest Du, o Herr?«

»Ist Dein Gebieter, der Kadi-Baschi noch wach?«

»Er sitzt im Erker und arbeitet.«

»Ein Herr Namens Nurwan-Pascha wohnt bei ihm?«

»Ja.«

»Auch er ist noch wach?«

»Ich weiß es nicht.«

»So wecke ihn und öffne!«

»Zu dieser späten Stunde? Das darf ich nicht. Mein Gebieter würde mir zürnen.«

»Ich will nicht eintreten, sondern Dir nur diese Sänfte übergeben.«

»Wer sitzt darin?«

»Eine Person, welche der Pascha erwartet.«

»Wer sendet sie?«

»Der Vizekönig.«

»So werde ich öffnen. Du aber trittst nicht ein, sondern nur die Träger, die sich dann sofort entfernen!«

»Ich werde meinen Fuß nicht über Deine Schwelle setzen, und Du darfst die Sänfte nicht eher öffnen, als bis Nurwan-Pascha selbst zugegen ist. Sage ihm nur, daß der Vizekönig ihm das schickt, was er von ihm gefordert hat.«

Das Thor öffnete sich; die vier Männer trugen die Sänfte in den Hof und entfernten sich schweigend, wobei ihnen der Janitschar wieder voranschritt.

Der Neger wagte nicht sich der Sänfte zu nahen. Er trat vielmehr in den Palast und begab sich nach dem Erker, in welchem sich der Kadi-Baschi befand. Dieser saß

---

* Gesegnete Nacht.

wirklich zwischen allerlei Büchern und schrieb emsig. Er hörte den Eintretenden und wandte sich ihm unwillig zu:

»Was willst Du? Weißt Du nicht, daß ich jetzt nicht mehr gestört werden darf!«

Der Neger lag auf dem Boden; er wagte den Kopf nur ein klein wenig von der Erde zu erheben.

»Ich weiß es, Herr, und dennoch mußte ich Dich stören, denn der Vizekönig hat eine Sänfte geschickt.«

»Eine Sänfte? Eine leere? Für wen?«

»Für Nurwan-Pascha. Sie ist nicht leer.«

»Wer ist darin?«

»Ich weiß es nicht. Ein Janitscharenoffizier brachte sie und gebot mir, nicht nachzusehen, wer sich in ihr befindet. Ich soll sagen, daß der Vizekönig das schickt, was Nurwan-Pascha von ihm gefordert hat.«

Der Kadi stand überrascht auf.

»So gehe hinab und warte Deines Amtes weiter!«

Der Neger kroch rückwärts zur Thür hinaus, und der Kadi begab sich unverweilt nach den Räumen, in denen sich Katombo befand. Dieser saß noch neben seinem Weibe und sprach mit ihr über die Ereignisse der letzten Tage. Er hörte die Schritte, welche im Vorzimmer anhielten und trat hinaus.

»Du bist es?« frug er erstaunt, als er den Kadi erkannte.

»Ich bin es. Ich sehe, daß die Ruhe Deine Seele noch nicht umfangen hält. Komm mit mir in den Hof!«

»Was soll ich dort?«

»Eine Sänfte sehen, welche Dir der Vizekönig sendet.«

»Wer sitzt darin?«

»Das müssen wir erst sehen.«

Eine schwere Ahnung fiel auf Katombos Seele. Die beiden Männer begaben sich nach dem Hofe und öffneten den Tragsessel. Der Strahl des Mondes fiel in das Innere desselben, und sie sahen ein blasses, geisterbleiches Frauenangesicht, dessen weit geöffnete glanzlose Augen ihnen gespenstisch entgegenstarrten.

»Sobeïde!« rief Katombo, völlig starr vor Schreck.

»Sobeïde, die Tochter Remusats und das Weib von Omar-Bathu?« frug der Kadi.
»Ja. Der Vizekönig hat sie ermorden lassen!«
Der Kadi faßte sich zuerst.
»Das darfst Du noch nicht behaupten. Sie kann gestorben sein; sie kann sich selbst den Tod gegeben haben; sie kann auch noch leben. Wir müssen sie untersuchen. Lasse sie hinauf zu Deinem Weibe schaffen!«
»Nein, denn Ayescha würde vor Entsetzen sterben. Gib mir ein stilles Zimmer, in welches ich sie tragen kann!«
»So komm!«
Katombo nahm die Leiche, welche ihre vollständigen Kleidungsstücke trug, auf den Arm. Der Kadi gebot dem Neger, zu schweigen und die Sänfte einstweilen zu entfernen. Dann gingen die Beiden nach einem abgelegenen Raume, den der Kadi mit eigener Hand erhellte und in welchem sie ungestört waren. Katombo legte die Todte auf einen Teppich.
»Sie lebt nicht mehr, ihre Glieder sind vollständig kalt und steif.«
Der Kadi ergriff eines der herabhängenden Händchen.
»Todt. Aber diese Steife ist unnatürlich. Sie ist nicht zufällig gestorben!«
Katombo brachte das Licht näher und betrachtete das Gesicht aufmerksam. Ein plötzlicher Gedanke schien ihn zu durchzucken.
»Sieh diese Nase und – hier diesen Ring an ihrem Finger!«
Die Nasenöffnungen waren ungewöhnlich weit geöffnet und sehr dunkel gefärbt.
»Was meinst Du?« frug der Kadi.
»Das ist der Ring des Mameluken. Er trug ihn stets und gab ihn niemals von sich. Er erzählte mir einst, daß der Ring ein feines Pulver enthalte, welches ihm ein weiser Magier angefertigt habe. Wer daran riecht, der muß sterben, bald oder später, je nachdem er viel oder wenig von dem tödtlichen Dufte eingeathmet hat. Ein Gegenmittel und also auch eine Rettung gibt es nicht.«

»Wo soll das Pulver sein?«

Katombo zog den Ring von dem Finger der Todten.

»Sieh, er enthält nicht einen Stein, sondern das goldene Siegel des Mameluken, und unter demselben befindet sich eine hohle Kapsel, welche das Pulver verbirgt.«

»Oeffne sie!«

»Das ist gefährlich. Verschließe Mund und Nase!«

Sie banden sich Beide ein Tuch vor, und nun versuchte Katombo, die Kapsel zu öffnen. Es gelang. Sie enthielt ein feines bläuliches Pulver, und auf demselben lag, so klein auch die winzige Höhlung war, ein Stückchen Papier, auf welches deutlich das Wort »Haar« gekritzelt war.

»Was soll dies heißen?« frug der Kadi.

»Sie hat den Ring von Omars Hand genommen, als er todt neben ihr lag, das ist sicher. Sie wußte, daß ich das Geheimniß von diesem Gifte kenne und daß ich sofort die Art ihres Todes errathe, wenn ich den Ring an ihrem Finger sehe. Sie hat geahnt, daß ich ihn öffnen werde und den Zettel finden muß. Vielleicht hat sie vor ihrem Tode im Haar etwas verborgen, was uns Aufklärung geben kann. Laß uns suchen!«

Sie lösten die Knoten des reichen Haares und fanden Katombos Vermuthung bestätigt: ein zusammengefaltetes Stück Papyros war zwischen den Locken verborgen. Katombo öffnete es und las:

»An Katombo.

Ich soll heut Abend das Weib des Mörders sein, und dann will er mich an Dich ausliefern. Aber mein Kind will er behalten, um es für seinen Harem zu erziehen. Ich kann ohne mein Kind und meine Ehre nicht leben und werde sterben. Er wird Dir meine Leiche senden, und Du wirst diese Worte finden. Küsse Ayescha; lebt wohl, und rächt meinen Tod und den meines Omar.

Sobeïde.«

Die Faust Katombos ballte sich, und seine Mienen zuckten in wildem Grimme.

»Ich werde zu ihm gehen und ihn tödten!«

»Aus Deinem Munde spricht der Zorn. Du vergissest, daß Du dieses Haus nicht verlassen darfst und daß ein Khedive nicht so leicht zu tödten ist wie ein Fellah oder ein Araber aus der Wüste!«

»Warum nicht? Hat er mehrere Leben? Besitzt er ein Herz, in welches keine Kugel zu dringen vermag?«

»Er ist so sterblich wie jeder Andere; aber die Rache wird auch Dir das Leben kosten. Denke an Dein Weib und an Dein Kind!«

Die drohend erhobenen Arme Katombos sanken nieder.

»Du hast Recht; aber dennoch wird er sterben, nicht an der Kugel, nicht an dem Schwerte oder meinem Dolche. Er soll desselben Todes sterben, den er der Tochter Remusats bereitet hat!«

Er steckte den gefährlichen Ring an seinen Finger. Der Kadi legte ihm die Hand warnend auf den Arm.

»Der Prophet sagt: »Ehe Du ein Wort sagst, denke drei Stunden nach; ehe Du aber eine That beginnst, denke dreimal drei Jahre nach!« Du wirst nichts thun, ehe Deine Seele ihre Ruhe und Dein Auge seine Schärfe wieder gewonnen hat! Das Leben eines Herrschers ist heilig und unantastbar.«

»Nicht heiliger und unantastbarer als jedes andere Leben. Aber sorge Dich nicht um mich. Nurwan-Pascha wird nichts thun, was er sich nicht zuvor reiflich überlegt hat. Aber wie kann ich das Kind erhalten?«

»Sie wird es mit getödtet haben.«

»Nein; eine Mutter tödtet nicht so leicht das einzige Wesen, dem sie erst das Leben gegeben hat. Hätte sie dies dennoch gethan, so würde die Leiche des Kindes mit in der Sänfte gelegen haben.«

»Ich gebe Dir Recht. Ich gebe zu, daß ihm das Kind nicht gehört; aber wie willst Du ihn zwingen es Dir auszuliefern? Wenn es so schön ist wie Deine Tochter, so wird es nach wenigen Jahren die Zierde seines Harems werden.«

»Es ist so schön. Ich muß warten, bis der Bescheid des Sultans eingetroffen ist.«

»Dann wirst Du Gelegenheit haben, Dich in Geduld zu üben. Wirst Du Deinem Weibe sagen, daß ihre Schwester gestorben ist?«

»Ja.«

»Ist es nicht besser, wenn Du es noch verschweigest?«

»Nein. Die Todte hat ein Recht auf das Beileid der Ihrigen und ich weiß, daß Ayescha ihre Schwester lieber todt als in den Armen dessen weiß, der ihren Vater tödtete. Komm, laß mich zu ihr gehen! Leïlka saaïde; Allah segne Deine Nacht!«

Mit schwerem Herzen verließ er die Todte, um die Lebende auf den Schmerz vorzubereiten, der ihrer bei der Nachricht von dem Geschehenen wartete.

Eine lange Zeit verging, ohne daß die Einsamkeit Katombo's durch ein neues Ereigniß unterbrochen worden wäre, und erst nach einigen Monaten ließ sich das Ergebniß der Botschaft erfahren, welche sowohl er als auch der Vizekönig nach Konstantinopel gesandt hatte. Er saß eben beim Kef*, als einer der Diener eintrat und eine Meldung machte:

»Effendina, es ist ein Mann draußen, der mit Dir reden will.«

»Wer ist es?«

»Ein Kapudan** aus Istambul.«

»Wie heißt er?«

»Fezzar Achmed.«

Das Gesicht Katombo's verdüsterte sich. Fezzar Achmed war ein renitenter Untergebener gewesen, den er einige Male die Schärfe einer strengen Gerechtigkeit hatte fühlen lassen. Es war jedenfalls kein gutes Zeichen, daß der Sultan grad diesen Mann ausersehen hatte, den großherrlichen Bescheid zu überbringen.

»Laß ihn hereintreten!«

Der Diener folgte dem Gebote, und es erschien ein Mann, dessen wildes, von einem dichten Barte eingerahmtes Gesicht nicht eben ein Vertrauen erweckendes war. Statt der tiefen Verbeugung, welche er dem Range eines Kapudan-Pascha

---

* Beschauliche Mittagsruhe.
** Kapitän.

schuldig war, hob er einfach die Rechte bis in die Gegend des Herzens, trat einige Schritte vor und blieb dann in gerader, beinahe herausfordernder Haltung stehen.

»Fezzar Achmed, wer sendet Dich?« frug Katombo.

»Beide, der Großherr, den Allah seinen Liebling nennt, und der Kapudan-Pascha, der ein Held ist, wie Keiner je zuvor.«

»Der Kapudan-Pascha? Dieser bin ich!«

»Dieser warst Du; jetzt aber ist es Rumid-Pascha, der um Deinetwillen nach Smyrna verbannt wurde.«

»Ah! Allah ist groß, aber Du und der Sultan sind noch größer. Welches sind die Botschaften, die Du mir zu bringen hast?«

Der Kapudan langte in die Tasche und zog ein kleines Etui hervor, welches mit dem feinsten Saffianleder überzogen und an den Ecken mit Gold beschlagen war.

»Der Beherrscher aller Gläubigen sendet Dir durch mich für Deine früheren Verdienste und das, was er jetzt von Dir vernommen, diesen Schmuck. Er läßt Dir gebieten, ihn in meiner Gegenwart anzulegen, damit ich bestätigen kann, daß Du ihn wirklich getragen hast.«

Katombo nahm das Etui und öffnete es. Dasselbe enthielt den gefährlichen Schmuck, welchen zu vergeben das alleinige Recht des Sultans ist – die gelbseidene Schnur, an der sich Jeder aufzuhängen hat, der sie bekommt. Katombo ließ sein Auge lange auf ihr verweilen und meinte dann ruhig:

»Zeige mir Deinen Biuruldu!«

»Du glaubst mir nicht?«

»Soll ich mich tödten auf das Wort eines Mannes, der mein Vertrauen nicht besitzt? Legitimire Dich!«

Ein Lächeln des Hohnes ging über das Gesicht des Kapudan. Er zog ein Pergament hervor und zeigte es dem Kapudan-Pascha.

»Hier hast Du die Vollmacht des Großherrn!«

»Sie ist ächt. Der Beherrscher aller Moslemin besitzt eine wunderbare und wahrhaft königliche Dankbarkeit. Allah möge ihn segnen! Welche Botschaft hast Du mir von dem neuen Kapudan-Pascha zu überbringen?«

»Ich habe Dir zu sagen, daß drei Männer sich Mühe gegeben haben, Dir dieses kostbare Geschenk auszuwirken.«

»Wer sind sie?«

»Der Kapudan-Pascha selbst, der Bote des Khedive und ein Franke, ein Christ, der sich jetzt einer großen Zuneigung des Sultans zu erfreuen hat.«

»Wer ist es?«

»Ein Norländer Fürst, der Herzog von Raumburg. Auch er läßt Dich grüßen und Dir sagen, es sei für damals. Weiter weiß ich Nichts.«

»Was wirst Du thun, wenn ich die Schnur nicht nehme?«

»Du mußt sie nehmen!«

»Und wenn ich es dennoch nicht thue?«

»Der Sultan hat die Gnade gehabt, sie Dir zu übersenden, damit Du enden kannst ohne wie ein gemeiner Verbrecher verurtheilt und hingerichtet zu werden. Als einen solchen muß ich Dich behandeln, wenn Du nicht gehorchst.«

»Worin wird diese Behandlung bestehen?«

»Ich habe Dir dann einfach den Kopf abzuschlagen und ihn dem Großherrn zu bringen.«

»Das wirst Du nicht nöthig haben, denn ich werde den Befehl des Sultans ganz genau und wörtlich so erfüllen, wie Du mir ihn überbracht hast. Du sagtest, der Beherrscher aller Gläubigen gebiete mir, den Schmuck in Deiner Gegenwart anzulegen, damit Du bestätigen kannst, daß ich ihn wirklich getragen habe?«

»So ist es!«

»So schau her! Ich gehorche.«

Er nahm die Schnur und legte sie sich wie ein Halsband um den Hals.

»Halt! So ist es nicht gemeint. Dort ist das Fenstergitter. Du hängst Dich daran, und ich warte bei Dir, bis ich mich überzeugt habe, daß Du todt bist!«

»Meinst Du? Ich habe Dir wörtlich gehorcht; mehr darfst Du nicht verlangen. Kehre nach Stambul zurück und melde Deinem Herrn, daß ich die Schnur getragen habe! Mein Leben gehört Gott, aber nicht dem Sultan, und wenn ich gegen die

Gesetze gesündigt haben soll, so mag nicht eine Selbsttödtung oder ein Meuchelmord, sondern eine offene Untersuchung entscheiden.«

»Du weigerst Dich?«

»Ich weigere mich!«

»So nehme ich Deinen Kopf!«

Er zog den krummen Türkensäbel und trat drohend näher.

»Du?« rief Katombo geringschätzend.

»Ja ich! Deine Gegenwehr nützt Dir nichts, denn ich bin so stark und geschickt wie Du, und Du hast keine Waffe.«

»Wurm! Verlasse augenblicklich dieses Haus, sonst vollziehe ich Deinen Auftrag an Dir selbst: Dir selbst werde ich den Kopf nehmen und ihn dem Sultan senden, damit er sich überzeugen kann, daß Du bei mir gewesen bist!«

»So stirb!«

Der Kapudan holte zum schnellen, gewaltigen Hiebe aus, Katombo aber kam ihm zuvor. Er unterlief ihn, entriß ihm das Schwert und faßte mit der Linken seine Hand. Mit einem mächtigen Rucke riß er ihn im Kreise um sich herum – die Klinge blitzte, und im nächsten Augenblicke war mit einem einzigen wuchtigen Hiebe der Kopf vom Rumpfe getrennt. Der erstere flog zur Erde, und der letztere wurde über den ganzen Raum hinweg geschleudert und stürzte erst an der gegenüberliegenden Wand zu Boden.

Jetzt untersuchte Katombo die Taschen des Todten. Er fand darin ein Schreiben des Sultans, worin dieser den Vizekönig benachrichtigte, daß bei Ueberreichung desselben Nurwan-Pascha bereits an der seidenen Schnur gestorben sei. Wie es schien, wußte also in Kairo noch Niemand von dem Auftrage, welchen Fezzar-Achmed auszurichten gehabt hatte. Nurwan entschloß sich kurz. Er hatte Zeit gehabt, sich zur Flucht vollständig vorzubereiten.

Zunächst verschloß er seine Räumlichkeiten, damit Niemand Zutritt finden und das Geschehene bemerken könne. Dann schickte er Ayescha mit der kleinen Almah in einer Sänfte fort. Ein bewährter Diener begleitete sie. Die draußen aufgestellten Khawassen hatten ihr Augenmerk nur auf ihn gerichtet und ließen sie jedenfalls ungehindert passiren. Nun begab er sich zu dem Kadi, welcher nicht die mindeste Ahnung von dem Geschehenen hatte.

»Ich komme, um Dir Lebewohl zu sagen!«

Der Angeredete blickte ihn überrascht an.

»Hast Du Nachricht von dem Sultan?«

»Ja.«

»Wie lautet sie?«

Katombo erzählte ihm aufrichtig Alles. Der Kadi machte ein höchst ernsthaftes Gesicht.

»Weißt Du, daß ich Dich dem Großherrn ausliefern muß?«

»Wirst Du es thun?«

»Du bist hoch gestiegen und tief gestürzt, aber Du wirst dieselbe Höhe wieder erreichen. Der Sultan hat einen Nachfolger, und dieser, das will ich Dir nun gestehen, hat mir besondere Weisungen in Beziehung auf Dich ertheilt. Du sollst frei sein!«

»Du bist mein wahrer Freund. Ja, ich weiß es, daß ich wieder zur Höhe kommen werde, und dann will ich Deiner gedenken wie ein Bruder des andern.«

»Wo hast Du die Deinen?«

»Sie sind bereits fort. Ich werde sie an einem sicheren Orte treffen.«

»Und wie willst Du die Khawassen täuschen?«

»Ich werde das Haus als Derwisch verlassen.«

»Sie werden Verdacht schöpfen, denn sie wissen, daß kein Derwisch hereingekommen ist. Kennen Sie Dein Gesicht?«

»Das ist nicht leicht zu denken.«

»So werde ich Dir die Kleidung eines Läufers besorgen. Ich reite aus, und Du begleitest mich.«

»Dann bitte ich Dich, lieber eine Sänfte zu nehmen, damit ich Einiges mit fortbringen kann.«

»Wie Du willst. Deine Wohnung werde ich reinigen und die Leiche fortbringen lassen.«

»Den Kopf nehme ich mit mir.«

»Thue, was Dir gefällt!«

Eine halbe Stunde später wurde das Thor geöffnet, und die

hinzutretenden Khawassen erblickten vier Sänftenträger und zwei Läufer. Die letzteren Beiden hatten Nilpeitschen in der Hand, um ihrem Herrn nöthigenfalls damit den Weg durch die engen, belebten Gassen zu bahnen.

Da trat der Kadi-Baschi in den Hof; ein Sklave trug ihm die Pfeife nach. Es war deutlich zu sehen, daß sich noch Niemand in der Sänfte befand. Der Kadi stieg ein, und die Träger griffen zu den Tragstangen. Im raschen Schritte ging es zum Thore hinaus. Die Khawassen waren nicht schnell genug zurückgetreten; die beiden vorantrabenden Läufer warteten sofort ihres Amtes. »Remalek!«* rief der Eine und »Schimalek!«** der Andere, indem sie ihre Peitschen erhoben. Die trotz ihres Amtes in dieser Weise bedrohten Polizisten wichen schleunigst zurück, und die Sänfte verschwand im Gewühle der Straße. Katombo war entkommen.

Am andern Tage nahm im vizeköniglichen Palais ein Fellah Zutritt, welcher den Khedive zu sprechen verlangte. Auf die Frage der Palastbeamten, was er vorzubringen habe, gab er an, ein wichtiges Schreiben überreichen zu müssen, welches in keine andere Hände als in diejenigen des Vizekönigs kommen dürfe. Da er nur ein gewöhnlicher Fellah war, wurde er nicht zugelassen; man nahm ihm vielmehr das Schreiben ab, worauf er sich schleunigst entfernte. Der Brief ging aus einer Hand in die andere, bis er endlich an seine hohe richtige Adresse kam.

Der Beherrscher Egyptens empfing das fest versiegelte, aus sehr starkem Papier gefertigte Couvert und öffnete es. Es enthielt einen eng beschriebenen Bogen, dessen Schriftzüge so fein und klein waren, daß er ihn sehr nahe an das Gesicht halten mußte und lange Zeit brauchte, ehe er den Inhalt zu enträthseln vermochte. Dieser lautete folgendermaßen:

»An den Tyrannen und Mörder.

Du hast Manu-Remusat und Omar-Bathu gemordet, Du wolltest mich verderben und bist auch Schuld an Sobeïdens Tode. Auge um Auge, Zahn um Zahn: Du wirst ganz dessel-

* »Rechts!«
** »Links!«

ben Todes sterben, den auch sie gestorben ist. Sie besaß einen Ring ihres hingeschlachteten Gatten, welcher ein feines, sicher wirkendes Gift enthielt. Sie nahm von demselben und starb, um Deiner Umarmung zu entgehen. Ich erhielt von Dir ihre Leiche und den Ring. Ich tränkte dieses Papier mit dem Gifte und schrieb so klein, daß Du es einathmen mußt. Mörder, Deine Tage sind gezählt, denn kein Arzt oder Zauberer vermag es, Dir Hilfe zu bringen. Du wirst langsam hinsiechen und elend sterben. Denke in Deiner letzten Stunde an Deine Thaten und an mich, der die Seinen zu rächen weiß!

Nurwan-Pascha.«

Einige Zeit später erhielt der neue Kapudan-Pascha eine Kiste von unbekannter Hand zugesandt. Sie enthielt den Kopf des Kapudan und das Etui mit der seidenen Schnur, welche für Katombo bestimmt gewesen war.

Längst vorher schon war dieser nach Rosette entkommen. Mittel standen ihm genug zu Gebote für Alles, was er für sich und die Seinigen gebrauchte. Er brachte sie an einem sicheren Orte unter und begab sich verkleidet nach dem Hafen, in welchem Schiffe aller Nationalitäten vor Anker lagen.

Zwischen zwei schweren hochbordig gebauten Abendländern lag eine schlanke, scharf auf dem Kiele gebaute Feluke wie eine feine gelenkige Bajadere zwischen zwei unbeholfenen Chinesinnen. Eben stieß ein Boot von ihr ab und brachte zwei Männer an das Land, welche sehr aussahen wie vornehme Türken oder Araber. Sie gingen landeinwärts, während der Matrose, welcher sie gerudert hatte, in dem Fahrzeuge sitzen blieb. Katombo schlenderte noch einige Augenblicke herum und trat dann zu ihm.

»Sallam aaleïkum!«

»Aaleïkum!« antwortete der Mann, welcher ganz so aussah, als ob mit ihm nicht gut zu scherzen sei. Er trug kurze weite Hosen, aus welchen die Unterbeine nackt hervor blickten, eine sehr verschossene rothe Jacke und einen alten Fez ohne Trottel, aber das Messer und die beiden Pistolen, welche in seinem beinahe zerfetzten Gürtel staken, waren von so vorzüglicher Arbeit, daß ihr Käufer gewiß keinen gewöhnlichen Preis für sie bezahlt hatte.

»Gehörst Du zu diesem Schiffe?« frug Katombo.

»Ja.«

»Es muß ein ganz vorzüglicher Segler sein.«

»Meinst Du?«

Diese kurze Frage war von einem beinahe geringschätzenden Blicke begleitet. Dieser Mann schien die Worte Katombos mehr für eine Höflichkeit oder allgemeine Phrase, als für das Ergebniß eines Kennerblickes zu halten.

»Ja, ich meine es. Wo kommt Ihr her?«

»Allah weiß es.«

»Wie lange bleibt Ihr hier vor Anker?«

»Allah weiß es.«

»Und wo geht Ihr hin?«

»Hast Du nicht gehört, daß es Allah weiß?«

»Mann, Du gefällst mir!«

»Du mir aber nicht.«

»Warum?«

»Weil Du nicht weißt, wie schön es ist, wenn die Zunge ruhen darf.«

»Ich weiß es: Schweigen ist Gold, aber Reden bringt Gold!«

Er griff in die Tasche und hielt ihm ein Goldstück entgegen. Der Matrose griff schnell zu und steckte es ein.

»Ich habe mich geirrt; Du gefällst mir sehr, denn Allah hat Dir Weisheit und Verstand gegeben.«

»Also, wo kommt Ihr her?«

»Von Falez.«

»Wo geht Ihr hin?«

»Nach Tunis.«

»Wie lange bleibt Ihr hier?«

»Bis morgen.«

»Auch ich will nach Tunis. Führt Ihr Passagiere?«

»Nein.«

»Was habt Ihr geladen?«

475

»Uns.«

»Ich sehe, daß Allah auch Dir Weisheit und Verstand gegeben hat. Ich werde mit Deinem Kapitän sprechen. Wo ist er?«

»An Bord.«

»Kannst Du mich hinüber bringen?«

»Komm.«

»Wer waren die beiden Männer, welche Du an das Land brachtest?«

»Der Steuermann und der Segelmeister.«

Katombo nickte leicht mit dem Kopfe; er schien eine leise Vermuthung so ziemlich bestätigt zu finden. Ein Steuermann und ein Segelmeister in so reicher Kleidung. Wozu brauchte überhaupt eine Feluke einen Segelmeister?

Das Boot stieß ab und legte an dem Schiffe an.

»Winke mir, wenn ich Dich wieder holen soll,« meinte der Ruderer und kehrte an das Land zurück. Jedenfalls hatte er dort die beiden Vorgesetzten zu erwarten.

Katombo stieg das herabgelassene Fallreep wie ein Mann hinan, welcher sich noch sehr wenig zur See befunden hat. Droben wurde er auf seine Frage nach der Kajüte gewiesen. Ehe er dort eintrat, warf er über das Deck einen forschenden Blick, welcher die erwähnte Vermuthung zur Gewißheit zu erheben schien.

Der Kapitän war ein wohlbeleibter Muselmann, welcher auf seinem Teppiche ruhend die Wasserpfeife rauchte. Es war ihm anzusehen, daß ihm die Störung und der Anblick eines Mannes, der nicht zu der Equipage des Schiffes gehörte, nicht angenehm sei.

»Wer bist Du?« frug er barsch.

Katombo schaute sich erst in der Kajüte um und antwortete dann:

»Ein Mann, der Deine Hilfe sucht.«

»Wozu?«

»Aus diesem Lande fort zu kommen.«

»Willst Du fort, oder mußt Du fort?«

»Ich muß.«

»Maschallah, Du bist aufrichtig! Wie heißest Du?«
»Allah weiß es.«
»Wo kommst Du her?«
»Allah weiß es.«

»Gott ist groß, und Deine Zunge ist gelähmt. Weißt Du nicht, daß ich keinen Mann mitnehmen darf, welcher mir nicht sagen kann, wer er ist?«

»Ich weiß es; aber Du wirst mich dennoch mitnehmen.«
»Nein.«
»Und doch – mich, mein Weib und mein Kind.«

»Allah kerihm, Gott ist gnädig; er möge Dir Deinen finstern Verstand erleuchten. Ich brauche weder Weiber noch Kinder an Bord.«

»Das weiß ich; aber dennoch wirst Du mich mitnehmen, denn ich kann Dir zahlen, was Du verlangst.«

Diese Rede schien nicht ohne einen günstigen Eindruck zu sein. Der Kapitän sann eine Weile nach und meinte dann:

»Seid Ihr schon einmal zur See gewesen?«
»Oft.«
»So fürchtet Ihr Euch nicht vor Wind und Wasser?«
»Nein.«
»Auch nicht vor andern Dingen?«
»Welche meinst Du?«

»Es gibt deren viele, zum Beispiel die Piraten, deren es in diesen Wassern viele gibt.«

»Wir fürchten sie nicht.«

»Ah, Dein Mund ist groß! Wenn nun der »Tiger« käme! Hast Du von ihm gehört?«

Katombo lächelte.

»Sehr viel. Er wird uns nichts thun.«

Bei dem Tone, in welchem diese Worte gesprochen wurden, blickte der Kapitän aufmerksam empor.

»Warum denkst Du dies?«

»Weil Du gerade ebenso bewaffnet bist wie er. Auch er ist nur eine Feluke, die allerdings gerade ganz so vortrefflich gebaut sein soll wie die Deinige.«

In dem Auge des Kapitäns leuchtete eine Art von Verständniß auf. Er blickte eine Weile vor sich hin und meinte dann:

»Wo willst Du hin?«

»Nach Tunis oder Algier; vielleicht sage ich es Dir unter der Fahrt.«

»Du wirst viel zahlen müssen!«

»Vielleicht auch nichts. Ich will fort von hier, und sollte ich mit diesem »Tiger« selber fahren.«

»Gibst Du fünfhundert Maria-Theresien-Thaler?«

»Ja.«

»Die Sonne dieses Landes scheint Dir sehr heiß zu werden! Ich werde Euch Plätze geben. Wir stechen morgen zur Zeit des Gebetes in See. Wann willst Du an Bord kommen?«

»Heut Abend, wenn es dunkel ist.«

»Bringst Du Waffen mit?«

»Sie sind besser als die Deinen hier.«

»Maschallah! Wir werden uns kennen lernen. Allah sei mit Dir!«

Katombo war somit entlassen und fand bei seiner Rückkehr am Abende Alles zu seiner Aufnahme bereit. Ayescha und Almah wurden in einem Raume untergebracht, wo sie von dem Schiffsvolke nicht belästigt werden konnten, und am frühen Morgen lag das Land bereits weit hinter der Feluke, die mit voller Leinwand nach Westen strebte und sich als eine ausgezeichnete Seglerin erwies.

Katombo hatte Zeit, während der Fahrt alle Vorgänge an Bord zu beobachten. Der Kapitän hatte sich bisher nicht um das Mindeste bekümmert und war in der Kajüte geblieben, trotzdem das Auslaufen aus dem Hafen eigentlich seine Gegenwart an Deck erfordert hätte. Entweder hatte er ein ungewöhnliches Phlegma oder er wußte, daß er sich auf seine Leute vollständig verlassen konnte. Allerdings erwies sich der Steuermann als ein ganzer Mann in seinem Fache, und Derjenige, welchen der Matrose »Segelmeister« genannt hatte, hätte wohl recht gut Kapitän der Feluke sein können. Er kommandirte das Fahrzeug in einer Weise, welche ihn als einen umsichtigen, erfahrenen und energischen Mann erkennen ließ. Katombo fiel es auf, daß er nicht die Gesichtszüge eines Orientalen hatte, Physiognomie und blondes Haar wiesen vielmehr auf eine nordische Abstammung hin, und ganz dasselbe war auch mit dem Steuermannsgehilfen der Fall, der sich noch in einem sehr jugendlichen Alter befand und dem Segelmeister so ähnlich sah, daß man auf eine zwischen Beiden stattfindende enge Verwandtschaft schließen mußte.

Der Segelmeister hatte auf dem Hinterdecke gestanden; jetzt trat er zum Maste, an welchem Katombo lehnte. Jedenfalls hatte er die Absicht ein Gespräch anzuknüpfen, und er führte sein Vorhaben in jener vorsichtigen Weitschweifigkeit aus, welche dem Seemanne eigenthümlich zu sein pflegt. Er begann:

»Gut Wetter, heut!«
»Sehr!«
»Schöne Prise!«
»Auszeichnet.«
»Kann nicht besser sein für unsern Kurs!«
»Allerdings.«
»Auch gut für Dich.«
»Warum?«
»Wirst nicht seekrank werden.«
»Pah!«
»Ah! wirsts wohl nie?«
»Nie.«
»Dann warst Du wohl oft zur See?«
»Oft.«
»Wo?«
»Da und dort.«
»Hm! Scheinst kein Freund von langen Predigten zu sein.«
»Zuweilen.«
»Wie gefällt es Dir bei uns?«
»Sehr gut, hier oben nämlich.«
»Hier oben? Nicht auch unten?«
»Möchte nicht mitmachen.«

»Was, warum?«

»Weil es zu schwül und dumpf im Raume ist. Wäre ich Kapitän, so ließe ich die Leute endlich einmal an die Luft gehen.«

Der Segelmeister blickte ihn überrascht an.

»Welche Leute? Du hast spionirt.«

»Nein, aber ich bin ein Seemann, und ein solcher pflegt einen Tiger von einem Hasen unterscheiden zu können.«

»Du redest ja recht klug! Ein Seemann willst Du sein? Matrose?«

»Nein.«

»Was sonst?«

»Ist Nebensache.«

»Oder auch Hauptsache. Woher vermuthest Du, daß wir mehr Menschenfleisch an Bord haben, als wir sehen lassen können?«

»Aus dem Bau und der Takelung dieses guten Fahrzeuges.«

»Und wenn Du Recht hättest, was würdest Du thun?«

»Nichts. Ich bin als Passagier von Euch aufgenommen worden und weiß ganz genau, welche Verpflichtungen wir gegen einander haben.«

»Dann gut. Wir sind übrigens auch weit genug vom Lande ab und können die Farbe zeigen.«

Zwei kurze Befehle, welche er gab, wurden augenblicklich befolgt. Das Ziehen an einer starken Leine genügte, um das riesige Halbmondbild, welches sich unter dem Spriete befand, zu wenden; auf der andern Seite desselben erschien das Konterfei eines Piraten, welcher mit gezücktem Messer über einem Gefangenen kniete; darunter stand in großen Zügen das Wort »Tiger« geschrieben, und zu gleicher Zeit öffnete sich eine der Vorderluken, aus welcher wohl über zwanzig wohlbewaffnete Männer stiegen, deren Physiognomien es sehr leicht anzusehen war, daß sie in einem kampfesreichen Leben geschult worden seien.

»Prächtige Kerls!« meinte Katombo.

»Du erschrickst nicht?«

»Wie sollte ich!«

»Dann klettere hinaus auf den Steven und siehe Dir unsere Firma an!«

»Ist nicht nöthig! Schon ehe ich an Bord kam wußte ich, daß ich mit dem Tiger fahren würde.«

»Alle Teufel! Das wußtest Du und kamst dennoch an Bord?«

»Wie Du siehst!«

»Welchen Grund hattest Du? Willst Du einer der Unsrigen werden?«

»Möglich.«

»Oder auch wahrscheinlich. Wir lassen Keinen an Bord, ohne daß er unser wird. Deine Gestalt hat dem Kapitän gefallen, und daher hat er gethan, als ob er Dir Passage gibt. Ich rathe Dir Dich gutwillig zu fügen!«

»Pah! Es hat mich noch kein Mensch zu irgend etwas zwingen können, was ich nicht selbst und freiwillig thun wollte.«

»So kamst Du an Bord gleich in der Absicht, bei uns zu bleiben?«

»Wenn es mir gefällt.«

»Du sprichst sehr stolz. Wir würden Dich zwingen.«

»Pah! Beantworte mir einmal meine Fragen! Der Tiger hat es, wie man sich erzählt, nur auf norländische und süderländische Schiffe abgesehen?«

»Allerdings.«

»Aus welchem Grunde?«

»Hm, das darf ich ja wohl sagen: In Norland gibt es einen gewissen Herzog von Raumburg, der den König und mit ihm das ganze Land zu beherrschen weiß. Er ist Schuld, daß ich hier den Tiger kommandire.«

»Wie so?«

»Es ist ihm einst ein Gefangener entsprungen, ein Zigeuner, wie man sagte. Ich war Seeoffizier und hatte einen Freund mit in See genommen, welcher diesem Zigeuner ähnlich sehen mochte. Ich kam in Untersuchung und wurde gegen Recht und Gerechtigkeit zu einer langjährigen Festungsstrafe verurtheilt.«

»Was hatte dieser Zigeuner verbrochen?«

»Er hatte den Herzog tödten wollen.«

»Weshalb?«

»Einer schönen Zigeunerin wegen, welche dann der Herzog ganz öffentlich als Geliebte zu sich nahm.«

»Weißt Du, wie sie hieß?«

»Zarba, glaube ich.«

»Du entkamst?«

»Ich entfloh aus der Festung und kam nach Süderland, wurde aber von dort wieder ausgeliefert, obgleich kein Kartell abgeschlossen war. Ich entsprang zum zweiten Male, und wehe dem süder- oder norländischen Schiffe, welches in meine Hände kommt. Zwar gebe ich die Mannschaften frei, denn ich bin kein Mörder, aber Hab und Gut ist mein, und das Schiff wird angebohrt und versenkt.«

»Das ist also Dein Rachewerk. Aber Dein Kapitän?«

Der Segelmeister warf den Kopf stolz in den Nacken.

»Hat nur den Namen. Das Schiff ist sein Eigenthum und wurde einst allerdings von ihm kommandirt; seit er mich aber kennen gelernt hat, führe ich den Befehl und er pflegt sich.«

»Weißt Du, wie der Zigeuner hieß?«

»Ich wußte es, habe aber den Namen wieder vergessen.«

»Katombo.«

Der Segelmeister trat erstaunt einen Schritt zurück.

»Wahrhaftig! Du hast ihn gekannt?«

»Ich bin es selbst.«

»Du? Ein Zigeuner und bist Seemann geworden?«

»Ja.«

»Dann, ja – Du bist unschuldig die Ursache meines damaligen Unglückes; ich darf Dir nicht zürnen. Vielmehr bist Du mein Mann, denn Du hassest diesen Herzog.«

»Ich hasse ihn nicht, aber ich verachte ihn.«

»Das ist ebenso, wenn nicht noch schlimmer. Willst Du freiwillig bei uns bleiben?«

»Als was?«

»Das wird sich nach Deiner Geschicklichkeit richten. Welche Stelle hattest Du auf Deinem letzten Schiffe?«

Katombo lächelte.

»Ich war Segelmeister.«

»Was? Segelmeister? Wirklich? Welcher Nationalität dientest Du?«

»Dem Sultan.«

»Unter Nurwan-Pascha?«

»Ja.«

»Welches Schiff?«

»Ali Hamed.«

»Sein Flaggenschiff! Und da warst Du Segelmeister?«

»Ja.«

»Dann mußt Du ein braver Seebär sein. Wie kamst Du von ihm fort und zu der Frau und dem Kinde?«

»Ich bin ein Christ und verheirathet. Wie ich von Nurwan-Pascha fortkam, werde ich Dir einmal später erzählen; nur das will ich Dir einstweilen versichern, daß ich den Ali Hamed ehrenvoll verlassen habe.«

»Hoffe es! Wenn Du bei mir bleiben willst, so soll es mich freuen. Eine Stelle hätte ich einstweilen für Dich. Mein Junge nämlich soll etwas weiter hinaus in die Welt; er wird den Tiger verlassen, und so könntest Du als Gehilfe an den Steuermann treten. Habe ich Dich zu meiner Zufriedenheit geprüft, so wirst Du steigen. Deine Frau mit dem Kinde kannst Du an einem Hafenorte plaziren.«

»Wer ist Dein Sohn?«

»Der dort beim Steuermanne steht.«

»Hat der Tiger einen sichern Ort, welchen er zu jeder Zeit unerkannt anlaufen kann?«

»Nein.«

»Ich bleibe bei Dir, doch nur unter der Bedingung, daß Du einen solchen Ort suchst.«

»Er ist schwer zu finden.«

»Ich weiß einen: Eine kleine, einsame Insel, die zum Verbergen und Unsichtbarmachen einer Feluke wie geschaffen ist.«

»Wo?«

»Ganz in der Nähe. Sie ist auf keiner Karte verzeichnet, aber ich könnte Dir ihre Lage ganz genau notiren.«

»So komm mit in meine Kabine, wo ich die Karten habe!«
Sie stiegen hinab. Die Kabine war ein kleiner Raum, nicht größer als die Steuermannskajüten auf einer Orlogfregatte, aber sie war glänzend eingerichtet und enthielt alle möglichen nautischen Instrumente und sonstigen Requisiten, denen Katombo auf den ersten Blick ansah, daß sie von ausgezeichneter Güte seien. Der Segelmeister nahm die Seekarten zur Hand und suchte die betreffende heraus, auf welche Katombo durch einen Punkt die Insel verzeichnete.

Noch waren sie bei dieser Beschäftigung, als einer der Matrosen eintrat.

»Was gibt es?« frug ihn der Segelmeister.

»Ein Segel in Sicht.«

»Wo?«

»Nord bei Ost.«

»Ich komme.«

Als sie auf das Deck traten, bemerkten sie in der angegebenen Richtung einen kleinen weißen Punkt. Der Segelmeister griff nach seinem Rohre, und auch Katombo zog das seinige hervor. Seine Miene nahm nach einigen Augenblicken einen gespannten Ausdruck an.

»Was ist es?« frug der Segelmeister.

Jedenfalls wollte er die Befähigung des Gefragten auf die Probe stellen.

»Kein Kriegsschiff,« antwortete Katombo.

»Du siehst sehr scharf. Was ist es dann?«

»Ein Dreimaster, feiner Segler, wie es scheint.«

»Das kannst Du noch nicht erkennen.«

»O, doch!«

»Dann bist Du geschickter als ich, oder Dein Rohr ist besser als das meinige. Räthst Du, unsern Kurs beizubehalten?«

»Nein. Das Schiff ist uns selbst als Handelsfahrzeug überlegen. Wie viele Geschütze haben wir?«

»Unten vier und auf Deck diese drei.«

»Dann rathe ich Dir, nach Ost bei Süd umzulegen, um vom Lande drüben im West abzukommen und vor diesem

Segel einen Bogen zu schneiden, der uns in seinen Ost bringt, wo wir dann freie See haben.«

»Fällt mir nicht ein!«

»Warum?«

»Weil wir uns vor keinem Kauffahrer zu fürchten brauchen und er uns auch für den andern Fall nichts anhaben kann, denn er hat jedenfalls mehr Tiefgang als wir und würde sich sehr hüten, uns nach West zu folgen, wo er leicht auf die gefährlichen Sandküsten gerathen könnte.«

»Thue, was Du willst!« antwortete Katombo, indem er leicht mit der Achsel zuckte.

Er begab sich langsam nach dem Raume, in welchem Ayescha mit Almah untergebracht worden war. Der Tiger behielt seinen Kurs bei. Das fremde Segel näherte sich immer mehr, und es zeigte sich gar bald, daß Katombo Recht gehabt hatte. Es war ein lang und schmal gebauter Dreimaster, welcher außerordentlich gut, ja beinahe fast beispiellos segelte und seine Nationalität weder durch eine Flagge noch die Farbe eines Wimpels kund gab.

Der Segelmeister machte je länger ein desto bedenklicheres Gesicht und ließ plötzlich hart nach Nord bei West umlegen. Katombo hatte dieses Manöver unten im Raume durch das Sey* bemerken müssen. Er kam wieder empor, musterte ringsum den Horizont und trat dann zum Segelmeister.

»Siehst Du, daß ich mich nicht täuschte? Warum willst Du ihm ausweichen?«

»Es hißt die Flagge nicht auf, und das kommt mir natürlich verdächtig vor. Dieses Schiff hat Fregattenbau und dennoch Klippertakelage; es ist der beste Segler, den ich jemals gesehen habe. Wenn es gut bemannt ist und auch nur vier Geschütze hat, können wir es unmöglich angreifen.«

»Wir können es nicht nur nicht angreifen, sondern wir sind geradezu verloren.«

»Ah! Warum?«

---

* Rauschen des Kielwassers.

»Es ist der »Selim,« dem kein anderes Fahrzeug der Welt gleichkommt.«

»Der Selim, dieses Wunderschiff, welches der berühmte Nurwan-Pascha ganz und bis in das Einzelnste nach seinem eigenen Plane hat erbauen lassen?«

»Und welches theils als Depeschen- und theils als Transportschiff für solche Fälle verwendet wird, in denen es sich um die größte Schnelligkeit handelt. Es führt vierzehn der besten Geschütze, welche stets maskirt sind und hat gerade so viele Mannen an Bord wie eine Kriegskorvette.«

»Woher weißt Du dies?«

»Weil ich auf ihm gedient habe,« antwortete Katombo nach einigem Zögern.

»Du?« frug der Andere erstaunt. »Als was?«

»Als Segelmeister. Ich sagte es Dir ja bereits.«

»Wahrhaftig? Wenn dies wirklich wahr ist, so mußt Du ein verteufelt brauchbarer Kerl sein. Was würdest Du thun, ihm zu entkommen?«

»Ihm zu entkommen ist unmöglich. Hättest Du vorhin meinen Rath beachtet.«

»Pah; er soll uns doch nicht haben! Ich werde mich so nahe an die Küste halten, daß er es gar nicht wagen kann uns zu folgen.«

»Hm,« lächelte Katombo, »das ist ein unnützes Unternehmen. Er hat nicht viel mehr Tiefgang als wir, denn er ist zillig gebaut und wird uns übrigens übersegelt haben, ehe wir die Küste nur in Sicht bekommen.«

»Du scheinst diese Breiten und den »Selim« außerordentlich gut zu kennen!«

»Allerdings. Wähle! Es gibt nur zwei Fälle: Entweder Du kämpfest mit ihm und gehst unter, oder Du übergibst Dich ihm auf Gnade und Ungnade, ohne vorher mit ihm anzubinden.«

»Alle Teufel, Du bist verflucht kurz! Ich werde kämpfen. Was wirst Du thun? Dich vielleicht neutral verhalten?«

»Ich kämpfe, wenn sich nicht vorher ein anderer Ausweg findet.«

»Welcher sollte dies sein?«

»Weiß es nicht. Eine Kleinigkeit, welche man gar nicht beachtet hat, kann oft die schwierigste Lage in eine günstige verwandeln.«

»Du bist muthig und bedächtig zu gleicher Zeit; ich werde Dich sehr gut gebrauchen können. Willst Du als Volontär fechten, oder soll ich Dir eine Stellung anweisen?«

»Ich ziehe das erstere vor.«

»Gut; so halte Dich in meiner Nähe!«

Auf dem Dreimaster mußte man bereits bemerkt haben, daß die Feluke zu entkommen suchte, und die Folge davon war, daß plötzlich eine ganze Wolke von Leinwand sich entfaltete, unter welcher der Selim stolz und mit unübertrefflicher Schnelligkeit dahinflog wie ein Albatroß, der König der Ozeane. Er kam mit jeder Minute dem Tiger näher, und die Sonne hatte den Horizont noch lange nicht erreicht, so sah sich der letztere überflogen und wandte sich in einem Bogen nach Ost, um den Versuch zu machen, bis zum Hereinbruche der Nacht zu manövriren und dann im Dunkel zu entkommen.

Dies aber sollte ihm nicht gelingen. Auch der Selim wandte und zog jetzt die türkische Flagge auf. Zu gleicher Zeit öffnete er seine Stückpforten, von denen bisher nicht das Mindeste zu erkennen gewesen war, und gab durch einen blinden Schuß das Zeichen, daß der »Tiger« beilegen solle.

Dieser jedoch gehorchte nicht, setzte vielmehr noch die kleinen Topsegel bei, so daß sich seine Masten unter der Wucht der Leinwand förmlich bogen, und strich nun mit einer Geschwindigkeit dahin, daß es außer dem »Selim« sicher keinem andern Schiff gelungen wäre, ihn einzuholen oder auch nur gleichen Schritt mit ihm zu halten. Der Dreimaster aber kam immer näher und sandte jetzt einen scharfen Schuß herüber. Man sah die Kugel deutlich auf den Wogen ricochettiren und dann kurz vor dem Steuerborde des »Tiger« in der Fluth verschwinden.

Der Knall des Schusses hatte zur Folge, daß der Kapitän aus seiner Kajüte trat. Sein dickes verschwommenes Gesicht sah leichenfahl, und sein Gang war schwankend wie der eines Betrunkenen. In seiner zitternden Rechten hielt er den krummen Säbel und in seiner Linken eine gespannte Pistole. Ob er die Situation richtig zu erfassen vermochte, konnte man nicht sagen; aber er erhob dennoch den Arm zu einem Kommando:

»Die rothe Flagge auf!« lallte er. »Oeffnet die Stückpforten!«

»Werden uns hüten!« meinte der Segelmeister. »Mit der Flagge können wir Den da drüben nicht in den Grund bohren, und einem überlegenen Fahrzeuge zeigt man nicht sogleich, wer man ist.«

»Was wirst Du jetzt thun?« frug Katombo.

»Mich so hart an seine Seite halten, daß uns seine Kugeln nichts anhaben können. Dann erhält er die unserigen aus solcher Nähe, daß er unbedingt auf den Grund gehen muß.«

»Und wir mit ihm.«

»Wie so?«

»Er hat Stückpforten auch zugleich über der Wasserlinie.«

»Ich sehe sie nicht.«

»Sie sind maskirt wie die unserigen.«

»Und dennoch kann ich nicht anders manövriren, denn dies ist der einzige Weg, welcher uns einigen Erfolg verheißt.«

»Der Kapitän ist damit einverstanden?«

»Pah! Der wird nicht gefragt. Er hat wieder einmal seinen Opiumrausch und ist vollständig impotent. Siehst Du, dort ist er niedergesunken und wird nicht eher aufstehen, als bis er seinen Rausch gehörig ausgeschlafen hat.«

In diesem Augenblick krachte abermals ein Schuß herüber. Er war so gut gezielt, daß er in die Schanzverkleidung einschlug und eine Menge Holzsplitter über das Deck hinstreute. Zu gleicher Zeit sanken die Masken von den Stückpforten des Selim, und es zeigte sich nun allerdings, daß Katombo Recht gehabt hatte.

»Alle Teufel, der Kerl schießt gut!« fluchte der Segelmeister. »Aber in zwei Minuten werden wir Seite an Seite mit ihm sein, und dann wollen wir ihm zeigen, daß auch wir einige Kugeln übrig haben!«

»Wird uns nichts helfen! Willst Du, daß wir nicht an die große Raa zu hängen kommen, so lege bei und kapitulire!«
»Kapituliren? Uns übergeben? Bist Du wahnsinnig!«
»Nein; ich weiß vielmehr sehr gut, was ich Dir rathe.«
»Aber das weißt Du nicht, daß ein Pirat sich lieber in den Grund schießen als aufhängen läßt.«
»Auch dies weiß ich. Aber wenn Du es mir übergibst, mit Denen da drüben zu verhandeln, so sollst Du mich erdolchen, wenn sie uns nicht unbehelligt segeln lassen.«
»Du bist allerdings verrückt, und jetzt ist keine Zeit zum Sprechen mehr. Suche Dir einen Platz zum Fechten oder zum Verstecken, ganz wie Du willst!«

Er wandte sich ab. Der »Selim« hatte den »Tiger« um einige Schiffslängen überholt und gab nochmals das Zeichen zum Beilegen. Statt diesem Gebote zu folgen, hielt die Feluke jetzt scharf zu ihm hinüber, um unter seinen Bord zu kommen. Der Befehlshaber des »Selim« merkte dies und suchte es zu vereiteln; sein stattliches Fahrzeug schwankte unter dem Drucke einer vollen Breitseite, welche herüber donnerte und so gut gezielt war, daß die Vollkugeln krachend in das Plankenwerk der Feluke schlugen und die Kartätschen längs ihres Deckes hinfegten. Diese gefährlichen Geschosse und die von ihnen abgerissenen Mastensplitter richteten eine schreckliche Verheerung an. Dieser eine Augenblick hatte genügt, die meisten der auf Deck Befindlichen zu tödten oder zu verwunden, und an Bord des »Selim« erscholl ein vieltöniges Jubelgeschrei.

Eine Kartätschenkugel hatte auch den Segelmeister getroffen; er stürzte todt zu den Füßen Katombos nieder. Dieser hatte keine Zeit, sich um ihn zu bekümmern; er sprang zum Flaggenstocke und zog das weiße Zeichen empor. In diesem Augenblicke kamen Diejenigen, welche sich noch unter Deck befunden hatten, herauf. Sie sahen, was Katombo machte, sahen den Segelmeister getödtet und den besinnungslosen Kapitän schwer verwundet am Boden liegen und drangen sofort nach dem Flaggenstocke vor.

»Was thust Du, Hund!« brüllte ein langer Araber, indem er

den Handschar erhob. »Du sollst Deinen Verrath mit dem Tode büßen!«

Katombo blickte ihnen ruhig entgegen.

»Zurück!« donnerte er, »sonst seid Ihr Alle verloren. Der »Selim« wird Euch in fünf Minuten schwimmen lassen, wenn Ihr Euch nicht ergebt!«

»Und wenn wir uns ergeben, so werden wir gefangen!«

»Nein. Ich kenne den »Selim,« seinen Kapitän und seine Mannen. Man wird Euch nicht das Geringste zu Leide thun; das schwöre ich Euch bei dem Barte des Propheten und bei Allah, den Ihr anbetet.«

»Sagst Du die Wahrheit?«

»Die vollständige.«

»So schwöre es bei Deinem Barte und denjenigen Deiner Väter!«

»Ich schwöre es.«

»So glauben wir Dir. Der Steuermann mag das Kommando übernehmen.«

»Nein, das werde ich selbst führen, wenn ich Euch wirklich von dem schmachvollen Tode erretten soll.«

»So thue es; aber merke Dir, daß wir Dich tödten werden, wenn Du nicht im Stande bist, Dein Versprechen zu halten.«

»Gut. Geht an die Brassen. Herab mit den Leinen. Wir legen bei!«

Seine Befehle erklangen voll und hell über Deck und wurden mit Schnelligkeit ausgeführt. Die Leute blickten jetzt doch ein wenig verwundert zu ihm hin, denn die Art und Weise, wie er die Segel zum Beilegen fallen ließ, war so kühn, wie es vor ihm auf dem »Tiger« noch keiner gewagt hatte.

Die Schüsse hatten natürlich auch Ayescha aufgeschreckt; die Angst trieb sie, mit Almah an Deck zu kommen. Katombo erblickte die tief Verschleierte, und da ihr keine Salve mehr Gefahr bringen konnte, winkte er sie zu sich.

»Katombo, werden wir getödtet oder gefangen?« frug sie in höchster Angst.

»Keines von beiden, mein liebes Weib.«

»Wer ist dieser Feind? Ist das nicht die türkische Flagge?«

»Ja. Siehe Dir das Schiff einmal genauer an! Kennst Du es vielleicht noch?«

Sie hatte vor lauter Angst das Fahrzeug noch gar nicht genau betrachtet; jetzt aber warf sie einen schärferen Blick hinüber.

»Ist es möglich? Dein Selim!«

»Ja. Und dort oben steht Kapudan Masur-Bei, der beste meiner Schüler. Er ist mir treu ergeben und ein so tüchtiger Mann, daß ihm der neue Kapudan-Pascha den Befehl über den »Selim« gelassen hat.«

»Und wer ist der Offizier, welcher jetzt zu ihm tritt?«

Katombo machte eine Bewegung der höchsten Ueberraschung und legte die Hand über die Augen, um besser sehen zu können.

»Bei Gott, das ist er, das ist er ja selbst.«

»Wer?«

»Der Kapudan-Pascha, der mich verdrängt hat und sich Mühe gab, daß ich die seidene Schnur erhielt. Er ist an Bord des »Selim«, folglich muß das Schiff eine sehr wichtige Fahrt vor sich haben.«

»So sind wir dennoch verloren!«

»Nein. Das Schiff legt bei wie wir, und ich kann alle Männer erkennen, welche sich an Deck befinden. Sie werden alle zu mir halten, wenn sie zwischen ihm und mir wählen sollen. Paß auf; die Entscheidung naht bereits!«

Die beiden Schiffe wiegten sich einander gegenüber auf den Wogen, und vom »Selim« wurde das große Boot herabgelassen und mit Leuten bemannt, welche bis an die Zähne bewaffnet waren. Es stieß ab und legte nach einigen Augenblicken bei der Feluke an. Der erste Lieutenant kommandirte es.

Er schwang sich mit seinen Leuten an Bord. Sie blieben mit bereitgehaltenen Waffen stehen, während er sich sofort nach dem Hinterdecke begab, wo Katombo mit herabgezogener Kapuze seiner wartete.

»Bist Du der Führer dieses Fahrzeuges?« frug er ihn.

»Jetzt, ja.«

»Welches Schiff?«

Er hatte Bild und Namen bereits am Steven erblickt, mußte aber dennoch diese vorgeschriebene Frage thun.

»Der Tiger.«

»Woher?«

»Von überall.«

»Ah! Welche Art Fahrzeug?«

»Pirat!« antwortete Katombo ruhig.

»Du hast viel Muth, mir dies sofort zu gestehen. Warum legtest Du nicht bei, als wir Dich aufforderten es zu thun?«

»Ich hätte sofort beigelegt, aber ich war es nicht, der dazu aufgefordert wurde.«

»Wer sonst?«

»Der Kapitän dort und der Segelmeister hier. Der letztere ist todt, und der erstere wird noch heut auch sterben, wie es scheint.«

»Und was bist Du auf dem Schiffe?«

»Ich war nur Passagier mit meinem Weibe und Kinde.«

»Pah! Und hast dennoch den Befehl erhalten, trotzdem der Steuermann dort an seinem Platze steht? Deine Worte sind Lüge, denn einem Passagier wird nicht das Kommando übergeben, zumal in der Lage, in welcher Ihr Euch befindet.«

»Lüge? Ich rede die Wahrheit und sage Dir sogar, daß ich auch das Kommando des »Selim« übernehmen werde.«

»Du?«

»Ja ich.«

»Allah hat Dir das Gehirn genommen, oder Du willst den Wahnsinnigen spielen, um nicht getödtet zu werden. Ich aber sage Dir, daß Ihr Alle hängen werdet, so wahr ich – – –«

»So wahr Du Moab-Ben-Osman heißest, nicht wahr?« unterbrach Katombo seine Rede.

»Wie, Du kennst meinen Namen? Wie ist der Deinige?«

»Sage ihn selbst!«

Bei diesen Worten warf Katombo die Kapuze nach hinten. Der Lieutenant blickte ihm jetzt in das volle Gesicht und wich erschrocken einige Schritte zurück.

»Allah akbar, Gott ist groß; er nimmt das Leben und läßt die Todten wieder auferstehen!«

»So kennst Du mich noch?«

Der Lieutenant verbeugte sich beinahe bis zur Erde und erfaßte die Hand des Fragenden, um sie zu küssen.

»Mein Herr und Wohlthäter! Du bist also nicht gestorben?«

»Ich lebe, wie Du siehst. Und nun glaubst Du wohl auch, daß ich Dich nicht belogen habe?«

»Herr, ich glaube es!«

»Was solltest Du mit uns thun?«

»Euch Alle an Bord des »Selim« bringen und den »Tiger« mit meinen Leuten einstweilen bemannen.«

»Und was wirst Du nun aber thun?«

»Was Du mir befiehlst, Herr.«

»So kann ich auf Dich rechnen?«

»Auf mich und meine Männer, die dort stehen.«

»Wie sind die Andern an Eurem Bord gesinnt?«

»Grad so wie wir.«

»So liebt Ihr den Kapudan-Pascha nicht?«

»Nein. Allah hat ihm nicht die Gabe der Liebe und Milde in das Herz gelegt, er ist streng und grausam, und wir meinen, daß er einst eines unnatürlichen Todes sterben werde.«

»Denkt Kapudan Masur-Bei, Euer Kapitän noch an mich?«

»Er denkt an Dich und liebt Dich wie zuvor. Der »Selim« ist Dein eigenes Werk; Du hast ihn bemannt nach Deinem Wohlgefallen mit lauter Männern, welche Dir ihr Glück verdanken; sie haben getrauert, als sie die Kunde von Deinem Tode erhielten; sie haben geknirscht, als Dein Nachfolger sie wie Sklaven und Giaurs behandeln ließ, und nun werden sie jubeln, wenn sie hören, daß Du noch lebst und zu ihnen an Bord kommen willst.«

»Aber der Kapudan-Pascha wird nicht jubeln. Er hat mich um die Gnade des Großherrn betrogen und es sogar so weit gebracht, daß ich die seidene Schnur erhielt.«

»Maschallah, ist dies wahr?«

»Ja.«

»So thue mit ihm, was Dir beliebt. Wir werden zu Dir halten und nicht zu ihm.«

»Weshalb ist er auf dem Selim?«
»Ich weiß es nicht.«
»Wohin geht Eure Fahrt?«
»Auch dies weiß ich nicht, denn er hält Alles im Geheimniß. Wir vermuthen jedoch, daß wir nach Tremona segeln, wo er für den König von Süderland wichtige Depeschen abzugeben haben wird.«
»Wir werden es erfahren. Wer übernimmt das Kommando Deiner Bootsleute, Du oder ich?«
»Du, Herr.«
»Ich lasse es Dir; ja, ich übergebe Dir noch mehr, denn ich weiß, daß ich Dir vollständig vertrauen kann.«
»Bei allen Himmeln Mohammeds, das kannst Du.«
»So höre was ich Dir sage: Ich werde jetzt ganz allein nach dem »Selim« rudern. Finde ich Freunde, so ist es gut; finde ich aber Feinde, so springe ich über Bord und schwimme zum »Tiger« zurück. Was würdest Du für diesen letzten Fall thun?«
»Ich bleibe bei Dir und werde Pirat.«
»Aber weißt Du, was Du mir dann Alles opferst?«
»Ich opfere nichts, denn Alles, was ich habe und was ich bin, das habe ich nur Dir zu danken.«
»Aber Deine Zukunft?«
»Kann dies nicht auch die seidene Schnur sein? Und übrigens weiß ich, daß Du nicht lange im Verborgenen leben wirst. Der Großherr braucht Männer wie Du, und wenn dann Deine Zeit gekommen ist, so wissen wir, daß die unsrige auch nicht entfernt bleibt.«
»Wohlan, so vertheile Deine Leute und lasse das kleine Boot hinab!«
Diesem Befehle wurde Gehorsam geleistet. Ayescha zitterte vor Angst und wollte ihren Gatten nicht von sich lassen; er gab sich alle Mühe sie zu beruhigen, geleitete sie nach ihrem Raume und stieg dann in das Boot hinab, in welchem er ganz allein hinüber zu dem »Selim« ruderte.
Die Offiziere und Mannen an Bord desselben wunderten sich nicht wenig, statt der erwarteten Gefangenen nur einen

einzelnen Mann zu Deck steigen zu sehen, einen Mann, dessen Gesichtszüge man nicht einmal genau sehen konnte, weil es von der Kapuze fast ganz verhüllt wurde.

Ein Bootsmann empfing ihn und führte ihn nach dem hohen Quarterdecke, wo der Kapitän an der Seite eines Mannes stand, welcher eine sehr reiche Marineuniform trug, auf deren Brustseite mehrere Ordensbänder befestigt waren. Dieser Mann war der Kapudan-Pascha, der Nachfolger und Feind Katombos.

Als er den Verhüllten kommen sah, meinte er zu dem Kapitän:

»Das ist eigenthümlich, so eigenthümlich, daß ich die Unterhandlung selbst führen werde.«

Der Kapitän verbeugte sich tief, zum Zeichen, daß er den Befehl verstanden habe und demselben nachkommen werde. Jetzt war Katombo herangekommen und blieb in stolzer kerzengerader Haltung vor dem Pascha stehen, während er nur dem Kapitän mit der gesenkten Rechten ein Zeichen des Grußes gab. Alle Offiziere außer dem Deckhabenden traten herbei.

»Grüße, Du Hund!« donnerte der Pascha.

»Ich habe gegrüßt!« erklang die stolze Antwort.

»Diesen, aber nicht mich und die Andern!«

»So grüße ich hiermit diese Andern, nicht aber Dich!«

»Ah? Warum?«

»Ich habe nur die Offiziere des Schiffes zu grüßen, welches ich betrete, sonst keinen Andern.«

»So! Weißt Du, wer ich bin?«

»Ich kenne Dich.«

»Und dennoch verweigerst Du mir die Demuth, welche der Schakal dem Löwen schuldet?«

»Du bist kein Löwe, sondern eine feige Hyäne, welche sich an Leichen mästet. Aber zuweilen erwachen die Todten, um die Leichenräuberin zu erwürgen.«

»Hund, was wagst Du! Du bist ein Pirat und mußt mit den Andern sterben, aber Dein Tod soll ein hundertfacher sein, langsamer und grausamer als der ihrige. Was bringst Du, und warum kommst Du so allein an Bord?«

»Ich bringe Rache und Strafe und komme allein an Bord, weil ich keinen Menschen zu fürchten habe.«

»Auch mich nicht?« frug der Pascha mit einem Lächeln, welches dem Zähnefletschen des Tigers glich.

»Dich noch weniger als jeden Andern, denn Du bist wie eine faule Melone, welche der Knabe in der Hand zerdrückt!«

Da zog der Pascha den Degen.

»Nieder mit Dir in den Staub, oder ich nehme Dir in der nächsten Sekunde den Kopf und das Leben!«

»Dazu gehört ein ganz Anderer als Du!« klang es verächtlich zurück.

Zu gleicher Zeit warf Katombo die Kapuze nach hinten, so daß sein Gesicht deutlich zu sehen war, und zog den Degen. Der Kapudan-Pascha fuhr zurück.

»Nurwan-Pascha!«

»Ja, Nurwan-Pascha bin ich! Nurwan-Pascha erscheint auf seinem guten »Selim«, um seine braven Mannen zu begrüßen und sie und das Reich von einem Verräther zu befreien, der sie wie Hunde behandelte und seinen Rang doch nur dem Verrathe, der Heimtücke und der Lüge zu verdanken hat.«

Der Pascha hatte sich bereits wieder gefaßt.

»Ergreift ihn und bindet ihn!« gebot er.

Katombo wandte sich gegen die Offiziere.

»Werdet Ihr ihm gehorchen und Euern besten Freund, Euern Vater und Wohlthäter gefangen nehmen?«

Ein einziger Blick, welchen sie unter einander wechselten, genügte zur vollkommenen Verständigung. Sie zogen die Waffe und traten auf Katombos Seite. Dieser wandte sich an den Pascha:

»Siehe, Du Hund, welchen Werth Dein Wort noch hat! Du meintest, daß ich eines hundertfachen Todes sterben sollte, ich aber habe nicht das Herz eines Tigers wie Du: Dein Tod soll ein schneller und schmerzloser sein.«

Da zückte der Pascha den Degen zu einem fürchterlichen Hiebe.

»Stirb, Hund! Und dann kommt Ihr Andern daran!«

Der Säbel schnitt durch die Luft, flog aber in demselben

Augenblicke ihm aus der Hand und über Bord ins Wasser. Katombo hatte den Hieb mit Meisterschaft parirt.

»Warte noch ein wenig, bis ich mit Dir gesprochen habe! Du raubtest mir die Ehre und das Amt; Du strengtest all Deinen Einfluß an, damit mir der Großherr die seidene Schnur senden sollte. Er schickte sie mir, aber ich verachtete sie. Deinem Boten nahm ich den Kopf, und der Khedive erwartet den Tod, der in seinem Fleische wühlt. Und was ich Deinem Boten gethan, das wirst Du auch erleiden. Mörder und Verräther, fahre zum Scheitan in die Hölle!«

Ganz wie er es damals in Kairo gethan hatte, ergriff er die Hand des Pascha, riß ihn in einem Kreise um sich herum und schwang die scharfe Klinge; ein schneller, zuckender Blitz derselben, das Haupt des Pascha rollte herab und sein Körper flog eine Strecke weit fort, wo er zu Boden fiel.

Da trat der Kapitän zu ihm.

»Allah il Allah, Gott ist Gott, und sein Gericht ist gerecht. Sei willkommen, o Herr, und thue mit uns nach Deinem Wohlgefallen!«

Katombo reichte ihm und Allen die Hand.

»Willkommen, Masur-Bei! Ich kannte Deine Treue und wußte, daß ich mich auf Dich verlassen kann. Willkommen auch Ihr Andern. Wollt Ihr mich wieder als Euren Führer anerkennen?«

»Wir wollen!« riefen sie im Vereine.

»Aber wißt Ihr auch, daß der Tod Eurer wartet, wenn der Großherr diese That erfährt?«

»Herr, wir wissen es, aber wir fürchten uns nicht,« antwortete der Kapitän. »Du bist weise und tapfer; wir übergeben Dir den »Selim« mit unserm Schicksale und unserer Zukunft!«

»Ich danke Euch! Niemand wird erfahren, was heut geschehen ist. Der »Selim« wird verschwinden und erst dann wieder zum Vorscheine kommen, wenn Nurwan-Pascha wieder Kapudan-Pascha ist. Und dann werde ich Eurer Treue gedenken und Euch dankbar sein. Bis dahin aber werde ich Euch dahin führen, wo Kampf und Sieg zu finden ist, damit Männer und Helden aus Euch werden für die Zeiten, in denen solche gebraucht werden. Näht den Todten ein und werft ihn über Bord! Seine Kajüte nehme ich für mich, und vor mir darf Niemand in dieselbe treten!«

Auf die Kunde an Vorderdeck, daß Nurwan-Pascha an Bord gekommen sei und den Befehl übernehmen werde, verbreitete sich auch unter den übrigen Mannschaften ein großer Jubel, und alle Hände regten sich in doppelter Eile, als der Kapitän Masur-Bei den Befehl gab, alle Flaggen und Wimpel zu hissen und das Schiff in Parade zu setzen zur Feier des ebenso unerwarteten wie freudigen Ereignisses.

Unterdessen ruderte Katombo wieder an Bord des »Tiger«, um Weib und Kind und Anderes nach dem »Selim« zu bringen. Trotz seiner vorhergehenden Beruhigung hatte Ayescha große Angst um ihn ausgestanden; er konnte sofort zu ihr gehen, ohne dem Oberlieutenant erst Auskunft ertheilen zu müssen, da dieser ja bereits gesehen und gehört hatte, welche Freude das Erscheinen des vormaligen Kapudan-Pascha auf dem »Selim« hervorgerufen hatte.

Nachdem er ihr in Kürze Alles erzählt hatte, nahm er eine genaue Untersuchung der Ladung des »Tiger« vor. Die Feluke barg einen großen Reichthum an Geld und Gütern, und eigentlich hätte er jetzt das Recht oder die Gewalt gehabt, sich Alles anzueignen. Statt dies aber zu thun, ließ er den Steuermann und den Sohn des gefallenen Segelmeisters zu sich kommen. Beide wußten nicht, wen sie vor sich hatten.

»Wie ist Eure Meinung darüber, wem jetzt das Schiff gehört?« frug er sie.

»Es gehört dem Selim,« antwortete der Steuermann finster. »Was wird nun mit uns, und was war das für ein Jubel, den es da drüben gibt?«

»Ich habe Euch vorhin geschworen, daß man Euch nichts thun werde, und ich pflege mein Wort zu halten. Der »Tiger« gehörte dem Kapitän und wird als Prise mit dem »Selim« gehen. Die Ladung aber soll Euer Eigenthum bleiben. Der Oberlieutenant, welcher hier an Bord ist, wird Euch und Alles bis in den nächsten Hafen bringen. Theilt das

Gut dann nach Belieben unter Euch, aber beeilt Euch damit, daß der »Selim« nicht zu lange auf die Feluke zu warten hat.«

Beide Männer waren von diesem großmüthigen Verfahren überrascht und gaben ihm ihre Dankbarkeit zu erkennen.

»Die Schiffspapiere sind in der Kajüte?« frug er dann.

»Ja,« antwortete der Sohn des Segelmeisters. »Wir haben verschiedene Papiere für verschiedene Fälle, und da Du großmüthig an uns handelst, sollst Du sie alle haben. Komm mit herab!«

Er folgte ihm. In dem kleinen Raume, in welchem Katombo mit dem Kapitän gesprochen hatte, rollte der junge Mann den Teppich vom Boden.

»Hier ist das geheime Versteck, welches Alles enthält, was keine Behörde zu wissen brauchte. Der Vater ist todt, ich selbst wollte längst eine andere Fahrt antreten und brauche nichts von den Papieren, welche da verborgen sind. Du sollst sie haben.«

Er schob ein Fach des Bodens in die Wand hinein, und es kam eine Vertiefung zum Vorschein, welche außer mehreren vollen Beuteln auch einige Papierpakete enthielt.

»Das Geld ist Euer,« meinte Katombo. »Was sind dies für Papiere?«

»Es sind theils falsche Legitimationen der Feluke und theils Schriftstücke, welche wir den Süder- und Norländern abnehmen. Du weißt, daß wir nur solche Schiffe kaperten, und mein Vater pflegte alle da vorgefundenen Schriftstücke sorgfältig aufzubewahren. Er war besonders auf geheime Depeschen ganz versessen. Mir können sie keinen Nutzen bringen; vielleicht ist es Dir möglich, einen Vortheil daraus zu ziehen.«

Katombo nahm die Papiere zu sich und begab sich dann an Deck, um den Oberlieutenant über sein Verhalten zur Feluke und deren Besatzung zu instruiren. Hernach ließ er sich mit Weib und Kind nach dem »Selim« bringen, während der »Tiger« seine Segel hißte und sich der nächsten Küste zuwandte. Der »Selim« mußte kreuzen, um auf ihn zu warten.

Es war am späten Abende, als Katombo in seiner Kajüte saß, welche vor ihm der Kapudan-Pascha inne gehabt hatte.

Es war ihm von höchster Wichtigkeit gewesen zu erfahren, welchen Zweck die Fahrt des letzteren verfolgt habe, und er hatte vollständige Aufklärung erhalten durch ein kleines Kästchen, in welchem allerlei geheime Instruktionen lagen, die er natürlich gelesen hatte.

Jetzt nun ging er die Papiere durch, welche auf der Feluke verborgen gewesen waren. Manche von ihnen legte er bereits nach einem kurzen Blicke wieder bei Seite, andere aber las er desto aufmerksamer durch.

Eben hatte er das Letzte wieder zusammengefaltet, als sich die Nebenthür öffnete und Ayescha eintrat.

»Bist Du fertig? Darf ich nun kommen?« frug sie.

»Ja.«

Sie schlang die Arme um seinen Nacken und küßte ihn.

»Hast Du Wichtiges gefunden? Ich sehe es Deiner Miene an.«

»Allerdings. Ich habe einen tiefen Blick gethan in die Politik und die Zukunft derjenigen zwei Staaten, mit denen der »Selim«, den ich »Tiger« nennen werde, auf eigene Faust und Rechnung Krieg führen wird. Es wird die Zeit kommen, in welcher der Sultan meiner Dienste wieder bedarf, und dann wird der arme Zigeuner über das Loos ganzer Länder und Völker zu entscheiden haben. Der heutige Tag ist nach langem Unglücke wieder ein glücklicher für mich gewesen. Laß uns nun zur Ruhe gehen. Leïlkum saaïde, gesegnete Nacht!«

FÜNFZEHNTES KAPITEL.

Am Vorabend.

Es war am Sieben-Bruder-Tag. Der Abend hatte sein Dunkel bereits über die Residenz gebreitet, und vor der Thür der Hofschmiede saßen die drei Gesellen nach vollbrachter Arbeit ihrer Gewohnheit gemäß bei der Unterhaltung.

»Also, nun endlich einmal heraus damit, Thomas! Wo warst Du?« frug Heinrich Feldmann, der ehemalige Artillerist.

»Fort,« antwortete Schubert.

»Das brauchst Du uns nicht erst zu sagen. Den Ort wollen wir wissen!«

»Gut, mein Junge! Ich pin üper alle Perge gewesen.«

»Mache keine dummen Witze. War denn diese Reise gar so geheimnißvoll, daß Du nichts sagen darfst?«

»Das nicht; aper Einer von der Artillerie praucht nicht Alles zu erfahren. Hat meine Parpara Seidenmüller nach mir gefragt?«

»Nach Dir? Ist ihr gar nicht eingefallen, nicht wahr, Baldrian?«

Der einstmalige Grenadier that einen langen Zug aus seiner Pfeife, blies den Rauch langsam von sich und meinte mit einem verweisenden Kopfschütteln:

»Das ist nicht am Den!«

»Siehst Du, altes Lügenmaul!« zürnte Thomas. »Der Paldrian ist doch ein ehrlicher Kerl, der immer pei der Wahrheit pleipt. Du aper pist ein Mensch, der – dem – von dessen – na mit einem Worte, der pei der Artillerie gestanden hat. Schäme Dich!«

»Still, alter Kavalleriereiter! Was hast Du denn bei der Kavallerie gelernt? Ein Bischen Häcksel schneiden und einen bockbeinigen Wallach striegeln, weiter nichts! Wir von der Artillerie dagegen sind Leute, die ihre Nasen in alle Wissenschaften gesteckt haben. Wir haben es mit der schwierigsten

Waffe zu thun; wir brauchen zehnmal mehr Uebungen und Kenntnisse als Ihr; wir entscheiden die Schlachten und – – –«

»Und machen Lügen und schneiden auf wie gedruckt,« fiel ihm Thomas in die Rede. »Ist es nicht so, Paldrian?«

Der Gefragte nickte bedächtig:

»Das ist am Den.«

»Nein, das ist nicht an Dem,« antwortete Heinrich. »Ihr glaubt nur, ich schneide auf, weil Ihr zu dumm seid zu begreifen, was ein Artillerist Alles zu leisten vermag. Da war Dein Bruder, den Du von der Reise mitbrachtest, ein ganz anderer Kerl; der hat mit seinen Schiffskanonen manchen guten Schuß gethan, und wir haben uns stundenlang über die richtige Behandlung der Geschütze unterhalten. Schade nur, daß er so rasch fort mußte! Hat er noch nicht geschrieben?«

»Mein Pruder, der Palduin?«

»Ja, der Steuermann.«

»Steuermann? Höre, wenn Du ihn noch einmal in dieser Weise peleidigst, so schlage ich Dir Deine ganze Artillerie mit allen Pompen und Haupitzen um den Kopf herum! Weißt Du nicht, daß er Kapitän zur See geworden ist, der Palduin?«

»Seit wenn denn?«

»Seit kürzlich. Er hat es mir heute geschriepen und mir gesagt, daß ich Euch Alle grüßen soll. Nicht wahr, Paldrian?«

»Das ist am Den,« stimmte der Grenadier bei.

»Danke,« meinte Heinrich. »Der hat doch Verstand. Du aber warst so lange verreist, und hast uns nicht ein einziges Mal grüßen lassen! Aber, wer kommt dort? Ist das nicht ein königlicher Lakai?«

»Ja; ich kenne ihn sehr genau, opgleich er heut in Civil geht. Es ist der Leipdiener der Majestät. Ich glaupe, der will zum Meister.«

Es war so. Der Diener frug nach Brandauer, und als er hörte, daß dieser zu Hause sei, trat er in die Wohnstube der Schmiede, in welcher Max mit den Eltern saß und diesen Boten erwartet zu haben schien. Derselbe grüßte höflich, und richtete dann seinen Auftrag aus:

»Ich soll melden, daß die Majestät heut inkognito die Oper besuchen werden.«

»Gut,« antwortete Max. »Wann werden königliche Hoheit gehen?«

»Sie haben das Schloß bereits verlassen.«

»Wann werden sie zurückkehren?«

»Spät, da sie noch eine Kahnfahrt zu machen beabsichtigen.«

»Danke. Gute Nacht!«

»Gute Nacht!«

Der Diener entfernte sich und Max wandte sich zum Vater:

»Diese Vorsicht ist ganz am rechten Orte. Nicht einmal der Leibdiener braucht zu wissen, daß der König einen ganz anderen Weg vorhat. Du also gehst in den Garten des Herzoges und bewachst den Eingang zu der geheimen Treppe, damit Du mich bei meiner Rückkehr unterrichten kannst. Ich gehe.«

Die Meisterin trat zu ihm und legte ihm die Hand auf die Schulter.

»Max, sei nicht zu kühn! Du weißt, daß Dir Gefahr droht.«

»Ich weiß es, Mutter. Aber gerade weil ich diese Gefahr kenne, ist sie für mich nicht vorhanden. Uebrigens gehe ich nicht ohne Waffen und ohne Begleitung.«

Er steckte ein Messer und einen Revolver zu sich und trat vor das Haus, wo die Gesellen saßen. Die Lehrjungen waren nicht zugegen.

»Habt Ihr Zeit?« frug er.

Sofort erhoben sich alle Drei.

»Das versteht sich ganz von selper,« antwortete Thomas.

»Natürlich!« stimmte Heinrich bei.

»Das ist am Den,« nickte auch Baldrian.

»Ihr sollt mich begleiten; aber kein Mensch darf erfahren, wohin wir gegangen sind, und was wir vielleicht zu sehen und zu hören bekommen.«

Thomas machte sein bestes militärisches Honneur.

»Zu Pefehl, Herr Doktor!«

»Aber unser Spaziergang ist nicht ganz ungefährlich. Es ist möglich, daß wir in eine Schlägerei kommen.«

»Damit pin ich ganz und gar zufrieden. Ich hape so seit langer Zeit nicht mehr gewußt, op ich noch einen guten Hiep zu führen vermag.«

»Nehmt eure Hämmer mit und einige Stricke.«

»Zu Pefehl, Herr Doktor!«

In weniger als einer Minute standen sie bereit.

»Unser Weg geht durch die Stadt, hinaus nach der Klosterruine. Wir dürfen uns jetzt nicht zusammen sehen lassen. Darum theilen wir uns. Jeder schlägt einen andern Weg ein und hinter dem ersten Busch vor der Stadt treffen wir uns.«

Er ging und die Andern folgten ihm in verschiedenen Intervallen.

Er hatte sich möglichst verhüllt, so daß er nicht erkannt werden konnte, falls er je einem Bekannten begegnete. Dabei vermied er die Hauptstraßen und gelangte nur durch entlegene Seitengassen in das Freie, wo zur Seite der Straße ein kleines Gesträuch die Ufer eines Wassers einfaßte. Darauf schritt er zu. Es war dunkel und er dämpfte seine Schritte bis zur Unhörbarkeit; dennoch aber hatte man sein Kommen bemerkt, denn kaum hatte er den Rand des Busches erreicht, so tönte ihm die leise Frage entgegen:

»Wer da?«

»Brandauer,« antwortete er ebenso leise.

»Allein?«

»Es kommen noch die Gesellen.«

»Bald?«

»Sie werden jedenfalls in wenigen Augenblicken hier sein.«

»Das ist gut; denn wir müssen die Ruine doch eher erreichen als die Andern. Bist Du gehörig bewaffnet, Max?«

»Ja, Majestät. Du auch, Major?«

»Ja,« antwortete der Major von Wallroth, welcher den König begleitet hatte.

In diesem Augenblicke vernahm man nahende Schritte. Max frug, den Schritt erkennend:

»Baldrian?«

»Das ist am Den.«

»Tritt her.«

Gleich darauf kamen auch Thomas und Heinrich, und dann setzten sich die sechs Männer der Ruine zu in Bewegung. Am Fuße des Berges angekommen, schlugen sie nicht den nach der Spitze desselben führenden Fahrweg ein, sondern Max glimmte, den Andern voran, den schmalen Steig empor, den er bereits bei früherer Gelegenheit eingeschlagen hatte. Dies war für den König eine Anstrengung, welche zur Folge hatte, daß sie die Ruine nur höchst langsam erreichten. Dennoch aber befand sich noch Niemand oben, wie sich Max durch eine sehr sorgfältige Rekognition überzeugte.

»Kommt Ihr mit mir!« gebot er, als er von derselben zurückgekehrt war, den Gesellen.

Er führte sie außerhalb der Ruinen hinter eine Mauer, deren eingefallene Theile eine Art von Höhle bildeten, welche sich sehr gut zu einem Verstecke eignete.

»Hier verbergt Ihr Euch und wartet. Passirt nichts, so hole ich Euch ab; brauchen wir aber Eure Hilfe, so ahme ich den Ruf einer Teichunke nach. Wenn Ihr diesen hört, so kommt Ihr schleunigst dahin, von woher Ihr ihn hörtet. Das Uebrige wird sich dann finden.«

»Zu Pefehl, Herr Doktor!« meinte Thomas, und kroch in das Loch.

Die beiden Andern folgten ihm. Er kehrte zu dem Könige zurück.

»Wohin wirst Du uns postiren?« frug dieser.

»Zunächst hierher an den Aufgang, wo auch ich bleiben werde. Den Herrn Major aber werde ich so plaziren, daß er beobachten kann, ob sie Alle in den Brunnen steigen.«

Dies geschah. Der Major legte sich hinter denselben Mauervorsprung, welcher Max einmal als Versteck gedient hatte, und dieser letztere nahm mit dem Könige zwischen den Sträuchern Platz, neben denen der Fahrweg auf das Plateau des Berges mündete. Sie sprachen kein Wort mit einander, denn der geringste Laut hätte ihre Anwesenheit verrathen können. Aber gerade diese Lautlosigkeit war ganz geeignet, allerlei Gedanken und Gefühlen Audienz zu geben, welche die Herzen der beiden Männer in noch nähere Verbindung brachten, als sie bereits bis zu dieser Stunde stattgefunden hatte.

Da erklangen Schritte. Das war nicht eine, sondern das waren zwei Personen. Sie blieben hart neben den Lauschern stehen.

»Noch Niemand hier,« meinte der Kleine von den Beiden.

»Das ist Penentrier!« flüsterte Max dem Könige zu.

»Weißt Du dies genau, Bruder?«

»Ja; sonst müßte der Posten bereits hier stehen. Er ist der Erste, der einzutreffen hat.«

»So sollte er bereits hier sein!«

»Wir kommen zu früh.«

»Kann sich nicht zufälliger Weise ein Fremder hier befinden?«

»Glaube das nicht. Wer hat um diese Stunde hier oben etwas zu suchen? Und überdies ist dieser Ort in der ganzen Umgegend verrufen. Bei Tage besucht man ihn seiner Romantik wegen; des Nachts aber wagt es kein Mensch ihn zu betreten, denn es geht die Sage, daß die Seelen der Mönche hier umgehen und Jedem, der ihnen zu nahe kommt, Tod und Verderben bringen.«

»Diesen Aberglauben habt Ihr natürlich bedeutend unterstützt?«

»Versteht sich!« lachte der kleine Rentier. »Er kommt uns ja ganz außerordentlich zu statten. Uebrigens sind wir heut vielleicht zum letzten Male hier.«

»Ah! Wie so?«

»Es sind Umstände eingetreten, welche uns zwingen, unser Werk außerordentlich zu beschleunigen.«

»Welche Umstände könnten dies sein?«

»Du wirst nachher von ihnen hören. Ich habe sie natürlich der ganzen Versammlung vorzutragen.«

»Der Herzog kommt auch?«

»Es war so bestimmt. Aber die erwähnten Umstände machen es ihm unmöglich. Ich werde ihn von unsern Beschlüssen benachrichtigen.«

»Noch heute?«

»Sofort wenn wir beschlossen haben.«

»In seiner Wohnung?«

»Ja. Es wird nur einer seiner vertrautesten Diener munter sein, so daß mein Kommen völlig unbeachtet bleibt. Doch horch; da kommt wer!«

Allerdings kam jetzt Jemand langsam und leise den Weg daher.

»Woher?« frug Penentrier mit halblauter Stimme.

»Aus dem Kampfe,« ertönte die ebenso gegebene Antwort.

»Wohin?«

»Zum Siege.«

»Wodurch?«

»Durch die Lehre Loyola's.«

»Der Bruder mag seinen Posten antreten. Wir gehen weiter.«

Die beiden Ersten entfernten sich nach dem Brunnen zu, der zuletzt Gekommene aber blieb stehen, um die Wache zu übernehmen. Von Zeit zu Zeit kam ein Neuer dazu, der sich durch die Parole legitimirte und passiren durfte. Max und der König zählten über zwanzig Gestalten, während es damals, als der erstere sie allein beobachtete, nur vierzehn gewesen waren.

Jetzt schien die Reihe geschlossen zu sein; denn der Posten entfernte sich auf einige Schritte und legte sich in das Gras.

»Was werden wir thun?« frug der König flüsternd.

»Bestimmen Ew. Majestät.«

»Den Posten überwältigen, so daß er keinen Laut zu geben vermag, und dann die Andern im Brunnen gefangen halten, bis wir Sukkurs haben sie abzuführen.«

»Darf ich mir eine andere Meinung gestatten?«

»Sprich, Max!«

»Wäre der Herzog bei ihnen, und hätten wir die Ueberzeugung, daß sie alle ihre Skripturen mitgebracht haben, so wäre Ew. Majestät Plan ganz vortrefflich, denn wir bekämen sämmtliche Leiter der Bewegung in unsere Hände und hätten jede nothwendige Unterlage, sie ihrer verbrecherischen Pläne vollständig zu überführen. Diese beiden Voraussetzungen sind aber nicht eingetroffen. Wenn wir diese Leute, die wir unmöglich belauschen können, arretiren, wissen wir nicht, ob wir ihnen jemals etwas beweisen können. Es ist sehr wahrscheinlich, daß keiner von ihnen ein Geständniß ablegen wird, und der Herzog als Hauptperson entgeht uns ganz und gar.«

»Du hast Recht; doch, was schlägst Du vor?«

»Wir haben gehört, daß dieser Penentrier den Herzog sofort nach Schluß der geheimen Session besuchen wird. Sie dann zu belauschen ist kein Ding der Unmöglichkeit, und dann – – –«

»Dann,« fiel der König eifrig ein, »nehme ich sie sofort Beide gefangen!«

»Entschuldigung, Majestät, das wäre gefährlich.«

»Wie so?«

»Durch den geheimen Gang können sich höchstens zwei Personen, also nur wir Beide, in die Bibliothek des Herzogs wagen. So stehen also zwei gegen zwei, und wenn wir ihnen auch überlegen wären, so würde doch ein Ruf des Herzogs genügen, uns in seine Hände zu bringen. Er ist nur von treuen Kreaturen umgeben, und wenn wir spurlos verschwinden, wer will ihm beweisen, daß dies gerade bei ihm geschehen ist?«

»Dein Vater, welcher ja in seinem Garten Wache steht und auf unsere Rückkehr warten wird.«

»Wenn Ew. Majestät verschwunden sind, fehlt ihm dem Herzog gegenüber alle hierzu nöthige Macht. Und wer weiß, wie weit der Einfluß dieser Menschen schon Platz gegriffen hat, so daß die Bemühungen aller Redlichen nicht allein vergeblich, sondern auch mit großer Gefahr für sie verbunden wären.«

»Du siehst sehr schwarz. Sollten die Bemühungen eines Regenten, der nur an das Wohl seines Volkes denkt, so sehr verkannt werden und einen solchen Undank finden?«

»Majestät, ich möchte hier ein schweres Wort sprechen, aber ich darf es nicht.«

»Du darfst!«

»Dem Manne, aber nicht der Majestät gegenüber.«

»Die Majestät befiehlt Dir, es zu sprechen!«

»Majestät sprechen von einem Regenten. Wer ist und wer war dieser Regent? Ich weiß, diese Frage kann mir und den Meinen das Wohlwollen unseres geliebten Königs entziehen, kann mich verderben, aber ich wage sie dennoch. Warum ist die Schaar der Unzufriedenen in dieser Weise gewachsen? Gälte in Norland der Wille des Königs, so würde das ganze Land seinen Herrscher segnen. Majestät haben in letzter Zeit einen kleinen Blick in die Art und Weise thun dürfen, in welcher der Herzog das ihm geschenkte königliche Vertrauen mißbraucht. Ich bin der Sohn eines Schmiedes, ich liebe die Redlichkeit, die Offenheit, ich bin die ehrliche Kraft gewohnt. Den Hammer in die Hand, weg mit der Schlange, und drauf auf alles Gewürm, welches den besten Willen zu vergiften weiß!«

Er schwieg. Auch der König schwieg. Es war richtig, die Worte des jungen Mannes waren ein ungewöhnliches Wagniß, aber er hatte auf das Herz seines königlichen Freundes gebaut und – sich nicht verrechnet. Nach einigen Minuten fühlte er seine Hand von der des Königs ergriffen.

»Habe Dank!«

Das war Alles, was der Herrscher sagte. Wieder verging eine Weile, dann frug der letztere:

»So wollen wir sie Alle entkommen lassen?«

»Alle, bis auf Einen.«

»Penentrier?«

»Nein; der würde uns nichts gestehen; vielmehr würden uns vielleicht alle Fäden verloren gehen, deren wir zur Enthüllung seiner Umtriebe bedürfen.«

»Wen dann? Den Posten, welcher jedenfalls bis zuletzt hier am Orte bleiben wird und also ohne Aufsehen aufzuheben ist?«

»Auch nicht. Er darf nicht mit in den Brunnen hinab, und dieser Umstand beweist, daß er noch nicht zu den vollständig Eingeweihten gehört. Nein; ich meine, wir greifen den ersten Besten heraus.«

»Der auch nichts gestehen wird. Du selbst hattest ja vorhin

die Meinung, daß von Keinem etwas zu erfahren sein würde, falls wir sie Alle gefangen nehmen.«

»Falls wir sie Alle gefangen nehmen, aber eben auch nur in diesem einen Falle. Es ist ein Unterschied zwischen einer regelrechten Untersuchung und der plötzlichen geheimnißvollen Aufhebung einer Person, die sich über mehr als Alles im Unklaren befindet und mit den Gedanken flattert wie ein gefangener Vogel, der die durchsichtige Fensterscheibe für die freie Luft ansieht und sich die Schwingen zerschlägt und den Kopf einstößt.«

»Diese Meinung hat allerdings etwas für sich, und ich gebe Dir die Erlaubniß, nach ihr Deine Vorkehrungen zu treffen.«

»Vorkehrungen sind nicht nöthig. Thomas kennt ebenso wie ich jeden Schrittbreit des Bergpfades. Wenn die Versammlung auseinander geht, bleiben Majestät mit den Uebrigen zurück, während ich mit ihm schnell hinunter eile und den auf dem Fahrwege Gehenden zuvorkomme. Das Uebrige muß dann der Augenblick ergeben.«

Das Gespräch war beendet und es verging eine lange Zeit, ehe sich wieder ein Laut oder eine Bewegung beobachten ließ. Da endlich erhob sich der Posten aus dem Gras und nahm an der Wegmündung Platz. Er hatte jedenfalls das Geräusch der im Brunnen Emporsteigenden gehört. Sie Alle kamen herauf und drängten sich oben noch einmal um den Rentier. Dieser erhob seine Arme wie zum Segen und meinte in salbungsvoller aber halblauter Stimme:

»So gehet denn nach Hause, ein Jeder an den Ort, wo er zu arbeiten hat am Weinberge des Herrn. Die Ernte ist groß; sie bringt uns reichen Segen. Darum nehmt die Sichel zur Hand, sobald der Ruf des Herrn erschallt. Bis dahin behüte er Euern Ausgang und Euern Eingang!«

»Jetzt und in Ewigkeit. Amen!« erklang es rundum als Antwort.

Dann schritten sie einzeln davon, leise und langsam, wie sie gekommen waren. Der Posten schloß den Zug.

Kaum war dieser verschwunden, so erhob sich Max.

»Warten Majestät noch eine Viertelstunde, dann kommen

Sie mit den Uebrigen hier auf dem bequemen Wege nach. Ich werde mit Thomas unten sein.«

Er eilte zu den Gesellen.

»Heraus.«

Sie kamen aus ihrem Versteck hervor.

»Thomas, getraust Du Dich, hier schnell mit hinunter zu klettern?«

»Zu Pefehl, wie eine Katze!«

»Dann schnell vorwärts, daß wir ihnen nicht begegnen! Ihr beiden Andern geht in die Ruine, wo man Euch erwartet.«

So schnell es die Dunkelheit gestattete glitt er mit Thomas den steilen Pfad hinab, welcher den zweimal rund um den Berg führenden Fahrweg zweimal kreuzte. Sie kamen trotz der Beschwerlichkeit der Passage glücklich und unbemerkt unten an, Thomas keuchte doch ein wenig, als er festen Fuß gefaßt hatte.

»Alle Wetter, ist so ein Perg bei Nacht ein wunderpares Ding. Das geht ja schneller als auf der Eisenpahn. So einen Rutsch hätte meine Parpara Seidenmüller mitmachen sollen. Die wäre dapei ganz außer Rand und Pand gerathen!«

»Das ist möglich,« lächelte Max. »Jetzt aber haben wir an andere Dinge als an die Barbara zu denken. Wir müssen Einen gefangen nehmen.«

»Zu Pefehl!«

»Es werden mehrere Männer hier am Berge herab vorüberkommen. Ich bleibe hier hüben, und Du legst Dich drüben auf die Lauer. Sie kommen nicht zusammen, sondern in Zwischenräumen. Ich werde mir einen aussuchen und ihn von hinten an der Gurgel packen. Siehst Du dies, so springst Du sofort zu und hältst ihm die Arme und Beine so, daß er sich nicht bewegen kann, während die Uebrigen vorbeikommen.«

»Alle Wetter, Herr Doktor, das gipt doch endlich einmal ein Apenteuer. Ich werde den Purschen so fest bei der Parapel nehmen, daß er sich nicht im mindesten pewegen kann.«

Sie verbargen sich hinter die Büsche, der Eine rechts und der Andere links von dem Wege. Bald kam allen voran der kleine Rentier, dreißig bis vierzig Schritte wieder ein anderer, dann ein Dritter. So passirten elf. Maxens Augen hatten sich nun so an die Dunkelheit gewöhnt, daß er Alles deutlich unterscheiden konnte. Der Zwölfte nahte; der Elfte war eben auf der Straße verschwunden, und der Dreizehnte wurde noch von einer Krümmung des Weges verborgen. Max erhob sich leise und ließ den Mann vorüber. Dann aber stand er mit einem raschen Schritte hinter ihm und legte ihm die Hände so um die Gurgel, daß der Ueberraschte keinen Laut von sich zu geben vermochte.

»Thomas!« flüsterte er.

»Pin schon da. Hape ihn pereits pei den Peinen!«

»Rasch hinein in die Büsche.«

»Pin schon drin!«

Sie hatten den Mann, der sich unter den eisernen Griffen des Schmiedegesellen nicht zu rühren vermochte, hinter den Sträuchern, noch ehe der Nächstfolgende in Sicht oder Hörweite gekommen war. Hier hielten sie ihn fest, bis Alle vorüber waren.

»Hast Du die Stricke?« frug jetzt Max.

»Ja; zu Pefehl!«

»So binde ihm die Hände auf den Rücken.«

»Aper da muß ich ihn fahren lassen; er kann sich pewegen und wird am Ende gar versuchen, uns davon zu laufen.«

»Das wird er bleiben lassen, denn bei der geringsten Bewegung, welche auf einen solchen Versuch schließen läßt, steche ich ihn nieder.«

»Na, dann heraus mit der Pandage!«

Max hielt den Mann mit der Linken fest und zog mit der Rechten das Messer. Der Gefangene hatte natürlich jedes Wort vernommen und ergab sich wohlweislich und ohne allen Widerstand in sein Schicksal. Jetzt nun, nachdem er gebunden war, konnte Max ihm in das Gesicht sehen, dessen Züge er trotz der Dunkelheit erkannte.

»Ah, ists möglich! Hochwürden! Wie kommt das Lamm unter die Wölfe, der protestantische Oberhofprediger unter die Jesuiten?«

Der Entlarvte gab keine Antwort, aber der tiefe Zug seines

Athems verrieth die Erregung, welche er mit aller Gewalt zu unterdrücken versuchte.

»Schweigen Sie immerhin! Sie werden schon wieder sprechen lernen!«

Nach zehn Minuten kam der König mit dem Major und den beiden Gesellen. Er erkannte Max, welcher hervortrat.

»Hast Du Einen?«

»Ja.«

»Kennst Du ihn?«

»Allerdings. Hier ist er. Sehen Majestät ihn selbst an.«

Als der Gefangene aus diesen Worten hörte, wen er vor sich hatte, machte er einen plötzlichen Versuch, von Thomas loszukommen, dieser aber hatte ihn so fest, daß es ihm nicht gelang.

»Halt, Pursche! Das Davonlaufen will ich mir verpitten.«

Der König trat näher und erkannte ihn.

»Hochwürden! Das ist ja – eine ganz unbeschreibliche Ueberraschung! Mein Beichtvater unter den Hochverräthern!«

Jetzt brach der Hofprediger sein Schweigen.

»Majestät, ich bin unschuldig. Die Verhältnisse sind scheinbar gegen mich, aber ich vermag mich zu rechtfertigen.«

»So thun Sie es sofort!«

»Ich gehöre nicht zu den Hochverräthern.«

»Beweisen Sie es!«

»Es wurden mir von ihrer Seite verschiedene Anträge gemacht, welche mit außerordentlich lockenden Versprechungen verbunden waren, und ich ging nur zum Scheine darauf ein, um ihre Absichten kennen zu lernen und Ihnen dann Alles mitzutheilen.«

»Das klingt sehr vorteilhaft. Seid wann sind Sie Mitglied dieser sauberen Verbindung?«

»Seit vielleicht einem Monate.«

»Und haben Sie ihre Absichten bereits kennen gelernt?«

»Noch nicht. Es gibt verschiedene Grade, und ich gehöre leider noch nicht zu den Wissenden.«

»Ah, ich errathe! Sie wollen mir entkommen, ohne Auskunft geben zu müssen, dies aber wird Ihnen nicht gelingen.

Auch einmal abgesehen davon, daß Ihre Betheiligung an den Intriguen dieser Menschen nicht mit der Würde Ihres Amtes zu vereinbaren ist, selbst wenn sie in der wohlgemeinten Absicht geschah von welcher Sie reden, habe ich die feste Ueberzeugung, daß Sie länger als einen Monat Mitglied sind und zu den Wissenden gehören. Nur einem solchen wird Zutritt zu Verhandlungen gewährt, wie sie heut da oben im Brunnen geführt worden sind. Bedenken Sie: noch weiß kein Mensch etwas von Ihrer jetzigen Lage, und nur ein offenes Geständniß kann Sie retten.«

»Ich vermag es mit tausend Eiden zu beschwören, daß ich die Wahrheit gesagt habe. Ich kann nichts verrathen oder mittheilen, weil ich noch nichts weiß.«

»Lüge!« meinte Max. »Sie genießen das vollständige Vertrauen dieses Pater Valerius. Ich kenne seine eiserne Disziplin, welche selbst vor Mordthaten nicht zurückschreckt. Er hat jedes Mitglied unter der strengsten geheimen Kontrole, und wären Sie seiner Sache nicht aufrichtig ergeben, so lägen Sie wohl längst da oben in der Schlucht, welche seine Richtstätte bildet. Majestät, wir haben nicht länger Zeit hier nutzlos zu verhandeln. Was befehlen Sie über den Gefangenen?«

Der König wandte sich an Wallroth:

»Uebernehmen Sie ihn, Herr Major. Diese drei wackern Männer werden Sie unterstützen und dafür sorgen, daß er nicht entkommt. Sie führen ihn nach seiner Wohnung, aber in einer Weise, welche nicht auffällt. Seine Verbündeten dürfen nicht ahnen, was mit ihm vorgegangen ist. Dort bewachen Sie ihn, bis ich weitere Verfügungen treffe. Er gilt als krank und darf das Lager nicht verlassen. Sie haben ihn unterwegs getroffen und nach Hause begleitet und werden dafür sorgen, daß er mit Niemand hinter Ihrem Rücken zu verhandeln vermag und daß alle seine Papiere bis auf weiteres unangetastet bleiben.«

»Zu Befehl, Majestät! Vorwärts, mein Herr! Sie haben Alles vernommen. Widerstreben Sie diesen Verfügungen nur im Geringsten, so werde ich Sie tödten!«

Er schob seine Hand unter den Arm des Gefesselten und

schritt mit ihm in einer Haltung davon, welche Beide als Spaziergänger erscheinen ließ. Die drei Gesellen folgten.

»Ein wunderschönes Apenteuer, nicht wahr, Paldrian?« flüsterte Thomas.

»Das ist am Den!« antwortete dieser leise zurück.

»Der Oberhofprediger!« meinte Heinrich. »Und gefangen! Was muß nur da oben vorgegangen sein? Es ist eigentlich niederträchtig, daß wir in dem Loche stecken mußten und gar nichts gesehen haben.«

»Halte den Schnapel, Artillerie! Daß wir in dem Loche staken, war Supordnung, verstanden! Und was da open passirt ist, das prauchen wir nicht zu wissen, sonst hätten der Herr Doktor dafür gesorgt, daß wir es auch mit peopachten konnten. Und jetzt hapen wir weiter nichts zu thun als aufzupassen, daß dieser Schlingel dem Herrn Major nicht durchprennt. Aper sopald wir in die Stadt kommen, nehmen wir etwas weitere Distanz, denn wer uns pegegnet, praucht nicht zu wissen, daß dieser hochwürdige Malefizius unser Gefangener ist.«

Unterdessen schritt der König mit Max nach dem Flusse zu. Beide sprachen kein Wort. Der Umstand, den Hofprediger unter den Verschwörern zu finden, gab ihnen mehr zu empfinden als zu sprechen. Am Ufer lagen mehrere Boote frei. Sie lösten eines derselben und stiegen ein. Max ruderte, und der König führte das Steuer, indem er auf das gegenüberliegende Ufer zu hielt. Dort angekommen, stiegen sie aus und schritten nach dem Garten des Herzogs. Sie kamen am hintern Theil desselben leicht über die Mauer und schlichen sich vorwärts nach der Stelle, an welcher Max den Vater vermuthete.

Als sie sich der Treppe näherten raschelte es leise hinter den Orangeriebäumen, welche zu beiden Seiten auf den Stufen standen.

»Vater!«

»Max!«

Der Schmied trat hervor. Er erkannte den König und grüßte ihn ehrerbietig.

»Ist Jemand passirt, Vater?«

»Nein.«

»Auch Niemand im Garten gewesen?«

»Nein; aber vor einiger Zeit ging ein Mann vorüber, der aus einem Boot stieg und in den Palast getreten zu sein scheint.«

»Welche Gestalt hatte er?«

»Er war klein.«

»Es ist Penentrier. Majestät, wir müssen uns sputen!«

»Also vorwärts! Brandauer, Du bleibst hier. Sind wir in einer Stunde noch nicht zurück, oder haben wir bis dahin nichts von uns hören lassen, so eilst Du nach der Wache und bringst dem Offizier meinen Befehl, ohne Verzug und womöglich ohne Aufsehen den herzoglichen Palast zu nehmen. Hier ist mein Ring zu Deiner Legitimation. Durch diesen Gang hier sind wir jedenfalls am sichersten zu finden, wenn uns etwas geschehen sollte.«

Max hatte bereits das Fenster ausgehoben und stieg ein; der König folgte ihm. Nachdem das Fenster wieder eingesetzt worden war, nahm der erstere den letzteren bei der Hand und führte ihn behutsam vorwärts. Sie erreichten die verborgene Thür. Max lauschte eine Weile, und als er sich überzeugt hatte, daß hinter derselben nicht gesprochen wurde, öffnete er sie vorsichtig.

Das Bibliothekzimmer war dunkel, doch drang durch die Fenster ein Schein, welcher genügend war, die größeren Gegenstände zu erkennen. Aus dem Arbeitszimmer klangen zwei Stimmen herüber.

»Er ist noch da,« flüsterte Max. »Sollte einer von ihnen hier eintreten, so ist unser Versteck dort unter der Tafel, deren Decke uns verbirgt.«

Sie schlichen sich bis an die Portière und zogen sie ganz behutsam ein wenig auseinander. Der Herzog saß auf dem Sopha und Penentrier ihm gegenüber auf einem Stuhle. Die beiden Lauscher vermochten jedes ihrer Worte zu hören.

»Abbé, Sie sind wahrhaftig allwissend!« meinte eben der Herzog.

Das Gesicht des Rentier legte sich in eine höchst selbstgefällige Miene.

»Nicht ganz, denn allwissend ist nur Gott, Excellenz; aber was mir nothwendig ist zu erfahren, das pflegt mir niemals unbekannt zu bleiben. Doch ich bin mit meinen Mittheilungen noch nicht zu Ende. Sie haben Briefe von Ihren beiden süderländischen Agenten bekommen?«

»Sie meinen den früheren Direktor und Oberarzt unserer Irrenanstalt?«

»Ja.«

»Sie haben mir bereits öfters geschrieben.«

»Vortheilhaft?«

»Sehr.«

»Sie wissen, wo sich die Beiden befinden?«

»Natürlich, in der Hauptstadt.«

»Oder nicht, Durchlaucht. Die Briefe, welche Sie erhielten, sind unächt, und alle Ihre Zuschriften sind in falsche Hände gekommen.«

»Nicht möglich!« rief der Herzog aufspringend. »Wie so?«

»Die beiden Aerzte sind gar nicht nach Süderland gekommen. Man hat sie unterwegs aufgegriffen und hält sie irgendwo gefangen. Jedenfalls hat man sich auch ihrer Papiere bemächtigt.«

»Bei allen Teufeln, das wäre ja verdammt!«

»Es ist so. Man hat die Klugheit gehabt, auf unsere Taktik einzugehen, und zwei Beamte nach Süderland geschickt, welche dort für die beiden Aerzte gelten und mit Ihnen in der Weise in Verbindung stehen, daß sie von allen hin oder hergehenden Schriftstücken eine Abschrift nehmen und sie dem Könige einschicken.«

»Können Sie dies beweisen?«

»Ja. Hier ist der darauf bezügliche Brief meines Agenten. Er muß aus irgend einem Umstande Verdacht gezogen und die Beiden dann genau beobachtet haben. Er ist ein guter Zeichner und legt ihre Bilder bei.«

Der Herzog nahm den Brief und las ihn. Sein Gesicht wurde blaß.

»Ich muß es glauben!« knirschte er dann. »Wissen Sie, wo man die beiden Aerzte untergebracht hat?«

»Nein. Ich habe keine Nachforschungen anstellen können, weil ich diesen Brief erst heut erhielt.«

»Hier vermag der Fuhrmann Auskunft zu ertheilen.«

»Beyer? Bei ihm bin ich allerdings bereits gewesen. Er behauptet, sie richtig über die Grenze gebracht zu haben.«

»Werde ihn strenger in das Verhör nehmen! Es ist allerdings ein Glück, daß ich nur Nebensächliches durch die Hände der falschen Agenten gehen ließ, und daß alles mit unserer Chifferschrift geschrieben war, zu welcher der Schlüssel unmöglich zu finden ist.«

»So haben unsere schlauen Gegner also höchstens in Erfahrung gebracht, daß Sie in geheimen Verhandlungen mit dem süderländischen Hofe stehen. Wie weit sind Sie mit der Prinzessin Asta?«

Das Gesicht des Herzogs verfinsterte sich mehr.

»Nicht weiter als zuvor. Der Prinz ist abgereist, und die Prinzessin noch zurückzuhalten hat mich sehr viele Mühe gekostet. Sie scheint mehr zum Könige als zu mir zu inkliniren.«

»Und Ihr Sohn?«

»Gibt sich alle Mühe, aber ohne Erfolg.«

»Weiß sie von den geheimen Stipulationen?«

»Nein.«

»Ist ihr freie Entscheidung gelassen?«

»Sie wird auf alle Fälle die Frau meines Sohnes, obgleich sie bisher nur ahnt, weshalb sie nach Norland dirigirt wurde. Uebrigens hat sie nur noch auf drei Tage zugesagt.«

»Mir lieb.«

»Inwiefern?«

»Aus zwei Gründen. Erstens sind meine Vorbereitungen alle vollständig getroffen, und zweitens schließe ich aus mehreren Anzeichen, daß wir nicht mehr sicher sind. Irgend ein unbekanntes aber scharfes Auge bemüht sich, uns in die Karte zu sehen. Ich bin schon heut bereit, meine Minen spielen zu lassen. In der Bibliothek des Hofpredigers, wo man so etwas am wenigsten sucht, liegen die nöthigen Proklamationen und Flugblätter in vielen tausend Exemplaren; die ganze zivile

Bevölkerung ist gewonnen, und ich hoffe, daß Sie sich auf die Armee ebenso verlassen können.«

»Das kann ich. Die Garnisonen stehen scheinbar auf dem Friedensfuße; es bedarf aber nur meines telegraphischen Befehles, sie unter die Waffen und an meine Seite zu bringen. Diejenigen höheren Chargen, deren ich nicht sicher bin, werden im Nu arretirt und die unteren rücken vor. Dieses Avancement ist das beste Mittel, mir das Offizierskorps dienstbar zu machen. Meine Räthe arbeiten bereits seit Wochen angestrengt an der Organisation der Erhebung, und ich kann sagen, daß jedes Rädchen seine Pflicht thun wird, wenn ich den Schlüssel an die Uhr setze.«

»Und die Marine?«

»Die Admiralität ist mir ergeben. Uebrigens habe ich dafür Sorge getragen, daß die norländische Flotte im geeigneten Augenblick abwesend ist, das heißt, zerstreut in alle Meere. Die süderländischen Schiffe werden unsere Häfen nehmen, ohne den geringsten Widerstand zu finden.«

»Unter dem Kommando von Nurwan-Pascha?«

»Ja. Die Süderländer konzentriren sich bereits heimlich hinter dem Gebirge. Wenn ich das Zeichen gebe, sind binnen drei Tagen achtzigtausend Feinde im Lande, denen ich mich mit unseren Truppen anschließe. Meine beiden gefährlichsten Feinde, der alte Sternburg zu Lande und der junge Sternburg zu Wasser, werden unschädlich gemacht. Der alte Fürst ist bei seinem Sohne in Tremona eingetroffen. Sie werden Beide auf einige Zeit verschwinden.«

»Und wann werden Sie das Zeichen geben? Ich kann die Meinen wahrhaftig nicht mehr halten.«

»Sofort nach der Abreise der Prinzessin.«

»Also nach drei Tagen?«

»Ungefähr.«

»Den König lassen Sie leben?«

»Kann ich selbst ihn tödten? Ein abgesetzter Monarch ist gefährlich, so lange er lebt.«

»Er könnte unter den Händen des aufgeregten Volkes fallen.«

»Möglich.«

»Diese Hände müßten dirigirt werden.«

»Dürfte schwer sein!«

»Kommt auf die richtige Arbeit an; Arbeit aber bedarf stets des Lohnes.«

»Sie kennen mich!«

»Gut! Durchlaucht werden sofort Gelegenheit haben, sich alle Hände, welche mir zur Verfügung stehen, zu verpflichten. Hier sind die Kontrakte, welche von mir zur Unterschrift bestellt wurden.«

»Geben Sie her!«

Der Herzog nahm ein Papier nach dem andern, las es genau durch und versah es dann mit seiner Unterschrift. Dann zog er aus einem Etui ein schimmerndes und jedenfalls neues Petschaft und drückte mit demselben sein Siegel bei.

»So,« meinte Penentrier lächelnd und mit einer tiefen Verneigung. »Bereits unterzeichnet und besiegelt von dem neuen Könige. Jetzt befehlen Sie, und ich lasse alle Federn springen!«

»Majestät,« flüsterte Max. »Jetzt ist es Zeit zur Entfernung.«

»Zurück also; ich weiß genug!« lautete die Antwort.

Sie traten ihren Rückzug an und gelangten in den Garten, wo Max das Fenster wieder einsetzte. Brandauer war sicher sehr besorgt gewesen und freute sich, Beide ohne Störung wiederzusehen.

»Schnell in den Kahn, ehe der Rentier kommt!« befahl der König.

Sie stiegen über die Mauer und dann in das Boot. Max setzte sich an das Steuer, und sein Vater nahm die Ruder.

»Wohin, Majestät?« frug der erstere.

»Nach der Wohnung Penentriers.«

Max antwortete nicht. Nun die Sache der Verschworenen so weit gediehen war, hätte auch er nichts Anderes gethan, als sich der Person dieses Menschen und seiner Papiere zu bemächtigen.

Das Boot flog über den Fluß hinüber, und bald gelangten die Drei vor den Gasthof der guten Frau Barbara Seidenmüller. Es war noch nicht geschlossen. Max trat allein in die Gaststube. Es waren noch mehrere Tische besetzt, und in der vordersten Ecke saßen – die drei Gesellen, welche sich bei seiner Ankunft respektvoll erhoben.

»Wie ist es gegangen?« frug er.

»Zu Pefehl, Herr Doktor, gut!« antwortete Thomas.

»Laßt Euch Wein und Cigarren auf meine Rechnung geben!«

»Danke pestens, und zwar ganz pesonders für die Cigarren. Unsere Parpara hat ausgezeichnete Ampalema.«

»Wo ist sie?«

»Dort kommt sie soepen aus der Küche.«

Max nahm die Wirthin bei Seite.

»Herr Aloys Penentrier wohnt noch bei Ihnen?«

»Ja.«

»Nimmt er seinen Schlüssel mit, wenn er ausgeht?«

»Ja.«

»So können Sie nicht in seine Stube?«

»Ich habe einen Hauptschlüssel, bringe ihn aber nicht in Anwendung.«

»Holen Sie ihn!«

»Sie wollen – – –«

»Fragen Sie nicht. Wir haben keine Zeit!«

Er ging mit ihr durch die Küche, in welcher sich der Schlüssel befand, nach der erleuchteten Hausflur.

»Ah, schönen guten Abend, Herr Brandauer,« grüßte sie, als sie den Schmied erblickte. »Und auch sie, mein – – – Herr, mein gütiger Heiland, ist es denn wahr? Das ist ja, das sind ja, das – – –«

»Still, Frau Seidenmüller!« unterbrach sie der von ihr erkannte König. »Schließen Sie schnell auf!«

Sie eilte die Treppe empor und öffnete das Zimmer.

»Aber ich muß erst Licht – –«

»Brauchen wir nicht. Es darf kein Mensch erfahren, wer heut hier gewesen ist; verstehen Sie?«

»Sehr wohl, Majestät!«

»Penentrier wird gleich kommen. Sie erwarten ihn in der

Hausflur und sagen ihm, daß einige Herren da sind, welche in der heutigen Angelegenheit mit ihm nothwendig zu sprechen haben. Jetzt gehen Sie!«

Die Wirthin folgte diesem Befehle. Sie hatte kaum die Treppe hinter sich, so kam bereits der kleine Rentier.

»Guten Abend. Hat vielleicht Jemand nach mir gefragt!«

»Drei Herren.«

»Wer war es?«

»Ich mußte sie in Ihre Wohnung bringen.«

»Ah, ich hatte doch verschlossen!«

»Sie wünschten es, denn sie mochten gern vermeiden wollen unten einzutreten. Sie wollen in der heutigen Angelegenheit mit Ihnen reden.«

»In welcher? Sagten sie ausdrücklich, in der heutigen?«

»Ja.«

»Dann sind sie willkommen! Sie sind noch oben?«

»Ja. Ich habe sie soeben erst hinaufgebracht.«

»Aber die Fenster sind unerleuchtet!«

»Sie verbaten sich das Licht.«

Jetzt dachte der Rentier ganz sicher, daß er es mit Verbündeten zu thun habe. Er stieg die Treppe empor und trat in das dunkle Zimmer.

»Guten Abend!«

»Guten Abend!« erscholl die dreifache Antwort.

»Woher?«

Er wollte sich also doch vergewissern, ob er es wirklich mit Freunden zu thun habe.

»Aus dem Kampfe,« antwortete Max.

»Wohin?«

»Zum Siege.«

»Wodurch?«

»Durch die Lehre Loyolas.«

»So seid mir willkommen, Brüder in dem Herrn, und erlaubt, daß ich Licht anbrenne.«

Während er sich noch mit der Lampe beschäftigte, huschte Max nach dem Eingange, den er besetzte, während sein Vater sich an die Thür stellte, welche zum Nebenzimmer führte. Der König blieb ruhig sitzen.

Penentrier hatte jetzt das Licht entzündet. Der Schein desselben fiel gerade und voll auf das Gesicht des Königs.

»Nun, meine Brüder, was führt – – –«

Er blieb, mehr als überrascht, ja, beinahe entsetzt, mitten in der Rede stecken, denn er hatte den Dasitzenden sofort erkannt. Ein Blick auf die beiden Anderen und ihre Stellungen belehrte ihn, daß die drei Männer nicht in freundlicher Absicht zu ihm gekommen seien.

»Sie erschrecken?« frug der König gelassen. »Worüber?«

Der Gefragte hatte sich schnell wieder gefaßt.

»Majestät, es ist nur der ausgezeichnete Rang meines Besuches, welcher mich überrascht.«

»Was war das für eine Formel, mit welcher Sie uns grüßten?«

Er wußte die Verlegenheit, in welche ihn diese Frage bringen mußte, vortrefflich zu verbergen.

»Derjenige, welcher sie mir beantwortete, vermag jedenfalls bessere Auskunft zu ertheilen als ich, Majestät.«

»Diese Formel hat große Aehnlichkeit mit einer Parole.«

»Ich gebe es zu.«

»Und zwar mit einer Parole unter Jesuiten.«

»Allerdings.«

»Wo hörten Sie dieselbe?«

»Im Leseklubb, wo sie die Pointe eines Romans bildete, welcher vorgelesen wurde. Seitdem war es unter einigen Freunden spaßhafter Usus, uns mit dieser Formel zu begrüßen.«

»Befand sich in diesem Freundeskreise nicht auch ein gewisser Pater Valerius?«

»Ich kenne diesen Namen nicht.«

»Diese Unkenntniß ist wohl auch nur spaßhafter Usus, da wohl ein jeder Mensch seinen eigenen Namen kennt!«

»Verzeihen Majestät, daß ich diese Worte nicht verstehe!«

»Pah! Lassen wir diese Kinderei; sie ist hier am unrechten Platze! Sie heißen?«

»Aloys Penentrier.«

»Ein französischer Name. Sie sind?«

»Rentier.«

»Sie können sich als solcher legitimiren?«

»Vollständig. Darf ich Majestät die betreffenden Dokumente präsentiren?«

»Ist nicht nöthig. Sie sind gefälscht, und wir werden ja erfahren, von wem dies geschehen ist. Ihr wahrer Name ist der vorhin genannte, nämlich Pater Valerius. Sie sind Jesuit. Wissen Sie nicht, daß es Männern von Ihrer Kongregation bei Strafe des Stäupens verboten ist, Norland zu betreten?«

»Majestät, so wahr – –«

»Schurke, schwören Sie nicht! Ich werde Sie sofort überführen. Greifen Sie in Ihre Brusttasche, und händigen Sie mir die Dokumente aus, welche der Herzog von Raumburg soeben unterzeichnet hat, unterzeichnet bereits als »neuer König«, wie Sie selbst zu sagen sich erkühnten!«

Der Abbé wurde leichenblaß.

»Majestät, ich bin nicht im Besitz von Dokumenten, welche –«

»Still! Heraus damit, oder ich lasse Sie fesseln!«

Jetzt langte Penentrier in die Brusttasche. Die Blässe wurde womöglich noch tiefer, aber seine dunklen Augen leuchteten. Er hatte den Rücken nach der Thür gewendet und merkte nicht, daß Max hart hinter ihn getreten war.

»Gut, heraus damit, und Alles gleich zu Ende! Es lebe die Gesellschaft Jesu; nieder mit den Unterdrückern!«

Statt der Dokumente brachte er einen Revolver hervor und streckte den Arm zum Schusse aus. Ein Schlag von Maxens Faust aber ließ den Arm sinken, und der Revolver fiel zu Boden. Der König blieb ruhig sitzen, aber Brandauer trat auch herbei, und in Zeit von einer Minute war der Jesuit so gefesselt, daß er nicht die geringste Bewegung ermöglichen konnte.

»Die Papiere!« befahl der König.

Max brachte sie hervor und überreichte sie ihm. Der König las sie durch.

»Ah, Königsmord, Revolution, Landesverrath und Thronschacher für die Erlaubniß, die Brut der Jesuiten aufzunehmen! Laßt den Menschen liegen und untersucht seine Effekten!«

Bei einer oberflächlichen Untersuchung wäre sicher nichts zu finden gewesen, aber Brandauer verstand sich als Schmied auf die Konstruktion geheimer Fächer. Die Möbels, welche der Wirthin gehörten, waren allerdings mit keinem dergleichen versehen, aber der Reisekoffer des Rentiers hatte einen Doppelboden, zwischen welchem ein ganzer Stoß von Papieren lag, die mit Chifferschrift beschrieben waren.

Der Gefangene war der Untersuchung mit ruhigem Auge gefolgt, ohne ein Wort zu reden. Jetzt aber lachte er höhnisch:

»Das sind die Akten einer ganzen Verschwörung, Majestät. Versucht es, sie zu lesen!«

Max warf einen Blick auf eines der Blätter.

»Wird man vermögen dies zu dechiffriren?« frug der König.

»Ich lese es.«

»Wirklich?«

»Wirklich!«

»Pah!« lachte Penentrier. »Der Schmiedebursche mag sich die Zähne ausbeißen!«

Max drehte sich nach ihm um.

»Deine Frechheit, Schurke, kommt Deiner Bosheit und Gewissenlosigkeit vollständig gleich, aber ich muß Dir sagen, daß ich diese Schrift bereits kenne und ihren Schlüssel in der Tasche habe. Erinnerst Du Dich jenes Engländers, welcher einst in einem Coupee mit Dir fuhr, während Du auf allen Stationen einen Bericht entgegennahmst? Einen dieser Berichte eskamotirte er und ich habe ihn dechiffrirt. Hier ist er noch. Er beginnt: »Helmberg, den zweiten Juli. Lieber Bruder in Jesu,« und schließt: »Bis dahin, verehrter Bruder, sei im Herrn gegrüßt von Deinem eifrigen und getreuen *H. de M., J. de la Robe.*«

»Schuft!« knirschte der Jesuit.

»Der Herzog rühmte Deine Allwissenheit; wir wissen nicht weniger als Du. Ich selbst bin es, der den beiden Aerzten ihre

Depeschen abnahm; ich bin in Eurem Brunnen gewesen, ich habe Euch heut Abend belauscht; ich weiß Alles, was in dem geheimen Kabinete des Herzogs gesprochen wird, ja, ich weiß sogar, daß Du die Ermordung Sr. Majestät auf Dich genommen hast, daß die beiden Sternburgs verschwinden werden und daß jedes Rädchen seine Schuldigkeit thun wird, wenn der Herzog den Schlüssel an die Uhr setzt, ich bin das verborgene Auge, von dem Du vorhin mit Raumburg sprachst. Deine Schriftzeichen verrathen nicht viel Scharfsinn. Soll ich diese Dokumente vorlesen, Majestät?«

»Nein. Ich habe viel zu thun. Du aber bleibst hier und vertrittst den Gefangenen gegen jeden Besuch, welcher vorsprechen sollte. Auf diese Weise werden wir noch Manches kennen lernen, was uns fremd geblieben ist. Dabei hast Du Zeit, diese Schreiben in ordentlicher Schrift zu Papiere zu bringen. Du aber, Brandauer, besorgst einen geschlossenen Wagen, den Du selbst fährst. Du ladest den Abbé heimlich auf und bringst ihn auf die Straße nach der Irrenanstalt, bei welcher Du Punkt Mittag einzutreffen hast. Du fragst nach mir. Ich werde dort sein. Es versteht sich ganz von selbst, daß von allem Geschehenen kein Mensch etwas wissen darf. Gute Nacht!«

Er ging. Auch Brandauer entfernte sich, und Max blieb bei seinem Gefangenen allein zurück. Er steckte ihm einen Knebel in den Mund und zog ihn in eine Ecke, wo er ihn stets vor Augen haben konnte. Dann machte er sich an das Dechiffriren der in dem Koffer aufgefundenen Papiere. –

Am andern Morgen betrat ein königlicher Lakai das herzogliche Palais und überbrachte dem Herzoge ein eigenhändig geschriebenes Billet des Königs, in welchem der erstere von dem letzteren in den freundlichsten Ausdrücken zu einer Spazierfahrt eingeladen wurde.

»Sagen Sie Majestät, daß ich sofort erscheinen werde.«

Er kleidete sich in große Uniform, ließ sich über den Fluß rudern und begab sich nach dem Schlosse, wo er bereits auf der Treppe von dem Könige empfangen wurde, dessen Mienen nichts als Wohlwollen verriethen.

»Guten Morgen, Durchlaucht! Störte ich Sie in wichtigen Geschäften?«

»Ich bin zu jeder Zeit zur Verfügung, Majestät!«

»Der Morgen ist schön, ich fühlte mich etwas angegriffen, und daher entschloß ich mich zu einem kleinen Ausfluge. Wollen Sie sich anschließen?«

»Die Erlaubniß dazu ist mir eine werthvolle Auszeichnung.«

»Frühstückten Sie schon?«

»Ja.«

»So können wir sofort fahren. Kommen Sie!«

Er nahm ihn beim Arme und schritt mit ihm nach dem Schloßhofe, wo bereits sechs Rappen vor der glänzenden Equipage ungeduldig mit den Hufen scharrten. Sie stiegen ein.

»Vorwärts!«

Der Kutscher erhob nur die Hand; die Pferde zogen an; der Wagen rollte im Schritte durch die Stadt und dann wie im Fluge die Landstraße dahin. Die beiden Männer verhielten sich längere Zeit schweigend; in dem Innern des Herzogs machte sich nach und nach ein gewisses Bedenken geltend. Diese Straße führte nach der Irrenanstalt, in welcher jene unliebsame Episode gespielt hatte, welche zwischen ihm und dem Könige noch nicht erledigt war. Sollte diese Erledigung heut vorgenommen werden? Er mußte sich Gewißheit verschaffen und brach darum das Schweigen:

»Darf ich fragen, Majestät, wie weit Sie die Spazierfahrt auszudehnen gedenken?«

»So weit, bis die Rappen ermüdet sind. Sie haben sehr lange im Stalle gestanden und sollen sich einmal ausgehen. Oder wünschen Sie bald umzukehren?«

»Ich habe noch am Vormittage wichtige Konferenzen.«

»Die müssen Sie verschieben, Durchlaucht; denn auch ich habe Einiges auf dem Herzen, was gewiß von nicht geringerer Wichtigkeit ist. Ich bedarf Ihres Rathes.«

»Meine schwachen Kräfte sind zur Disposition, Majestät.«

»Sie kennen mein unbegrenztes Vertrauen zu Ihnen; es ist die Veranlassung, daß ich nicht überall selbst Einblick nahm und daher in einigen Punkten weniger au fait bin als Sie. Gerade jetzt wieder bietet sich Gelegenheit, Sie um Ihren Unterricht zu ersuchen. Wie ist unser Verhältniß zu Süderland?«

»Es ist ein in jeder Beziehung freundschaftliches.«

»In Wirklichkeit?«

»In Wirklichkeit!«

»Aber man hört doch von heimlichen Truppenzusammenziehungen, welche an der Grenze stattfinden sollen?«

»Manöverübungen, Majestät.«

»Ah, so! Sind Sie unterrichtet über die Intention, welche Nurwan-Pascha nach Süderland geführt hat?«

»Gesundheitsrücksichten.«

»Man sagt, daß er eine Marinecharge übernehmen soll?«

»Der? Ein Türke, ein Muselmann?«

»Er soll ein Christ sein.«

»Der Sultan gibt seinen Kapudan-Pascha nicht her.«

»Und wenn er dies doch und dennoch thut?«

»Unmöglich! Aber ich werde mich sofort erkundigen.«

»Prinzeß Asta sagt mir, daß sie binnen drei Tagen Norland verlassen will.«

»Leider!«

»Diese ebenso geistreiche wie gemüthvolle junge Dame ist mir lieb geworden; ich werde mich ein wenig einsam fühlen und den Fürsten von Sternburg zurückrufen. Ich bemerke, daß ich mich zu sehr zurückgezogen habe, und bedarf der Gesellschaft. Wie lange hat sein Sohn, der Kapitän, Urlaub?«

»Auf unbestimmt.«

»Auch ihn wünsche ich zu sehen. Rufen Sie ihn telegraphisch zurück!«

Die Miene des Herzogs blieb glatt, aber sein Inneres war nicht so ruhig. Was sollte diese eigenthümliche Unterhaltung? Warum sprach der König nur von Dingen, welche unter den gegenwärtigen Umständen am liebsten unerwähnt blieben?

Wieder trat ein längeres Schweigen ein, bis sie einen verdeckten Wagen passirten, auf dessen Bock der Hofschmied saß.

»Kennen Sie diesen Mann, Durchlaucht?« frug der König.

»Natürlich! Der Schmied Brandauer.«

»Ein sehr braver und treuer Charakter! Es gibt nicht viel von dieser Sorte. Sein Sohn ist von gleichem Schrot und Korn; ich habe ihn unter meine ganz besondere Protektion genommen und bin überzeugt, daß er Karriere machen wird.«

Das war wieder ein scharfer Stoß für den Herzog. Er fühlte ihn sehr wohl, aber er mußte schweigen. Nach einiger Zeit sah man über dem Städtchen die Dächer, Thürme und Zinnen der Anstalt erscheinen.

»Ist Ihnen hier ein Lohnfuhrmann Namens Beyer bekannt, Durchlaucht?« frug der schonungslose König.

»Nein,« klang es schroff und beinahe heiser. »Ich bin überhaupt nie in der Lage gewesen, mich eines Miethfuhrwerkes bedienen zu müssen.«

»Der Mann ist ein außerordentlicher Kenner aller Gebirgswege; er macht sehr interessante Fuhren nach der Grenze. Aber da liegt die Anstalt. Fast möchte ich es unternehmen, die Verwaltung einmal zu überraschen. Ist Ihnen dies genehm?«

»Vollständig.«

»Man kann die Leitung eines solchen Hauses nie scharf genug unter Aufsicht nehmen, wie Sie ja wohl auch wissen. Übrigens ist die Direktion hier nur eine provisorische, ein Zustand, den wir heut beseitigen können.«

Die Equipage hielt vor dem Thore der Anstalt. Man hatte sie kommen sehen und ihre Insassen erkannt. Die beiden Aerzte standen zum Empfange bereit und leiteten die beiden hohen Herren nach dem Direktionszimmer. Es wurden ihnen die Bücher vorgelegt, in denen eine musterhafte Ordnung herrschte.

»Nun zur Besichtigung, meine Herren,« meinte der König; »vorher aber eine Bemerkung. Der Hofschmied Brandauer nämlich wird in einigen Minuten hier eintreffen, um einen wie es scheint unheilbar Kranken, den Sie mit der größten Strenge behandeln müssen, einzuliefern. Halten Sie

Alles zum Empfange eines Tobsüchtigen schlimmsten Grades bereit. Er wird sofort nach seinem Eintreffen nach Nummer Eins gebracht und in die Zwangsjacke gesteckt.«

»Wie Majestät befehlen!« meinte der eine Arzt. »Doch gestatte ich mir die sehr gehorsame Bemerkung, daß Nummer Eins eine der größeren Zellen ist, welche für zwei Kranke eingerichtet sind.«

»Ich weiß es. Es wird bald auch ein zweiter Patient eintreffen, der dem ersten Gesellschaft zu leisten hat. Also vorwärts jetzt!«

Ein Wink des Arztes genügte, einige Wärter zum Empfange des zu erwartenden Patienten in das Sprechzimmer zu dirigiren; dann wurde die Inspektion der Räume begonnen. Durch die Thür einer der größeren Zellen hörte man ein dumpfes zweistimmiges Stöhnen. Der König wandte sich an den Herzog:

»Sie werden hier zwei Patienten finden, welche am Allerwenigsten geglaubt haben, einst in eine solche Lage zu kommen. Treten wir ein?«

Der Schließer öffnete. Der Herzog prallte gleich bei dem ersten Blicke wieder zurück. Er hatte den ehemaligen Direktor und den Oberarzt erkannt. Beide saßen einander gegenüber, mit so fest zusammengeschienten Gliedern, daß ihnen der Schaum vor dem Munde stand und sie außer jenem Stöhnen keinen Laut von sich zu geben vermochten.

»Durchlaucht, hier sehen Sie den Beweis, daß das Urtheil eines unumschränkten Herrschers gerechter sein kann als die richterliche Folgerung aus todten Paragraphen. Diese Menschen haben geistig vollständig Gesunde als wahnsinnig behandelt; die göttliche und weltliche Gerechtigkeit verlangt, daß ganz dasselbe auch mit ihnen geschehe. Sie werden ganz die Qualen ihrer einstigen Opfer zu erleiden haben, bis – bis ich Veranlassung finde, Gnade walten zu lassen.«

»Entsetzlich!« konnte der Herzog sich nicht enthalten auszurufen.

»Nein, gerecht! Entsetzlich war nur das, was sie einst thaten, sie und Diejenigen, welche ihnen die Veranlassung dazu gaben.« Und mit einem feinen Lächeln setzte er hinzu: »Nun ist wohl auch Ihre gestrige Frage beantwortet, Durchlaucht?«

»Welche Frage, Majestät?«

»Die Frage nach dem Aufenthaltsorte dieser Beiden.«

»Ich besinne mich nicht sie ausgesprochen zu haben.«

»Dann erlaube ich mir, Ihrem Gedächtnisse zu Hilfe zu kommen.«

»Ich bitte darum!«

»Sie sprachen diese Frage in Ihrem Arbeitszimmer gegen Aloys Penentrier aus, als dieser von der Ruine kam.«

Es war als habe den Herzog der Schlag getroffen, so zuckte er zusammen; doch faßte er sich augenblicklich wieder.

»Majestät, ich kenne keinen Penentrier!«

»Aber einen Pater Valerius?«

»Auch nicht.«

Da klingelte es am Eingange.

»Ich werde Ihnen denselben vorstellen, Durchlaucht. Vielleicht erinnern Sie sich dann seiner und der interessanten Verhandlungen, welche mit ihm gepflogen worden sind.«

Bei diesen Worten zog er sein Taschenbuch, notirte einige Zeilen, riß das Blatt heraus und reichte es den beiden Aerzten hin.

»Meine Herren, dieser Befehl ist streng und wörtlich auszuführen!«

Sie lasen die Worte, und man sah es ihnen an, daß sie beinahe entsetzt von denselben waren.

»Ist es möglich, Majestät?« frug der Eine fast zitternd.

»Es ist nicht nur möglich, sondern ich befehle, ich gebiete es Ihnen.«

»Wir gehorchen, Majestät. Aber man klingelte. Der erwartete Patient muß angekommen sein.«

»So begeben wir uns nach Nummer Eins.«

Als sie den Korridor betraten, in welchem diese Nummer lag, tönte ihnen ein lautes Geheul entgegen.

»Schon eingeschnallt?« frug der König.

»Ja. Die Wärter haben Ew. Majestät Befehl vernommen und darnach gehandelt.«

»So kommen Sie!«

Die Thür der Zelle stand offen. Vier starke robuste Wärter standen vor dem Zwangsstuhle, auf welchem der Angekommene festgeschnallt war. Ihm gegenüber stand ein zweiter Stuhl. Beide waren mit eisernen Klammern an die Mauer befestigt. Sobald die Wärter die Herren kommen sahen, traten sie zurück, um Platz für dieselben zu machen.

»Durchlaucht, kennen Sie diesen Mann?«

»Pen – – ah – – nein, Majestät; er ist mir vollständig unbekannt.«

»Es ist jener Penentrier, dessen Namen Sie soeben aussprechen wollten und den ich Ihnen vorzustellen versprach.«

»Was hat er gethan, Majestät?«

Der Herzog hatte seine Selbstbeherrschung wieder erlangt. Er erkannte, daß der König Alles erfahren habe und daß die Entscheidung zwischen sich selbst und dem Monarchen nicht in offener Feldschlacht falle, sondern daß ihre Stunde jetzt, hier zwischen den düstern Mauern des Irrenhauses, hereingebrochen sei. Für seine eigene Person fürchtete er nichts; er wähnte sich erhaben über die menschliche Gerechtigkeit und hatte weder bemerkt noch gehört, was die Aerzte hinter seinem Rücken den vier Wärtern heimlich zuflüsterten. Er trat, als er seine letzte Frage that, in beinahe herausfordernder Haltung einen Schritt zurück und sah dem König fest in die Augen. Dieser lächelte gleichmüthig.

»Dieser arme Mensch leidet an der unglücklichen Manie, Könige entthronen und Herzoge an ihre Stelle setzen zu wollen.«

»Ist dies bewiesen, Majestät?«

»Allerdings.«

»Durch die nöthigen und untrüglichen ärztlichen und amtlichen Zeugnisse?«

»Ganz durch dieselben untrüglichen Dokumente wie zum Beispiel einst bei dem Herrn von Wallroth und der Zigeunerin Zarba.«

»Majestät, die Oberleitung dieser Anstalt liegt für jetzt in keiner andern als in meiner Hand!«

»Und wer steht wieder über Ihnen?«

»Niemand!«

»Ah! Sollte ich vielleicht in die glückliche Lage kommen, auch an Ihnen die Spur einer unglücklichen Geistesstörung wahrzunehmen?«

»Das ist niemals zu befürchten. Meine nüchterne Denk –«

»Nüchtern? Ich möcht behaupten, daß Sie in letzter Zeit sich in einem ganz bedeutenden Delirium befunden haben!«

»Ah! Majestät sprechen in dieser Weise und zwar vor diesen Leuten hier! Nun wohl, so will ich Ihnen sagen, daß dieses Delirium um sich greifen wird, bis es sich über das ganze Land erstreckt; es wird zu einer Krisis führen, welche es offenbar macht, daß der Wahnsinn dieses vermeintlichen Kranken nichts Anderes ist, als das gesunde und sehr wohl begründete Bestreben, Norland glücklich zu machen.«

»Schön! Welches Glück meinen Sie? Wohl dieses hier?«

Er griff in die Tasche und zog die Dokumente hervor, welche der Herzog gestern dem Pater unterschrieben hatte. Er hielt sie ihm entgegen. Der Herzog erkannte sie und that einen hastigen Griff darnach. Der König zog sie zurück. Da packte ihn der Andere beim Arme.

»Diese Papiere gehören mir. Her damit!«

»Durchlaucht, bedenken Sie, wer es ist, der vor Ihnen steht!«

»In diesem Augenblicke nur ein Dieb, welcher sich mein Eigenthum angemaßt hat. Her damit, oder –!«

»Oder! Was? Durchlaucht, die Spur, von der ich vorhin sprach, wird immer deutlicher. Soll ich Sie wirklich für geisteskrank halten?«

»Herrraus!«

Er faßte den König bei der Brust. Dieser blieb ruhig.

»Meine Herren, Sie sehen, daß dieser Mann allen Ernstes

geistig gestört ist; er nennt die Majestät einen Dieb und vergreift sich sogar an ihr. Thun Sie Ihre Pflicht; ich gebe ihn in Ihre Behandlung!«

Im Nu wurde der Herzog von den vier Wärtern gepackt. Er wehrte sich mit allen Kräften gegen sie, aber all sein Zorn und all seine Körperkraft halfen ihm nichts. Er wurde überwältigt und auf den leeren Zwangsstuhl gebunden, so daß er seinem jesuitischen Verbündeten Auge in Auge gegenüber saß. Ein Knebel verhinderte ihn am Sprechen.

Auf einen Wink des Königs traten die Andern aus der Zelle, so daß er sich allein mit den beiden Internirten befand.

»Jetzt, Durchlaucht, werden Sie mich anhören müssen, ohne mich mit Ihrem Wahnsinne zu belästigen. Sie wurden geboren auf der höchsten Stufe unserer gesellschaftlichen Ordnung, aber ich habe erkennen müssen, daß Ihr moralischer Werth Sie berechtigt, Mitglied der allerniedrigsten Stufe zu sein. Es graut mir und ekelt mich, Ihnen alle Ihre Gebrechen und Verbrechen aufzuzählen, und ich kann Ihnen nur sagen, daß ich mich Ihnen und überhaupt meinem ganzen Volke gegenüber als den Stellvertreter eines Gottes fühle, dessen Liebe, Gnade und Barmherzigkeit das ganze All durchdringt, dessen Heiligkeit und Gerechtigkeit aber auch einen Jeden gerade mit dem zu bestrafen weiß, womit er sündigt. Daß ich diese Gerechtigkeit übe, haben Sie an den beiden Aerzten, Ihren Werkzeugen, gesehen und werden es auch an sich selbst erkennen. Dieses der Humanität geweihte Haus mußte Ihnen als Marterhalle für Ihre Opfer dienen, die Sie peinigen ließen, bis der Wahnsinn wirklich kam; es wird nun die Stätte Ihrer Sühne sein, wo Sie einen Blick thun sollen in die Qualen, welche Ihr entmenschtes Herz den Unschuldigen bereitete. Denken Sie nicht, daß Sie meiner Hand entkommen werden. Die jetzigen Beamten dieser Anstalt sind mir treu ergeben, denn ich habe Ihre Kreaturen entfernt. Und wie Sie selbst nicht erfuhren, wo Ihre beiden Werkzeuge hingekommen seien, so wird auch kein Mensch ahnen, wo Sie sich befinden. Ihre politischen Machinationen sind durchschaut; Sie haben aufgehört eine Person zu sein; Sie sind eine Nummer, bis ich Ihnen vielleicht einst erlaube, wieder als menschliche Individualität zu erscheinen.«

Er verließ die Zelle, welche hinter ihm fest verschlossen wurde, und begab sich mit den Aerzten nach dem Direktorialzimmer.

»Meine Herren,« befahl er hier, »ich freue mich Ihnen sagen zu können, daß ich Ihnen meine Anerkennung und Zufriedenheit schenken darf. Ich sehe mich in der Lage, dieser Anstalt einen neuen Direktor geben zu müssen. Einer von Ihnen Beiden soll es sein, und da ich Sie meines Vertrauens für gleich würdig halte, so will ich die Entscheidung nicht selbst treffen, sondern sie Ihnen allein überlassen. Besprechen und einigen Sie sich über diesen Gegenstand, es wird dies nicht schwierig sein, da ich entschlossen bin, Ihre beiderseitigen Gehalte nach gleicher Höhe zu bemessen und Sie auch in sonstiger Beziehung einander völlig gleich zu stellen. Ich erwarte baldigst Ihre Entscheidung, welcher ich meine Zustimmung geben werde. Was das heutige Ereigniß betrifft, so bleibt dasselbe in das tiefste Geheimniß gehüllt. Der Herzog hat sich verschiedener Verbrechen schuldig gemacht, von denen Sie später hören werden, er bleibt als Wahnsinniger internirt, in einer Zelle mit seinem jetzigen Gefährten, und Beide werden gleich scharf gehalten. Derjenige von Ihrem Personale, welcher den gegenwärtigen Aufenthalt des Herzogs verräth, wird als Hochverräther mit dem Tode bestraft. Weitere Befehle werden Ihnen direkt durch mich oder den Herrn Doktor Max Brandauer zugehen, den Sie als Ihren Vorgesetzten zu betrachten haben. Sie kennen ihn von seinen Besuchen her. Adieu!«

Er verließ die Anstalt, bestieg seine Equipage und fuhr im Karrière der Stadt entgegen, in deren Nähe er den Schmied überholte. Er ließ halten und stieg in den Wagen des bürgerlichen Freundes. Während die Karosse leer davonrollte, befahl er dem Schmied nach dem Gasthofe der Wittwe Barbara Seidenmüller zu fahren. Er hatte sich unter das Lederverdeck des Wagens zurückgezogen, so daß ihn kein Begegnender bemerken konnte, und als er an dem Gasthofe ausstieg, war augenblicklich Niemand zugegen.

Sie stiegen die Treppe empor und fanden Max eben dabei, das letzte Papier zur Seite zu legen. Er erhob sich und grüßte ehrfurchtsvoll.

»Fertig?« frug der König.

»Soeben, Majestät.«

»Ist Alles dechiffrirt?«

»Ja.«

»Jemand zugegen gewesen?«

»Der Prinz von Raumburg.«

»Ah, unangenehm! Kann üble Folgen haben. Was wollte er?«

»Konnte es nicht erfahren. Er öffnete die Thür, sah mich bei der Arbeit sitzen und schloß sie sofort wieder.«

»War Penentrier bereits abgeholt worden?«

»Allerdings. Ich sah den Prinzen wohl eine Viertelstunde später erst fortgehen und ahnte, daß er unten Erkundigungen eingezogen habe. Ich ging zur Wirthin und erfuhr allerdings, daß ich richtig vermuthet hatte.«

»Hat er etwas erfahren?«

»Ich hatte die Wirthin für einen solchen Fall vorher instruirt. Er erfuhr, daß ich sehr oft bei Penentrier sei und mit ihm zusammen arbeite; der Rentier müsse zu Hause sein und sich, als der Prinz öffnete, zufälliger Weise im Nebenzimmer befunden haben.«

»Gut. Er wird dennoch mißtrauisch geworden sein. Wir müssen ihn unschädlich machen, ehe ihm das Ausbleiben seines Vaters auffällig wird.«

»Er ist Mitverschworener, Majestät.«

»Aktiv oder passiv?«

»Sehr aktiv.«

»Du siehst dies aus diesen Skripturen?«

»Sie beweisen es bis zur Evidenz.«

»Was enthalten sie überhaupt?«

»Glücklicher Weise Alles, was wir wissen müssen, und vor allen Dingen eine genaue und sehr ausführliche Liste aller Verschworenen, denen bei dem Aufstande eine bedeutendere Aufgabe zufallen soll. Es befinden sich sehr distinkte Namen von Militär und Civil darunter.«

»Wir gehen in das Nebenzimmer, und Du liest Alles vor.«

»Würden Majestät nicht vorziehen, im Schlosse – –«

»Hier ist keine Zeit zu verlieren, sondern jede einzelne Minute von Werth. Und übrigens weiß ich ja noch nicht, ob ich mich von hier aus direkt nach dem Schlosse begeben kann, oder ob mich die Pflicht nicht vorher an andere Orte ruft. Auch mußt Du jetzt zugegen sein, um etwaige Besuche des Jesuiten zu empfangen.«

»Was habe ich zu thun, wenn einer der Verschworenen kommt?«

»Ihn gefangen zu nehmen und hier geheim zu halten.«

Sie begaben sich in den Nebenraum, wo Max die Vorlesung begann. Der Abbé hatte im Vertrauen auf seine Chifferschrift über die ganze Entwicklung des Aufstandes, der bereits seit langen Jahren vorbereitet worden war, bis auf den heutigen Tag sehr ausführliche Bemerkungen angesammelt, jedenfalls um später dieselben seinen Vorgesetzten einzusenden und auf diese Weise seine Verdienste in das gehörige Licht zu stellen. Es fehlte nichts als die diplomatischen Aktenstücke, welche im Geheimen zwischen dem Herzoge von Raumburg und den verschiedenen Mächten gewechselt worden waren. Diese konnten allerdings nicht in dem Besitze des Jesuiten sein.

»Hätte ich diese in den Händen,« zürnte der König, »so würde ich sie veröffentlichen und damit alle Kabinete brandmarken, welche sich mit dem Verräther in solche Unterhandlungen eingelassen haben.«

»Ein Theil davon wird sich jedenfalls in dem geheimen Archive des Herzogs befinden, und ein großer Theil der andern befindet sich vielleicht in einem Besitze, der mir zur Verfügung steht.«

»Ah! Wie heißt der Besitzer?«

»Nurwan-Pascha, Majestät.«

»Der Kapudan-Pascha des Großherrn? Wie sollte ein türkischer Offizier in den Besitz von Urkunden gelangen, welche die Diplomatie alle Ursache hat zu verbergen?«

»Erstens, Majestät, ist er kein Türke, sondern ein Christ.«

»Ah!«

»Er kennt Norland sogar ganz ausgezeichnet und hat hier seine Jugendzeit verlebt.«

»Interessant!«

»Zweitens ist er ein Todfeind des Herzogs.«

»Könntest Du dies beweisen?«

»Sehr leicht. Majestät kennen die Zigeunerin Zarba, zu welcher er einst in einer Beziehung stand, die ich nicht näher bezeichne.«

»Nun?«

»Nurwan-Pascha hieß einst Katombo und war Zigeuner. Zarba war seine Braut. Der Herzog, damals noch Prinz, raubte sie ihm und nahm ihn sogar widerrechtlich gefangen. Katombo floh, kam nach Egypten, ward Seemann und stieg zweimal bis zum Kapudan-Pascha. Majestät erinnern sich noch des Umstandes, daß der Herzog einst zur See gefangen genommen und nach Konstantinopel geschafft wurde?«

»Allerdings. Dieser Streich warf die damaligen Errungenschaften Norlands für einige Jahre über den Haufen.«

»Er wurde eben von diesem Katombo ausgeführt, und zwar mit einem kleinen Nilsandal gegen ein dreimastiges und wohlbewaffnetes Orlogschiff. Erst in Folge dieses Abenteuers wurde der Sultan auf seinen späteren Großadmiral aufmerksam.«

»Das sind ja ganz romantische Komplikationen!«

»Ebenso bemerkenswerth ist der Umstand, daß die Mutter dieser Zarba einst die Geliebte des alten verstorbenen Herzogs von Raumburg war, also zwei Herzöge, Vater und Sohn, und zwei Zigeunerinnen, Mutter und Tochter.«

»Wo befindet sich Zarba jetzt?«

»Ich weiß es nicht. Sie war mit in den Bergen und ist nicht zurückgekehrt, doch gab sie mir den Bescheid, daß sie kommen werde, wenn ihre Stunde geschlagen habe.«

»Woher soll Nurwan-Pascha diese Papiere haben?«

»Das theilte er mir nicht mit. Uebrigens konnte ich aus seinen flüchtig hingeworfenen Bemerkungen eben nur ahnen, daß er Depeschen in den Händen habe, welche sich auf die verrätherische Politik der Herzogs beziehen.«

»Und Du stehst in Verbindung mit ihm? Ich höre doch, daß er bestimmt ist, den Oberbefehl über die süderländische Flotte zu übernehmen.«

»Er hat sich hierüber mit keinem Worte geäußert. Wenn er das Kommando wirklich übernimmt, so ist es jedenfalls eine uns feindselige Politik des Sultans, welche ihm die dazu nöthige Dispensation und Erlaubniß ertheilt hat. Dennoch scheint er mehr geneigt zu sein seine eigenen Wege zu gehen, wie ich ihn überhaupt für einen so selbstständigen und stolzen Charakter halte, daß ich annehme, er sei auch als Kapudan-Pascha des Sultans stets gewohnt, nur nach eigenen Intentionen zu handeln.«

»Und es war wirklich Kapitän Sternburg, welchen Du bei ihm trafst?«

»Ja.«

»Inkognito?«

»Als sein Diener.«

»Sprachst Du bei dieser Gelegenheit nicht von einer Tochter?«

»Ich habe nicht die Erlaubniß erhalten, die Herzensangelegenheiten meines Freundes zum Gegenstande seiner Mittheilung zu machen, aber ich bin Ew. Majestät die Bemerkung schuldig, daß es von Seiten des jungen Sternburg nur die Liebe ist, welche ihn in solche Nähe zu diesem Vater und dieser Tochter brachte, welche allerdings ein Engel, ein fast unvergleichliches Wesen genannt werden muß. Bei dem alten Fürsten von Sternburg aber scheint es anders zu sein. Er hat Nurwan-Pascha in Konstantinopel kennen gelernt und vielleicht auf irgend einem Wege Kenntniß von dessen Absichten zu Süderland erhalten. Dies mag der Grund sein, daß er ihm seine Gastfreundschaft anbot, die Ursache, weshalb Nurwan-Pascha nach Tremona ging und Schloß Sternburg bezog.«

»Das sieht meinem alten ehrlichen Sternburg ähnlich. Immer bereit, für mich mit dem Säbel drein zu schlagen, hat er auch stets und überall ein wachsames Auge für meine und Norlands Interessen. Wie gut, daß Du mir den Rath gabst, ihn schleunigst zurückzurufen. Ich stelle ihn an die Spitze meiner

Truppen, die ihm ja ihre treffliche Organisation verdanken und treu zu mir halten werden, wenn erst die Böcke von den Schafen gesondert sind.«

»Und Arthur von Sternburg, Majestät?«

»Auch an ihn ist mein Befehl bereits abgegangen. Auf Deinen Rath habe ich unsern Schiffen, welche der Herzog zerstreuen wollte, Kontreordre gegeben. Ich finde in der Liste des Abbé's fast die ganze Admiralität an der Seite des Herzogs. Ich ziehe die Betreffenden ein und gebe Arthur von Sternburg trotz seiner Jugend den Oberbefehl. Er ist der tüchtigste meiner Marineoffiziere, und was ihm an Erfahrung abgeht, das wird er durch seinen besonnenen Muth und seine Gesinnungstüchtigkeit reichlich zu ersetzen wissen.«

»Das wäre geordnet, und wir könnten nun, mit Ew. Majestät Erlaubniß, an das augenblicklich Nöthigste denken. Was beschließen Majestät in Beziehung dieser Dokumente zu thun?«

»Ich werde sämmtliche Verschworene sofort gefangen nehmen und nach hier transportiren lassen. Dann hat die Hyder ihre Köpfe verloren und fällt in meine Hände.«

»Könnte nicht bei der beträchtlichen Zahl dieser Leute irgend eine Unvorsichtigkeit, eine Nachlässigkeit vorkommen oder ein Verrath geschehen?«

»Ich werde mit der Arretur nur treue Beamte betrauen!«

»Und dennoch kann sich Einer unter denselben befinden, in dem Ew. Majestät sich täuschen. Mißglückt die Arretur auch nur eines einzigen, so ist es sehr leicht möglich, daß er, um sich zu retten, die Flamme an das Pulverfaß legt, welches ja bereits bis an den Rand gefüllt ist, wie wir leider überzeugt sein müssen.«

»So soll ich die Leute frei lassen?«

»Nein, Majestät. Sie müssen unbedingt schleunigst unschädlich gemacht werden, aber in einer Weise, welche uns vollständige Sicherheit bietet, daß nicht ein Einziger entkommt.«

»Kennst Du eine solche Weise?«

»Ich denke es.«

»Nun?«

»Wir arretiren sie selbst, und zwar Alle gleich mit einem Schlage.«

»Ah! Dann müßten wir sie auf irgend einen bestimmten Punkt zu vereinigen suchen?«

»Allerdings.«

»Wo?«

»An ihrem gewöhnlichen Versammlungsort, der Klosterruine.«

»Das wäre allerdings ein ganz vortrefflicher Plan, wenn er ausgeführt werden könnte.«

»Seine Ausführung ist sehr leicht möglich. Dieser Abbé hat ja die Unvorsichtigkeit begangen, ein Konzept seiner ganzen Korrespondenz aufzubewahren. Erstens kenne ich aus demselben seinen Stil und zweitens habe ich ersehen, daß alle Aufgezeichneten bereits einmal oder öfters die Ruine besucht haben müssen. Wir telegraphiren ihnen und bestellen sie, da es für heut zu spät ist, für morgen um Mitternacht zur Ruine. Sie kommen sicher. Der Ort wird von Militär umzingelt, welches ja der treue Wallroth, der das Terrain bereits kennt, besorgen kann, und so haben wir die Ueberzeugung, daß uns Keiner entkommt.«

»Und die hiesigen?«

»Das sind Fünf, deren Arretur ich selbst und der Vater besorgen können.«

»Gut; so sei es. Schreibe die Depeschen sofort; aber sorge dafür, daß uns Niemand in die Karte zu sehen vermag! Die Arretur des Prinzen werde ich selbst, und zwar gleich, übernehmen. Du, Brandauer, gehst zu Wallroth und siehst, wie es mit dem Hofprediger steht. Sobald Ihr mit diesen Obliegenheiten zu Ende seid, erwarte ich Euch im Schlosse.«

Er verließ den Gasthof und begab sich über den Fluß hinüber nach dem herzoglichen Palais. Dort frug er nach dem Prinzen, welcher einen Theil des Gebäudes bewohnte, erfuhr, daß derselbe anwesend sei, und ließ sich bei ihm melden. Natürlich wurde er sofort empfangen. Der Prinz, welcher seine volle Generalsuniform trug und augenscheinlich zum

Ausgehen bereit gewesen war, kam ihm mit gut gegebener Ehrfurcht entgegen.

»Majestät! Welch hohe und unerwartete Ehre! Ich vernahm, daß Ew. Königliche Hoheit geruht hätten, mit Papa auszufahren?«

»Ich bin bereits wieder zurück, wie Sie sehen, General.«

»Und der Vater?«

»Es sind sehr wichtige Angelegenheiten, welche ihn veranlaßt haben, sich meiner Wiederkehr nicht anzuschließen. Ich kam, um Sie davon zu benachrichtigen und Ihnen bei dieser Gelegenheit einige Mittheilungen zu machen.«

»Ich höre, Majestät!« antwortete der Prinz.

Er schob dem Könige ein Fauteuil entgegen und wartete, von ihm ebenso zum Platz nehmen eingeladen zu werden, was aber zu seiner Verwunderung nicht geschah. Er mußte stehen bleiben, während der König sich setzte und sogleich begann:

»Zunächst einige private Fragen: Sie hatten auf Veranlassung Ihres Vaters eine gewisse Intention in Betreff der hier anwesenden Prinzessin Asta von Süderland?«

Der Prinz erschrak recht sichtlich.

»Majestät!« war die einzige Antwort, welche er zögernd hervorbrachte.

»Sie dürfen mir offen antworten, denn Sie sehen, daß ich nicht so ununterrichtet bin, wie Sie bisher wohl angenommen haben. Ich weiß sehr genau, daß die Anwesenheit der süderländischen Herrschaften nur allein mit dieser Intention in Beziehung stand.«

»Hat Vater Ihnen die betreffende Mittheilung gemacht?«

»Leider nein, doch bin ich natürlich von anderer Seite unterrichtet worden. Wie weit ist diese Angelegenheit gediehen?«

Die Verlegenheit des Prinzen wuchs.

»Ich muß Ew. Majestät ersuchen, sich mit dieser Frage an den Vater zu wenden, da nur er kompetent ist.«

»Das ist bereits geschehen. Er sieht von dieser Spekulation vollständig ab.«

»Ah! Aus welchem Grunde?«

»Weil es die Ueberzeugung eines jeden guten Unterthanen ist, daß in solchen Angelegenheiten nur der Monarch allein zu bestimmen hat, zumal wenn mit denselben politische Berechnungen verbunden werden, welche die bestehende Ordnung in Gefahr bringen.«

»Majestät erschrecken mich! Ich war allerdings angewiesen, mich Prinzeß Asta zu nähern, habe aber nicht die mindeste Ahnung, was mit diesen politischen Umtrieben gemeint sein könne.«

»So? Auch hier dürfen Sie offen sprechen, denn ich bin in diesem Punkte ganz ebenso *au fait* wie in dem vorigen.«

»Ich ersuche Ew. Hoheit, mich gütigst zu informiren!«

»Gern! Ich werde es thun, um Ihnen den Beweis zu liefern, daß ich nicht unwissend bin. Ihre projektirte Vermählung mit der Prinzeß sollte den Hof von Süderland bewegen, Ihnen behilflich zu sein, der Thronerbe von Norland zu werden. Meine Absetzung, ja, mein Tod war eine ebenso beschlossene Sache, wie die Krönung Ihres lieben Herrn Vaters. Eine Erhebung des Volkes ist eingeleitet und, wie ich gestehe, mit sehr vieler Gewandtheit und Raffinnerie. Diese Revolution sollte Süderland die Veranlassung geben, seine Heere, welche sich bereits jenseits der Grenze konzentriren, marschiren zu lassen.«

»Majestät, das ist ja eine ganz wahnsinnige Idee!«

»Allerdings so wahnsinnig, daß Ihre Stimme zittert und Sie vor Erregung erbleichen. Leider sind mir sämmtliche Aktenstücke der Verräther in die Hände gefallen, und ich bin in der Lage, die Schlange, welche mir drohte, unschädlich zu machen.«

Der Prinz war wirklich bis zum Tode erbleicht und mußte alle Kraft aufbieten, um seine Fassung zu bewahren.

»Majestät dürfen vollständig überzeugt sein, daß sowohl ich als auch Papa einer solchen Bewegung, wenn sie in Wirklichkeit existiren sollte, vollständig fern stehen.«

»Von Ihrem Vater bin ich allerdings überzeugt, daß er derselben jetzt ganz und gar ferne steht,« antwortete der König mit Bedeutung. »Und ich wünsche sehr, diese Ueberzeugung ebenso auch von Ihnen haben zu können!«

»Das dürfen Sie, bei meiner Ehre!«

»Bei Ihrer Ehre? Prinz, bedenken Sie dieses Wort!«
»Ich werde Majestät sofort überzeugen.«
»Wodurch?«
»Ich bitte um die Erlaubniß, Ihnen bei Unterdrückung des Aufstandes mit allen Kräften dienlich sein zu dürfen.«
»Diese Erlaubniß gebe ich Ihnen vollständig, denn ich habe die Meinung, daß Sie mir sehr dienlich sein können.«
»Bestimmen Majestät die Art und Weise!«
»Sie wird nicht eine aktive, sondern eine passive sein, ganz wie bei Ihrem Herrn Papa. Sie werden sich von Allem vollständig fern zu halten haben.«
»Majestät!«
Dem Prinzen schien zu ahnen, welche Passivität der König meinte.
»Ihr Vater ist nämlich Gefangener. Sie sind ganz in demselben Grade kompromittirt wie er. Geben Sie mir die Erlaubniß, Ihre Papiere einer Durchsicht zu unterwerfen?«
»Ew. Hoheit befehlen, und ich gehorche, protestire aber gegen jede Gewaltmaßregel, welche gegen den Vater oder mich angewandt worden ist oder noch angewandt werden könnte!«
»Ich pflege nur solche Maßregeln zu ergreifen, zu denen ich mich befugt und genöthigt sehe.«
»Dabei wäre wohl zu bedenken, daß der hohe Rang der Familie Raumburg in jeder, ich sage, in jeder Lage unbedingt zu berücksichtigen ist!«
»Ich stimme bei. Sowohl die bürgerliche Stellung, als auch der Bildungsgrad und das genossene Vertrauen sind Faktoren, mit denen man ebenso zu rechnen hat, wie mit der Größe der Pflichten, welche eigentlich zu erfüllen waren. Wem viel gegeben ist, von dem wird auch viel gefordert, und der wird auch strenger bestraft, sobald er mit seinem Pfunde sündigte. Kommen Sie in Ihr Arbeitskabinet!«
»Ich gebe mein Ehrenwort, daß nichts zu finden ist, was Veranlassung geben könnte, mich unter eine Anklage zu stellen!«
»Sie gaben bereits vorhin einmal Ihr Ehrenwort und ich war überzeugt, daß Sie die Unwahrheit sprachen.«

»Wie? Majestät nennen mich einen Lügner? Es ist zu bedenken, daß ich mich im Hause Raumburg und inmitten einer Dienerschaft befinde, deren Treue mir die Mittel bietet, jeder Gewalt kräftig entgegen zu treten!«

»Sie wagen es, Ihrem Könige zu drohen? Pah! Ich bin nicht so isolirt, wie Sie meinen dürften. Versuchen Sie den geringsten Widerstand, so sind Sie unrettbar und für immer verloren. Ich kenne allerdings die Gewaltthätigkeiten, welche von jeher im Hause Raumburg verübt worden sind, und habe meine Vorkehrungen so getroffen, daß wenigstens die Majestät hier sicher ist!«

Der Prinz wurde durch diese Worte sichtlich eingeschüchtert; er zögerte, sein Arbeitszimmer zu betreten.

»Wenn Vater sich im Prisson befindet, so muß ich fragen, welcher Ort sein unfreiwilliger Aufenthalt ist?«

»Es wird auf Ihr Verhalten ankommen, ob Ihnen darüber eine Mittheilung gemacht werden kann. Ich ersuche Sie zum letzten Male um Vorlegung Ihrer Korrespondenz. Oder wünschen Sie, daß ich Ihre Wohnung polizeilich durchsuchen lasse? Sie sehen, daß ich allerdings geneigt bin, Ihren Rang zu berücksichtigen, indem ich amtliche Hände von Ihnen fern zu halten suche.«

»Ich füge mich!«

Sie traten in das Studierzimmer des Generals.

»Setzen Sie sich in diese Ecke, Prinz!« befahl der König. »Sie erheben sich nicht eher, als bis ich Ihnen die Erlaubniß dazu ertheile. Im Gegenfalle muß ich die in Bereitschaft stehende Hilfe rufen und kann dann keine Rücksicht mehr walten lassen.«

Der Monarch begann die Untersuchung in der Erwartung, daß er nichts Bedeutendes finden werde, fühlte sich aber sehr bald enttäuscht, denn bereits nach kurzer Zeit kam ihm ein Päckchen Briefe und Aufzeichnungen in die Hand, aus denen die sehr eingehende Betheiligung des Prinzen leicht zu beweisen war.

»Wie steht es nun mit Ihrem Ehrenworte?« frug er. »Nur der jugendliche Leichtsinn und das Einwiegen in vollständige

Sicherheit konnten diesen offenen Ort zum Aufbewahrungsorte so wichtiger Skripturen wählen. Ein Anderer hätte sie wenigstens in ein verborgenes Fach gelegt, ungefähr wie dieses, welches ich jetzt öffne.«

In demselben fanden sich neue Belege; die vorigen waren jedenfalls vor kurzer Zeit gebraucht und nicht wieder zurückgelegt worden. Der Prinz mußte einsehen, daß ein Leugnen jetzt vollständig unmöglich war. Er schwieg, aber seine Hand lag am Degen, und sein Blick suchte die geladenen Reiterpistolen, welche nebst anderen Waffen an der Wand hingen. Der König bemerkte dies, schien es aber gar nicht zu beachten.

»Sie werden jetzt die Güte haben, mich in das Arbeitszimmer Ihres Vaters zu geleiten. Man muß sehen, ob dort vielleicht ein ähnlicher Fund zu machen ist!«

Die Augen des Prinzen leuchteten auf. Der Befehl des Königs mußte in ihm einen Gedanken erweckt haben, welcher vortheilhaft für ihn war. Er nahm eine kleinmüthige Miene an.

»Majestät, kann ein offenes Geständniß jene Rücksicht erwecken, um welche ich vorhin bat?«

»Allerdings. Doch muß ich bemerken, daß Sie nicht um dieselbe gebeten, sondern sie sehr streng gefordert haben.«

»So bemühen sich Ew. Hoheit mit mir nach den Räumen meines Vaters. Ich werde Ihnen Alles ausantworten, was auf diese unglückselige Angelegenheit Bezug hat.«

Der König hatte den Blick gesehen. Er trat zur Wand und nahm die beiden Pistolen herab.

»Erlauben Sie vorher, diese Waffen zu mir zu stecken!«

»Sie stehen zur Verfügung,« meinte der Prinz, und dieses Mal bemerkte der König das höhnische Lächeln nicht, welches über die Züge seines Gegners glitt.

Beide schritten den Korridor entlang nach den Appartements des Herzogs. Die ihnen begegnenden Diener verbeugten sich so tief, daß keiner von ihnen eine Spur des Vorgefallenen in ihren Gesichtern bemerken konnte. Im Arbeitszimmer seines Vaters angekommen, meinte der Prinz:

»Hier ist nichts zu finden, Majestät. Vater pflegt Alles in seinem geheimen Kabinete aufzubewahren.«

»Wo befindet sich dasselbe?«
»Hinter der Bibliothek.«
»So kommen Sie!«
In der Bibliothek angelangt, trat der Prinz an die Wand, nahm ein Buch von seinem Orte und drückte an einem dahinter befindlichen Knopfe. Ein leises Rollen ließ sich vernehmen.
»Was thun Sie?«
»Ich öffne die geheime Thür.«
Er stellte das Buch wieder an seinen Platz und zog das Büchergestell da, wo sich die Thür befand, zur Seite. Die Treppenöffnung wurde sichtbar.
»Bitte, Majestät!«
»Nein, gehen Sie voran!«
»Ganz wie Ew. Hoheit befehlen!«
Er stieg langsam einige Stufen hinab, hart hinter sich den König. Da plötzlich wandte er sich zurück, faßte den letzteren, der sich einen solchen Angriff nicht vermuthet hatte, um die Arme, riß ihn an sich vorüber und schleuderte ihn die Treppe hinab. Er selbst war mit einigen Sprüngen wieder in der Bibliothek, zog in fieberhafter Eile ein zweites Buch hervor, drückte an einem ebenso dahinter befindlichen Knopf und lauschte. Ein ähnliches Rollen ließ sich vernehmen. Seine gespannten Züge legten sich in ein befriedigtes Lächeln.
»Gefangen! Wie gut war es, daß Vater kürzlich die eisernen Fallschieber anbrachte. Ihre ungeheure Nützlichkeit bei einem Falle wie der gegenwärtige hat sich jetzt gezeigt. Selbst wer den verborgenen Gang kennt, ist rettungslos verloren, wenn er zwischen diese Schieber kommt.«
Er schob die Thür wieder zu, verließ die Bibliothek und trat an den Schreibtisch seines Vaters.
»Fort mit den Papieren! Und dann muß ich zunächst sehen, welches der Sukkurs ist, von dem der König sprach.«
Er öffnete ein Fach des Tisches und steckte einen Pakt Schriften zu sich. Dann trat er hinaus auf den Korridor und stieg eine Treppe empor, welche auf das platte, mit einer hohen Steinbalustrade eingefaßte Dach des Palastes führte.

Ein Gang um dasselbe genügte, ihm zu zeigen, daß in der ganzen Gegend nicht eine einzige polizeiliche oder ähnliche Person postirt sei.

»Ah, bloße Einschüchterung! Schadet aber nichts, er ist ja gefangen. Aber das ist sicher, daß wir verrathen sind. Es ist kein Augenblick Zeit zu verlieren, und nicht einmal nach dem Aufenthaltsorte des Vaters darf ich forschen. Geld her; dann zur Prinzessin und nachher fort, schleunigst fort und noch heut den Aufstand wach gerufen. Um Mitternacht befindet sich die Residenz bereits in den Händen der Aufständischen und dann kehre ich zurück. Vater wird dann leicht gefunden sein.«

Er stieg hinab in seine Studierstube und schrieb eiligst einige Billets, welche er in Couverts wohl verschloß, und eine Depesche. Diese war an den König von Süderland gerichtet und lautete nur: »Gleich nach Empfang. Raumburg.«

Jetzt klingelt er. Ein Diener erschien.

»Hat der König mit Jemand gesprochen, als er jetzt ging?« frug er diesen.

»Ich habe die Entfernung der Majestät nicht bemerkt, Durchlaucht,« lautete die Antwort.

»Aufpassen! Einen König bemerkt man allemal, und Ihr wußtet ja, daß er bei mir war. Diese Billets besorgt Heinrich eiligst an ihre Adresse, und Du nimmst ein Pferd, reitest augenblicklich nach dem ersten Anhaltepunkte der Südbahn und gibst diese Depesche auf. Franz schirrt schnell an; ich fahre zur Prinzessin von Süderland. Du haftest mit Deiner Stellung für die schleunigste Erfüllung dieser Befehle!«

Der Diener entfernte sich. Der Prinz legte seine Uniform ab und kleidete sich in Civil. Ein kleines Handköfferchen nahm die geheimen Papiere und die vorhandenen Gelder auf; dann begab er sich hinab in den Hof.

Der Kutscher schwang sich soeben auf den Bock, und Franz, der Diener öffnete den Schlag, um seinen Herrn einsteigen zu lassen. Der Wagen, welcher natürlich nicht per Kahn übergesetzt werden konnte, rollte der Brücke zu, welche weit oberhalb des herzoglichen Palais über den Fluß führte.

Unterdessen hatte Max seine Depeschen geschrieben und sie

aufgegeben. Dann schritt er der Schmiede zu. Die drei Gesellen standen bei der Arbeit; sie mußten fleißig sein, um den fehlenden Meister mit zu ersetzen.

»Was muß nur seit gestern los sein?« meinte Heinrich, der Artillerist, indem er ein mit der Zange gefaßtes Eisen in die Gluth schob und dann den Blasebalg in Bewegung setzte.

»Halte den Schnapel!« antwortete Thomas. »Hape etwa ich oder der Paldrian danach gefragt?«

»Na, man wird doch wohl fragen können, ob –«

»Still, alte Wißpegierde! Du hast gar nichts zu fragen op! Wir hapen Ordre zu pariren, den Pefehlen zu gehorchen und uns um weiter nichts zu pekümmern. Ueprigens kommt da drüpen der junge Herr. Frage nur ihn selper, wenn Du apgedonnert werden willst!«

Max trat ein.

»Habt Ihr sehr nothwendig?« frug er.

»Es gipt viel zu thun,« antwortete der Obergeselle. »Aper wenn uns der Herr Doktor prauchen sollte, so sind wir sehr pereit.«

»So legt die Arbeit weg und zieht Euch an. Ihr sollt mir helfen.«

»Was?«

»Einige Leute heimlich arretiren.«

»Ah, wieder Spitzpupen! Gleich fertig, Herr Doktor!«

»Wer zuerst fertig ist, holt den Kutschwagen, mit dem der Meister heut gefahren ist. Er steht bei Eurer Barbara vor der Thür und wird schnell hierher gebracht. Uebrigens muß Alles so geheim geschehen, daß kein Mensch eine Ahnung von dem hat, was wir thun.«

»Zu Pefehl, Herr Doktor!«

Max besann sich.

»Halt, noch besser! Ich brauche nur Thomas. Ihr Andern arbeitet fort. Ich werde mehrere einzelne Herren bringen. Sobald sie die Werkstatt betreten haben, faßt und bindet Ihr sie und schafft sie in die Eisenkammer, wie damals den Helbig. Sie werden auf das Strengste bewacht, bis ich weiter über sie bestimme! Es versteht sich von selbst, daß Ihr dafür sorgt, daß jetzt Niemand, der uns stören könnte, die Schmiede betritt.«

Er ging in die Stube zur Mutter. Baldrian und Heinrich arbeiteten mit den Lehrjungen fort. Nach kaum zwei Minuten kam Thomas aus seiner Kammer herab.

»Freue mich wie ein Schneekönig auf dieses neue Apenteuer. Euch aper, Ihr Lehrpupen, sage ich, daß Ihr Euch wacker haltet und den Schnapel nicht aufthut, pis Ihr die Erlaubniß pekommt zu reden. Adio!«

Er stieg mit großen Schritten die Straße hinab zu seiner Barbara, die er aber nicht zu sehen bekam, weil er gar nicht eintrat, sondern das Sattelpferd wieder einsträngte, auf den Bock stieg und zur Schmiede zurückkehrte. Max trat heraus und stieg ein.

»Wohin?« frug Thomas.

»Kriegsminister.«

»Hm!« machte der Geselle.

Es mochte ihm doch etwas zu ungewöhnlich erscheinen, einen Kriegsminister in die Eisenkammer zu stecken. Er zog an, und der Wagen setzte sich in Bewegung. Kurze Zeit nachher hielt er vor dem Hotel des Ministers, von dem Max wußte, daß er jetzt nicht im Ministerium beschäftigt, sondern zu Hause anzutreffen sei. Er ließ sich melden und wurde vorgelassen. Der hohe Beamte wußte wie Jedermann, daß der König mit der Familie Brandauer in engem Verkehre stehe, und vermuthete in Folge dessen, daß die Anwesenheit des Schmiedesohnes mit einer nicht unwichtigen Angelegenheit in Verbindung stehe. Daher seine Bereitschaft ihn zu empfangen.

Als Max eintrat befand er sich ganz allein in seinem Gemache.

»Sie sind der Herr Doktor Brandauer?«

»Aufzuwarten, Excellenz.«

»Was bringen oder was wünschen Sie?«

»Ich komme als Beauftragter Sr. Majestät.«

»Ah!«

»Excellenz wissen vielleicht, daß Seine Majestät sich beinahe täglich in unserer Behausung befinden –«

»Allerdings.«

»Majestät wünschen Sie gegenwärtig bei uns zu sehen.«

»Bei Ihnen? Jetzt?«

»Ja.«

»In welcher Angelegenheit?«

»Ob diese Angelegenheit den Kavalleriebeschlag oder Aehnliches betrifft, weiß ich nicht. Mir wurde nur bedeutet, zu Ihnen zu fahren, um Sie zu einer augenblicklichen Konferenz einzuladen.«

»Mich allein?«

»Es werden noch einige sehr hoch gestellte Herren gegenwärtig sein.«

»Sonderbar. Eine Konferenz in der Schmiede! Dürfen Andere davon wissen?«

»Majestät hat mich beauftragt, Ihnen die tiefste Verschwiegenheit zu empfehlen.«

»Sie haben selbst einen Wagen?«

»Ja; er steht Excellenz zu Diensten.«

»Ich komme sofort. Warten Sie hier!«

Der Minister trat in das Nebengemach und kehrte bald in einem wenig auffälligen Anzuge zurück. Er folgte Max nach dem Wagen, und nachdem Beide denselben bestiegen hatten, fuhr Thomas im Trabe nach der Schmiede. Vor derselben angekommen, stieg er ab und öffnete den Schlag; dann trat er hinter Max und dem Minister in das Haus.

»Wo befinden sich Majestät?« frug der letztere.

»Er wird pald kommen,« antwortete Thomas. »Warten Sie nur noch ein Pischen!«

Bei diesen Worten faßte er den Minister von hinten. Max griff mit den Gesellen ebenfalls zu; die Lehrjungen brachten die Stricke herbei, und ehe der Gefangene nur zum rechten Bewußtsein seiner so unerwarteten Lage gekommen war, lag er gebunden und geknebelt in der Eisenkammer, deren schwere Thür sich hinter ihm schloß.

Auf diese Weise währte es kaum eine Stunde, so hatte Max die in der Residenz wohnenden und auf der Liste angegebenen Verschworenen beisammen, ausgenommen den Hofprediger, zu dem er sich auch noch begab. Eben stieg er aus dem Wagen, als er seinen Vater daherkommen sah. Dieser beschleunigte seine Schritte und frug, als er mit ihm in den Flur trat:

»Wie weit bist Du?«

»Fertig, bis auf diesen Einen. Die Depeschen sind besorgt und die Männer gefangen. Und Du?«

»Ich habe bisher vergebens auf den König gewartet. Er wollte Prinz Raumburg gefangen nehmen; es wird ihm doch nicht ein Unglück passirt sein? Es ließ mir keine Ruhe; ich mußte Wallroth und Dich suchen.«

»Wenn er noch nicht da ist, muß allerdings irgend eine Störung oder etwas Aehnliches zu Grunde liegen, und –«

Er wurde durch den Eintritt eines Mannes unterbrochen, welcher schnell an ihnen vorüber wollte. Er trug Raumburgische Livree.

»Wo wollen Sie hin?« frug Max.

Der Mann besah sich den Frager, und da derselbe anständige Kleidung trug, würdigte er ihn einer Antwort:

»Zum Herrn Hofprediger.«

»Was wünschen Sie bei demselben?«

»Gehören Sie zu ihm?«

»Ich habe Alles Eingehende zu empfangen.«

»Hier ist ein Billet abzugeben.«

»Müssen Sie es eigenhändig überreichen?«

»Das ist mir nicht ausdrücklich anbefohlen.«

»Von wem ist es?«

»Von Seiner Durchlaucht, General von Raumburg.«

»Ah; kommen Sie mit!«

Sie nahmen den Diener mit in das Zimmer, in welchem sich der Major befand.

»Ein Billet des Prinzen Raumburg an den Hofprediger,« meldete Max an Wallroth. »Ich werde es erbrechen.«

Er las es und reichte es dann dem Major und dem Vater entgegen. Es enthielt folgende Zeilen:

»Wir sind verrathen, doch ist noch nichts verloren. Zwar hat der König auf unbegreifliche Weise alles erfahren, aber ich halte ihn in unserem Palais gefangen, eile jetzt zur Prinzessin, um deren Person in Sicherheit zu bringen, und verlasse die Stadt. Lassen Sie gegen Abend Ihre Leute los. Um Mitternacht werden die Süderländer die Grenze überschreiten, wie ich telegraphisch befohlen habe. Und meine weiteren Depeschen werden bis morgen den Aufstand über das ganze Land verbreiten. R.«

Max wandte sich an den Diener:
»Sie hatten mehrere Karten abzugeben?«
»Ja.«
»An wen?«
»Sie sehen ein, daß ich dies verschweigen muß. Ich bin Diener. Warum lasen Sie dieses Billet, ehe es in die Hände des Herrn Hofpredigers gekommen ist?«
»Meine Anstellung gibt mir das Recht dazu. Sie hatten auch ein Billet an den Herrn Kriegsminister?«
»Allerdings.«
Max nannte auch die Namen der Uebrigen her, welche er gefangen genommen hatte, und erhielt dieselbe Antwort.
»Welche haben Sie bereits abgegeben?«
»Erst das Ihrige. Ich habe meinen Gang erst begonnen.«
»Der Herr General befindet sich bei der Prinzessin von Süderland?«
»Er fuhr soeben zu ihr.«
»Sie haben also die andern Billets noch bei sich?«
»Ja.«
»Zeigen Sie her! Ich werde sie selbst besorgen.«
»Darf ich dies?«
»Sie dürfen. Hier haben Sie.«
Er griff in die Tasche und reichte dem Lakaien ein Geldstück hin, gegen welches dieser die Billets aushändigte. Er war froh, des weiteren Weges überhoben zu sein, und entfernte sich.
»Also gefangen!« rief jetzt der Schmied. »Wie bringen wir ihn los?«
»Er steckt vielleicht in dem Gange,« meinte Max.

»Unmöglich. Er würde unbedingt das Fenster finden.«

»Wenn sich nicht eine Vorrichtung da befindet, durch welche dieser Weg versperrt wird.«

»Wir müssen hin.«

»Nicht sofort. Sein Leben scheint mir nicht bedroht. Die Hauptsache ist, daß wir den Prinzen in unsere Hand bekommen, damit er nicht noch größeres Unheil anstiftet. Major, Du bleibst hier. Du, Vater, eilst zur Schmiede, um die Gefangenen zu bewachen und – – –«

»Welche Gefangenen?«

»Den Kriegsminister und so weiter. Ich habe sie in der Eisenkammer untergebracht, weil auf diese Weise Alles geheim abgemacht werden konnte. Schicke sofort alle drei Gesellen nach dem Palais der Prinzessin, vor welchem ich mit ihnen zusammenkommen werde. Aber schnell!«

Der Schmied eilte nach Hause, und Max begab sich nach dem Flusse, an welchen der Garten des Palais stieß. Er rekognoscirte zunächst die Vorderfronte des Hauses und bemerkte den herzoglichen Wagen vor dem Portale; der Prinz mußte also noch anwesend sein. Dann schritt er um das Gebäude herum und längs der Gartenmauer hin.

Diese bestand aus durchbrochener Ziegelarbeit, welche von Zeit zu Zeit von hohen Eisengittern unterbrochen war. Man konnte also von außen in den Garten sehen, doch war die Freiheit des Blickes sehr durch viele und dichte Baumgruppen beeinträchtigt. Er hatte keine Hoffnung, etwas auf sein Vorhaben Bezügliches zu bemerken, da aber vernahm er hinter der Mauer eines Gartenhäuschens eine Stimme, welche er als diejenige des Prinzen erkannte, und zu gleicher Zeit erblickte er weiter oben die drei Gesellen, welche wie unbefangene Spaziergänger herbeigeschlendert kamen.

Er gab ihnen einen Wink und wußte, daß sie ihn verstehen würden. Ein Blick rund umher belehrte ihn, daß er nicht beobachtet werde. Er streckte also die Arme aus – ein Aufschwung, eine leiser Absprung, und er stand im Garten, hart neben dem Häuschen. Die Worte, welche in demselben gesprochen wurden, konnte er sehr deutlich vernehmen, obgleich sich die beiden Personen einer halblauten Sprache befleißigten. Es war eine weibliche und eine männliche Stimme. Die letztere sprach soeben:

»Nun wohl, Königliche Hoheit, so muß ich aufrichtig sein! Sie müssen unverzüglich mit mir die Stadt und dann auch vielleicht das Land verlassen, denn noch heute Abend wird der Belagerungszustand über unsere Residenz verhängt sein.«

»Sie sprechen wie ein Träumender, Prinz!«

»Meine Worte mögen so klingen, aber ich wache dennoch und bin noch nie so nüchtern gewesen wie im gegenwärtigen Augenblicke. Heute um Mitternacht werden die Truppen Ihres königlichen Vaters die Grenze unseres Landes überschreiten – –«

»Unmöglich!«

»Und dennoch sehr wahr!«

»Was könnte meinen Vater bewegen – –«

»Es gibt sehr triftige Gründe.«

»Dann würde er mich zurückgerufen haben, um meine Freiheit nicht in Gefahr zu bringen.«

»So war es auch vorher berechnet. Aber es sind die Umstände so plötzlich und so zwingend hereingebrochen, daß Ihre zeitige Zurückberufung unmöglich ist. Heut Abend wird sich das norländische Volk erheben, um den Herzog von Raumburg als seinen König zu erklären – – –«

»Ah!« klang es erschrocken.

»Ihr Vater läßt marschiren, um die Chancen des Herzogs zu unterstützen – – –«

»Ah! Also – – oh, ich errathe!«

»Der bisherige König befindet sich bereits in meiner Gefangenschaft und wird – – –«

»Prinz!« rief sie.

»Was?«

»Ich sehe jetzt klar. Antworten Sie mir! Ihre politischen Berechnungen bezogen sich auch ein wenig auf meine Person?«

»Ein wenig? Ja, die politischen, desto mehr aber die Berechnungen meines Herzens, und ich – –«

»Bitte, hören Sie mich! Ich bin die Tochter eines Königs und habe bei der Wahl meines Gatten mehr zu berücksichtigen, als eine Dame anderen Standes; aber das steht fest: meine Hand wird nie einem Manne gehören, der nicht meine vollste Hochachtung, mein vollstes Vertrauen, und die ganze Liebe meines Herzens besitzt. Finde ich eine Person, der ich Alles dies zu widmen vermag, so will ich sogar auf meine angestammten Hoheitsrechte verzichten, wenn er einem sogenannten niederen Stande angehört, und nur ihm allein und seinem Glücke leben. Sie haben nicht den geringsten Grad meiner Zuneigung besessen; Ihre Stellung fordert mich zur Achtung auf, jetzt aber erkenne ich in Ihnen den niedrigsten Charakter, der mir nur begegnen konnte; Sie sind ein Hochverräther, Sie werfen sogar auf mich den Schmutz, der Ihnen anhaftet, denn während ich hier die höchste Gastfreundschaft genieße, wird dieselbe auf Ihre Veranlassung hin von den Meinigen mit dem schnödesten schwärzesten Undanke belohnt. Hören Sie was ich Ihnen zu sagen habe: Ich hasse, nein, ich verachte Sie! Gehen Sie sofort aus meinen Augen, sonst rufe ich meine Dienerschaft und lasse Sie wie einen Vagabunden auf die Straße bringen!«

Auf diese geharnischte Antwort blieb es einige Augenblicke ruhig, dann erklang die Stimme des Prinzen in jenem heiseren Tone, der die Folge einer Anstrengung der ganzen Selbstbeherrschung ist:

»Dies ist Ihre letzte, Ihre einzige Entscheidung, Prinzeß?«

»Meine einzige!«

»So will auch ich meine Entscheidung sagen! Ich liebe Sie; ich bete Sie an, und Sie werden meine Frau, ganz gleich, ob Sie wollen oder nicht. Wir müssen und wir werden siegen, und für diesen Fall habe ich das mündliche und schriftliche Versprechen Ihres hohen Vaters, daß Sie meine Gemahlin werden. Sie werden sich unter der Strenge der Politik zu beugen haben wie schon hundert andere Frauen königlichen Geschlechts, die dann immer noch Befriedigung ihres Herzens fanden.«

»Unmöglich. Bei der ersten Ihrer Berührungen würde ich mich tödten.«

»Lassen wir dies dahingestellt sein! Ich habe Sie jetzt nur

endgiltig zu fragen, ob Sie die Stadt augenblicklich verlassen wollen.«

»Nein; ich bleibe!«

»Sie setzen sich der größesten Gefahr aus.«

»Das will ich. Ich habe zu beweisen, daß ich mit Ihrem Verrathe nicht in der mindesten Gemeinschaft stehe.«

»So werde ich dafür sorgen, daß man Ihnen eine Sauvegarde vor die Thür stellt.«

»Ich würde dieselbe fortweisen und mich nur von Denen beschützen lassen, welche für Den kämpfen, dessen Gastfreundin ich bin. Jetzt gehen Sie. Ich habe keinen Augenblick mehr für Sie übrig!«

»Wirklich?« klang es halb erregt und halb in kaltem Hohne. »Hassen und verachten Sie mich in Wahrheit so sehr? Würden Sie wirklich bei der ersten meiner Berührungen sterben?«

»Ich würde mich tödten!«

»So will ich Ihnen das Gegentheil beweisen und Ihnen jetzt einmal im Voraus zeigen, welche Rechte mir später zur Verfügung stehen werden. Ich bitte um einen Kuß, Hoheit!«

»Frecher! Gehen Sie!«

»Einen Kuß!«

»Ich rufe um Hilfe!«

»Das wird Ihnen nichts nützen, denn ehe eine dieser dienstbaren Kreaturen kommt, wird der Kuß bereits mein geworden sein. Also!«

Max vernahm ein Geräusch, als ob der Prinz sich von seinem Sitze erhebe und sich der Prinzessin nahe. Im Nu stand er unter dem Eingange des Gartenhäuschens. Mit einer tiefen stummen Verbeugung die vor Erregung überglühte Dame grüßend, wandte er sich direkt an den Prinzen:

»Excellenz, verzeihen Sie, daß die »dienstbare Kreatur« bereits da ist, noch ehe Sie Ihren frechen Raub ausgeführt haben!«

»Ah, der Schmiedejunge!« entfuhr es den Lippen des Angeredeten, der überrascht einen Schritt zurückfuhr.

»Allerdings, mein Herr; doch habe ich mich dieser Abstammung augenscheinlich weniger zu schämen als Sie sich der

Ihrigen, da ich von mir sagen darf, daß ich mir Mühe gegeben habe, ihr Ehre zu machen, während bei Ihnen ganz das Gegentheil stattfindet.«

»Mensch! Hund!«

»Ganz nach Belieben! Aber der Schmiedejunge wagt es doch, Platz zu nehmen bei zwei Personen so hoher Distinktion, weil er weiß, daß ein Junge zuweilen achtbarer ist als ein Prinz.«

»Hinaus mit Dir, Schurke!«

»Ich habe ganz im Gegentheile sehr mit Ihnen zu sprechen, ersuche Sie aber, sich einer anständigeren Ausdrucksweise zu bedienen, da dies ganz in Ihrem eigenen Interesse liegt, weil ich, hören Sie wohl, Prinz, weil ich Ihr Schicksal in meinen Händen halte!«

»Du – Sie, in Ihren Händen?«

»Ja. Hören Sie! Sie sagten, die Armee Süderlands werde heut noch marschiren, und ich sage, daß sie geschlagen wird. Sie sagen, daß der König Ihr Gefangener sei, und ich sage, daß ich sein Gefängniß kenne; es ist der Gang, welcher aus der Bibliothek Ihres sehr erlauchten Vaters bis unter die Gartentreppe führt. Ich werde ihn befreien.«

Bei diesen Worten beobachtete er den Prinzen und sah aus dem Zucken der Augen desselben, daß er sich nicht geirrt habe. Er fuhr fort:

»Sie sagen, daß sich noch heut das Volk erheben werde, und ich verneine dies, denn die Befehle zu dieser Erhebung sind von mir aufgefangen worden. Sie befinden sich in meinen Händen.«

»Lügner!«

Max griff ruhig in die Tasche.

»Hier sind Ihre Billets. Sie werden Ihre Handschrift kennen, wie sich vermuthen läßt. Die Herren Adressaten befinden sich bereits in meiner Gefangenschaft. Nicht wahr, es ist sehr zu verwundern, daß ein »Hund«, ein »Mensch«, ein »Schmiedejunge« es wagt, zum Beispiel einen Kriegsminister zu arretiren. Der fromme Herr Hofprediger und dieser Herr Penentrier wurden bereits gestern Abend von dem Könige selbst arretirt. Ich habe alle Ihre Depeschen und Aktenstücke dechiffrirt und vermuthe, daß dieser kleine Koffer, welcher jedenfalls Ihnen gehört, noch mehr Beweisstücke in meine Hand liefern wird.«

Der Prinz zitterte vor Ueberraschung.

»Und wenn dies Alles wahr ist, was Sie sagen, so sind dennoch alle Ihre Mühen und Entdeckungen fruchtlos. Den König werden Sie nicht finden; das Volk wird doch aufstehen, und nun, da es so steht, werde ich die Stadt nicht verlassen, sondern jetzt gleich, unverweilt die Meinigen zu den Waffen rufen!«

»Das werden Sie nicht, denn Sie sind mein Gefangener!«

»Ich? Ihr Gefangener! Mensch, Sie sind wahnsinnig!«

»Dies zu denken steht Ihnen ja frei. Aber Sie dürfen mir glauben, daß sich das Volk wirklich nicht erheben wird, denn alle Häupter des Aufstandes, welche wir in der Liste des Pater Valerius verzeichnet fanden, gehen in diesem Augenblicke einer strengen Bestrafung und wenigstens einer lebenslänglichen Gefangenschaft entgegen. Auch darüber, daß Sie mein Gefangener sind, kann kein Zweifel herrschen. Ihrem Aufstande hat nur der Schmiedejunge mit einem seiner Gesellen gegenüber gestanden; aber er ist bisher Sieger gewesen und wird auch ferner Sieger bleiben. Ich verhafte Sie im Namen meines Königs!«

»Wirklich eine ganz ergötzliche Komödie. Wollen Sie heut vielleicht die Prophezeiung jener alten Zigeunerin, welche wir einst trafen, in Scene setzen? Es war da wohl von Königskronen, von einer wunderherrlichen Königin und von einem Hammer die Rede, mit welchem Sie sich ein Scepter erringen würden!«

»Sie trachten nach einem Scepter; den Hammer habe ich in der Hand. Vielleicht schlage ich Ihnen mit demselben das Scepter aus der Faust.«

»Wohlan, versuchen Sie es! Uebrigens wissen Sie zu viel von uns, als daß ich mich Ihres Schweigens nicht versichern sollte. Sie zwingen uns, schneller zu beginnen als wir wollten, und so soll der Anfang auch gerade bei Ihnen gemacht werden!«

Er riß ein Terzerol aus der Tasche – zwei Schreie erklangen. Der eine kam von den Lippen der erschrockenen Prinzessin, welche eine Bewegung machte, sich zwischen die Feinde zu werfen, dieselbe aber nicht auszuführen vermochte. Der andere erklang vom Munde des Prinzen selbst, es war ein Schmerzensschrei: denn noch ehe er loszudrücken vermochte, hatte Max die Hand sammt der Waffe mit solcher Stärke gepackt, daß sie wie in einem eisernen Schraubstocke lag.

»Bitte, königliche Hoheit, haben Sie keine Sorge, es soll vor Ihren Augen kein Tropfen Blut fließen!«

Er packte auch den andern Arm des Prinzen.

»Geben Sie sich freiwillig gefangen?«

»Nein und tausendmal nein. Ich werde um Hilfe rufen, wenn Sie nicht loslassen!«

»Rufen Sie!«

»Hil – – –!«

Er hielt mitten im Rufe inne, weil er sich bereits gerettet fühlte, da er deutlich hörte, daß sich mehrere Personen über die Mauer schwangen. Die drei Gesellen erschienen am Eingange, und Thomas war der erste, welcher eintrat.

»Was gipt es denn zu schreien, da hier? Ah, der Herr General von der Artillerie! Sollen wir ihn zusammenwickeln, Herr Doktor?«

»Ja.«

»Zu Pefehl! Komm mein Söhnchen und laß Dich umärmeln!«

»Fort von hier!« gebot der Prinz. »Ich rufe die Schiffer herbei, Ihr Mörder!«

»Soll ich ihm eins gepen, Herr Doktor?«

»Ja.«

»Zu Pefehl! hier; wohl pekomms!«

Er traf mit seiner Faust den Prinzen so vor die Stirn, daß dieser bewußtlos zusammenfiel.

»Was nun, Herr Doktor?«

Max wandte sich an die Prinzessin:

»Verzeihung, königliche Hoheit, daß mir die Umstände nicht gestatteten, dem Auge eines Engels eine solche Scene zu verhüllen. Ich fühle die Verpflichtung, Ihnen vollständige Aufklärung zu geben und bitte nur um die Erlaubniß, meinen Arrestanten, noch ehe ihm das Bewußtsein wiederkehrt, fortzuschaffen.«

»Thun Sie es!«

»Bindet ihn fest; gebt ihm einen Knebel, daß er nicht sprechen kann, und tragt ihn zum Meister, der ihn zu den Andern stecken mag!«

»Aper wie sollen wir ihn fortpringen?« frug Thomas. »Es darf ihn doch Niemand zu sehen pekommen.«

»Dort am Gewächshause lehnt eine Trage, und hier bei den Frühbeeten liegt Stroh. Wickelt ihn so ein, daß seine Glieder vollständig verhüllt sind; dann wird es gehen.«

Jetzt erhob sich die Prinzessin von dem Sitze, auf welchen sie niedergesunken war.

»Mein Herr, ich sehe noch nicht klar, aber ich fühle, daß Sie das Richtige thun und werde Ihnen behilflich sein. Hier ist der Schlüssel zum Gartenthore, welches nach dem Flusse führt.«

»Danke, Hoheit!«

Er nahm den Schlüssel und übergab ihn Thomas.

»Sucht zuvor einmal die Taschen des Gefangenen durch nach Papieren und dem Schlüsselchen zu diesem Koffer.«

»Hape ihn pereits, Herr Doktor. Hier ist er.«

»Und hier ist eine Brieftasche.«

»Weiter nichts?«

»Nein.«

»Dann fort mit ihm! Werdet Ihr es fertig bringen, ohne daß es auffällig wird, Baldrian?«

Dieser nickte bedächtig.

»Das ist am Den!«

Sie entfernten sich mit dem Prinzen, wickelten ihn in das Stroh, banden ihn auf die Tragbahre und trugen ihn davon.

Jetzt befand sich Max mit Derjenigen allein, deren Bild sich ihm bis in die tiefste Tiefe seines Herzens und Lebens eingeprägt hatte. Er stand vor ihr so schön und stolz und doch so bescheiden und ergeben; sie sah es und fühlte, ohne es sich zu gestehen, daß Ihr Auge noch keinen Mann gesehen habe, den sie mit ihm vergleichen könne.

»Hoheit – –!«

»Bitte, nehmen Sie Platz!«

»Ich gehorche!«

»Ihr Name ist Brandauer?«

»Ja.«

»Seine Majestät, der König, verkehren viel und freundlich in Ihrer Familie?«

»Ich bin so glücklich, dies behaupten zu können.«

»Ich beneide Sie, denn der Vater Ihres Landes ist ein Mann, dem ich meine vollste Hochachtung und Theilnahme zolle. Sie handelten jedenfalls gegenwärtig in seinem Auftrage?«

»So ist es. Königliche Hoheit gestatten mir eine kurze Darstellung der Lage. Zwar marschiren die Truppen Süderlands bereits gegen uns, aber ich weiß, daß ich mit Vertrauen spechen darf.«

»Sie dürfen es. Ich werde Norland nicht eher verlassen, als bis dieser unglückselige Zwist beseitigt ist.«

»Ich war in der Lage, den letzten Theil Ihrer Unterredung mit dem General anzuhören, und kann nicht umhin, Ihnen meine Bewunderung der edlen Gesinnungen auszudrücken, welche aus Ihren Worten sprachen. Sie dürfen versichert sein, daß weder feindselige politische noch kriegerische Verhältnisse auf Ihre gegenwärtige Situation oder das Vertrauen meines Königs für Sie von Einfluß sein werden. Er fühlt sich hoch beglückt durch Ihre Gegenwart, bedauerte herzlich Ihre projektirte baldige Abreise und wird Ihrem jetzigen Aufenthaltsort unter allen Umständen die Eigenschaft eines Sanktuarium ertheilen, dessen Frieden nicht gestört werden darf. Doch, ich beginne.«

Er begann eine Auseinandersetzung der Verhältnisse, deren Opfer sie hatte werden sollen. Zwar verschwieg er Manches, dessen Erwähnung ihm nicht geboten zu sein schien, aber sie erhielt doch ein lebendiges Bild von dem, was sie wissen sollte, und ihr Ohr lauschte auf den wohlklingenden Ton seiner Stimme, während ihr Auge an seinen männlich schönen

Zügen hing, auf denen der Einfluß der ihn beherrschenden Empfindungen deutlich zu lesen war.

»Ich danke Ihnen,« meinte sie, als er geendet hatte. »Ohne es zu wollen, haben Sie mir einen Einblick in Ihr Herz gegeben, welches warm und treu für die Sache des Rechtes und für den König schlägt, der Ihnen nicht blos Herrscher, sondern auch Freund und Vater ist. Erlauben Sie mir die Erwiderung der Hochachtung, von welcher Sie vorhin sprachen, und geben Sie mir die angenehme Hoffnung, daß es mir ermöglicht sein werde, Sie gegenwärtig nicht zum letzten Male bei mir zu sehen.«

Eine leichte flüchtige Röthe glitt bei den letzten Worten über ihre Wangen, und ihr kleines warmes Händchen, welches sie ihm entgegenreichte, ruhte einen Augenblick länger, als es nöthig gewesen war, in seiner Rechten. Ihn durchzuckte diese Berührung mit einer noch nie empfundenen Seligkeit. Er hätte sich zu ihren Füßen niederwerfen und ihr gestehen mögen, daß jeder Pulsschlag seines Herzens ihr gehöre, aber er drängte die aufwallenden Gefühle, welche ja nicht die mindeste Hoffnung auf Erwiderung haben konnten, zurück und antwortete:

»Wenn Hoheit den »Schmiedejungen« mit dem Befehle vor Ihnen zu erscheinen begnadigen, so wird er glücklich sein gehorchen zu dürfen.«

Er hatte doch etwas wärmer gesprochen, als es seine Absicht war. Sie lächelte.

»Ich befehle nicht, sondern ich bitte, Herr Doktor, und gestehe zugleich, daß diesem »Schmiedejungen« hier nicht die Idiosynkrasie begegnen wird, welche der herzogliche Prinz gefunden hat. Ich wünsche natürlich sehr, mit den Ereignissen des Tages bekannt erhalten zu werden, und da Sie in so naher Beziehung zu Ihrem Könige stehen, sehe ich in Ihnen die geeignetste Person, mir diese Bekanntschaft zu ermöglichen. Kommen Sie also, so oft es Ihnen nöthig oder genehm erscheint. Sie sind zu jeder Zeit willkommen. Doch, sagten Sie vorhin nicht, daß Sie wüßten, wo der König zurückgehalten wird?«

»Allerdings. Ich ahnte es zwar nur, habe aber aus der Miene des Prinzen gelesen, daß meine Vermuthung richtig ist.«

»Sie sprachen von einem verborgenen Gange?«

»Welcher wirklich existirt. Ich kenne ihn genau. Ich entdeckte ihn einst zufälliger Weise und benutzte ihn, den Herzog in seinen verrätherischen Machinationen zu belauschen. Es muß sich aber doch eine Vorrichtung dort befinden, welche ich nicht bemerkt habe, sonst könnte der König nicht eingeschlossen werden.«

»Sie werden ihn befreien?«

»Gewiß.«

»Nehmen Sie Militär oder Polizei zu Hilfe?«

»Keines von beiden. Was wir bisher gethan haben, ist so geheim und unbemerkt geschehen, daß Niemand eine Ahnung von der entsetzlichen Gefahr hat, welche über Norland schwebt, und wir stehen unter Umständen, welche mir gebieten, diese Vorsicht festzuhalten.«

»Aber Sie allein – werden Sie es fertig bringen?«

»Nein. Ich bedarf der Hilfe, weiß aber nicht, ob sie mir von der Seite, wo ich sie zu erbitten habe, gewährt wird oder vielmehr gewährt werden darf.«

»Ganz gewiß. Jeder rechtlich Denkende muß und wird Ihnen beistehen. Darf ich fragen, an wen Sie sich wenden werden?«

»An Sie allein, Hoheit.«

»An mich?« frug sie verwundert. »Wie könnte ich Ihnen bei der Befreiung des Königs von Nutzen sein? Ich bin kein Mann und hier übrigens ohne allen Einfluß.«

»Es kommt mir nur darauf an, Zutritt in die Bibliothek des Herzogs zu erhalten und mich dort eine kurze Zeit lang ungestört verweilen zu dürfen.«

»Ah, ich errathe! Aber ist meine Lage nicht eigentlich interessant? Wir sind überzeugt, daß Süderland soeben begonnen hat, seine Feindseligkeiten gegen Norland zu eröffnen, und ich, eine Tochter des Königshauses von Süderland, soll den König von Norland aus einer Lage befreien helfen, welche den Meinen die beste Aussicht auf Sieg gewährt! Was würden Sie an meiner Stelle thun?«

»Sicher ganz dasselbe, was Sie zu thun bereits fest entschlossen sind.«

Ihre beiderseitigen Blicke trafen sich mit einem Verständnisse, welches die Prinzessin abermals leicht erröthen ließ. Sie reichte ihm zum zweiten Male ihre Hand entgegen, die er an seine Lippen zu ziehen wagte.

»Ich sehe, wir verstehen uns! Der Herzog von Raumburg hat mir jüngst erlaubt, einige Bücher von ihm zu entnehmen, Herr Doktor; ich möchte mir dieselben holen. Da ich aber keine sehr bedeutenden literarischen Kenntnisse besitze, so bedarf ich eines Mannes, der mir bei der Auswahl behilflich ist. Ich lasse anspannen. Wollen Sie mich begleiten?«

»Ich gehorche gern,« lächelte er.

»So kommen Sie.«

Sie verließen den Pavillon um sich nach dem Hause zu begeben, gerade zur rechten Zeit, um Thomas zu bemerken, welcher durch das Thor in den Garten trat. Er hatte die Tragbahre auf der Schulter und kam mit langen Schritten auf die Beiden zu.

»Ists gelungen?« frug Max.

»Zu Pefehl, Herr Doktor.«

»Und Niemand hat unterwegs etwas bemerkt?«

»Kein Mensch, Herr Doktor. Der Prinz steckt pei den andern Spitzpupen.«

»Schön. Ist sonst etwas Neues vorgekommen?«

»Nichts pesonderes weiter, als daß ich dem Fritz eine Packpfeife gegepen hape, weil er mir üper meine Tapakspüchse gerathen ist. Mamsell Prinzessin, hier hapen Sie Ihren Schlüssel wieder!«

»Danke, meine Lieber, Sie gehen wieder durch das Thor, und ich werde hinter Ihnen verschließen.«

»Zu Pefehl, meine peste Fräulein Prinzessin! Hapen Sie mir sonst noch etwas zu pemerken, Herr Doktor?«

»Ja. Du gehst schnell nach Hause und holst den kleinen Dietrichring und ein kleines aber festes Stemmeisen. Ich gebrauche Beides vielleicht. Beides legst Du in dieses Köfferchen, aus welchem der Meister die Papiere nimmt, und bringst es mir hier vor das Portal. Doch gehe schnell!«

»Pin schon pereits darüper. Empfehle mich!«

Er stieg eiligst davon.

Kaum eine halbe Stunde später fuhr die Equipage der Prinzessin am Palaste des Herzogs vor und wurde von einigen Dienern empfangen, unter denen sich auch derjenige befand, welcher die Billets seines Herrn so pflichtgetreu besorgt hatte. Er erkannte Max wieder.

»Ihre Billets sind ausgehändigt worden,« benachrichtigte ihn der letztere. Ist Durchlaucht, der Herzog zu sprechen?«

»Er ist ausgefahren und noch nicht zurückgekehrt.«

»Aber der Haushofmeister?«

»Ist zugegen.«

»Führen Sie uns nach dem Salon, und rufen Sie ihn!«

Sie wurden nach dem Empfangssaale gebracht, in welchem augenblicklich der Genannte erschien. Prinzeß Asta brachte ihren Wunsch vor, welcher dem Hausbeamten natürlich als ein Befehl galt. Er erklärte sich bereit, die Herrschaften zur Bibliothek zu geleiten.

»Wo liegt diese?« frug Asta.

»Gerade gegenüber, neben dem Arbeitskabinete Seiner Durchlaucht.«

»So können Sie sich ja nicht irren, Herr Doktor,« meinte sie zu Max und fügte, zu dem Hausbeamten gewendet, hinzu: »Gestatten Sie diesem Herrn auszuwählen; denn ich hoffe nicht, daß Sie mich hier zur Einsamkeit verdammen werden!«

Der Mann war ganz entzückt, von der Prinzessin in dieser Weise ausgezeichnet und zu einer Unterhaltung eingeladen zu werden. Er geleitete Max zur Bibliothek und ließ ihn dann, zur Prinzessin zurückkehrend, allein.

Zunächst versicherte sich Max, daß er wirklich unbeobachtet sei; dann öffnete er die geheime Thür zu dem Gange und zog sie aus Vorsicht wieder hinter sich zu. Einige Stufen abwärts vernahm er ein Geräusch, als ob Jemand an einem eisernen Gegenstande arbeite. Er stieg hinab und tastete an den Fallschirm, von dessen Dasein er bisher nichts gewußt hatte. Sofort hörte das Geräusch hinter demselben auf.

»Majestät, sind Sie es?«

»Ja. Wer ist da?«

»Max Brandauer.«

»Ah, Gott sei Dank! Ich hatte auf Dich gerechnet. Kannst Du mich befreien, aber ohne Aufsehen?«

»Ich hoffe es.«

»Kennst Du diese beiden Eisenwände bereits?«

»Nein. Also zwei sind es?«

»Ja; eine vor mir und eine hinter mir.«

»In welcher Entfernung von einander?«

»Zwölf Schritte ungefähr.«

»Aus welcher Richtung sind sie vorgeschoben?«

»Von oben herabgefallen.«

»Sie stehen jedenfalls mit einem Mechanismus in Verbindung. Welche fiel zuerst nieder?«

»Die nach dem Garten zu war schon nieder, als ich den Gang betrat. Ich ließ den Prinzen vor mir gehen; er faßte mich aber plötzlich, warf mich die Stufen hinab und sprang in die Bibliothek zurück. Noch ehe ich mich aufraffen und ihm folgen konnte fiel die andere herab, und ich war eingeschlossen.«

»Jedenfalls hat er die erstere herabgelassen, noch ehe der Gang betreten wurde. Haben Sie nichts bemerkt, Majestät? Um den Gang zu öffnen, brauchte er nur ein Büchergestell abzurücken. Hat er noch eine andere Bewegung vorgenommen, einen anderen Griff gethan?«

»Ja. Links an diesem Gestell, welches sich nachher bewegte, zog er ein Buch aus dem Fache und drückte an einem Knopfe, worauf ein Rasseln zu hören war.«

»Ganz so, wie ich vermuthe. Dies war vor dem Eintritte in den Gang, den er dadurch nach außen hin abgeschlossen hat. Dann hat er Ihnen jedenfalls durch einen zweiten Knopf den Weg nach rückwärts abgeschnitten. Bitte, verhalten Sie sich ruhig. Ich werde nachsehen.«

»Wie kommst Du hierher? Du mußt Dich doch jedenfalls allein in der Bibliothek befinden?«

»Allerdings. Ich habe den Prinzen gefangen genommen.«
»Ah! Tüchtiger Kerl! Weiter!«
»Ich stellte Prinzeß Asta Ihre Lage vor, Majestät. Sie stimmte bei, mir zu helfen. Während ich versuche, diese Wände zu beseitigen, hält sie den Haushofmeister im Salon zurück. Doch haben wir jetzt keine Zeit zu verlieren, es kann jeden Augenblick ein Diener in die Bibliothek treten.«

Er kehrte in die letztere zurück und nahm seine Untersuchung vor. Bald war links von der Thür der Knopf und rechts in gleicher Entfernung von derselben ein zweiter gefunden, doch konnten beide nicht bewegt werden. Er suchte in derselben Linie nach oben und unten und fand endlich tief am Boden hinter den Büchern zwei gleiche Knöpfe, welche auf sein Drücken nachgaben. Ein zweimaliges unterirdisches Rasseln war die Folge.

Schnell brachte er die Bücher wieder an ihre Stelle und öffnete die Thür. Hinter derselben stand bereits der König.

»Frei!« jubelte er mit unterdrückter Stimme. »Die Wände sind emporgestiegen.«

»Sehr gut. So brauche ich meine Werkzeuge nicht anzuwenden, die uns durch das dabei unvermeidliche Geräusch leicht verrathen konnten.«

»Was aber nun? Wie komme ich hinaus?«

»Majestät können ja unbemerkt den Palast betreten haben und den Herzog sprechen wollen.«

»Dies möchte ich denn doch nicht thun. Jedenfalls ist die Dienerschaft in der Meinung, daß ich dieses Haus vorhin unbemerkt verlassen habe. Sollte ich es jetzt wieder betreten haben, ohne bemerkt worden zu sein, so könnte dies auffallen, und wir haben bis morgen Abend alles dergleichen zu vermeiden.«

»So gibt es nur den Weg durch das Treppenfenster. Blicken Sie hinab in den Garten, Majestät. Es befindet sich kein Mensch in demselben, und auch die Passage zwischen der Mauer und dem Flusse ist ziemlich leer. Durch die hintere Pforte werden Sie leicht den Garten verlassen können.«

»Ist sie offen?«

»Ich weiß es nicht. Für alle Fälle haben Sie hier dieses Kofferchen. Es enthält einen Meißel und einen Dietrich.«

»Komme ich gut durch das Fenster?«

»Es ist breit genug. Nur bitte ich es wieder einzusetzen, damit die geheime Passage von keinem Unberufenen bemerkt wird.«

»Und nachher?«

»Sie passiren an dem Palais vorüber. Ich werde in den Salon zurückkehren und Sie bemerken. Wir verlassen sofort das Haus und holen Sie schnell ein. Die Equipage der Prinzessin steht Ihnen dann zur Verfügung.«

»Gut. Also vorwärts!«

Er trat in den Gang zurück, welchen Max verschloß. Der letztere nahm sich darauf einige Bücher aus den Regalen und kehrte damit mit unbefangener Miene in den Salon zurück, an dessen Fenster er leicht Platz nehmen konnte, weil die Prinzessin seine Absicht errieth und den Haushofmeister mit lebhafter Unterhaltung vollständig beschäftigte.

Nach einiger Zeit schritt der König langsam vorüber, hart am Ufer des Wassers und das Gesicht dem Flusse zugekehrt, damit er nicht erkannt werde, wenn je das Auge eines Bewohners des Palais auf ihn falle. Max ergriff die Bücher und näherte sich Asta. Sie verstand ihn und erhob sich.

»Nun, Sie haben ausgewählt?«

»Dieselben, welche Sie befahlen, Hoheit.«

»Geben Sie dem Herrn Hofmeister die Nummern, damit er sie sich aufzeichnen kann.«

»O bitte, Hoheit, das ist nicht nöthig,« meinte der Genannte. »Ich bin ja glücklich Ihnen an Stelle seiner Durchlaucht dienen zu können.«

Er geleitete Beide bis an den Wagenschlag. Eine Strecke weit aufwärts erreichten sie den König, welcher einstieg. Es wurde kein Wort gesprochen, bis man das Schloß erreichte. Hier ergriff der König zum ersten Male das Wort:

»Bitte, königliche Hoheit, belieben Sie bei mir mit einzutreten!«

Sie antwortete durch eine zustimmende Verneigung. Max folgte ihnen. Im Vorzimmer erhob sich der süderländische

Gesandte von dem Sitze, auf welchem er bereits seit einiger Zeit auf den Monarchen gewartet hatte.

»Sie wünschen zu mir, Herr Baron?« frug ihn der König.

»Allerdings, Majestät.«

»Treten Sie mit ein.«

Der König führte die Prinzessin nach einer Ottomane und wandte sich dann an den Gesandten:

»Sprechen Sie!«

»Ich habe im Auftrag meines Monarchen dieses Couvert zu übergeben, Majestät.«

Der König nahm das einigermaßen große Volumen und öffnete es. Sein Gesicht nahm beim Lesen einen ganz eigenthümlichen Ausdruck an. Als er geendet hatte, blickte er dem Gesandten scharf entgegen.

»Der Inhalt dieses Königlichen Handschreibens ist Ihnen bekannt?«

»Nein.«

»Sie können dies bei Ihrer Ehre versichern?«

»Bei meiner Ehre, Majestät.«

»Darf ich fragen, mit welchen Bemerkungen Sie es für mich empfingen?«

»Es liegt bereits seit längerer Zeit bei mir. Ich hatte die Weisung, es Ew. Majestät erst nach besonderem Befehle zu überreichen. Dieser traf vor einer Stunde ein.«

»Telegraphisch?«

»Ja.«

»Haben Sie Ursache, den Wortlaut dieser Depesche als Geheimniß zu betrachten?«

»Nein. Das Telegramm befindet sich noch in meiner Tasche. Wenn Ew. Majestät befehlen – –«

»Ich bitte nur!«

»Hier!«

Er überreichte die Depesche. Sie enthielt nur folgende Weisung:

»Betreffendes Schriftstück sofort eigenhändig übergeben und abwarten, ob der König Urlaub ertheilt. Im Gegenfalle aber bleiben.«

Es war der Miene und dem ganzen Verhalten des Gesandten anzusehen, daß er über die geheimen Evolutionen seines Königs sich in vollständiger Unwissenheit befand. Er erhielt in Folge dessen einen überaus gnädigen Bescheid.

»Ich danke Ihnen sehr, Herr Baron! Der Inhalt dieses Dokumentes ist ein solcher, daß ich mir die Frage erlaube, ob Ihnen in Beziehung auf dasselbe und überhaupt vielleicht gewisse Instruktionen ertheilt worden sind, welche eine Aenderung unseres bisherigen Usus bezwecken könnten.«

»Ich muß es verneinen.«

»Ehrlich?« frug der König in halb scherzendem Tone.

»Ehrlich!«

»So will ich Ihnen bemerken, daß ich mit der Art und Weise, in welcher Sie die Interessen Ihres Landes bisher bei mir vertraten, recht sehr zufrieden bin. Ich wünsche, daß Sie noch lange Zeit auf Ihrem gegenwärtigen Posten bleiben, und werde dahin zu wirken suchen, daß auch von Seiten Ihres Königs Ihre Verdienste die richtige Anerkennung finden. Da ich in nächster Zeit Ihrer Gegenwart öfters und dringend bedarf, so wünsche ich sehr, daß Sie die Residenz nicht verlassen und mir mit dem ganzen Gesandtschaftspersonale stets zur Verfügung stehen. Adieu, Herr Baron!«

Der beglückte Mann machte vor dem Könige die tiefste und vor der Prinzessin die eleganteste seiner Verbeugungen; sogar vor Max verneigte er sich beinahe ehrerbietig; dann trat er rückwärts aus dem Zimmer.

Der König reichte das Dokument, welches er noch immer in der Hand hielt, Max entgegen.

»Lies, Doktor, und erstaune!«

Der Angeredete überflog die Zeilen und konnte sich eines kurzen Lachens nicht erwehren. Der König trat der Prinzessin näher:

»Königliche Hoheit, Sie haben vielleicht eine telegraphische und schleunige Abberufung von hier erhalten?«

»Nein, Majestät!«

»Sonderbar. Man ist da drüben jedenfalls auf eine so beschleunigte Entwicklung der Verhältnisse gar nicht gefaßt und vorbereitet gewesen. Ich kenne den Standpunkt noch nicht, auf welchen Sie sich gestellt sehen, aber meine persönliche Sympathie für Ew. Königliche Hoheit verbietet mir, Ihnen den Inhalt dieses Schreibens zu verschweigen. Seine Majestät, Ihr königlicher Herr Papa, sagt mir darin ungefähr Folgendes: Er habe zu seinem lebhaftesten Bedauern und Entsetzen vernommen, daß der Aufruhr an allen Punkten meines Landes wüthe, daß mein Thron und meine Herrschaft, daß sogar ich selbst in der ärgsten Gefahr schwebe. In dieser Lage halte er es für seine Pflicht, mir nachbarlich und hilfreich beizustehen, und da sich gerade einige Korps zum Zwecke der Manöverübungen in der Nähe der Grenze befänden, habe er den augenblicklichen Befehl ertheilt, dieselben über die Grenze zu werfen, um den Aufstand mit Gewalt der Waffen niederstrekken zu helfen. Prinzeß, darf ich um Ihre Meinung bitten!«

Asta war bis unter die Schläfe erröthet, und in ihren Augen glänzte jene Feuchtigkeit, welche nur der Zorn zu erzeugen pflegt.

»Majestät, ich bin eine Tochter meines Vaters, aber ich nenne dennoch das richtige Wort: Blamage. Eine Blamage, eine ungeheure Blamage ist es, mit welcher dieser verhaßte Raumburg das ehrwürdige Haupt meines königlichen Vaters besudelt. Ich fordere Rache und Strafe für den Missethäter, Majestät!«

»Ihre Forderung hat bereits Gewährung gefunden. Aber bedenken Sie, daß dieser Raumburg nicht allein schuldig ist!«

»Ich fühle, was Sie sagen wollen, Majestät, und ersuche Sie, mich als Geißel festzunehmen, mein Herz aber mit Vorwürfen, die mich zwar nur indirekt aber desto stärker treffen, nicht noch härter zu belasten!«

Er trat nahe an sie heran und ergriff ihre Hand. Seine Stimme klang mild und freundlich, als er bat:

»Mein liebes, gutes Kind, Sie darf nicht der lindeste Hauch eines Verweises treffen. Sie sind frei, und wollen Sie in Ihre Heimath zurückkehren, so werde ich dafür sorgen, daß dies sofort und mit der Ihnen gebührenden Würde und Sicherheit geschehen kann. Nur dann, wenn mir Gott einen Thronfolger geschenkt hätte, würde ich Sie festzuhalten suchen, aber nicht durch Gewalt, sondern mit der liebenden Bitte, nach mir die Beherrscherin meines Reiches zu werden. Also ziehen Sie in Gottes Namen von dannen, wenn Sie dies dem andern vorziehen. Wollen Sie sich aber meinen Dank, den Dank meines Volkes und auch des Ihrigen erwerben, so bleiben Sie, nicht als Geißel, sondern als freundliche Vermittlerin zwischen mir und Ihrem Vater, zwischen meinen Interessen und den seinigen, zwischen meinen Unterthanen und den Kindern Ihres Landes!«

»Majestät, ich bleibe! Was soll ich thun?«

»Senden Sie augenblicklich zwei Depeschen ab, die eine an Ihren Herrn Vater und die andere an den Kommandeur jener beiden Armeekorps, welche sich bereits über unsere Grenzen bewegen.«

»Wer ist dies?«

»Prinz Hugo, Ihr Bruder.«

»Ah! Das soll und muß sofort geschehen. Bitte, Majestät, diktiren Sie!«

»Ich kann es nicht. Max mag schreiben. Diese Depeschen könnten ja von jedem Andern auch abgefaßt sein und werden keinen Glauben finden. Max aber kennt die Fassung, in welcher die geheimen Telegramme gehalten werden; diese wird unbedingt Glauben erwecken. Mein Entschluß ist gefaßt, und meine Dispositionen sind getroffen. Auch ich habe gefehlt, gefehlt an meinem Volke dadurch, daß ich die Macht, welche mir gegeben war, in Hände gab die ihrer unwürdig waren, dadurch, daß ich meinte, diese Macht nur von Gott erhalten zu haben, ohne der Zustimmung meiner Unterthanen zu bedürfen. Sie telegraphiren jetzt, daß nicht die mindeste Spur einer Volkserhebung zu bemerken sei und in Folge dessen den Truppen Halt geboten werden müsse, wenn man sich nicht lächerlich machen wolle. Morgen Abend nehmen wir sämmtliche Häupter der Verschwörung, so weit sie sich noch nicht in unsern Händen befinden, gefangen; am nächsten Tage proklamire ich die Konstitution, deren Entwurf Max längst gefertigt hat, ohne daß ich eine Ahnung davon hatte, und zu gleicher Zeit marschire ich mit meinen Garden, welche mir treu ergeben sind, gegen die Grenze, um einem etwaigen Widerstreben des Prinzen Hugo den ersten Stand zu halten, während hinter mir die anderen Armeekörper nur des Befehles harren, sich schlagfertig zu machen und – –«

Ein eintretender Lakai unterbrach ihn.

»Im Vorzimmer steht ein Mann, welcher den Herrn Doktor Brandauer zu sprechen wünscht.«

»Wie heißt er?« frug Max.

»Thomas Schubert, der Obergeselle.«

»Ich komme – Majestät gestatten – –?«

»Du bleibst, Max. Thomas bringt jedenfalls etwas Wichtiges. Er mag eintreten.«

Der Diener entfernte sich und Thomas schritt durch die hinter ihm sich schließende Thür. Er machte den drei Personen eine Verbeugung, daß sein breiter Rücken mit den langen Beinen einen rechten Winkel bildete und richtete sich dann in stramme militärische Haltung empor.

»Majestät, erlauben Sie mir, mit meinem jungen Herrn zu reden?«

»Sprich!«

»Mein pester Herr Doktor, der Lehrpupe Fritz hat in der Schloßstraße eine Parthie Pandeisen geholt und gesehen, daß Sie hier mit den hohen Herrschaften apgestiegen sind. Daher hapen wir erfahren, daß Sie hier zu finden sind. Es ist eine Depesche an Sie apgegepen worden.«

»Hast Du sie mit?«

»Hier ist sie. Der Meister wollte sie nicht öffnen, weil sie nicht an ihn adressirt war.«

Max öffnete und las das Telegramm.

»Es ist gut. Du kannst gehen. Sage dem Vater, daß ich vielleicht bald selbst komme!«

»Zu Pefehl, mein lieber Herr Doktor!«

Mit einer zweiten Winkelreferenz verschwand er aus dem Zimmer. Max drehte sich dem Könige wieder zu.

»Erlauben mir Majestät, diese Depesche vorzulesen?«

»Bitte, lies!«

»Sie ist überraschend und lautet:

»Oberschenke Waldenberg.
An Herrn Max Brandauer.
Der Feind kommt. Die Pässe sind von meinen Leuten besetzt; er kann nicht durch. Hätten wir bis morgen einige Geschütze hier, so könnten wir ihn vier Tage lang beschäftigen. Mein Sohn mag sie uns zuführen. Sprechen Sie schnell mit dem Könige. Zarba.«

Ist das nicht merkwürdig, Majestät?«
»In hohem Grade. Hast Du eine Erklärung?«
»Vielleicht. Majestät wissen vielleicht, daß längs der Landesgrenze die lebhafteste Schmuggelei betrieben wird; aber welche Ausdehnung dieselbe besitzt, und welche bedeutende Anzahl derselben obliegen, das könnte nur der Eingeweihte sagen. Ich glaube nicht zu irren, wenn ich mehrere tausend Mann annehme, welche alle in der Führung der Waffen Meister und trotz ihres verbotenen Gewerbes ihrem Könige treu ergeben sind. Sie hassen die Süderländer und liefern ihnen sogar von Zeit zu Zeit sehr ernste und blutige Gefechte. Zarba scheint in Folge ihrer nomadischen Lebensweise in einer gewissen Bekanntschaft mit ihnen gestanden zu haben und vielleicht auch noch zu stehen. Sie hat, wohl vielleicht nur als Wahrsagerin und Heilkünstlerin, einen nicht unbedeutenden Einfluß auf sie, in Folge dessen es ihr gelungen sein kann, sie gegen die anrückenden Feinde aufzurufen. Ich halte es bei der Unwegbarkeit der Grenze und des Gebirges allerdings für sehr leicht möglich, daß einige hundert tapfere Männer, zumal wenn sie sich im Besitze einiger gut bedienter Geschütze befinden, den Feind aufzuhalten vermögen. Ueberhaupt muß ich bemerken, daß wir es beinahe nur dieser Zarba zu verdanken haben, daß wir auf die Spur des Aufstandes gekommen sind und ihr in so erfolgreicher Weise zu folgen vermochten. Ich glaube sogar, daß ihr mehr Kenntniß geheimer politischer Zustände und Intentionen zuzutrauen ist als manchem Staatsmanne, und nehme daher sehr gern an, daß sie auch jetzt genau gewußt hat, was sie thut. Ich fühle mich sehr geneigt, Majestät, die Erfüllung ihres Wunsches kräftig zu befürworten.«

»Welchen Sohn meint sie?«
»Sie hat nur diesen einen, den ja auch Majestät kennen.«
»Major von Wallroth?«
»Ja, den Sohn des Herzogs.«
»Eigenthümliche Verhältnisse! Was würde die Meinung Deines Vaters sein?«
»Ich gebe mein Wort, daß er sich meiner Befürwortung mit voller Ueberzeugung anschließen würde.«
»Also Waldenberg.«
»Oberschenke, ganz derselbe Ort, wo die Schmuggler auf Zarbas Befehl den früheren Irrenhausdirektor mit seinem Oberarzte gefangen nahmen. Auch die beiden treuen Männer, welche die Rollen dieser zwei abgesetzten Beamten drüben so vortrefflich weiter zu spielen wußten, habe ich Ew. Majestät nur auf Rath der Zigeunerin vorgeschlagen.«
»Wirklich? Du sprichst allerdings sehr warm für sie, und so sehe ich mich genöthigt, ihren Wunsch zu erfüllen. Aber darf ich meine Militärs an die Seite von Schmugglern stellen?«
»Majestät, es brauchen die Soldaten nicht zu wissen, mit welchen Gefährten sie kämpfen. Es ist überhaupt noch nicht erwiesen, daß wir es wirklich mit Paschern zu thun haben. Hat sich nicht auch die spanische Regierung der Briganti und Kontrebandisti gegen Napoleon bedient? Und, verzeihen Majestät, wer macht den Mann zum Schmuggler?«
»Du willst sagen, das Gesetz oder die falsche wirthschaftliche Politik? Ein kühner Vorwurf, Max, der ganz mit der Ansicht Deines Vaters stimmt. Doch, ich zürne Dir nicht und bin ja bereits entschlossen, die Landesgrenzzölle fallen zu lassen.«
»Ich bin wenigstens davon überzeugt, daß Major von Wallroth sich nicht schämen wird da zu kommandiren, wo Zarba thätig ist.«
»Nun wohl. Ich werde meinen Privatsekretär schicken, ihn bei dem Hofprediger abzulösen. Wir können unsere Gefangenen nicht eher als bis es Nacht ist, in die Anstalten unterbringen. Die Artillerie soll noch heute Abend ausrücken und Waldenberg im Geschwindmarsch zu erreichen suchen. Dich

aber kann ich nicht entbehren, denn wir haben eine solche Menge von komplizirten Vorkehrungen zu unserer Sicherheit zu treffen, daß mir Deine Arbeitskraft ganz unbedingt nothwendig ist.« – –

Es war zu Tremona. Ein herrlicher Tag lag über Land und See ausgebreitet. Die Sonnenstrahlen brillirten über die Wogen hin und färbten die Fluth in goldenen, silbernen und purpurnen Tinten, aus denen, wenn ein Ruder in sie tauchte oder ein Fisch aus ihnen emporschnellte, schimmernde Diamanten, Rubinen und Perlen zu springen schienen. Und vom hohen Ufer herab winkte eine Vegetation, deren tiefes saftiges Grün das Auge erquickte, wenn es von der herrlichen Scenerie der See sich ermüdet und angegriffen fühlte.

Droben im Garten von Schloß Sternburg gab es eine Laube, in der ein Menschenkind saß, welches die Schönheit der Umgebung genoß und den Balsam der würzigen Lüfte in vollen Zügen einathmete – Almah.

Neben ihr saß Mutter Horn, die Kastellanin, eine mächtige Klemmbrille auf der Nase und einen Strumpf zum Ausbessern in den Händen. Sie hatte zu ihrer großen Freude erfahren gelernt, daß sie sich dieser etwas gewöhnlichen aber doch so nothwendigen Arbeiten vor ihrer lieben süßen Türkin gar nicht zu schämen brauchte; im Gegentheile, die kleinen zarten Händchen derselben hatten ihr schon sehr oft bei solchen Dingen fleißig mitgeholfen, ein Umstand, der die Liebe der Kastellanin zu Almah noch gesteigert hätte, wenn eine solche Steigerung überhaupt möglich gewesen wäre.

Die beiden Frauen waren trotz des Naturgenusses in einer sehr lebhaften Unterhaltung begriffen.

»Und diese große Reise hat Ihnen also gar nicht geschadet?« frug Mutter Horn.

»Nicht im Geringsten; ich fühle mich sogar ganz außerordentlich gekräftigt. Und, Mütterchen, sehen Sie denn nicht, daß ich schön geworden bin? Dieses braune Gesicht gegen die bleichen Wangen, welche ich vorher hatte, nicht wahr?«

»Ja, Kindchen, Sie sehen jetzt ungeheuer kräftig aus. Aber es gibt sehr viele Männer, welche bleiche Wangen mehr lieben als braune.«

»So? Gibt es solche? Papa sagt, daß er braune Wangen gern habe, weil das ein Zeichen von Gesundheit sei. Kranke Personen sollen ja niemals braune Wangen bekommen.«

»Aber bei Hofe ist braun eine gemiedene und bleich eine recht gesuchte Farbe.«

»Ich bin ja nicht bei Hofe und will lieber braun als bleich aussehen. Denken Sie nur, wie das sonderbar schauen möchte, wenn unser Matrose bleiche Wangen hätte!«

»Unser Matrose? Wer?«

»Nun dieser Bill Willmers!«

»Ach ja, der ist ja »unser« Matrose! Und der hat sich wirklich so gut gehalten während der Reise?«

»Sehr gut. Und trotzdem habe ich ihn sehr oft und viel ausgezankt. Er sorgte nur für Papa und mich. Er hätte mir jedes Steinchen und Hölzchen unter den Füßen wegnehmen mögen, während er alle Anstrengungen trug und nur immer darauf sann, wie er uns das Reisen angenehm und leicht machen könne. Ich wünschte sehr, er wäre kein Matrose und kein Diener.«

»Nicht? Was denn?«

»Ein – ein – ein Kapudan-Pascha oder ein General oder ein – ein – ja, ein Prinz!«

»Ein Kapudan-Pascha, ein General oder gar ein Prinz! Und warum denn das, Kindchen?«

»Weil – weil – ja, ich weiß es auch nicht genau; vielleicht weil er sich dann auch so schön bedienen lassen könnte, wie er uns jetzt bedient, und weil ich ihm so etwas von Herzen gönnen würde.«

»Sie können ihn also wohl sehr gut leiden?«

»Ja, denn er ist im Uebrigen gar nicht wie ein Matrose oder Diener. Wenn man ihm einen Befehl gibt, so sieht er grad so aus, als ob er diesen nicht aus Unterwürfigkeit, sondern aus Liebe und Herablassung ausführe. Uebrigens befiehlt ihm nur Papa; ich bitte ihn stets, und wenn ich so freundlich spreche, so sieht er mich an mit ein paar Augen, mit denen ich mich von einem Andern gar nicht ansehen lassen würde.«

»Warum, Kindchen?«

»Weil – weil solche Augen nur Der haben darf, den man lieb hat.«

»Ich denke, Sie können ihn gut leiden? Und das ist doch ganz dasselbe, als ob Sie ihn lieb haben!«

»Ja, das verstehe ich nicht, und darum wollte ich eben gern, daß er ein Kapudan-Pascha oder ein Prinz oder ein General wäre. Er hätte ganz gewiß das Geschick dazu, das können Sie mir glauben. Ich habe es gesehen, als wir da droben in den Bergen von den Schmugglern angefallen wurden.«

»Angefallen sind Sie worden? Und gar noch von Schmugglern? Herrjesses, Kind, das ist ja ganz fürchterlich gefährlich!«

»Allerdings. Sie dachten, wir wären Süderländer, und verlangten uns Alles ab, was wir bei uns hatten. Aber da kamen sie bei Papa und dem Willmers an die Unrechten. Die sprangen mitten unter sie hinein und schlugen gar gewaltig um sich. Ich schrie laut vor Angst, denn ich sah, daß wir dennoch besiegt werden würden. Da rief der Willmers:

»Seid Ihr Norländer oder Süderländer?«

»Warum?« frug der Anführer.

»Antwortet nur!«

Das klang so streng und befehlshaberisch, daß der Mann sofort sagte:

»Norländer.«

Da sagte Willmers nur ein einziges Wort, und sofort ließen sie von uns ab.«

»Welches Wort?«

»Einen Namen, nämlich Zarba.«

»Wunderbar! Zarba hieß doch die Zigeunerin, deren Mutter damals der Herzog von Raumburg ermordete, wie ich Ihnen und dem Herrn Pascha erzählt habe!«

»Allerdings. Ich weiß auch nicht, wie das zusammenhängt. Ich habe Papa darüber gefragt, aber er konnte mir auch keine Auskunft geben. Aber sehen Sie den Dampfer, der jetzt in den Hafen läuft?«

»Dort? Ja. Es sind gar viele Passagiere an Bord.«
»Vielleicht ist Ihr Prinz, der Fregattenkapitän dabei.«
»Möchten Sie ihn sehen, Kind?«
»Ja, weil ich so sehr viel von ihm gehört habe. Er soll doch der beste und tapferste Seeoffizier in der ganzen norländischen Marine sein, wie mir Papa sagte.«
»Ja, das ist wahr. Und unser alter Herr, sein Vater, ist der beste und tapferste Landoffizier von Norland. Sehen Sie, jetzt hat der Dampfer angelegt, und die Passagiere steigen aus.«
»Es sind sehr viele, lauter Herren; das Schiff scheint sehr weit herzukommen. Sehen Sie den einen Herrn mit grauem Haar? Der muß sehr vornehm sein, denn er hat mehrere Diener bei sich.«
»Der? Ja, meine alten Augen sind nicht so scharf wie die Ihrigen. Ich sehe zwar – was? Herrjesses, Kindchen, das ist ja – das ist mein gnädiger Herr!«
»Der alte oder der junge?«
»Der alte natürlich, denn der junge wird doch nicht schon einen solchen grauen Kopf haben. Kindchen, Herzchen, ist das eine Freude! Ich muß fort, sogleich hinein in das Haus und dafür sorgen, daß er empfangen wird. Kommen Sie!«
»Ich, o nein!«
»Nicht? Warum nicht?«
»Empfangen Sie ihn nur einstweilen. Er ist ein so vornehmer Herr, und da fürchte ich mich. Er hat mich bereits in Konstantinopel ein Mal gesehen und mich dabei mit Augen angeblickt, so groß, wie ich noch gar keine gesehen habe.«
»So bleiben Sie hier oder gehen Sie heimlich in das Haus. Ich eile, ich fliege davon!«
Die alte treue Kastellanin sprang förmlich über die Kieswege dahin. Bill Willmers war der Erste, dem sie begegnete.
»Durchl – – wollte sagen – o, wissen Sie, wer soeben mit dem Schiffe angekommen ist?«
»Nun?«
»Seine Durchlaucht, Ihr gnädiger Herr Papa.«
»Ah, wirklich?«

»Ja; er wird sogleich den Berg heraufkommen. Wir müssen ihn mit lautem Jubel empfangen.«

»Halt, das unterbleibt!«

»Was? Warum?«

»Ich habe meine Gründe. Sie sagen blos Ihrem Manne, daß der Vater kommt, und verhalten sich im Uebrigen ganz still. Ich werde ihm entgegen gehen.«

Er trat zur kleinen Pforte und bemerkte den Fürsten, welcher den Fußpfad eingeschlagen hatte und also gerade auf ihn zukam. Auch dieser erblickte ihn und machte eine freudige Bewegung des Erkennens. Arthur aber legte die Hand an den Mund. Der Fürst verstand ihn sofort und legte die übrige Strecke des Weges in ruhiger Haltung zurück, obgleich er den Grund nicht errieth, wegen dessen er beim Wiedersehen seines Sohnes sich Zwang auferlegen sollte.

Arthur empfing ihn mit einer kalten höflichen Verneigung.

»Zu wem wünscht der Herr?«

»Zum Prinzen von Sternburg.«

»Der ist verreist.«

»Ah! Wer sind Sie?«

»Ich heiße Bill Willmers, bin eigentlich Matrose und jetzt der Diener von Nurwan-Pascha, welcher gegenwärtig auf Schloß Sternburg zugegen ist.«

»So!« lächelte mit Verständniß der alte Fürst. »Da weiß ich also schon, wen ich vor mir habe. Nun rathen Sie, wer ich bin!«

»Weiß es nicht.«

»Ich bin der Besitzer dieses Schlosses.«

»Wirklich? Durchlaucht von Sternburg, Excellenz?«

»Ja.«

»Dann Verzeihung! Ich hatte nicht die ausgezeichnete Ehre, Sie zu kennen. Das sind die Diener des gnädigen Herrn?«

»Allerdings.«

Hinter dem Fürsten standen drei Livreemänner, welche er erst in der Fremde engagirt hatte. Sie kannten also Arthur nicht, und ihretwegen hatte dieser dem Empfange seines Vaters einen so fremden Anstrich gegeben.

»Sie tragen die Effekten Ew. Durchlaucht?«

»Ja.«

»Gestatten Sie mir ein Arrangement!«

Er trat zu dem vordersten der Domestiken und erhob die Hand, um hinab nach dem Hafen zu zeigen.

»Sehen Sie dort die kleine Yacht, welche neben dem dicken Holländer liegt?«

»Ja.«

»Sie kehren sofort um und tragen diese Sachen an Bord der Yacht. Man wird Sie fragen, und Sie antworten, der Kapudan-Pascha habe es so befohlen. Der Arab-el-Bahr solle den Kessel heizen und sich die Papiere zum Auslaufen einhändigen lassen. Die Yacht wird heute zu jeder Minute segelfertig gehalten, und Sie bleiben dort und kleiden sich in Civil. Niemand darf wissen, daß Durchlaucht angekommen ist.«

Die Diener blickten ihren Herrn fragend an.

Dieser nickte ihnen zu.

»Thut dies, und verlaßt die Yacht nicht eher, als bis ich es Euch befehle!«

Sie gingen zurück, und jetzt waren Vater und Sohn allein.

»Warum diesen Empfang, Arthur?«

»Nicht hier. Komme herein, Vater. Der Pascha schreibt und wird Dich noch nicht bemerkt haben. Außer unter vier Augen behandelst Du mich als Domestiken.«

»Wo wohnt Nurwan?«

»In Deinen Räumen.«

»Und Almah?«

»Du kennst sie?«

»Ja,« lächelte er. »Ich sah sie in Konstantinopel und erkannte in ihr das Original jenes Porträts, welches Dir so werth zu sein scheint. Ist sie es?«

Arthur war erröthet.

»Sie ist es. Sie bewohnt die Thurmzimmer.«

»Und Du?«

»Die Stube neben der Küche.«

»So nehme ich diejenigen des Fregattenkapitäns Sternburg. Du aber begleitest mich vorher nach Deiner Stube.«

Sie gingen in schnellem Schritte über den Garten und Hof. Unter der Küchenthür stand der Kastellan mit seiner Frau.

»Still!« gebot Arthur. »Wo sind die Lohndiener?«
»Oben.«
»Sie dürfen nicht wissen, daß Vater angekommen ist!«
»Fräulein Almah weiß es bereits.«
»Wo ist sie?«
»Im Garten. Wir sahen den gnädigen Herrn kommen, und ich sagte ihr wer Sie sind, Excellenz.«
»Sie eilen sofort zu ihr und sagen, daß Sie sich geirrt haben; der Herr, welcher gekommen ist, war ein Fremder, der sich in dem Hause geirrt hat und mit seinen Dienern bereits wieder zurückgekehrt ist. Sie wird die Diener bereits gesehen haben; ich habe sie zurückgeschickt; der Herr selbst hat nicht den Bergpfad, sondern die Straße benützt.«
»Ich gehe sofort.«
»So darf also auch der Kapudan-Pascha nicht wissen, daß der gnädige Herr angekommen sind?« frug der Kastellan.
»Jetzt noch nicht. Komm, Vater!«

Er trat mit ihm in die Stube, welche er als Bedienter sich hatte anweisen lassen. Hier erst umarmte und küßte er ihn herzlich.

»Willkommen, mein lieber bester Papa! Du wirst Dich allerdings sehr wundern, daß –«
»Natürlich, mein Junge. Es müssen sehr eigenthümliche Umstände sein, die Dich veranlassen, die Rolle eines Bedienten zu spielen und mich in so geheimnißvoller Weise zu empfangen.«
»Freilich, Papa!«

Er erzählte ihm sein erstes Zusammentreffen mit dem Kapudan-Pascha und nahm dann ein Papier aus der Tasche.

»Lies einmal diese Depesche, welche ich heut erhielt!«
Der Fürst las:

»Sofort nach hier abreisen; auch Deinem Vater dasselbe telegraphiren; sein Aufenthalt mir unbekannt. Vorsicht! Sollt Beide noch heut von Süderland gefangen werden.
Max.«

»Ah! Welcher Max ist dies?«

»Brandauer.«

»So ist dieses Telegramm jedenfalls im Auftrage von dem Könige aufgegeben worden. Aber welche Unvorsichtigkeit! Der Telegraphenbeamte, welcher es expedirte, hatte als Süderländer wohl die Pflicht, es zurückzuhalten und Anzeige darüber zu erstatten.«

Arthur lächelte.

»Wir haben Aehnliches vorausgesehen und unsere Vorkehrungen getroffen. Einer der Beamten ist uns ergeben. Max hat vorher angefragt, ob er am Apparate sitzt. Und ebenso ergeben ist auch derjenige Telegraphist, bei welchem die Depesche aufgegeben worden ist.«

»Also man will uns fangen. Weshalb und wie? Man hat doch kein Recht zu einer solchen Maßregel.«

»Du hast meine Mittheilungen über die Politik des Herzogs von Raumburg erhalten?«

»Natürlich.«

»Er muß zum Losschlagen bereit sein. Der König hat wohl in einem solchen Falle die Absicht, Dir den Oberbefehl über das Landheer zu geben, während ich bei der Marine ein Kommando zu erwarten habe. Es liegt also im Interesse des Herzogs und Süderlands, uns Beide unschädlich zu machen.«

»Hast Du geantwortet?«

»Ja.«

»Was?«

»Daß ich sofort nach Süderhafen abgehen werde.«

»Aber Du wußtest von meinem Kommen nichts!«

»Ich telegraphirte Dir.«

»Das kann uns verrathen, wenn diese Depesche als unbestellbar zurückkommt.«

»Sie enthielt nichts als die Worte: »Sofort nach Süderhafen! Arthur.« Es kann sie also ein Jeder lesen.«

»Wenn hast du die Deinige erhalten?«

»Vor kaum einer Stunde.«

»Du reisest also ab?«

»Natürlich mit Dir.«

»Mit welchem Schiffe?«

»Diese Frage würde mir Schwierigkeiten machen. Glücklicher Weise aber liegt die Yacht des Pascha im Hafen.«

»Ah! Würde er sie Dir geben, selbst wenn er wüßte, wer Du bist?«

»Nein. Erstens braucht er sie selbst, und zweitens stehen wir uns ja feindlich gegenüber. Er wird ganz sicher den Oberbefehl über die süderländische Marine übernehmen und darf mir also nicht den geringsten Vorschub leisten, selbst wenn er es aus persönlichen Rücksichten gern thäte.«

»So willst Du Dich ihrer ohne sein Wissen bemächtigen?«

»Ja. Die paar Matrosen kennen mich als seinen Diener und werden wohl zu überlisten sein.«

»Ist nicht nothwendig. Ich kenne diese Leute von Konstantinopel her. Der Pascha hat mir die Yacht einige Male zu kleinen Ausflügen zur Verfügung gestellt. Wenn ich komme, werden sie ganz dasselbe auch hier annehmen und mir gehorchen.«

»Das ist gut. Es ist kein anderes Fahrzeug so sehr geeignet, uns schnell nach Süderhafen zu bringen, wo unserer jedenfalls neue Depeschen und Weisungen harren. Doch, wer kommt da?«

»Offiziere! Gewiß, um Dich zu besuchen! Wissen sie, daß Du anwesend bist?«

»Gewiß. Es ist der Platzkommandant mit drei Lieutenants, welche mich vor Ankunft des Pascha fast täglich hier beehrten. Er macht eine höchst amtsmäßige Miene.«

»Aber Dein Inkognito?«

»Sie wissen nichts davon. Ich lasse mich nicht sehen.«

Auch der Kastellan hatte die Kommenden bemerkt. Er trat ihnen im Flure entgegen, so daß die Beiden jedes Wort, welches draußen gesprochen wurde, vernehmen konnten:

»Sie sind der Kastellan von Schloß Sternburg?«

»Zu dienen, Herr Oberst!«

»Ist der Pascha zu sprechen?«

»Ja.«

»Auch der Herr Kapitän von Sternburg?«

»Nein.«

»Warum?«

»Er ist verreist.«

»Ah!« klang es in einem Tone, der eine hörbare Erleichterung verrieth. »Wohin?«

»Ist unbestimmt. Durchlaucht beabsichtigen eine kurze Spaziertour, bei welcher sich der Ort nie sicher angeben läßt.«

»Wann kommt er zurück?«

»Das kann heut, morgen, übermorgen sein, vielleicht auch später; ich weiß es nicht.«

»Hm! Sobald er kommt, melden Sie es. Ich habe eine so dringende Unterredung mit ihm, daß ich ihn sofort sehen muß, wenn er angekommen ist.«

»Werde es melden, Herr Oberst.«

»Wissen Sie, wo sich sein Vater, Excellenz von Sternburg, gegenwärtig befindet?«

»In Konstantinopel.«

»Ich hörte, daß er seine baldige Ankunft nach hier gemeldet hat. Haben Sie davon gehört?«

»Ja.«

»Wann wird er kommen? Sie müssen dies ja wissen, da seine Anwesenheit doch gewisser Vorbereitungen Ihrerseits bedarf.«

»In vierzehn Tagen.«

»Schön.« Er schien sich an seine Begleiter zu wenden: »Meine Herren, wir sind also für heut dieser Pflicht enthoben. Bitte, kehren Sie zurück!«

Arthur und sein Vater sahen, daß sich die Lieutenants über den Hof entfernten.

»Melden Sie mich bei dem Pascha!« hörten sie jetzt wieder die Stimme des Obersten, worauf dieser hinter dem Kastellan die Treppe emporstieg. Der letztere kam bald wieder herab und trat in die Stube.

»Haben die Herrschaften gehört?« frug er.

»Ja,« antwortete der Fürst. »Du hast Deine Sache gut gemacht. Hast Du oben nichts vernommen?«

»Ich horche nicht, wie Excellenz ja wissen; aber ich sah, daß der Oberst ein sehr großes Schreiben hervorzog, ehe er beim Pascha eintrat. Es hatte das Königliche Siegel.«

»Das genügt. Ahnst Du, weshalb der Oberst nach uns frug?«

»Nein.«

»Er hat den Auftrag, uns gefangen zu nehmen.«

»Nicht möglich!« rief der treue Mann ganz erschrocken.

»Und doch!«

»Ja, Sie dürfen es glauben,« fügte Arthur bei. »Wir werden schleunigst abreisen. Lassen Sie Ihre Frau meine sämmtliche Wäsche und Kleidung rasch einpacken; in einer Viertelstunde gehen wir.«

»Wohin soll der Koffer?«

»Hinunter zur Yacht des Pascha. Zwei der Lohndiener mögen ihn besorgen. Also schnell!«

Der Kastellan entfernte sich, noch immer bestürzt; gleich darauf trat Mutter Horn ein. Ihre ganze Erscheinung zeugte von der größten Aufregung.

»Herrjesses, meine lieben guten Herrschaften, ist denn so etwas möglich! Der gnädige Herr sind vor einer Minute erst angekommen und müssen bereits wieder fort? Das ist ja – o, und da stehe ich und plaudere. Ich muß ja gleich einpacken! In zehn Minuten bin ich mit Allem fertig!«

Sie verschwand ebenso schnell und eilig, wie sie gekommen war. Arthur zog ein Papier aus einem Fache.

»Dies wird von großem Vortheil sein, Vater.«

»Was ist es?«

»Ein Plan von Tremona, den ich heimlich zeichnete. Siehe ihn an!«

Der Fürst that es.

»Vortrefflich!«

»Wenn mir der König das nöthige Vertrauen schenkte und die dazu nothwendigen Fahrzeuge vorhanden sind, nehme ich Hafen und Stadt trotz aller Befestigungen und Torpedo's binnen drei Stunden.«

»Dies Vertrauen besitzest Du.«

»Aber die Schiffe! Der Herzog, den ich jetzt ganz durchschaue, hat sie zerstreut. Die Küste Norlands ist vollständig unbedeckt, so daß an eine Offensive zur See erst recht nicht zu denken ist.«

»Es scheint doch, daß ein Gegenbefehl gegeben worden sei. Auf meiner Fahrt nach hier bemerkten wir mehrere norländische Kriegsschiffe, welche mit voller Dampf- oder Segelkraft nach der Heimath zu hielten.«

»Das wäre ein Glück!«

»Das eine der Schiffe sprachen wir an. Es ging nach Süderhafen. Doch horch! Ich glaube, der Oberst geht bereits wieder.«

»Ja, er ist es, und der Pascha begleitet ihn. Ich kenne seinen Schritt.«

Nurwan-Pascha begleitete den Offizier bis vor das Thor und kam dann wieder zurück. Sein Gesicht war sehr ernst. Der Besuch des Obersten mußte von großer Wichtigkeit gewesen sein. Statt aber vorüberzugehen, öffnete er die Thür und trat ein. Er bemerkte den Fürsten nicht sogleich, da dieser seitwärts im Hintergrunde stand.

»Bill, mache Dich zu einem Parforceritte fertig.«

»Wohin, Excellenz?«

»Nach der Residenz. Es geht jetzt kein Zug ab, und wenn Du so reitest wie jüngst, so kommst Du vor dem nächsten noch hin.«

»Zu wem soll ich, Excellenz?«

»Direkt zum Könige, dem du ein Schreiben – –«

Er stockte. Sein Auge hatte den Fürsten erblickt, den er sofort erkannte. Man sah, daß er sich außerordentlich betreten fühlte.

»Durchlaucht – – Excellenz – –! Sie hier?«

Der Fürst trat vor.

»Wie Sie sehen. Darf ich Sie begrüßen, oder –?«

»Ja freilich dürfen Sie!« antwortete er mit Herzlichkeit, indem er ihm beide Hände entgegenstreckte. »Aber, wann sind Sie angekommen?«

»Soeben. Ich suchte Ihren Diener auf, um ihn zu fragen, ob

Sie zu sprechen sind, da ich mich natürlich sofort vorstellen wollte, hörte aber, daß der Oberst bei Ihnen sei.«

»Er ging soeben. Doch das erinnert mich – – ah, Durchlaucht, ich befinde mich Ihnen gegenüber in einer höchst mißlichen Lage!«

»Wie so?«

»Die Freundschaft gebietet mir, Ihnen eine wichtige Mittheilung zu machen, während – –«

Er stockte, sichtlich verlegen. Der Fürst setzte den unterbrochenen Satz fort:

»Während die Pflicht Ihnen dies nicht gestattet, nicht wahr? Ich bin jedoch in der glücklichen Lage, diesen Zwiespalt aufzulösen. Der Oberst hat Ihnen mitgetheilt, daß man sich meiner Person und derjenigen meines Sohnes bemächtigen will.«

»So sind Sie also bereits unterrichtet?«

»Nicht blos über diesen Punkt, Excellenz. Es fragt sich nur, ob Sie es für Ihre Pflicht halten müssen, hierbei thätig zu sein.«

»Nicht im mindesten. Zwar darf ich in direkter Weise nichts thun, was den Interessen, welche ich von dieser Stunde an vertrete, nachtheilig werden könnte, aber selbst wenn mich Ihre ausgedehnte Gastfreundschaft nicht zum lebhaftesten Dank verpflichtete, hätte ich keine Veranlassung, den Polizisten, den Häscher zu machen.«

»Ich danke Ihnen.«

»Was werden Sie thun?«

»Sofort abreisen.«

»Mit welcher Gelegenheit?«

»Mit einer sicheren, die ich aber nicht nennen darf, da ich Ihr Pflichtgefühl zu berücksichtigen habe.«

»Ist sie wirklich sicher?«

»Ja.«

»Ich würde Ihnen meine Yacht zur Verfügung stellen, allein ich muß Ihnen sagen, daß ich soeben den Oberbefehl über die süderländische Seemacht überkommen habe, eine Mittheilung, welche Sie zwar nicht überraschen aber lebhaft interessiren wird, und da muß ich leider – – –«

»Ich begreife dies vollständig, Excellenz. Sie werden bereits in einer Viertelstunde wissen, welcher Gelegenheit ich mich bediene, und dann selbst sagen, daß sie sehr sicher ist.«

»Und Ihr Sohn, der Herr Kapitän? Man sucht auch ihn.«

»Er hat Alles geahnt und befindet sich bereits so ziemlich in Sicherheit.«

»So wird er gar nicht nach hier kommen?«

»Wohl nicht. Uebrigens bitte ich herzlich, Schloß Sternburg als das Ihrige zu betrachten, so lange es Ihnen gefällig ist.«

»So wollen wir scheiden!«

Sie reichten einander die Hände, und als der Pascha dem Freunde noch einmal alle nöthige Vorsicht angerathen hatte, verließ er das Gemach. Kurz nachher trat die Kastellanin ein.

»Es ist eingepackt, gnädiger Herr!«

»Gut. Hören Sie, Mutter Horn, weder der Pascha noch seine Tochter dürfen wissen, wer ich bin. Ich bleibe für sie Bill Willmers. Das Uebrige wird Ihnen Vater anbefehlen für die Zeit, die wir hier abwesend sind. Ist der Koffer fort?«

»Ja.«

»So werde ich gehen. Ich steige den Fußpfad hinab, während Vater einen anderen Weg einschlägt, da es für eine Person leichter ist, unbemerkt zu bleiben als Zweien. Adieu, Mutter Horn!«

Die gute Frau zog die Schürze an die Augen.

»Herrjesses, ist das ein Elend. Ich vergehe vor Kummer, und mein Mann weiß auch nicht, wo ihm der Kopf steht. Und endlich, was wird Fräulein Almah sagen, die so sehr große Stücke auf Sie hält!«

»Wirklich?«

»Ja wohl! Erst vorhin hat sie gemeint, sie wünsche, daß Sie ein Kapudan-Pascha, ein General oder ein Prinz wären.«

»Ach? Warum?«

»Nun, dann – – dann könnte sie ja Ihre Frau werden,« platzte sie in ihrer Betrübniß weinend heraus.

»Hat sie das so gesagt?«

»Nein, das nicht. Sie gab ein paar andere Gründe an, aber ich merke doch, wie es steht. Ach, mein lieber gnädiger junger

Herr, das wäre eine Frau Prinzessin, wie es keine zweite wieder gibt!«

»Möglich! Also adieu!«

Sie lehnte sich an die Wand und weinte; er ging und nahm auch von dem Kastellan Abschied. Dann verließ er das Schloß, das Gebäude wenigstens, denn als er in den Garten trat und sich durch einen Blick überzeugt hatte, daß die Lohndiener mit dem Koffer bereits mehr als die Hälfte des Weges zurückgelegt hatten, wandte er sich rechts nach der Gegend, in welcher die Laube stand, die Almah sich als ihren Lieblingsplatz erwählt hatte, wie er recht wohl wußte.

Sie saß noch in derselben und sah ihn kommen.

»Bill, suchen Sie mich?«

»Ja.«

»Papa läßt mich wohl suchen?«

»Nein; nur ich bin es, der Sie sucht. Ich wollte Ihnen Lebewohl sagen.«

»Lebewohl? Sie wollen gehen?«

»Ja.«

»Fort?«

»Ja.«

»Ganz fort?«

»Ja.«

»Nicht möglich! Warum wollen Sie gehen? Hat Vater es Ihnen geboten?«

»Nein,« antwortete er, entzückt über die sichtliche Aufregung, in welche sie von seinen Worten gebracht wurde.

»Hat Vater Sie beleidigt?«

»Nein.«

»Oder ich?«

»Auch nicht.«

»Aber warum dann? So sprechen Sie doch!«

»Ich bin ein Seemann und diene dem Könige von Norland, dem ich meinen Eid geleistet habe. Der Herr Pascha dient dem Könige von Süderland, der unser Feind ist. Ich muß gehen.«

»Das ist allerdings ein Grund. Aber warum so plötzlich?«

»Das werden Sie von dem Herrn Pascha erfahren. Doch gehe ich nicht für immer.«

»So wollen Sie also wiederkommen?«

»Ja, wenn wir uns nicht vorher treffen.« Er trat näher an sie heran. »Leben Sie wohl!«

Er streckte ihr seine Hand entgegen, und sie zögerte nicht einen Augenblick, ihr Händchen hineinzulegen.

»Leben Sie wohl, Bill. Ich danke Ihnen für Alles, was Sie mir und Papa Liebes und Treues erwiesen haben. Ich wollte Sie hätten immer bei uns sein können!«

Ihre Stimme klang gar nicht so, wie sie bei dem Abschiede von einem Diener hätte klingen sollen. Seine Augen glänzten feucht.

»Ich gehe in den Kampf, Fräulein. Sie werden wohl von dem Herrn Pascha Einiges gehört haben, um zu wissen, was bevorsteht. Wenn ich falle, so sterbe ich, indem ich an Schloß Sternburg denke und an den Stern, der über demselben aufgegangen ist. Falle ich aber nicht, so sehen wir uns wieder, und ich wage es, Ihnen einen Mann zuzuführen, der sich Jahre lang vergebens sehnte, Ihr Angesicht noch einmal so nahe zu sehen wie in jener Nacht am Nile.«

Sie war während des letzten Theiles seiner Rede erglüht, jetzt erhob sie schnell die Augen.

»Am Nile? Ah! Wen meinen Sie?«

»Jenen Mann, dem die Seligkeit beschieden war, Sie aus den Fluthen an das Land zu tragen.«

»Ihn? O, ist es möglich? Sie kennen ihn?«

Sie reichte ihm auch das andere Händchen entgegen. Er drückte beide an seine Lippen.

»Ja.«

»Wer ist es? Wie heißt er?«

»Sternburg.«

»Sternburg? In wiefern? Was für ein Sternburg ist er?«

»Arthur von Sternburg, Fregattenkapitän, Sohn des Fürsten Viktor von Sternburg, dem dieses Schloß gehört.«

»Nicht möglich!«

»Doch!«

»Woher wissen Sie es?«

»Ich befand mich damals bei ihm und werde auch jetzt zu ihm gehen. Leben Sie wohl!«

Noch ehe sie ihn halten konnte, war er fort. Die Nachricht hatte sie übrigens in der Weise überrascht, daß sie gar nicht daran dachte, ihn zu rufen. Sie sank auf ihren Sessel zurück und überließ sich den Gefühlen, welche diese unerwartete Nachricht in ihr wach gerufen hatte, bis sie durch nahende Schritte aus ihrem Nachdenken gerissen wurde. Es war die Kastellanin, welche kam.

»Kommen Sie schnell, sehr schnell herbei, Mutter Horn! Ich habe Ihnen etwas höchst Wichtiges mitzutheilen.«

»Was denn, mein Kind?«

Sie bemerkte gar nicht, daß die Augen der Kastellanin noch die Spuren vergossener Thränen zeigten, und antwortete mit der allergrößten Lebhaftigkeit:

»Ich weiß nun, wer es war!«

»Wer denn?«

»Der – – oh, Mutter Horn, ich habe eine Nachricht erhalten, eine so freudige Nachricht erhalten, daß ich mich gar nicht zu fassen vermag.«

»Darf ich sie auch hören?«

»Das versteht sich. Rathen Sie einmal, wen ich entdeckt habe!«

»Kind, das rathe ich nicht.«

»Nun, Einen, den Sie auch kennen.«

Die Kastellanin erschrak auf das Lebhafteste.

»Doch nicht etwa gar den Bill Willmers!«

»O nein, den brauche ich ja gar nicht zu entdecken.«

»Nun, wen denn?«

»Den Mann, der mich damals aus dem Nile gezogen und mir das Leben gerettet hat. Wissen Sie, ich habe Ihnen doch bereits diese Geschichte erzählt.«

»Ja ja. Den haben Sie entdeckt? O, das ist ja wunderschön! Wer ist es denn?«

»So rathen Sie doch nur!«

»Es gibt auf der Erde viele Millionen Menschen. Wie kann ich also gerade den treffen, der es gewesen ist!«

»Allerdings, aber es ist ein Bekannter von Ihnen.«

»Von mir?«

»Ja, ein sehr, sehr naher Bekannter.«

»Etwa gar mein Mann? Aber der hat mir ja niemals erzählt, daß er am Nil gewesen ist!«

»Nein, der nicht. Aber beinahe ebenso nahe.«

»Hm, ich treffe es nicht. Was ist er denn? Wenn ich das weiß, so errathe ich es vielleicht.«

»Er ist Seemann.«

»Seemann? Was für einer?«

»Norländischer.«

»Matrose oder Offizier?«

»Kapitän.«

»Kapitän? Vielleicht gar Fregattenkapitän?«

»Freilich!«

Da schlug die Kastellanin verwundert die Hände zusammen.

»Am Ende gar mein lieber junger Herr?«

»Ja dieser. Denken Sie sich, der, gerade der hat mir das Leben gerettet! Sein Vater ist ein Freund von Papa, und ich wohne hier in seinem Hause, ohne das Geringste davon nur zu wissen oder zu ahnen!«

»Merkwürdig! Auch ich habe nichts gewußt.«

»Das versteht sich ja ganz von selber. Wenn ich nichts weiß, konnten Sie ja erst recht nichts wissen.«

»O nein, das versteht sich nicht von selber. Mein junger Herr pflegt mir Alles zu erzählen, was ihm passirt, und er hätte mir wenigstens jetzt doch sagen – – ach so, ich wollte Sie doch fragen, Kindchen, von wem Sie es erfahren haben.«

»Das müssen Sie auch errathen.«

»Ich errathe es nicht.«

»Von unserm Matrosen Bill Willmers.«

»Ah, von dem? Sehen Sie, Kindchen, daß ich Recht hatte, als ich Ihnen damals sagte, daß Sie es von ihm am ersten erfahren könnten! Erinnern Sie sich noch?«

»Von Bill? Nein, Sie sagten doch, daß es von Arthur von Sternburg vielleicht zu erfahren sei.«

»Nun – ach ja!«

»Und denken Sie sich, dieser Bill ist damals bei dem Kapitän gewesen und hat Alles mit angesehen.«

»Das glaube ich.«

»Sie glauben es? Warum?«

»Nun – – er hat es Ihnen gesagt.«

»Ach, so meinen Sie! Aber weiter konnte ich nicht das Geringste mehr erfahren.«

»Warum?«

»Weil er fort ist. Wissen Sie es bereits?«

»Ja. Aber Sie konnten ihn doch vorher ausfragen!«

»Er ging so schnell fort, daß ich ihn gar nicht fragen konnte. Aber er kommt wieder wenn er nicht fällt, er hat es mir versprochen.«

»Wenn er nicht fällt? Wo sollte er denn fallen?«

»Im Kampfe.«

»Im Kampfe? Herrjesses, soll es denn Kampf geben?«

»Freilich, aber das ist noch Geheimniß, und Sie dürfen es bei Leibe nicht verrathen.«

»O, ich verrathe nichts. Und da soll Bill Willmers mitkämpfen?«

»Ja. Und Ihr Herr Kapitän auch. Er geht zu ihm.«

»Herrjesses, ist das eine Noth, ein Jammer, eine Sorge, ein Kummer und ein Elend!«

»Allerdings. Aber sehen Sie doch schnell einmal da hinunter nach unserer Yacht. Ich glaube gar, man hat den Anker gewunden.«

»Ja, das sieht gerade so aus.«

»Was muß denn der Arab-el-Bahr vorhaben? Ich weiß doch nichts davon, daß ihm Vater befohlen hätte in See zu stechen.«

»Wer ist denn der Mann, der da hinten steht?«

»Auf dem Quarterdecke? Das ist, ja wirklich, das ist Bill Willmers! Man sieht es an seinen Bewegungen, daß er kommandirt. Aber er ist ja bloßer Matrose!«

»Kann ein Matrose keine Yacht kommandiren?«

»Nein, und die unsrige erst recht nicht.«

»O, der wird es schon fertig bringen. Ich wußte, daß er nach der Yacht gegangen ist, denn er ließ seine Sachen hinunterschaffen.«

»Hat es Papa ihm denn befohlen?«

»Nein, der weiß ja noch gar nicht, daß Bill fortgeht.«

»Nicht? Dann muß ich sehr schnell laufen, um es ihm zu sagen. Er wird noch gar nicht bemerkt haben, daß die Yacht in See gehen will. Kommen Sie, Mama Horn. Das ist ja ein ganz unerklärliches Ereigniß, welches ich ihm schleunigst mittheilen muß!« – –

SECHZEHNTES KAPITEL.
Kampf und Sieg.

Einige Tage vor den letzt erzählten Ereignissen breitete ein stürmischer regnerischer Abend seine dunklen Schwingen über die Residenz von Süderland aus. Der Schein der Straßenlaternen vermochte kaum die Fluth der herabströmenden Tropfen zu durchdringen, und wer nicht durch Noth oder Pflicht gezwungen war die Straße zu betreten, der blieb sicherlich daheim in seiner geschützten Wohnung.

Dennoch gab es einen der äußeren Stadttheile, in welchem ein aufmerksamer Beobachter verschiedene Gestalten bemerkt hätte, die hier und da schnell über das falbe Laternenlicht zu huschen versuchten. Wer ihnen gefolgt wäre, der hätte jedenfalls bemerkt, daß sie alle nach einem und demselben Ziele steuerten, nämlich einem in schönen Tagen sehr viel besuchten Vergnügungsorte, welcher, ungefähr eine halbe Stunde von der Residenz entfernt, in beinahe ländlicher Einsamkeit zwischen den Anfängen eines Laubwaldes verborgen lag.

Hatten sich diese Leute nur wegen des niederströmenden Regens so sorgfältig verhüllt, oder gab es noch einen andern Grund, der sie veranlaßte, sich und ihre Gesichter so wenig wie möglich bemerken zu lassen? Kam es je vor, daß einer in schnellerem Schritte den andern überholte, so geschah dies ohne Wort und Gruß, trotzdem sie sichtlich einen und denselben Zweck verfolgten, welcher auch vornehme Personen herbeizuziehen schien, denn es rollten auch öfters Kutschwagen und sogar feine Equipagen die Straße entlang, und es war sonderbar, daß dieselben nicht ganz bis zum bereits angegebenen Ziele fuhren, sondern immer in einiger Entfernung von demselben halten blieben, bis die Insassen ausgestiegen waren und dann in schnellem Tempo wieder zurückkehrten.

Unter all den einzelnen Fußgängern hätte man nur ein einziges Mal Zwei bemerken können, welche sich beständig neben einander hielten. Der eine von ihnen war hoch und breitschultrig gebaut; der andere war von kleiner schmächtiger Figur. Wäre es Tag oder heller gewesen, so hätte man noch Folgendes bemerken können:

Der von einem dichten Haarwuchse bewaldete Kopf des Großen zeigte ein vom Wetter hart mitgenommenes Gesicht, dessen scharfes und offenes Auge mit den derben gutmüthigen Zügen sehr glücklich harmonirte. Dieser Kopf war bedeckt von einem Hute, der so alt war, daß man den Stoff, aus welchem man ihn gefertigt hatte, und die ursprüngliche Farbe nur nach einer eingehenden chemischen Untersuchung hätte bestimmen können. Er war in unzählige Knillen und Falten gedrückt, und weil sein Besitzer jedenfalls eine freie Stirn liebte, so hatte er denjenigen Theil der breiten Krämpe, welcher bestimmt ist das Gesicht zu beschatten, sehr einfach mit dem Messer abgeschnitten. Der Oberleib stak in einem kurzen, weiten, seegrünen Rocke, dessen Aermel so kurz waren, daß man den vorderen Theil der sauber gewaschenen Hemdärmel sah, aus denen ein paar braune riesige Hände hervorblickten, die einem vorsündfluthlichen Riesengeschöpfe anzugehören schienen. Unter dem breit über den Rock geschlagenen sauberen Hemdenkragen blickte ein roth und weiß gestreiftes Halstuch hervor, dessen Zipfel weit über die Brust herab bis auf den Saum der blau und orange karrirten Weste hingen. Die Beine staken in hochgelben Nankinghosen, welche in fett getheerten Seemannsstiefeln verliefen, in die zur Noth ein zweijähriger Elephant hätte steigen können. Sein Gang schlug herüber und hinüber, von Backbord nach Steuerbord und von Steuerbord wieder nach Backbord, gerade wie bei einem lang befahrenen Matrosen, der während der Dauer von vielen Jahren den festen sichern Erdboden nicht unter den Füßen gehabt hat.

Das große Frauentuch, in welches er des Regens wegen seinen Oberkörper jetzt geschlagen hatte, hätte am Tage sicher gerechtes Aufsehen erregt, denn es zeigte alle möglichen Blumen und Arabesken, die in den hellsten und schreiendsten Farben des Regenbogens erglänzten.

Der Andere trug eine rothe phrygische Mütze, unter welcher ein rabenschwarzes Haar in langen Locken hervorquoll. Sein hageres Gesicht war außerordentlich scharf geschnitten und zeigte jenen eigenthümlichen orientalischen Typus, welchen man in dieser Ausprägung nur bei den Zigeunern zu sehen pflegt. Sein schwarzes unruhiges Auge wanderte scharf und ruhelos von einem Gegenstande zum andern, und jeder Zollbreit des Mannes zeigte jene Beweglichkeit und Rastlosigkeit, die dem wandernden Volke der Gitani eigenthümlich ist. Seine Kleidung war einfach, bequem und nicht so auffallend in Form und Farbe wie diejenige seines gigantischen Reisegefährten, doch trug sein schwankender Gang ganz dieselben Spuren einer zurückgelegten längeren Seereise.

Auch er hatte sich in ein Frauentuch gehüllt, welches durchweg dunkelroth gefärbt war. Der Seemann liebt einmal die hellen Farben.

Die Umschlagetücher schienen nur zum Schutze der Kleidung vorhanden zu sein, denn Beide trugen die Köpfe hoch wie beim schönsten Wetter und ließen sich den Regen mit aller Gemüthlichkeit in das Gesicht schlagen; er schien sie auch nicht im mindesten in ihrer Unterhaltung zu stören.

Wer sie früher einmal gesehen hätte, wäre jetzt trotz des Dunkels sicher nicht an ihnen vorübergegangen, ohne Beide zu erkennen: den Bootsmann Karavey und den Steuermann Schubert, den Bruder des Obergesellen Thomas.

»Heiliges Mars- und Brahmenwetter,« meinte der Riese, »ist das hier eine Zucht und Unordnung!«

»Was?«

»Daß diese Wagen vorübersegeln, ohne zu fragen, ob es noch andere Kreaturen gibt, die auf Erden wandeln. Dieser letzte hätte mich beinahe über den Haufen gerissen, und ich bin mit Koth bespritzt von der Mastspitze an bis zum Kiele herab.«

»Geht wieder weg!«

»Aber mein schönes neues Tuch! Das Wasser thut nichts, aber dieser Dreck. Wer soll morgen noch die Blumen und Guirlanden erkennen! Aber weiter mit Deiner Insel!«

»Gut also! Diese Höhle zu finden, macht mir keiner nach, und auch ich hätte sie nicht entdeckt, wenn mich nicht dieser Zufall hingeführt hätte.«

»Aber warum nahmst Du nicht alle Steine und das ganze Gold mit fort?«

»Das hätte mir sehr verhängnißvoll werden können. Ich hatte mir nur einige Proben des Schatzes mitgenommen, als ich in meine Hütte zurückkehrte, und bereits am andern Morgen kam das Schiff in Sicht, welches mich nachher aufnahm. Konnte ich mehr holen? Die Leute wären mir gefolgt und hätten meinen Schatz ganz sicherlich entdeckt.«

»Das ist wahr. Aber ist er denn wirklich so bedeutend?«

»Ich verstehe mich nicht darauf ihn abzuschätzen, aber nach dem, was ich für den einen Rubinen nur erhalten habe, der mir gewiß nicht hoch genug bezahlt worden ist, sind viele Millionen vorhanden.«

»Heiliges Mars- und Brahmenwetter, da wollte ich doch gleich, daß ich auch einmal über diese Juweleninsel hinwegstolperte!«

»Sind wir hier zu Lande fertig, so fahren wir hin, Steuermann, und holen die Steine.«

»Aber wenn Dir etwas passirt? Die Zeiten sind so, daß man seine Schiffsbücher sehr in Ordnung halten sollte.«

»Ist bereits geschehen. Im Rücken meiner Weste sind einige Papiere eingenäht, die Alles enthalten, was zu wissen nothwendig ist. Sollte mir etwas passiren, so bist Du der Vollstrekker meines Testamentes. Auch Zarba weiß davon; sie hat die Abschriften in der Tannenschlucht versteckt.«

»Still, Bootsmann, vom Testamente! Ich mag nichts erben und habe auch gar nicht gemeint, daß gerade Dich ein Unglück ansegeln soll. Aber dort guckt ein Licht zwischen den Bäumen heraus. Sollte da der Hafen sein, in den wir einlaufen müssen?«

»Jedenfalls, wenn die Beschreibung stimmt.«

»Also wie heißt der Kerl, an den wir uns zu wenden haben?«

»Karl Goldschmidt.«

»Und was für ein Wort müssen wir sagen?«

»Es sind zwei. Vor der äußeren Thür »Vergeltung« und vor der zweiten »Rache«. Bei zwei Stichworten hat man eine größere Sicherheit als bei nur einem.«

»Natürlich. Hier scheint der Weg abzuzweigen. Also hinüber nach Steuerbord!«

Sie kamen an ein Gebäude, welches eine sehr breite Fronte hatte. Dennoch war nur ein einziges Fenster erleuchtet, aber so scharf, daß die Strahlen des Lichtes weit hinaus auf die Straße fielen. Die Thür war verschlossen. Karavey klopfte an. Nach einigen Sekunden ließen sich Schritte hören, welche sich von innen der Thür näherten.

»Wer klopft?«

»Gäste.«

»Weshalb?«

»Zur Vergeltung.«

Der Riegel wurde geöffnet.

»Eintreten.«

Es war vollständig finster im Flur, so daß sie die Person nicht erkennen konnten.

»Wohin?« frug Karavey.

»Ah, Ihr seid noch nicht dagewesen?«

»Nein.«

»So!« klang es zurückhaltend. »Geradeaus trefft Ihr den Eingang.«

Sie tasteten sich im Dunkel vorwärts, bis sie an eine Thür kamen; dort klopften sie wieder an.

»Wer ist da?« klang es von Innen.

»Gäste.«

»Ihr wollt herein?«

»Ja.«

»Wozu?«

»Zur Rache.«

»Kommt!«

Die Thür wurde aufgemacht, und sie traten in ein kleines Gemach, in welchem eine bedeutende Zahl abgelegter Röcke, Mäntel, Hüte und Schirme errathen ließ, daß sehr viele Leute vorhanden seien. Der Mann, welcher ihnen geöffnet hatte, betrachtete sie verwundert und beinahe mißtrauisch.

»Wer seid Ihr?«

Diese Frage schien nicht nach dem Geschmacke des Steuermannes zu sein.

»Heiliges Mars- und Brahmenwetter, sehen wir etwa aus wie Verräther und Spitzbuben! Wir haben die Parole, und damit basta. Wo ist die Versammlung?«

Während dieser Worte hatte er sein Umschlagtuch abgenommen, so daß der Thürhüter seine Gestalt und seinen Habitus sehr eingehend mustern konnte. Er lächelte.

»Alle Teufel, seid Ihr ein forscher Kerl! Ihr waret Beide noch nie hier, und da wird man wohl fragen können, wer Ihr seid. Es ist dies sogar meine Pflicht.«

»Schön. Ich heiße Balduin Schubert und bin Steuermann auf Seiner Norländischen Majestät Kriegsschiffe Neptun; dieser Mann ist mein Freund, der Bootsmann Karavey.«

»Schön. Ihr seid Freunde und könnt durch jene Thür eintreten. Vorher aber möchte ich Euch fragen, ob Euch irgend ein besonderer Umstand herführt.«

»Werdet es wohl noch erfahren!«

Er warf sich das nasse Tuch über die eine Achsel und schritt zu der bezeichneten Thür. Der Bootsmann folgte. Sie traten in einen hell erleuchteten saalähnlichen Raum, dessen sämmtliche Fenster so dicht verhangen waren, daß sicherlich von außen kein Lichtstrahl zu bemerken war. Auf den vorhandenen Bänken und Stühlen saßen wohl mehrere hundert Personen, welche den verschiedensten Ständen anzugehören schienen. Sogar Offiziere waren vorhanden, wie man, obgleich sie Civil trugen, an ihrem Aeußeren erkennen konnte. Im Hintergrunde war eine Rednerbühne errichtet, auf welcher ein junger Mann stand, der soeben einen Vortrag beendigt zu haben schien, dessen Wirkung eine außerordentliche war, denn alle Hände klatschten und alle Stimmen vereinigten sich zu einem rauschenden Beifallssturme.

Kellner liefen geschäftig hin und her, um die geheimnißvollen Gäste zu bedienen, und das war ein Anblick, bei welchem sich die Miene des Steuermannes sichtlich erheiterte.

»Komm, Bootsmann! Hier ist noch Platz. Heute ist Grogwetter. Nimmst Du einen mit?«

»Ja.«

»Kellner!«

Der laute Ruf dieser Stimme war bei der nach dem Applaus eingetretenen Stille über den ganzen Raum hin zu vernehmen, und Aller Augen wandten sich den zwei Männern zu, deren Eintritt man gar nicht bemerkt hatte. Das Aeußere derselben erregte auch hier eine bemerkbare Verwunderung.

Der Kellner erschien.

»Sie wünschen?«

»Zwei Grogs und Auskunft.«

»Auskunft worüber?«

»Ist ein Mann zugegen, welcher Karl Goldschmidt heißt?«

»Ja. Es ist der Herr, welcher soeben gesprochen hat.«

»Wir haben mit ihm zu reden.«

»Mit ihm? Dem Präsidenten?«

»Ja. Schicken Sie ihn her!«

Der Literat Goldschmidt, ganz derselbe, welcher jenes unglückliche Rencontre mit dem wilden Prinzen gehabt hatte, war vom Podium gestiegen und kam, als ihm der Kellner den Wunsch der Beiden gemeldet hatte, herbei. Sein Gesicht war noch sehr bleich, ganz wie das eines Mannes, der erst vor Kurzem von einer schweren Krankheit genesen ist und sich noch nicht vollständig erholt hat. Er reichte den Beiden freundlich die Hand.

»Sie sind Eingeweihte?«

»Ja.«

»Aber keine Führer, denn sonst müßte ich Sie kennen. Hier verkehren nicht gewöhnliche Mitglieder, sondern nur die Führer, und daher vermuthe ich, daß Sie Boten irgend eines Bruders sind.«

»Boten sind wir allerdings,« antwortete Karavey, »aber nicht von einem Bruder, sondern von einer Schwester.«

»Von einer Schwester?« frug Goldschmidt freudig überrascht. »Wir haben nur eine einzige Schwester, und erwarten von ihr allerdings wichtige Botschaften.«

»Zarba?«
»Ja. Ihr kommt von ihr?«
»Von ihr. Ich habe diesen Brief an Sie abzugeben.«
Goldschmidt nahm ihn in Empfang, öffnete und las ihn. Seine Augen leuchteten auf; er eilte davon und betrat die Tribüne.

»Meine Brüder. Soeben ist mir ein Schreiben unserer geheimnißvollen Anführerin zugegangen, welches unserem Warten ein Ende macht und uns zum schleunigsten Handeln auffordert. Die Truppenbewegungen an der Grenze haben nicht den Zweck der Uebung, sondern sie bedeuten eine Invasion nach Norland. Der Aufstand dort ist bis in das Kleinste eingeleitet, und das geringste unvorhergesehene Ereigniß kann den Schneeflocken bewegen, welcher zur Lawine wird. Halten wir uns daher bereit. Die Erhebung unseres Nachbarvolkes ist eine künstlich vorbereitete, nicht eine aus gerechtfertigten Ursachen sich natürlich entwickelnde wie die unsrige. Der Herzog von Raumburg trachtet nach dem Throne; er will ihn auf dem Wege der Revolution beschreiten. Er wird Tausende um Freiheit, Glück und Leben bringen, ohne seinen Zweck zu erreichen, denn die Regierung kennt seine Umtriebe und wird ihn mit seiner eigenen Waffe schlagen. Die beiden unter dem Prinzen Hugo stehenden Armeekorps sind bestimmt, auf den ersten Ruf Raumburgs in Norland einzurücken und ihn zu unterstützen, während unser übriges Militär bereit steht, nachzufolgen. Wir sind klüger und vorsichtiger gewesen als dieser Herzog, der sein Volk dem angestammten Könige entfremdete, um selbst zum Herrscher und Tyrann zu werden. Kein Uneingeweihter ahnt, daß im Innern Süderlands selbst das Feuer glimmt, welches da drüben mit Gewalt angefacht werden soll. Wenn der König von Norland sein Ohr dem richtigen Rathe zuwendet und seinen Unterthanen eine Konstitution verheißt, so wird ihm Alles entgegenjubeln und der Aufstand wird zu einer ungeheuren Beifallsbewegung werden. Dann stehen unsere Truppen drüben isolirt und beschämt. Diesen Affront müssen wir benutzen und vorher Alles aufbieten, ihn hervorbringen zu helfen.«

Lebhafte Beifallsrufe belohnten diese Worte. Er fuhr weiter fort:

»Dies geschieht am Besten dadurch, daß wir unser Militär degeneriren, jeden strategischen und taktischen Zusammenhang zerstören und ganz besonders unsere Marine zerstreuen. Wir wissen, daß sich binnen jetzt und wenigen Tagen eine Kriegsflotte in Tremona sammeln wird, um Süderhafen zu nehmen und die norländischen Küsten zu blockiren. Dies muß verhindert werden. Es sind Brüder unter uns, welche zu den höchsten Angestellten der Marine und des Kriegsministeriums gehören. Ihnen wird es leicht, alle Fäden zu zerreißen, welche Norland und uns gefährlich werden können. Erlauben Sie mir, diesen Brief vorzulesen und dann zur Berathung zu schreiten!«

Er las das Schreiben Zarbas vor, welches ungetheilten Beifall fand und alle mit Bewunderung über die Allwissenheit der Zigeunerin erfüllte. Dann bildeten sich einzelne Gruppen zur lebhaftesten Diskussion, um welche sich aber weder Karavey noch der Steuermann viel bekümmerten.

Nach einiger Zeit trat Goldschmidt zu ihnen heran.

»Sie sind Seemänner, wie es scheint?«

»Ja,« antwortete Schubert. »Ich bin Steuermann, und dieser ist Bootsmann, alle beide Norländer. Sie kennen also unsere Zarba?«

»O, sehr!«

»Da muß ich Ihnen sagen, daß mein Kamerad ihr Bruder ist.«

»Ah! Ists möglich?«

»Ja. Er hat eine ganz bedeutende Rechnung mit diesem Raumburg quitt zu machen.«

»Da könnte ich Ihnen ja mein vollstes Vertrauen schenken?«

»Heiliges Mars- und Brahmenwetter, das können Sie!«

»Ist Ihre Zeit sehr kurz bemessen?«

»Wir haben Urlaub so lange wir wollen.«

»Darf ich Ihnen eine ähnliche Botschaft anvertrauen, wie diejenige ist, welche Sie uns gebracht haben?«

»Versteht sich!«

»Es ist nicht nothwendig, Ihnen zu erklären, weshalb ich gerade Ihnen diesen wichtigen Auftrag ertheile. Waren Sie bereits einmal in Tremona?«

»Früher oft.«

»Kennen Sie dort das Schloß des Fürsten von Sternburg?«

»Ja.«

»Sein Sohn, der Fregattenkapitän Arthur von Sternburg wohnt jetzt dort. Er ist mein Freund, und an ihn sollen Sie einen Brief abgeben, der keinem anderen Menschen in die Hände kommen darf. Kennen Sie ihn?«

»Habe ihn gesehen, aber nur von weitem.«

»Also, wollen Sie?«

»Versteht sich!«

»So kommen Sie morgen Mittags wieder hierher. Der Wirth, welcher Ihnen vorhin den zweiten Eingang öffnete, wird Ihnen das Schreiben geben. Sie leisten diesen Dienst nicht nur uns, sondern ganz vorzüglich auch Ihrer Schwester Zarba.«

»Ist die Sache nachher eilig?«

»Innerhalb von drei Tagen muß der Kapitän das Schreiben erhalten haben.«

»So brauchen wir also nicht mit allen Segeln und voller Dampfkraft zu steuern?«

»Nein. Wir haben Vorbereitungen zu treffen, welche in dem Augenblicke, an welchem Sie den Brief übergeben, beendet sein müssen.« –

Zwei Tage später stiegen mit dem Mittagszuge die beiden Seeleute in Tremona aus. Der Weg nach Schloß Sternburg führte eine Strecke längs des Hafens hin. Der Steuermann blieb bei jedem Schiffe stehen, um es mit Kennermiene zu betrachten.

»Hm,« meinte er. »Hier geht etwas vor.«

»Was?«

»Siehst Du nicht, daß alle Kriegsfahrzeuge zum in die See stechen rüsten?«

»Hat nicht den Anschein.«

»Heimlich, alter Junge, heimlich. Es gibt eine Expedition, von welcher Niemand etwas wissen soll und bei der die alten Karthaunen wohl ein wenig brummen werden.«

»Scheint wahrhaftig so!«

»Bemerkst es auch?«

»Ja. Dort die alte Brigantine hat mitten im Theeren und Kalfatern aufgehalten und macht sich das neue laufende Zeug an die Raaen.«

»Paß auf, heut Abend ist kein einziges dieser Fahrzeuge mehr im Hafen.«

»Auch dort das kleine Ding scheint zum Aufbruche zu rüsten. Was für eine Art von Kahn oder Boot ist es denn eigentlich?«

»Hm, sonderbar! Die Masten zum Niederlegen; habe das bei einer Yacht noch gar nicht gesehen. Muß ein Privatschiff sein und gehört vielleicht einem Englishman, der eine gute Portion Spleen und einige andere Mucken hat.«

»Wollen es einmal betrachten!«

Sie schritten näher, konnten aber Beide nicht recht klug werden.

»Komm,« meinte Karavey. »Erst hinauf zum Schlosse, und dann stauen wir uns in irgend eine kleine Koje, wo es einen guten Schluck zu haben gibt.«

Der Steuermann blickte zur Höhe empor.

»So schlagen wir gleich diesen Fußweg ein, der wie eine Strickleiter zum Schlosse führt. Komm!«

Sie stiegen denselben Weg empor, auf welchem soeben Arthur herniederkam.

»Stopp!« meinte Karavey. »Siehe Dir doch einmal den Maate an, der da herabgesegelt kommt. Kennst Du ihn?«

»Ah!«

»Bill Willmers.«

»Heiliges Mars- und Brahmenwetter, es ist wahr!«

»Was thut der da oben?«

»Hm, da kommt mir ein Gedanke. Sagte ich Dir nicht, als wir ihn da droben im Gebirge zuerst sahen, daß er ganz wie der Kapitän Sternburg sieht?«

»Das ist wahr.«

»Ich lasse mich kielholen, wenn er es nicht ist.«

»Aber warum soll er denn als Matrose gehen?«

»Um sich ein Späßchen zu machen, wie es so vornehme Leute manchmal thun.«

»Er war doch damals als Bedienter droben!«

»Thut nichts. So eine hübsche kleine Feluke, wie das Mädchen war, würde ich auch bedienen, und wenn ich ein König wäre.«

»Was wird er sagen, wenn er uns sieht?«

»Das wirst Du bald hören. Komm!«

Er faßte Karavey beim Arme und zog ihn hinter ein Kirschengesträuch, welches am Wege stand. Arthur kam heran, ohne sie zu bemerken. Kaum war er vorüber, so meinte der Steuermann mit halblauter Stimme:

»Herr Kapitän!«

Sofort drehte sich der Gerufene um. Die Beiden traten hinter dem Busche hervor, der Bootsmann halb verlegen, der Steuermann aber mit einem höchst pfiffigen Gesichte, welches seinen ehrlichen gutmüthigen Zügen außerordentlich interessant stand.

»Verzeihung! Wen segeln wir da an, den Matrosen Bill oder den Herrn Fregattenkapitän von Sternburg?«

»Warum?«

»Weil wir da hinauf wollen, um den Herrn Kapitän zu suchen.«

»Was wollt Ihr bei ihm?«

»Einen Brief abgeben.«

»Von wem?«

»Braucht nur er selbst zu wissen.«

Arthur warf einen Blick um sich. Er hatte keine Veranlassung, seinen Namen jetzt noch zu verschweigen.

»Ich bin es.«

»Wer?«

»Der Kapitän.«

»Kannst Du – können Sie das beweisen?«

Arthur lächelte und zog ein Papier aus der Tasche.

»Lest dies!«

»Eine Depesche an »Herrn Fregattenkapitän Arthur von Sternburg.« Das stimmt.«

»Glaubt Ihr es nun?«

»Hm, könnte auch in falsche Hände gekommen sein!«

»Ihr seid sehr vorsichtig. Ist der Brief denn von gar so großer Wichtigkeit?«

»Sehr!«

»So kommt mit mir! Ich werde Euch beweisen, daß ich die Wahrheit gesagt habe.«

Der Steuermann wollte seine Sorgfältigkeit denn doch nicht bis zur Beleidigung eines so hohen Offiziers treiben und frug:

»Haben Sie einen Freund in der Residenz, der Bücher schreibt?«

»Ja.«

»Wie heißt er?«

»Karl Goldschmidt.«

»Das stimmt! Und kennen Sie eine sehr geringe Frau, welche doch von Vielen Königin genannt wird?«

Arthur stutzte.

»Ja.«

»Wie heißt sie?«

»Zarba.«

»Auch das stimmt! Herr Kapitän, verzeihen Sie mir. Der Brief enthält Dinge, die sehr gefährlich sind, und weil wir Sie als Diener und Matrose gesehen haben, mußten wir uns überzeugen. Bootsmann, heraus mit dem Schreiben!«

Karavey nahm seine phrygische Mütze vom Kopfe, zog das Futter auf und brachte den Brief zum Vorschein. Der Kapitän sah sich noch einmal um und erbrach ihn dann, um ihn zu lesen. Sein Gesicht klärte sich auf, und er steckte das Schreiben mit einer Miene der höchsten Befriedigung zu sich.

»Ihr seid Norländer?«

»Ja.«

»Auf Urlaub?«

»Ohne Heuer.«

»Du warst Steuermann?«

»Ja, und dieser hier Bootsmann auf dem Neptun. Ich bin der Bruder des Obergesellen beim Hofschmied Brandauer –«
»Ah, ists wahr?«
»Ja. Und dieser da ist der Bruder von Zarba.«
»Nicht möglich!«
»Aufs Wort, Herr Kapitän!«
»Gut. Was werdet Ihr jetzt thun?«
»Hm! Wir haben bemerkt, daß man sich hier zum Absegeln rüstet. Jedenfalls giebt es für einen braven Steuermann volle Arbeit. Ich möchte nach Süderhafen, um mich nach einer Stelle umzuthun.«
»Und Du?« frug er den Bootsmann. »Du bist wohl Deiner Schwester nöthig?«
»Nein. Ich gehe mit nach Süderhafen.«
»Mit welcher Gelegenheit?«
»Müssen uns eine suchen.«
»Ich gehe auch dorthin in See, und zwar sofort. Wollt Ihr mit?«
»Wirklich?«
»Freilich!«
»Danke, Herr Kapitän, wir gehen mit!«
»Habt Ihr Gepäck mit?«
»Nein.«
»So kommt gleich mit an Bord.«
Er nahm zwischen ihnen Platz und führte sie nach der Yacht. Sein Vater, welcher einen andern Weg eingeschlagen hatte, schritt eben über die Laufplanke. Der Arab-el-Bahr stand zum Empfange bereit.
»Du kennst mich noch?« frug der Fürst.
»Ja, Effendi!«
»Du weißt, daß Dein Herr mir die Yacht anvertraut?«
»Befiehl, und ich werde gehorchen.«
»Hast Du den verborgenen Kessel geheizt?«
»Es ist Alles bereit. Ich kannte Deine Diener und habe gethan, was Du mir gebotest.«
»Wir stechen sofort in See. Dieser Mann ist mein Sohn. Er wird das Kommando übernehmen.«

In wenigen Minuten legte sich die Prise in die aufgenommenen Segel der Yacht, und der schlanke Leib derselben strebte erst langsam und dann in immer schnellerer Fahrt dem offenen Meere zu.

Arthur stand auf dem Quarterdecke und ließ sich das Fernrohr bringen. Er richtete es nach Schloß Sternburg hinauf. Dort auf dem hohen Altane stand der Kapudan-Pascha mit seiner Tochter. Der erstere hatte auch ein Fernrohr in der Hand, mit welchem er die Yacht zu finden suchte.

»Vater, her zu mir!« bat der Kapitän.

»Was ists?«

»Der Pascha hat bemerkt, daß sein Schiff in See geht. Hänge Dich hier an die Wanten und winke mit dem Tuche, damit er Dich erkennt.«

»Du meinst um zu vermeiden, daß er uns verfolgen läßt?«

»Allerdings. Wenn er nicht erfährt, wer es ist, der ihm sein Schiff entführt, so gibt es eine Jagd.«

»Werden uns nicht einholen.«

»Das wohl, aber es ist besser wir vermeiden alles Aufsehen.«

Der Fürst stieg auf die Wantensprossen, hielt sich mit der Linken fest und ließ mit der Rechten sein weißes Tuch wehen. Der Pascha mußte ihn erkannt haben, denn auch in seiner Hand schimmerte ein Tuch, und nun wußte Arthur, daß der Pascha nicht ganz unzufrieden mit der Art und Weise sei, in welcher es seinem Freunde geglückt war, zu entkommen.

Der Fürst stieg wieder herab und nahm neben seinem Sohne Platz.

»Wie kommst Du zu den beiden Männern, welche mit Dir an Bord kamen?«

»Du frugst mich in einem Deiner letzten Briefe nach der Zigeunerin Zarba?«

»Allerdings. Kennst Du ihren jetzigen Aufenthaltsort oder hast Du irgend ein Lebenszeichen von ihr?«

»Der Kleine dort ist ihr Bruder.«

»Ah, ein Seemann?«

»Bootsmann. Und der Andere ist der Bruder eines Obergesellen beim Hofschmied Brandauer.«

»Alle Wetter, so stehen sie jedenfalls unsern Absichten nicht sehr fern!«

»Nein. Sie haben mir einen Brief von Goldschmidt gebracht.«

»Deinem Freunde?«

»Demselben. Du wirst erstaunen. In Süderland gibt es eine mächtige Agitation gegen die Regierung und die Politik des Herzogs von Raumburg. Zu ihr zählen die einflußreichsten Beamten des Königs, und ihre Sache ist so weit gediehen, daß sie vollständig schlagfertig sind. Die süderländische Flotte soll sich in Tremona sammeln; die geheime Verbrüderung aber hat durch einen der Ihrigen, der ein hoher Angestellter des Marineministeriums ist, einen Befehl ausfertigen lassen, in Folge dessen sämmtliche Fahrzeuge in ferne Meere stationirt werden und die Flotte also zerstreut und unschädlich wird. Das hat mir der Brief gesagt. Hier, lies ihn! Ich habe dort im Hafen bemerkt, daß man bereits zur Abfahrt rüstet. Und ehe der Pascha sein Kommando faktisch übernimmt, sind alle Schiffe fort.«

»Das wäre wahrhaftig ein Streich, den wir uns nicht besser wünschen könnten!«

»Er wird ausgeführt; darauf können wir uns verlassen. Ich kenne meinen Goldschmidt. Der »tolle Prinz« hat ihm seine Braut abspenstig und unglücklich gemacht und ihm dazu den Degen in die Brust gerannt, so daß sein Leben an einem einzigen Haare hing. Er haßt ihn aus dem tiefsten Herzen und hat aus Rache jene Verbindung in das Leben gerufen, welche zwar nicht den Thron stürzen aber doch wenigstens Zustände schaffen will, welche auf menschlicher und rechtlicher Grundlage errichtet sind.«

»Bist Du Mitglied?«

»Nein. Dazu hatte ich als Ausländer keine Veranlassung. Aber in Fühlung mit dem Leiter der Bewegung habe ich mich erhalten, und Du siehst, welchen Nutzen es mir gebracht hat. Wenn in Süderhafen eine genügende Flottille zusammengebracht und ich den Oberbefehl über dieselbe erhalten könnte, so würde ich Tremona nehmen, und es könnte im Herzen des

Feindes ein Heer gelandet werden, welches nicht nur nach alter guter Regel den Kampf auf das Gebiet des Gegners verlegte, sondern unserem Könige die Macht verlieh, einen sofortigen Frieden zu diktiren.«

»Habe ich Gelegenheit mit der Majestät zu sprechen so erhältst Du diesen Oberbefehl; darauf gebe ich Dir mein Wort.«

Während dieses Gespräches hatte die Yacht den Hafen hinter sich genommen und die offene See erreicht, so daß sie von der Küstenhöhe aus gar nicht mehr bemerkt werden konnte. Sie steuerte nach Norden zu und ihr Gang war, da Arthur die verborgene Dampfkraft spielen ließ, von solcher Schnelligkeit, daß sie außer dem berühmten »Tiger« des »schwarzen Kapitäns« sicher jedes Schiff überholt hätte, welches auf eine Wettfahrt mit ihr eingegangen wäre. – –

Der Tag nach der Gefangennahme der beiden Raumburgs war vergangen. Die anderen Arrestanten waren auf eine solche Weise in Sicherheit gebracht worden, daß kein Mensch, nicht einmal die Ihrigen, gemerkt hatten, was eigentlich vorging. Der König hatte eine ganze Menge treuer Männer heimlich in seinen geheimsten Gemächern versammelt, welche unter seiner und Maxens Leitung die riesigen Arbeiten zu bewältigen suchten, welche von der Gegenwart geboten waren.

Es war Nacht geworden, und man meldete dem Könige zwei Männer, welche um eine Audienz bäten.

»Wer ist es?«

»Sie wollen ihre Namen Ew. Majestät selbst nennen.«

»Welches Aussehen haben sie? Zu so später Stunde bittet man nur wegen einer ungewöhnlichen Veranlassung um eine Audienz.«

»Es scheinen Männer gewöhnlichen Standes zu sein. Sie haben dichte lange Vollbärte und tragen die Kleidung von ordinären Arbeitern.«

»Laß sie ein! Max!«

Der Gerufene trat aus dem Nebenzimmer.

»Zwei Männer bitten unter Verschweigung ihrer Namen um eine Audienz. Ich rufe Dich zu meiner Sicherheit.«

Die Betreffenden traten ein. Ihre Verbeugung war nicht diejenige eines Arbeiters.

»Was wünschen Sie?« frug der König.

»Zunächst eine Unterredung mit dem Herrn Doktor Brandauer. Wir sind von ihm gerufen worden und hörten in seiner Wohnung, daß er sich hier bei Ew. Majestät befinde.«

»Wer sind Sie?« frug Max. »Ich kenne Sie nicht und weiß auch nichts davon, daß ich zwei Fremde zu mir bestellt habe.«

»Du kennst uns,« antwortete der Jüngere, »und hast uns wirklich gerufen, und zwar telegraphisch sogar.«

Er nahm Bart und Perrücke ab, und sein Begleiter that dasselbe.

»Arthur!« rief Max, und

»Sternburg!« rief der König.

Beide eilten auf die Genannten zu, um sie herzlich zu begrüßen.

»Ihr kommt zur rechten Zeit und schneller als wir dachten. Aber in dieser Verkleidung?«

»Wir kannten den Stand der Dinge nicht,« antwortete der Fürst, »und hielten es für gerathen unsere Ankunft keinen Menschen wissen zu lassen.«

»Vortrefflich!« stimmte der König bei. »Die Details werdet Ihr kurz vernehmen, da uns keine Zeit zu längeren Auseinandersetzungen bleibt. Kapitän, Sie befanden sich längere Zeit in Tremona. Kennen Sie die Befestigungswerke dieses Hafens genau?«

»Ganz genau. Ich habe mir sogar einen sehr genauen Plan derselben ausgearbeitet.«

»Brav! Ich höre, die süderländische Flotte hat gegenwärtig dort ein bedrohliches Rendez-vous?«

»Allerdings sollte sie es haben. In diesem Augenblicke aber befindet sich kein einziges Kriegsschiff mehr dort vor Anker.«

»Ah! So segeln sie bereits gegen uns?«

»Nein. Die Flotte wurde zerstreut.«

»Zerstreut? In wiefern?«

Arthur erklärte ihm die Umstände.

»Ausgezeichnet!« rief der Monarch erfreut. »Getrauen Sie sich einen Coup auf Tremona?«

»Wenn Majestät mir die dazu nöthigen Fahrzeuge anvertrauen, ja.«

»Wir haben bereits die darauf bezüglichen Vorkehrungen getroffen. Der Herzog, welcher bereits eingezogen ist, beabsichtigte, unsere Marineschiffe so zu zerstreuen, wie es jene Verbrüderung mit den Süderländischen gethan hat; aber glücklicher Weise fand ich noch Zeit, diesen Streich unschädlich zu machen. Wie lange Zeit brauchen Sie, um nach Insel Bartholome zu kommen?«

»Wenn ich sofort Extrazug nehme, bin ich in zwei Stunden in Süderhafen, und meine Yacht wird mich von da aus in sechs Stunden nach der Insel bringen.«

»Ihre Yacht? Das muß ja ein ganz vortreffliches Fahrzeug sein.«

»Das ist sie auch. Darf ich fragen, warum Majestät mich nach jener Insel dirigiren?«

»Weil dort der Sammelplatz unserer Flotte ist. Ich habe mich entschlossen, Ihnen nicht nur die Expedition gegen Tremona, sondern sogar den Oberbefehl über meine sämmtliche Marine anzuvertrauen. Die nöthigen Instruktionen werden Sie augenblicklich im Nebenzimmer erhalten.«

»Danke, Majestät!«

»Sie sind zwar noch jung, aber Sie sind zugleich der Einzige, den ich für befähigt halte, es mit dem berühmten Nurwan-Pascha aufzunehmen. Eben jetzt sind meine Transportschiffe beschäftigt, an verschiedenen Küstenpunkten Truppen unter dem Schutze der Nacht aufzunehmen, welche zur Landung in Tremona bestimmt sind. Auf Bartholome werden Sie General Helbig finden, welcher sie kommandiren soll. Wir haben diese Insel gewählt, weil sie außer dem gewöhnlichen Kurse liegt und unser Vorhaben also nicht sofort entdeckt werden kann. Du, Sternburg, übernimmst die Leitung meiner kriegerischen Evolutionen im Lande selbst!«

»Gern, Majestät, und ich hoffe es zu erreichen, daß mein König mit mir zufrieden ist.«

»So kommt herein!«

Sie traten in das Nebenkabinet, welches gegenwärtig als Hauptarbeitsbureau diente.

Bereits nach einer Viertelstunde wurde es von dem Kapitän und nach eben derselben Zeit auch von seinem Vater wieder verlassen. Dann dauerte es eine Weile, bis Max auch erschien und gleichfalls fortging.

Sein Weg führte ihn nicht nach Hause, sondern hinaus vor die Stadt in die Richtung der Klosterruine. Zwar war der Major von Wallroth bestimmt gewesen, die Verschworenen gefangen zu nehmen, da er aber dann den Auftrag erhalten hatte, Zarba die erbetenen Geschütze zuzuführen, so hatte Max, trotzdem er ganz außerordentlich mit anderen Arbeiten beschäftigt war, es unternommen, diese hochwichtige Arretur zu leiten.

Er ging nicht direkt zur Ruine, sondern schlug, als er die Stadt hinter sich hatte, einen Weg ein, welcher nach einem seitwärts liegenden Walde führte. Kaum war er in denselben eingetreten, so hörte er das Knacken eines Gewehrhahnes.

»Werda!«

»Ein Freund. Bringen Sie mich zu Ihrem Kommandeur.«

»Folgen Sie!«

Max wurde etwas tiefer zwischen die Bäume gebracht, wo sich die Offiziere der hier postirten Truppen befanden.

»Hier ist ein Mann, der nach dem Herrn Major verlangt,« meldete der Posten.

»Wer sind Sie?« frug der Genannte.

»Brandauer.«

»Ah, der Herr Doktor! Ist es an der Zeit?«

»Wohl noch nicht ganz. Haben Sie das Terrain gehörig rekognoscirt?«

»Ja.«

»Die andern Herren auch?«

»Ja.«

»Und was haben Sie beschlossen?«

»Ich beschloß, Ihren Befehl abzuwarten.«

»Schön! Die Zeit ist nahe, in welcher die Leute kommen

werden. Natürlich fangen wir sie nicht bei ihrer Ankunft ab, sondern wir gehen sicherer, wenn wir sie die Ruine unangefochten betreten lassen.«

»Auch meine Ansicht.«

»Sie geben mir einige zuverlässige Leute mit, in deren Begleitung ich die Versammlung beobachte. Im geeigneten Augenblicke lasse ich Sie benachrichtigen, worauf Sie die Ruine einschließen. Sind Sie stark genug, wenn wir bewaffneten Widerstand finden?«

»Ich denke es. Wir haben nur einen Angriff zu befürchten, wenn er sich in Masse nach einem einzigen Punkte richtete.«

»Sie werden Ihre Leute so postiren, daß sie in diesem Falle augenblicklich an die bedrohte Stelle gezogen werden können.«

»Dann entblößen wir andre Punkte und ermöglichen das Durchbrechen Einzelner.«

»Sollte es keine Vorkehrung geben, dies zu verhüten?«

»Wir müßten einen doppelten Kordon ziehen, dessen äußere Glieder halten bleiben, wenn die inneren zusammengezogen werden.«

»Ich stimme Ihnen bei. Sie haben scharf geladen?«

»Ja.«

»Wer Widerstand leistet, wird einfach getödtet. Aber bitte, gebrauchen Sie nur im Nothfalle die Schußwaffen. Wir müssen jeden Lärm zu vermeiden suchen. Sollte es je Einem gelingen durchzubrechen, so folgen ihm die beiden Leute, zwischen denen er entkommt, sofort auf dem Fuße und versuchen, ihn entweder festzuhalten oder, wenn dies nicht gelingt, zu tödten, während die anderen Glieder die Kette gleich wieder schließen. In einer Stunde kommt der Mond, dessen Licht uns von großem Nutzen sein wird. Also einige Männer, Herr Major!«

»Wie viele?«

»Nur zwei, die ich, um allen Eventualitäten zu begegnen, Ihnen als Boten zurücksenden werde. Sie lassen die Gewehre einstweilen hier.«

Er verließ, gefolgt von den Soldaten, den Wald und ging

vorsichtig der Ruine zu. Er erreichte unbemerkt den Aufgang und postirte sich an derselben Stelle hinter die Büsche, an welcher er den Prediger gefangen hatte. Nach oben verklingende Schritte sagten ihm, daß bereits einer oder einige von den Erwarteten eingetroffen seien.

Es kamen bald Mehrere, und als eine Stunde vergangen war, durfte er sich, da er sie gezählt hatte, sagen, daß die durch ihn Bestellten nun alle beisammen seien. Der Brunnen war natürlich zu klein, um sie alle zu fassen, die Versammlung befand sich also im Freien zwischen dem Gemäuer der Ruine. Er schickte jetzt die beiden Soldaten zurück und wartete.

Nach kaum zehn Minuten kehrte der Eine wieder und brachte den Major mit.

»Fertig?« frug Max.

»Fertig!«

»Ich habe noch nicht gefragt, ob Sie mit dem nöthigen Fesselzeug versehen sind.«

»Jeder Mann hat zwei Stricke bei sich.«

»Gut. Nun mögen Sie kommen!«

Aber sie kamen noch nicht. Sie meinten sich von dem Abbé bestellt und warteten auf diesen. Endlich mußte ihnen doch die Zeit zu lange geworden sein, denn es kamen Zwei den Berg herab, jedenfalls um dem Jesuiten entgegen zu gehen und ihn zur Eile zu ermahnen.

»Habt Acht!« kommandirte der Major hinter sich. »Mund zugehalten und sofort knebeln und fesseln!«

Die Männer gingen vorüber. Einige Augenblicke später vernahm Max einen unterdrückten ängstlichen Seufzer; dann war es still.

»Fertig?« frug der Major.

»Fertig!« tönte die Antwort.

»So hübsch ruhig sollte es vom ersten bis zum letzten gehen,« meinte der Offizier.

»Das wäre vielleicht zu ermöglichen, wenn man es wagen wollte hinaufzugehen.«

»Um Gottes willen! Das hieße ja dem Tiger zwischen die Zähne laufen!«

»Nicht ganz. Ich bin im Besitze eines Talismans, welcher mir wohl Schutz gewähren würde. Ja, vielleicht geht es doch. Ziehen Sie hier einige Leute mehr zusammen!«

»Sie wollen wirklich – –?«

»Ja, ich will. Ich werde dafür sorgen, daß die Leute alle einzeln herunterkommen, Einer immer fünfzig bis sechzig Schritte hinter dem Andern. Sie hätten dann dafür zu sorgen, daß die Ueberrumpelung sofort und lautlos geschähe. Während der Eine gefesselt und fortgeschafft wird, müssen bereits wieder Leute zum Empfange des Nachfolgenden bereit sein. Die Wagen zum Transporte der Gefangenen werden eintreffen?«

»In einer halben Stunde. Sie sind an den Wald bestellt.«

»Mit der nöthigen Vorsicht?«

»Keiner der Fuhrleute weiß, um was es sich handelt.«

»Gut. Ich gehe und werde in einigen Minuten wieder bei Ihnen sein.«

»Aber wenn Sie nicht kommen, stürme ich das Nest.«

»Sie würden nur dann vorgehen, wenn Sie einen Schuß vernähmen. Dann bin ich in Gefahr.«

Er stieg den Berg hinab. Droben, wo der Weg auf das Plateau mündete, wurde er angefragt:

»Woher?«

»Aus dem Kampfe.«

»Wohin?«

»Zum Siege.«

»Wodurch?«

»Durch die Lehre Loyolas.«

»Der Bruder kann passiren.«

Er trat vor und gewahrte beim falben Scheine des aufgehenden Mondes die Versammlung, deren Glieder sich theils im weichen Gras gelagert hatten, theils zwischen dem Gemäuer hin- und hergingen, um einander aufzusuchen, oder auch in einzelnen Gruppen leise plaudernd bei einander standen. Man sah ihn kommen, und Einige traten ihm entgegen.

»Ein Bruder?«

»Ja.«

»Woher?«

»Von unserem Meister.«

»Ah! Warum kommt er noch nicht?«

»Er hatte wichtige Abhaltung und sandte mich herbei, dies zu melden.«

»Er hat nicht einmal einen Posten gestellt.«

»Er brauchte den Mann selbst und wußte ja, daß der Erste von Ihnen diesen Platz übernehmen würde.«

»Dies ist auch geschehen. Er kommt also nicht selbst?«

»Hierher nicht. Bitte, lassen Sie die Herren eine solche Aufstellung nehmen, daß sie mich alle hören können!«

Dies geschah. Die Versammlung bildete einen Halbkreis, in dessen Mitte Max stand.

»Meine Brüder,« begann er, »Sie sind telegraphisch zusammenberufen worden um zu vernehmen, daß Umstände eingetreten sind, welche es nöthig machen, den bereits erhobenen Hammer endlich und schleunigst fallen zu lassen – – –«

»Bravo!« wurde er von einer Stimme unterbrochen und »Bravo!« fielen die Uebrigen in unterdrücktem Tone ein.

Max fuhr fort:

»Es freut mich, diesen Ruf zu vernehmen, denn er versichert mich Ihrer ungetheilten und frohen Zustimmung. Der Mann, den Sie alle kennen, und den ich heute noch Penentrier nennen will, beabsichtigt eine große Generalberathung, bei welcher ein Jeder seine Rolle überkommen wird. Er wollte diese Berathung hier in der Ihnen bekannten Ruine abhalten und wäre schon längst hier erschienen, wenn nicht Umstände eingetreten wären, die ihm dies unmöglich machten. Der Zweck der heutigen Versammlung bringt es mit sich, daß wichtige schriftliche Arbeiten vorgenommen werden, wozu ein erleuchtetes Lokal erforderlich ist. Da Sie nun hier vereinigt sind, so ladet Sie Herr Penentrier ein, nach dem Saale des Tivoli zu kommen. Das Haus liegt hier an der Straße; Sie Alle kennen es; der Wirth ist ein verschwiegener Mann, und es ist in jeder Beziehung dafür gesorgt, daß wir dort nicht gesehen und überrascht werden können.«

»Ist der Herr Abbé bereits dort?« frug einer.

»Natürlich! Er läßt Sie ersuchen, die Ruine einzeln zu verlassen, so daß immer der Eine zwischen sich und dem Andern eine Entfernung von fünfzig bis sechzig Schritten hält. Diese Maßregel ist unbedingt nöthig. Die Herren vom Militär werden ersucht, jetzt einmal vorzutreten!«

Die Aufgeforderten traten zwischen den Civilisten heraus.

»Ich weiß aus der Liste, daß Sie ihrer achtzehn sind, und ich sehe, daß Keiner fehlt. Ihnen habe ich die besondere Bitte auszusprechen, daß Sie sich nicht nach dem Tivoli begeben, sondern hier zurückbleiben sollen. Sie steigen hinab in den Brunnen, wo Seine Durchlaucht, dessen Namen ich nicht nenne, Sie aufsuchen und Ihnen seine strategischen und taktischen Weisungen übergeben wird. Darf ich ihm melden, daß Sie bereit sind?«

»Ja.«

»So bin ich fertig. Also bitte, ja gehörig Distanz zu halten. Adieu für jetzt. Wir sehen uns nachher wieder!«

Er ging und stieg den Weg hinab.

»Werda?« klang es unten leise.

»Ich!«

»Ah, Herr Doktor, Gott sei Dank! Ist das Wagestück gelungen?«

»Vollständig. Die Leute vom Militär, welche am meisten zu fürchten und jedenfalls bewaffnet sind, habe ich unschädlich gemacht. Sie bleiben oben im Brunnen, wo sie uns sicher sind.«

»Prächtig! Und die Andern?«

»Kommen einzeln und in dem erwähnten Abstande. Sind Ihre Vorbereitungen getroffen?«

»Der Empfang ist so organisirt, daß die Herrn mit der Genauigkeit einer Maschine bearbeitet werden.«

»Da kommt der Erste!«

Die Gestalt desselben kam langsam den Weg daher, ging vorüber und verschwand. Kein Laut ließ sich vernehmen. Der Zweite, der Dritte, der Fünfte, der Zehnte, sie alle kamen, gingen vorüber und verschwanden mit derselben Lautlosigkeit. Es wurde Max doch ein wenig bange.

»Werden sie denn wirklich festgenommen, Herr Major?« frug er seinen Nachbar.

»Natürlich.«

»Dann arbeitet Ihre Maschine allerdings unvergleichlich!«

»Nicht wahr? Ja, meine Jungens sind gut; aber es stehen auch ihrer sechs gegen jeden der Verschwörer; da können sie auch etwas leisten.«

Nur ein einziges Mal ließ sich ein nicht ganz unterdrückter Schrei vernehmen, aber er war nicht so laut, daß er auf sechzig Schritte Entfernung gehört werden konnte.

Endlich war außer dem Posten der Letzte vorüber.

»Alle?« frug der Major.

»Ja. Nur der Wachtposten steht noch oben. Sind Sie überzeugt, daß bei Ihren Leuten Alles in Ordnung ist?«

»Ja. Im Gegenfalle hätte man mir Meldung gemacht.«

»Geben Sie mir einen Offizier und zehn Soldaten mit.«

»Hinauf?«

»Ja.«

»Ich gehe selbst mit.«

»Würde nicht gerathen sein. Ihre Gegenwart scheint mir hier dringender nothwendig als dort oben.«

»Wie Sie wollen!«

Er ging einige Schritte rückwärts und ertheilte eine Weisung. Gleich darauf kam ein Lieutenant herbei, welchem zehn Mann Soldaten folgten.

»Herr Oberlieutenant, Sie halten sich an meiner Seite. Ihre Leute legen die Gewehre ab; sie sollen mir nur helfen, einen Brunnen zuzudecken.«

Er stieg mit dem Offizier empor. Droben klang ihm die Parole wieder entgegen. Er gab die bekannte Antwort.

»Kommt Durchlaucht bald?« frug der Posten. »Ich muß doch auch nach dem Tivoli.«

»Hier ist doch Durchlaucht!« antwortete Max, auf den in einen Capot gekleideten Lieutenant deutend. »Sie können gehen, denn ich werde die Wache übernehmen.«

Er trat auf ihn zu.

»Sind die Herren bereits im Brunnen?«

»Ja, Alle.«

»So können wir ja zugreifen!«

Bei diesen Worten faßte er ihn mit der Linken bei der Gurgel und gab ihm mit der rechten Faust einen Schlag an die Schläfe, daß er zusammenbrach.

»Binden und knebeln Sie ihn!« gebot er den hinterher kommenden Soldaten.

Dies geschah in kurzer Zeit; dann folgten sie ihm mit leisen Schritten nach dem Brunnen. Der Strick hing in denselben hinab. Max zog ihn empor.

»So, jetzt sind sie unser, denn sie können nicht herauf. Zu noch besserer Sicherheit jedoch wollen wir die Oeffnung so zudecken, daß es ihnen ganz unmöglich wird zu entkommen. Hier liegen Steine. Greifen Sie zu!«

Einige Platten ähnliche Steine wurden auf den Brunnenmund gelegt; auf diese kamen noch andere, bis eine förmliche Pyramide entstand, welche man von innen unmöglich beseitigen konnte. Die Herren vom Militär, unter denen sich sogar Generale befanden, waren gefangen, ohne Gegenwehr leisten zu können. –

Während dies in der unmittelbaren Nähe der Residenz geschah, ging in größerer Entfernung etwas Anderes vor, dessen sich weder der König noch Max Brandauer versehen hätten.

In der Irrenanstalt saß der Schließer mit seinem Weibe beim Abendbrod; aber es schien, als ob sie sich mehr mit ihren Gedanken als mit dem Essen beschäftigten.

»Weißt Du es auch wirklich ganz genau?« frug sie.

»Ganz und gar.«

»Schrecklich!«

»Ja, schrecklich. Ein Herzog in der Zwangsjacke!«

»Ohne daß man etwas sagen darf!«

»Er gab stets ein gutes Trinkgeld!«

»Dieser Brandauer aber gar nichts!«

»Und der König auch nicht!«

»Er würde viel, sehr viel geben, wenn er frei sein könnte.«

»Natürlich!«

»Wir sind arm.«

»Trotzdem ich so lange im Dienste bin. Zwanzig Jahre bereits spielen wir in der Lotterie, ohne jemals einen Pfennig gewonnen zu haben. Wer kein Glück haben soll!«

»Es hat jeder Mensch einmal oder auch öfters Glück. Die Hauptsache aber ist, daß man es erkennt und sofort zugreift.«

»Wo hätte ich denn zugreifen sollen?«

»Früher nicht, aber jetzt, heut!«

»Wenn und wo?«

»Dummrian!«

»Pah! Ich verstehe Dich schon. Aber die Sache ist halsbrecherisch.«

»Gar nicht. Du hast die Schlüssel.«

»Das ist wahr. Ich kann überall hin.«

»Na, also! Wie lange wird es dauern, kommt der Wärter des ersten Korridors und läßt sich zum Abendbrod ablösen. Da könntest du den Handel abmachen. Es kommt kein Mensch dazu.«

»Man kann nicht wissen. Es ist in letzter Zeit so viel Ungewöhnliches passirt, daß man niemals sicher sein kann. Die beiden Aerzte sind stets auf den Beinen.«

»Ich werde Wache stehen und Dich warnen, sobald ich etwas sehe.«

»Das ginge. Wie viel soll ich verlangen?«

»Fünftausend Thaler.«

»Fünftausend? Bist Du gescheidt!«

»Weniger gar nicht.«

»Auch noch weniger? Fällt mir gar nicht ein! Ich muß, wenn ich so etwas thue, gleich so viel bekommen, daß ich gemächlich von den Zinsen leben kann.«

»Nun?«

»Zwanzigtausend.«

»O, das ist zu viel!«

»Nein. Der Herzog wird schon Ja sagen. Er ist unermeßlich reich und gibt gewiß lieber eine solche Summe, als daß er sich verrückt machen oder zu Tode martern läßt.«

»So versuche es!«

»Aber die Gefahr!«

»Ich sehe keine. Wer will beweisen, daß Du es bist, der sie befreit hat?«

»Ich müßte ihnen die Seitenpforte öffnen und Alles so einrichten, daß auf mich kein Verdacht fallen kann.«

»Natürlich.«

»Wie aber will mich der Herzog bezahlen?«

»Das müßt Ihr besprechen.«

»Will mir die Sache überlegen!«

Er lehnte sich zurück und grübelte über den verwegenen Plan nach, bis der vorhin erwähnte Wärter erschien.

»Schließer, nehmen Sie meinen Korridor auf ein halbes Stündchen!«

»Gut!«

Er stieg die Treppe empor. Als er sich überzeugt hatte, daß der Wärter sich entfernt habe und seine Frau auf ihrem Posten stehe, öffnete er die Zelle Nummer Eins, trat ein und löste die Riemen von dem Zwangsstuhle des Herzogs.

»Durchlaucht!«

Ein gurgelnder Laut war die Antwort.

»Durchlaucht!«

»Ah!«

»Kommen Sie zur Besinnung!«

Die Augen des Herzogs erhielten Ausdruck und Leben. Er war nicht barbarisch eingeschnallt gewesen, aber die Ungewohnheit der Lage hatte ihn fürchterlich ermattet.

»Wer – was ist?« frug er.

»Ich bin es, der Schließer.«

»Ah, Du! Was willst Du?«

»Sie retten!«

Mit einem Sprunge stand der Herzog auf den Beinen. Das eine Wort »retten« hatte ihn zur vollständigen Besinnung gebracht. »Du willst? Wenn?«

»Heut in der Nacht.«

»Ists wahr?«

»Es ist mein Ernst! Sie waren mir stets ein so guter und freigebiger Herr, daß ich es versuchen will, Sie zu befreien.«

»Mensch, wenn Du die Wahrheit sagst, so werde ich

Dich wahrhaft königlich belohnen. Sage mir, wie viel Du verlangst!«

»Was wollen Durchlaucht geben?«

»Fünfundzwanzigtausend Thaler für mich, und noch zehntausend für diesen da, noch heut auf das Brett gezählt!«

»Ists wahr, gnädiger Herr?« frug der Schließer, freudig erschreckt von der Höhe dieser Ziffern.

»Ich gebe Dir mein heiliges Wort!«

»Wo und wie werde ich das Geld erhalten?«

»Baar in meinem Palais.«

»In der Residenz?«

»Ja.«

»Kann ich nicht! Ich müßte selbst mitgehen, und dann wäre es ja verrathen, wer Sie befreit hat.«

»Schadet nichts! Ich werde für Deine Sicherheit Sorge tragen. Du besorgst ein Fuhrwerk für vier Personen und nimmst Deine Frau gleich mit. Sofort nach unserer Ankunft in der Residenz erhältst Du Dein Geld, und morgen wenn man meine Flucht entdeckt, bist Du bereits mit meinen Empfehlungen auf dem Wege nach Süderland.«

»Ja, wenn das so ginge!«

»Es geht. Ich gebe Dir auch hierauf mein Ehrenwort!«

»So werde ich mit meiner Frau sprechen, Durchlaucht. Aber jetzt muß ich Sie wieder einschließen.«

»Alle Teufel! Kannst Du mich nicht – –«

»Geht nicht, Durchlaucht. Man wird Ihre Zelle heut noch zweimal revidiren, und dann wäre Alles unmöglich.«

»Gut, aber nicht so streng wie vorher!«

»Kann nicht anders. Man würde es sofort bemerken.«

Der Herzog sah ein, daß er gehorchen müsse. Der Schließer schnallte ihn ein, und begab sich dann in den Korridor zurück, wo er wartete, bis er wieder abgelöst wurde.

Dann stellte er seiner Frau vor, welches Anerbieten ihm von dem Herzoge gemacht worden war. Diese war vollständig entzückt, als sie hörte, welche Summe sie erhalten sollte, und machte sich sofort an die Vorbereitung zu einer heimlichen Abreise. –

Mitternacht war nahe, da öffnete sich ein Seitenpförtchen der Anstaltsmauer, um eine Frau und drei Männer auszulassen. Es waren die Flüchtlinge, welche unbemerkt entkommen waren.

»Wo ist der Wagen?« frug der Herzog.

»Dort auf der Straße hält er bereits.«

»Wer ist der Kutscher?«

»Ein entfernter Verwandter von mir.«

»Weiß er, um was es sich handelt?«

»Nein.«

»Gut. Er darf auch nichts erfahren. Nur wer ich bin muß er wissen.«

»Er kennt Sie, denn er hat Sie öfters gesehen.«

Als sie den Wagen erreichten, stand der Fuhrmann bei seinen Pferden. Der Herzog trat nahe zu ihm heran.

»Kennst Du mich?«

Der Gefragte konnte im Scheine des Mondes die Züge des Herzogs deutlich sehen.

»Durchlaucht!«

»Gut! Weißt Du mein Palais in der Residenz?«

»Ich weiß es.«

»Du fährst an demselben vorüber und hältst am Ende des Gartens!«

»Zu Befehl, Durchlaucht!«

Sie stiegen ein und der Wagen rollte davon.

Die beiden Oberärzte saßen noch bei einer wichtigen Berathung beisammen. Diese betraf die Entscheidung, welcher von ihnen die Leitung der Anstalt übernehmen solle. Sie waren Freunde, und Jeder wollte die Stelle dem Andern gönnen, bis sie sich endlich entschlossen, das Loos zu werfen. Als dieses gefallen war, betrachteten sie die Angelegenheit als beendigt. Sie fühlten sich aber noch zu munter, als daß sie hätten schlafen gehen sollen, und beschlossen, die Zellen noch einmal zu revidiren.

Sie begannen bei Nummer Eins, erschraken aber Beide nicht wenig, als die bemerkten, daß der Raum leer sei.

Es wurden sofort sämmtliche Beamte herbeigerufen. Keiner

wußte etwas, aber es stellte sich heraus, daß der Schließer fehle. Es wurde bei ihm ohne Erfolg geklopft, bis man sich entschloß, seine Thüre aufzubrechen. Nun fand man in der verlassenen Wohnung den deutlichsten Beweis, daß man sich hier auf eine schleunige Abreise vorbereitet habe, und weitere Forschungen ergaben auch, daß die Flüchtigen ihren Weg durch die Seitenpforte genommen hatten.

»Um Gotteswillen was thun?« frug der eine Arzt.

»Wie viele Lohnkutscher gibt es hier?«

»Vier.«

»Schnell vier Leute fort zu ihnen. Wenn wir wissen, mit wem sie gefahren sind, werden wir auch den Weg erfahren, den sie eingeschlagen haben. Ich bereite mich vor, augenblicklich nach der Residenz zu gehen. Bestelle mir einen Wagen durch einen der vier. Vorher aber müssen wir telegraphiren.«

»An wen?«

»An den König und Doktor Brandauer. Es läßt sich vermuthen, daß der Herzog zunächst nach der Residenz gegangen ist, und wenn wir telegraphiren, ist es möglich, daß er dort gleich empfangen wird, wenn er die Anstalt noch nicht längst erst verlassen haben sollte.«

Der Sprecher suchte sein Zimmer und war noch nicht mit dem Anlegen der Reisekleider fertig, als er einen der Boten bei sich eintreten sah.

»Schon zurück?«

»Ja. Ich konnte dem Herrn Doktor keinen Wagen besorgen.«

»Warum?«

»Der Fuhrmann, zu welchem ich geschickt wurde, ist nicht da. Sein Geschirr ist am Abende von dem Schließer bestellt worden.«

»Wohin?«

»Nach der Residenz.«

»Ah! Tragen Sie diese beiden Depeschen sofort auf das Bureau!«

Er warf einige Worte auf zwei Formulare, mit denen sich der Beamte entfernte. Ein Anderer brachte die Meldung, daß in einigen Minuten ein Wagen vor dem Thore halten werde. Mit diesem fuhr er ab, während sein Kollege nach weiteren Spuren der Flucht forschte. –

In der Hofschmiede des Meisters Brandauer hatte man sich trotz der späten Stunde noch nicht zur Ruhe begeben. Brandauer wußte, was Max vorhatte, und hätte vor Erwartung unmöglich schlafen können. Die Gesellen aber waren soeben von Mutter Barbara Seidenmüller zurückgekommen, und da auch sie eine gewisse Ahnung hatten, daß irgend ein wichtiges Ereigniß in der Luft schwebe, so saßen sie vor der Thür und erzählten sich zum tausendsten Male ihre Erlebnisse und Abenteuer.

»Aper solche Apenteuer wie dieser Karavey und mein Pruder Palduin hat doch keiner von uns Dreien erlept!« meinte Thomas. »Denkt nur einmal, kaum kommen sie heut an, um mich zu pesuchen, so kommt dieser andere Kerl mit dem großen Parte, und holt sie wieder ap. Der Palduin hat mir gesagt, daß er zu Schiffe geht um Krieg zu machen.«

»Ja, ein tüchtiger Kerl ist Dein Bruder,« sagte Heinrich. »Er raucht einen prachtvollen Tabak und hat so viel Raison, uns Jedem ein Pfund mitzubringen. Der Kerl ist nobel, nicht wahr, Baldrian?«

Der Gefragte nickte, eine fürchterliche Wolke von sich stoßend.

»Das ist am Den!«

»Natürlich!« bekräftigte Thomas in stolzem Tone. »Ein Schupert ist immer nopel, zum Peispiel ich und mein Palduin erst recht. Der Tapak ist ausgezeichnet, und die Ampalema, die er mir mitgebracht hat, sind über allen Zweifel hoch erhapen! Aper sagt mir doch einmal, wer das ist, der hier auf die Schmiede zugelaufen kommt?«

»Ein Briefträger!«

»Ein Priefpote? Pist Du pei Sinnen, alte Artillerie! So spät nach Mitternacht ein Prief! Das ist sicher eine Depesche! Nicht wahr, Paldrian?«

»Das ist am Den!«

Wirklich war es der Telegraphenbote, welcher herbeitrat.

»Herr Doktor Brandauer zu Hause?«

»Nein, aper sein Vater.«

»Wo?«

»In der Stupe drin!«

Der Beamte ging hinein, um die Depesche abzugeben. Brandauer nahm sie in Empfang; er bemerkte auf der Adresse die Worte »sofort öffnen!« und erbrach in Folge dessen das Couvert. Es enthielt die Worte:

»Zelle Nummer eins entflohen. Wagen nach der Residenz. Komme selbst gleich nach.«

Er hatte die Worte kaum gelesen, so eilte er hinaus zu den Gesellen.

»Thomas!«

»Herr Meister!«

»Du weißt die Klosterruine?«

»Ja.«

»Dort findest Du Militär, bei welchem Max sich befindet. Springe so schnell wie möglich hinaus und gib ihm diese Depesche!«

»Werde meine Peine schon auseinander werfen, Herr Meister.«

Mit diesen Worten eilte er von dannen. Er brauchte doch über eine halbe Stunde, ehe er durch die Stadt kam und die freie Straße erreichte. Dort kamen ihm mehrere Wagen unter militärischer Bedeckung entgegen. Er bemerkte im Mondscheine den Offizier, welcher den Zug befehligte, und trat zu ihm heran.

»Entschuldigung, Herr Lieutenant! Kommen Sie von der Klosterruine?«

»Warum fragen Sie?«

»Ich suche den Herrn Doktor Prandauer.«

»Ah! Wer sind Sie?«

»Ich pin Opergeselle pei seinem Vater.«

»So! Er ist noch dort. Fragen Sie nach dem Herrn Major, auf diese Weise finden Sie ihn am schnellsten.«

»Danke pestens!«

Er eilte weiter, traf ferneres Militär und ließ sich zu dem

Major bringen. Auf eine kurze Erkundigung hin wies ihn dieser hinauf zur Ruine, wo er den Gesuchten noch bei dem Zudecken des Brunnens beschäftigt fand.

»Herr Doktor, ich hape ein Telegramm zu übergepen!«

»Du, Thomas?«

»Ja, ich!«

»War es so nothwendig?«

»Es muß wohl so sein, sonst hätte mich der Herr Meister nicht apgeschickt.«

Max machte mit einem Zündholz Feuer und las die Worte. Er wandte sich sofort an den Lieutenant:

»Herr Lieutenant, ich muß Sie verlassen. Holen Sie sich Ihre Weisungen bei dem Herrn Major. Komm, Thomas!«

»Sogleich!«

Sie schritten hinab.

»Nun, Herr Doktor?« frug der Major.

»Ich werde abgerufen und bitte um ungefähr zehn Ihrer Leute, um einen der Betheiligten zu fangen, welcher entkommen ist.«

»Sie sind Ihnen zur Verfügung. Aber hier?«

»Sie haben von Majestät eingehende Instruktion erhalten?«

»Allerdings.«

»So ist meine Gegenwart ja ferner auch nicht nothwendig. Sind die Wagen bereits abgegangen?«

»Einige. Die andern folgen nach.«

»So bleibt nichts übrig, als droben am Brunnen einen genügenden Posten zurückzulassen. Gehen Sie zum Könige, um ihm das Gelingen unserer Aufgabe zu melden, und geben Sie ihm dabei diese Depesche, die ich erhalten habe, mit der Weisung, daß ich bereits die geeigneten Schritte thue. Gute Nacht, Herr Major!«

»Gute Nacht, Herr Doktor!«

Max eilte an der Seite von Thomas, und gefolgt von zehn Soldaten, in eiligen Schritten auf der Straße dahin. Bei der Stadt angekommen, bog er nach dem Flusse ein, um die nächstliegende Landestelle zu erreichen. Dort lagen mehrere Kähne am Ufer. Sie schoben zwei von ihnen in das Wasser, stiegen ein und setzten auf das andere Ufer über, wo sie unterhalb des herzoglichen Gartens landeten. Unweit dieser Stelle hielt eine zweispännige Kutsche. Max schritt auf dieselbe zu. Sie war leer, aber der Kutscher stand am Schlage.

»Wem gehört dieser Wagen?« frug Max.

»Mir.«

»Woher sind Sie?«

»Warum?«

»Sie sehen, in welcher Begleitung ich bin. Ich frage, und Sie haben mir die Wahrheit zu sagen. Also, woher kommen Sie?«

Der Mann nannte den Ort, an welchem sich die Irrenanstalt befand.

»Wen haben Sie gefahren?«

Er zögerte.

»Sie wünschen jedenfalls, daß ich Sie arretire!«

»Ich habe den Anstaltsschließer mit seiner Frau gefahren.«

»Ah! bis hierher? Und wen noch?«

»Zwei Herren.«

»Die Sie kannten?«

»Nur den Einen.«

»Den Herzog?«

»Ja. Sie wissen – –?«

»Ich weiß. Sie bleiben hier nicht halten.« Er wandte sich an einen der Soldaten: »Sie setzen sich zu diesem Manne auf den Bock und bringen ihn auf die Schloßwache. Gehorcht er nicht, so machen Sie Gebrauch von Ihren Waffen!«

»Zu Befehl!«

Der Kutscher mußte aufsteigen; der Soldat folgte ihm und der Wagen lenkte um, um die vorgeschriebene Richtung einzuschlagen.

Jetzt gab Max den andern Begleitern seine Weisung:

»Sie Zwei folgen uns in den Garten; Sie Zwei nehmen Posto vor dem Hauptportale des Herzogs und lassen keinen Menschen passiren, selbst den Herzog nicht. Im Weigerungsfalle, Ihnen zu gehorchen, gebrauchen Sie die Waffen. Verstanden?«

»Ja.«

»Die andern Fünf patrouilliren um das Gebäude und den

Garten. Es darf beide Niemand verlassen; wer es erzwingen will, wird gefangen genommen oder mit der Waffe behandelt. Jetzt vorwärts!«

Er stieg mit Thomas über die Mauer. Die beiden Soldaten folgten ihnen. Unter der Gartentreppe nahm er das Fenster heraus und stieg ein, um durch den Gang in die Bibliothek zu gelangen. Droben hinter der Thür mußte er warten, bis ihm die Andern gefolgt waren, dann öffnete er behutsam. Es brannte kein Licht, aber in dem Arbeitszimmer war es hell, und Stimmen tönten durch die Portière. Er trat an diese heran und blickte hindurch. Der Herzog stand am Schreibtische und zählte Banknoten auf; neben ihm hielt ein Mann und eine Frau, in denen Max den Schließer und sein Weib erkannte, und auf einem Fauteuil hatte sich der Abbé niedergelassen, welcher außerordentlich angegriffen aussah.

»Kommen Sie heran!« flüsterte Max. »Ich werde eintreten, und sobald Sie mich in Gefahr sehen, folgen Sie mir!«

Die sämmtlichen vier Personen kehrten ihm den Rücken zu. Er lüftete die Portière, schob sich hindurch und setzte sich auf das Sopha, ohne daß es bemerkt wurde.

»Hier,« meinte der Herzog. »Zählen Sie nach: Fünfunddreißig Tausend!«

Der Schließer zählte mit zitternden Händen die Banknoten, und die Augen seines Weibes glühten vor Begierde, diese Summe in die Hände zu bekommen.

»Richtig?« frug der Herzog.

»Richtig!« antwortete der Mann. »Durchlaucht, ich danke von ganzem Herzen für – –«

»Schon gut! Sie haben mir einen Gefallen erwiesen, und ich habe Sie dafür bezahlt. Wir sind quitt.«

»Aber die Empfehlungen?«

»Kommen jetzt noch nicht in Ihre Hände. Sie könnten doch den Fehler begehen, sich ergreifen zu lassen, noch ehe Sie die Grenze überschritten haben, und dann wäre ich blamirt. Hier ist die Adresse eines Mannes, an den Sie sich wenden mögen, sobald Sie Süderland glücklich erreicht haben; dieser wird sich in meinem Namen möglichst um Sie bemühen.«

Er warf einige Worte auf ein Blatt Papier und gab dies dem Schließer.

»Ihr Wagen steht noch unten, und ich werde Sie jetzt auf demselben Wege, den wir – –«

Er wandte sich um, um unwillkürlich auf den verborgenen Gang zu deuten und erblickte Max. Ein furchtbarer Schreck zuckte über sein Gesicht, und der begonnene Satz blieb ihm in der Kehle stecken.

Max erhob sich.

»Guten Abend, meine Herren! Ich komme, wie es scheint, hier zu einem sehr eigenthümlichen Handel.«

Der betroffene Schließer, welcher Max natürlich kannte, blickte wie Rettung suchend auf den Herzog. Dieser faßte sich zuerst.

»Was thun Sie hier? Wie kommen Sie herein?«

»Ganz auf Ihrem eigenen Wege, Durchlaucht.«

»Welchen Weg meinen Sie?«

»Die verborgene Treppe.«

»Alle Donner!«

»Bitte, eifern Sie sich nicht! Es ist nicht das erste Mal, daß ich diesen Weg betrete. Auf ihm kam ich, als ich hinter dieser Portière Ihre Unterredung mit diesem Herrn, dem Pater Valerius, belauschte; auf ihm kam ich, als ich mich des Schlüssels zu Ihrer geheimen Chifferschrift bemächtigte, auf ihm – –«

»Hund!« unterbrach ihn da der Herzog brüllend. »Also Du bist es, dem ich Alles zu danken habe, was ich jetzt – Alles – – Alles – – Alles – –!«

Die Wuth übermannte seine Sprache, und er machte Miene, sich auf Max zu stürzen. Doch dieser hob seine Fäuste ruhig empor und meinte:

»Kommen Sie heran, Durchlaucht!«

»Nein, ich will mein Hand nicht besudeln durch die Berührung eines Spiones. Es gibt andere Mittel, solche Kreaturen unschädlich zu machen.«

Er that einen Schritt nach dem Waffenschranke zu, welcher sich seitwärts des Schreibtisches befand.

»Halt!« gebot Max, einen Revolver aus der Tasche ziehend.

»Heben Sie die Hand nach dem Schlosse des Schrankes, so sind Sie eine Leiche, das schwöre ich Ihnen bei meiner Seligkeit!«

Der Ton dieser Stimme klang so drohend, daß der Herzog zurücktrat.

»Also auch morden können Sie!« rief er, mit den Zähnen knirschend.

»Bleiben Sie ruhig! Es ist besser, wir vergegenwärtigen uns ohne Aufregung die Lage, in welcher wir uns gegenseitig und gegenwärtig befinden. Bitte, nehmen Sie Platz, Durchlaucht, und gestatten Sie mir eine kurze Darstellung der Verhältnisse!«

Noch immer den Revolver in der Hand setzte er sich wieder auf das Sopha nieder. Der Abbé war durch die Haft so angegriffen, daß er ziemlich unschädlich genannt werden mußte; der Schließer und seine Frau kamen gar nicht in Betracht, und der Herzog sah trotz seiner Aufregung ein, daß es besser sei, scheinbar sich in ein Gespräch einzulassen, während er während desselben auf ein Mittel kommen konnte, sich zu retten.

»Reden Sie!«

Mit diesen Worten nahm auch er Platz. Max begann:

»Sie erinnern sich wohl noch des Tages, an welchem Sie mir den Fehdehandschuh hinwarfen und mir verkündigten, daß Sie mich zermalmen würden. Ich gab mir damals die Erlaubniß, Ihnen Dinge vorherzusagen, welche theilweise bereits eingetroffen sind. Ich bin Ihrer Verschwörung auf die Spur gekommen, wir haben diese Spur verfolgt und stehen nicht nur kampfgerüstet, sondern auch siegesgewiß den Feinden gegenüber; ja, wir haben wohl bereits gesiegt. Dort der Herr Abbé weiß es, daß ich seine Listen entziffert habe, wir kennen also die Namen aller Ihrer Verbündeten. Ich habe dieselben auf telegraphischem Wege im Namen des Abbé für heut Abend zu einer Zusammenkunft in die Klosterruine berufen; sie sind gekommen, und wir haben sie mit Hilfe des Militärs gefangen genommen. Ich komme soeben von der Ruine, es ist kein Einziger entkommen. Dort, in der Ruine, erhielt ich auch die Botschaft, daß es Ihnen gelungen ist, Ihren letzten Aufenthaltsort zu verlassen. Ich ahnte natürlich, daß Sie hier zu finden seien und begab mich unverweilt auf dem mir bekannten Wege zu Ihnen, um Sie hier zu empfangen und Ihnen denjenigen Rath zu ertheilen, welcher unter den gegenwärtigen Verhältnissen der allerbeste für Sie ist.«

»Ah, Sie – Sie wollen mir einen Rath geben?«

»Ja, ich, ich, der Schmiedejunge, wie mich Ihr Sohn zu nennen beliebt, der leider seine Erziehung nun hinter dem Eisengitter zu büßen hat.«

»Was? Mein Sohn auch gefangen!«

»Ja, Durchlaucht!«

»Er hat nichts gethan, was – –!«

»Er hat weiter nichts begangen, als die unverzeihliche Unvorsichtigkeit, gewisse Aktenstücke von mir in seiner Verwahrung auffinden zu lassen und den König da draußen in dem Gang zwischen den beiden Fallschirmen gefangen zu halten, bis es mir gelang, die Majestät aus dieser Lage zu befreien. Die beiden Raumburgs sind unmöglich, wenn sie sich nicht in die Verhältnisse zu finden wissen!«

»Wirklich?« hohnlächelte der Herzog.

»Wirklich! Und wenn sie sich nicht darein finden, so gibt es einen Raumburg, welcher würdig ist diesen Namen zu tragen.«

»Ah, Sie überraschen mich! Wer ist dieser Wundermann?«

»Der gegenwärtige Major von Wallroth.«

»Der Major von – – Mensch, ich zermalme Sie!«

Er sprang auf und ballte die Fäuste.

»Pah, die Brandauers sind nicht von einem Stoffe, der sich so leicht zermalmen läßt.«

»Und der Rath, welchen Sie mir ertheilen?«

»Dieses pflichttreue Ehepaar wird festgenommen, auch der Herr Abbé ist mein Gefangener, und Sie selbst können nichts Besseres thun, als sich meiner Führung anzuvertrauen.«

»Und wohin werden Sie mich führen?«

»Zu dem Könige, der über Sie bestimmen wird.«

»Sehr liebenswürdig und loyal! Und wenn ich mich nicht füge?«

»So haben Sie die Folgen zu tragen.«

»Ich werde sie tragen!«

Mit einem schnellen Satze war er bei Max. Dieser wollte die Schußwaffe nicht gebrauchen. Auch der Abbé packte ihn, und der Schließer, welcher die ihm aufgezählte Summe in Gefahr sah, half den Beiden.

»Zurück, Ihr Spitzpupen!« klang es da hinter ihnen.

Thomas war mit den Soldaten eingetreten, faßte den Abbé und warf ihn zu Boden, daß es krachte. Der Herzog überblickte die Scene, riß sich von Max los und stürzte sich durch die Portière. Max folgte ihm und sah, daß er die verborgene Thür aufriß und hinter derselben verschwand. Er selbst hatte nicht so schnell von dem Schließer loskommen können, um dies zu verhindern. Die Fallthür herabzulassen, wäre jetzt zu spät gewesen, darum sprang er in den dunklen Gang hinein, um den Fliehenden zu erreichen.

Als er an das Fenster kam und durch dasselbe sprang, sah er ihn zwischen den Bäumen verschwinden.

»Posten, aufgepaßt!« rief er.

»Halt, wer da!« klang es draußen.

»Brandauer!« ertönte die Antwort.

»Das ist Lüge. Haltet ihn!« gebot Max und eilte nach dem Punkte der Mauer, wo die Worte gesprochen worden waren.

Draußen stand einer der Soldaten; die andern kamen auch herbei.

»Wo ist er?« frug Max.

»Fort!«

»Sie sollen ihn doch halten?«

»Er sagte doch er wäre Sie!«

»Fort, ihm nach! Hundert Thaler wer ihn fängt!«

Im Nu waren die Gewehre zusammengestellt, und die Leute rannten davon. Max konnte ihnen unmöglich folgen, da seine Gegenwart droben nothwendig war. Der Hauptgefangene war ihm höchst wahrscheinlich entgangen, aber der Abbé hatte die Fäden der Verschwörung in seinen Händen, er mußte für alle Fälle unschädlich gemacht werden.

Als er in das Arbeitszimmer des Herzogs zurückkam, war der Obergeselle beschäftigt den Schließer zu binden.

»Alle Teufel, Herr Doktor, das ist ein kräftiger Vagapundus! Ich hape Mühe gehapt, ihn unter die Pandage zu pringen.«

»Soll ich helfen?«

»Pin jetzt soepen fertig!«

Der Abbé und die Frau des Schließers waren von den beiden Soldaten in Schach gehalten worden. Durch den Lärm herbeigelockt, versuchte jetzt die Dienerschaft einzudringen, Max aber wies sie zurück. Er verschloß den geheimen Gang und ließ die Gefangenen auf dem gewöhnlichen Wege nach unten transportiren.

Dort fand er die beiden Thorposten im Gespräch mit einem Manne, in dessen Nähe eine Kutsche hielt.

»Der Herr Doktor Brandauer ist wirklich hier?«

»Ja.«

»Aber warum verweigern Sie mir mit ihm zu sprechen?«

»Es darf Niemand passiren.«

»So lassen Sie mich ihm melden. Ich bin – –«

»Was Sie sind ist ganz gleichgiltig. Es darf Niemand ein- und auspassiren.«

»Aber Sie sehen doch, daß man wenigstens auspassirt!«

Er zeigte nach dem Portale, unter welchem jetzt Thomas und die beiden Soldaten mit den Gefangenen erschienen. Hinter diesen trat Max hervor.

»Ah, da ist er!«

Max erkannte ihn. Es war der Irrenarzt, der es für gerathen befunden hatte, zunächst nach dem Palaste des Herzogs zu fahren, um zu sehen, ob dieser vielleicht seinen Weg dorthin genommen habe.

»Herr Doktor!«

»Ah, Herr Doktor!«

So begrüßten sie sich, und Max fügte hinzu:

»Ich habe Ihre Depesche erhalten und danke Ihnen für die schleunige Benachrichtigung. Sie sehen, daß sie gefruchtet hat. Ich stelle Ihnen hiermit drei Ihrer Flüchtlinge wieder zur Verfügung.«

»Wirklich?«

»Wie Sie sehen!«

»Sie haben sie also wieder ergriffen! Aber der – – der Vierte?«

»Ist uns vielleicht einstweilen entkommen. Da, wir werden es sogleich erfahren.«

Die Soldaten kehrten von ihrer Verfolgung zurück. Der Herzog war nicht zu sehen.

»Nun?«

»Zu Befehl, Herr Doktor, er war spurlos verschwunden,« meldete Einer von ihnen.

»Und da sagen die Schlingels noch »zu Pefehl!« raisonirte Thomas. »Zu Pefehl wars, daß sie ihn fangen und herpringen sollten. Aper das Volk hat weder Talent noch Geschick, noch Arme und Peine. Mir wäre er nicht davongelaufen.«

Max war auch unzufrieden mit diesem Resultate, aber er maß sich selbst einen Theil der Schuld bei. Hätte er nicht mit dem Herzoge gesprochen, sondern diesen sofort festgenommen, so wäre es diesem unmöglich gewesen zu entkommen. Dennoch aber hatte er die Ueberzeugung, daß er nicht entkommen könne, und in diesem Sinne lautete auch seine Äußerung dem Arzte gegenüber.

»Herr Doktor, wir haben jetzt keine Zeit, auf nähere Details einzugehen. Lassen Sie morgen einen ausführlichen Bericht an Seine Majestät oder mich eingehen und nehmen Sie für jetzt die Gefangenen mit sich. Der Abbé kommt wieder in seine Nummer, und die Schließerleute detiniren Sie in eine sichere Zelle, bis Sie genaue Weisungen über sie erhalten.«

»Das werde ich thun. Aber ich befürchte, daß durch dieses von uns sehr unverschuldete Ereigniß Seine Majestät und auch Sie, Herr Doktor, über uns –«

»Beruhigen Sie sich,« unterbrach ihn Max. »Ich bin überzeugt, daß Sie Ihre Pflicht streng und treu gethan haben. Das Vertrauen auf Sie und Ihren Herrn Kollegen ist bis jetzt in keiner Weise erschüttert worden.«

»Aber, ich bin allein, und diese Drei?« –

»Sind gefesselt. Ueberdies werde ich Ihnen diesen Mann mitgeben, der Ihnen helfen wird sie zu bewachen.«

Er deutete auf Thomas.

»Ja, ich werde sie pewachen, und peopachten, daß es ihnen nicht wieder peikommen soll davonzulaufen,« antwortete dieser.

Die Gefangenen wurden in den Wagen des Arztes plazirt. Dieser selbst nahm mit dem Obergesellen bei ihnen Platz, und dann ging es fort.

Max wandte sich jetzt zu dem Unteroffizier der ihm mitgegebenen Soldaten:

»Ich übergebe Ihnen für kurze Zeit dieses Palais zur Bewachung. Es darf Niemand ein- oder auspassiren, und ich werde dafür sorgen, daß Sie baldigst abgelöst werden.«

Er verließ den Platz, um zum Könige zu gehen, ihm über das Vorgekommene zu referiren und mit ihm die Mittel zur Ergreifung des Herzogs zu berathen. Es braucht natürlich gar nicht erwähnt zu werden, daß er die auf dem Tische aufgezählten und in der Kasse des Herzogs außerdem noch vorgefundenen Gelder konfiszirt und mit sich genommen hatte. –

Es war in derselben Nacht. Einer der wenigen Pässe, welche das Gebirge quer durchschneiden und die Verbindung zwischen Norland und Süderland vermitteln, wird oberhalb des Städtchens Waldenberg durch die nahe zusammentretenden, hoch zum Himmel strebenden Berge so eingeengt, daß er im wahren Sinne des Wortes ein Engpaß genannt werden muß und man ihn recht gut mit den berühmten Thermopylen vergleichen könnte.

Die Straße, welche er bildet, steigt steil und in mannigfaltigen Windungen empor, stürzt sich dann auf der andern Seite des Gebirgszuges ebenso steil wieder ab, und die über zwei Stunden lange Enge bildet einen so natürlichen Vertheidigungspunkt, daß im Falle eines Krieges zwischen den beiden Ländern jede der beiden Mächte darnach trachten muß, sie zuerst in ihren Besitz zu bekommen.

Es war um die Zeit des Mondaufganges. Das silberne Licht des Trabanten unserer Erde beleuchtete eine sehr kriegerische

Scene. Auf dem höchsten Punkte des Passes brannten mehrere Feuer, um welche sich wilde Gestalten gelagert hatten. Sie trugen keine militärischen Uniformen, sondern nur die Tracht ärmerer Gebirgsbewohner, aber die Messer, welche in ihren Gürteln staken, die kurzen Gebirgsstutzen, die sie in ihren Fäusten hielten oder neben sich liegen hatten, die gewaltigen Bärte, von denen ihre scharf und kühn geschnittenen Gesichter beschattet wurden, verriethen deutlich, daß sie nicht eines friedlichen Zweckes wegen hier zusammengekommen seien.

Im Scheine des Mondes und der Feuer konnte man mehrere riesige Verhaue erkennen, welche dadurch gebildet worden waren, daß man auf den beiden hoch aufstrebenden Seiten des Passes mächtige Fichten und Tannen gefällt und heruntergestürzt hatte, die nun so über- und durcheinander lagen, daß sie Hindernisse bildeten, die nur mit großer Mühe und Anstrengung zu beseitigen waren. Gewaltige Steinblöcke, welche man dazwischen gewälzt hatte, gaben diesen Barrikaden eine noch erhöhte Festigkeit.

An einem der Feuer saß der Wirth von der Waldenberger Oberschenke. Die Männer an seiner Seite verhielten sich so ruhig, daß diese Gruppe von den andern, welche sich laut und lebhaft unterhielten, sehr abstach. Diese Schweigsamkeit hatte einen guten Grund: Seitwärts von dem Feuer lag nämlich auf einem duftigen Lager von Heu und mit einem Mantel sorgfältig zugedeckt eine weibliche Gestalt, deren Schlaf man durch lautes Reden nicht stören wollte. Es war Zarba.

»Weißt Du es gewiß?« flüsterte ein Nachbar dem Wirthe zu. »Man sollte es gar nicht glauben.«

»Ich habe es von ihr selbst, daß die Süderländer heut Nacht noch kommen werden, und sie weiß Alles.«

»Aber welchen Grund sollte es geben Krieg zu führen?«

»Da mußt Du die großen Herren fragen, die Krieg und Frieden machen. Wir haben nichts zu thun, als Steuern zu bezahlen.«

»Aber werden wir stark genug sein, eine ganze Armee hier aufzuhalten?«

»Dummkopf! Wer kann denn durch solche Verhaue kommen? Und wir haben ihrer fünf. Uebrigens werden wir ja Kanonen erhalten.«

»Wenn es wahr ist.«

»Auch das ist wahr. Sie selbst hat es mir gesagt, und sie weiß Alles.«

Da hörte man von der Nordseite des Passes her eilige Schritte. Die Männer wandten sich um und erkannten Horgy, den Zigeuner.

»Schläft sie noch?« frug er den Wirth.

»Ja. Störe sie nicht; sie hat zwei Nächte nicht geschlafen.«

Aber die Schritte des Nahenden hatten ihren Schlaf dennoch unterbrochen. Sie warf den Mantel halb von sich und richtete sich in eine halb sitzende, halb liegende Stellung auf.

»Du kommst endlich, Horgy!« redete sie ihn an.

»Es ging nicht anders, Vajdzina. Sie behielten mich bei sich, um einen sicheren Wegweiser zu haben.«

»Sie kommen also?«

»Ja.«

»Wie viele?«

»Acht Kanonen. Acht andere sind hinüber nach dem Eisenbahnpasse; ein Hauptmann kommandirt diese.«

»Und wer die Unsrigen?«

»Auch ein Hauptmann; aber bei ihm ist der Oberkommandirende, ein junger Major. Ich erfuhr seinen Namen.«

»Wie heißt er?«

»Von Wallroth.«

»Ah!«

Sie sprang auf, und die Männer sahen, daß sie über diese Nachricht die größte Freude empfand. Der Zigeuner fuhr fort:

»Er hat den Zug verlassen um voranzureiten. Er wird gleich hier sein.«

»Wirklich?«

»Ich bin nur rasch vorangesprungen, um es Dir zu melden.«

Wirklich ließ sich in diesem Augenblicke nahendes Pferdegetrappel vernehmen und ein Trupp Reiter erschien, an dessen Spitze sich der Major befand. Er sprengte heran, sprang vom Pferde und trat zu Zarba.

»Mutter!« rief er, sie umarmend und küssend.

»Mein Sohn!« antwortete sie, ihn mit stolzen Blicken musternd. »So hat also unser guter König meinen Wunsch erfüllt?«

»Wie Du siehst!«

»Es ist auch hohe Zeit, daß Du kommst. Ich weiß genau, daß die Süderländer in einer Stunde hier sein werden.«

»Habt Ihr schon ein Rencontre mit ihnen gehabt?«

»Nein. Ihre Spione kamen nicht bis ganz herauf, und so weit sie kamen, haben wir uns nicht blicken lassen.«

»Sehr gut! Die Ueberraschung wird sehr viel thun.«

Er musterte mit Kennermiene den Verhau.

»Wie viele Verhaue hast Du anlegen lassen?«

»Fünf.«

»Ah! Aber auch richtig?«

»Wie?«

»Der Feind darf nicht durch; wir aber müssen sie passiren können. Wie könnten wir sonst mit den Geschützen hinunter zur ersten Barrikade kommen. Dort, bei der ersten und zweiten, je nachdem das Terrain es gebietet, werde ich sie auffahren lassen.«

»Keine Sorge! Der Bergwirth hier ist ein alter Artillerist, der noch nichts vergessen hat. Er hat den Baumeister gemacht und die Verhaue so eingerichtet, wie Du es haben willst.«

»Gut; ich muß sie besichtigen. Gieb mir einen Mann mit!«

»Ich führe Dich selbst.«

Sie führte ihn durch eine schräg gelegene Lücke des Verhaues und verschwand mit ihm hinter demselben. Die Männer hatten sich beim Erscheinen des Majors verwundert angesehen.

»Ihr Sohn!« flüsterte der Nachbar des Bergwirthes.

»Du hasts ja gehört und gesehen!«

»Ein prächtiger Kerl!«

»Und gar nicht stolz. Ein Anderer hätte sich gehütet, sie vor uns in dieser Weise zu begrüßen.«

»Wer muß der Vater sein?«

»Geht uns nichts an!«

Nach einiger Zeit kehrte der Major mit Zarba zurück und ließ das Verhau zum Durchgange der Geschütze öffnen.

»Gibt es vielleicht hier nahe einen Weg, der noch über das Gebirge führt?« frug er.

»Ja; aber er ist beschwerlich, nicht leicht zu finden und nur den Paschern bekannt.«

»Dennoch fatal! Er kann drüben auch bekannt sein.«

»Ich glaube es nicht. Uebrigens habe ich ihn besetzen lassen.«

»Das ist klug. Du bist ja ein ganz richtiger Feldherr, Mutter!«

Ein dumpfes Rollen und Knarren ertönte. Die Geschütze nahten. Wallroth dirigirte sie vorwärts, bat Zarba zurückzubleiben und folgte ihnen nach.

Die Verhaue waren mit wirklicher Sachkenntniß an den geeignetsten Punkten angelegt. Der unterste derselben lag an einer Stelle, von welcher die unten im Thale sich halbkreisförmig windende Straße ganz ausgezeichnet beherrscht und bestrichen werden konnte, obgleich es von unten aus unmöglich war die Befestigung zu bemerken. Und zugleich war er so fest angelegt, daß Wallroth kein Bedenken trug, sämmtliche Geschütze hier zu plaziren.

Noch war man bei dieser Beschäftigung, als ein Mann sehr eilig die Straße heraufgelaufen kam.

»Wer da?« frug der auf dem Verhaue stehende Posten.

»Tschemba!«

Es war also jener Zigeuner, welcher mit Horgy und dem Bergwirthe damals die beiden Irrenärzte gefangen genommen hatte.

»Unsere Späher, Herr Major,« berichtete der Posten.

Tschemba stieg über das Verhau und erblickte die Artillerie.

»Ah, gut, daß die Kanonen da sind. Sie kommen.«

»Wer?« frug Wallroth.

»Die Süderländer.«

»Viel?«

»Ein ganzes Heer, so breit wie es die Straße erlaubt. Sie haben jedenfalls Pascher von drüben als Führer bei sich.«

»Wie nahe sind sie?«

»In zehn Minuten füllen sie unten das Thal.«

»Freiwillige Schützen vor!«

Auf diesen Ruf kamen wohl an die fünfzig Pascher herbei.

»Hört, Männer, ich muß eine Anzahl von Euch unter der Führung des Herrn Hauptmanns vorschicken, denn ich darf keine Feindseligkeiten beginnen, ehe ich nicht das Recht dazu habe. Wer geht mit?«

»Wir Alle!« rief es.

»Brav! Macht Eure Sache gut. Vorwärts!«

Sie rückten ab, der Hauptmann an ihrer Spitze. Er hatte Degen, Waffenrock und Helm abgelegt und sich den Hut und die Joppe sammt dem Stutzen eines Paschers geborgt. Er ging so weit vor, bis der Paß eine scharfe Krümmung machte, und dieser Punkt schien ihm für sein Vorhaben der geeignetste zu sein, zumal der wirklich scharfsinnige Bergwirth ungefähr fünfzig Schritte unter demselben eine der größten Tannen quer über den Weg hatte fällen lassen.

Von hier aus sah man im Mondscheine bereits die Helme der Anrückenden blinken, und der leicht zu vernehmende Hufschlag verrieth, daß Kavallerie an der Spitze sei.

»Bleibt hier und haltet Euch schußbereit!« gebot er; dann schritt er weiter, bis er die Tanne erreichte.

Hinter derselben versteckt erkannte er bald mehrere Offiziere, welche, von zwei Männern geführt, voranritten.

»Halt!« rief er, als sie ihm nahe genug schienen. »Wer da?«

Man hielt und schien sich kurz zu berathen. Dann ertönte es:

»Gut Freund! Wer bist Du?«

»Ein guter Norländer. Seit wann rückt man in ein fremdes Gebiet ohne vorherige Verhandlung und Kriegserklärung ein?«

»Kecker Bursche! Mache Dich fort, sonst wirst du weggeputzt!«

»Ich stehe hier als Beauftragter meines Königs. Euer Vordringen ist gegen das Völkerrecht. Geht zurück, sonst könnt Ihr erfahren, wer weggeputzt wird! Das ists, was ich Euch zu sagen habe. Dieses Land, diese Straße gehören unser. Wir werden Beide zu behalten wissen. Gute Nacht!«

Er ging mit lautem langsamen Schritte zurück. Nach einiger Zeit, während welcher jedenfalls Meldung abgegangen und der betreffende Befehl zurückgekommen war, hörte man, daß die Tanne weggeräumt werden sollte.

»Könnt Ihr genug sehen?« frug der Hauptmann.

»Besser als Sie,« klang die Antwort. »Unsereiner ist die Nacht gewohnt.«

»So gebt Feuer, aber immer zehn und zehn!«

Die ersten Schüsse krachten. Drüben ertönte ein wüthiger Schrei. Dann wieder zehn und noch zehn. Als die Letzten Feuer gaben, hatten die Ersten bereits wieder geladen. Einen solchen Empfang hatte der Feind nicht erwartet; er wußte nicht, wen er vor sich hatte und beschloß, das Morgengrauen zu erwarten. Gefährlich konnte diese Zögerung nicht werden, da man nach seiner Meinung in Norland nicht kriegsbereit war und genug mit der Unterdrückung des Aufstandes zu thun hatte.

Nur eine Stunde später hellten sich bereits die Höhen auf, während das Thal noch im Dunkel lag. Der Major stand hinter einem Baume und blickte hinab. Die Nebel wirbelten und wallten unten wie eine unruhige See, und es war bereits genug Licht vorhanden, um ein sicheres Ziel zu nehmen. Er konnte die Straße unten auf eine ganze Viertelstunde ihrer Länge bestreichen. Sein Feuer mußte dem Feinde geradezu fürchterlich werden, und wer zwischen dem Thale und der Schanze war, konnte unmöglich wieder zurück. Er ließ sechs Geschütze hinunter und die übrigen zwei gegen die letzte Krümmung der Straße richten.

Da ertönte von den Vorposten her lebhaftes Gewehrfeuer. Der Hauptmann war angegriffen worden. Der Feind hatte in den Gegnern nur Gebirgsbewohner erkannt und einen so scharfen Vorstoß unternommen, daß sich der Hauptmann, allerdings ohne Verlust, zurückziehen mußte. Kaum hatte er sich mit seinen Leuten hinter die Schanze geflüchtet, so erschien der Feind, jetzt Schützen an der Spitze. Er stutzte beim Anblicke des Verhaues einen Augenblick, rückte dann aber zum Angriffe vor. Wallroth ließ ihn so nahe wie möglich herankommen; dann flogen die Masken von den Geschützen und der Adler Norlands erhob sich über der Schanze.

»Feuer!« kommandirte er.

Die acht Geschütze krachten zu gleicher Zeit. Ein Hagel von Kartätschen riß die Jäger, so weit sie um die letzte Biegung erschienen waren, förmlich nieder, und unten vom Thale empor schallte ein Geheul, welches nur zu sehr bewies, daß die Kugeln ihre Schuldigkeit gethan hatten.

Der Krieg hatte begonnen! –

Am anderen Morgen tönte Glockengeläute durch ganz Norland. Wie durch einen Zauberschlag hatte sich selbst bis in das kleinste Dorf die Nachricht verbreitet, daß der König die bisherige Regierungsform aufgegeben, die verhaßten Räthe und Minister entfernt habe und seinem Volke eine Konstitution geben werde. Dieses Volk solle seine selbstgewählten Vertreter an den Hof schicken, um die Konstitution zu berathen. Und bereits wurde überall Max Brandauer genannt, dem diese hohe Errungenschaft zu verdanken sei. Die Proklamationen des Königs waren an allen Ecken angeschlagen und unter dem Namen desselben mit »Max Brandauer, Geheimerath,« unterzeichnet. Der König selbst hatte es so befohlen.

Im ganzen Lande war keine einzige Stimme zu hören, welche eine feindselige Aeußerung hätte thun mögen oder dürfen, und als man nun erfuhr, welche Gefahr dem Staate gedroht habe und mit welchen Mitteln dieselbe abgewendet worden sei, war an allen Ecken und Enden eine Entrüstung zu spüren, in welche selbst Diejenigen mit einstimmen mußten, welche geheimen Antheil an den revolutionären Umtrieben gehabt hatten.

Am Nachmittage erschien eine zweite Proklamation des Königs, in welcher er den Einfall der Süderländer bekannt machte und seine Streiter zu den Waffen rief. Dies fachte den Patriotismus zu doppelter Höhe an. Alles eilte freudig zu den Fahnen und noch im Laufe des Tages liefen von verschiedenen Orten telegraphische Petitionen ein, in denen um die Erlaubniß zur Bildung von Freiwilligenregimentern gebeten wurde.

Der König und sein »Geheimerath« hatten ganz gewiß eine außerordentliche Menge von Arbeiten zu überwältigen. – –

Der Tag, an welchem die beiden Sternburgs Tremona verlassen hatten, war vergangen, und der andere Morgen brach an. Ganz in der Frühe hielt ein Reiter auf Schloß Sternburg zu. Es war ein Offizier. Er mußte am Thore klopfen, da dasselbe noch gar nicht geöffnet war.

Der Kastellan erschien und ließ ihn ein.

»Nurwan-Pascha?« frug der Ankommende.

»Ist da, schläft aber noch.«

»Wecken Sie ihn und melden Sie mich. Hier ist meine Karte. Ich gehe einstweilen in den Garten.«

Nach zehn Minuten erschien Horn dort, um ihn zum Pascha zu führen. Dieser stand im Empfangszimmer.

»Ich komme direkt von Sr. Majestät, dem Könige,« meinte der Offizier nach der ersten Begrüßung, »und habe Ihnen dieses Couvert zu übergeben.«

Der Pascha runzelte die Stirn.

»Es enthält jedenfalls meine Instruktionen. Sie sind Flügeladjutant des Königs und kennen jedenfalls den Inhalt dieses Schreibens, nicht?«

»Ja. Es ist mir in die Feder diktirt worden.«

Katombo erbrach das Couvert und überflog den Inhalt.

»Es ist so, wie ich dachte, aber bitte, Herr Generalmajor, kommen Sie!«

Er führte ihn hinaus auf den Balkon, von welchem aus man den Hafen überblicken konnte.

»In diesem Schreiben werden meine gestrigen Bedingungen accepirt; Seine Majestät sind so gütig, mir den Oberbefehl über die im Hafen von Tremona liegende Flotte zu übergeben; aber nun frage ich Sie, wo diese Flotte ist. Bemerken Sie vielleicht eine einzige Spur von derselben?«

»Ah! Wie kommt das?«

»Noch gestern Abend lagen vierzehn Kriegsschiffe hier; über Nacht sind sie verschwunden. Kehren Sie zurück, melden Sie es dem Könige und ersuchen Sie ihn in meinem Namen um Aufklärung!«

»Ich verstehe, ich begreife das nicht!«

»Ich noch weniger. Es ist nicht nur hier im Reiche, sondern auch in Norland bekannt, daß ich den Oberbefehl über Ihre Marine übernehmen soll; ich trete in Verhandlung; ich sage zu; ich erhalte die Instruktion sofort, noch heute Morgen auszulaufen, Süderhafen zu nehmen und die norländische Küste zu blockiren, und gerade in diesem Augenblicke erhalten die Fahrzeuge den Befehl, zu verschwinden.«

»Ich weiß von keinem Befehle, Excellenz!«

»Können die Kapitäne ohne einen solchen handeln?«

»Allerdings, nein!«

»Sie gestehen dies selbst zu. Fragen Sie den König; ich kann nichts thun, als die Antwort abwarten.«

»Wäre es nicht besser, Excellenz, Sie begleiteten mich?«

Der Pascha schüttelte stolz den Kopf.

»Ich habe die Weisung auszulaufen, nicht aber, bei Hofe anzulaufen oder den König zu überlaufen. Ich habe mich nicht um das Kommando beworben, sondern ich wurde hierher gerufen und folgte zugleich dem Willen des Großherrn, meines Gebieters. Erhalte ich nicht bis heut Abend Aufklärung, so reise ich ab. Leben Sie wohl, Herr Generalmajor!«

Er machte eine Verbeugung und wandte sich ab. Der höchst betretene Offizier verließ das Schloß.

Einige Stunden später saß Almah wieder in ihrer Laube und gedachte des sonderbaren Abschiedes, welchen der Matrose Bill Willmers von ihr genommen hatte. Da kam die Kastellanin in höchster Eile daher, schlug bereits längst vor der Laube die Hände zusammen und rief:

»Herrjesses, mein Kind, ist das ein Unglück, ist das ein Jammer, ein Elend, ein Herzeleid und ein Malheur!«

Almah erschrak im höchsten Grade.

»Was ist es denn, Mutter Horn?«

»Was es ist? O, das Schlimmste, was es gibt, oh, oh!«

»Aber bitte, Sie machen mir ja Angst. So sagen Sie es doch!«

»Was es ist? Ja, das sollen Sie gleich erfahren! Wissen Sie, was ein gewisser Schiller sagt, der so viele schöne Gedichte geschrieben hat?«

»Was sagt er denn?«
»Da werden Weiber zu Hyänen!«
»Ah, die Weiber?«
»Ja.«
»Zu Hyänen?«
»Ja, da werden die Weiber zu Hyänen und zerreißen in Fetzen den Scherz! so sagt dieser Schiller!«
»Das ist ja fürchterlich!«
»Ach, sogar schrecklich und entsetzlich!«
»Aber warum werden denn Hyänen aus den Weibern?«
»Weil – weil – nun, weil Revolution ist!«
»Revolution?!«
»Ja, Revolution, Empörung, Revolte, Rebellion und Aufruhr, Hochverrath, Landesverrath, Blutvergießen, dreifacher Mord und zehnfacher Todtschlag!«
»Nicht möglich! Wo denn?«
»Wo? Herrjesses, hier in Süderland, hier bei uns ist sie, die Revolution. Aber Sie können sich darauf verlassen, Kindchen, ich werde keine Hyäne, ich leide es nicht, daß sie mich zu einem solchen Viehzeuge machen; diesen Kummer thue ich schon meinem Alten nicht an!«
»Aber erklären Sie mir doch deutlicher!«
»Noch deutlicher? Herrjesses, Kind, rede ich denn nicht deutlich genug? Die Rebellion ist ausgebrochen in der Hauptstadt, und das ganze Land macht mit, sogar das Militär. Der König hat fliehen müssen; die Königin muß fliehen, und der Kronprinz ist auch schon fort!«
»Wenn denn?«
»Heut Morgen!«
»Wohin?«
»Hinauf an die Grenze, wo der tolle Prinz mit der Armee steht. Diese soll Alles retten.«
»Woher wissen Sie es denn?«
»Es ist telegraphirt worden und, da sehen Sie einmal hinab in die Stadt nach den rothen Flaggen, welche man aufgesteckt hat. Das ist ja auch bei uns die helle Empörung!«
»Was sagt denn Vater Horn dazu?«

»Der jammert reinweg zum Verzweifeln.«

»Weiß es mein Papa auch?«

»Natürlich!«

»Und was meint er?«

»Der nickt und lächelt und lächelt und nickt, aber sagen, nein, sagen thut er nichts.«

»Da muß ich gleich zu ihm. Sagen muß er doch etwas?«

»Freilich! Und dann kommen Sie ja gleich herab zu mir, Kindchen, und sagen mir wieder, was er gesagt hat, damit ich es meinem Alten auch sagen kann. Herrjesses, ich will nur sehen, ob so etwas zu überleben ist!«

Sie eilten Beide davon, Almah zu ihrem Vater. Dieser beruhigte sie und führte sie hinaus auf den Balkon, auf welchem er vorher mit dem Generalmajor gestanden hatte.

»Uns ist dieser Aufstand nicht gefährlich, mein Kind. Die Führer desselben sind edel denkende Leute und werden keine Korruption aufkommen lassen. Dennoch aber verlassen wir Tremona morgen mit dem Frühesten.«

»Ah! Wohin gehen wir?«

»Nach Norland.«

»Mit der Bahn?«

»Nein, zu Schiffe.«

»Mit welchem Fahrzeuge? Unsere Yacht ist doch fort!«

»Die erhalten wir wieder. Wir suchen Freund Sternburg auf, der sie uns so geschickter Weise entwendet hat.«

»Ists wahr, Papa?«

Sie mußte daran denken, daß es ein Sternburg sei, der sie aus den Fluthen des Niles gerettet hatte.

»Natürlich! Blicke einmal da hinüber!«

»Nach dem weißen Segel?«

»Ja. Rathe, welches Fahrzeug es ist!«

»Doch nicht etwa unser Segeldampfer?«

»Er ist es. Er erhielt von mir Ordre, heut das Land anzusegeln, weil ich wußte, daß ich ihn brauchen würde. Dies ist nun auch der Fall, freilich in anderer Weise.«

»Kommt er in den Hafen?«

»Nein. Er kreuzt vor der Küste; wir fahren mit einem Boote hinaus. Packe zusammen!«

»Schon jetzt?«

»Sogleich.«

»O, was wird meine gute Mutter Horn sagen, wenn sie erfährt, daß wir fortgehen!«

»Wir werden wiederkommen, mein Kind, und vielleicht recht bald.«

Eben wollte Almah das Zimmer verlassen, da klopfte es draußen an und die Kastellanin trat ein.

»Herrjesses, ist das eine Freude, ein Glück und ein Vergnügen! Sie verzeihen, Excellenz, aber ich kann nicht anders, ich muß gleich heraufkommen und es Ihnen sagen!«

»Was?«

»Daß eine neue Depesche da ist.«

»Aus der Residenz?«

»Ja, aber aus der von Norland.«

»Ich denke, die Leitung wurde gestört?«

»Ja, aber die Rebellion hat die Drähte wieder zusammengeknüpft. Der König von Norland hat nämlich heute Nacht eine ungeheure Revolution besiegt und gibt seinen Unterthanen eine Konstitution. Was das ist, das weiß ich nicht, aber durch ganz Norland läuten sie mit den Glocken, und da muß es doch wohl etwas Gutes sein.«

Der Pascha nickte und lächelte auch jetzt; dann meinte er:

»Ich danke für die Nachricht. Nehmen Sie Almah jetzt mit; sie hat Ihnen auch etwas mitzutheilen.« – –

An demselben Vormittage lichtete im Hafen von Bartholome eine norländische Flotte von sechzehn Segeln die Anker, um nach Süd zu halten. Ein sehr eigenthümlicher Umstand mußte auffallen. Der Kommandeur dieser Flotte befand sich nämlich nicht auf einem Linienschiffe, sondern auf einer Fregatte, die einen ganz ungewöhnlich schlanken Bau besaß. Sie mußte ein ganz ausgezeichneter Segler sein, und vielleicht war der Kommandeur ein Freund von solchen Fahrzeugen, weil er diese sich gewählt hatte.

Die Kapitäne der einzelnen Schiffe mußten ganz besondere

Instruktionen erhalten haben, da die Fregatte stets voraus war, so daß ein Signalisiren unmöglich wurde. Endlich verschwand sie gar am Horizonte, und nun nahmen auch die andern Schiffe solche Zwischenräume, daß sie eine wohl zwölf englische Meilen weite Linie bildeten. Jetzt hätte ein feindliches Schiff sicher nicht entschlüpfen können.

Die Fregatte hatte sich weit von dem rechten Flügelschiffe der Flotte entfernt; sie hatte sich jedenfalls die Aufgabe gestellt zu rekognosziren.

An ihrem Steuer stand ein starker breitschulteriger Kerl, der vor Freude über die gute Fahrt am ganzen Gesichte lachte, und neben ihm lehnte eine kleinere hagere Gestalt mit einer rothen phrygischen Mütze. Ihr Gespräch war im besten Zuge.

»Heiliges Mars- und Brahmenwetter, ist das ein Gaudium, auf einem solchen Schiffe zu stehen! Nicht, Karavey?«

»Ja. Bin nur neugierig, was der Kommodore will!«

»Das weiß ich ganz genau.«

»Nun?«

»Schau, er ist in einer einzigen Nacht vom Kapitän zum Kommodore avancirt, und das will er sich verdienen. Paß auf, Bootsmann, den ersten Süderländer, dem er begegnet, nimmt er auf sich; er gönnt ihn keinem Andern von der Flotte!«

»Sollte mich freuen!«

Da erscholl vom Quarterdecke der Ruf:

»Mann am Steuer, vier Striche nach West!«

»Ay, ay, Kommodor; geht schon herum!« antwortete Schubert, indem er sich mit Gewalt in das Rad legte, und als er sah, daß der Kommodor nichts mehr zu sagen hatte, hielt er die Linke über die Augen und schaute in das Lee hinüber.

»Vier Striche nach West, also noch weiter ab von der Flotte. Er muß da drüben etwas entdeckt haben.«

»Denke es auch. Siehst Du das Segel nicht?«

»Wahrhaftig! Ich glaube, er weiß es bereits, mit wem er es zu thun hat.«

»Natürlich. Er hat das beste Fernrohr der ganzen Marine; das ist bekannt. Doch, ich will mich nach einer guten Handspeiche umsehen, denn es liegt wie Pulverdampf und Prügelei in der Luft.«

Arthur beobachtete das Segel unausgesetzt. Dann wandte er sich mit einem raschen Rucke zu dem Kapitän der Fregatte.

»Kapitän, wollen Sie sich diese Prise holen?«

»Wenn wir dabei nicht von der Flotte abkommen —«

»Wir holen sie gut wieder ein.«

»Was ist es?«

»Ein Linienschiff, Süderländer. Kenne ihn sehr genau; heißt Poseidon, ist sehr alt und nicht gut beweglich.«

»Sonst aber ist er uns überlegen, Kommodore!«

»Etwas größer und etwas mehr Mannschaft und Kanonen; werden aber rasch mit ihm fertig werden.«

»Poseidon, war der nicht drüben an den Antillen stationirt?«

»Ja. Er kommt zur unglücklichen Zeit nach Hause. Ahoi, Mann am Steuer, noch zwei Striche mehr!«

»Aye, aye, Kommodore!«

»So, Kapitän; das soll mein letztes Kommando gewesen sein. Jetzt befehlen Sie!«

Die Fregatte hielt scharf auf den Kurs des Linienschiffes. In einer Viertelstunde mußte dieses erreicht sein.

»Seid bereit, Jungens. Es wird heiß!« rief der Kapitän.

Dann setzte er das Rohr an und suchte den Horizont noch einmal ab.

»Alle Teufel, Kommdore, dort ist ja noch ein Segel, und, wahrhaftig, noch eins.«

»Wo? Die hätte ich doch sehen müssen!«

»Sie steuern in gerader Linie hinter dem Poseidon; daher können wir sie erst jetzt bemerken.«

Arthur nahm das Perspektiv auf.

»Auch ein Süderländer, Dreimaster, stark gebaut. Hoffe, daß der Dritte nicht auch dasselbe ist!«

»Wäre es nicht besser zu wenden, Kommodore?«

»Und uns auslachen zu lassen, nicht wahr? Der Poseidon wird unser, und das Uebrige wird sich finden.«

Zehn Minuten später waren sie auf Sprechweite an das

Linienschiff herangekommen und sahen zu gleicher Zeit, daß das zweite Fahrzeug ebenfalls ein Linienschiff, das dritte aber eine Fregatte war, beide süderländische Nationalität.

Da hißte der Poseidon die Flagge.

»Kommodore,« meinte der Kapitän, »wir wagen das Unmögliche!«

»Wollen Sie mir das Kommando geben?«

»Gern!«

Der brave Mann war jedenfalls froh, die Verantwortung von sich abgewälzt zu haben.

»Fregatte ahoi!« klang es jetzt von drüben. »Was für ein Schiff?«

»Fregatte Sperber, Kommodore von Sternburg.«

»Ah, Arthur von Sternburg.«

»Ja.«

»Wohin?«

»An den Poseidon!«

»Oho! Ist Krieg zwischen Nor- und Süderland?«

»Ja. Süderland hat uns überfallen. Ergebt Euch!«

»Oho, das werden wir uns erst überlegen! Haltet mehr ab von uns!«

»Fällt uns nicht ein. Hallo da unten, gebt ihm die Breitseite!«

Die beiden Schiffe fuhren jetzt parallel neben einander. Die Fregatte öffnete ihre zwei Lukenreihen und krachte los. Der Poseidon erbebte unter dem Drucke der Kugeln, welche über und unter seiner Wasserlinie einschlugen. Er war nicht auf diesen Kampf vorbereitet, doch flogen auch seine Luken auf.

»Hallo, Kapitän,« meinte Arthur, »der Leib ist gut getroffen. Springt hinunter und sagt den Jungens, auf das Deck zu halten! Ahoi, Schubert, fall schnell ab nach Lee! Nieder mit dem Segel!«

Dieses Kommando hatte zur Folge, daß die Fregatte eine scharfe Wendung machte und den Kugeln des Linienschiffes nur den Stern bot. Die Salve flog in das Wasser.

»Bravo! Herum wieder, Schubert, herum! Herauf mit der Leinwand da vorn! Feuer!«

Ein lautes Hallo erschallte auf die zweite Breitseite. Der Hauptmast stürzte, und während man drüben beschäftigt war zu kappen, erhielt der Poseidon noch eine volle Lage, die das schwere Schiff unlenkbar machte. Dennoch ließ es die Flagge nicht fallen, da bereits in den beiden anderen Schiffen die Hilfe nahe war.

»Laßt den Methusalem jetzt schwimmen; er bleibt doch unser!« rief Arthur. »Lieutenant, da vorn, herum, dem Zweiten entgegen! Schubert, leg um!«

Der Steuermann warf sich in das Rad, und der Segelmeister that seine Schuldigkeit so gut, daß sich die Fregatte in einem kurzen Bogen herumdrehte und dem zweiten Linienschiffe entgegenging.

»Kommodore,« meinte der Kapitän, »haben wir nicht genug gethan? Wenn wir Diesen angreifen, nimmt uns die Fregatte dort den Wind.«

»Werden ihn schon wieder bekommen. Heda, Martin!«

»Aye, Kommodore!« antwortete der Stückmeister.

»Fünfzig Thaler, wenn Du ihm das Steuer nimmst!«

»Werde sie verdienen!«

Der Mann kniete vor seinem Geschütze nieder und machte eine Miene, der man es ansah, daß sein nächster Schuß ein Meisterschuß werden solle.

»Hollah!« rief da der Mann auf dem Masthead. »Dort was für ein Ding?«

Arthur sah in der Richtung der ausgestreckten Hand des Mannes, und was er erblickte, war allerdings wunderbar genug. Höchstens anderthalb englische Meilen entfernt kam ein Schiff heran, welches tiefschwarze Segel trug und wegen dieser Farbe bisher nicht bemerkt worden war. Obgleich seine Masten sich unter der Last der Leinwand förmlich bogen, mußte seine Fahrt eine staunenswerth schnelle genannt werden. Es war, als würde das Fahrzeug von einer unsichtbaren Macht herbeigeschnellt. Auch der Steuermann bemerkte es, legte die Hand an den Mund und rief:

»Ahoi, Kommodore, der schwarze Kapitän!«

Auch drüben auf dem Linienschiffe ertönte derselbe Ruf.

»Ist gleich!« rief Arthur. »Drauf auf den Süderländer! Martin, aufgepaßt!«

Die Fregatte strich dicht an dem Linienschiff vorüber, und der Stückmeister drückte los. Seine Kugel krachte in den Steuerhebel und zersplitterte ihn.

»Bravo. Feuer auf Steuerbord!«

Die Breitseite der Fregatte sprühte ihre Kugeln; drüben aber war der Kommandeur entweder über die Erscheinung des »Tigers« oder über die Zerstörung seines Steuers so betroffen, daß er den rechten Zeitpunkt versäumte; der Donner seiner Breitseite erscholl, als die Fregatte bereits vorüber war.

»Halte aus im Kurs, Schubert!« gebot Arthur.

»Aye, Kommodore!« antwortete der Steuermann, sehr befriedigt über diesen Entschluß Sternburgs.

Dieser wollte vor allen Dingen sehen, was den schwarzen Kapitän herbeiführe. Auch die süderländische Fregatte war so nahe herbeigekommen, daß alle vier Schiffe den »Tiger« genau beobachten konnten. Es schien ein ungeheures Wagniß des Piraten, die Nähe von vier solchen Orlogschiffen geradezu zu suchen.

Er beachtete den »Sperber« gar nicht, sondern hielt gerade auf das Linienschiff zu, welchem Arthur soeben seine Salve gegeben hatte. Schon war er demselben ziemlich nahe, da fielen wie durch einen Zauberschlag seine sämmtlichen Segel, und dennoch kam er in ungeminderter Schnelligkeit heran. Man sah seine nackten Masten, seine Raaen, man sah jede seiner Stangen und Spieren, aber man konnte sich nicht erklären, durch welche Kraft er getrieben wurde. Kein Mann stand am Steuer, keine Luke, kein Mensch an Deck war zu sehen, und nur da vorn, draußen auf dem Klüverbaume stand Einer, völlig schwarz gekleidet und schwarz im Gesichte, eine wahre Riesenfigur, in der Rechten den krummen türkischen Säbel und die Linke an den Pistolen im Gürtel. Er hielt sich nicht an und stand so fest und sicher wie in der Mitte eines Zimmers.

Es waren auf den vier Schiffen gewiß Wenige, denen nicht

das Herz klopfte. Er ging zwischen dem Sperber und dem Linienschiffe durch. In diesem Augenblicke erhob der Schwarze den Säbel, das schwarze Schiff erbebte dreimal; drei fürchterliche Salven donnerten aus seinem Rumpfe in den des Linienschiffes, dann war er vorüber. Aber er ging nicht weiter, sondern schlug, ohne daß das Steuerrad bewegt wurde, einen Bogen auf die süderländische Fregatte ein. Jetzt nun sah man deutlich, daß das Wasser unter seinem Kiele verschlungen wurde, wie von einem unsichtbaren Ungeheuer, und da, da schwebte auch eine Flagge empor, scheinbar ganz ohne Zuthun einer menschlichen Kraft – es war die norländische.

»Hurrah, Hurrah!« ertönte es aus allen Kehlen, die es auf dem Sperber gab.

Sogar Arthur stimmte mit ein. Einen solchen Verbündeten hatte er nicht vermuthen können.

»Leg um, Schubert, ans Steuerbord der Fregatte!« gebot er donnernd. »Sie muß auf den Grund!«

Der Sperber flog herum. In diesem Augenblicke senkte aber die Fregatte die süderländische Flagge und zog die weiße auf. Sie ergab sich ohne Gegenwehr, und das war sehr richtig, denn sie wäre verloren gewesen, da die beiden Linienschiffe so zugerichtet waren, daß sie ihr nicht den mindesten Beistand leisten konnten. Auch sie ließen ihre Flaggen fallen.

Da drehte der »Tiger« herüber und hielt auf den Sperber zu. Dabei flogen seine Signale empor, welche zum Beidrehen aufforderten.

»Kapitän, folgen Sie ihm, und übernehmen Sie jetzt das Kommando wieder,« meinte Arthur. »Ich möchte ihn nur beobachten.«

Er trat hinter die Schanzverkleidung, so daß er vom »Tiger« aus nicht gesehen werden konnte. Die Windsegel fielen, und auch das schwarze Schiff stellte seine Fahrt ein, von ganz derselben unsichtbaren Macht festgehalten. Die beiden Schiffe lagen sich schaukelnd einander gegenüber.

»Sperber ahoi! Welcher Kapitän?« rief der Schwarze, der den Namen der Fregatte gelesen hatte, herüber.

»Kapitän Baldauf mit Kommodore Sternburg an Bord!«
»Kommodore? Arthur von Sternburg?«
»Ja.«
»Bitten Sie ihn sofort zu mir an Bord!«
»Oho! An Bord eines Kapers?«
»Nicht Kaper, sondern norländisches Orlogschiff!«
»Auf Ehre?«
»Auf Ehre!« antwortet der Schwarze in überzeugendem Tone, indem er die Rechte auf das Herz legte.

»Was werden Sie thun, Kommodore?« frug der Kapitän halblaut.

»Ich werde hinübergehen.«
»Wie viel Mann Begleitung?«
»Zwei Ruderer im kleinen Boote.«
»Ein großes Wagniß!«
»Werden sehen!«

Das Boot wurde ausgesetzt, und in zwei Minuten schwang sich Arthur an einem herabfallenden Seile, an welches die Ruderer das Boot befestigten, an Bord des »Tigers«.

Es war kein Mensch da zu sehen. Der Schwarze stieg vom Klüver auf das Spriet, von da auf das Deck herab und kam auf ihn zu, blieb aber plötzlich erstaunt halten.

»Bill! Bill Willmers!«
»Ah, woher kennen Sie diesen Namen?«
»Wer sind Sie?«
»Ich heiße von Sternburg und bin seit gestern Kommodore.«
»Ah, daher diese Aehnlichkeit mit Ihrem Vater! Aber warum dieses Inkognito?«
»Welches?«
»Pah. Kommen Sie!«

Er schritt ihm voran nach hinten und öffnete.

»Treten Sie einstweilen hier in die Kajüte. Ich habe unten einige Befehle zu ertheilen und komme dann nach!«

Arthur folgte dem Gebote. Die Thür schloß sich hinter ihm und er stand vor einer jungen Dame, welche in orientalische Tracht gekleidet war.

»Almah!«

Sie hatte sich bei seinem Eintritte erhoben.

»Bill – Willmers!« rief sie erstaunt, bemerkte aber dann die Uniform mit den Abzeichen seines Ranges. »Was ist das? Ein – ein Kommodore!«

»Ja, der nicht mehr Bill Willmers, sondern Arthur von Sternburg heißt.«

Sie legte erstaunt die Hände in einander.

»Ists möglich! Mein – mein Retter!«

»Den Ihnen dieser Bill Willmers zuführen wollte. Verzeihen Sie mir den kleinen Scherz!«

Sie stand vor ihm da wie mit Blut übergossen, und ihre Stimme zitterte leise, als sie frug:

»Aber warum dieses häßliche Inkognito?«

»Weil ich die Seligkeit genießen wollte, Ihnen dienen zu dürfen mit jedem Gedanken meines Herzens und jeder Bewegung meiner Hände, Almah.« Ihre Schönheit und die Ueberraschung wirkten fast berauschend auf ihn, und er fuhr fort, ihre beiden Hände ergreifend: »Almah, jetzt bin ich ein Prinz, wie Sie es gegen Mutter Horn gewünscht haben. Zürnen Sie mir, daß ich dies erfahren habe?«

Sie erglühte noch tiefer. Er konnte sich nicht halten; er zog sie an sein Herz und küßte sie auf die rosigen Lippen.

»Almah, ich habe Dein gedacht mit heißer Sehnsucht, seit ich Dich damals aus dem Wasser trug. Sag, so sag, darf ich, nun ich Dich gefunden habe, Dich festhalten für das ganze Leben?«

Sie neigte ihr Köpfchen an seine Brust.

»Arthur, Du darfst!«

»Habe Dank, Du liebes, Du süßes, Du herrliches Wesen!«

Er zog sie fester an sich und küßte sie wieder und immer wieder.

»Ah, Kommodore,« rief es da hinter ihm, »Sie langweilen sich nicht, wie ich sehe!«

Er fuhr herum. Der Schwarze war leise eingetreten.

»Excellenz!«

»So erkennen Sie mich? Nun, dann herab mit dem Dinge!«

Er nahm die dünne Gazelarve ab, welche sein Gesicht verhüllte. »Willkommen auf dem Tiger!«

»Dem fürchterlichen Piratenschiffe!« lächelte Arthur.

»Sind Sie nicht selbst Pirat hier geworden, der kommt, sieht und siegt? Doch davon später! Wir haben keine Zeit zu langen Verhandlungen übrig. Sie gehen nach Tremona?«

»Ja. Meine Flotte ist bereits voraus.«

»Darf ich mich anschließen?«

»Als was?«

»Als einer Ihrer Kapitäne einstweilen. Ich gebe Ihnen den »Tiger« als Flaggenschiff.«

»Topp!« rief Arthur erfreut. »Eine solche Aquisition ist eine ganze Flotte werth. Aber Ihr Verhältniß zu Süderland?«

»Gibt es nicht. Aber, Kommodore, Sie sind ja ein ganz verwogener Teufel. Wagen sich da an die drei Orlogschiffe! Sie nehmen doch die Prisen mit?«

»Natürlich!«

»Werde Ihnen behilflich sein; kann eine oder zwei von ihnen ins Schlepptau nehmen.«

»Per Dampf!«

»Sie errathen?«

»Natürlich. Sie haben statt Rad oder Schraube eine Pumpe und dabei einen Kessel, der den Rauch verzehrt.«

»Richtig. Und das Andere ist auch keine Hexerei. Wenn wir in Ordnung sind, können Sie sich Alles ansehen. Jetzt kommen Sie an Deck!«

Als sie wieder in das Freie kamen, fand Arthur das Deck ganz mit orientalisch gekleideten Leuten bemannt. Einer derselben kam ihnen entgegen. Nurwan-Pascha stellte ihn vor:

»Mein erster Lieutenant Ali-el-Hakemi-Ebn-er-Rumi-Ben-Hafis-Omar-en-Nasafi, der den »Tiger« führt, wenn ich nicht an Bord bin. Er wird dies auch jetzt thun, denn ich begleite Sie natürlich an Bord der drei Prisen, um Ihnen an die Hand zu gehen, wenn Sie erlauben.«

»O, ich bitte darum. Kommen Sie!« – –

Es war eine Woche später. In dieser Woche war viel, sehr viel geschehen. Die Vertreter der Wahlbezirke saßen in der

Residenz bei der Berathung der Konstitutionsvorlage; Tremona befand sich in den Händen Norlands, und General Helbig stand mit seiner daselbst gelandeten Armee in der durch einen Handstreich genommenen Residenz von Süderland. Der Norden dieses Landes war von den Schaaren der Aufständischen und den Truppen, welche mit diesen gemeinschaftliche Sache machten, besetzt, und zwischen diesen und der Armee des Fürsten Sternburg lagen die Truppen des tollen Prinzen eingeschlossen, bei denen die Familie des Königs Schutz gesucht hatte. Nur von dem Herzoge von Raumburg war keine Spur aufgefunden worden.

Der König von Norland saß an seinem Schreibtische und hatte einen geöffneten Brief in der Hand. Unweit von ihm hatte Max Platz genommen.

»Also Prinzeß Asta läßt mich durch Dich um die Erlaubniß bitten, das Unglück ihres Vaters theilen zu dürfen?«

»Darf ich diese Bitte unterstützen, Majestät?«

»Einer solchen Befürwortung kann ich unmöglich widerstreben. Max, ich habe Dir viel, sehr viel, vielleicht Alles zu danken, und ein König hat die Macht, dankbar zu sein. Willst Du mir eine Frage offen beantworten?«

»Ich werde es,« antwortete er einfach.

»Du liebst die Prinzessin?«

»Majestät!«

»Sei offen!«

»Ich kann nicht gegen die Stimme meines Herzens; dieses aber muß ich dem Verstande unterordnen. Ich werde es besiegen.«

»Vielleicht brauchst Du es nicht. Wie denkt oder wie fühlt Asta?«

»Ich habe mich Ihr gegenüber nicht verrathen, aber ich weiß, daß sie leidet.«

»Gut. Willst Du sie zu ihrem Vater bringen?«

»Ich?«

»Ja, Du und ich, wir Beide. Dein Plan, welchen ich meinen Weisungen an Sternburg zu Grunde legte, hat sich bewährt. Während wir dem tollen Prinzen nur eine einzige Gardebrigade in den Pässen entgegenstellten und er nicht Acht auf seinen Rücken hatte, ist er von Sternburg auf beiden Seiten umgangen. Wir haben nicht nur ihn, sondern auch die aufständischen Süderländer eingeschlossen und sind Herren der Situation. Hier in diesem Briefe zeigt mir Sternburg an, daß der König bereit sei, Verhandlungen anzuknüpfen; die Grundlagen des abzuschließenden Friedens habe ich mit Dir bereits eingehend beschlossen, und so bin ich bereit, mich in Deiner Begleitung zur Armee zu verfügen. Asta wird uns begleiten. Es wäre wünschenswerth, den jungen Sternburg und auch diesen verteufelten Nurwan-Pascha im Hauptquartier des Fürsten vorzufinden. Wenn Du Beiden sofort nach Tremona telegraphirst, so können sie binnen zwei Tagen dort eintreffen.«

»Ich werde das sofort besorgen.«

»Und dann wirst Du vielleicht noch Zeit zu einer weiteren Besorgung finden?«

»Welche?«

»Ich höre, daß Du jetzt täglich die Prinzessin besuchest?«

»Allerdings.«

»Sie soll sogar öfters bei Deinen Eltern absteigen?«

»Zuweilen. Sie sitzt mit Mutter stundenlang in Unterhaltung.«

»Dann wirst Du vielleicht Gelegenheit haben, ihr bei Euch oder in ihrer gegenwärtigen Wohnung diese Zuschrift zu überreichen. Sie enthält eine Ueberraschung für sie.«

»Danke, Majestät! Dieses ebenso liebliche wie edle Wesen bedarf wirklich einmal einer Botschaft, welche ihr einige Freude macht.«

»Das sollen diese Zeilen. Was nun das Arrangement für unsere Reise betrifft, so fahren wir nicht per Bahn, sondern per Wagen, zwei Wagen werden genügen; der eine für mich und Deinen Vater, der andere für Asta, Dich und Deine Mutter.«

»Wie, Majestät befehlen, daß die Eltern – –«

»Natürlich! Dein Vater ist mein bester und treuester Freund; er muß unbedingt an meinem Siege persönlich theilnehmen. Und da Du mir erzählst, welche Theilnahme Asta für Deine Mutter empfindet, so soll sie ihr Gesellschaft leisten, da ich doch einmal für eine Begleiterin Sorge tragen müßte. Was die Bedienung anbelangt, so bin ich versehen, Du aber noch nicht. Wie wäre es mit Eurem Thomas?«

»O, der ginge mit Freuden mit!«

»So sind wir fertig. Adieu, mein Junge!«

»Adieu, Majestät!«

Sie drückten sich die Hände wie zwei einfache, biedere Männer durch die Bande des Blutes in Liebe zusammengehören, und es lief dem Doktor dabei aus lauter Rührung und Dankbarkeit feucht in die Augen. Der König bemerkte es, legte den Arm um seine Schulter, zog ihn an sich und küßte ihn.

»Max, Gott hat mir Kinder versagt, aber wenn ich mir einen Sohn wählen dürfte, so müßtest Du es sein. Bleibe mir treu und lieb, wie Du es immer gewesen bist. Adieu!«

Er wandte sich ab. Auch in seinem Auge glänzte etwas, was er nicht sehen lassen wollte.

Max versorgte zunächst die Depeschen und ging dann – nicht zu seinen Eltern, sondern zur Prinzessin.

Er fand sie in derselben Laube, in welcher er sie damals in Gesellschaft des Generals von Raumburg getroffen hatte.

»Willkommen, Herr Doktor!« empfing sie ihn. »Darf ich behaupten, daß Sie sehr Erfreuliches erfahren haben?«

»Warum?«

»Ich lese die Kunde davon in Ihren Zügen.«

»Sind dieselben so redselig, Hoheit?«

»Redselig nicht, aber offen und ehrlich, gar nicht, wie man es bei einem solchen Diplomaten sucht, als der Sie sich ja erwiesen haben.«

»Danke. Allerdings habe ich Erfreuliches erfahren, aber nicht in direkter Beziehung auf mich, sondern indirekt, indem es sich auf Ew. Hoheit bezieht.«

»Ah!«

»Majestät beauftragte mich Ihnen mitzutheilen, daß er sich entschlossen hat, die Reise zu Ihrem Königlichen Herrn Vater in meiner und Ihrer Begleitung anzutreten. Er fährt in Gesellschaft meines Vaters und stellt die Frage an Sie, ob Sie ihm erlauben, während dieser Fahrt meine Mutter bei sich zu sehen.«

»Natürlich von ganzem Herzen gern, Herr Doktor, oder vielmehr, Herr Geheimerath.«

»Danke! Ich darf annehmen, daß die Grundlagen unserer Verhandlung mit Ihrem Herrn Vater aus den humansten Rücksichten erwachsen. Vielleicht finden sie einige darauf bezügliche Andeutungen in diesem eigenhändigen Schreiben des Königs, welches er mich beauftragte, Ihnen zu überreichen.«

Sie nahm es in Empfang, öffnete das Couvert und las den Inhalt durch. Ihre schönen Züge nahmen einen eigenthümlichen Ausdruck an.

»Dieses Couvert, Herr Geheimerath, enthält einige an mich gerichtete Zeilen, in denen mich Majestät ersucht, Ihnen die beiden beigelegten Dokumente zu übergeben. Ich habe sie gelesen. Bitte, hier sind sie.«

Er war überrascht und griff zu. Er las und las; sein Auge umflorte sich, und seine Lippen zitterten vor innerer Bewegung.

»Nun, Erlaucht?« frug Asta, und auch ihre Stimme bebte.

»Das kann ich nicht annehmen! Solche Liebe und Güte habe ich nicht verdient!«

»O doch! Und ich fühle mich glücklich die Erste zu sein, welche Ihnen gratuliren darf.«

Sie reichte ihm ihre Hand entgegen, die er fast bewußtlos fest in der seinigen behielt. Der König hatte ihn in dem einen Dokumente zum »Grafen von Brandau« erhoben und ihm in dem andern den von der Prinzessin jetzt bewohnten Palast sammt der ganzen Ausstattung desselben und außerdem eines der größten Rittergüter des Landes als Ehrengeschenk zugewiesen.

So saßen sie lange Hand in Hand bis die Prinzessin die Stille, in welcher nur die Herzen gesprochen hatten, unterbrach.

»Darf ich Sie auf ein Wort meines Briefes aufmerksam machen, Graf?«

»Bitte.«

»Seine Majestät haben das Wörtchen »einstweilen« unterstrichen. Sie dürfen also wohl hoffen, daß die Güte des Königs auch weiter für Sie thätig sein wird. Glauben Sie fest, daß Ihnen dieselbe Niemand so von ganzem Herzen gönnt, wie ich!« –

Sie stand, von ihrer inneren Bewegung beherrscht, auf und trat an das Fenster. Er blieb sitzen, lange, lange, bis es ihn hin zu ihr zog.

»Prinzeß!«

Sie antwortete nicht.

»Asta!«

Sie drehte sich jetzt um. Ihre Augen leuchteten im feuchten Glanze.

»Max!«

Sie lagen einander in den Armen, wortlos; aber der warme Busen, der an seiner Brust wogte, sagte ihm, wie schwer es ihr bisher geworden war die Gefühle zu beherrschen, von denen sie jetzt beim bloßen Klange ihres Namens übermannt worden war. – –

Auf der Waldwiese vor der Hütte Tirbans war das hohe Gras abgemäht, um Platz zu machen für eine Reihe von kostbaren Zelten, die man hier für die beiden Könige von Nor- und Süderland und ihre Begleitung errichtet hatte. Der tolle Prinz war mit seinem ganzen Heere gefangen genommen worden, eine Schlappe, die ihm fürchterlich erschien, ebenso wie der Umstand, daß Karl Goldschmidt, der Insurgentenführer, herbeigerufen worden war, um im Namen seiner Genossen Antheil an den Verhandlungen zu nehmen.

Diese Verhandlungen waren im vollen Gange und näherten sich sehr schnell ihrem friedlichen Ende. Die Hauptforderung der Aufständischen nach einer ähnlichen Konstitution, wie sie der König von Norland jetzt eben ausarbeiten ließ, war bereits gewährt, und die übrigen Fragen betrafen nur Punkte, deren

Lösung nach diesem Zugeständniß nicht schwer werden konnte.

An einem der letzten Abende war der Platz von hundert Fackeln hell erleuchtet, und die Herrschaften saßen bei einem munteren Pickenick beisammen. Am Rande der Blöße hatten sich die niedriger Stehenden versammelt, unter denen sich auch die beiden Schuberte befanden. Zwischen ihnen saß Karavey, der Zigeuner.

»Siehst Du wohl, Bootsmann,« meinte der Steuermann, »daß ich Recht hatte, als ich hier den Willmers für den Sternburg und den Türken für den schwarzen Kapitän hielt?«

»Pah! Ich könnte Dir ganz Aehnliches sagen, worüber Du noch mehr lachen würdest als damals.«

»Nun, zum Beispiel!«

»Was sagst Du dazu, wenn ich den Brandauer für den Prinzen, den Sternburg für den Brandauer und den Türken für den Raumburg halte?«

»Heiliges Mars- und Brahmenwetter, Du bist verrückt, Kerl!«

»Das ist am Den! würde mein Paldrian sagen, wenn er hier pei uns wäre und dieses verwechselte Zeug gehört hätte,« meinte Thomas. »Pei meiner armen Seele, Du pist verrückt, mein Kind, verrückter noch als der Heinrich und der Paldrian!«

»Die? Inwiefern sind denn die verrückt?«

»Weil sie sich meine Parpara eingepildet hapen; aper ich pekomme sie doch!«

»Ah! Wirklich?«

»Wirklich. Am Apend vor meiner Apreise sind wir Peide richtig und einig geworden. Wir heirathen uns; ich werde ein Gasthofspesitzer und errichte mir im Nepengepäude eine Schmiedewerkstatt, wo der Thomas von früh pis zum Apend fleißig hämmern wird, um nachher sein Pier aus der eigenen Puteille zu trinken und seinen Tapak oder seine Apalema aus der eigenen Püchse und Kiste zu rauchen. Pasta, apgemacht!«

»Gratulire!«

»Ich auch!«

»Danke! Werdet Peide eingeladen. Macht den Hausrath fertig. Amen!«

Gegenüber am Buschrande kam eine Frauengestalt geschlichen, welche zögernd vorwärts schritt, um die Gesellschaft zu rekognosziren. Der Major von Wallroth erkannte sie und sprang auf.

»Mutter!«

Er schämte sich vor all den Herrschaften nicht, die alte Zigeunerin seine Mutter zu nennen.

»Ihre Mutter?« rief der alte Sternburg. »Ist dies wahr?«

Auch der König war aufgestanden.

»Zarba!«

Sie nahte sich demüthig.

»Majestät, zürnt der Tochter der Brinjaaren nicht, daß sie es wagt – –«

Er unterbrach sie mit einer raschen Handbewegung.

»Zarba, Du wagst nichts, sondern Du gehörst zu uns, denn alles was geschehen ist, das ist zum größten Theile Dein Werk. Setze Dich zu uns!«

»Erlaubt, daß Zarba stehen bleibe, bis sie das Werk vollendet hat, an dem sie arbeitete so lange Zeit!«

»Nun?«

»Bhowannie ist die Göttin der Rache, sie sprach einst zu mir, daß ich Vergeltung üben solle, und ich gehorchte ihr. Ich habe Gericht gehalten und bin nun gekommen, mein Haupt zu beugen unter dem Urtheile, welches Ihr über mich sprecht.«

Das waren räthselhafte Worte. Niemand antwortete, und sie fuhr fort.

»Hoher Herr, seid Ihr bereit mich anzuhören?«

»Sprich!«

»So erlaubt vorher, daß ich Einen bringen lasse, der hierher gehört und der bald vor einem höheren Gericht erscheinen wird!«

Sie winkte nach dem Busche hin. Aus demselben traten Horgy, Tschemba und Tirban hervor. Die ersteren trugen eine aus Aesten verfertigte Bahre, und der letztere sorgte dafür, daß der auf derselben liegende Gegenstand nicht herabfiel. Sie setzten die Trage mitten in den Kreis der hohen Herrschaften hinein und entfernten sich dann wieder. Zarba trat hinzu und nahm das Tuch hinweg. Ein Schrei ertönte in der Runde. Auf der Bahre lag mit blutigem Gesichte und gräßlich zugerichtet der Herzog von Raumburg. Zarba beugte sich lange über ihn; dann richtete sie sich wieder empor, nachdem sie ein Paket hervorgezogen und auf die Brust des mühsam Athmenden gelegt hatte. Er stöhnte laut auf, als ob die Papiere eine Last von mehreren Zentnern bildeten. Sie begann:

»Bhowannie hat ihn ereilt und gestürzt. Wer mag ihn ansehen? Und einst war er so schön, so vornehm, und seine Worte klangen so süß und so lieblich, daß die Tochter der Brinjaaren sich bethören ließ und ihm folgte. Sie brach ihrem Bräutigam die Treue, der doch besser war als er und edler, und ihm gleich an allen Würden, denn er war sein älterer Bruder.«

»Zarba!« rief Nurwan-Pascha.

»Katombo, ich sage die Wahrheit. Wie ich mich von ihm bethören ließ, so bethörte sein Vater unsere Mutter. Du bist mein Bruder und der seinige, Bhowannie wollte nicht, daß Bruder und Schwester Mann und Weib sein sollten, und darum lenkte sie mein Herz zur Untreue. Vergib mir! Hier hast Du die Schriften, welche sein und Dein Vater unserer Mutter gab, um sie zu verführen. Sie werden beweisen, daß Du ein Raumburg bist.«

»Ist es möglich?«

»Schweige jetzt. Bhowannie hat ihm seine Minuten gezählt, und ich muß schnell machen, ehe er stirbt. Herzog von Raumburg, hast Du Deine volle Besinnung und hörst Du jedes Wort, welches ich rede?«

»Ja,« antwortete er mit hörbarer Anstrengung.

»Du hast gewußt, daß Katombo Dein Bruder ist und erkennst ihn an?«

»Ja!«

»Weiter! Ich zog zu ihm und lebte bei ihm, ich erfuhr alle seine Geheimnisse. Aber er brach mir seine Schwüre, und ich wollte mich an ihm rächen. Er trachtete nach der Krone von Norland. Die Königin und die Fürstin von Sternburg waren Freundinnen. Sie hatten einander lieb und wohnten im Schlosse beisammen, die eine rechts und die andere links. Die Göttin der Vorsehung fügte es, daß beide gleiche Hoffnung bekamen und fast zu gleicher Stunde gebaren, die Königin einen Sohn und die Fürstin eine Tochter, die Fürstin starb bei der Geburt, und der Fürst war im Auslande.«

»Das stimmt!« rief Sternburg. »Weiter, rasch!«

»Der Herzog durfte nicht leiden, daß der König einen Thronfolger habe, er bestach die Hebamme, und diese wechselte die Kinder gegenseitig aus. Die Königin bekam das Mädchen und der Knabe kam zu einer Amme, welche die Tochter der Hebamme war, aber von dem Tausche nichts wußte.«

Jetzt kam die Reihe zu erschrecken an den König.

»Weib, weißt Du auch, was Du sagst? Kannst Du Alles beweisen? Dann wäre ja hier der Kommodore von Sternburg mein Sohn!«

»Majestät, hören Sie weiter! In der Eile wurde die Wäsche der Kinder nicht mit umgewechselt, und so erhielt die Amme lauter solche, welche mit dem königlichen Wappen versehen war. Sie lebt noch. Sie ist die Frau des Lohnkutscher Beyer bei der Irrenanstalt, und wenn die Herrschaften hingehen, werden sie dort mein Bild finden, welches ihr Sohn gezeichnet hat.«

»Das ist so,« stimmte Max bei. »Ich war einmal dort und erinnere mich ganz genau, daß die Frau mir von diesen Dingen erzählt hat. Weiter, Zarba!«

»Das Mädchen starb und später auch die Königin. Der Herzog wußte, daß ich alles kannte; er traute mir nicht mehr und glaubte, ich würde ihn verraten, darum trachtete er dem Knaben nach dem Leben. Ich rächte mich an ihm, indem ich das Kind rettete. Ich ging sehr oft zu der Frau des Hofschmiedes Brandauer. Sie wußte, daß die Göttin mir die Gabe verliehen hat, in die Zukunft zu blicken, und als sie eines Knäbleins genas, bat sie mich, ihm zu weissagen. Die Amme, welche den königlichen Prinzen säugte, wohnte damals neben der Schmiede –«

»Das stimmt!« rief Brandauer.

»Ich brachte sie so weit, daß ich auch ihrem Pflegekinde die Zukunft vorhersagen sollte. Ich sagte zu ihr und der Frau des Schmiedes, daß ich mit dem Kinde eine halbe Stunde ganz allein im Garten sein müsse. Sie vertrauten mir, ohne dies von einander zu wissen, die Kinder an, ich nahm sie mit einander in den Garten, kleidete sie um und verwechselte sie. Die Amme erhielt den Schmiedesohn, und die Frau des Schmiedes erhielt den Sohn des Königs. Ich sagte dem Herzoge, daß ich den Prinzen wieder verwechselt hatte, das war meine Rache, aber wohin ich ihn gethan hatte, das hat er nie erfahren.«

»Weib, Zarba, sprich, lügest Du nicht?« frug der König fast außer sich vor Erregung.

»Fragt ihn selbst! Die Schmerzen haben ihn gebrochen; er will Alles gestehen. Herzog von Raumburg, habe ich gelogen?«

»Nein!« röchelt er.

»Beschwörst Du dies bei Deinem Gotte, vor dem Du in einer Viertelstunde erscheinen wirst?«

»Ja!«

»Majestät, Sie hören es! Max Brandauer ist Ihr Sohn. Meister Brandauer, der Prinz von Sternburg ist Ihr Sohn!«

»Brandauer, höre mich!« rief der Pascha. »Frage den Prinzen, ob es nicht wahr ist. Als er auf meine Yacht sprang und ich ihn zum ersten Male erblickte, habe ich ihn bei Deinem Namen gerufen. Er sieht ganz so, wie Du sahst, als Du in seinem Alter warst.«

Es war eine ungeheure Erregung und Bewegung, welche diese Enthüllungen hervorbrachten. Max und der König lagen sich ebenso in den Armen wie Arthur und Brandauer, dann flog Max wieder an das Herz des Schmiedes und Arthur an dasjenige des Fürsten.

»Und ich habe nun kein Kind!« klagte dieser.

»Vater, Du behältst mich!« rief Arthur. »Ihr seid Beide meine Väter!«

Als sich der Sturm einigermaßen gelegt hatte, fuhr Zarba fort:

»Auch mein Kind, meinen Knaben verfolgte er bis in das Irrenhaus; der Herr Doktor Brandauer, der Sohn des Königs, rettete ihn. Hier steht er. Herzog von Raumburg, ist der Major von Wallroth Dein Sohn?«

»Ja.«

»Und sind wir nicht heimlich durch einen Priester verbunden worden, gerade so wie Dein Vater mit meiner Mutter?«

»Ja.«

Sie nahm den Rest des Päckchens auf und legte es dem Könige in die Hand.

»Hier Majestät, sind die Beweise, daß Katombo und Wallroth ehelich geborene Raumburgs sind. Nun bin ich zu Ende und werde das Urtheil tragen, welches über mich gesprochen wird.«

Der König blickte im Kreise umher.

»Wer wünscht, daß sie bestraft werde?«

Niemand gab eine Antwort.

»So werde ich die Urtheile sprechen, welche zu fällen sind.«

Er nahm Max bei der Hand und trat zum Könige und der Königin von Süderland.

»Königliche Majestäten, erkennen Sie den Herrn Grafen von Brandau als meinen Sohn und Nachfolger an?«

Ein zweistimmiges »Ja!« ertönte.

»So gebe ich mir die Ehre, für ihn um die Hand meines werthen Gastes, der Prinzessin Asta, Ihrer königlichen Tochter anzuhalten. Ihre Herzen haben sich gewählt. Ihre Einstimmung, Hoheiten, wird auch alle politischen Konflikte augenblicklich beseitigen.«

Die Eltern sahen ihre Tochter an dem Herzen des Königssohnes liegen. Sie stimmten freudig ein. Da ergriff Katombo Almahs und Arthurs Hand.

»Majestät, gestatten Sie mir, für den Verlust, welchen Sternburg und Brandauer erleiden, Beiden eine Tochter zu geben!«

»Ah! lauter Ueberraschungen, mein lieber Pascha! Ich muß Sie dafür belohnen. Sie sind Herzog von Raumburg und erhalten alle Titel, Würden, Ehren und Güter dieses Hauses, wenn Sie den Major von Wallroth als Ihren Sohn und Nachfolger anerkennen.«

»Majestät!« riefen Beide wie mit einer Stimme, und Katombo fügte hinzu:

»Noch ist die Familie Raumburg nicht ausgestorben!«

»Doch! Dieser liegt hier auf dem Tode. Gott vergebe ihm seine Sünden, wie ich sie ihm vergebe! Und sein Sohn ist kein Raumburg mehr. Sollte er einst Gnade finden, so thun Sie an ihm, was Ihr Herz Ihnen gebietet. Und nun zu dir, Zarba. Wie ist der Herzog in Deine Hände gekommen?«

»Horgy und Tschemba sahen und verfolgten ihn.«

»Sie sollen belohnt werden!«

»Er wollte unsere Linie durchbrechen, verfehlte aber bei Nacht den Weg, den er nicht kannte, stürzte und zerschmetterte sich in der Tiefe. Sie brachten ihn mir, und die Schmerzen trieben ihn zum Geständniß.«

»Du bist die Schwester und Mutter zweier Herzöge. Ich übergebe Dich ihnen. Bedarfst Du trotzdem meiner, so darfst Du zu jeder Zeit kommen.«

»Ich danke, Majestät! Die Tochter der Brinjaaren hat keine bleibende Stätte, sie wandert, bis ihre Seele zu Bhowannie geht!«

Während dieser aufgeregten Verhandlungen waren auch die Untergebenen näher getreten. Einige von ihnen mußten den Leichnam Raumburgs, da dieser inzwischen verschieden war, von der Stelle bringen, und Jeder erhielt eine Anerkennung oder ein freundliches Wort von dem Könige, so daß die ganze Blöße von Freude und Jubel erschallte.

Zwei Paare aber waren es, welche die Einsamkeit suchten. Arthur mit Almah und Max mit Asta.

Die letzteren Beiden standen unter einer breitästigen Tanne und hatten sich sehr, sehr viel zu sagen. Da trat Zarba herbei.

»Wissen Sie noch, Prinz, und auch Sie, Prinzessin, als ich Ihnen vor der Schmiede weissagte?«

»Jedes Wort!« antwortete Max.

»Sie schwangen damals mit Macht den schweren Hammer.

Sie werden ebenso leicht das noch schwerere Scepter tragen. Aus dem Hammer ist ein Scepter geworden. Führen Sie es einst mit Milde, aber vergessen Sie nicht, daß es zuweilen auch mit Kraft und Ernst geschwungen werden muß. Folgen Sie Zarba, der Tochter der Brinjaaren, die noch heut wieder verschwinden wird, und lassen Sie »Scepter und Hammer« den Wahlspruch Ihres Lebens sein!«

Und hinter der Tanne kroch Einer hinweg, der dort bereits heimlich bei seiner Ambalema gesessen und Alles mit angehört hatte. Jetzt hielt er es für gerathen sich zurückzuziehen.

»Die hat gut reden, diese Zarpa!« brummte er vergnügt. »Dieser einstige Prandauer und jetzige Prinz kann diesen Wahlspruch annehmen, denn er hat das Scepter, ich aper, Thomas Schupert, aus dem kein Prinz geworden ist, pehalte den Hammer. Aper, einen Wahlspruch kann ich auch an meine Stupenthüre schreipen. Und welchen denn? Ich hape es! Ampalema und Parpara, das ist mein Wahlspruch, und ich will den sehen, der einen schöneren pesitzt als den meinigen!« – – –

EDITORISCHER BERICHT

Auf dem Entwicklungsweg Karl Mays zur Literatur, den die Historisch-kritische Ausgabe auch mit allen denjenigen Werken zu dokumentieren unternimmt, mit denen der Autor später keine Ansprüche mehr verband, markiert der Roman Scepter und Hammer *den Eintritt in das Gebiet des ubiquitär-utopischen Fortsetzungsromans. Er wurde für eine Familienzeitschrift (Z) und wohl weitgehend erst parallel zum Abdruck darin 1879/80 geschrieben und ist zu Lebzeiten Karl Mays nie wieder nachgedruckt worden. Da das Manuskript nicht erhalten blieb, stellt dieser Abdruck den einzigen Textzeugen dar:*

Z Scepter und Hammer. Originalroman von Carl May. *In:* All-Deutschland! [Auslandsausgabe:] Für alle Welt! Illustrirtes Hausblatt. *4. Jahrgang. Nummer 1 bis 52. – Stuttgart: Göltz & Rühling (vormals Franz Neugebauer) [August 1879 bis August] 1880. 2°. – Reprint der Karl-May-Gesellschaft mit einer Einführung von Herbert Meier. Hamburg: 1978.*
Nummern: **1** 9.1 / **2** 22.5 / **3** 36.10 / **4** 47.7 / **5** 59.23 / **6** 71.21 / **7** 83.27 / **8** 91.25 / **9** 100.23 / **10** 112.3 / **11** 122.24 / **12** 133.27 / **13** 146.21 / **14** 159.23 / **15** 171.25 / **16** 180.22 / **17** 192.35 / **18** 202.13 / **19** 211.1 / **20** 221.28 / **21** 230.34 / **22** 243.18 / **23** 255.16 / **24** 267.15 / **25** 279.12 / **26** 289.31 / **27** 300.15 / **28** 315.8 / **29** 326.13 / **30** 339.6 / **31** 352.1 / **32** 363.25 / **33** 377.2 / **34** 389.16 / **35** 401.5 / **36** 410.11 / **37** 419.15 / **38** 430.1 / **39** 440.35 / **40** 452.34 / **41** 462.29 / **42** 473.5 / **43** 483.32 / **44** 496.12 / **45** 515.10 / **46** 534.12 / **47** 555.25 / **48** 580.15 / **49** 608.22 / **50** 632.28 / **51** 645.19 / **52** 665.35

Erschienen in 52 Nummern oder 26 Heften: Zweite Augustwoche (Auslandsausgabe: dritte Augustwoche) 1879 bis erste Augustwoche 1880.

Dieser Vorlagentext zeigt sich als in vielerlei Hinsicht defekt. Da eine Entscheidung, welche Fehler bzw. Flüchtigkeiten dem Autor und welche dem Setzer zuzurechnen sind, zwingend nicht getroffen werden kann, wurden stillschweigend verbessert nur eindeutige Druckfehler. Sprachformen, die dem heutigen Leser als fehlerhaft erscheinen, nach älterem Sprachgebrauch oder als Eigentümlichkeiten des im Dialekt aufgewachsenen Autors jedoch legitim sind und bleiben, wurden dagegen nirgends angetastet:

37.17 in verwogener Stellung
85.22 die Verpflichtung überkommen
181.21 Wenn kommt er da nach Hause?
299.12 obgleich er erst den Rang eines Kapitän begleitet
282.2 ein großer Holzklotz ... klimmte
505.5 Max glimmte ... den schmalen Steig empor

Unangetastet blieb durchweg auch die Orthographie, selbst da, wo sie sich uneinheitlich zeigt (Hülfe – Hilfe) oder dialektbedingt (Muse für Muße; Prise für Brise). Fremdwörter bringt der Text oft unsicher (Blokade; Fallset; Transmettiren), jedenfalls aber in ungewohnt großer Nähe zum fremden Original (Kontrole; Kourier); fremdsprachliche Wendungen sind gelegentlich fehlerhaft (grande monde). Namentlich die arabischen Sprachproben bedürften, jenseits des weiten Spielraums der Umschrift, hier und da der Korrektur, haben sie als bloße atmosphärische Stilmittel in unserer Ausgabe aber nicht erfahren. Wie vereinzelt Syntax und Grammatik (etwa beim transitiven Gebrauch intransitiver Verben) weist auch die Zeichensetzung Freiheiten auf, gegen die keine Entscheidung getroffen werden durfte: vor allem die Kommasetzung folgt zumeist eher dem Atem des Satzes als einer strengen Regel, und die Un-Regelmäßigkeit mußte – selbst im Fall einer Namensverbindung (Nurwan Pascha – Nurwan-Pascha) – als stilcharakteristisch erhalten bleiben. All diese Eigenheiten – bis hin zum möglichen oder sicheren Textverlust (Fatha-Wortlaut 383.34) – dokumentieren die Herkunft des Trivialromans aus dem spracharmen, sogar sprachlosen sozialen Vorfeld der Literatur: eine illegitime Geburt, deren Makel von der ästhetischen Zensur nicht erreicht und nicht getilgt werden kann.

Eine Änderung der Textvorlage erfuhren die folgenden Stellen:

168.4   erklärte Franke > erklärte *der* Franke
174.16 Moufoir > Mou*ch*oir
180.9   konnte ihm nicht leicht fallen > konnte ihm leicht fallen
212.5   Vajdzina > Vajda
295.37 hat > hat*te*
398.2   Nokkladam > *M*okk*h*adam
425.16 Weltmanngesichtes > Weltangesichtes
447.14 und also > und *waren* also
448.26 belegt war > belegt war*en*
594.34 Matrosen?« »Bill Willmers > Matrosen Bill Willmers
562.23 sprach > sprach*en*
636.20 »Wirklich!« »Und > »Wirklich! Und

Als Druckvorlage diente der KMG-Reprint des wohl einzigen vollständig erhaltenen Exemplars von Z, das sich im Besitz von Dr. Wilhelm Vinzenz (Maisach) befindet. Dr. Hainer Plaul (Berlin, DDR) ermittelte die genauen Erscheinungsdaten. Die Korrekturaufsicht führte Peter Knecht.

H. W.   H. W.

KARL MAYS WERKE
Historisch-Kritische Ausgabe
Herausgegeben von Hermann Wiedenroth
und Hans Wollschläger

ABTEILUNG I, *Das Frühwerk*
Kompositionen; Frühe Gedichte; Pläne, Entwürfe, Fragmente; Aufsätze; Historische Erzählungen; Humoresken und Schwänke; Erzgebirgische Dorfgeschichten; Exotische Erzählungen. 8 Bände

ABTEILUNG II, *Fortsetzungsromane*
Scepter und Hammer / Die Juweleninsel; Waldröschen; Die Liebe des Ulanen usw. 31 Bände

ABTEILUNG III, *Erzählungen für die Jugend*
Der Sohn des Bärenjägers; Die Sklavenkarawane; Der Schatz im Silbersee; Der Oelprinz usw. 7 Bände

ABTEILUNG IV, *Reiseerzählungen*
Durch die Wüste; Winnetou; Im Lande des Mahdi; Old Surehand; Satan und Ischariot; Weihnacht usw. 25 Bände

ABTEILUNG V, *Das Spätwerk*
Am Jenseits; Und Friede auf Erden!; Im Reiche des silbernen Löwen; Ardistan und Dschinnistan usw. 11 Bände

ABTEILUNG VI, *Autobiographische Schriften*
Mein Leben und Streben; Ein Schundverlag; Verteidigungsschriften, Polemiken. Schriftsätze, Prozeßplädoyers. 4 Bände

ABTEILUNG VII, *Der Nachlaß*
Dramenentwürfe; Entwürfe zu Versdichtungen; Lyrik; Notizen und Pläne; Tagebücher usw. 5 Bände

ABTEILUNG VIII, *Briefe*
Der gesamte Briefbestand mit Kommentar. 6 Bände

ABTEILUNG IX, *Supplement*
Lebens-Chronologie; Gesamt-Bibliographie; General-Register; Gesamt-Editionsbericht. 2 Bände